# 滋蘭九畹 樹蕙百畝

二〇一六年柯慶明教授
壽慶學術研討會論文集

柯老師發表專題演說

會中為柯老師慶生

觀看影片的柯老師

壽慶研討會與會者合影。前排坐者，左起：齊益壽、金嘉錫、陳弱水、柯慶明、楊洋池、黃美娥、李偉泰。

柯老師與座談會嘉賓合影。左起：陳萬益、楊秀芳、呂興昌、吳達芸、汪其楣、柯慶明、康來新、胡曉真、朱秋而。

柯老師與座談會嘉賓合影。左起：陳萬益、楊秀芳、呂興昌、吳達芸、汪其楣、柯慶明、康來新、胡曉真、朱秋而。

柯老師與隱地先生合影

柯老師與臺大出版中心同仁合影。左起：游紫玲、戴妙如、紀淑玲、王茹萊、翁惠虹。

柯老師與來賓合影。前排左起：金嘉錫、柯慶明；後排左起：楊晉龍、李隆獻、廖肇亨。

柯老師與友人合影。左起：姚榮松、吳達芸、柯慶明、汪其楣、呂興昌。

宴席上柯老師與來賓合影

宴席上柯老師與臺文所師生合影

# 生命不死：懷念柯慶明教授

黃美娥*

2015年春天，柯老師身體開始出現不適情形，他做了繁複的檢查與中西醫治療，周遭越來越多人為他擔憂，但柯老師始終樂觀以對，知不可奈何而安之若命，他依舊為研究生和大學部學生費心上課。日復一日，他用剛強意志力對抗病魔的同時，仍然不改過往，持續以熱情呵護他人，甚至對於求助者照樣來者不拒，以致於有時會讓人忘了柯老師正生病著，這是強者、德者的姿態。那時候，所辦常收到各地寄來致贈柯老師的滋養補品，有一回柯老師把一大桶的人參酒送給所上，因為要舉辦聖誕節活動，我因此請國青宿舍樓下餐廳師傅幫忙燉煮人參雞湯，結果餐廳竟然將整桶人參酒全數用掉，導致那次喝了雞湯的師生，有多人帶著濃濃醉意上課。我告知柯老師此事，他哈哈大笑許久。

正是如此，柯老師長期以來，用著他的方式，無論大小事，一直默默關愛所上。2016年，眼見柯老師身體康復狀態，有時有進展，有時又停滯不前，為了使柯老師開心，並為他加油打氣，因此我和助教、幾位學生籌劃了他七十歲的生日活動。祝壽活動是以學術會議方式進行，我請教了柯老師發表者名單，發函邀請從北到南，中文系與台文所，多數是曾被柯老師指導的博士學者，另尚有數位則是因為感謝柯老師平日提攜，得知活動訊息後，自願執弟子之禮主動撰稿。與會者的議題形形色色，涵蓋中國文學與臺灣文學知識系統，古代與現代領域兼俱，甚能彰顯柯老師博學多聞、海納百川的學術涵養。

那一天的活動，楊泮池前校長特地來為貢獻臺大超過四十年的柯老師送上生日蛋糕，陳弱水前文學院院長亦來祝賀，現場賓客雲集，十分熱鬧。柯老師整日非常高興，尤其兩場座談會中更是笑聲不斷。第一場有多位柯老師的同儕好友，暢談過往與柯老師相處的點點滴滴，包括不少八卦

---

* 臺灣大學臺灣文學研究所教授兼所長。

與內幕，第二場則是台文所和中文系師生眼中的柯老師，感人的小故事紛出，大家心頭一片暖意。結果證實柯老師喜歡協助、提點和關照他人，是早從年輕以來莫不如此，因此滿場所聞皆是「敬佩」和「感謝」。最後，進入活動高潮是由學生製作的兩支影片，開場張惠妹、孫燕姿高亢的歌聲，唱出「响嘿」、「嘿」，以及「嵐 」的"Hey Yeah!"，乃至4 Non Blondes "what's up"中的hey hey hey hey，原來歌聲召喚的正是作家「黑野」。之後則見柯老師騎著自行車，在臺大校園內穿梭，藉由各個時期的胖瘦身影照片，再現了不同階段的生命風采。我望著專心觀看影片，坐在輪椅上的柯老師，他的笑容燦爛，在好友、後輩和學生環繞之下，我想那一刻的柯老師必定感到非常幸福。值得補述的還有早上會議揭幕時，柯老師以「暮從碧山下，山月隨人歸」為題作了專題演講，演講展現了柯老師的人生態度，體現「人生有味是清歡」的境界，還有知識累積過程中得到許多前輩老師的引領，才能成就日後學貫中西的學術高峰，他一一言及，這是感恩莫忘的最佳身教，箇中的深意，我們都體會到了。

2019年1月，在祝壽會議兩年多後，因為期間忙於所務和國際交流活動，我告訴柯老師，就要著手準備出版延宕多時的論文集了，並為延遲而道歉。沒料到4月1日柯老師突然撒手人寰，論文集出版之事遂告停歇。然而，從去年到今年，我內心仍不時掛念此事，但在《永遠的輝光》追思紀念文集印行之後，關於這本祝壽論文集，究竟該如何面對，反倒躊躇起來。幸好，在與淑香老師和與會撰稿作者們商議後，大家希望能將柯老師七十大壽生日時的快樂身影永留心中，因此決定以《滋蘭九畹，樹蕙百畝：二〇一六年柯慶明教授壽慶學術研討會論文集》為題出版。至於主標題「滋蘭九畹，樹蕙百畝」，則是柯老師生前最喜歡題贈他人的字句，語出《離騷》「余既滋蘭之九畹兮，又樹蕙之百畝」，而於此援引，乃想緬懷柯老師如蘭似蕙的德澤，以及樹木樹人、經師人師的崇高典範，他的生命不死，是真壽者！

關於本論文集的出版，承蒙諸位老師惠賜大作，且協助內容校對，以及所內葉秋蘭助理和兩位博士生鍾秩維、林祈佑，亦為編務付出許多心力，在此一併致謝。願藉此書，永懷柯老師的可愛、熱情與美好。

# 目次 CONTENTS

# 暮從碧山下，山月隨人歸*

柯慶明

竟日待在山中，夕暮方下，山月是否會隨人歸家？自是個人的體會；但飽嚐山光與月色，則是無可置疑。經驗文學，不管是閱讀、是講授、是討論、是寫評……絕類入山行旅或棲息。李白說得好：「問余何意棲碧山，笑而不答心自閑。桃花流水窅然去，別有天地非人間。」文學即使不是「桃花源」，但絕對是「別有天地非人間」，是世界外之世界；或許有人要認為那是世界中世界，但總是另外的世界，卻可以將它的體驗，帶入我們生活的世界，增益、修補、提升、轉化我們的世界。

## 卻顧所來徑，蒼蒼橫翠微

自一九六四年以第一志願進入臺大中文系以來，匆匆已超過半世紀，由聆聽師長的教導，分享他們精妙的領會，以及長年和友朋討論，共探疑義而共賞作品的妙趣，然後是擔任教職，引領同學深入的經驗文學作品的感興與智慧，然後漸漸的也提筆為文，記下自己的心得，發表至各種期刊。自一九七〇年起，我先後出版了：《一些文學觀點及其考察》、《萌芽的觸鬚》、《分析與同情——中國古典文學的批評與其理論》、《境界的再生》、《境界的探求》、《文學美綜論》、《現代中國文學批評述論》、《中國文學的美感》、《臺灣現代文學的視野》與《古典中國實用文類美學》等文學論著，不論閱讀的經歷或寫作的過程，都令我暫時進入一個更豐富、更靈明的境界，因而長年滿懷喜悅與感激。

---

* 此為柯慶明教授於《柯慶明教授70壽慶學術研討會》專題演講的講稿，改寫自《柯慶明論文學》作者序。

## 長歌吟松風，曲盡河星稀

目前這本論集，除了收入近年所撰而未見諸前述諸集的論述文學的文字外，有些篇章則由於原來的論集早已絕版，卻覺得對個人特別有意義，兼且多年仍作教學之用，以為對初學者仍不無助益，因而重加選入。

以年代言，最早的應是「鐵漿論」，那是我第一次認真的以文學批評的角度，論述當代作家的嘗試。承蒙朱西甯先生的讚賞，曾經多年附入再版後的《鐵漿》一書。朱西甯先生生前，最後一次來臺大演講時，仍然強調該文確乎能得其心中隱含的要旨。其次是「談文學作品的精讀」一篇，當時初返母系任助教，對系主任屈萬里（翼鵬）老師以「於無句處讀書」為名的演講，主要作的卻是史傳、背景、本事考證的閱讀，提出另一方向的商榷。屈老師閱後，要我在系刊《新潮》發表，以供同學對照參考。我在擔任九五、九八高中國文課綱主委時，覺得本篇簡短扼要，頗便於到各研討會闡述我對文學作品之閱讀與教學的說明，不論是紀念屈翼鵬老師，或為曾經參與國文課綱之制定一事存念，我都願意保存它的流通。

我進入臺大中文系時，曾有會通中西思想、文化之念，因而向教我「理則學」與「哲學解析」的殷海光老師請益。他建議我去精讀羅素的《哲學問題》。該書使我勇於根據直接經驗，反觀現象，來作理論的分析。影響所及，是我亦以此方法，對一些文學問題作了理論的探討與分析。理論篇的各篇大抵以此方式寫就，這多少反映了分析哲學在方法上對我的影響。「談文學」是葉慶炳老師在他擔任中文系主任規劃《中華日報》上的「臺大中文週」時，指派我以五千字以內篇幅解釋「文學」的作業。「文學史的理論思維」是為了紀念臺靜農老師百歲「百年光華」研討會所撰寫的論文，臺靜農老師、葉慶炳老師皆以文學史為其代表論著。臺老師指導我學位論文時，曾特別讓我閱讀他的「中國文學史」稿本，該書在臺老師生時不能出版，後來在我擔任臺大出版中心主任時，獲得文建會補助，終於重加收羅整理出版，宿願因而實現。葉老師的文學史初版將要付梓之際，我正是臺大中文系的大四生，葉老師仍然肯委我以校對之職，因而不僅先睹為快，更是大量的補充我的識見不足。面對兩位恩師，我自覺學力不足，自然未敢企望能踵事步武，但嚮往之意，始終未絕。因而特撰「理論思維」權充受教之餘的回應。

「略論文學批評的本質」一文，仍是以分析哲學的方法，綰合中國哲學變化氣質的理念撰成。發表之後，葉慶炳老師特別在他研究所的「文學批評」課程，發給研究生們討論，不論對錯，成立與否，對我終是受寵若驚的鼓勵。「論詩與評」則是將聆聽葉嘉瑩老師「詩選」課程的經驗，重作語言、概念分析。撰成之後，特請我們上課時所用《詩選》課本的編者戴君仁（靜山）老師指正，戴老師還立即來函鼓勵我：可以在理論思維的方向發展。遂使本文對我而言，亦滿涵對戴老師等人的思念。

以西洋的「悲劇」觀念，探討中國古典文學，首見於王國維的《紅樓夢評論》，他亦在《人間詞話》作了點到為止的運用。我對於「悲劇」的瞭解，基本上受惠於姚一葦先生對亞里士多德「詩學」的譯注。姚先生因我參加《現代文學》雜誌編務而對我多方指點；尤其贈我基本的現代美學論著，鼓勵我進修美學。後來他亦參與葉慶炳老師等人籌組的比較文學會；當他邀我與葉慶炳老師等人創辦「文學評論」雜誌時，我就寫了「論悲劇英雄」一文，作為編委們必須投交的稿件，以回應我們當時的關懷。這篇文章中，項羽的形象來自葉慶炳老師教授的「史記」課程，竇娥則來自鄭騫（因百）老師的「元明戲劇」課程，林黛玉則略為補充了我先前寫作〈紅樓夢的喜劇意識〉所未處理該書的精神與精華所在的部分，因而這也是我自己所無法忘懷的文字。

教導我認識中國傳統文學理論的是廖蔚卿老師，她教我們「文心雕龍」，後來更出版了同時照應通論與專論、《詩品》與《文心》的《六朝文論》等書，極為精彩。高友工先生更是在西洋哲學的基礎上會通了中西文化、文學傳統。除了在臺期間蒞臨我和同學們組成的「文學討論會」，作了多次的演講，也在我初訪紐約的期間，提示我「中國美學」研究的重大發展與重要性，後來更在我任哥倫比亞大學訪問學者期間，答應將他的文學理論著作交由我來負責出版，因而遂有導讀之作。

由於「神韻」一詞的提出，首先見於謝赫的《畫品》，因而我開始跨出文學範疇，踏入中國美學的初步探討，就從謝赫入手。該文後來則獻給教授我「中國科技史」，並且身為五四時期「新潮社」、《新潮》雜誌發起人，來到臺大任教的毛子水老師，作為壽慶論文集的一篇。

大三時因是王文興老師「現代文學」一課的學生，開始有創作與評論被王老師接納而刊於《現代文學》雜誌，後來又為該刊「中國古典文學研究專號」撰稿，以至成為古典文學研究專欄編輯，甚至後來更被白先勇先生委以《現代文學》主編重任。而葉維廉老師，則是我去旁聽了他返臺客座時所授「現代文學批評」一課，又前後都屬「現代文學」雜誌與「文學評論」雜誌的前輩，對我而言，則亦是多方啟發的師長……

本書中的各篇，都是此中有人，值得深念，雖然亦不必多加言說，因為這些文字論說是否具有說服力，原不在這些象外之象的言外之意。但他們的典範與教化如長松蔭蔽，松風吹撫，卻漸漸在回憶中成為河星一般的恒在，這則是我展閱各篇所不能忘懷。

## 人之好我，示我周行

愛默森曾經說過：人生最重要的是一些能夠令我們竭盡所能去努力的人，他們喚醒了我們生命的自覺，並且和我們分享努力的喜悅與成果。不僅前述各篇的背後，都有這樣的師長、朋友存在。長久以來，深深感覺所以可以活得熱烈、過得充實，其實也都有這樣的經典或優美作品在，不知不覺就成為見賢思齊的尚友對象；同時，師、友之外，更多的是足以啟予的學生、聽眾與讀者。

我自然不會如蘇格拉底般的斷言，缺乏自覺的生活就不值得去過活，但我卻可以同意：

> 缺乏自覺與分享的生命，是貧乏的。

同樣的：

> 沒有想像與嚮往的生活，也是沉悶的。

因為，希望就是想像與嚮往：願希望長存，分享無盡……

柯慶明

2016年三月於臺大澄思樓308室

# 〈樂記〉之「聽覺身體」論析

陳秋宏[*]

## 摘要

本論文探究〈樂記〉「聽覺身體」的不同維度，認為〈樂記〉之「聽覺身體」中，蘊含「感覺層次」與「知覺層次」之別。在「感覺層次」上，對聽覺感染心性之作用深有警惕，而有「防杜聽覺身體」的一面。而在知覺層次上，與禮樂轉化氣質的一面結合，凸顯出「周旋動禮的聽覺身體」。將周旋動禮之精神，安頓於人倫場域，而開展出「人倫互滲的聽覺身體」面向。人倫之推擴，納入社會、萬物，涵融天人關係，而有「天人共感」的一面，將聽覺之施用與效應，推擴至極點。同時又透過對「理想的聽覺體驗」之標舉，融匯「周旋動禮」、「人倫互滲」、「天人共感」諸層次，而蘊含文化理想之貫注。在這些不同維度交融互滲的「聽覺身體」中，可見出個體與群體觀念之融混不分，且涵蓋不同階層，並可見出歷史積澱性，以及聽覺與「感物」、「類應」之理相滲透等理論意義。從中可見出，〈樂記〉如何形成以「聽覺身體」為中心，綰合了從情感、身心內外、家庭宗族、政治社會、政化理想等，從個人到文化群體的綜攝架構，形成一個大我與小我交融、人倫互滲、天人共感的文化圖式和理論框架。

關鍵詞：樂記、聽覺身體、感物、類應、樂教

[*] 國立中山大學中國文學系副教授。

## 一、前言：〈樂記〉與「聽覺體驗」、「聽覺身體」

關於《禮記・樂記》的研究，有許多面向，一是傳統經學、學術史、思想史的途徑，探討的是〈樂記〉[1]所反映的「樂教」思想、學術價值等議題，或側重於作者、成書時代、思想流派之歸屬、或討論篇章次第等問題，[2]或探究其中所蘊含的心性觀念、禮樂關係、樂論，或與其他儒家典籍、學派進行論述，[3]或透過〈樂記〉比較中西音樂思想、音樂教育等議題。[4]另一面向，乃從美學的角度，探究〈樂記〉的美學思想或美學觀念。[5]第三種

---

[1] 在學術論著中，引用「樂記」或用篇名號：〈樂記〉，或用書名號：《樂記》，並未統一。因劉向編纂《別錄》前，「樂記」已以書籍之形式流傳，且先秦古籍中有諸多名篇乃以單篇流傳，故視之為書籍亦可。筆者可接受此種說法，然而此論文中，還是稱〈樂記〉，將其視為《禮記・樂記》之簡稱。蓋現存可見之「樂記」，已是《禮記》留存之11篇。加上劉向提及的另12篇，總為23篇的《樂記》，並未流傳。故引證此十一篇之內容，以〈樂記〉視之。但引述其他學者之論文，尊重其用法，不作改動。

[2] 關於〈樂記〉作者、成書時代、思想流派、篇章次序等議題，學術上聚訟紛紜，莫衷一是。作者方面有公孫尼子、河間獻王劉德、荀子學派等說，各擁其說者甚多。本文不擬介入諸紛爭中，而認為呈顯在《禮記》中的〈樂記〉，是一種歷史文獻檔案，從先秦到秦漢間，經由多人編訂修改而成，反映的是先秦樂教發展和影響之精華（先秦樂教的原貌、全貌、盛貌已不可知）。王禕（1978- ）於《《禮記・樂記》研究論稿》，對於〈樂記〉章節、篇次，作者及成書進行考辯，可參。關於作者，有云：「今本《樂記》的部分乃至主體最初發端於戰國時期的公孫尼子，中間經采經者、諸子等的增刪，最後定型於毛公、劉德，取名《樂記》」；見王禕，《《禮記・樂記》研究論稿》（上海：上海人民，2011），頁53-60。但葉國良認為〈樂記〉中僅〈樂化〉篇為《公孫尼子》佚文，見葉國良，〈公孫尼子及其論述考辨〉，《臺大中文學報》第25期（2006），頁30-35。蔣義斌則認為〈樂記〉中論「樂」的有些觀念受道家影響，比如道家「較喜以聲訓聖，只論樂而不談禮」，但在主軸上仍維持儒家「禮樂合論」的立場，見蔣義斌，〈〈樂記〉的禮樂合論〉，《簡牘學報》第14期（1992），頁140-154。

[3] 如何美諭，〈論《樂記》所闡述之「性」與「樂」的關係〉，《鵝湖》第34卷第7期（2009），頁47-55。黃啟書，〈《禮記・樂記》論「和」諸義蠡探〉，《中國文學研究》第11期（1997），頁143-156。戴璉璋，〈從「樂記」探討儒家樂論〉，《中國文哲研究通訊》第14卷第4期（2004），頁37-48等，此類論文甚多，不具引。

[4] 如李美燕，〈「和」與「德」——柏拉圖與孔子的樂教思想之比較〉、黃淑基，〈論《禮記・樂記》主要思想與叔本華音樂思想之差異〉等。詳參李美燕，〈「和」與「德」——柏拉圖與孔子的樂教思想之比較〉，《藝術評論》第20期（2010），頁123-146。後文見黃淑基，〈論《禮記・樂記》主要思想與叔本華音樂思想之差異〉，《通識研究集刊》第11期（2007），頁141-154。

[5] 如林朝成，〈「樂記」與「樂論」審美理想對比研究〉、王禕，〈由《禮記・樂記》之「樂」字的形而上涵義看秦漢時人審美意識的演變〉、〈《禮記・樂記》「遺音遺味」說與「味」的文藝審美〉等。詳參林朝成〈「樂記」與「樂論」審美理想對比研究〉，《成大中文學報》第1期（1992），頁233-249。王禕，〈由《禮記・樂記》之「樂」字的形而上涵義看秦漢時人審美意識的演變〉，《澳門理工學報》第38期（2010），頁90-98。王禕，〈《禮記・樂記》「遺音

面向，則是文學理論的研究，尤其聚焦在〈樂記〉與〈詩大序〉的理論聯繫上。[6]最後，則是文化的視野，比如從禮樂制度、儀式文化等面向，還原、重現樂教時代音樂儀式力量或音樂教育的教育成效。[7]這些面向，自有該領域的學者所關心議題，以及各領域的研究側重。近來，出現能橫跨不同面向的研究，比如王禕之作，既處理前述第一面向的種種考證問題，也能從「史前巫卜文化」的原始思維探究〈樂記〉，或從「類概念」探究〈樂記〉的邏輯體系，這都是比較新穎的視域。[8]這些不同研究進路所呈現的，是〈樂記〉的複雜性，以及「樂教」之豐富意涵。可見〈樂記〉所蘊含的理論議題，以及所反映的文化現象，依然具有深入掘發的內蘊。

本論文的研究視角，與前述諸面向略有不同。在這些研究中，大都把〈樂記〉視為先秦時代重要的文獻之一，根據自身所關心的議題或理論預設，扣擊〈樂記〉而得到答案。但由於研究進路所限，很容易形成視域上的遮蔽或盲點。因此，筆者不擬重複這些論述或重述某些議而未決的論題，而希望從不同的面向敞開不同的視野，探究以「聽覺」為中心的身心主體：「聽覺身體」，[9]在〈樂記〉所映現的「樂教」時代情境和文化氛圍中，如何成為一種綜貫而具涵攝作用的結構中心，匯聚、綰合了從情

---

遺味」說與「味」的文藝審美〉，《澳門理工學報》第41期（2011），頁117-127。

6 比如朱自清（1898-1948）在《詩言志辨》中討論「以聲為用」、「以義為用」，就引述〈樂記〉來論述詩教與樂教的分合；詳參朱自清，〈詩教三：溫柔敦厚〉，《詩言志辨》（臺北：五洲出版社，1964），頁129-130。鄭毓瑜（1959- ）在〈〈詩大序〉的詮釋界域——「抒情傳統」與類應世界觀〉一文中承繼朱說，而對樂教語境下「詩言志」中的詩樂關係有更細膩的推論，開展出類應世界的討論；詳參鄭毓瑜，〈〈詩大序〉的詮釋界域——「抒情傳統」與類應世界觀〉，《文本風景：自我與空間的相互定義》（臺北：麥田出版社，2014），頁239-291。另外，如蔡瑜（1959- ）〈論「聲音之道與政通」的意涵及其在詩評中的演繹過程〉以及黃偉倫〈〈樂記〉「物感」美學的理論建構及其價值意義〉二文，各自對〈樂記〉中「聲音之道」的政教觀與「物感」蘊含的創作原理和理論意義，多所闡發。大略而言，文學理論的研究，雖注意到〈樂記〉，但論述的核心依然在〈詩大序〉，因為「影響後世最深的卻是〈詩大序〉的詩歌理論」。詳參蔡瑜，《唐詩學探索》（臺北：里仁書局，1998），頁300。黃偉倫，〈〈樂記〉「物感」美學的理論建構及其價值意義〉，《清華中文學報》第7期（2012），頁107-144。

7 如林素玟〈儀式、審美與治療——論「禮記・樂記」之審美治療〉、胡企平〈從中國古代「王天下觀」下的學校音樂教育到中國近現代學校音樂教育的歷史發展〉等。詳參林素玟，〈儀式、審美與治療——論「禮記・樂記」之審美治療〉，《華梵人文學報》第3期（2004），頁1-33。胡企平，〈從中國古代「王天下觀」下的學校音樂教育到中國近現代學校音樂教育的歷史發展〉，《澳門理工學報》第38期（2010），頁74-89。

8 王禕，《《禮記・樂記》研究論稿》，頁218-229、323-340。

9 論文在敘述時為求明暢，有時以「聽覺」涵蓋「聽覺體驗」、「聽覺身體」。

感、身心內外、家庭宗族、政治社會、政化理想等，從個人到文化群體的綜攝架構，形成一個大我與小我的交融、人倫互滲、天人共感的文化圖式和理論框架。對於〈樂記〉「聽覺身體」之探析，將有助於理解此圖式與框架，以及文化影響和理論意義。筆者之視角，將與前述研究面向不同，其企圖揭露的議題和理論效力，亦有所不同。

「音樂」是一種聲音現象，研究其如何傳達、構成、共振之原理、方式，物理學或音樂學之樂律論著等，已論之詳備，此處不贅。而此聲音現象之能成立，端賴人根據這些音樂的物理性質、運用音樂的組成要素如節奏、和聲、旋律等進行組織創作，並透過演奏者之演繹、傳達、重現等具體活動，讓音樂與聽者之聆聽共在，達至一個相互詮釋，互為主體的場域：在其間，音樂不僅作用於聽者的「聽覺體驗」，形塑其「聽覺身體」和身心狀態；聽者自身所稟自習俗、社會關係、文化的種種觀念、思想、思維預設，也會在與音樂互動的過程中，投注其獨特的體驗效應和觀念視域，而影響與音樂有關的觀念場域。於是，當進入人的活動場域、文化情境中的音樂，其與「聽覺身體」之互動，便具有許多面向可探究：（一）指向的是：在此種互動場域中，對音樂自身的看法，以及音樂如何及於聽者，發生感染和影響力。（二）指向的是：「聽覺身體」如何在與音樂的互動中，界定自身，如何將此種互動置入人我關係、社會情境中，而得出對音樂視域的形塑與架構，同時又形塑了「聽覺身體」。（三）指向的是：在此種互動中，如何映現了一個特定的文化、民族，對於「音樂」的獨特看法。對於「聽覺身體」的特殊詮釋，有來自於文化觀念、思維預設的潛在印記和支撐。（四）最後，我們可透過音樂與「聽覺身體」之交互詮釋，見出某些或許與音樂或「聽覺體驗」不直接相關的特殊觀念視域，但卻同樣是其交互關係中，不可或缺的要素，且能映現出〈樂記〉成書之前，某些重要的觀念場域、文化因子、情境預設等，如何隱藏或進入「樂」與「聽覺身體」的互動關係中。

由此可見，當我們將「樂」與「聽覺身體」之互動，視為一整體關係和架構，其主軸將以「聽覺身體」為主，以見出「聽覺身體」與「樂」互動之諸多面向，蘊含不同維度交互呈顯而融混的複雜關係。「聽覺身體」自身即是一綜貫而具涵攝作用的結構中心。此種涵攝如何可能，因為，「聽覺身體」是一種「身體體驗」，也是一種「聽覺身體感」，筆者曾融合法國現象學家梅洛—龐蒂（Maurice Merleau-Ponty, 1908-1961）的身體觀，對「身體感」重作界定：

> 所謂「身體感」，即是「身體體驗」，是身體置身於世界中所產生的所有感受之總和，包含內在的情感、思想、想像等前意識、潛意識、意識層面和世界互動所產生的各種體驗。不只是感知，也包含了感覺、感情，不只是個人的觀感活動，語言的、社會的、習俗的、時代文化的影響同樣也匯聚在此種「身體感」中，而且更強調的不是單方面的影響，而是「在世存有」的活動中不斷對話、演變的過程。[10]

此說涵蓋了「身體體驗」的內在情意、意識屬性與外在的社會、文化屬性，且將之視為一動態發展的過程。雖然強調「身體感」之「感」，較側重於內在的一面，易招致誤會，但如果我們不受論述話語的限制，則可認為，無論運用「身體感」、「身體體驗」、「聽覺身體」等描述語彙，其目的都在重新肯定「身體」具有身心主體的整全性，並具有某種理論的框架作用，得以揭露出更周全的視角。我們必須將身心主體置放於更廣大的關係網絡中，去思考「身體」如何與世界互動，如何在此過程界定自身與世界，或探究此過程中不斷增衍意義的動態發展，並叩問其理論意義。置放於先秦「樂教」的文化情境中，當我們從「聽覺身體」的視角提出叩問，需提問的就是：「聽覺身體」如何在樂教的文化情境中，滲透至樂教的不同層面，而形成能融貫在內的感官、知覺特質的相關思考，以及指向人倫世界、政化精神和天人關係等諸種維度於其中的綜貫與涵攝架構？且應探究此種綜貫架構之形成，有何獨特的文化特質？反映出何種屬於傳統中國文化的深層模式和思維特色？這即是此篇論文所欲探索的面向。以下，先論析〈樂記〉中「聽覺身體」之各種維度。

## 二、〈樂記〉「聽覺身體」之不同維度

首先，〈樂記〉之「聽覺身體」中，最切近個體的、肉身的維度，是「聽覺身體」所蘊含的「感官層次」與「知覺層次」之別。在「感官層次」上，〈樂記〉之作者，對聽覺的官能屬性，對心性、情感之影響深有

---

[10] 陳秋宏，《六朝詩歌中知覺觀感之轉移研究》（臺北：新文豐出版社，2015），頁39。

警惕，而有「防杜聽覺身體」的觀念和舉措，由此衍生出避免感官侵擾、壓過心性的禁制層面。而在知覺層次上，發揮聽覺感染心性的正向力量，將「聽覺體驗」和「聽覺身體」納入禮樂轉化氣質的體制中，而凸顯出「周旋動禮的聽覺身體」，[11]此面向與「禮」相輔相成，於內於外，皆能施之有度，符合政化所需。而「周旋動禮的聽覺身體」，安頓於家族、君國；氏族與社會等人倫場域中，進一步開展出「人倫互滲的聽覺身體」面向，此種「互滲」，讓個體合禮有度的「聽覺身體」，與群體各安其位之「聽覺身體」融匯。再由人倫之推擴，納入社會、萬物，涵融天人關係，而有「天人共感」的一面。達此維度，將聽覺之施用與效應，推擴而形成「樂教」理想的感應式天人關係。以下，即分述這些不同維度的「聽覺身體」，及其交互關係。

## （一）感官層次的聽覺身體

「感官」層次，強調聽覺體驗被聲音誘引而無法自主的一面，這既切合於聽覺活動的屬性，另一方面，也彰顯古人對於感官影響心性、情感的自覺，受聽覺影響而有感官耽溺、精神流溢、主體移易等弊，並提出對治之道。先秦樂教中，諸如「審樂知政」、「禮樂刑政」的治道政化效應，以及「樂通倫理」，以禮樂應天配地的宇宙圖式，皆立基於對聽覺感官層次的體認與反思之基礎上。

此種體認，表現在如下幾個面向：1.對於音樂與人心、心性、情感之緊密聯繫，以「感於物」〈「應感起物而動」、「感於物而動」〉之觀念架構進行理論思考。2.區分出「聲」、「音」、「樂」之層次，此既是音樂物理形制之別，也是價值歸判之別。3.受音樂影響之聽覺身體，在聲音之類與情感之類的緊密對應間，對於溢出理性規範的情感有所自覺。以下分述之。

在〈樂記〉中，「感於物而動」，既是對心性的描述，具有人性論之意涵，也是對音樂之發生，所作的根源性推論。其中，看似作心性分析而不涉及聽覺的是〈樂本〉：「人生而靜，天之性也；感於物而動，性之欲也」。[12]然而〈樂本〉他處，一再強調音之產生，從人心而生、感於物而動、情動於中、人情所不能免之特點：「凡音之起，由人心生也。人心之

---

[11] 此處的「動禮」，指的是所「動」皆合禮的意涵。

[12] 孫希旦（1736-1784），《禮記集解》（臺北：文史哲，1990），頁984。本論文所據之〈樂記〉皆引自此版，僅於正文中以括弧標註篇名、頁碼，不另作注；引自相關集釋亦然，以免繁瑣。

動，物使之然也。感於物而動，故形於聲」（頁976）、「樂者，音之所由生也；其本在人心之感於物也」（頁976）、「凡音者，生人心者也。情動於中，故形於聲」（頁978）。〈樂言〉亦提及：「夫民有血氣心知之性，而無哀樂喜怒之常，應感起物而動，然後心術形焉」（頁998），[13]〈樂化〉亦有：「夫樂者，樂也，人情之所不能免也。樂必發於聲音，形於動靜，人之道也。聲音動靜，性術之變，盡於此矣」（頁1032）。皆可見在〈樂記〉之「聽覺身體」中，「人心」、「人情」，「感於物」而「形於聲」，既是「性」、「心術」、「性術」之必然，（「樂「必」發於聲音」），亦是聽覺體驗之必然，「聽覺身體」與心性觀念融合為一，這是〈樂記〉「聽覺身體」的一大特色。

從「感物而動」「形於聲」而生發的「聽覺身體」，[14]從理論的型態來看，可為中性的描述語，不帶價值評判的意涵，〈樂本〉第一則之論，純論「聲、音、樂」之物理變化，即不蘊涵價值意涵。[15]是以魏晉以降「感物」詩學之發展，可從〈樂記〉獲得理論之根源：「凡感物而皆有動」。[16]然而，〈樂記〉中對於「感」的影響，存有戒心：「先王慎所以感之」（頁977）、「感條暢之氣，而滅平和之德」（頁1001-1002），以及「使其曲直、繁瘠、廉肉、節奏足以感動人之善心而已矣，不使放心邪氣得接焉」（頁1032），皆可見〈樂記〉之「聽覺身體」中，與感官直接聯繫的聽覺體驗，具有可善可惡之潛質（「夫民有血氣心知之性，而無哀樂喜怒之常」），其善，可感發而存，引導至政化齊一之合倫身體；其惡，則須防堵禁止，以免淆亂善心。〈樂記〉中對能引發「放心邪氣」、使民「淫

---

13 此句「應感起物」如作「應物起感」，更明白易解，徐福全亦作如此解，見徐福全，〈樂記文學理論初探〉，《孔孟月刊》第16卷第9期（1978），頁37。又此句獨立來看似〈樂本〉篇末之論心性語，然而下文接到「是故志微、噍殺之音作，而民思憂」（頁998），明顯是貼合於聽覺身體之論。

14 如從「身體感」產生的根源來做區分，「感物而動」「形於聲」應屬於「發聲身體」，與聽音樂的「聽音身體」略有區別。但〈樂記〉中此種區別似不明顯，而更以後者為主。從體驗上來看，當「形於聲」之後的「發聲」，個體也是此種「所發之聲」的聽者，故稱之為「聽覺身體」，可同時包含「發聲身體」與「聽音身體」。但在論述「身體感」之不同來源時，此種區分有助於更細膩的討論。詳見下文續論。

15 〈樂本〉：「感於物而動，故形於聲。聲相應。故生變；變成方，謂之音。比音而樂之，及干戚羽旄，謂之樂」（頁976）。

16 〈詩品序〉：「氣之動物，物之感人，故搖蕩性情，形諸舞詠」，見鍾嶸著，曹旭集注，《詩品集注》（上海：上海古籍出版社，2011），頁1。〈物色〉：「物色之動，心亦搖焉……微蟲猶或入感，四時之動物深矣」，見劉勰著，詹鍈義證，《文心雕龍義證》（上海：上海古籍出版社，1989），頁1728。

亂」之「流辟、邪散、狄成、滌濫之音」（頁998）等「聽覺體驗」，皆有意識地禁絕防杜。皆可說明，在〈樂記〉之「聽覺身體」中，對聽覺體驗之分類、比較，以價值判斷來區辨，雖無此論文採用的「感官層次」與「知覺層次」等架構（說詳下），但實際進行的確是類似的區判：只要引發流辟邪氣之聲，皆被貶抑為感官層次：「是故知聲而不知音者，禽獸是也」。由是在「聲、音、樂」物理變化之外，注入了價值分判的意味：

> 凡音者，生於人心者也；樂者，通倫理者也。是故，知聲而不知音者，禽獸是也；知音而不知樂者，眾庶是也。唯君子為能知樂。是故，審聲以知音，審音以知樂，審樂以知政，而治道備矣。是故，不知聲者不可與言音，不知音者不可與言樂。知樂，則幾於禮矣。（〈樂本〉，頁982）

也因而對「聲、音、樂」之分，當疊加上價值評判時，「聲」成為誘引感官的聽覺、「樂」成為人文治道理想的載體、而「音」則介於兩者之間。亦即是：「聲」與一部分的「音」相應於感官層次之「聽覺」；而「樂」與一部分的「音」相應於知覺層次之「聽覺」。關於知覺層次，將於下一小節論述。由於「音」具有感官層次，在「知音而不知樂者，眾庶是也」之價值分判下，貴為君王的魏文侯，因喜愛「鄭、衛之音」等「新樂」，被子夏貶為「今君之所問者樂也，所好者音也」（頁1015），而降格與眾庶之「聽覺身體」同位階：因其所喜愛的「鄭、衛之音」具有誘引感官的一面。[17]從物理形制來看「古樂」與「新樂」，應皆涵蓋「聲、音、樂」，但「新樂」因其引發感官愉悅之效，在子夏之價值分判下，被貶為「音」。此外，如「樂之隆，非極音也」，「清廟之瑟」，以「遺音」為特色，可見在「極音」及「遺『音』」之「音」之外，有超乎感官層次的其他面向。「極音」之「音」，與「極口腹耳目之欲」之「欲」，皆有感官誘引性。也因而〈樂記〉中與「人心」相聯繫者，多為「音」而少為「樂」，[18]自可見出感官層

17　〈魏文侯〉：「聽鄭衛之音，則不知倦」可證其感官性。方愨有云：「魏文侯好鄭、衛之音，齊宣王好世俗之樂，此眾庶之知音也」（頁982）。

18　〈樂本〉中多處提及「凡音之起，由人心生也」。少數的例外是〈樂象〉「樂者，心之動也」（頁1006）以及〈樂化〉「夫樂者，樂也，人情之所不能免也」（頁1032），但〈樂記〉中大多數的「樂」字，多具有知覺層次或價值評判的意味，但「樂」之不能完全斷絕其與「心」、「人情」之聯繫，亦自有其內因，畢竟「樂」依然有其「聽覺屬性」，要透過聽覺作用於人

次的「聽覺身體」，是〈樂記〉「聽覺身體」中的一個維度。

此外，〈樂記〉「聽覺身體」之感官層次，可於情感之「類」與聲音之「類」之對應見出：

> 是故其哀心感者，其聲噍以殺；其樂心感者，其聲嘽以緩；其喜心感者，其聲發以散；其怒心感者，其聲粗以厲；其敬心感者，其聲直以廉；其愛心感者，其聲和以柔。六者非性也，感於物而后動。[19]（〈樂本〉，頁977）

從「六者非性也」一句可知，此文的作者清楚意識到：在感物身體中，情感與所發之聲，自有「聲」「情」上的對應。[20]再結合〈樂記〉中提到的「志微、噍殺之音作，而民思憂」，可見〈樂記〉「聽覺身體」之維度中，自可區分出「感於物而形於聲」「由民心而生」之「聲、音、樂」以及「下感於人」要「慎所以感之」的「聲、音、樂」兩個層次。[21]其中，由「由民心而生」者，（於「聲、音、樂」之關係中）多偏於「聲」的聲情相應，而在「慎所以感之」者，為預防感之偏邪，則更以聖王君子之「樂」為主。政化禮樂之效，就在引導民心眾庶易受聲音浸染之「聽覺身體」，脫離感官層次而引導至知覺層次：受禮樂陶冶，而達致「周旋動禮」之成效。一方面，對感官的流弊深有戒心，故對「聽覺身體」之防杜亦有一套規範，此點將於下文述之；另一方面，對感官之流弊深有自覺時，便能追求感官層次之外、超乎感官之上的聽覺體驗：「極音」之外的「遺音」，此乃知覺層次的「聽覺身體」。

## （二）知覺層次的聽覺身體

所謂「知覺層次」之「知覺」，以及前文所云「感官層次」，嚴格說來，並非〈樂記〉之作者群所能使用的理論術語。然而借助梅洛—龐蒂

情，而收感染化成之效。

[19] 《禮記集解》版本作「后」，故不改為「後」。

[20] 鄭玄（127-200）、孔穎達（574-648）、孫希旦皆解此段文字中的「聲」為「人聲」，良有以也。

[21] 孔穎達清楚點出此兩個層次之整全性：「樂聲善惡，本由民心而生，合成為樂，又下感於人」（頁999）。孫希旦亦云：「此所言六者之音，與第一篇同，但彼言人心之感而為聲，此則言樂音之感人而人心應之也」，見孫希旦（1736-1784），《禮記集解》，頁1000。在筆者之論述，此乃「發聲身體」與「聽音身體」之別。但兩者於民心上亦可融會於一。

（Maurice Merleau-Ponty, 1908-1961）對「感覺」（sense）[22]與「知覺」（perception）的辨析，有助於我們省視〈樂記〉「聽覺身體」之不同面向。在梅洛—龐蒂之前，sense之官能，將外界事物的各種刺激傳到大腦，屬於生理層次之反應。而梅洛—龐蒂則提出兼融於心物關係的「知覺」，以解決傳統舊說之弊。「知覺」是身體體驗的一部分，不僅與存有的存在體驗和具體情境密切聯繫，也構成了主體活動的基礎。知覺不像感覺一樣只是被動接收，而更具能主動歸納，甚至在先意識（pre-conscious）上，知覺已與世界互動，影響著人「在世存有」（being-in-the-world）的體驗。「知覺」與「感覺」之別，在於「知覺」構成了存在的基礎，是精神或情感的潛在框架；而「感官」則是被物誘引的被動體驗。除此之外，梅洛—龐蒂認為透過「知覺」，身體主體（body subject）可與生活世界（living world）不斷對談而衍生新義，[23]此點更具理論意義。借用梅洛—龐蒂之說，筆者認為，在〈樂記〉中，確有「感官層次」與「知覺層次」之別。「感官層次」，是被對治防堵，而「知覺層次」，則是禮樂化成的基礎。

〈樂記〉「聽覺身體」之「知覺層次」，有幾個面向，其一，是前述「遺音」層次，意即「感官」所難以企及者，寄寓著「聽覺身體」實踐人倫的力量。其二，在「樂之文」、「禮之文」所敞開的禮樂空間，是人倫實踐的場域，可形塑身心主體。其三，發揮樂「轉化感官」的知覺作用，以導引民心。此三面向，無意中應和梅洛—龐蒂所說：知覺有助於身心主體在與世界的對談中衍生新意，從而提升自身。以下分說之。

〈樂本〉對「遺音」、「遺味」之論述，當然具備如王禕所言，轉化出後世「味外之旨」等一系列「藝味」論的理論潛質。[24]然而，從其論述脈絡來看，「遺音」之體會，是在「歌清廟之詩」、「升歌清廟」的宗族儀式之場合中，以「質素之聲」（孔穎達語，頁983）為特色，其目的在「示德，故不極音而有餘於音」（孫希旦語，頁984）。因而此種「聽覺身體」之強調，受儀式音聲影響，不要求參與儀式者具備合宜於禮樂所要

---

[22] 中譯sense為感覺，但先秦諸子如儒、道，皆意識到五官擾動心智的一面，更偏向於官能的影響，故論文所述稱「感官」，而摘述Merleau-Ponty之論則依譯本。

[23] Maurice Merleau-Ponty, *Phenomenology of Perception*, translated by Colin Smith (London: Routledge & Kegan Paul, 1962), Preface and Part one: The Body. 中譯可參考姜志輝譯，《知覺現象學》（北京：商務印書館，2001），頁1-34。

[24] 王禕，《《禮記・樂記》研究論稿》，頁303-306。

求的身心狀態（能有此狀態更好），但透過特定儀式音聲、飲食的規範，亦能達到「教民平好惡而反人道之正」之效。重點在禮樂儀式所形塑的氛圍，「遺音」、「遺味」並非所求。因而，從被動地在儀式中體會到「遺音」、「遺味」之知覺感染，更進一層，可透過「聽覺身體」之參與，打開人倫實踐場，在實踐中形塑身心主體。

進入特定儀式音聲，其所指向的「聽覺身體」，乃有特定的規範、陶冶，〈樂論〉有云：

> 故鐘、鼓、管、磬、羽、籥、干、戚，樂之器也。屈伸俯仰，綴、兆、舒、疾，樂之文也。簠、簋、俎、豆，制度、文章，禮之器也。升降上下，周還、裼、襲，禮之文也。故知禮樂之情者能作，識禮樂之文者能述。作者之謂聖，述者之謂明。（頁989）

從中可區分出「禮樂之器」、「禮樂之文」、「禮樂之情」等三種層次。從知覺面向來看，「禮樂之器」僅是配合儀式之工具，只有物質性的輔助功能。而「禮樂之文」，無論是「綴」、「兆」的「舞者之位」（鄭玄語，頁990），還是「升降」、「周還」的禮制儀式之規範，結合「禮樂之器」（在物質性的工具中注入儀式意涵），才能真正塑造出能引導參與者身心進入此「聽覺身體」之整全儀式，而發揮禮樂之效。至於「禮樂之情」，因屬聖王君子述作之職，將於「理想的聽覺身體」中論述。

因此，〈樂記〉「聽覺身體」之知覺層次，強調「不可斯須去身」（〈樂化〉，頁1029）的一套身心不斷參與、實踐體證的儀式和場域：「聽其雅、頌之聲，志意得廣焉；執其干戚，習其俯仰詘伸，容貌得莊焉；行其綴兆，要其節奏，行列得正焉，進退得齊焉。」（頁1034）。這套儀式，消極上要避免身心主體受淫樂誘引：「惰慢、邪辟之氣不設於身體。使耳、目、鼻、口、心知、百體，皆由順正（此順正，已經是身體與知覺層面之樂深層互動所產生的影響）以行其義」（〈樂象〉，頁1003），積極上則要「使其曲直、繁瘠、廉肉、節奏足以感動人之善心」（〈樂化〉，頁1032）。亦即身處於此儀式之「聽覺身體」，其知覺層次不斷獲得提升、浸染，終究能達致與樂合一的理想情性：「是故情深而文明，氣盛而化神。和順積中，而英華發外，唯樂不可以為偽」（〈樂象〉，頁1006）。然而此種理想的境界，僅侷限於能體踐禮樂儀式的特定階層者方能達致，或蘊涵〈樂記〉作者的理想投射。社會眾庶，更簡便的方式乃：「以音樂代替儀式，音樂即蘊涵儀式的功能」，透過「聽覺」之浸染而發揮作用，其具體方式如下：

首先，於政治體制上將樂教納入：「立之學等，廣其節奏，省其文采，以繩德厚。律小大之稱，比終始之序，以象事行」（〈樂言〉，頁1000），方能形成社會整體浸染於禮樂氛圍的美好藍圖：

> 樂在宗廟之中，君臣上下同聽之則莫不和敬；在族長鄉里之中，長幼同聽之則莫不和順；在閨門之內，父子兄弟同聽之則莫不和親。（〈樂化〉，頁1033）

而在施教上，對音樂有特定要求：

> 是故志微噍殺之音作，而民思憂，嘽諧慢易，繁文簡節之音作，而民康樂。粗厲猛起，奮末廣賁之音作，而民剛毅。廉直勁正莊誠之音作，而民肅敬。寬裕肉好順成和動之音作，而民慈愛。流辟邪散狄成滌濫之音作，而民淫亂。（〈樂言〉，頁998）

要選擇能使民「康樂、剛毅、肅敬、慈愛」的音樂，方能發揮音樂「轉化感官」的作用，形塑人民之「聽覺身體」。

從上述分析可知，知覺層次的「聽覺身體」能發揮影響，有兩種路徑，其一是個人的體踐，其二是社會群體的共同參與，但共同點則是樂教人文化成氛圍的塑造。在〈樂記〉中，似更強調後者，但由於「聽覺體驗」同時作用於個體與群體，故個人與群體於〈樂記〉中亦融混不分。[25]

## （三）周旋動禮的聽覺身體

「聽覺身體」之知覺層次，此不斷參與、身心體證的儀式、活動，落實在政化圖景中，有更具體的規範可循，這即是與「刑政」功能相同的「治道」之法：「禮樂」。對「禮樂」之強調，凸顯出樂教獨特的文化屬

---

[25] 如此看來，〈樂記〉能兼容孟子學派的心性修養功夫（「情深而文明，氣盛而化神」）與荀子學派重社會教化的禮樂化成，自有其「聽覺身體」之內在理路。

性：亦即「聽覺身體」須參照人倫、社會的實踐場域，以融入「禮樂刑政」的治道範式中，而不僅僅是聽覺體驗而已。因而〈樂本〉「知樂則幾於禮矣」（頁982），自有樂教之獨特意涵：「樂」超乎感官、知覺層次，而被納入社會秩序中，或與「禮」並列、互補。在禮樂刑政中的禮樂關係，根據禮樂彼此之參證、對話，其關係約有：1.禮樂並列、並舉，有相互抗衡之作用，此抗衡是立足於彼此之間各為一充足圓滿之觀念領域、實踐範疇，且各自成為治道之一極（亦即可分可合）。2.禮樂之互補性關係；3.禮樂之同質性。此三種關係中，「聽覺身體」之意涵亦略有別，以下申說之。

禮樂並列並舉，於〈樂記〉之行文脈絡中，已形成一種對稱鋪排的申論結構，而在禮樂各自的觀念範疇中，統領許多相對應的子觀念，略舉如下：[26]

**表一：〈樂記〉中禮樂關係表**

| 樂 | 禮 | 篇目 | 禮樂關係 |
|---|---|---|---|
| 和民聲 | 節民心 | 樂本 | 並列 |
| 同，同則相親 | 異，異則相敬 | 樂論 | 並列 |
| 勝則流 | 勝則離 | 樂論 | 並列 |
| 上下和 | 貴賤等 | 樂論 | 並列 |
| 由中出故靜 | 自外作故文 | 樂論 | 並列 |
| 大樂必易 | 大禮必簡 | 樂論 | 同質 |
| 至則無怨 | 至則不爭 | 樂論 | 並列 |
| 樂達：暴民不作，諸侯賓服，兵革不試，五刑不用，百姓無患，天子不怒 | 禮行：合父子之親，明長幼之序，以敬四海之內天子如此 | 樂論 | 同質 |
| 大樂與天地同和 | 大禮與天地同節 | 樂論 | 並列 |
| 和故百物不失 | 節故祀天祭地 | 樂論 | 並列 |
| 異文合愛 | 殊事合敬 | 樂論 | 並列 |
| 鐘鼓管磬，羽籥干戚，樂之器<br>屈伸俯仰，綴兆舒疾，樂之文 | 簠簋俎豆，制度文章，禮之器<br>升降上下，周還裼襲，禮之文 | 樂論 | 同質 |
| 天地之和……和故百物皆化 | 天地之序……序故群物皆別 | 樂論 | 並列 |
| 樂由天作……過作則暴 | 禮以地制……過制則亂 | 樂論 | 並列 |
| 論倫無患，樂之情<br>欣喜歡愛，樂之官 | 中正無邪，禮之質<br>莊敬恭順。禮之制 | 樂論 | 同質 |

[26] 表格中一格內上下排列者，表示該文句前後屬於一個段落。又為凸顯並列性與同質性、互補性之不同，故此表格中也納入後二者的關係。此種區分並非截然可判，有時並列中蘊含同質或互補性，暫不擬細分。

| 樂 | 禮 | 篇目 | 禮樂關係 |
|---|---|---|---|
| 功成作樂……功大者其樂備 | 治定制禮……治辯者其禮具 | 樂禮 | 同質 |
| 干戚之舞非備樂 | 孰亨而祀非達禮 | 樂禮 | 同質 |
| 五帝殊時，不相沿樂 | 三王異世，不相襲禮 | 樂禮 | 同質 |
| 樂極則憂 | 禮粗則偏 | 樂禮 | 並列 |
| 流而不息，合同而化，而樂興焉 | 天高地下，萬物散殊，而禮制行矣 | 樂禮 | 並列 |
| 春作夏長，仁也……仁近於樂 | 秋斂冬藏，義也……義近於禮 | 樂禮 | 並列 |
| 樂者敦和，率神而從天 | 禮者別宜，居鬼而從地 | 樂禮 | 並列 |
| 聖人作樂以應天 | （聖人）制禮以配地 | 樂禮 | 並列 |
| 樂著大始……著不息者天 | 禮居成物……著不動者地 | 樂禮 | 並列 |
| 樂者所以象德 | 禮者所以綴淫 | 樂施 | 並列 |
| 樂也者施也 | 禮也者報也 | 樂象 | 並列 |
| 樂其所自生<br>樂章德 | 反其所自始<br>禮報情反始 | 樂象 | 同質中有互補 |
| 情之不可變者 | 理之不可易者 | 樂情 | 並列 |
| 樂統同 | 禮辨異 | 樂情 | 並列 |
| 窮本知變，樂之情 | 著誠去偽，禮之經 | 樂情 | 同質 |
| 樂者，非謂黃鐘、大呂、弦、歌、干、揚也，樂之末節也，故童者舞之 | 鋪筵席，陳尊俎，列籩豆，以升降為禮者，禮之末節也，故有司掌之 | 樂情 | 同質 |
| 致樂以治心，則易、直、子、諒之心油然生矣。 | 致禮以治躬，則莊敬，莊敬則嚴威 | 樂化 | 並列 |
| 心中斯須不和不樂，而鄙詐之心入之矣 | 外貌斯須不莊不敬，而易慢之心入之矣 | 樂化 | 同質 |
| 動於內者 | 動於外者 | 樂化 | 並列 |
| 樂極和 | 禮極順 | 樂化 | 並列 |
| 樂主其盈……盈而反，<br>以反為文……盈而不反則放<br>樂有反……樂得其反則安 | 禮主其減……減而進，<br>以進為文……減而不進則銷<br>禮有報……禮得其報則樂 | 樂化 | 並列中有互補 |
| 樂者，先王之所以飾喜 | 軍旅鈇鉞者，先王之所以飾怒也 | 樂化 | 並列 |

從中可見，並列的禮樂關係，是〈樂記〉申說禮樂功能最主要的論述方式。此種並列結構，將禮樂各自的性質，透過許多子觀念（如內、外；同、異；和、節等）的比較、釐清、對舉、映照，以凸顯治道藍圖中，禮樂功能有別：樂與內在的情性、和順之情、人倫親愛關係有內在的聯繫，此與樂教「聽覺身體」相表裡，亦是聽覺浸染於「聽覺體驗」的自然體現：聽覺始終先從內在觸動、陶染於身心整全。無論「善心」之「感動」或是「惰慢、邪辟之氣」的引發，〈樂記〉之作者始終準確地掌握「聽覺身體」之內在質素。而作為與「樂」對舉之「禮」，強調外在施加於人身

的人倫關係或政治、社會儀則規範。因此，「禮」之規範力量同時也作用於「樂」之「聽覺身體」，賦予原先內在的「樂」某種社會屬性。因為「樂」透過聽覺體驗，拉近人倫關係，但其弊則易生輕慢之心，須「禮」以節之。而「樂」之柔性（與「喜」類應）特質，一方面凸顯出「禮」之剛性（與「怒」類應），同時又加以調和，使其不至於因過度「節」「減」而遠離人情。此乃〈樂化〉：「禮之報，樂之反，其義一也」的內在緣由：作為並列對顯的「禮樂」關係，實際上相互調和互補，相需相成。[27]孫希旦發揮其義，有云：

> 禮減而不進，則有見於嚴，無見於和，必至於倦略，故銷。樂盈而不反，則有見於和，無見於節，必至於流宕，故放。[28]（頁1031）

故知「禮」「樂」即使並列、對舉，看似各有功能，實則相互補充。在「禮」「樂」並列對舉中，亦可見出其同質性。同質性更是互補性之外，更能見出「禮」「樂」相通無別的特色。此同質性兼顧「禮」「樂」之內外面向，內則於「殊事合敬」、「異文合愛」見出「禮樂」皆指向人情的一面，外則見出「禮」「樂」同時兼有「器」、「文」的層次。[29]此外，同質性的映照關係，還有同時提到「禮樂」，在〈樂記〉之文脈中，有時單獨出現，或在禮樂並列的論述之後（或之前）出現，〈樂記〉中此類文句亦不少，略舉如下：

---

27　前述表格中，此面向以互補性描述之。

28　孫希旦注〈樂論〉所云，更切近「禮」「樂」關係之本質：「蓋禮之與樂，若陰之與陽，仁之與義，其理同出於一原，其用相須而不離。樂所以和禮，而禮之從容不迫者即樂也；禮所以節樂，而樂之節制不過者即禮也」，見孫希旦，《禮記集解》，頁987。蔣義斌對〈樂記〉的這種禮樂關係，以「禮中有樂，樂中有禮的辯證法」視之，見蔣義斌，〈〈樂記〉的禮樂合論〉，頁150-152。而張蕙慧則云：「理想的禮，是要樂化的禮；理想的樂，是要禮化的樂」，見張蕙慧，〈樂記中的樂教思想〉，《新竹師專學報》第12期（1985），頁272。

29　而「殊事合敬」、「異文合愛」可視為「禮」「樂」之「情」。指向內的部分亦包含「論倫無患」、「中正無邪」，指向外的部分亦包含「功成作樂」、「治定制禮」等典章制度方面的舉措，甚或內外無別的「易」、「簡」。

**表二：〈樂記〉中「禮樂」並稱表**

| 文句 | 篇目 |
|---|---|
| 明則有禮樂，幽則有鬼神。如此，則四海之內，合敬同愛矣。 | 樂論 |
| 禮樂之情同，故明王以相沿也。故事與時幷，名與功偕。 | 樂論 |
| 故知禮樂之情者能作，識禮樂之文者能述。 | 樂論 |
| 明於天地，然後能興禮樂也。 | 樂論 |
| 若夫禮樂之施於金石，越於聲音，用於宗廟社稷，事乎山川鬼神，則此所與民同也。 | 樂論 |
| 故聖人作樂以應天，制禮以配地。禮樂明備，天地官矣。 | 樂禮 |
| 及夫禮樂之極乎天而蟠乎地，行乎陰陽而通乎鬼神；窮高極遠而測深厚。 | 樂禮 |
| 樂著大始，而禮居成物。著不息者天也，著不動者地也。一動一靜者天地之間也。故聖人曰禮樂云。 | 樂禮 |
| 窮本知變，樂之情也；著誠去偽，禮之經也。禮樂偩天地之情，達神明之德，降興上下之神，而凝是精粗之體，領父子君臣之節。 | 樂情 |

合稱的「禮樂」，往往此乃「聖人」、「先王」所標舉創制的一套政治規範、法則，具有治道、政化之價值。透過合稱，將看似各自標舉對立、並列的「禮」「樂」，納入一更整全的政治視野及文化格局中。

在「禮」「樂」並列、互補、同質性的各種關係中，所映現的「聽覺身體」，有何意義？前文已論述，「樂」之「聽覺身體」，有向內陶冶的一面，可於個人體踐以及群體人倫生活中，獲得獨立具足的存在體證。這是「樂」有足以與外在的「禮」相抗衡、對顯的價值，成為可與「禮」並列的治道一端。然而，「樂」之聽覺體證，在先秦樂教人文化成的圖式中，需納入宗族、社會、國家，獲得人倫場域的驗證與調節。「禮」，就成為與「樂」搭配，規範、調節「樂」的外在力量。當強調禮樂並列時，從身心關係來看，或可進一步區分：「禮」體現的是一種「規範身體」（節、別），「樂」體現的是一種「體證身體」（和、化）。〈樂記〉中所言：「情深而文明，氣盛而化神。和順積中而英華發外，唯樂不可以為偽」，是樂之自覺體證。因而，「樂」之「體證」自有可與「禮」之「規範」並舉抗衡，這是〈樂記〉之作者於「聽覺身體」上，對「樂」的深入體證，而彰顯「樂」有別於「禮」之價值。這種價值也表現在「禮」與「樂」之同質關係上，因為在體證推至極端時，自可印認「禮」與「樂」同指向內心與發用於政化之途上的同質性。同質性所呈顯的身體意義，就是：從受樂教影響的整全身體感來看，「禮」「樂」在體證上是相通的；而從聖王施化治道的理想身體來看，「禮」「樂」同是相需相成的治道之法，不可或缺。而從互補性來看，從體證中體認「樂」中有「禮」，「禮」中有

「樂」，則是對「禮」「樂」兩者並列對舉的一種補充、矯正。

從〈樂記〉中見出「周旋動禮」的「聽覺身體」維度，揭露出不受感官牽引的「樂」，進入社會人倫政化場域，「樂」之內向的、與情感依存的「體證身體」，從個體到群體，始終與「禮」之「規範身體」相表裡。一方面藉以印證其「聽覺身體」之特質及其效應，一方面也調節、改變其特質，而具有更多人倫互滲的意涵。

## （四）人倫互滲的聽覺身體

從〈樂記〉「聽覺身體」中「禮」「樂」並重的層次來看，「聽覺身體」之身心性質，在聽覺體驗上，疊加許多政化意涵。亦即「聽覺身體」之屬性，需納於先秦時代特定的政化場域中，體現出「聽覺身體」與人倫互滲的一面，正可見出「樂」與「聽覺身體」之互動，注入了時代、文化的印記，此乃樂教時代特殊的「互滲」意義。[30]

〈樂本〉有云：「樂者，通倫理者也」（頁982）。我們除了注意「樂」與「倫理」之關係，還需注意「通」所蘊含的意義。〈樂本〉亦云：「聲音之道，與政通矣」（頁978），此「通」，即蘊含著〈樂記〉作者對「樂」與「倫理」之獨特理解：在「樂」與「倫理」之間，在「聲音之道」與「政」之間，存在著一種關係：這即是「以類相動」的類應之理，〈樂象〉有云：

> 凡姦聲感人而逆氣應之，逆氣成象而淫樂興焉。正聲感人而順氣應之，順氣成象而和樂興焉。倡和有應，回邪曲直各歸其分。而**萬物之理，各以類相動也**。（頁1003）

在屬於物理現象的「聲音」（「姦聲」、「正聲」）與聽者自身的「聽覺身體」因感聲而產生的生理現象（「逆氣」、「順氣」），以及由此生理

---

[30] 「互滲」一詞取自路先・列維—布留爾（Lucién Lévy-Brühl, 1857-1939）所提出的「互滲律」，他說：「在原始人的思維的集體表象中，客體、存在物、現象能夠以我們不可思議的方式同時是它們自身，又是其他甚麼東西」，見路先・列維—布留爾（Lucién Lévy-Brühl）著，丁由譯，《原始思維》（臺北：臺灣商務印書館，2001），頁76-77。王禕曾探討史前巫卜文化在〈樂記〉中遺存的面向，見王禕，《《禮記・樂記》研究論稿》，頁218-229。我們須注意，原始思維滲透於先秦文化中，自與巫術時代有別。音樂與原始互滲之潛在聯繫已融入〈樂記〉中，故筆者以「人倫互滲」稱之，有別於原始互滲。

現象而興發的音樂（「淫樂」、「和樂」），在〈樂記〉作者之觀念視域中，自有「倡」（聲）「和」（氣、樂）有應、「各」歸其「分」的以「類」相「動」之對應關係。「萬物之理，各以類相動」，即是互滲的展現。此「以類相動」互滲之理，將聲音的物理現象、聽覺體驗與人事的音樂活動，建立起連類關係，這即是前述「樂」與「倫理」之間，在「聲音之道」與「政」之間，彼此相「通」的理論基礎。於是在「聽覺身體」之上，「以類相動」了政化倫理之理：

> 是故先王本之情性，稽之度數，制之禮義，合生氣之和，道五常之行，使之陽而不散，陰而不密，剛氣不怒，柔氣不懾，四暢交於中而發作於外，皆安其位而不相奪也。然後立之學等，廣其節奏，省其文采，以繩德厚，律小大之稱，比終始之序，以象事行。使親疏、貴賤、長幼、男女之理，皆**形見**於樂，故曰：「樂觀其深矣。」（〈樂言〉，頁1000）

其中「形見」於樂，即是「樂」與「倫理」相通，「以類相動」的另一種說法。此段文字，鮮明地呈顯出發自於體驗的「聽覺身體」，如何被納進政治體制與倫常教化之中，從個體對音樂「聽覺身體」之體證（「本之情性」），透過音樂節律度數之展現，到群體禮制倫常之擴充，皆與「聽覺身體」相表裡，形成「樂」與「倫理」相「通」的「樂觀」。〈樂記〉中，此種「以類相動」的類應之理，貫穿在「樂」與「倫理」政化互滲之對應中。「樂」之「聽覺身體」，遂有超乎一般聽覺體驗的倫理性質。明乎此，對於〈樂記〉中看似音樂與政事相比附的記載，也就可以獲得理解，如：

> 宮為君，商為臣，角為民，徵為事，羽為物。五者不亂，則無怗懘之音矣。（〈樂本〉，頁978）

> 鐘聲鏗，鏗以立號，號以立橫，橫以立武。君子聽鐘聲，則思武臣。石聲磬，磬以立辨，辨以致死。君子聽磬聲，則思死封疆之臣。……君子之聽音，非聽其鏗鎗而已也，彼亦有所合之也。（〈魏文侯〉，頁1018-1020）

後代的學者，解讀此二段話，總認為在音樂與政事之間的比附過於牽強。[31]實則從「以類相動」的類應來看，在人倫互滲的「聽覺身體」中，反而需要透過此種類應比類，將音樂與政事「以類相動」（一者是五音的樂律五種屬性與政治體制中的五種要素之對應，另一種是不同發聲質素的樂器，與君王身邊不同職司的人臣之對應），方能給予音樂與政事各自的定位。亦即此種連結，是人倫互滲的「聽覺身體」自然會尋找的對應關係，先秦時人透過此種類應來理解世界，建立世界中不同事物的關係。人倫互滲的「聽覺身體」，以各種不同的聽覺體驗（以及與聽覺體驗有關的事物）為中心，向外輻射而「以類相動」，並將不同人倫體驗納入此種「聽覺身體」中（「彼亦有所合之」）。一旦了解此種類動互滲的身體感基礎，便能理解〈賓牟賈〉「樂者，象成者也」（頁1023）之理，於〈武〉樂之各成樂章的舞步和儀式規範中，「類應」於武王克殷的各種政治舉措、以及〈師乙〉揭櫫「聲歌各有宜」（頁1034）之理，於歌者性情與不同樂歌樂章之間類動對應，皆是人倫互滲「聽覺身體」自然會尋求的類應理解。

### （五）天人共感的聽覺身體

「萬物之理，各以類相動」的類應類推，並不局限於音樂與政事的連類互滲，這種互滲，更可向外推擴，形成天人共感類動的一面，而〈樂記〉之「聽覺身體」，亦具有此一層次。此種共感關係，可分成兩面向：當以「政治社會」指涉「天」，則所謂的「天人」關係即音樂（「禮樂」）與政化藍圖之關係；而當以「宇宙萬物」指涉「天」時，則「天人」關係即音樂（「禮樂」）與宇宙萬物之關係。在〈樂記〉中，兩者往往融合不分。以下分述其不同面向。

前述人倫互滲，已是「樂」與政化圖式的連類互滲，比如「皆形見於樂」的類應。而〈樂象〉有段文字，更足以彰顯「樂」的政化圖式，由「聲」到「音」到「樂」，再到施化於天下後的人倫效應之天人共感關係：

---

[31] 自鄭玄、孔穎達以降，對五音與政治關係多所解說，張蕙慧曾詳加舉例，見張蕙慧，〈樂記中的樂教思想〉，頁284-286。然而如明人何塘（1474-1543）所說：「其道相似，故以為比」以及劉濂所云：「亦一時取義取象如此耳」，反而真正觸及到「比」與「取義取象」背後的類應原則。亦即透過「聽覺身體」的連類，將樂律或樂器之間的分別，與其他事物進行連類。有趣的是，西方音樂學者也將不同的調性與不同的情感進行類比，比如C大調純潔、虔誠，E大調明亮，e小調哀傷等，見葉純之、蔣一民，《音樂美學導論》（北京：北京大學，1988），頁70-71。雖然其各自的依據不同，但是其「有所合之」的取類、連類關係則是近似的。

> 是故，君子反情以和其志，比類以成其行，姦聲、亂色不留聰明，淫樂慝禮不接心術，惰慢、邪辟之氣不設於身體。使耳、目、鼻、口、心知、百體，皆由順正以行其義。然後發以聲音，而文以琴瑟，動以干戚，飾以羽旄，從以簫管，奮至德之光，動四氣之和，以著萬物之理。是故清明象天，廣大象地，終始象四時，周還象風雨。五色成文而不亂，八風從律而不姦，百度得數而有常，小大相成，終始相生。倡和清濁，迭相為經。故樂行而倫清，耳目聰明，血氣和平，移風易俗，天下皆寧。（頁1003-1005）

此段文字，詳細描繪了發之於「順正」之音聲，搭配合宜的樂律與演出形制，遂能發揮「著萬物之理」的「以類相動」之理（「著」字即體現出類應關係）。於是「清明象天」以下四個「象」，便是音樂與天象「以類相動」的最好說明，而「五色」、「八風」、「百度」則顯現音樂與人事的共感類應，最後從「倫類」到「天下」，皆在樂教施化下達到和寧之境。故知，天人共感的「聽覺身體」，涵蓋始發的音聲以及施化於天下的效應，體證了「樂」與「倫類」、「天下」共感的類動之理。

從這種共感關係來看，〈樂記〉中的天人共感結構，乃以「樂」為主，亦即所謂天的相關屬性之納入、綴連，無一不是從「樂」之「聽覺身體」擴充而連類。這種連類關係，從「聽覺身體」來看，除了前述政化藍圖所揭露的樂曲演奏律度與天地、天下之類應外，還有其他不同的面向可言，一如〈師乙〉：「夫歌者，直己而陳德也。動己而天地應焉，四時和焉，星辰理焉，萬物育焉」（頁1036）所云，純是從「歌者動己之志氣」而形成的「德之所感」的共感關係。[32]再者如〈樂情〉所云：

> 禮樂偩天地之情，達神明之德，降興上下之神，而凝是精粗之體，領父子君臣之節。（頁1010）

鄭玄注「偩」，曰：「依象也」，正如「清明象天」之「象」，點出「禮樂」與「天地之情」之間的類應關係。而這種特殊共感意義的「禮樂」，

---

[32] 孫希旦：「天地萬物皆我之一體，故歌者動己之志氣，而天地、四時、星辰、萬物皆與之相應，蓋莫非德之所感也」，見孫希旦，《禮記集解》，頁1037。

〈樂記〉中有時稱之為「『大』禮」、「『大』樂」，其與世俗或社會體制之內的「禮樂」不同，在〈樂記〉中，更強調其與天地之間的連類共感關係：「大樂與天地同和，大禮與天地同節。和，故百物不失，節，故祀天祭地，明則有禮樂，幽則有鬼神。如此，則四海之內，合敬同愛矣。」（頁988）有時，僅用「禮」或「樂」之稱，但亦與「大禮」、「大樂」之精神一貫：「夫禮樂之極乎天而蟠乎地，行乎陰陽而通乎鬼神；窮高極遠而測深厚。」（頁994）、「樂者，天地之和也；禮者，天地之序也。和，故百物皆化；序，故群物皆別。」（頁990），從〈樂記〉之「聽覺身體」來看，此種層次的「禮樂」，已成為一種類應輻輳的符碼，脫離了「歌者動己之志氣」的個體體證性質，脫離了具體的「聽覺身體」對樂律儀節的真實感受（如前段引言中的「奮至德之光，動四氣之和」），而將「禮樂」上升為一種能對應於「天地」、「陰陽」、「四海」、「百物」、「祀祭」、「鬼神」的共感互滲的載體，而蘊涵人倫互滲性。前述的表一，自可見出此種類應關係所輻輳的子觀念群，如何散佈於〈樂記〉中。

而將這種共感推至玄妙極境者為〈樂情〉之論：

> 是故大人舉禮樂，則天地將為昭焉。天地訢合，陰陽相得，煦嫗覆育萬物，然後草木茂，區萌達，羽翼奮，角觡生，蟄蟲昭蘇，羽者嫗伏，毛者孕鬻，胎生者不殰，而卵生者不殈，則樂之道歸焉耳。（頁1010-1011）

如果說〈樂記〉中述及「禮」「樂」之「聽覺身體」推擴至天地萬物、宗族鬼神的共感互滲，還僅是原則性的，或是理想的政化圖式，但此段文字之具體詳盡，可讓人了解所謂「和，故百物皆化」、「流而不息，合同而化，而樂興焉」之描繪，亦有知覺身體之具體感受（從茂、達、奮等一連串萬物情狀之形容語詞見出），而不僅僅是一種推擴而出的原則性、理想性之推想，而有某種身體感內蘊中的「感同身受」。[33]

---

33　縱使從後代學者之解讀眼光來看，此種共感類推過於玄虛荒誕。但我們只要理解、能同情共感於〈樂記〉此種特質，便能明瞭，其認識世界、解釋世界的眼光，並非不可能。林世賢有云：「一首真正的『和樂』，可通貫宇宙，無有封域，並使萬物各安其位、相和無傷，擁有無窮的創化力」，見林世賢，〈聰聖、聞思與音樂——論耳修在工夫論上之殊勝〉，《漢學研究》第30卷第1期（2012），頁86。此種「各安其位」的生機蓬勃，不僅是音樂「一多相即且多多相

綜合前述，可知〈樂記〉中人事與天道始終連類不分，以類相動。而「樂」之「聽覺身體」的內攝與外融，是此一類動維度的中心點。

## （六）對聽覺流溢的防杜

〈樂記〉之「聽覺身體」，之所以能達致天道人事互滲類動的理想圖式或政化效應，自與〈樂記〉之作者對樂教「聽覺身體」之諸多維度，有深入的體證與推擴。此種體證與推擴的根基，建立於對「聽覺身體」最根源而具體的認識上：亦即是對感官層次的「聽覺」，其流溢放失之弊，有超乎常人之理解與警戒，並由此建立起許多防杜（防微杜漸）之法，而這些防杜之法又與對「聽覺身體」之理解不可分割。〈樂化〉有云：

> 夫樂者，樂也，人情之所不能免也。樂必發於聲音，形於動靜，人之道也。聲音動靜，性術之變，盡於此矣。故人不耐無樂，樂不耐無形。形而不為道，不耐無亂。先王恥其亂，故制雅、頌之聲以道之，使其聲足樂而不流，使其文足論而不息，使其曲直、繁瘠、廉肉、節奏足以感動人之善心而已矣。不使放心邪氣得接焉，是先王立樂之方也。（頁1032）

此「立樂之方」，其立論的核心點即是聲音對「性術」（本性、情性）之深刻影響，揭露出「感物」之理論架構：「夫物之感人無窮，而人之好惡無節，則是物至而人化物也。人化物也者，滅天理而窮人欲者也。」（〈樂本〉，頁984）易被「物」誘引的「性」，以及容易產生誘引之效的「聲、音、樂」，是一體之兩面。因為「感物」之感，強調的是一種無須任何媒介實際接觸的直覺性影響，此種影響之迅速和深入，都與「聽覺身體」感知聲音的體驗相吻合：「人化物」。亦即「聽覺身體」感知聲音之時，其內在的情感大都是被動地受影響（聲感人於外、氣「應」之於內，在體驗上幾乎是同時，但在理論上可說「應」之時間略後於「感」）。此種易被物誘引而生「感」的「感物」論述，以及對心性、性術被動特質的描繪，皆有得之於「聽覺身體」的了解與體證。

---

融無礙」（林世賢，〈聰聖、聞思與音樂——論耳修在工夫論上之殊勝〉，頁84。）之理的推擴，更是一種從「聽覺身體」內感外應而對樂發用之效的「感同身受」。

如第一小節所述，〈樂記〉之「聽覺身體」，已建立起「人心之感而為聲」、「樂音之感人而人心應」的感應架構。於是，要避免情性被音聲所誘引而生發不合統治階層所需的情性，其防杜之法，亦須針對此種感應架構，分別就所「感」之「物」、以及「感物」時的身心狀態，以及「人心應而發聲」所發之聲，加以規範。

「感」，要被引導至「善心」，而不受「惰慢邪辟之氣」影響。同時所「感」之「物」，亦須加以限定。由於音樂感染人心最為迅速、深入（「感人深」），故〈樂記〉中提到的「感物」，潛在的預設都是「聲、音、樂」的「聽覺身體」層次。故要引導人民之善心，亦須選擇特定的音樂：「正聲」、「廉直、勁正、莊誠之音」、「古樂」、「雅、頌之聲」等，這是屬於「致樂以治心」、「慎所以感之」的一面。而人民感知音樂的身心狀態，亦要從身體（「耳目鼻口心知百體，皆由順正以行其義」、「不可斯須去身」）、禮樂儀式（「執其干戚，習其俯仰詘伸，容貌得莊焉；行其綴兆，要其節奏，行列得正焉，進退得齊焉」）、同聽之的人倫環境（宗廟、族長鄉里、閨門）等共同參與、聆聽的場域情境，而形塑某種接受音樂的「聽覺身體」和禮樂情境，方能「樂行而倫清」。最後，對於「人心應而發聲」之質素，除了「禮樂刑政」「同民心而出治道」的規範外，亦須建立起評判標準和原則：「聲音之道，與政通」、「審樂以知政」。藉由對「聲哀而不莊，樂而不安，慢易以犯節，流湎以忘本」（〈樂言〉，頁1001）之音樂，將其與「世亂」連類而「賤之」，而區分出「治世之音」、「亂世之音」、「亡國之音」；「鄭、衛之音」、「桑間、濮上之音」、「古樂」、「今音」、「溺音」、「德音」等評價標準，並區辨出與之對應的音樂特質及身心狀態，作為統治者「審樂以知政」，以知「人（民）心」之依據。因為「樂者，音之所由生也，其本在人心之感於物也」。

所有的防杜之道，無意間揭露一項「聽覺身體」與聲音（音樂）之間的重要關係，即「聽覺的雙重性」，此種雙重性表現在：我們可以把聲音當成「既存在於發音體那裡，又是脫離發音體的東西來接受」[34]。把聲音當成是「存在於發音體」，是因為聲音都指向發聲源，從發聲源的震動而產生聲音；把聲音當成是「脫離發聲源的東西」，是因為聲波傳遞到我們

[34] 渡邊護著，張前譯，《音樂美的構成》（北京：人民音樂，1996），頁54。

的耳朵，我們把它當作抵達我們耳朵的存在物看待。前者更重視聲音與發聲之物的客觀性質，更重視聽覺體驗在物我、人我之間傳遞的關係；後者更強調聲音與心靈、情感，與情感一起產生應和或排拒活動的內在體驗，更重視聲音在聽者自身內在的感染力量。明乎此，我們可以了解，〈樂記〉對「聽覺體驗」之重視，以及擴充「聽覺身體」以達致政化藍圖，以及對「聽覺身體」之防杜，都是建立在對「聽覺的雙重性」之深入理解上：既對「發聲源」之屬性及音聲特質有所規範；又對「脫離發聲源」而進入「聽覺身體」之內在體驗及陶染，注意其感發善心及防杜邪辟之法。

如此大費周章地防杜「聽覺身體」之流溢，正顯示出「聽覺身體」始終有客觀的、外在的禮制、儀式、規範所難以觸及、影響之處，那即是屬於個人內在的，易受外物誘引而生「好惡無節」、「人化物」的一面。樂教時代能透過政治舉措，以及選擇特定的音樂、禮樂儀式，以引導身體、同聽的人倫場域，而形塑某種接受音樂的「聽覺身體」和禮樂體制，以達成政化施教之藍圖。而此種舉措，其潛在預設是個體如群體般，可進入一種共感的人倫場域，而發揮功效，其能遂行規範和要求的，主要是對於「存在於發音體」之聲響屬性及質素，以理想的音樂：「古樂」，和周代傳承的教育：「樂教」為範本。而「脫離發聲源」而進入「聽覺身體」之內在體驗，其是否真的收效，卻難以保證。在理想的個人體證如「和順積中」或可達致，但作為政化，需要依靠更具體有效的舉措和規範。

實則聲音在作用於群體時，同時也作用於置身於群體中的個體，作用於個體的「聽覺身體」和情感狀態。因而，在儒者（如子夏）一廂情願地推崇樂教人倫圖式對於政化民心的廣泛影響力時，已有君王（魏文侯）誠實地道出自己的個人喜好（聽鄭、衛之音，則不知倦）。可見在強調群體的、社會共感互滲的「聽覺身體」時，個人的聽覺體驗是被壓抑的。被防杜的「聽覺身體」，總會在「感物（此時的物等於音樂）」的同時，找到自己與樂音的定位，從而形塑自己的「聽覺身體」。因而，一旦維繫樂教的政治制度不再穩固，屬於個體的聆樂體驗更會彰顯，[35]此種群體性與個體性之間的拉扯變化，會日益鮮明。魏文侯之自道，不過是一個側面而已。如此，更顯露出〈樂記〉之「聽覺身體」，其所具有的理想性格。

---

35　張蕙慧：「漢代以後，俗樂益盛，觀乎許之衡中國音樂小史、黃友棣中國音樂思想批判，則可知足以響浹肌髓，蔚成風氣者，乃新聲而非古樂。」見張蕙慧，〈樂記中的樂教思想〉，頁280。

## （七）理想的聽覺身體、理想的聽覺體驗

〈樂記〉「聽覺身體」之理想特質，表現在聽覺體驗的理解，對「聽覺身體」本質的掌握，以及擘劃出的政化藍圖，都來自某一特定階層的「聽覺身體」，以之為理論模型和論述參照，而對眾庶人民的「聽覺身體」提出指點和引導。

首先，〈樂記〉中申說論述之口吻，可見其獨特的身分。〈樂記〉十一篇六千餘字的內容中，出現「先王」18次、「聖人」7次、「君子」15次、「王者」1次、「明王」1次、「天子」8次（實際上5次）。[36]談及「先王」，則曰：「先王慎所以感之」、「先王之制禮樂」、「先王之為樂」、「先王著其教」、「先王本之情性」、「先王立樂之方」。[37]談及「聖人」，則曰：「聖人作樂以應天」、「聖人曰『禮樂』」、「樂也者，聖人之所樂也」、「聖人作為父子君臣以為紀綱，紀綱既正，天下大定。天下大定，然後正六律，和五聲，弦歌詩、頌」、「聖人作為鞉、鼓、椌、楬、壎、篪，此六者，德音之音也」；[38]談及「君子」，則云：「唯君子為能知樂」、「感條暢之氣，而滅平如之德。是以君子賤之也」、「君子反情以和其志，比類以成其行」、「君子反情以和其志，廣樂以成其教」、「君子樂得其道」、「君子動其本」、「君子於是語，於是道古，修身及家，平均天下，此古樂之發也」、「君子之聽音，非聽其鏗鎗而已也，彼亦有所合之也」。[39]從中可見出，〈樂記〉中所標舉之理想的「聽覺身體」和禮樂藍圖，始終具有既合乎統治階層利益又帶有人文理想性格的雙重性。標舉「先王」，讓理想的教化藍圖可納入既定的政治權位中，獲得合法性的歷史權威來源；標舉「聖人」、「君子」，則在道德層次、文化層次，獲得先聖先賢之背書肯定。從「樂也者，聖人之所樂也，而可以善民心，其感人深，其移風易俗，故先王著其教焉」，可見出「聖人」與「先王」，是一體之兩面，「聖人」即是「先王」。[40]此外，

---

[36] 扣除〈樂象〉篇末「所謂大輅者」一段出現的3次，孫希旦以為是錯簡或有闕文。

[37] 分別見〈樂本〉，頁977、982、986（「先王之制禮樂」出現二次）；〈樂施〉，頁997、998、〈樂言〉，頁1000；〈樂化〉，頁1032。

[38] 分別見〈樂禮〉，頁991、994；〈樂施〉，頁998；〈魏文侯〉，頁1015、1018。

[39] 分別見〈樂本〉，頁982；〈樂言〉，頁1001-1002；〈樂象〉，頁1003、1006、1005、1006；〈魏文侯〉，頁1013、1020。

[40] 林世賢曾論述「聖」與聽覺、耳根在詞源學以及在本質上的關聯，兩者皆有「通」的功能。他

也不能排除，此套理想，是經由一代一代的政治實踐後所調整、歸納而成的禮樂圖式，並藉由知識分子傳承、擴充，顯現出「聽覺身體」之歷史積澱性。

既然〈樂記〉之「聽覺身體」的理想性，兼顧歷史積澱及人文理想，因而在實際政治體制中握有權位的「天子」或「王」，僅成為參與者或實施者：「暴民不作，諸侯賓服，兵革不試，五刑不用，百姓無患，天子不怒，如此，則樂達矣。合父子之親，明長幼之序，以敬四海之內，天子如此，則禮行矣。」（〈樂論〉，頁987）、「故天子之為樂也，以賞諸侯之有德者也。德盛而教尊，五穀時孰，然後賞之以樂。」（〈樂施〉，頁995）、「王者功成作樂，治定制禮。其功大者其樂備，其治辯者其禮具」（頁991）、「禮樂之情同，故明王以相沿也」（〈樂論〉，頁989）。亦即天子附屬於先王、聖人之下，成為政化藍圖的推行、實施者。

因而，〈樂記〉之「聽覺身體」，始終有著某種階級區隔性，從某種對於音樂素養極為深厚的「聽覺身體」出發，調節著各種看待「聽覺身體」之本質及其標準，能避免「感於物」而「窮人欲」之「性情」，非一般人之所能，而是「天理渾然」的「先王」，方能「本之情性，稽之度數」。[41]而能掌握「禮樂之情」，超乎「禮樂之器」與「禮樂之文」者，也非聖人不可。而能以「禮樂」配天應地，讓天地萬物各得其和、各得其序者，亦非聖人先王而不能。也因而，〈樂記〉中理想的「聽覺身體」，是以先王、聖人、君子為標準而建構而成的。而理想的聽覺體驗，自然是這些聖人明王，代代流傳的樂章，以後視古，統稱為「古樂」。「古樂」的實際內涵中，有一部分是黃帝、堯、舜、禹而流傳至殷周的音樂：「〈大章〉，章之也。〈咸池〉，備矣。〈韶〉，繼也。〈夏〉，大也。殷周之樂，盡矣」（〈樂施〉，頁995），有一部分則是符合某種規範、儀式的音樂演奏，子夏所描繪的「古樂」，可為代表：

---

說：「『樂』十分適合用來描摩『聖』人的境界，『樂』是耳根所接收，『聖』是聽覺的極致展露，二者相連成一圓環，故我們經常能看見典籍中『聖』與『樂』聯袂並現。」見林世賢，〈聰聖、聞思與音樂——論耳修在工夫論上之殊勝〉，頁70。〈樂記〉中「樂」之標舉者為「聖人」，自與此種脈絡有關。然而須注意，〈樂記〉中「先王」之用法更多於「聖人」，這可見〈樂記〉標榜政化傳統更甚於「聖」與聽覺古義之內在聯繫。

[41] 孫希旦：「情性，先王一己之情性也。先王之性，天理渾然，其發而為情者無不中節，此中和之極」，見孫希旦，《禮記集解》，頁1000。

今夫古樂，進旅退旅，和正以廣，弦、匏、笙、簧，會守拊、鼓，始奏以文，復亂以武，治亂以相，訊疾以雅。君子於是語，於是道古，修身及家，平均天下。此古樂之發也。（頁1013）

這是對舉於「今樂」（對子夏而言是「今音」），而對前代流傳於後的「古樂」，[42]所作的概括，但仍能讓人了解所謂的「古樂」，其實際演出時兼顧樂、舞（「進旅退旅」）、詩（「語」、「道古」），其樂器編制、演奏各有儀則，並蘊涵人倫互滲之意涵。[43]〈樂記〉中許多言及音樂演奏的儀式時，或多或少蘊涵著〈賓牟賈〉所說的「樂者，象成者」[44]的人倫互滲的意涵，而保留著某些理想性。[45]

## 三、〈樂記〉「聽覺身體」之理論意涵析論

前述〈樂記〉「聽覺身體」之不同維度，融會互滲於〈樂記〉中，這種交融，不僅表現在行文中，也表現在樂教觀念上，折射出屬於樂教文化的特殊時代印記，映現出某些觀念視域與樂教的融匯。透過「聽覺身體」此觀念的中介，我們可以更深入地論析。

### （一）個體與群體之融混、不同階層之涵括

〈樂記〉觀念視域所屬的時代，個人自覺尚未從群體中脫離而獨立，因而〈樂記〉中，個體與群體觀念之融混不分，為其理論特色之一。同時，「樂」之「聽覺身體」在政化施教上涵蓋了不同階層。

個體與群體之融混，從幾個面向可見出：首先，「凡音之起」，「感於物而形於聲」的「感物」理論，其建構基礎得之於對「聽覺身體」之深入體證與反思，從根源上來說，既立足於個體「聽覺身體」對「聲音」與

---

42 鄭玄注「古樂」為「先王之正樂」，雖過於拘泥，但可視「古樂」為前代流傳下來的音樂之總稱。

43 孫希旦：「進旅退旅者，舞也，和正以廣者，聲也。……語，謂樂終合語也」，見孫希旦，《禮記集解》，頁1013-1014。至於樂器編制、演出之細節，亦可參考孫氏之詮解。

44 鄭玄注「成」：「謂已成之事也」，孫希旦則曰：「象成，謂象所成之功」，見孫希旦，《禮記集解》，頁1023。「象」字即蘊涵類應互滲關係。可見許多特定的動詞，承載此種類應關係，或暗示、說明此種關係，此是可細究敞開的議題。

45 須注意的是，此小節所說的「理想性」，並非無法實行於現實的空想，而是兼具「樂教」的歷史積澱，並涵蓋傳述、論樂學者的價值投射，是可施行性和價值理想性之結合。

「人心」，「感」等多要素之理論思考，又將此種思考擴充、類應於其他所有人，具有某種理論模型性，這是對理想「聽覺身體」之理論剖析。在理論上，能照應到個體、群體與音樂之關係，此其一。而「樂」對顯於「禮」的內在情性和「聽覺身體」，強調內在陶冶、體證的一面，自可於個人的體踐以及群體人倫生活中，獲得獨立具足的存在價值。這是「樂」有足以與外在的「禮」相抗衡、對顯的價值，使其成為與「禮」並列的治道，因而具有指向個體心性的內在價值。然而，「樂」之聽覺體證，在先秦樂教人文化成的圖式中，需進入宗族、社會、國家之中，獲得人倫場域的驗證與調節，此是前述「周旋動禮」面向的「聽覺身體」，顯現出群體共感的特質，此其二。實際上，在〈樂記〉觀念視域流行的時代，個體與群體是互滲類應的，向其提問「個體」與「群體」之別，並不具有意義。然而，反向而言，我們更可透過「聽覺身體」，來理解這種融混之面向何在，而可思考〈樂記〉如何透過「聽覺」，綰合個體與群體。因為，聽覺是所有感官知覺中，能同時作用於個體與群體，且收效甚深，其能作用於個體情感的深度，以及能引發群體共感之聯繫，亦非其他知覺所能比擬。

在此種融混中，我們可見出與音樂密切相關的「情」，在「人情之所不能免」、「情動於中」所指向的個人體證意涵，以及「論倫無患，樂之情」（〈樂論〉，頁991）所指向的群我之間的和諧，以及「禮樂偩天地之情」所指向的天人同情共感的整全情境，此三面向，於〈樂記〉之「聽覺身體」中，融匯於一身。此種融匯，更可見出「聽覺身體」的綜貫性。

此外，從社會階層來看，更可從〈樂記〉中發現「聽覺身體」所蘊含的其他面向，可再細分出「一般人民（眾庶）的聽覺身體」、「統治者的聽覺身體」、「君子聖王理想的聽覺身體」、甚或是「（傳述樂教的）儒者的聽覺身體」等不同類型。[46]一般人民的聽覺身體需要加以對治、引導、教化，方能使其符合理想，達到周旋動禮、人倫互滲、天人共感的化成之境。當然，最後的天人共感之理想，反映的是儒者的「禮樂身體」對於理想的聽覺體驗之追求與標舉。一般眾庶只要符合禮樂政化的實效，在聽覺身體上接受其陶冶即可。而統治者的聽覺身體，則一方面要接受儒者標舉君子聖王的理想，一方面要抗拒自身感官層次的誘引（喜今樂不喜古

---

[46] 此處的儒者，主要是周代後一直到〈樂記〉撰述期間，傳述、體踐樂教的士階層或知識份子（亦有可能是學養深厚的樂師）不限指儒家人物，但亦可包含儒家人物，如前述的子夏。〈樂記〉中所提到的人物如孔子、賓牟賈、師乙、子贛（貢）等，亦可納入其中。

樂〉。而儒者透過對聽覺身體的理論思考，所標舉的「禮樂化成」之共感藍圖，一方面要對治於感官層面「感於物而滅天理」的負面力量，一方面要提出能指引統治者實現政化理想之遠景和具體步驟。可以說，在〈樂記〉中，是以「儒者聽覺身體」對「理想聽覺身體」之標舉，來對治、引導「統治者之聽覺」，而於「一般人民的聽覺身體」上，實踐「樂」政化感染之效。

## （二）歷史積澱性

〈樂記〉理想的「聽覺身體」，雖不脫儒者託古言治的意圖，然而，亦可從前述的申論中，見出對「聽覺身體」深入體證而發諸的理論精蘊：如對「物感」說的理論剖析、「不可斯須去身」的身體參與、「聲、音、樂」三層次之劃分，「審樂以知政」之論樂標準等，從中見出「樂」之意蘊，不僅僅是理想性、想像性的政化藍圖，更多得自於西周以來推行樂教的經驗總結，以及對前代樂教極盛時期之歷史回顧和追念。始終有對樂教「聽覺身體」之深入掘發，作為〈樂記〉之論證基礎。因此，即使〈樂記〉之作者未有定論，我們或可推斷〈樂記〉之作者群，其與樂教相聯繫之「聽覺身體」所包含的不同面向：傳承蘊含著前代樂教經驗總結之相關典籍（包含義理及器數）之知識分子，面對樂教不斷衰亡的歷史現況，於〈樂記〉之增補中不斷增益。這些作者群中，有些可能在年代上與樂教極盛時期的禮樂面貌相距不遠，或在傳承中保有西周樂教關於樂律樂器之相關知識，[47]或接觸過某些遺存樂教精神的文獻，或對前代樂教「聽覺身體」之內涵及精神深有體會，而加以詮解、發揮。〈樂記〉中的「聽覺身體」，蘊含多種維度之匯聚，顯得駁雜不一，[48]跟多人增補及歷史積澱性有關。

## （三）「發聲身體」與「聽音身體」之融混

前論二之（一）中，提及〈樂記〉之「聽覺身體」，自可區分出「感於物而形於聲」「由民心而生」之「聲、音、樂」，以及「下感於人」要

---

47　從劉向《別錄》所載錄的〈樂記〉，另十二篇的篇名有〈樂器〉、〈說律〉等可知。筆者不同意孫希旦所云：「自古樂散亡，器數失傳，……遂為簡上之空言矣」，見孫希旦，《禮記集解》，頁967。在〈樂記〉完篇或增補至近乎整全的時代，器數與義理皆含括於其中，非簡上之空言。

48　最明顯的矛盾是「五帝殊時，不相沿樂」與「禮樂之情同，故明王以相沿也」。然而孫希旦自有一套彌縫之道，但並不代表文本自身沒有出入。見孫希旦，《禮記集解》，頁992。

「慎所以感之」的「聲、音、樂」兩個層次。而這即是「發聲身體」與「聽音身體」之不同。孫希旦所云：「但彼言人心之感而為聲，此則言樂音之感人而人心應之也」，正點出此二面向在〈樂記〉中的存在，但〈樂記〉之作者在行文中融混不分。如不對「聽覺身體」有所理解，不一定能注意到此種區別。理論上，兩者應當結合於「聽覺身體」中，比如孔子音樂素養極高，能演奏、善聽樂，兼涵此二面向於一身。而在〈樂記〉中，也都觸及此二面向，但亦可見其各有側重，談「感於物而後動」，是對「發聲身體」之分析（偏於個體層面），而談「審樂知政」：「世亂則禮慝而樂淫。是故其聲哀而不莊，樂而不安」，也是對「發聲身體」之省察，但著重的是從人民群體見出其聲音質素，並作亂世治世的評判。談「淫樂慝禮，不接心術」，是對「聽音身體」之預防，偏於個體層次；而談「繁文簡節之音作，而民康樂」，也是對「聽音身體」之強調，但著重的是群體同受樂音感染之效。此二面向結合於〈樂記〉中，如〈樂本〉：「六者，非性也，感於物而后動。是故先王慎所以感之者。故禮以道其志，樂以和其聲……」，「感於物而后動」者，是對「哀心感者，其聲噍以殺」之概括，指向的是「發聲身體」；而「先王慎所以感之者」，則是要對治於此「發聲身體」易流於邪僻無節，希望以禮樂「同民心而出治道」。從「樂以和其聲」之句可知，「其聲」是人民的「發聲身體」，而「樂」就是先王要來調和民心的治道舉措，須作用於人民的「聽音身體」方能收效。「樂以和其聲」一句，正是兩面向結合之體現。再如〈樂象〉一開始所云，透過對樂教施化的藍圖建構，更能讓我們清楚掌握此二面向如何融匯於樂教中。從「凡姦聲感人」一直到「使耳目鼻口心知百體，皆由順正以行其義」，著重描繪「聽音身體」易受聲音左右而須加以節制的面向，從「然後發以聲音，而文以琴瑟」到「以著萬物之理」，則呈顯出處於「順正」狀態的「身體」，其所發之聲的具體活動和效應，這是對「發聲身體」的描述；而從「是故清明象天，廣大象地」到「倡和清濁，迭相為經」，強調的是所發之「音樂」，其合律得度的感應效應，兼融此二面向。最後「故樂行而倫清」到「移風易俗，天下皆寧」，則是對音樂施化於群體「聽音身體」的狀態描繪。言外之意未顯露的，是在「天下皆寧」之後，則「發聲身體」必歸於順正有節，與「聽音身體」的「倫清」，同在一身。〈樂記〉中雖然對此二面向混融不別，但是樂教藍圖之完成，也必須對此二面向深有掌握，方能達致。因而，〈樂記〉中「聽覺身體」的許多面向，皆可從「發聲」或「聽音」來作觀察，而加深對樂教之理解。

## （四）聽覺與「感物」的聯繫

對〈樂記〉「聽覺身體」之探討，最具有理論價值的，或許是「感物說」的理論價值以及聽覺與「類應」之理的內在聯繫。[49]與魏晉之後「感物」浸透於文學及批評思想中不同，〈樂記〉中提到「感物」，雖蘊含理論歸結之涵括性，然而其論述脈絡，始終與「聽覺身體」難以分割：聲「感」人於外、氣「應」之於內，「應」之時間略後於「感」。[50]而此種易被物誘引而生「感」的「感物」論述，以及對心性、性術被影響的描繪，皆有得之於「聽覺身體」的體證。因而可讓我們思考：心性問題不一定皆是從哲學思辨的角度而得出，「聽覺身體」或許也蘊含思考心性問題的身體感基礎。「感物說」在理論建立之初，受〈樂記〉「聽覺身體」影響甚大，對於〈樂記〉「感物說」之重新定位，可讓我們重新思考六朝以後的「感物」觀念。

首先，「感物」牽涉到「感」如何具有旁通互滲的能力，「物」類的關係網絡如何在觀感模式的基礎上形成，以及「感」與「物」之間如何互動生發的具體場域。理解〈樂記〉之「聽覺身體」如何推導出「感物」之理論，更能掘發「感物」一詞所蘊含的理論意蘊。如前所述，〈樂記〉中之「感」，取自「聲音」對「人心」的影響，強調的是無須任何媒介實際觸引的直覺性感染，人心之感、能感，置之於一種被樂聲包圍的場域之中，聲音不僅充盈於人心、身體之外，同樣亦深入人心。如借用前述「聽覺的雙重性」之說，則可說，身處於「感物」情境核心的「聽覺身體」，

---

49　以〈樂記〉「感於物而動」所概括的「感物」一詞，成為學者建構、理解上古時期文學理論、美學思想的關鍵詞語。比如李健（1964- ）《魏晉南北朝的感物美學》用「感物美學」進行論述，見李健，《魏晉南北朝的感物美學》（北京：中國社會科學出版社，2007）。而黃偉倫則稱之為「物感美學」，見黃偉倫，〈〈樂記〉「物感」美學的理論建構及其價值意義〉。黃氏從「創作發生論」論述〈樂記〉「物感」，極為深入詳盡，某方面揭露出〈樂記〉「物感」論之理論潛能，但某方面又掩蓋其他面向。無論如何，筆者認同鄭毓瑜所云：「『感物』原本的意義指涉範圍可能大得多」，見鄭毓瑜，《引譬連類：文學研究的關鍵詞》（臺北：聯經，2012），頁190。

50　從體驗的完型來看，聲之感與氣之應，或許是同時發生的，然而用理論來歸納時，則有內外先後之區辨。如同聽音樂時，在共同的場中，情感受音樂之影響或許是同步的，然而進行分析時，則會以為情感在音樂影響之後才產生。

體驗到的是聲音的內外充盈，將人心與所「感」之「物」，串聯成一種「感物的體驗場」，內外交融，物我難別，在此種狀態下，能感的主體，更容易形成一種容受接納的狀態，在其容受的狀態中，讓更多心物、情意，於其間流動穿行，拉引增生。此種狀態，或許就是「感」具有旁通互滲的連類能力之心理根源。

其次，由於音樂感染人心最為迅速、深入〈「感人深」〉，故〈樂記〉中提到的「感物」之「物」，潛在的預設都是音樂。而音樂，在先秦的觀念視域中，亦是「以類相動」之理的具體承載，透過各種與音樂直接相關或間接聯繫之物（如前所述）建立起各種連類關係，形成以「樂」為中心的類應網絡。最後，在「感」（人心、聽覺身體）與「物」（樂）之間互動生發的具體情境中，一方面指向的是人心之感、能感的內在體驗之形塑，另一方面強調的是「不可斯須去於身」的一種「聽覺身體」與世界不斷對話衍生意義的體證架構，在此架構中，大我（社會群體、萬物、宇宙）與小我（聽覺身體）融會共感。

如借用前述立足於「聽覺身體」的「感物」框架，作為參考基源，再來思考文學理論中的「感物說」，則其理論潛能也應蘊含著三個面向：「物」，透過「以類相動」的類應關係而連結；而「感」使「物」能旁通互滲，不斷連類，組構出新的關係，而構成詩人作者的「創作身體」；且在「感」與「物」之間，蘊含著被「物」所觸引而後「應」的情感，以及透過「（創作）身體」與世界對話、參證、互動，並與大我（文學傳統、文人群體、物色、自然）融會共感、對話，而有「內感與外應」融通於一身之特色。因而，透過此種理論框架的參照，我們發現，〈樂記〉提供了一個「情」得以「內感與外應」融通於一身的身體基礎，用更簡練的一句話來概括，此即〈樂象〉所云：「反情以和其志，廣樂以成其教」。「感」自會「反情」，在「感」與「物」之間，在〈樂記〉中的「君子」，是「和其志」；在後代的創作感物中則是「搖蕩性情」、「登山則情滿於山」。而「廣樂以成其教」是向外推擴，「志」與「樂」融會；在創作感物中是「形諸舞詠」、「連類不窮」。[51]一般論「感物」之說，雖會提到〈樂記〉，但如不理解「聽覺身體」的這種獨特的感應框架，則論

[51] 引自〈詩品序〉及〈物色〉、〈神思〉，見鍾嶸著，曹旭集注，《詩品集注》（上海：上海古籍出版社，2011），頁1、劉勰著，詹鍈義證，《文心雕龍義證》（上海：上海古籍出版社，1989），頁1733、984。

及「感物」恐會失之表層，不過，要論述此種「感物」框架的理論尚需另闢專文探討，此處難以詳述。

## （五）聽覺與「類應」之理的聯繫

此外，〈樂記〉的「聽覺身體」中，亦可得出「聽覺」與「類應」[52]的理論思考，前文已略有提及，此處則再深述之。所謂「類應」，在筆者的界定中，指的是「類思維」的運用，這包含劃類、類分、連類、比類、取類、類推、類應等各種運用類的思維方式，也是人據以認識世界、建立事物關係的方法。王禕曾論述〈樂記〉一百五十多個「類概念」間的關係，其呈現的層級系統、類聚系統、辯證關係等存在規律，以及「類概念」間的內在邏輯體系，和彼此之間互通互滲之思維模式，[53]的確可見出「類概念」在〈樂記〉中的理論意義。然而，筆者認為，「類應」是一個比如此繁多的「類概念」之層級關係，更為簡便且根源的思維模式，反而可以用「類應」的原則統領各種「類概念」，細部的論述此處不贅。我們在此要揭露的，只是「聽覺身體」中，如何與「類應」之視域交疊，及其理論意義。

首先，在〈樂記〉的「感物」框架中，已可見到「類應」的思維運用。因為「感物」就蘊含聯繫心與物的框架：「感於物而動，故形於聲」，物與心之間已為二類，而已動之心與所發之聲又為二類。而「類應」，就是在此二類事物之間，以一個對應的關係建立兩者的聯繫。能說明前者（從聲到心）的是〈樂言〉「志微噍殺之音作，而民思憂……」等六例，而能說明後者（從心到樂）的是〈樂本〉所云的「其哀心感者，其聲噍以殺……六者，非性也，感於物而后動」。兩者皆是「聲音之類」與「情感之類」的「類應」，所不同者，前者之類應，指向的是「聽音身體」，而後者則是「發聲身體」。而不論「聽音身體」或「發聲身體」，此兩處皆在行文中各舉六例，因而在「類應」之間，聲情各有六種「連類」，這是由類思維統領的「連類」網絡，各種經由「連類」而衍生的「類概念」群，又再彼此「類應」的最好範例。而這種「類應」的理據，

---

52　關於「類應」的研究，可參考鄭毓瑜，〈〈詩大序〉的詮釋界域——「抒情傳統」與類應世界觀〉，以及鄭毓瑜，《引譬連類——文學研究的關鍵詞》。然而從「樂」的角度或可有不同的思考。限於篇幅，難以詳述。

53　王禕，《《禮記・樂記》研究論稿》，頁324-340。

已於前文〈樂象〉「萬物之理，各以類相動」揭示出其理論自覺。巧的是，此段文字中「凡姦聲感人而逆氣應之，逆氣成象而淫樂興焉」，正好涵括前述「聲（外）—心（內）—樂（外）」的架構，故知「萬物之理，各以類相動」的「類應」原理，乃與「聽覺身體」相表裡，這是〈樂記〉中類應與「聽覺身體」最主要的聯繫。其次，〈樂記〉中的「類應」，還有不同的面向，比如禮樂並列並舉，各自統領許多相對應的子觀念，形成一套比類、連類、類應匯聚之關係網絡。再如在「樂」與「倫理」之間，在「聲音之道」與「政」之間，或是將音樂與政事「以類相動」，或〈武〉樂之演奏與武王克殷的歷史故事相類應，或是歌者性情與不同樂歌樂章之類動對應，都是〈樂記〉明顯可見的「類應」關係。而〈樂象〉「凡姦聲感人而逆氣應之……萬物之理，各以類相動」這段話來看，也揭櫫了「感應」與「類應」的聯繫。正可見先秦以來不斷發展的「類思維」與「感應」思想，與〈樂記〉「聽覺身體」之交匯，於樂教中「體現」。透過「聽覺身體」之辨析，我們當可對「類思維」與「感應」有更深入的理解。而對「類思維」與「感應」有所理解時，亦能更深入體會〈樂記〉「聽覺身體」的意蘊。[54]

## 四、結語

透過上述的分析，從「聽覺身體」切入，可以找到〈樂記〉所隱含的不同「聽覺身體」之內涵及其交互關係，並可探究其理論意義，對樂教有更深入的理解。此處不擬重述、整理先前的論點，我們將針對前言中的提問，關於「聽覺身體」如何具有「內感與外應」的綜貫結構，[55]提出綜述。首先，此種結構的最底層，指向的是在「聲音」與「身體」之互動場域中，對聲音特質的掌握，以及聲音（音樂）如何及於聽者的身心內外，

---

[54] 蔣義斌云：「『感應』是中國文化、思想的重要命題，雖然目前學界尚未有系統的討論，但此觀念應和中國的宗教及樂教的傳統，有密切關係」，見蔣義斌，〈〈樂記〉的禮樂合論〉，頁148。對「類思維」與「感應」之研究，可參考筆者〈「類思維」與「感應」之聯繫——西漢以前，以「類」為關鍵字的文化考察〉，《文與哲》第32期（2018），頁55-104。

[55] 此處所述，並不認為此種綜貫的結構，是在發生學式的順序中組成的，這是歷史實然的觀點，因為材料缺漏，實難確定。但從「聽覺身體」「應然」的結構呈顯上，不論〈樂記〉如何成書如何被增補，至少體現在今存的〈樂記〉，我們從「聽覺身體」的視角，可掘發這個綜貫結構的內蘊。

發生感染和影響力，因而與心性觀相結合的「感物論」，成為其理論基礎。此階段也掘發了「聽覺」的知覺意義，取代對感官的耽溺。其次，「聽覺身體」知覺提升之力量，將其與「樂」的互動，置入禮樂政化、人倫情境、社會場域中。此時「聽覺身體」既往內走向「體證」（與「禮」之規範性對顯），又向外形成一種人倫互滲的感應場域（與「禮」互補融匯），並與政化理想結合，而達致大我與小我之交融，萬物類應、天人共感的文化圖式之建構與理想之境的揭櫫，這構成了「聽覺身體」綜貫結構中的人倫屬性和共感互滲的文化圖景。而在其理論基礎、人倫屬性和文化圖景融匯於「聽覺身體」的結構中，映現了屬於中國周代至先秦時代間，對「音樂」的獨特看法，以及對於「聽覺身體」的特殊詮釋，其來自文化觀念、思維預設的潛在印記和支撐，即是「感物」與「類應」、「感應」等觀念視域的交錯，滲透於樂教中，讓「樂」成為諸多類應關係的匯聚，也體現在小我與大我同具「內感與外應」，融體證與互滲於一身的理論預設。此種理論預設，支撐、構成了人倫與天人共感類應的基礎，而融貫於前述理論基礎、人倫屬性和文化圖景等面向中，顯現出與西方音樂思想不同的文化特色。最後，在揭露出〈樂記〉「聽覺身體」綜貫結構的同時，我們也發現諸如個體與群體觀念還融混不分，「聽音」與「發聲」還涵攝於「聽覺身體」未別的情境，以及映現出不同階層「聽覺身體」之別，和儒者在歷史之流中不斷增補使其完備的歷史積澱性。

希望透過這樣的論述，能加深對樂教的理解，同時對「聽覺身體」與「感物」、「類應」等觀念視域之交錯，於理論上作出初步的闡述。

## 引用書目


王禕，〈由《禮記‧樂記》之「樂」字的形而上涵義看秦漢時人審美意識的演變〉，《澳門理工學報》第38期（2010），頁90-98。

王禕，〈《禮記‧樂記》「遺音遺味」說與「味」的文藝審美〉，《澳門理工學報》第41期（2011），頁117-127。

———，《《禮記‧樂記》研究論稿》（上海：上海人民，2011）。

朱自清，《詩言志辨》（臺北：五洲出版社，1964）。

何美諭，〈論《樂記》所闡述之「性」與「樂」的關係〉，《鵝湖》第34卷第7期（2009），頁47-55。

李美燕，〈「和」與「德」——柏拉圖與孔子的樂教思想之比較〉，《藝術評論》第20期（2010），頁123-146。

李健，《魏晉南北朝的感物美學》（北京：中國社會科學出版社，2007）。

林世賢，〈聽聖、聞思與音樂——論耳修在工夫論上之殊勝〉，《漢學研究》第30卷第1期（2012），頁61-92。

林朝成，〈「樂記」與「樂論」審美理想對比研究〉，《成大中文學報》第1期（1992），頁233-249。

林素玟，〈儀式、審美與治療——論「禮記‧樂記」之審美治療〉，《華梵人文學報》第3期（2004），頁1-33。

梅洛—龐蒂著，姜志輝譯，《知覺現象學》（北京：商務印書館，2001）。

胡企平，〈從中國古代「王天下觀」下的學校音樂教育到中國近現代學校音樂教育的歷史發展〉，《澳門理工學報》第38期（2010），頁74-89。

孫希旦，《禮記集解》（臺北：文史哲，1990），頁984。

徐福全，〈樂記文學理論初探〉，《孔孟月刊》第16卷第9期（1978），頁32-39。

張蕙慧，〈樂記中的樂教思想〉，《新竹師專學報》第12期（1985），頁259-289。

陳秋宏，《六朝詩歌中知覺觀感之轉移研究》（臺北：新文豐出版社，2015）。

———，〈「類思維」與「感應」之聯繫——西漢以前，以「類」為關鍵字的文化考察〉，《文與哲》第32期（2018），頁55-104。

渡邊護著，張前譯，《音樂美的構成》（北京：人民音樂，1996）。

黃偉倫，〈〈樂記〉「物感」美學的理論建構及其價值意義〉，《清華中文學報》第7期（2012），頁107-144。

黃啟書，〈《禮記・樂記》論「和」諸義蠡探〉，《中國文學研究》第11期（1997），頁143-156。

黃淑基，〈論《禮記・樂記》主要思想與叔本華音樂思想之差異〉，《通識研究集刊》第11期（2007），頁141-154。

葉純之、蔣一民，《音樂美學導論》（北京：北京大學出版社，1988）。

葉國良，〈公孫尼子及其論述考辨〉，《臺大中文學報》第25期（2006），頁30-35。

路先・列維—布留爾（Lucién Lévy-Brühl）著，丁由譯，《原始思維》（臺北：臺灣商務印書館，2001）。

劉勰著，詹鍈義證，《文心雕龍義證》（上海：上海古籍出版社，1989）。

蔡瑜，《唐詩學探索》（臺北：里仁書局，1998），頁300。

蔣義斌，〈〈樂記〉的禮樂合論〉，《簡牘學報》第14期（1992），頁140-154。

鄭毓瑜，《文本風景：自我與空間的相互定義》（臺北：麥田出版社，2014）。

———，《引譬連類：文學研究的關鍵詞》（臺北：聯經，2012）。

戴璉璋，〈從「樂記」探討儒家樂論〉，《中國文哲研究通訊》第14卷第4期（2004），頁37-48。

鍾嶸著，曹旭集注，《詩品集注》（上海：上海古籍出版社，2011）。

Merleau-Ponty, Maurice. *Phenomenology of Perception*. London: Routledge & Kegan Paul, 1962.

# The analysis on the "auditory body" of "Yue Ji"

Chen, Qiu-Hong*

## Abstract

This thesis probes into the different dimensions of "auditory body" of Yue ji. The research presents the distinctness between the first and second dimensions of auditory body of Yue ji is the difference of the sense from the perception of auditory body. The sense dimension of auditory body should be suppressed; hence the dimension of prohibiting the degeneration of auditory experience was emerged. And the dimension of perception of auditory body would be emphasized so that the dimension of behavior fitting in with "Li" (禮, appropriateness and restriction) would occurred. The auditory body fitting in with Li would be arranged in the whole field of moral and principles of human relations, so the interaction of human relations of auditory body would take shape. Finally, when the interaction of human relations strengthened the breadth, the co- resonance of auditory body would be enlarged including the correspondence between the auditory body and the human relations and with the co- existence of the whole creation of the universe. By means of the kinds of inquiries, we could further discover some phenomenon about the auditory body and the Pre-Qin Music Education, including the indistinguishableness of the concept of individual and group, and containing the different stratum of society, and the quality of accumulation of historical condition. And this thesis also makes a study of the relationship between the auditory body and the terms including Ganwu (感物) which means the processes of perceiving the world, and the processes of perception and analogy-correspondence. So we could find a whole framework that the auditory body could disclosure how the auditory body could involve the varieties of aspects: the emotional aspect, the interaction of

* Associate professor, Department of Chinese Literature, National Sun Yat-Sen University.

body and mind, the household and clansman of human relations, the community of social and cultivation by music, and the whole creation in the universe.

**Keywords:** Yue ji; auditory body; Ganwu (the processes of perceiving the world); the processes of perception and analogy-correspondence; Pre-Qin Music Education

# 泠然萬籟作，中有太古音：從《古今禪藻集》看明代僧詩的自然話語與感官論述*

廖肇亨**

## 摘要

明末清初時大量出現的詩僧，往往亦兼具叢林宗匠身分，且與文人往來密切，因此無論就佛教文化的影響層面，或文學傳統上詩禪交涉之議題，這階段的僧詩皆具有重要的研究價值。本文擬就晚明所編《古今禪藻集》為主要材料，從「自然話語」與「感官論述」兩種視角切入，藉以探究（1）僧詩中所呈現的自然觀、空間觀，以及背後的文化意涵。（2）身體通感經驗在詩中的呈現，以及與心理、修行之間的關係。

《古今禪藻集》由理庵普文、蘊輝性涵、道可正勉三人共同編纂，本文先就書前所附〈歷代詩僧履歷略節〉與〈禪藻集選例〉分別討論其成書過程與選詩標準，指出此選集除風雅可傳的高僧作品外，亦有強烈的現實關懷色彩，對節婦與飢民等題材有所用心。第三節專論《古今禪藻集》中的「自然話語」，可看出「聖山」在詩僧創作中已成一特殊擬喻，既是實際生活環境，又是修行過程中自我轉化之憑依所在，呈現豐富且多重的層次。第四節則以「通感」為課題，列舉《古今禪藻集》中關於味覺、聽覺，乃至於生病與對四季風物的感官體悟之詩作，指出詩僧們認識

* 本文寫作過程中，曾接受「無盡緣起：晚明華嚴宗南方系的學術思想與文藝展演」（計畫編號 NSC97-2410-H-001-076-MY3）與法鼓山中華佛學研究所「近世漢傳佛教詩學論述的自然話語與感官論述：以宋元明清詩僧為中心（2013-2014）」計畫資助，特此致謝。

** 中央研究院中國文哲研究所研究員。

感官，進而超越感官的修行經驗。藉由本文的討論冀能開啟明代禪詩的多重意涵。

關鍵詞：古今禪藻、詩僧、明代佛教、自然話語、感官論述

## 一、研究背景與目的

自從佛教傳入中國之後，不論是一般百姓與上層菁英的知識社群，皆深染尚佛之風，佛教成為理解近世文化最重要的關鍵字之一，特別是在文藝創作方面。從大的方向說，「以禪喻詩」是近世中國詩學最重要的命題，不論贊成與否，都無法對「以禪喻詩」此一重要命題視而不見。中唐以後，中國文學史上一個特殊的文化現象為詩僧的大量出現。自此，傑出的詩僧在中國文學史上代不乏人，明末清初時仍然達到極致頂峰。晚明清初的詩禪關係具有以下值得注意的特徵：（一）就普遍性而言，詩僧廣佈是一個全國性的現象，從江南到京畿，乃至滇黔都有為數甚眾的著名詩僧，同時，明末清初的詩僧往往也是叢林宗匠。例如憨山德清（1546-1623）、紫柏真可（1544-1604）皆與文人往來無間，同時期的雪浪洪恩（1545-1608）身繫賢首、唯識二宗法脈，晚明叢林尚詩之風半出其手；嶺南曹洞宗尊宿天然函昰（1608-1685）、祖心函可（1612-1660）能詩之名亦有稱於當世。清初學者潘耒（1646-1708）曾說：「前代多高僧，亦多詩僧。詩僧不必皆高，而高僧往往能詩。」[1]在此之前，詩僧的佛學造詣經常是論敵批判的焦點，但從晚明以後，能文擅詩似乎成為不分宗派的高僧之共通特徵。（二）就理論架構的深度而言，叢林詩禪論述最重要的理論經典首推《石門文字禪》與《滄浪詩話》，明清的禪林與知識社群不但就此展開論爭，同時也將其層面推及戲曲、小說；論述的主題除了禪宗一向關心的語言問題以外，也觸及家國、性別等重要議題。（三）就與當時社群互動的情況來看，雖然傳統文人與僧人的來往屢見不鮮，然而就文學創作而言，傳統文人往往居於領導者的地位，例如德洪覺範（1071-1128）與黃庭堅（1045-1105）之間的關係。然而在明末清初，詩僧經常居於理論指導者的地位。例如湯顯祖（1550-1616）與紫柏真可、雪浪洪恩一脈與錢謙益（1582-1664）、覺浪道盛（1593-1659）與方以智（1611-1671），當然文人的理論體系未必全與其佛學相通，但從中獲得相當程度的啟發，且其於理論深度與廣度之擴展甚得其力殆無疑義。

---

[1] 潘耒，〈聞若上人詩題辭〉，《遂初堂別集》，收入《四庫存目叢書・集部》第250冊，卷3（濟南：齊魯書社，1997），頁20上。

然而晚明清初叢林尚詩之風並非一個孤立的現象，必須深入其歷史發展的脈絡當中，才能對此一脈絡有更深的認識。宋代開始，詩人與僧人往來十分頻繁。例如參寥道潛（1043-1106）與蘇東坡（1036-1101）的友誼至今仍令人稱道不已。以《石門文字禪》一書聞名的詩僧德洪覺範著作宏富，迄今仍然是瞭解認識蘇軾、黃庭堅、王安石（1022-1086）等宋代詩人的第一手文獻資料。南宋禪林資料過去不甚為學界重視，近來美國的黃啟江教授、南京大學的金程宇、卞東波諸先生近年對南宋禪師的文獻（主要流傳到日本）頗多發掘之功。特別是北磵居簡（1164-1246）、物初大觀（1201-1268）、無文道燦（1213-1271）、淮海元肇（1189-?）等詩僧的作品與流傳，日本學界對此尚未加以著意，黃啟江教授的研究具有重要的拓宇之功。[2]元代傑出詩僧亦精彩輩出，例如著名的「詩禪三隱」——覺隱本誠、天隱圓至（?-1635）、笑隱大訢（1284-1344），此外，石屋清珙（1272-1352）、中峰明本（1263-1323）等禪門宗匠亦有能詩善書之名，石屋清珙的〈山居詩〉、中峰明本的〈梅花詩〉不僅傳頌四方，其影響廣遠，甚至遠及日本，在東亞漢文創作史上，深具典範意義。

過去關於詩僧的研究，主要集中在六朝隋唐的中古時期，特別是皎然（730-799）、齊己（863-937）、貫休（823-912）等人，其中一個極為特別的例子是寒山詩，但寒山詩已經超越詩僧的境界，成為禪門公案重要思想源頭之一，有必要另外單獨處理。綜上所述，不難看出：從宋元到明清，精彩的詩僧輩出，而其著作質量皆遠邁前賢，如同蘊藏豐富的大寶山，有待有心人進一步充分抉發。

本文希望從自然話語與感官論述兩方面切入，以晚明編就的僧詩選集——《古今禪藻集》一書為主要研究對象，冀能對認識明代詩僧的文化意涵有所裨益。從以上兩種不同的進路，就近世漢傳佛教的詩僧作品重新反省其作品的文化意涵，特別是（一）當中的自然觀、身體觀、語言文字觀、文藝觀、社會倫理觀及其與當時思潮之間的互動關係；（二）禪法思想的特徵；（三）與知識社群的互動關係；（四）在不同的時代脈絡，其

---

2 黃教授的一系列著作，計有：《一味禪與江湖詩：南宋文學僧與禪文化的蛻變》（臺北：臺灣商務，2010）、《南宋六文學僧紀年錄》（臺北：臺灣學生書局，2014）、《文學僧藏叟善珍與南宋末世的禪文化：《藏叟摘稾》之析論與點校》（臺北：新文豐，2010）、《無文印的迷思與解讀：南宋僧無文道璨的文學禪》（臺北：臺灣商務，2010）、《靜倚晴窗笑此生：南宋僧淮海元肇的詩禪世界》（臺北：臺灣商務印書館，2013）等等。

創作風格與理論架構之間的異同；（五）理想的世界圖像或生活方式等五個不同的思維向度，重新省思近世詩僧的文化定位與社會脈絡，並以此為基礎，重新觀照詩僧在當時知識社群文化實踐版圖的座標定位。

## 二、詩僧歷來研究述評

詩僧固然無代無之，但不論在文學史或佛教史似乎皆未受到充分的重視。廿世紀以來的文學研究，以浪漫主義以及國族主義為中心，正好是傳統詩僧避之唯恐不及的題材，故而傳統文學研究者的理論工具多不適用僧詩研究；另一方面，詩文往往被定位為「外學」，意味並非核心所在。雖然如此，詩僧研究亦有不少積累。中國詩禪關係的研究，臺灣前輩學者如巴壺天、[3]杜松柏，[4]大陸學者如孫昌武、[5]陳允吉、[6]項楚，[7]日本學者如入矢義高、阿部肇一、飯田利行諸位先生都有重要的貢獻。其中特別值得注意的是入矢義高，其從俗語言研究進路對禪宗語錄進行全新的詮釋，廣泛註解《碧巖錄》、《臨濟錄》、《趙州錄》、《玄沙廣錄》，將學界對於禪宗語錄的認識推進到一個新的境地，[8]而南開大學中文系榮譽教授孫昌武近年傾注畢生心血，獨立完成一套五冊《佛教文化史》的堂皇鉅著，[9]亦前人所未到。然而即使於此貢獻卓著的入矢義高與孫昌武教授等人皆未著意於宋元明清等時代的文化表現，五冊《佛教文化史》中宋代以後所佔的篇幅竟然不及半冊，宋代以後的詩僧，獨立章節討論的只有蒼雪讀徹（1588-1656）與擔當普荷（1593-1673），尚多有補充的可能。筆者

---

3 巴壺天，《禪骨詩心集》（臺北：東大圖書，1990）。

4 杜松柏，《中國禪詩析賞法》（臺北：金林文化，1984）、杜松柏，《禪學與唐宋詩學》（臺北：黎明文化，1976）。

5 孫昌武，《佛教與中國文學》（上海：上海人民，1988）、孫昌武，《詩與禪》（臺北：東大圖書，1994年）、孫昌武，《禪思與詩情》（北京：中華書局，1997）。

6 陳允吉，《佛教與中國文學論稿》（上海：上海古籍，2010）、陳允吉，《佛經文學研究論集》（上海：復旦大學，2004）。

7 項楚，《敦煌文學叢考》（上海：上海古籍，1991）、項楚，《敦煌詩歌導論》（成都：巴蜀書社，2001）。

8 可參見入矢義高，《佛教文學集》（東京：平凡社，1975）、入矢義高，《求道と悅樂：中國の禪と詩》（東京：岩波書店，1983）、圓悟克勤著，入矢義高等譯註，《碧巖錄》（東京：岩波書店，1997）、師備著，唐代語錄研究班編，入矢義高監修，《玄沙廣錄》（京都：禪文化研究所，1987）等書。

9 孫昌武，《中國佛教文化史》（北京：中華書局，2010）。

管見所及，就中國詩僧發展歷程進行整體觀照的著作，僅有覃召文《禪月詩魂》一書，[10]然而《禪月詩魂》一書並非完全嚴格意義下的學術著作，並未就問題意識與理論觀照加以深化。

影響深遠的忽滑谷快天《中國禪學思想史》一書，直接將元代以後定位為「禪道變衰」，這種退化論式影響深遠，連帶影響學界研究的價值取向。近年學界於此已經略有改觀。例如周裕鍇、張培鋒對於宋代詩禪關係著力甚深，[11]周裕鍇對於德洪覺範的生平、年譜以及相關文獻的處理，讓我們對文字禪在宋代的文化意涵有新的認識。[12]臺灣學者張高評、[13]蔡榮婷、蕭麗華、[14]黃敬家教授皆對宋代的詩禪關係有所發明。黃啟江教授兼通佛教、歷史、詩學，近年對南宋詩僧的文學與文獻發掘之功居功厥偉，另外近年在宋代禪宗思想方面，石井修道最受注目，其雖然主要是宋代禪宗思想（特別是大慧宗杲），亦偶而及於詩偈，小川隆、衣川賢次堪稱旗手。後起之秀如土屋太祐、齋藤智寬皆有可觀，筆者與日本學界上述諸人皆有過從，深知日本學界良窳所在。大體而言，其論學精細，又傳承有自，然罕能論其詩，此實我臺灣學人利基所在。西方學界近年亦開始注意宋代佛教的特殊性，Peter N. Gregory and Daniel A. Getz, Jr.集合各家，編成*Buddhism in the Sung*一書，[15]具有相當程度的代表性，說明宋代佛教逐漸受到美國的重視，但除了臺灣中正大學中文系蔡榮婷教授曾就牧牛詩與《祖堂集》的詩偈加以探析以外，[16]皆罕及其詩。遼、金、元、明、清的研究雖然亦迭有新作，但於詩作往往輕輕看過。明代佛教在聖嚴法師、荒木見悟、長谷部幽蹊等前輩的努力之下，成果略有可觀，然對於成員眾多、資

---

[10] 覃召文，《禪月詩魂》（北京：三聯書店，1994）。

[11] 見周裕鍇，《文字禪與宋代詩學》（北京：高等教育，1998）、周裕鍇，《宋代詩學通論》（上海：上海古籍，2007）；張培鋒，《宋代士大夫佛學與文學》（北京：宗教文化，2007）、張培鋒，《宋詩與禪》（北京：中華書局，2009）等等。

[12] 周裕鍇，《宋僧惠洪行履著述編年總案》（北京：高等教育，2010）。

[13] 張高評，〈禪思與詩思之會通：論蘇軾、黃庭堅以禪為詩〉，《中文學術前沿》第2輯（2011），頁86-94。

[14] 蕭麗華，《唐代詩歌與禪學》（臺北：東大，1997）、蕭麗華，《「文字禪」詩學的發展軌跡》（臺北：新文豐，2012）。

[15] Peter N. Gregory, and Daniel A. Getz, *Buddhism in the Sung* (Honolulu: University of Hawai'i Press, 1999).

[16] 見蔡榮婷，〈北宋牧牛詩析論〉，收入鄺健行主編，《中國詩歌與宗教》（香港：中華書局，1999），頁291-336、蔡榮婷，〈北宋時期禪宗詩偈的風貌〉，《花大中文學報》第1期（2006），頁205-226等等。

料宏富的明清詩僧的關心仍然不夠。拙著《中邊・詩禪・夢戲：明清禪林文化論述的呈現與開展》是少數專門處理明清詩禪關係的專著，[17]然影響尚淺。近年亦有劉達科《佛禪與金朝文學》一書用力稱勤，[18]亦有見識，可謂別開生面。晚清佛教與文學的相關研究亦寡，當時詩名最盛的詩僧當推八指頭陀寄禪敬安（1852-1912）與蘇曼殊（1884-1918），蘇曼殊實為風流文人，不足與論。八指頭陀詩禪並高，一時人望所歸。臺灣師範大學國文系黃敬家教授曾有專文論及，[19]王廣西《佛學與中國近代詩壇》一書仍是此一領域最有參考價值的代表著作。[20]

雖然如此，近年來近世佛教思想近年有越來越受重視的傾向，然而除了宋代文學的研究者對於詩禪關係著力較深外，歷來傑出詩僧其實代不乏人，即令並非以詩僧名世的法門龍象，亦多有精彩動人的詩作（例如破山海明、蕅益智旭）。詩僧是中國文學與漢傳佛教融合無間的表徵，同時也是東亞諸國禪林共通的文化現象，兼具普遍性與特殊性，蘊藏豐富的象徵意涵，有待進一步的研究。

## 三、《古今禪藻集》成書過程論考

前賢每言明代佛教，輒舉憨山德清、雲棲袾宏（1535-1615）、紫柏真可，謂之「萬曆三高僧」，然當日亦有合雪浪洪恩、月川鎮澄（1547-1617）二人，設「五大師」之目。[21]月川鎮澄且先不論，雪浪洪恩據南京大報恩寺，異軍崛起於東南。其於佛教史之意義至少有數端不容輕易看過：（一）利瑪竇（1552-1610）在南京，雪浪洪恩（即三懷和尚）與之論辯，為東西文化文化交流史上一樁著名的公案。（二）結合禪、華嚴、唯識不同面相，大體奠定晚明佛教學風的基本走向，特別是編輯《相宗八要》，可為晚明唯識學復興的先聲，憨山德清曾說：「弟子可數。」

---

[17] 廖肇亨，《中邊・詩禪・夢戲：明清禪林文化論述的呈現與開展》（臺北：允晨，2008）。

[18] 劉達科，《佛禪與金朝文學》（鎮江：江蘇大學出版社，2010）。

[19] 黃敬家，〈八指頭陀詩中的入世情懷與禪悟意境〉，《成大中文學報》第29期（2010），頁83-113、黃敬家，〈空際無影，香中有情——八指頭陀詠梅詩中的禪境〉，《法鼓佛學學報》第7期（2010），頁107-147。

[20] 王廣西，《佛學與中國近代詩壇》（開封：河南大學出版社，1995）。

[21] 現下更通行的說法，乃將萬曆三高僧與清初蕅益智旭合稱「晚明四大師」，此稱謂大抵起於清末民初，然蕅益智旭乃憨山德清再傳弟子，年輩不侔，且有清一代釋子罕有見稱者，故不取。

（三）晚明叢林尚詩之風，始作俑者乃雪浪洪恩與憨山德清，憨山德清於此屢屢言及，詩禪交涉之風復熾然一時。雪浪洪恩門下，如雪山法杲、臞鶴寬悅、蘊璞如愚俱有能詩之名。除此之外，雪浪洪恩門人道可正勉、蘊輝性涵編撰《古今禪藻集》一書，企圖將六朝以來的詩僧一網打盡，並且相當程度彰顯雪浪洪恩一門的文藝觀，在詩僧研究史上具有承先啟後的重要意義。

歷來雖然不乏僧詩選集，但收羅自古迄今的詩僧傑作，似當首推《古今禪藻集》，亦與雪浪一門特重詩藝不無干係。雖然歷代僧詩著作浩若煙海，雪浪洪恩門下華嚴學僧道可正勉、蘊輝性涵二人合力編纂首部貫串歷朝歷代的僧詩總集——《古今禪藻集》，此書初刊於萬曆年間，雖收錄於《四庫全書》當中，不知何故，館臣卻將作者小傳部分全數刪去，所幸萬曆本《古今禪藻集》尚藏於上海圖書館，書前附〈歷代詩僧履歷略節〉一文對歷代詩僧生平傳略有所記述，收錄許多未見他處的珍貴資料。就記錄賢首宗南方系一脈僧人生平資料的史料價值而言，《古今禪藻集》一書前所附〈歷代詩僧履歷略節〉一文幾乎可與《賢首宗乘》等量齊觀。[22]

《古今禪藻集》一書編者題有（理庵）普文、蘊輝性涵與道可正勉三人，筆者耳目所及，三人生平，目前僅見《古今禪藻集》一書前所附〈歷代詩僧履歷略節〉一文有所觸及。「普文」下曰：

> 字理庵，姓薛氏，嘉善阡西人。薙染於郡之天寧寺。性嗜讀書，獨喜《名僧詩編》及《古德語錄》。故其架上所積，唯古今詩書；案頭所題，唯禪德姓名。不識果與禪德有緣耶？抑其天性而然耶？雖居精藍，良有山水之癖，卜一勝地於雙徑東坡池，未及棲息，頃有禪者，欲募居焉，即欣然施與，略無留惜。當集是詩也，嘗托人募收詩集，則厚贈以行，至有負者，唯發一笑而已。偶得片言隻句，輒不顧寒暑錄之。丙午迄今，歷年十二，而苦辛則倍是，孟浪費者，亦倍是。公臨終時，無暇及後事，唯刻詩一事關心，顧謂法孫道盛曰：「汝祖生平無他好，好在僧詩，今值剞劂之初，我已欲去，殿後之功，須汝收之，亦不失為繼述者矣。」公嘗欲續《高僧

22 此書主要記載雪浪洪恩一系的僧人傳記。民國學者王培孫在撰寫《王氏輯注南來堂詩集》時曾多所引用。晚近由筆者於上海圖書館重新發現。

傳》，萌志未發，後得天台幻為，遂與為盟。幻則遠搜遺逸，公則坐評殿最。功未半，公既下世，亡何，幻亦繼踵而逝，獨惜一段勝心，竟不獲酧耳。觀此數端，公可謂文矣。[23]

這段話主要出自另一名編纂者道可正勉的手筆，觀此，不難得知：《古今禪藻集》之編纂始倡自理庵普文，曾致力於歷代詩僧著作之收集，《古今禪藻集》之刊刻至少歷時十二年以上，可謂備嘗艱辛。理庵普文雖然生前不及親見《古今禪藻集》的出版，但《古今禪藻集》一書的規模與格局當奠自理庵普文殆無疑義。理庵普文之外，另一個重要編者為道可正勉，〈歷代詩僧履歷略節〉「正勉」之下云：

字道可，一字水芝，俗出長水孫氏。幼入胥山之先福寺習染衣教，一日有覺，即廢然長往。後乃卜居于白苧村，清淨自活，別立家風焉。集有《蕉上草》，岳石帆先生敘曰：「獨憾公眉宇森秀，少嗜琴書，恂恂儒者氣象。假令昌黎接引，政恐閬仙讓席；假令玄度往還，未必道林居左而寥寥寂寂。於《蕉上》一編，番疑古宿，利養名聞，未必如斯。」

岳石帆即岳元聲，其為當日東南佛教有力外護，其詩集《蕉上草》，筆者尚無緣寓目，觀岳元聲之語，其奉道入佛以前，乃一恂恂儒者。其自言「身為釋子，業尚兼儒」，[24]可知其學兼儒釋，於詩文一道想亦會心，與沈醉風雅的雪浪門風相接無礙。

尚有蘊輝性涵其人，〈歷代詩僧履歷略節〉一文於「性涵」如是云：

字蘊輝，姓鄒氏，梁溪人。住金陵孔雀庵。人峭直不尚飾，具烟霞氣骨，吐水月光華，雅有古人風，不禁雕蟲技，下筆有神，構思有論，遂長揖詞林，研窮大事，有不暇事爪髮者。集有《嗎然草》。

---

23　見釋正勉、釋性涵等輯，《古今禪藻集》（上海圖書館藏明萬曆47年刊本）一書前所附〈歷代詩僧履歷略節〉。以下皆同，不再另行出註。

24　釋正勉，〈葬親〉一詩小引，收入釋正勉、釋性涵等輯，《古今禪藻集》第4冊，19卷，頁20。

蒼雪讀徹亦曾有詩贈蘊輝性涵，[25]而虞淳熙（1553-1621）也就其為人如是說道：「蘊輝上人，雪浪恩公之子，因明論師。愚公（蘊璞如愚）之弟也，詩、字獨步，蓋藏真之伯仲，持大戒。以文殊為阿闍黎，學本賢首宗，而不廢南衡、天台之法。」[26]其莊學注疏《南華發覆》，陳繼儒（1558-1639）舉之為「以莊解莊」的代表之作，[27]在明代莊學史上佔有重要的一席之地。[28]從虞淳熙、陳繼儒的說法，不難想見蘊輝性涵見重於當時士林之情於一斑。

綜觀三人傳記相關記述，或略可得知《古今禪藻集》編纂過程之梗概，此書編纂之議當發自理庵普文，是以〈歷代詩僧履歷略節〉一文以理庵普文為殿軍，以示推重之意，是書終成於道可正勉、蘊輝性涵之手，蘊輝性涵出身賢首宗南方系，學行重一時，實際編務恐多落於道可正勉之手。

書前有憨山德清、譚貞默（1590-1665）、虞淳熙三人序，大抵闡論詩禪不二之旨。除此之外，尚有〈禪藻集選例（凡十舉）〉一則，明白揭示選詩去取之標準，其曰：

> 僧道行孤高，兼擅風雅，履歷可稱者，為第一義，則居首選。詩格高調古，思奇語玄，幽閒虛曠，渢渢可法者，亦居上選。詩有關忠孝節義，激揚名教者，縱詩稍平，則亦不遺耳。詩或匡維法門，興崇佛事，砥礪僧行，有補庸劣者，悉收之。弔古悲廢慨，傷時事及風刺悠揚者，亦取之。人行高望重，世代曠遠，全集湮滅，間得一篇兩篇，不忍輕棄，並收之，不在例內。干謁逢迎，及宮詞豔體，有傷本色者，則擯而不取。登臨送別，風月閒題，人人擅場者，亦不多取。履歷莫詳，年臘無考，致有顛越僧次者，則耳受之訛也。詩類雜見，卷帙不均，則集者托人之悞耳，幸大方無哂我為。

---

25 蒼雪讀徹之詩云：「尋師舊識清涼路，來到臺邊無限情。偃臥不離修竹下，閉門剛著一書成。了知為累有鬚髮，久欲使人忘姓名。探徧寒梅留我宿，坐殘山月夜三更。」見釋讀徹著，王培孫輯注，〈過蘊輝師兼探吉祥寺古梅歸宿庵中，時師註南華解初成〉，《王氏輯注南來堂詩集》卷3上（臺北：鼎文書局，1977），頁13-14。

26 虞淳熙，《虞德園先生集》，收入《四庫禁毀書叢刊．集部》第43冊，詩集卷5（北京：京華出版社，2001），頁604。

27 陳繼儒，〈南華發覆序〉，收入釋性涵，《南華發覆》，收入《續修四庫全書．子部道家類》第957冊（上海：上海古籍出版社，1997），頁3。

28 方勇，《莊子學史》第2冊（北京：人民出版社，2008），頁469-482。

前六則言取，後四則言去。取詩大抵不外風雅可傳、弘揚聖教，砥礪名節，鉤沈輯佚等，去之者則以風月閒題或品格不端為主，值得注意的是：關於作品的真偽考證一事，《古今禪藻集》似乎頗為考據學者詬病。例如四庫館臣就對《古今禪藻集》一書如是說道：

> 以朝代編次，每代之中又自分諸體，中間如宋之惠休、唐之無本後皆冠巾仕宦，與宋之道潛老而遘禍，官勒歸俗者不同，一概收之，未免泛濫。又宋倚松老人饒節後為僧，名如璧，陸游《老學庵筆記》稱為南渡詩僧之冠，與葛天民卒返初服者亦不同，乃遺而不載，亦為疎漏。至寶月〈行路難〉，鍾嶸《詩品》明言非其所作，載構訟納賂事甚悉，而仍作僧詩，皆未免失于考訂。他如卷一之末獨附讚銘誄賦，蓋以六朝篇什無多，借盈卷帙，然以此為例，則諸方偈頌，孰非有韻之文，正恐累牘連篇，汗牛難載，於例亦為不純。特其上下千年，網羅頗富，較李龔《唐僧弘秀集》惟取一朝之作者較為完具，存之亦可，備採擇焉。[29]

雖然四庫館臣批判此書考核失精不純，但亦肯定其蒐羅之富，可備採擇。今人陳正宏教授則將《古今禪藻集》與崇禎時毛晉所編《明僧弘秀集》比較之後，以為「從編刊精當的程度論，《明僧弘秀集》比《古今禪藻集》更有價值」，[30]雖然兩者對《古今禪藻集》都不無微詞，但《明僧弘秀集》較《古今禪藻集》晚出許多，且僅為一代之作，相當程度是在《古今禪藻集》的基礎上後出轉精，《古今禪藻集》在僧詩總集的拓宇之功仍然不容忽視；另一方面，對於若干詩僧生平細節或作品真偽的考訂失真固然難辭其咎，但仍然對認識晚明以前詩僧作品的發展軌跡，提供一個大致可供辨認的輪廓，在近世佛教文學史上仍然具有重要的意義。

作為文學史上第一部具有歷時性意義的僧詩總集，儘管在明代前期僧詩的收羅未若《明僧弘秀集》全備，《古今禪藻集》對於表彰當代詩僧（特別是賢首宗南方系一脈）或以詩存史的用心清晰可見，《古今禪藻集》仍然不失為一個認識明代僧詩的重要窗口。例如集中收錄明初詩僧夢

[29] 永瑢等撰，《四庫全書總目提要》第38冊（上海：商務印書館，1931），頁70-71。

[30] 陳正宏，《明代詩文研究史》（上海：上海文化出版社，2000），頁139。

觀守仁之詩曰：

> 我讀太史書，遂知徐烈婦。英英閨中柔，落落氣如虎。為婦當徇夫，為子當徇父。生托結髮情，死共一坏土。寸鐵鏤誓詞，全身赴火聚。觀其倉皇際，出處心獨苦。使有健士力，執仇在掌股。既無生夫術，一死真自許。有生孰不死？爾獨得死所。日落青楓雲，天黑巴陵雨。長歌烈婦詩，悲風起林莽。[31]

此詩記述徐烈婦壯烈守貞的場面栩栩如生，甚至可謂驚心動魄。徐一夔（1315-1400）曾就徐烈婦一事本末說道：

> 烈婦本潘氏女，年二十五歸里人徐允讓。至正十九年春有大兵徇地越上，烈婦從其夫走匿山谷中，游兵至，獲其舅與夫，殺之，且執烈婦。烈婦自度不免，謀死又不得，間乃紿之曰：「吾夫既死，吾從汝，必矣。獨念吾舅與夫暴屍原野，誠不忍其狼籍，茍為我曳屍納土窖中，聚雜木焚之，使化為燼，吾無他念，從汝決矣。」游兵信之，行拾遺甓，倉卒刻誓辭擲置草間，伺火燄稍熾即躍入窖中，并燒死。[32]

夢觀守仁曾從學楊維禎（1296-1370），或可謂之援儒入釋。[33]今觀此詩，敘事流利，風雷獵獵，特別是對完美人格的仰嘆，與傳統文學史印象中僧詩蔬筍氣重的山水清新之風略有一徑之隔，然其藉詩傳史之意不難想見。徐烈婦事蹟在明代廣為流傳，甚至收入呂坤（1536-1618）《閨範》[34]與黃尚文《女範篇》當中，[35]成為烈婦楷模。《古今禪藻集》中強烈的現實

---

31 守仁，〈山陰徐烈婦詩〉，《古今禪藻集》第4冊，卷18，頁7-8。

32 徐一夔，〈跋徐烈婦書後〉，《始豐稿》卷14，收入《景印文淵閣四庫全書》第1229冊（臺北：臺灣商務印書館，1983），頁16。

33 錢謙益，〈夢觀法師仁公〉，《列朝詩集》閏集（上海：上海古籍，1983），頁677。

34 「潘氏，字妙圓，山陰人，適同邑徐允讓，甫三月，值元兵圍城，潘同夫匿嶺西，賊得之，允讓死於刃，執潘，欲辱之。潘顏色自若，曰：『我一婦人，家破夫亡。既已見執，欲不從君，安往？願焚吾夫，得盡一慟。即事君百年，無憾矣。』兵從之，乃為坎燔柴，火正烈，潘躍入烈焰而死。」見呂坤，《閨範》，《呂坤全集》（北京：中華書局，2008），頁1508。

35 「山陰徐允讓妻潘妙圓。讓從父安避兵山谷，兵執安欲殺之，讓大呼曰：『寧殺我。』兵舍安而殺讓。將辱潘，潘紿曰：『焚我夫屍，則從汝矣。』兵乃聚薪焚之，潘即投烈焰而死。」見

關懷令人印象深刻，例如永瑛「我儋願無儲，不願年饑荒。饑荒民薄斂，無粟充太倉。」[36]寫當時飢荒人民的慘狀，德勝「東北一戍餘十年，年年士卒募臨邊。春征雲盡秋防汛，秋報言無春去船。又徵子弟朝鮮戍，別母收啼行不住。」[37]則寫朝鮮之役戍邊徵兵的無奈，為底層人民發聲。朝鮮之役，來自南方的「南兵」遠較北兵更為出色活躍，背後的代價是無數家庭的分離破碎。諸如節婦、飢民、戍卒等題材固非僧詩所習見，卻莫不是時代下人民與社會現象的絕佳見證，同時也是拯飢救逆的菩薩道初心本懷。

除了大時代的見證之外，也有個人生命書寫的記錄。在史料、僧傳之外，詩也是記錄生命歷程的重要載體。雖然〈歷代詩僧履歷略節〉一文收有道可正勉之生平，但未若〈葬親〉一詩詳細，其詩云：

> 昔遭家不造，夭步膺多圮，骨肉既分崩，恒產蕩無紀。束髮方外遊，一鉢為耒耜，煢煢越故步，孤雲任生死，弱喪十二年，耀靈急飛矢，忽因回飈馳，轉蓬歸故里，風塵拜雙柩，銜悲不能弭，六子非令人，埋骨無寸址，蓼莪化伊蒿，瓶罄罍為恥，遂捐分寸畜，拮据營舊壘，秪欲栖遊魂，不貴圖龍耳，緬懷鬻身賢，負土奔若駛，厥冬卜葬日，執紼冰雪裡，長恨抱終天，苦海悲無底，光儀蔑見期，心戚如齧指，愛水竭涕淚，白雲徒陟屺，生當未成童，曷解羞甘旨，死則為桑門，喪葬禮不庀，蓋棺論富貴，臧否定沒齒，一坏當佳城，萬事苟已矣，賫送无劒遺，紀年聊樹梓，鶴歸乏華表，奠瘞虧壇壝，薤歌擬白花，啼鳥述哀誄，靈氣通硤山，孝思流長水，余亦電露命，胡能守禋祀，須憑清江神，年年薦芳芷。[38]

這是一首帶有強烈自傳性質的敘事詩，就其孝思刻意摹寫。此詩前有小序，就其創作緣起言之甚詳，其曰：

> 先父母生余兄弟六人伯仲，皆成立食貧，予最幼，鍾二人愛會，己丑歲疾疫，我母弗祿，而父亦相踵下世，明年四月，感念生死，出

黃尚文，《女範篇》卷4（北京國家圖書館藏明萬曆刻本）。

[36] 永瑛，〈苦哉行用朱西村韻〉，《古今禪藻集》第4冊，卷18，頁24。

[37] 德勝，〈丁酉春徵兵戍邊至秋復徵〉，《古今禪藻集》第5冊，卷21，頁11-12。

[38] 正勉，〈葬親〉，《古今禪藻集》第4冊，卷19，頁20-21。

> 家胥山之古剎，身為釋子，業尚兼儒，每誦〈蓼莪之什〉，潸然泫涕，竊自謂：子於父母生養死葬，人子恒職，今既失生養而雙柩露一隅，更獨何安？越辛丑歲，星冉冉一周矣，乃以葬事謀諸伯仲，俱以貧，力不堪襄，事又一載，為壬寅冬，余有方外遊，欲速酬前願，然又未能卜地，亡何有，從兄者憫余孝思，指祖塋昭次可權厝。予曰：「生寄死歸，何地非權乎？」遂罄衣鉢之資，辦葬具。因思：禪衲不欲立文字，破白業之戒，然此一段苦心，又不敢同淪黃壤。況詩出性情之正，昔賢所不禁，于是僧而詩借文字以紀事，縱有敗實之議，余心甘之矣。[39]

編者自選自作固不足取，然此乃明人常見風習，就詩論詩，此作固然未必高明，然亦因賴有此作，就認識道可正勉其人一事，亦可補史料之闕漏。更為難得的是：此詩將家中貧困的窘況、手足不諧（甚至近乎不孝）、以及雙親下葬的曲折經過如實寫出，罕所隱諱。道可正勉此詩固不無自我標榜之嫌，卻同時也透顯出明代僧人與世俗倫理（儒教價值觀）彼此交涉的樣態，有遠超一己遭遇之上者。從眾生悲辛到個人境遇，明代詩僧對人世現實的高度關注令人印象深刻。雖然如此，此類作品遽難謂之僧詩本色當行，若慮及僧人生活背景與修證實踐，自然話語與感官論述數量之多亦當不在意料之外耳。

## 四、自然話語

傳統詩學批評家喜用「蔬筍氣」的說法來概括傳統詩僧作品的特徵，「蔬筍氣」的內涵雖然眾說紛紜，但大抵指浪漫情感與豪勇血氣的付之闕如，沈溺於山林自然風味，具有強烈主張退讓不爭的消極傾向。嚴格來說，僧詩當另自有一套判準，不該以俗世間的文字繩墨。筆者曾以晚明高僧漢月法藏（1573-1635）的山居詩為例，山居詩雖然淵遠流長，但高明的作者仍然可以表達其自然觀與歷史觀。[40]例如梅花在嚴寒中綻放的道德

---

39 正勉，〈葬親〉，《古今禪藻集》第4冊，卷19，頁19-20。

40 廖肇亨，〈晚明僧人山居詩論析：以漢月法藏為中心〉，《中邊・詩禪・夢戲：明清禪林文化論述的呈現與開展》，頁273-300。

想像，也是經由宋代以後的禪僧再三轉寫，故而深入人心。[41]大體來說，山林風物等自然話語是佛教文學（特別是禪宗詩歌）最重要的擬喻。僧詩中的自然話語，是其自然哲學、空間觀、理想的世界圖像（例如淨土或桃花源）的精神特質匯聚一時的特殊修辭方式。

以山為例，山在佛教文化脈絡中除了自然風味之外，往往又有神聖空間的涵義。例如佛教三名山（五臺、普陀、峨眉）。詩僧的聖山書寫往往具有「聖／俗」、「靜／動」、「心／身」、「人／自然」相互對待、彼此互具的特質，遠超世俗雅興遊賞的單一特質。《古今禪藻集》當中寫山之作不知凡幾。例如明代僧人本吳禪師擬謁五臺之際，廣莫禪師贈詩云：

> 出門芳草路漫漫，驀直曾參婆子禪。塞上風塵雙白足，杖頭蹤跡半青蓮。重巖雪積僧初定，古寺春深花欲然。若問曼殊行履處，寒山寂寂水漣漣。[42]

趙州和尚與臺山婆子是禪門著名公案。前半寫僧人行腳風塵與求道熱誠，乃悟前勤修，後半則寫修後悟。「古寺春深花欲然」，乃是內心風景的投射。末尾則是將求道者與文殊聖者的化身寒山和尚合而為一。是法住法位，世間相常住。

由於華嚴四祖清涼澄觀（738-839）在五臺山大開洪爐，著作中又多以五臺山（清涼山）作為華嚴教義的擬喻，是以後世華嚴學僧（例如憨山德清）莫不特意朝禮五臺，賢首宗南方系學僧亦不例外，多有詩詠其事。[43]晚明以來，僧人行腳朝山蔚然成風，例如明代僧人真一送人從五臺禮普陀山之詩云：

> 道人今自五臺來，還同昔日五臺去。若言去自昔時蹤，我心不得去時處，若言今是來時路，我心飄飄渾無住。翹足南望洛伽山，依舊洋洋娑竭海，佇思六月清涼寺，塞風栗栗何曾改？兩山情境俱

---

[41] 程杰，《梅文化論叢》（北京：中華書局，2007）、程杰，《中華梅花審美文化研究》（西安：陝西師範大學出版社，2008）。

[42] 廣莫，〈送本無禪師謁五臺〉，《古今禪藻集》第6冊，卷25，頁27。

[43] 關於這點，詳參廖肇亨，〈從「清涼聖境」到「金陵懷古」：從尚詩風習側探晚明清初華嚴學南方系之精神圖景〉，《中央研究院中國文哲研究集刊》第37期（2010），頁51-94。

> 不遷，道人去住亦何言？但令心無去來想，此山可北彼可南。君不見，昔有真人居南嶽，一鉢翛然出行腳，偶然挂錫大慈山，雙虎移泉童子涸。[44]

真一無傳，不詳其人。五臺山為佛教第一聖山，普陀為觀音道場。晚明時兩山南北相望，為兩個地位最為崇高的佛門道場。臧懋循（1550-1620）曾就兩山之異同說道：「顧南海補陀，一葦可達；而清涼遠在朔塞，非歲餘聚糧，無以即路，故我吳人禮補陀者常十九，而禮清涼者不能什之一。」[45]對江南僧侶而言，普陀山近在耳目，遠謁五臺山成為宗教熱誠的表徵。不過真心向道者寡。憨山德清曾對就此風如是說道：

> 今出家者，空負行腳之名，今年五臺、峨眉，明年普陀、伏牛，口口為朝名山，隨喜道場，其實不知名山為何物，道場為何事，且不知何人為善知識，只記山水之高深，叢林粥飯之精粗而已。[46]

真一此詩其實是對熱極一時朝山之風的反思批判。結尾乃用大慈山寰中和尚之典，[47]謂其「但令心無去來想，此山可北彼可南」，暗諷行腳僧人徒然從事於四處行腳朝山，卻於勤修道業一事掉臂不顧。雲棲袾宏也曾對明末僧人熱中朝山之風一事說道：

> 或謂五臺、峨嵋、普陀三山，劫壞不壞。遊者能免三災，此訛也。三災起時，大千俱壞，何有於三山？若必遊此免災，則瞽目跛足之徒，不能登歷者，縱修殊勝功德，終成墮落。而居近三山者，即愚

---

44 真一，〈昱光道兄禮五臺還南海贈之〉，《古今禪藻集》第五冊，卷21，頁9-10。

45 臧楙循，〈清涼山顯通寺募緣疏〉，《負苞堂文選》，《續修四庫全書‧集部》第1361冊，卷4，頁49下。

46 憨山德清，〈示寂覺禪人禮普陀〉，《夢遊集》，《憨山大師全集》第1冊，卷4（趙縣：河北禪學研究所，2005），頁98。

47 元敬、元復《武林西湖高僧事略‧唐大慈山寰中禪師》謂：「時學者甚眾，山素缺水，師擬飛錫。夜夢神人告曰：『勿他之，我移南嶽小童子泉就師取用。』詰旦見二虎以爪跑於地，泉自湧出，味甘如飴。有僧自南嶽至，乃曰：『小童子泉涸矣。』故東坡題詩云：『亭亭石塔東峰上，此老初來百神仰。虎移泉眼趁行腳，龍作浪花供撫掌。至今遊人灌濯罷，臥聽空階環佩響。故知此老如此泉，莫作人間去來想。』」見元敬、元復，《武林西湖高僧事略‧唐大慈山寰中禪師》，收入《卍續藏》第77冊（臺北：新文豐出版公司，1983），頁581下。

夫皆成解脫耶？當知無貪乃不受水災、無瞋乃不受火災、無癡乃不受風災。三山之到否何與？願念念開文殊智、行普賢行、廓觀音悲，則時時朝禮三山，親適大士。不達此旨，而遠遊是務，就令登七金、渡香水，何益之有？[48]

對於朝山信仰衍生可以消災解厄的說法，雲棲袾宏顯然大不以為然。

當然，在佛教內部，不只是因為聖山具有赫赫威神力，成為民眾崇拜的對象，更重要的是：山是佛教一個特殊的隱喻，既是實際生活的自然環境，也是修行過程中自我轉化的憑依，可謂具有多重層次的自然話語。清初東渡日本的黃檗宗即非如一（1616-1671）禪師曾經就此如是說道：

五蘊，山也。人我，山也。涅槃，山也。一切聖凡，出生入死，未嘗不居於此山也。若能坐斷此山，全身是道，則無內無外，無彼無此，到恁麼田地，便是超生脫死的時節也。[49]

從即非如一禪師的角度來看，「坐斷此山」即能「超生脫死」，幾乎同於「道成肉身」。山的文化意涵又能與傳統文人胸懷丘壑的自然意象相疊合，成為僧詩中顯而易見的文化地景。

相對於聖山意象，另一個多層次的擬喻即是大海。早期佛教經典中有「海有八德」的說法，後來禪門中「大海不宿死屍」之公案即出於此。日本五山禪僧多有詠海之詩，成為五山禪林詩作中一個特殊的擬喻。[50]相對於聖山書寫的漪與盛哉，中國詩作中詠海之作略顯不足。不過，如同海洋詩作發展的歷史進程，宋代以前的海洋意象主要是神仙想像，宋代以後的海洋詩作方有親身體驗的精彩可說。《古今禪藻集》中的海洋意象也呈現了與聖山意象不同的風味。例如德勝的〈補海汛詞〉，其云：

百萬人看青海月，兩三寇嘯白旗風，洪濤怒激雪山立，落日夷歌別

---

[48] 袾宏，〈三山不受三災〉，《雲棲法彙》卷15，《明版嘉興大藏經》第33冊（臺北：新文豐出版公司，1983），頁76下-77上。

[49] 即非如一，《即非禪師全錄》卷4，《明版嘉興大藏經》第38冊，頁643。

[50] 參見廖肇亨，〈百川倒流：日本臨濟宗五山禪林海洋論述義蘊試詮〉，《倒吹無孔笛：明清佛教文化》（臺北：法鼓文化，2018），頁113-142。

> 島中。
>
> 羽書南海報猖狂，守汛樓船黑水洋，忽聽島夷螺哽咽，氣衰一夜鬢如霜。
>
> 萬艘斥候海天愁，慘慘陰風夜不收，骸骨入關生死願，漢家無地盡封侯。[51]

此作前有小序，曰：「定海關外楊周等山，守汛諸兵風境淒慼，古今詞客多有出塞、涼州等作，而略東南邊海之苦，余竊不滿。聊補古人之缺題。故云：〈補海汛〉。」[52]此詩主要是指東海邊海之苦，特別是禦倭入侵的士兵。德勝雖然是一介僧人，對東南士卒的生活倒是拳拳致意。特別是其注意到「古今詞客多有出塞、涼州等作，而略東南邊海之苦」，雖是就邊塞詩而言，同樣也有文學史的意義。明清以後，各種不同的海洋經驗豐富海洋詩作的文化意涵。德勝另有〈答道可佛可八月十八日同諸友人海上看潮有懷之作〉一詩，寫與道可正勉等人一同觀潮的心情，其云：

> 滄溟八月大風高，此際還能念鬱陶；避世真應慚爾輩，望洋空擬向吾曹。五山徒步齊群聖，幾錫聯飛駐六鰲；何處得來龍領物？開緘猶帶海門濤。[53]

雖然此詩只是單純的懷人寫景之作，並未有太多深刻的含義，與傳統的「觀海」詩的創作方式幾無二致。但綜觀德勝諸作，類似「春深滄海色，夢斷紫濤聲」、[54]「滄海迴風色，明河注水聲」的說法屢不一見，[55]刻意營構海洋意象的用心亦不難想見，從這個角度看，《古今禪藻集》的詩僧作品，也充分具有文學史的重要意義。

---

[51] 德勝，〈補海汛詞三首有引〉，《古今禪藻集》第6冊，卷28，頁12-13。

[52] 同前註。

[53] 德勝，〈答道可佛可八月十八日同諸友人海上看潮有懷之作〉，《古今禪藻集》第6冊，卷25，頁12。

[54] 德勝，〈初春對梅花憶友人渡海朝普陀山〉，《古今禪藻集》第5冊，卷23，頁2。

[55] 德勝，〈讀王元美集〉，《古今禪藻集》第5冊，卷23，頁2。

## 五、感官論述

山海之外，近年來，德洪覺範強調感官互通的詩學主張甚受學者注目。[56]以味覺為例，佛教又對味覺論述情有獨鍾，例如「佛法一味」、「味外味」、「譬如食蜜，中邊皆甜」，禪宗更有「曹山酒」、「趙州酒」、「不曾少鹽醬」、「露地白牛」等味覺公案。本文擬以《古今禪藻集》中所收明代詩僧作品，就其相關的感官論述略加審視，進而省思詩學與禪學的互動關係。

佛教雖然講身心解脫，但捨此肉身，亦無由成道，四大不調，人所常有，僧人又何獨不然，因病見身，理所常有。明初著名的詩僧宗泐[57]有詩記病，其云：

> 身老那堪病更纏，小齋欹枕秖高眠；階前秋雨連三日，籬下黃花自一年。摩詰不知除病法，嵇康空著養生篇；尚方再賜千金藥，慚愧皇恩下九天。[58]

摩詰示疾是常見故實，此詩一半寫病中高眠的時光，一半卻暗自矜誇天寵之貴，無甚深意。但另一名詩僧見心來復（1319-1391）於病中另有所見，[59]其云：

> 嗒然枯坐竹方床，懶慢無心百慮忘；雨後摘蔬萵苣綠，風前曬藥茯苓香。飛蛾夕掩銅盤燭，餓鼠朝窺瓦缶糧；幻世有生皆旅泊，歸休何地是吾鄉。[60]

---

[56] 參見周裕鍇，〈「六根互用」與宋代文人的生活、審美及文學表現——兼論其對「通感」的影響〉，《中國社會科學》第6期（2011），頁136-153。

[57] 宗泐，字季潭，臨海周氏。八歲從大訢受業，十四薙髮，二十具戒。後參謁徑山元叟，掌記室。初主水西寺，遷中天竺、雙徑、天界諸寺。洪武十年求法於西域。後歸朝，任僧祿司右善世。著有《全室集》。

[58] 宗泐，〈病中作〉，《古今禪藻集》第5冊，卷24，頁3。

[59] 來復，豫章豐城（位於江西）人。俗姓王，字見心，號蒲庵，世稱豫章來復。嗣法徑山之南楚師悅。元末因兵亂遷入會稽山，於定水院開始弘法。歷住鄞州天寧寺、杭州靈隱寺等。

[60] 來復，〈甲寅歲病中述懷〉，《古今禪藻集》第5冊，卷24，頁10。

此詩首聯與前首無異，寫病中悠長時光。頷聯寫景如實切洽，點出詩題。有趣的是頸聯中的飛蛾與餓鼠的比喻。見心來復曾任僧官，因胡惟庸牽連入獄致死，飛蛾撲火或餓鼠窺糧似乎帶有政治隱喻，或恐其方為致病之由。末尾意味深長，似乎由病悟生，暗示人生如寄，且世間形軀皆非實有。

對於四大五蘊，僧人別有所見，往往與俗世有別，例如俗名姚廣孝（1335-1418）的詩僧道衍對於苦之為味的讚揚，令人印象深刻，其云：

> 甘腴眾所歆，苦毒吾乃喜，味之曾勿厭，八珍同其美。簞瓢能久如，鍾鼎豈常爾，昔賢有遺戒，刀蜜不可舐。願言膏粱人，於斯當染指。[61]

此詩勸世意味濃厚，甘味乃世間榮華富貴之喻，苦味則是貧淡平凡的生活情調，此詩勸人莫以世間富貴為念，當以修道為先。雖然卑之無甚高論，但取譬特殊，頗有未經前人道者。僧人論味，多尚言茶。茶與佛教之淵源久遠，前人論之已詳，無庸詞費。一如無處不在的山居詩，《古今禪藻集》言茶之作亦觸目皆是，在味覺的基礎之上，營構不同層次的文化意涵。例如永瑛之詩云：

> 石洞松門帶夕陽，自攀青蔓采秋霜，大官尚食知多少？不似山廚意味長。[62]

此詩結尾不免略傷溫柔敦厚之旨，或可歸入俗白僧詩一路。茶不僅是養生之具，更是清高人格的表徵，也是僧家生活的具體寫照，是以作者復云：

> 瓦竈松爐自一家，阿師炊飯我煎茶，秖應心地無煩惱，好向山中度歲華。[63]

在禪門話語當中，洪爐與破竈都有特殊的隱喻，意味著主客對立融化銷解，故而茶香於此不只是一種生活方式，更意味著完美的修行境界與人生

[61] 道衍，〈味苦詩為一初賦〉，《古今禪藻集》第4冊，卷18，頁14。

[62] 永瑛，〈采山藥子煎茶〉，《古今禪藻集》第6冊，卷27，頁23。

[63] 永瑛，〈戲贈阿師〉，《古今禪藻集》第6冊，卷27，頁24。

智慧。僧家少欲無為，唯慧是業，餘韻裊裊的茶香往往意味著無法言說的無上法悅。雖然如此，亦未可一以視之。八萬四千解脫法門，琴居其一。明代詩僧古春於琴道別有會心，其詩云：

> 碧香非所嗜，綠綺能醉心，泠然萬籟作，中有太古音。妙彈不須指，趣在山水深，清風動寥廓，白月流中林。子期如可遇，鑄以千黃金。[64]

這首詩基本上是「無絃琴」的追摹擬想。萬籟喻森羅萬象，太古音喻真常佛性。「碧香」即茶，此處成為爛熟平庸的代稱，以習學古琴一事高自標置，又與傳統中知音難得的故實相結合。在《四十二章京》中，以調絃一事以喻調伏身心。[65]又《大智度論》提及犍闥婆王至佛所彈琴讚佛，三千大千世界無不震動，乃至摩訶迦葉不安其坐。[66]聽覺成為契入佛法堂奧的絕佳手段，故觀音耳根圓通為最上解脫法門。明清僧人精於琴道，故清初東渡日本的曹洞宗僧人東皋心越（1639-1696）為江戶琴學之祖，實有以致之。

五蘊六根充分運用與配合，《古今禪藻集》中不乏其例，明代詩僧斯學襲用習見樂府詩題〈四時子夜歌〉（或〈子夜四時歌〉）的體製，嘗試刻畫特殊的生活情境，其曰：

> 殘花落處香成雨，嬌鳥啼來日當午，碧蜂采英若個甜，黃蘗生心為誰苦？
> 葵英如杯榴萼小，綠樹陰陰囀黃鳥，晝長深院不開門，暗鑠愁眉事多少？
> 新涼已入深閨裡，林葉蕭蕭夕風起，床頭蟋蟀急寒霜，池面芙蓉照秋水。
> 風霜慘淡歲云暮，葉聲吹盡江頭樹，閨裡相思人未歸，寒衣欲寄愁長路。[67]

---

64 古春，〈醉琴卷〉，《古今禪藻集》第4冊，卷18，頁19。

65 迦葉摩騰、法蘭譯，《四十二章經》，《大正藏》第17冊，頁723下。

66 鳩摩羅什譯，《大智度論》，《大正藏》第25冊，頁135下。

67 斯學，〈四時子夜歌〉，《古今禪藻集》第5冊，卷21，頁13-14。

斯學其人生平此組詩作按春夏秋冬的次序排列，目視草木，耳聽蟲鳥，有甜有苦，愁長蹙眉。此作雖曰僧詩，卻充滿閨怨情思，似乎有違《古今禪藻集》編者選詩的初衷。斯學其人英才早逝，編者或不無以詩存人之意。此外禪門亦本有豔詩悟道一路，借閨怨之思以表心思專一或冷暖自知，故似亦不應遽以為非。寫僧家理想的生活型態與精神境界，弘灝之作似乎更為傳神。其詩云：

> 絃斷猶堪續，草敗猶能綠，每歎人不如，云亡難再復。伊予感實深，無生念轉篤，竄身巖石間，含真而抱樸。止渴有清泉，療飢有黃獨，雖乏旃檀香，埜華常馥郁。所契良難忘，引領勞雙目，疇念菰蘆人，足音響空谷。[68]

第一段寫入道機緣，特別是探究一大事因由。第二段則寫斷絕俗慮的修行之精。此詩眼目在第三段，說明僧家不追求口腹之慾或感官刺激的滿足，當唯道業成就是問。眼中所見只有那些潛心修道的前輩楷模。此詩雖然不是徹悟人語，但就一個真誠求道人的理想狀態如實描繪，除了基本的生理需求之外，全副身心都朝向理想境界的追求。認識感官，才能超越感官，才是圓滿解脫的不二法門。

## 六、代結語

近世漢傳佛教詩僧研究是佛教文化史的一大題目，此一問題牽涉甚廣，可謂環環相扣的文化綜合體。從感官論述與自然話語的角度，重新檢視《古今禪藻集》中明代僧詩，冀能對以下的課題有所裨益：

（一）感官論述是文學創作論極其重要的一環，對中國古典文學批評家而言，其認識個體心理層面活動，幾乎全由佛教入手，例如金聖嘆。梁啟超曾言「佛教就是心理學」，本文以明代僧詩為例，探討中國文學創作過程中，佛教（尤其是禪宗）在感官論述與自然話語中的特殊成就。

---

[68] 弘灝，〈屏居山中寄南湖諸法友〉，《古今禪藻集》第4冊，卷19，頁18-19。

（二）自然話語牽涉到生態倫理、空間觀、自然觀，這是當前人文學界最重要的時代課題之一，田園山水詩一直是中國文學最重要的題材之一，但僧詩中的自然話語層次更為豐富，包括聖與俗、自我書寫與如何認識客觀世界等課題皆為不可忽視的重要課題，解析僧詩著作當中的文化意涵，或有助於與當前人文學術思潮進行深度反思對話。

（三）詩禪關係是東亞地區漢傳佛教文化地區最重要共通的文化現象，從感官論述與自然話語出發，省思近世詩僧的表述方式與修辭策略，同樣也是認識東亞文化不可或缺的門徑。例如東亞諸國繪畫史共通的題材之一——「瀟湘八景」，在流傳的過程中，禪僧之力莫大焉，透過近世詩僧的作品，對東亞共通的文化實踐與思維樣式可以有新的認識。

本文從自然話語與感官論述雙重進路，探究詩僧創作風格演變及其相關的歷史、文化、社會脈絡，同時就《古今禪藻集》的成書過程加以討論，就前人未及著意的文獻材料略加詮解，冀能為近世佛教文學研究開啟不同的問題視野與論述方式。

## 引用書目

入矢義高，《佛教文學集》（東京：平凡社，1975）。

———，《求道と悦樂：中國の禪と詩》（東京：岩波書店，1983）。

入矢義高等譯註，圜悟克勤著，《碧巖錄》（東京：岩波書店，1997）。

入矢義高監修，唐代語錄研究班編，師備著，《玄沙廣錄》（京都：禪文化研究所，1987）。

元敬、元復，《武林西湖高僧事略・唐大慈山寰中禪師》，《卍續藏》第77冊（臺北：新文豐出版公司，1983）。

巴壺天，《禪骨詩心集》（臺北：東大圖書，1990）。

方勇，《莊子學史》第2冊（北京：人民出版社，2008）。

王廣西，《佛學與中國近代詩壇》（開封：河南大學出版社，1995）。

永瑢等撰，《四庫全書總目提要》第38冊（上海：商務印書館，1931）。

即非如一，《即非禪師全錄》，《明版嘉興大藏經》，第38冊（臺北：新文豐出版公司，1983）。

呂坤，《呂坤全集》（北京：中華書局，2008）。

杜松柏，《中國禪詩析賞法》（臺北：金林文化，1984）。

———，《禪學與唐宋詩學》（臺北：黎明文化，1976）。

周裕鍇，〈「六根互用」與宋代文人的生活、審美及文學表現——兼論其對「通感」的影響〉，《中國社會科學》第6期（2011），頁136-153。

———，《文字禪與宋代詩學》（北京：高等教育，1998）。

———，《宋代詩學通論》（上海：上海古籍，2007）。

———，《宋僧惠洪行履著述編年總案》（北京：高等教育，2010）。

迦葉摩騰、法蘭譯，《四十二章經》，《大正藏》第17冊（東京：大藏出版社，1988）。

孫昌武，《中國佛教文化史》（北京：中華書局，2010）。

———，《佛教與中國文學》（上海：上海人民，1988）。

———，《詩與禪》（臺北：東大圖書，1994）。

———，《禪思與詩情》（北京：中華書局，1997）。

徐一夔，《始豐稿》，《景印文淵閣四庫全書》第1229冊（臺北：臺灣商務印書館，1983）。

張高評，〈禪思與詩思之會通：論蘇軾、黃庭堅以禪為詩〉，《中文學術前沿》第二輯（2011），頁86-94。

張培鋒，《宋代士大夫佛學與文學》（北京：宗教文化，2007）。

———，《宋詩與禪》（北京：中華書局，2009）。

陳允吉，《佛教與中國文學論稿》（上海：上海古籍，2010）。

———，《佛經文學研究論集》（上海：復旦大學，2004）。

陳正宏，《明代詩文研究史》（上海：上海文化出版社，2000）。

程杰，《中華梅花審美文化研究》（西安：陝西師範大學出版社，2008）。

———，《梅文化論叢》（北京：中華書局，2007）。

袾宏，《雲棲法彙》，《明版嘉興大藏經》第33冊（臺北：新文豐出版公司，1983年）。

覃召文，《禪月詩魂》（北京：三聯書店，1994）。

項楚，《敦煌文學叢考》（上海：上海古籍，1991）。

——，《敦煌詩歌導論》（成都：巴蜀書社，2001）。

黃尚文，《女範篇》，北京國家圖書館藏明萬曆刻本。

黃啟江，《一味禪與江湖詩：南宋文學僧與禪文化的蛻變》（臺北：臺灣商務，2010）。

———，《文學僧藏叟善珍與南宋末世的禪文化：《藏叟摘稾》之析論與點校》（臺北：新文豐，2010）。

———，《南宋六文學僧紀年錄》（臺北：臺灣學生書局，2014）。

———，《無文印的迷思與解讀：南宋僧無文道璨的文學禪》（臺北：臺灣商務，2010）。

———，《靜倚晴窗笑此生：南宋僧淮海元肇的詩禪世界》（臺北：臺灣商務印書館，2013）。

黃敬家，〈八指頭陀詩中的入世情懷與禪悟意境〉，《成大中文學報》第29期（2010），頁83-113。

———，〈空際無影，香中有情——八指頭陀詠梅詩中的禪境〉，《法鼓佛學學報》第7期（2010），頁107-147。

圓信、郭凝之編，《瑞州洞山良价禪師語錄》，《大正藏》第47冊（東京：大藏出版社，1988）。

虞淳熙，《虞德園先生集》，《四庫禁毀書叢刊・集部》第43冊（北京：京華出版社，2001）。

鳩摩羅什譯，《大智度論》，《大正藏》第25冊（東京：大藏出版社，1988）。
廖肇亨，〈從「清涼聖境」到「金陵懷古」：從尚詩風習側探晚明清初華嚴學南方系之精神圖景〉，《中央研究院中國文哲研究集刊》第37期（2010），頁51-94。
———，《中邊・詩禪・夢戲：明清禪林文化論述的呈現與開展》（臺北：允晨，2008）。
———，《倒吹無孔笛：明清佛教文化》（臺北：法鼓文化，2018）。
臧懋循，《負苞堂文選》，《續修四庫全書・集部》第1361冊（上海：上海古籍出版社，1997）。
劉達科，《佛禪與金朝文學》（鎮江：江蘇大學出版社，2010.12）。
德清，《憨山大師全集》（趙縣：河北禪學研究所，2005）。
潘耒，《遂初堂別集》，《四庫存目叢書・集部》（濟南：齊魯書社，1997）。
蔡榮婷，〈北宋牧牛詩析論〉，鄺健行主編，《中國詩歌與宗教》（香港：中華書局，1999），頁291-336。
———，〈北宋時期禪宗詩偈的風貌〉，《花大中文學報》第1期（2006），頁205-226。
———，《唐代詩歌與禪學》（臺北：東大，1997）。
蕭麗華，《「文字禪」詩學的發展軌跡》（臺北：新文豐，2012）。
錢謙益，《列朝詩集》（上海：上海古籍，1983）。
釋正勉、釋性涵等輯，《古今禪藻集》，上海圖書館藏明萬曆47年刊本。
釋正勉、釋性涵等輯，《古今禪藻集》，明復法師主編，《禪門逸書》第1冊（臺北：明文書局，1980）。
釋性涵，《南華發覆》，《續修四庫全書・子部道家類》第957冊（上海：上海古籍出版社，1997）。
釋讀徹著，王培孫輯注，《王氏輯注南來堂詩集》（臺北：鼎文書局，1977）。
Gregory, Peter N., and Getz, Daniel A. Getz. *Buddhism in the Sung*. Honolulu: University of Hawai'i Press, 1999.

# The Natural Discourse and Sensual Writing in Buddhist Poems during Ming Dynasty: From *Gujin Chanzao ji*

Liao, Chao-heng*

## Abstract

In the Late Ming and Early Qing Dynasties, the newly emergent Buddhist poet-monks occupied a conspicuous place since their respectable status in the Buddhist monasteries and the close interaction with the group of literati. To think about the influence of Buddhist culture as well as the issue of the intersectionality between poetry and Chang in literary tradition, these monks' works are noteworthy.

This article analysis *Gujin Chanzao ji* 《古今禪藻集》 (an anthology of Chan poems from Jin to Ming Dynasty) mainly through the two viewpoints: the natural discourse and the sensual writing. The natural discourse is to explore the conceptions of nature, space and the cultural meaning hidden in these Chan poems; on the other hand, the sensual writing is to dissect the relationship between the cognitive mechanisms, religious practice and poetic writing.

Gujin Chanzao ji was compiled by Lian Puwen, Yunhui Xingtong and Daoke Zhengmian. By investigating the "Lidai Shiseng Luli Luejie" (〈歷代詩僧履歷略節〉) and "Chanzaoji Xuanli" (〈禪藻集選例〉), this article discusses the process of compilation and the principles of selection, and points out that in addition to the eminent masters' excellent works, the compilers also collected the poems with social concerns, such as themes of virtuous woman and famine victims.

In the section of the natural discourse, it suggests that the image of Holy Mountain has been a special metaphor in Buddhist poet-monks' writings; it combines substantial meaning inasmuch as it refers to the physical landscapes, and insubstantial meaning inasmuch as mountains have become the critical and

* Research Fellow, Institute of Chinese Literature and Philosophy, Academia Sinica.

divine elements for the enlightened courses. Meanwhile, this article attempts to focus on these poet-monks' sensual writings by textual research on the poems concerning the sense of taste, hearing, illness and even their feelings to seasonal variations. Clarifying these poems would provide more understandings how the poet-monks transcended their sensual experiences by recognizing them initially. On the basis of the above aspects, this article aims to reveal the multifold significance of Chan literature in Ming Dynasty.

**Keywords:** Gujin Chanzao ji; Poet-Monk; Ming Buddhism; Nature Discourse; Sensual Writing

# 史家意識與遺民心緒<br>——試論張岱作品中<br>「瑯嬛福地」的象徵意義

李貞慧*

## 摘要

「瑯嬛福地」源自於舊題元人伊世珍所作的《瑯嬛記》，講述晉人張華偶入洞宮，得見異境書府的奇異故事，張岱在亡國之後，這一語詞一再出現於其作品之中，並在不同的書寫脈絡中，發展出與其個人生命經驗緊密聯繫的新意。本文結合《瑯嬛記》與張岱詩文中與「瑯嬛福地」的相關書寫，解釋其一再命名重製的原因，並以此掘發張岱與這一語詞相關的遺民心態與史家意識。

關鍵詞：張岱、瑯嬛福地、遺民、史家意識、明代文學

* 國立清華大學中國文學系教授。

## 一、前言

在文學史中，張岱（1597-1684?）向以直抒胸臆、「空靈晶映」之小品文著稱，他的《陶庵夢憶》、《西湖夢尋》、《瑯嬛文集》等，以遺民身份寫前朝遺事、半生繁華，「讀者如歷山川，如睹風俗，如瞻宮闕宗廟之麗」、[1]「筆具化工，其所記游，有酈道元之博奧，有劉同仁之生辣，有袁中郎之倩麗，有王季重之詼諧，無所不有。」[2]幾乎集晚明之大成，而為明代散文最後之巨擘。散文上的成就，使世人幾乎忘記，明清鼎革之際，張岱亦是賡續南宋以來浙東史學的重要史家之一。他一生曾寫下近五百萬字的史學著作，泚筆四十餘載乃成的《石匱書》，是《明史紀事本末》的主要底本，其餘自力纂著及參與修撰的史著，有十餘種之多，[3] 康熙年間開明史館，毛奇齡還曾寄書張岱乞其所作明史著述，欲以之為修史藍本。[4]可以說，明亡之後，黍離之悲固然是張岱詩文的「基調」，[5] 但「存人」、「存明」仍是最重要的述作宗旨。「見有明一代，國史失誣，家史失諛，野史失臆」，[6]故發憤而成的《石匱書》及各種史著，固然是沉痛之作，截取個人生命中各種吉光片羽所作的詩文作品，在國破家亡、半生皆成夢幻之後，也莫不是一再以個人生命經驗交織家國集體記憶，既為時代見證，也形塑自我身份認同的書寫，[7]《陶庵夢憶》、《西湖夢尋》、《瑯嬛文集》等備受世人推崇的散文，均可作如是觀。

「瑯嬛福地」是張岱作品中一再出現的語詞，以及具有特殊象徵意義的「概念」之一。他不只取之以為文集、詩集命名，《陶庵夢憶》也以游走於虛實之間的〈瑯嬛福地〉一文壓卷，《文集》中甚至還有一篇改寫自神仙故事的〈瑯嬛福地記〉，加上張岱曾以「如入瑯嬛福地」形容記憶中

---

1　張岱，〈序〉，《陶庵夢憶》（臺北：漢京，2004），頁1。

2　祁豸佳，〈西湖夢尋序〉，張岱著，夏咸淳輯校，《附錄》，《張岱詩文集（增訂本）》（上海：上海古籍出版社，2014），頁505。《張岱詩文集》所收包括《張岱文集》、《張岱詩集》及《附錄》，所使用版本，請見夏咸淳所作〈前言〉，頁27-35。本文引用《張岱詩文集》所收張岱詩文，為行文方便，以下即逕稱《文集》、《詩集》。

3　可參考胡益民，〈一、史著概評〉，《張岱評傳》（南京：南京大學出版社，2002），頁230-243。

4　毛奇齡，〈寄張岱乞藏史書〉，張岱著，夏咸淳輯校，《文集・附錄》，頁530-531。

5　此用周志文語。見周志文，《晚明學術與知識分子論叢》（臺北：大安，1999），頁255。

6　張岱，〈石匱書自序〉，《文集》卷1，頁183。

7　周建渝，〈張岱與《陶庵夢憶》〉，《中國文化研究所學報》第45期（2005），頁265-277。

幼時隨祖父所造訪的快園，遂使所謂的「瑯嬛福地」，在張岱的詩文中，不僅保有原來的「藏書」意義以及「神仙洞府」的傳奇色彩，近來還被賦予容納張岱私人回憶或想像，以超越現實，重建精神家園的「夢想花園」之意涵。[8]這樣的說法，不能說有太大的問題，但與上述交織個人與家國的書寫意識，終究有隔，如果再考慮張岱再三賦名、改寫的舉動，如晚年「書於瑯嬛福地」的題識，以及〈瑯嬛福地〉一文中，連結《石匱書》與《陶庵夢憶》，所謂「其所著《石匱書》，埋之瑯嬛山中」的自述等，則「瑯嬛福地」之於張岱，或許應有個人隱遁寄情的精神家園之外的其他理解角度，以下即嘗試說明之。

## 二、〈瑯嬛福地記〉對舊作的改寫

張岱曾為大多數著作自作序文，但以「瑯嬛」命名的《文集》卻不見自序，《詩集》雖有序，也沒有對「瑯嬛」二字多做解釋，不過《文集》中卻有一篇〈瑯嬛福地記〉，[9]顯得十分奇特，命名的原因，由此或許能得到初步的認識。

瑯嬛福地，最早出自舊題元人伊世珍（生卒年不詳）所作的《瑯嬛記》一書首篇，雖然四庫館臣以為此書「語皆荒誕猥瑣」、「所引書大抵真偽相雜」，但人物事件其實游走於虛實之間，加上以「記」做為書名，其實頗有魏晉「雜史」、「小說」之況味。[10]《瑯嬛記》原文如下：

> 張茂先博學強記，嘗為建安從事，游於洞宮，遇一人於途，問華曰：「君讀書幾何？」華曰：「華之未讀者，則二十年內書蓋有之也，若二十年外，則華固已盡讀之矣。」其人論議超然，華頗內服，相與驩甚。因共至一處大石中，忽然有門，引華入數步，則別是天地，宮室嵯峩，引入一室中，陳書滿架，其人曰：「此歷代史也。」又至一室，則曰：「萬國志也。」每室各有奇書，惟一室屋宇頗高，封識甚嚴，有二犬守之，華問故，答曰：「此皆玉京、紫

---

8　如郭文儀，〈明清之際遺民夢想花園的建構及意義〉，《文學遺產》第4期（2012），頁112-121。

9　張岱，〈瑯嬛福地記〉，《文集》卷2，頁235-236。以下引用此文，不再標注出處。

10　四庫館臣以為是明桑懌偽託。見永瑢等，《四庫全書總目提要》（北京：中華書局，1965），卷131，頁1117-1118。

> 微、金真、七暎、丹書、紫字諸祕籍。」指二犬曰：「此龍也。」華歷觀諸室書，皆漢以前事，多所未聞者，如三墳、九丘、檮杌、春秋亦皆在焉。華心樂之，欲賃住數十日，其人笑曰：「君癡矣！此豈可賃地耶！」即命小童送出，華問地名，對曰：「瑯嬛福地也。」華甫出，門忽然自閉，華回視之，但見雜草藤蘿，繞石而生，石上苔蘚亦合，初無縫隙，撫石徘徊，久之，望石下拜而去。華後著《博物志》，多瑯嬛中所得，帝使削去，可惜也。[11]

文中的「瑯嬛福地」，大抵具備以下幾個特點：是與人世隔絕的異境，也是藏書之所；世間可得而知的世史地志之外，也留存了人間無由得見的神仙祕籍及失傳的漢代以前典籍，其中道書祕籍並有「龍」所化身的二犬看守，這些內容，成為「瑯嬛福地」一詞的基本要素。張岱曾自道張華（232-300）為其遠祖，而且曾因之作《博物志補》，[12]則改寫以張華為主角的「瑯嬛福地」故事，不為無因，但〈瑯嬛福地記〉與《瑯嬛記》大段重出，除刪去張華著《博物志》等以下數句外，其餘只略做改寫，雖然足見其淵源所自，但這樣頗有剽竊之嫌的寫作方式，和祁豸佳（生卒年不詳）〈瑯嬛文集序〉所說「淘汰簸揚，選擇最核」的嚴謹態度及成書過程，[13]卻似乎頗有出入，但細觀張岱改寫之處，我們仍不難看出若干耐人尋味之處。

游於洞宮，張岱改為「游於洞山，緣溪深入」，老人最後的「乃出酒菓餉之」等，則是伊世珍原作中所無，最後又以張華欲「異日裹糧再訪」，取代原文的「欲賃住數十日」，加上〈記〉後另附有一詩，這些地方，都很容易讓人與陶淵明（365-427）的〈桃花源記〉產生聯想，因而指涉一入於其中之時，不覺因緣難得，既出之後，即尋覓無蹤、不可復返

---

[11] （舊題）伊世珍，《瑯嬛記》，《筆記小說大觀》第9編第5冊（臺北：新興書局，1975），頁3383-3385。

[12] 張岱，〈和贈長沙公・序〉：「博聞洽記，余慕吾家茂先，因於讀《禮》之暇，作《博物志補》十卷，以續其韻。」又〈和命子十首〉：「我祖象賢，文不在茲。茂先博奧，庶其企而。」見張岱，《詩集・補遺・和陶集》，頁153、155。

[13] 「陶庵所作詩文，選題選意選句選字，少不愜意，不肯輕易下筆，凡有所作，皆其選而後作也。其後匯所存稿，悉簡其代作、應付諸篇什，盡付一炬，有所存貯，又皆其作而自選者也。今茲選刻印尚盈笥，王白嶽又為之痛芟讎校，在十去七。所定《瑯嬛》一集……淘汰簸揚，選擇最核。」祁豸佳，〈西湖夢尋序〉，張岱著，夏咸淳輯校，《附錄》，《張岱詩文集》，頁498。

的樂土或理想境地，張岱在詩中所說「懊恨一出門，可望不可企」，可為佐證。其次，原文中途中偶遇，沒有特殊身份標識的「一人」，張岱改為「有老人枕書石上臥，視其所枕書，皆蝌蚪文，莫能辨」，異代文字的隔閡，不僅增加了神仙氣息，也暗示了洞中藏書因時間距離而費解，以及老人的智慧形象。

上述的改寫，主要還是在敘事線上增添新的元素，「踵事增華」，但筆者以為張岱改寫最值得注意之處，其實還在於一些乍看之下容易忽略的小細節。如原作「瑯嬛福地」指的是「地名」，然張岱稍作挪移，則「瑯嬛福地」只專稱癡龍守護、「扃鑰甚固」的其中一處密室而已，因此顯得格外神祕而珍貴，而癡龍所守書，也不再只有玉京紫微等神仙道書，所謂「祕籍」，事實上在這裡悄悄置換指涉之對象：

> 皆秦漢以前及海外諸國事，多所未聞，如三墳、九丘、連山、歸藏、檮杌、春秋諸書，亦皆在焉。

首先，是改「漢」為「秦漢」。其次，「海外諸國事」，從伊世珍所說的「萬國志」變化而來，但在伊世珍文章裡，這並不是封識甚嚴、癡龍守護的典藏。最後，則是在三墳九丘的「書單」中，增加了「連山」、「歸藏」兩部書。

已有學者指出，明遺民的詩文中，以「秦」代「清」，以「秦火」喻清初的整肅行動，實為常態，張岱詩文亦不例外，[14]如此，則「秦漢以前」便不是不經意的改作，而是刻意以古喻今的隱晦指涉。「海外諸國事」存於傳說之中，倘欲尋訪，則必需有指迷的工具或記載，這讓人很容易聯想到張岱為山川故事所作的《西湖夢尋》、《皇華考》等書，但《皇華考》與《西湖夢尋》的作意並不相同，此觀〈皇華考序〉即可明白：

> 昔越裳氏重譯而來獻白雉，使者迷其歸路。周公作指南車，命使者載之，期年而至其國。此在大海茫茫，猶借指南為向導，則海道得以不迷。……此《皇華考》之所以繼輿圖而作也。今天下盜

[14] 可參看朱則杰，〈清代詩歌中的一組特殊意象：「秦」與「漢」〉，《社會科學戰線》第4期（2000），頁114-119。

> 賊蠡起，道途隔絕，譬如洪水横行，懷山襄陵，大浸滔天，將神州汩沒。安得神禹復出，闢除開導，使河、洛、江、淮各循故道，則昔人所云南人歸南，北人歸北，藪澤既清，烽煙盡熄，則四方兵氣皆消為日月光矣。此時版圖畫一，途路分明，毋使越裳之人迷其疆界，則此書與周室之指南車無以異矣！[15]

張岱自敘《皇華考》是繼輿圖所作，可見是地理志性質，這在中國古代，一向是史家之事。以「皇華」命名，雖是取典《詩經》，[16]但對明朝遺民而言，恐怕更容易想起明朝盛世，使臣出使朝鮮，與朝鮮文臣共同唱和所成的《皇華集》，[17]如此，張岱作為此書，亦不只是指引後人「按圖索籍」，以尋覓故道而已，而且不無寄望中興之日，循此以重建舊有世界秩序之意，所謂「則此書與周室之指南車無以異也」正是指此。這和他忍死作《石匱書》，卻不願承認是為亡朝立史，反而說：「班彪只許完前漢，范曄還成後漢書」類似，[18]沉痛中無限悲壯，《西湖夢尋》雖然旁徵博引，企圖為西湖留影，[19]但畢竟主要是以個人經驗為出發點，寫夢中實有之西湖，雖同樣是遺民意緒，但和史家視野下，以整體王朝為考量所作的《皇華考》，仍舊有別。

至於連山、歸藏，相傳是上古三《易》中的兩部，[20]而《易》學正是張岱於明亡後潛心探究的學術重點之一。〈自為墓誌銘〉中自言作有《明易》、《大易用》兩部《易》學著作，二書均已亡佚，但《瑯嬛文集》中尚留存〈大易用序〉，據〈序〉，此書當成於張岱六十六歲之時，當時明亡已近二十年。〈大易用序〉開宗明義即曰：「夫《易》者，聖人用世之書也」，而觀文中所說：

---

[15] 張岱，〈皇華考序〉，《文集》卷1，頁217-218。

[16] 《詩序》：「《皇皇者華》，君遣使臣也。」毛亨傳，鄭玄箋，孔穎達疏，龔抗雲等整理，李學勤主編，《毛詩正義‧小雅》，《十三經注疏》（臺北：臺灣古籍出版社，2001），卷9，頁658。

[17] 可參詹杭倫、杜慧月，〈倪謙出使朝鮮與《庚午皇華集》考述〉，《逢甲人文社會學報》第14期（2007），頁55-72。

[18] 張岱，〈毅儒弟作石匱書歌答之〉，《詩集》卷3，頁62。

[19] 「第作《夢尋》七十二則，留之後世，以作西湖之影。」張岱，〈西湖夢尋序〉，《文集》卷1，頁233。

[20] 《周禮‧春官‧大卜》：「掌《三易》之灋，一曰《連山》，二曰《歸藏》，三曰《周易》。其經卦皆八，其別皆六十有四。」鄭玄注，賈公彥疏，趙伯雄整理，李學勤主編，《周禮注疏‧春官宗伯》，《十三經注疏》（臺北：臺灣古籍出版社，2001），卷24，頁748-749。

故嘗就學《易》者而深究之。……李膺、范滂處蒙而執同人，孔融處坎而執離，刁劉處小畜而執中孚，所謂謬也。苻堅處剛行柔，乾坤紊矣；嵇康內文外污，離遯亂矣；霍光當難忘安，否泰瞀矣：所謂雜也。宋武德在師，急於受命，變而為革；唐德宗志在震，三藩一決，變而為需，所謂反也。[21]

則國家興亡，以及士人在世變中的處身之道，顯然即是他用以思考並驗證《易》理的主要範疇。

從上述的梳理，可知張岱〈瑯嬛福地記〉對《瑯嬛記》的改寫，應該是有其深意的。除了保留「藏書」的符碼意義，以及深閉、癡龍看守的隔絕形象之外，這樣的改寫，至少還有幾重新義。一是使「瑯嬛福地」與「桃花源」的意象結合，既是亂世中的淨土，也是既出之後追悔莫及的想望之地。而「瑯嬛福地」中所藏者，就「人」的世界而言，主要是秦／清前的故事舊跡，三墳、九丘、連山、歸藏、檮杌、春秋等，不只指上古聖王的典籍，也隱含張岱個人賡續人文傳統的傳「道」之作；甚至「海外諸國」也不是絕域殊方，而是徑路已迷的一個舊世界，如此，這一個「瑯嬛福地」，便不是偶遇的洞山而已，而是張岱個人「扃鑰甚固」，藉文字極力留存，以待後人開啟的「故國」，〈瑯嬛福地記〉後附詩云：「嬴氏焚書史，咸陽火正熾。此中有全書，並不遺隻字。」正是暗示這一幽微的心曲，而「方知余見小，春秋問蟪蛄」、「坐臥十年許，此中或開示」，或許更是任重道遠，卻唯恐人微力荏的志意表白了。

## 三、《陶庵夢憶》中的「瑯嬛福地」

《陶庵夢憶》中壓卷的〈瑯嬛福地〉一文，在異境及藏書意象之外，又看似具體地描寫出一處兼具自然勝景與人文精意的避世之處，論者往往將之與張岱的遺民身份及實際生活結合，或以為項王里即是真實世界中的「瑯嬛福地」，或認為快園即是張岱「瑯嬛福地」之原型，為張岱國破家亡之後，精神上規避痛苦的桃花源。不過如果從全書結構上來看，《陶庵

[21] 張岱，〈大易用序〉，《文集》卷1，頁213-214。

夢憶》雖然「憶即書之」，不次歲月，不別門類，[22]但首篇〈鍾山〉，寫明朝開國君臣選定龍穴的過程，以及祭祀明太祖的皇家祭典，接著是永樂全盛時期，最能代表明王朝國力及文化盛世的〈報恩塔〉，以下才是張岱半生繁華的回憶錄，其篇次先後，顯然並非完全沒有安排，[23]則全書以〈瑯嬛福地〉作結，似乎也應有與其呼應的寓意在內。上述兩種解釋〈瑯嬛福地〉一文的方法，其實都偏向張岱個人亂世中消極寥落，甚至自我沉溺的處身面向，這從諸如「甲申之後，悠悠忽忽，既不能覓死，又不能聊生，白髮婆娑，猶視息人世」的沉痛自白中，[24]也不難得見一二，然張岱亦曾自道：「若說陶弘景，擬我非其倫」，[25]並不欲與「隱士」身份連結，加上《夢憶》作成之後，張岱其實著述不輟，即使《夢憶》本身，學界也大抵已同意並非懺悔之文，反而是張岱交織個人生命與家國命運，體現國族與文化認同的書寫，[26]則〈瑯嬛福地〉一文，以及文中所描述的「瑯嬛福地」，究應如何看待？似乎是值得進一步思考的問題。

和託言神仙不同，〈瑯嬛福地〉是由敘「夢」開始的：

> 陶庵夢有宿因，常夢至一石厂，峆窅巖覆，前有急湍迴溪，水落如雪，松石奇古，雜以名花。夢坐其中，童子進茗果，積書滿架，開卷視之，多蝌蚪、鳥迹、霹靂篆文，夢中讀之，似能通其棘澀。[27]

文中的「瑯嬛福地」，即是在「郊外小山」中，對這一「夢境」的「彷彿為之」，其景物屋舍之規畫細緻，顯然已超越《瑯嬛記》及〈瑯嬛福地記〉甚多，而另有張岱個人經驗或想像揉雜其中。文中寫夢中原型的筆墨不多，但即使只有「峪窅巖覆，前有急湍迴溪，水落如雪，松石奇古，雜以名花」這樣的幾筆勾勒，巖谷、溪壑、松石、名花等景物，卻仍不免讓人記起《夢憶》中寫過、張家各地兼具天然及人工之美的園林書齋，如

---

22　「遙思往事，憶即書之，持向佛前，一一懺悔。不次歲月，異年譜也；不分門類，別《志林》也。」張岱，〈夢憶序〉，《文集》卷1，頁196。

23　張岱以〈鍾山〉作為《陶庵夢憶》一書開篇，周建渝以為既有政治上「認同」的寓意，也為全書對明王朝覆滅的傷逝之感定調，可參周建渝，〈張岱與《陶庵夢憶》〉，頁265-277。

24　張岱，〈自為墓誌銘〉，《文集》卷5，頁375。

25　張岱，〈和述酒〉，《詩集》卷2，頁30。

26　周建渝〈張岱與《陶庵夢憶》〉一文有極精彩的討論，可參。

27　張岱，〈瑯嬛福地〉，《陶庵夢憶》卷8，頁79。

筠芝亭、砎園、天鏡園、懸杪亭、巘花閣、不二齋、梅花書屋等；積書滿架，見〈三世藏書〉之記載，亦不難想像。如此，則所謂的「夢有宿因」，除了張岱與張華可能的淵源之外，其實又像是張岱早年生活的一幅截影，而事實上，張岱的確曾以「瑯嬛福地」代稱他早年居所，見〈訪登子重到故居四首〉其二：

> 少小嬉遊地，猶然在夢中。鵲鳩爭故壘，雞犬認新豐。門在瑯嬛閉，樓迷棧道通。茫然階下立，有淚到梧桐。[28]

「門在瑯嬛閉，樓迷棧道通」，化平面為立體，與傳說有別，卻幾乎是《陶庵夢憶》中「節節有緻」、「樓下門之，扁曰『瑯嬛福地』」景象的翻版，再看其四：

> 一入梅花屋，真如見故人。琴書曾有約，木石自相親。鴻起原無蹟，鶴歸尚有身。桃源此即是，何必學秦民。[29]

也已結合「桃花源」的意象，為故居，也即為明亡前的舊有生活定位，可以和〈瑯嬛福地記〉一文中種種影射〈桃花源記〉之處，互參互證。夢中張岱安坐石厂中，似乎可以恣意閱讀「蝌蚪」等上古文字寫成的書籍，而且「似能通其棘澀」，這和失之交臂的張茂先不同，但這樣的「宿因」，除了表現他曾真正處身夢中異境之外，也更能勾連〈瑯嬛福地記〉中「讀書三十乘，千萬中一二」、「坐臥十年許，此中或開示」的自白自許之意。

這樣的理解之下，則文中所謂「夜輒夢之，醒後佇思，欲得一勝地仿彿為之」，不但是對前夢的追憶，也像是以新的「瑯嬛福地」，複製並取代舊有的、隨夢逝去的「瑯嬛福地」的想望，「余欲造廠」，說明了下文一切仍在想像之中，當然，以張岱明亡後之窮苦潦倒，這自然也不可能是實境，即使文中造生壙一事，與現實吻合，[30]但生壙造於張岱五十一至五

[28] 張岱，〈訪登子重到故居四首・其二〉，《詩集》卷4，頁93。

[29] 張岱，〈訪登子重到故居四首・其四〉，《詩集》卷4，頁94。

[30] 「曾營生壙於項王里之雞頭山，友人李研齋題其壙曰：『嗚呼！有明著述鴻儒陶庵張長公之壙。』張岱，〈自為墓誌銘〉，《文集》卷5，頁375。

十三歲居項王里期間，時間在《夢憶》成書之後，[31]看成是張岱努力實現理想中新的「瑯嬛福地」則可，若以此落實，恐怕不宜。

張岱五十三歲以後，僦居龍山後麓之快園，自後很少離開，居住長達三十年以上。快園是越中名園之一，張岱幼年常隨祖父至此，雖然賃居之初，張岱作〈快園十章〉，即云：「葺茅編茨，居然園也」，「園亭非昔，尚有山川」，[32]和原來的富麗景象，不能相提並論，但「快園」仍常被視做是張岱《夢憶》中瑯嬛福地的原型，甚至是其現實世界中的「瑯嬛福地」。這樣的誤解，主要來自於兩方面，一是張岱晚年之題識（見下文），一是晚年所作〈快園記〉所帶來的印象：

> 渡橋而北，重屋密室，水閣涼亭，所陳設者，皆周鼎商彝，法書名畫，事事精辨，如入瑯嬛福地，癡龍守護，人跡罕到。大父稱之謂「別有天地非人間也。」[33]

不但明確以「瑯嬛福地」稱戰亂前的快園，而且屋舍的描寫，與《夢憶》中所說「緣山以北，精舍小房，絀屈蜿蜒」，頗有近似之處。但正如前文所論，張岱其實亦曾以「瑯嬛」稱早年故居，而且「門在瑯嬛閉，樓迷棧道通」的形象，遠較快園更與《夢憶》中所寫相近，加上《夢憶》早在張岱居項王里之前即已完成，因此〈瑯嬛福地〉一文，自然不可能是為「快園」寫真，反而比較像是《夢憶》中張家園林的綜合形象。更值得注意的是，張岱仍寫出了夢想中的「瑯嬛福地」，希望座落的具體方位：「門臨大河，小樓翼之，可看爐峰、敬亭諸山」，爐峰、敬亭俱在越中，爐峰山上有影響張岱至深的祖父張汝霖所造之表勝庵，[34]敬亭諸山，則箕踞張岱高祖張天復所築筠芝亭下，「吾家後此亭而亭者，不及筠芝亭，後此亭而樓者、閣者、齋者，亦不及」，[35]可見筠芝亭在張岱心目中之地位。要之，甲申之前的繁華靡麗，固然已成「夢憶」，然而複製夢境的「瑯嬛福

---

[31] 〈夢憶序〉中說：「繁華靡麗，過眼皆空，五十年來，總成一夢」，因此一般以為《陶庵夢憶》應成於張岱五十歲左右，如胡益民《張岱評傳》所附《張岱簡譜》將《夢憶》成書之年繫於1646年，即張岱五十歲之時。引文見張岱，〈夢憶序〉，《文集》卷1，頁196。

[32] 張岱，〈快園十章〉，《詩集》卷1，頁1。

[33] 張岱，〈快園記〉，《文集》卷2，頁266。

[34] 張岱，〈表勝庵〉，《陶庵夢憶》卷2，頁15。

[35] 張岱，〈筠芝亭〉，《陶庵夢憶》卷1，頁5。

地」，可坐、可風、可月之外，也總能和家族與個人最美好的年光遙遙相望，這樣一座「瑯嬛福地」，對張岱而言，可想而知，看似游走於虛實之間，其實卻是「夢所故有，其夢也真」，[36]既是告別《夢憶》中的一切，也是對家國最深刻的紀念，再結合〈瑯嬛福地記〉中借異境表達的藏書著述之意，自然成為以「有明著述鴻儒自許」，「必也尋三外野人，方曉我之衷曲」的張岱，可以託寓其中的一處精神淨土。

## 四、與《心史》對比下的「瑯嬛福地」之意義

如上所述，張岱筆下的「瑯嬛福地」，既承續傳統，亦開創與個人生命緊密結合的新義，既是對舊世界的懷想，但也寓涵傳承甚至歸復的期盼，絕非遁世無為之所在。這樣的認識，對理解張岱晚年的兩處題識，尤其重要，一是希望祈得琯朗慧星，「啟我愚蒙，稍窺萬一，以濟時艱」的《琯朗乞巧錄》，在〈序〉文的最末，即題識：「庚申菊月，八十四老人古劍張岱書於瑯嬛福地」。[37]一是硯雲甲編本（亦四庫刊要本）《陶庵夢憶》之序文：

> 陶庵老人，著作等身，其自信者，尤在《石匱》一書。茲編載方言巷詠、嘻笑瑣屑之事，然略經點染，便成至文。讀者如歷山川，如睹風俗，如瞻宮闕宗廟之麗，殆與《采薇》、《麥秀》同其感慨，而出之以詼諧者歟？老人少工帖括，不欲以諸生名。大江以南，凡黃冠、劍客、緇衣、伶工，畢聚其廬。且遭時太平，海內晏安，老人家龍阜，有園亭池沼之勝，木奴、秫粳，歲入緡以千計。以故鬥雞、臂鷹、六博、蹴踘、彈琴、劈阮諸技，老人亦靡不為。今已矣，三十年來，杜門謝客，客亦漸辭老人去。閒策杖入市，市人有不識其姓氏者，老人輒自喜，遂更名曰蝶庵，又曰石公。其所著《石匱書》，埋之瑯嬛山中。所見《夢憶》一卷，為序而藏之。[38]

這篇序文未收入《瑯嬛文集》中，但一般皆以為從內容及文字風格看，當為張岱晚年為《陶庵夢憶》所作又一序。《石匱書》是張岱所作之明史，

[36] 張岱，〈西湖夢尋序〉，《文集》卷1，頁145。

[37] 張岱，〈琯朗乞巧錄序〉，《文集・補遺》，頁479。

[38] 張岱，〈陶庵夢憶序〉，《文集・附錄》，頁501-502。

是其一生最重視的著作，1644年六十八歲完成初稿、作〈石匱書自序〉時，張岱即已明確將之與張華做了聯繫：

> 余家自太僕公以下，留心三世，聚書極多。余小子苟不稍事纂述，則茂先家藏三十餘乘，亦且盪為冷煙，鞠為茂草矣。[39]

「茂先家藏書三十餘乘」，令人想起〈瑯嬛福地記〉中的「讀書三十乘，千萬中一二」，「鞠為茂草」，則呼應了〈瑯嬛福地記〉最後門石自閉，「雜草藤蘿，遶石而生」之意象。從上引〈石匱書自序〉可知，《石匱書》一書，對張岱而言，既是國史，也是家學，[40]因此在〈石匱書自序〉中以張華及「瑯嬛福地」為喻，其實已頗有在「博洽」之外，肯定張華被一般人所忽略的史家身分之意味。[41]

至此，結合上文所論，可知「瑯嬛福地」之於張岱，其實已具有指稱一去不可復返之美好舊世界；以文字留存、有朝一日可以開啟並歸復之「故國」；以及複製並取代曾真實存有的「瑯嬛福地」的精神淨土等多重意涵。如此，則所謂「所著《石匱書》，埋之瑯嬛山中」，其層疊數個世代，貫串故國與新生的傳世意識，便昭晰可辨；而渴望「以濟時艱」的《琯朗乞巧錄》乃「書於瑯嬛福地」，則又可見張岱雖遭亂離，然在桑榆晚景之際，卻依舊奮鬥不輟的堅強意志，並不只是意緒蒼涼，[42]或沉緬於昔往的輝光而已。

為更精確定位張岱詩文中的「瑯嬛福地」，筆者以為需要稍加補充說明的，是另一與《石匱書》關係密切的語詞「心史」。《心史》相傳是南宋遺民鄭思肖（1241-1318）的著作，在崇禎11年（1638）、即甲申前六年由蘇州承天寺古井中起出，過程頗富傳奇色彩，其內容，以《四庫全書總

---

39 張岱，〈石匱書自序〉，《文集》卷1，頁183-184。

40 張岱對家族史學背景頗為自豪，〈家傳〉述曾祖張元抃：「居廬，修《紹興府志》及《會稽縣志》，《山陰志》則向出太僕公手。三《志》並出，人稱談、遷父子。」張岱，〈家傳〉，《文集》卷4，頁333。

41 《晉書》本傳：「身死之日，家無餘財，嘗徙居，載書三十乘。」房玄齡等，〈張華傳〉，《晉書》卷36（北京：中華書局，1974），頁1074。張華在晉代實為史官，至於其與魏晉史學的關係，可參逯耀東，〈志異小說與魏晉史學〉，《魏晉史學的思想與社會基礎》（臺北：東大圖書，2000），頁221-252。

42 《紹興府志・張岱傳》：「及明亡，避亂剡溪山。岱素不治生產，至是家益落，故交朋輩多死亡，葛巾野服，意緒蒼涼。」張岱，《附錄》，《文集》，頁490。

目提要》所述最為賅要：

> 此書至明季始出，吳縣陸坦、休寧汪駿聲皆為刊行，稱崇禎戊寅冬蘇州承天寺狼山中房浚井得一鐵函，發之，有書緘封，上題「大宋孤臣鄭思肖百拜封」十字，因傳於時。凡《咸淳集》一卷、《大義》集一卷、《中興集》二卷，皆各體詩歌；《久久書》一卷、《雜文》一卷、《略敘》一卷，皆記宋亡時雜事。[43]

雖然清朝官方及清代學者多有稱此書為偽作者，但在鼎革之際，這一事件影響甚大，甚至成為明遺民著述傳世之代表符碼。

張岱《石匱書》，也常被視為張岱個人之「心史」，這和張岱〈自為墓誌銘〉自道「必也尋三外野人，方曉我之衷曲」，又每以《心史》與《石匱書》相提並論，甚至以之稱代《石匱書》有關。[44]但事實上，張岱並不以《心史》為足，雖然認同鄭思肖的遺民身分，但他也並未將自己與鄭思肖畫上等號，這從〈讀鄭所南《心史》〉詩中，可以看得最清楚：

> 此書無他奇，只是罵獯鬻。藏匿不使知，此罵有誰暴？直至今日開，罵毒亦不毒。余與三外老，抱痛同在腹。余今著明書，手到不為縮。書法凜冰霜，皦皦如初旭。論余及所南，疏密真不邀。余遇勝祥興，昆陽自當伏。願為前漢書，後漢尚有續。[45]

和鄭思肖所同者，是遺民的創痛，但不願等同所南，則是「後漢尚有續」，對恢復尚抱持一絲希望。此外，鄭思肖《心史》，據《四庫全書總目提要》之記載，可知其實主要是詩歌及「宋亡時雜事」的記錄，雖可以抒一己之憂憤，但時移世遷，「罵毒亦不毒」，其實不具備明辨價值及彰顯是非之作用。

張岱所作，即以六十九歲時〈自為墓誌銘〉中所敘，已有《石匱書》、《張氏家譜》、《義烈傳》、《瑯嬛文集》、《明易》、《大易用》、《史闕》、《四書遇》、《夢憶》、《說鈴》、《昌谷解》、《快

---

43 永瑢等，《四庫全書總目提要》卷174，頁1544。

44 如〈毅儒弟作石匱書歌答之〉、〈謝周戩伯校讎石匱書二首〉都是其例，此不具引。

45 張岱，〈讀鄭所南心史〉，《詩集》卷2，頁51。

園道古》、《傒囊十集》、《西湖夢尋》、《一卷冰雪文》，[46] 加上前文說過的《皇華考》等，其中泰半是史著，或與明代「雜事」相關的著作，其餘也大多與歷史興亡規律的思考有關。七十歲以後所作，《瑯朗乞巧錄》已見上文，《有明於越三不朽圖贊》，以「立德、立功、立言」為標準，為越地前賢彙集圖像資料以留傳後世，〈序〉文曰：「見理學諸公則惟恐自愧衾影，見忠孝諸公則惟恐有忝倫常，見勳業諸公則惟恐毫無建樹，見文藝諸公則惟恐莫名寸長」，正可見其蒐羅遺佚，以垂示後世之意。[47]要言之，就著作意識及內容而言，張岱都與鄭思肖相去甚遠，他早年作《古今義烈傳》，〈序〉中曾自稱「會稽外史」，[48]晚年做生壙則自稱「有明著述鴻儒」，其實都更能說明他的著作傾向以及意旨。因此，就遺民心緒而言，鄭、張所作，或可共稱為「心史」，但就易代之際知其不可為而為之的存史意識而論，則張岱所作，其實遠非鄭思肖所及，而更接近中國典型知識份子之所為。「瑯嬛福地」的意義，在這樣的對比下，也將更加清楚：無論以書、以埋、以為著作命名，或以坐臥風月，它都是一個聯繫過去及未來，「嬴氏焚書史，咸陽火正熾」無法摧毀，屬於張岱個人及其家族，更屬於有明一朝的福地洞天，不只抵抗遺忘，也深埋追尋、甚至再起的路徑及火種，進一步言，這又是張岱「瑯嬛福地」，與偏重個人避世隱喻的「桃花源」，最大的不同。

## 五、結語

「瑯嬛福地」源自於舊題元人伊士珍所作的《瑯嬛記》，講述晉人張華偶入洞宮，得見異境書府的奇異故事，張岱亡國之後，這一語詞一再出現於其作品之中，除了用以命名其文集、詩集外，在不同的書寫脈絡中，張岱也不斷的發展出與其個人生命經驗緊密聯繫的新意。要言之，張

[46] 以上除《傒囊十集》及《瑯嬛文集》外，《張岱詩文集》中都收有張岱自作序文。《快園道古》，一直未見流傳，直到1980年代，才在紹興魯迅圖書館發現清抄本，並由浙江古籍圖書公司出版，據其出版書說明，這是一部仿《世說新語》的著作，書中內容涉及明代社會的各方面，尤多張岱及其親屬、先世，和一些名人文士的佚事，其性質應介於雜史與筆記之間。

[47] 張岱，〈於越三不朽圖贊序〉，《文集・補遺》，頁477-478。

[48] 《古今義烈傳》一直有增補，最初即是「略於前朝，詳於本朝」，明亡之後，所記更由四百餘人增至527人，所增主要是甲申死難者。請參見《張岱評傳》附錄之簡要說明。胡益民，《張岱評傳》，頁355。

岱的「瑯嬛福地」承襲了源自於《瑯嬛記》的異境以及藏書之所的意象，但在《文集》〈瑯嬛福地記〉的改寫中，則將其與「桃花源」的樂土形象結合，指涉一既出即難以歸返的舊有世界，這從其詩中同時以「瑯嬛」、「桃源」稱其舊居，可以進一步證實。但另一方面，藉由洞府中藏書處所及內容的改變，以及附詩的補敘中，「瑯嬛福地」則又成為一處扃鑰謹嚴，得以抵禦「秦火」，既留存舊世、亦足以開新的寶庫，張岱於此隱約傳達其著述之志，晚年自道其《石匱書》「埋之於瑯嬛山中」，《琯朗乞巧錄》「書於瑯嬛福地」，都與這一寓意緊密相關。

張岱有關於「瑯嬛福地」的另一重要書寫，是以〈瑯嬛福地〉一文，總結《陶庵夢憶》一書。在這篇文章中，張岱意欲為之的「瑯嬛福地」，是對夢境中源自「宿因」的舊有「瑯嬛福地」的模擬及改建；看似游走於虛實之間的園林屋舍，其實聚合了張家舊有園林的形象，而又遙望象徵個人及家族最美好年光的爐峰、敬亭山，張岱以此與《夢憶》中的舊有世界告別，也以此作為對家國最深刻的紀念，而結合上述的傳世之志，遂使自道「必也尋三外野人，方曉我之衷曲」的張岱，選擇了「著述」、「存史」這樣與鄭思肖不同的「遺民」生存方式，「瑯嬛福地」，自此遂不只是「遺民」張岱個人可坐臥風月的淨土，也是「有明著述鴻儒」張岱，在國破家亡之後，以其餘生，全力構築的一處聯繫家族及明王朝的過去及未來，人間兵火及政治暴力無法觸及、遑論摧毀的福地洞天。

## 引用書目

毛亨傳，鄭玄箋，孔穎達疏，龔抗雲等整理，李學勤主編，《毛詩正義・小雅》，《十三經注疏》（臺北：臺灣古籍出版社，2001）。

鄭玄注，賈公彥疏，趙伯雄整理，李學勤主編，《周禮注疏・春官宗伯》，《十三經注疏》（臺北：臺灣古籍出版社，2001）。

唐・房玄齡等，《晉書》（北京：中華書局，1974）。

（舊題）元・伊世珍，《瑯嬛記》，《筆記小說大觀》第9編第5冊（臺北：新興書局，1975）。

明・張岱，《陶庵夢憶》（臺北：漢京，2004）。

———，夏咸淳輯校，《張岱詩文集（增訂本）》（上海：上海古籍出版社，2014）。

清・永瑢等，《四庫全書總目提要》（北京：中華書局，1965）。

朱則杰，〈清代詩歌中的一組特殊意象：「秦」與「漢」〉，《社會科學戰線》第4期（2000），頁114-119。

周志文，《晚明學術與知識分子論叢》（臺北：大安，1999）。

周建渝，〈張岱與《陶庵夢憶》〉，《中國文化研究所學報》第45期（2005），頁265-277。

胡益民，《張岱評傳》（南京：南京大學出版社，2002）。

郭文儀，〈明清之際遺民夢想花園的建構及意義〉，《文學遺產》第4期（2012），頁112-121。

逯耀東，〈志異小說與魏晉史學〉，《魏晉史學的思想與社會基礎》（臺北：東大圖書，2000），頁221-252。

詹杭倫、杜慧月，〈倪謙出使朝鮮與《庚午皇華集》考述〉，《逢甲人文社會學報》第14期（2007），頁55-72。

# Writing with Consciousness of a Historian and Ming Loyalist: On the Significance of "Langhuan Fudi" in Zhang Dai's Works

Chen-hui Lee*

## Abstract

The term "Langhuan Fudi" (Langhuan wonderland，瑯嬛福地) originated from an article in "Langhuan Ji 瑯嬛記", a miscellany attributed to Yi Shizhen 伊士珍of Yuan dynasty as it's author, which tells the fantastic tale of Jin dynasty writer and historian Zhang Hua 張華 who happened to step into a cave palace to glance over a wonderland library. After the collapse of Ming dynasty, Zhang Dai not only mentioned the term constantly in his works, but also developed new interpretations closely linked to his personal life experience in different contexts of writing. Starting out from the archetype set up by "Langhuan Ji" , this article intends to analyze writings related to "Langhuan Fudi" in Zhang Dai's works, explains the reasons for its repetitive naming as well as re-creation, and therefore explores Zhang Dai's psychology as a Ming loyalist and his historian consciousness regarding to the term.

**Keywords:** Zhang Dai; Lang-huan Fudi; loyalist; historian consciousness; Ming dynasty literature

* Professor, Department of Chinese Literature, National Tsing Hua University.

# 抒情的技藝：清末民初的情書翻譯與寫作*

潘少瑜**

## 摘要

較之於中國抒情詩文的輝煌傳統，歷代文人在情書寫作方面的成就相形遜色，然而到了民國初年，情況丕變，不僅情書文體重獲新生，創作數量急遽增加，尤其在五四之後，情書出版蔚為風潮，寫作情書遂成為知識青年實踐愛情的重要管道，而在此劇烈變化之中，翻譯文學堪稱發揮了典範性的作用。為了探討清末民初時期傳統言情尺牘的轉型與現代情書的形成過程，本文首先以清末民初翻譯言情小說和歐洲名人情書作為研究對象，分析譯者如何挪用中國文學傳統，創造新穎的親暱語彙，並將西方的婚戀觀帶入中國；其次，則著力於考察1910到1930年代「情書熱」之現象，論述鴛鴦蝴蝶派和五四作家迥異的情書寫作策略與文學傳承淵源，如何影響到實際的情書寫作，使得此種抒情技藝的面貌更為複雜多樣。

關鍵詞：情書、擬代、清末民初翻譯文學、鴛鴦蝴蝶派、五四作家

* 本文為103年度國科會新進人員研究計畫「抒情自我的跨文化之旅：近現代翻譯言情文學與鴛鴦蝴蝶派的情書寫作」（編號NSC 103-2410-H-002-132）的部分研究成果，筆者由衷感謝匿名審查人提供的寶貴意見，以及多位師友的指導與協助。謹此一併致謝。另，本文所引用之清末民初時期「情書」相關資料，部分取自「中國近現代思想史專業數據庫（1830-1930）」（香港中文大學中國文化研究所當代中國文化研究中心研究開發，劉青峰主編）；現由臺灣政治大學「中國近現代思想及文學史專業數據庫（1830-1930）」計畫（主持人：鄭文惠）辦公室提供檢索服務，謹致謝忱。本文另刊登於《東亞觀念史集刊》第12期（2017），頁239-286。

** 國立臺灣大學中國文學系副教授。

## 一、前言

在中國源遠流長的尺牘傳統中，表達男女愛戀情感的情書[1]在數量上遠遠不如應酬、議論、性理等類型的書信，而性質與情書較為相近而能公開流傳於世的書信，則多為夫妻之間的家書、文人與青樓名妓之間的豔牘，或是才子佳人小說中男女主角相互傳遞的信箋。然而，這些「類情書」在情感的表達和語言的創造性方面，往往受到倫理道德或文學慣習的束縛，若非過於拘謹含蓄、瑣碎家常，則為雕繪滿眼、辭溢於情，少有真情流露而直白動人者。與中國古典抒情詩文的輝煌傳統比較起來，歷代文人在情書寫作方面的成就相形遜色，即使晚明時期曾經流行編輯出版情書，[2]也只是曇花一現，未能持續發展，因而曾有學者感嘆「情書的空白」是為「中國尺牘文學的缺憾」[3]（當然，嚴格來說，情書的寫作並非完全的「空白」，而是零星出現，缺乏統整記錄）。不過到了民初時期，這種情形發生了相當大的變化，不僅情書的文體有所轉變，創作發表的數量也急速增加，尤其在五四之後，情書儼然成為文壇注目的焦點：書信體小說如雨後春筍，文學情侶的往來書信紛紛出版，報刊上關於情書的軼事珍聞或醜聞屢見不鮮，[4]受過教育的青年男女流行以情書傳遞相思，與情

---

1　本文對「情書」的定義為「以書信形式向真實或虛構的愛慕對象表達情感的散文作品」，因此所研究的範圍不包括詩箋、歌謠等韻文，或是玉珮、手帕之類的信物，避免牽涉太廣，使得討論難以聚焦。

2　晚明收錄情書的書籍包括日用類書、通俗類書、書信選集、女性作品集等類型，例如《新刻天下四民便覽三台萬用正宗》、吳敬編《國色天香》、馮夢龍編《燕居筆記》、鄧志謨編《童婉爭奇》、《新編洒洒篇》，以及《丰韻情書》、沈佳胤編《翰海》、馮夢龍《折梅箋》、熊寅畿編《尺牘雙魚》、趙世杰編《古今女史》等。參考朱亭曲，《情書・小說・世情——晚明情書研究》（上海：華東師範大學中國語言文學系碩士論文，2007），頁6-10。

3　趙樹功，《中國尺牘文學史》（石家莊：河北人民出版社，1999），頁41。

4　以《申報》為例，相關的報導文章至少包括〈寄情書之新法〉（1911年10月26日）、〈世界最古之情書〉（1914年4月5日）、〈情書珍聞〉（1924年10月22日）、〈情書展覽會〉（1926年7月1日）、〈情書之秘碼〉（1927年5月14日）、〈情書殺人〉（1927年11月5日）、〈杭垣某女校之情書趣聞〉（1928年6月16日）、〈突如其來之情書〉（1928年10月7日）、〈黃慧如致陸根榮之情書〉（1928年12月3日）、〈情書之鼻祖〉（1929年3月2日）、〈獄中的情書〉（1929年8月30日）、〈西方作情書之元祖〉（1929年9月20日）、〈情書惹禍〉（1930年10月14日）、〈有聲情書之發明〉（1931年9月7日）、〈神祕的情書〉（1932年11月17日）、〈一封沒有代價的情書〉（1932年12月14日）、〈拿破崙情書拍賣〉（1934年12月19日）、〈法拉第的抱歉情書〉（1943年1月10日）、〈情書一封人亡物在〉（1946年12月27日）、〈情書展覽〉

書相關的文化商品也紛紛出籠，進入大眾的日常生活[5]……這些社會文化現象的成因是什麼？為何在長期的沉默之後，在民國初年會突然湧現情書寫作和出版的高峰？為了尋找答案，我們必須往回追溯。

晚清時期的中國面臨西潮衝擊，翻譯作為一種吸收轉化西方文學與文化內涵的重要方法，為中國作家提供了豐沛的創作靈感和文學資源。當時最受歡迎的翻譯文學類型要屬言情小說與偵探小說，[6]而其中翻譯言情小說更可謂西方浪漫愛觀念和「愛情文化」的載體，以一種「另類啟蒙」的方式，向中國讀者展示了在自由戀愛的前提下，西方人如何約會、求愛、結婚甚或離婚，而情書的寫作與投遞更是愛情歷程中不可或缺的環節。許多翻譯言情小說裡包含了男女主角來往的情書，作家們利用這些情書作為特殊的敘事手法，以第一人稱觀點鋪陳故事情節，同時塑造人物個性及刻劃心理深度，直率而熱烈地抒情述懷，喚起讀者對小說人物的同情和共鳴。另一方面，歐洲名人情書也在晚清時期開始被譯介到中國，這些翻譯的情書，不論是虛構或真實，都引起了中國作家的興趣，觸發了他們的寫作靈感，於是一場情書風潮逐漸醞釀成形。

在清末民初時期，情書文類的異軍突起，可說是相當引人注目的文學現象，也與當時的翻譯文學有著複雜的內在關聯。然而就筆者所見，目前國內外學界對於情書文類的關注，主要集中於晚明時期和五四以後的情書寫作與編纂活動，而針對清末的情書翻譯及其影響的研究，則可謂寥寥無幾。陳平原《中國小說敘事模式的轉變》曾論及民初時期文人流行擬作豔情尺牘，認為「『新小說家』的引書信入小說，不只受西洋小說影響，也跟中國古代書信的著述化以及辛亥革命後豔情尺牘的盛行大有關係」，並

---

（1947年1月17日）、〈馬克吐溫情書〉（1948年10月7日）等數十篇。至於跟情書相關的最為轟動的社會案件，應屬1928年馬振華自殺案，當時的報紙如《時報》、《時事新報》、《民國日報》等均對此案大幅報導，並公開刊布當事人的情書，分析其內容，引起社會大眾的關切和爭論。此案之經過與社會意義，詳見顧德曼（Bryna Goodman），〈向公眾呼籲：1920年代中國報紙對情感的展示和評判〉，《近代中國婦女史研究》第14期（2006），頁179-204。

5 例如鄭逸梅和蔣吟秋曾合製「戀愛箋」，鄭氏集句，蔣氏作書，為情侶投帖之用，凡五十幅為一組，曾經流行一時。參見鄭逸梅，《尺牘叢話》（上海：世紀出版、上海古籍出版社，2004），頁43-44。

6 徐念慈曾經對小說林出版社的小說銷售（包括創作與翻譯）做過統計，指出「記偵探者最佳，約十之七八；記豔情者次之，約十之五六；記社會態度，記滑稽事實者又次之，約十之三四；而專寫軍事、冒險、科學、立志諸書為最下，十僅得一二也。」見覺我（徐念慈），〈余之小說觀〉，《小說林》第9期（1908），頁7-8。

惋惜徐枕亞等人引尺牘入小說的行為，只是靠尺牘來增加小說的吸引力，「嚴重褻瀆了這一藝術技巧的革新」。[7]陳平原並未深入考究民初豔情尺牘的文學源流和清末翻譯文學對此類尺牘之影響，而僅從小說寫作技巧著眼，便否定了「引尺牘入小說」的價值，或有偏頗。在中國尺牘文學的研究方面，有趙樹功的通論性著作《中國尺牘文學史》，梳理秦漢到清末的尺牘寫作傳統，並介紹了多位名人的重要尺牘及其風格特色，但他並未注意到翻譯文學中的情書和民國以後的尺牘。至於專門探討晚明情書流傳和出版現象的，則有美國學者羅開雲（Kathryn A. Lowry）的數篇文章，[8]其研究範圍涉及晚明情書的文類特質、情書選集的編輯評點與閱讀流傳，從印刷文化的角度探討了晚明的通俗文學市場。雖然羅開雲集中研究了情書文類的創作和消費現象，多有創見，不過其研究範圍僅限於晚明，並未往下延伸至近現代時期，亦未關注翻譯文學的問題。

對於五四以後的情書創作出版熱潮，國內學者較少論及，但海外漢學界已有相當的研究成果。早期如馮鐵（Raoul David Findeisen）撰文分析情書作為一種文類的特徵與功能，著重介紹五四之後文學情侶的情書選集，指出情書寫作結合了典型的五四議題，其象徵價值的高潮出現在1923到1933年之間，而以1931年為最高峰。[9]杜博妮（Bonnie S. McDougall）的專書則是先略述中國書信傳統及書信體小說的發展，並與西方書信寫作的傳統進行比較，再以大半篇幅析論魯迅（1881-1936）與許廣平（1898-1968）的《兩地書》（*Letter between Two*, 1933）。[10]就年代而言，杜博妮的研究限於五四之後，並未上溯晚清；而在研究對象方面，也較少觸及新

---

7 陳平原，《中國小說敘事模式的轉變》（北京：北京大學出版社，2003），頁201-203。

8 包括Kathryn A. Lowry, "Three Ways to Read a Love Letter in Late Ming," *Ming Studies* 44 (2000): 48-77；羅開雲（Kathryn A. Lowry），〈晚明情書：閱讀、寫作與性別〉，張宏生編，《明清文學與性別研究》（南京：江蘇古籍出版社，2002），頁390-409；Kathryn A. Lowry, "The Space of Reading: Describing Melancholy and the Innermost Thoughts in 17th-Century *Qingshu*"（〈閱讀的空間：晚明情書中的幽情寫照〉），熊秉真、胡曉真等編，《欲掩彌彰：中國歷史文化中的「私」與「情」》（臺北：漢學研究中心，2003），頁33-80；Kathryn A. Lowry, "Duplicating the Strength of Feeling: The Circulation of *Qingshu* in the Late Ming," in *Writing and Materiality in China: Essays in Honor of Patrick Hanan*, eds. Lydia H. Liu and Judith T. Zeitlin (Cambridge, MA.: Harvard University Press, 2003), pp. 239-272.

9 Raoul D. Findeisen, "From Literature to Love: Glory and Decline of the Love-Letter Genre," in *The Literary Field of Twentieth-Century China*, ed. Michel Hockx (Surrey, England : Curzon Press, 1999), pp. 79-112.

10 Bonnie S. McDougall, *Love-Letters and Privacy in Modern China: The Intimate Lives of Lu Xun and Xu Guangping* (New York: Oxford University Press, 2002).

文學陣營以外的作家。

綜觀上述諸位海內外學者的研究成果，不難發現，他們不約而同地將焦點集中在清代之前和五四之後，而忽略了清末民初的關鍵轉變時期，更未能對此一階段的情書翻譯和創作現象作出分析與詮釋。這不僅是中國尺牘文學研究的缺憾，也顯示目前多數學者的研究視野僅限於中國作家的創作，對於清末的文學翻譯活動及其重要性缺乏認識，這使得他們僅將五四以降的情書熱潮作為一既成事實來看待，並未上溯其源，探究現代情書形成過程中的域外影響。另一方面，近年來學界對於中國文學的抒情傳統之研究方興未艾，卻少有學者注意到情書此一文類，然而就情書傳情興懷的本質而言，它理應是抒情傳統中的重要一員，值得深入考察，而且在探討中國近現代「情」的啟蒙現象時，情書的翻譯、創作與出版也應被列為重要之觀察標的。中國古代固然已有情書的寫作，但若將傳統情書（後文以「言情尺牘」代稱，以便區隔）與現代情書並置，不難看出它們在性質上的差異，而造成這種差異的原因，極可能與近現代時期的文學劇變，尤其是與生發於西方文學傳統之情書的中譯有關。

因此，本文將以晚清時期所翻譯之情書（包括言情小說中的情書，以及歷史名人情書）為研究對象，探索下列問題：這些翻譯文本如何促使傳統言情尺牘走向近現代的轉型或另創新的情書典範？此種現象具有什麼樣的文學史意義？晚清譯者如何引入西方的浪漫愛觀念，並且在他們翻譯的言情小說和情書中鑄造新的親暱詞彙？中國傳統的言情話語如何在這類翻譯文本中被挪用？近代翻譯的情書對於不同文人群體的影響有何差異？期待能藉由本文的討論，開啟中國抒情傳統研究的新頁，並對晚清的翻譯言情文學與近現代文學創作之間的交互影響，做出更完整的分析與論述。

## 二、文學遊戲：傳統的情書

要探討中國文學史上情書的發展，不能不先梳理「情愛」的演變過程。從古至今，情愛觀的演變過程約略可分為三個階段：在晚清之前可稱為古典時期，受到西潮衝擊的晚清至民初為轉變時期，而在五四之後則為現代時期。古典時期較輕視私人情愛，而以家庭人倫關係為重，夫妻男女之愛的位階不可逾越父母兄弟之情，因此產生了〈孔雀東南飛〉一類的婚姻悲劇，夫妻在長輩的壓力之下不得不離異。到了轉變時期，中國固有的情愛觀開始受到西方文化的影響與挑戰，傳統的倫理關係逐漸鬆動，愛情的地位節節升高，然而多數人仍肯定傳統的價值，例如林紓（1852-1924）翻譯的《巴黎茶花女遺事》（*La Dame aux Camélias*, 1848）[11]之所以大受歡迎，原因之一便是女主角馬克自願犧牲愛情而成全男主角亞猛的家庭和前途，恰好反映了此時期的價值兩難。直到現代時期，新一代的知識分子深受西方文化影響，強力引進西方的浪漫情愛觀，顛覆家父長制的封建倫理，此時愛情被視為個體自由的象徵，追求愛情幾乎就等同於掀起家庭革命，因此文學作品中出現了許多大膽「出走」、挑戰傳統價值的故事，而情書的寫作與出版也在此時蔚為風潮。

雖然多位新文學作家曾經出版自己的情書，並在1920-30年代掀起情書寫作熱潮，然而「情書」一詞的出現與使用，以及作為一種特殊文類的名稱，其實遠遠早於五四時期。「情書」的原始意義為告知情況的書信，[12]後來也可以指男女間表示愛情的書信，[13]但實際上，它還可以指涉多種社會關係網絡中的對象之間的通信，而不限於情人彼此間的魚雁往返。以明人鄧志謨（1560?-?）編輯的《丰韻情書》為例，其中所收錄的「情書」便包含了妓女和恩客（「青樓」）、夫妻（「室家」）、同性密友（「金蘭」），以及情人（「幽閨」）等對象之間的信件。[14]由此看來，至少在晚明時期，只要是表達私人情感的書信，都可以被歸類為「情書」，而其中最接近現今對情書的定義者，應屬「幽閨」類的書信。換句話說，當今普遍使用的「情書」一詞，其實是將人們對這個文類的理解和想像限制於較為狹窄的範圍之內，而使其接近於英語詞彙“love letter”的意思。由此觀之，「情書」意涵從傳統到現代的轉變，應主要發生在清代，尤其是受到西潮衝擊的晚清時期。

關於新的「情書」概念的運用，陳建華曾指出，1911年《申報》上刊登

---

11 小仲馬（Alexandre Dumas, *fils*）著，林紓、王壽昌譯，《巴黎茶花女遺事》（北京：商務印書館，1981）。

12 例如元人關漢卿的《趙盼兒風月救風塵雜劇》第二折：「我將這情書親自修，教他把天機休泄漏。」此處的「情書」，指的並不是談情說愛的書信。見臧懋循輯，《元曲選》，《續修四庫全書》第1760冊集部戲劇類（上海：上海古籍出版社，2002），頁476。

13 例如馮夢龍的〈李玉英獄中訟冤〉：「焦氏嚷道：『可是寫情書約漢子，壞我的帖兒？』」此處的「情書」意義已接近現代的「情書」。見馮夢龍，《醒世恒言》（北京：華夏出版社，1998），頁381。

14 鄧志謨編，《丰韻情書》，收於國立政治大學古典小說研究中心主編，《明清善本小說叢刊》初編第七輯「鄧志謨專輯」（臺北：天一出版社，1985）。

了一篇題為〈寄情書之新法〉的文章，可見西方的「情書」傳入中土比一般估計的要早得多。[15]以此為據，往回追溯到1897年的《實學報》刊登的〈中土人材〉，文中也使用了「情書」一詞，但仍屬於傳統意義，[16]這可能表示「情書」的意思在1897到1911年之間產生了巨大的轉變。不過陳建華的說法有一個漏洞，因為他沒有將翻譯文學考慮在內。實際上，除了早期那些確實包含情書而未標出「情書」二字的翻譯小說（如1899年出版的《巴黎茶花女遺事》）之外，起碼鳳仙女史（本名及生卒年不詳）譯述的小說〈美人手〉（1903-1906），便直接使用過此詞——該書第14回的回目為「約幽會保姆遞情書，避疑嫌表兄拆封面」，裡面有一封美治阿士寫給霞那小姐的「男女言情之書」，[17]簡稱「情書」，而這已經是現代的用法了。因此更確切地說，「情書」一詞意義的轉變極可能是發生在1897到1906年之間。

跟現代的情書寫作對照之下，傳統的言情尺牘有著繁文縟節的規定，一方面要藉由稱謂和語氣等細節來標記彼此之間的尊卑地位，另一方面在信中大量運用套語和典故，讀來或典雅雍容，或情意纏綿、風流香豔，但是這些套語和典故都是可以被用於異時異地的「公式化」文字，而非專為某特定對象量身打造，也不是用作者自己的話來表達個人心中的情感。就

[15] 參見陳建華，〈現代文學的主體形成——以周瘦鵑《九華帳裡》為中心〉，《從革命到共和——清末至民國時期文學、電影與文化的轉型》（桂林：廣西師範大學，2009），頁328。

[16] 「施君（筆者按：施肇基）交遊頗廣，即閨秀之與訂交者，亦實繁有徒。數日前某訪事人與之談論，施君袖出到美後所收情書一卷，並言此間諸事，與我國不同，初時似覺奇異，但至此時已習慣成自然矣。」而此段譯文之底本則是：「As a social success during his four years, Mr. Sze has scored a hit. He is a member of the Minuet Club, one of the most exclusive organizations in the senior class, and is a great favorite with the young ladies. In conversation with a reporter several days ago, Mr. Sze unfolded a number of his impressions gathered during his visit to this country. 'Everything is so different here,' he said, 'that it seemed very strange at first. I was some time in getting acquainted but I cannot say that that objection could be raised now.'」對照中英版本，譯者將「Mr. Sze unfolded a number of his impressions gathered during his visit to this country」譯成了「施君袖出到美後所收情書一卷」，可見此處的「情書」較接近傳統定義，亦即「告知情況的書信」，而非"love letter"。參王斯沅譯，〈中土人材〉，《實學報》第一冊（1897年8月28日），頁20。本文譯自《華盛頓晚星報》："A Chinese Graduate," *The Evening Star* [Washington D.C.] (22 June, 1897), 11.

[17] 參見法國某著，香葉閣鳳仙女史譯述，〈美人手〉，《新民叢報》第3年第3號（1904），頁91、93-95。按：該翻譯小說連載於《新民叢報》第36-85號（1903年8月21日-1906年8月20日），根據樽本照雄的考證，其原作為Fortuné du Boisgobey的*La Main Coupée* (1880)，後英譯為*The Severed Hand*（1880，譯者不詳），又由黑岩淚香日譯為《美人の手》，連載於《繪入自由新聞》（1889年5月17日-1889年7月27日），並在1890年由大川屋出版單行本，書名改為《片手美人》。參見樽本照雄編，《新編增補清末民初小說目錄》（濟南：齊魯書社，2003），頁467。

此角度而言，這類情書並非私人專屬，其內容亦非私密，它們帶給讀者的感受往往流於客套，甚至是「隔」了。再者，寫作言情尺牘時所需要的文史知識和華麗詞藻，多半可以在日用類書或「尺牘大全」之類的實用手冊中找到，而未必需要作者絞盡腦汁、吐露肺腑真言。舉凡劉晨阮肇天台山遇仙、樂昌公主與夫婿破鏡重圓、〈鶯鶯傳〉中的詩句「隔牆花影動，疑是玉人來」等，都是言情尺牘常用的典故，寫手們信筆拈來，自是不費吹灰之力。

當然，那些能夠被收集出版並流傳至今的古代情書，大部分是出自飽讀詩書的文人或是閨秀名妓之手，他們下筆之時難免有著露才揚己的意圖，用典駢儷乃是家常便飯。作者為了展示自己的文學才華，將寫作言情尺牘當作一種文學游藝，從中獲得競技的樂趣，因此某些選集中的情書可能是虛構的，[18]甚至有男性作者以女性的性別身分發聲，擬想其立場而代作情書。這一方面可能是八股文寫作慣習的餘緒，[19]另一方面也是男性對女性心理和生理之偷窺欲望的另類滿足，若代言的對象是妓女，字裡行間更不免浸染狎褻色彩。這類的尺牘擬作，與漢代以降某些擬作詩賦者「以一己之心靈感受、生命體驗去參合、詮解前人曾擁有過的諸般情懷」[20]相比，其創作態度與境界自是差距甚遠，而其性別扮裝更難被套入「美人香草」的詮釋框架之中，進而獲得政治或道德的莊嚴意涵。即使是相傳為勞人思婦的家書（例如東漢秦嘉〔生卒年不詳〕〈與妻徐淑書〉、〈重報妻書〉，以及徐淑〔生卒年不詳〕〈答夫秦嘉書〉、〈又報嘉書〉[21]），內

---

[18] 羅開雲認為，明代的情書編輯者已將情書定型為具有類似於小說的虛構性。參見羅開雲（Kathryn A. Lowry），〈晚明情書：閱讀、寫作與性別〉，頁394。

[19] 「八股古稱『代言』，蓋揣摹古人口吻，設身處地，發為文章；以俳優之道，抉聖賢之心。……竊謂欲揣摩孔孟情事，須從明清兩代佳八股文求之，真能栩栩欲活。……其善於體會，妙於想象，故與雜劇傳奇相通。」明清以八股取士，一般士人均嫻熟此道，八股之寫作重點既在於「代聖賢立言」，文人自然有可能將這種代言的寫作慣性帶入其他文類之中。見錢鍾書，《談藝錄》（臺北：書林，1988），頁32。除了錢鍾書提到的戲曲以外，或許言情尺牘亦為八股代言的一種應用，這也能解釋為何在明代以後擬代的尺牘頗為盛行，而至民初仍有此類尺牘持續出版的原因。至於詩歌中的擬代現象，源自更早期的文學史脈絡，此處不便深入討論，可參考龔鵬程，〈假擬、代言、戲謔詩體與抒情傳統間的糾葛〉，《唐代思潮（下）》（宜蘭：佛光人文社會學院，2001），頁715-739。

[20] 梅家玲，〈漢晉詩賦中的擬作、代言現象及其相關問題——從謝靈運《擬太子鄴中集詩八首並序》的美學特質談起〉，《漢魏六朝文學新論——擬代與贈答篇》（北京：北京大學出版社，2004），頁46。

[21] 秦嘉和徐淑之間除了書信往來，還有數首贈答詩，尤其是徐淑的〈答秦嘉〉一詩，情意纏綿，

容也經常是駢四儷六，典故滿紙，究竟為本人所寫或由他人捉刀，或為後人追摹擬代之作，亦不易核實確證。[22]因此，言情尺牘寫作幾乎都帶有某種程度的虛構性和形式主義。例如唐人元稹（779-831）〈鶯鶯傳〉附有崔鶯鶯致張生書，就現代觀點來看，這應該算是一封情書，文中淋漓盡致地表達了鶯鶯被張生拋棄之後的感傷怨憤之情，然而在語言形式上，卻仍遵守嚴謹分際。例如「雖荷殊恩，誰復為容？睹物增懷，但積悲歎耳」、「君子有援琴之挑，鄙人無投梭之拒」、「心邇身遐，拜會無期。幽憤所鍾，千里神合」等句，[23]均屬於典雅而格式化的文言。又如元人王實甫（1260-1336）《西廂記》中張君瑞寫給崔鶯鶯的兩封書信，也都是長於用典，情思委婉。[24]再看鄧志謨編《丰韻情書》中隸屬「幽閨丰韻」類的書信，諸如「西廂風月，少分妙趣與張生；銀漢鵲橋，今願佳期逢織女」、[25]「但君不可自謂相如，以卓氏文君待妾也。春色滿園關不住，隔墻花影玉人來」、[26]「斧柯既執，獨不能結朱陳之好，諧秦晉之緣耶？雎鳩之風，既爾有咏，鳴鳳之吉，寧可無占」、[27]「仰惟玉質氷肌，勝楊妃之出浴；花容月貌，賽西子之新粧」、[28]「竊秦娥之玉，偷韓壽之香，倚

---

其人其事成為後世文人摹寫思婦時的重要認同對象。參考梅家玲，〈漢晉詩歌中「思婦文本」的形成及其相關問題〉，《漢魏六朝文學新論——擬代與贈答篇》，頁71-73。

22 陳平原指出，古代文人書信早有著述化傾向，捉刀代筆可說是騷人墨客的雅趣，例如何遜〈為衡山侯與婦書〉、庾信〈為梁上黃侯世與婦書〉、袁枚〈尹六公子聞新娶姬人患病戲作駢體書為紫雲之請作此覆之〉等。由此推測，擬代情書恐怕也是司空見慣之事。參考陳平原，《中國小說敘事模式的轉變》，頁199-200。

23 元稹，〈鶯鶯傳〉，汪辟疆編，《唐人傳奇小說》（臺北：文史哲出版社，1993），頁138。

24 「珙百拜奉書芳卿可人妝次：自別顏範，鴻稀鱗絕，悲愴不勝。孰料夫人以恩成怨，變易前姻，豈得不為失信乎？使小生目視東牆，恨不得腋翅於妝台左右；患成思渴，垂命有日。因紅娘至，聊奉數字，以表寸心。萬一有見憐之意，書以擲下，庶幾尚可保養。造次不謹，伏乞情恕！後成五言詩一首，就書錄呈。『相思恨轉添，謾把瑤琴弄。樂事又逢春，芳心爾亦動。此情不可違，芳譽何須奉？莫負月華明，且憐花影重。』」又：「張珙百拜奉啟芳卿可人妝次：自暮秋拜違，倏爾半載。上賴祖宗之蔭，下託賢妻之德，舉中甲第。即目於招賢館寄跡，以伺聖旨御筆除授。惟恐夫人與賢妻憂念，特令琴童奉書馳報，庶幾免慮。小生身雖遙而心常邇矣，恨不得鶼鶼比翼，邛邛並軀。重功名而薄恩愛者，誠有淺見貪饕之罪。他日面會，自當請謝不備。後成一絕，以奉清照：『玉京仙府探花郎，寄語蒲東窈窕娘，指日拜恩衣晝錦，定須休作倚門妝。』」王實甫著，王季思校注，《西廂記》（上海：上海古籍出版社，1981），頁97-98、167。

25 吳之卓，〈吳生與素瓊書〉，鄧志謨編，《丰韻情書》（下）卷4，頁3。

26 沈素瓊，〈素瓊復吳生書〉，鄧志謨編，《丰韻情書》（下）卷4，頁4a。

27 賀雲英，〈賀雲英復劉生書〉，鄧志謨編，《丰韻情書》（下）卷4，頁6a。

28 蘇育春，〈蘇育春通玉真書〉，鄧志謨編，《丰韻情書》（下）卷4，頁12ab。

翠偎紅，調脂弄粉，巫峽之雨雲並好，秦樓之風月雙清」[29]之類的句子，所涉典故均相當集中，反覆套用，難見新意。傳統的言情尺牘透過典故和套語抒情，猶如躲在面具之後發聲，相對於現代情書以語體文獨抒己意且不避俚俗浮淺，務求傳達真心，二者所蘊含之抒情主體的作用及其觸發的審美感受，可謂迥然有別。總而言之，在傳統的尺牘文學脈絡中，寫作情書往往被視為一種彰顯作者學識文采的方式，在情書中摻入連篇累牘的典故和華麗詞藻，與其說是為了表現個人的情志或主體性，不如說是操作既有的文學典範來建構共通的文學審美空間，所反映的是文人階層潛在的集體心理機制，[30]故其「共性」多過於「特殊性」，而與現代的情書所追求的目標大相逕庭，尚需經過層層轉折演變之後，方能蛻化而出。

或許有人會質疑，既然傳統言情尺牘有著較為濃重的虛構性和形式主義色彩，而缺乏真性情的表現，部分作品甚至是他人捉刀，那麼它們是否能夠被歸入「情書」的範疇？其實，就「書寫」的本質來說，無論是傳統言情尺牘或是現代情書，都是文字符號的組合排列，它們本身即帶有或多或少的虛構性，而不可能反映絕對的「真實」。作者是否在文字中投注了足夠的情感，而其「真實性」又達於何種程度，都是難以衡量和證實的，讀者頂多只能從文字的再現方式來感受作者是否為「真心」，但那很有可能是讀者一廂情願的幻覺，或是作者精心營造的假象。因此，一封文情並茂的現代情書，仍然可能是出自虛情假意；相反地，一篇典故滿紙的言情尺牘，也未必完全不能傳達作者的真情。由此看來，傳統言情尺牘和現代情書都是以表達私人情感為目的的書信，所以都可歸類為「情書」；二者之間最重要的差異在於文體的古今之別、抒情主體直接或間接的作用，以及文字所構築出來的或隔閡或親密的審美效果，而不是情感的「真假」之分。若此論可以成立，那麼由他人擬代的情書，縱使是出於想像虛構，亦可納入廣義的「情書」範疇，而不應該因為顧慮其情之「非真」而排除之。

---

29 周煦春，〈煦春通鳳仙書〉，收於鄧志謨編，《丰韻情書》（下）卷4，頁18ab。

30 參考蔡英俊，〈「擬古」與「用事」：試論六朝文學現象中「經驗」的借代與解釋〉，李豐楙主編，《文學、文化與世變》（臺北：中央研究院中國文哲研究所，2002），頁86。

## 三、「情」的啟蒙：晚清翻譯文學中的情書

在晚清日趨開放的男女社交環境中，情書的寫作不再局限於想像創作，而逐漸涉入了現實生活，成為愛情實踐的一部分，體現了「情」的啟蒙。對清末知識分子而言，寫作情書猶如一種特別的「實驗」：一方面，情書的內容多半衝撞固有的禮教道德，訴諸直接而強烈的情感，並期待得到收信者的積極回應；另一方面，藉由書寫並投遞情書之舉，知識分子也在尋求正當的男女社交管道，他們試圖掙脫父母之命、媒妁之言的制式婚姻，希望能依照自己的意志來選擇終身伴侶。例如日本留學生王建善（生卒年不詳）在1905年提出了「通信訂婚法」，主張男女以互通書信的方式各訴衷曲、質疑問難之後，再徐議訂婚之事[31]——想必在他設想的來往書信中，也包括了情書。不過，書信傳情也有弄巧成拙的例子：1907年，京師大學堂譯學館學生屈疆（生卒年不詳）遞交一封情書給參與募款活動的女學生杜成淑（生卒年不詳），表達愛慕之意，但其輕佻言辭反使杜氏深感受辱，於是她以公開信的形式怒斥屈氏，並將屈氏原信公諸報章。雙方的戰火就此爆發，你來我往，互相攻訐，京津報界（如《順天時報》和《大公報》）連日詳細報導其過程，遂使之成為喧騰一時的社會新聞，不僅損及兩位主角的名譽和前途，也造成了舉辦募款活動的中國婦人會的分裂。[32]至於正面的情書典範，則莫過於革命先烈林覺民（1887-1911）的〈與妻訣別書〉（1911），情真意切，蕩氣迴腸，其境界和影響力已超越了私人的情書，甚至經由政治操作和教育體系，而進入了公共領域。[33]

林紓為清末民初時期重要的翻譯家，他譯介了許多哀感頑豔的西方言情小說，其中經常夾雜著男女主角的情書，以第一人稱敘事觀點呈現主角的所思所感，不僅啟發了中國現代書信體小說的寫作，[34]信中所呈現之鮮明獨立的抒情主體，也是傳統尺牘裡罕見的。例如林紓翻譯法國作家小仲

---

[31] 參考夏曉虹，《晚清女性與近代中國》（北京：北京大學出版社，2005），頁42。

[32] 夏曉虹，《晚清女性與近代中國》，頁46-61。

[33] 關於這封情書內涵之詮解，以及它被國民政府正典化（canonization）的過程與後續的發展轉變，參見潘少瑜，〈感傷的力量：林覺民《與妻訣別書》的正典化歷程與社會文化意義〉，《臺大中文學報》第45期（2014），頁269-322。

[34] 參考袁進，〈試論近代翻譯小說對言情小說的影響〉，王宏志編，《翻譯與創作——中國近代翻譯小說論》（北京：北京大學出版社，2000），頁218-219。

馬（Alexandre Dumas, *fils*, 1824-1895）的《巴黎茶花女遺事》書中，馬克臨死前寫信給亞猛，表達對他的深切思念之情；林譯英國作家哈葛德（H. Rider Haggard, 1856-1925）的《迦茵小傳》（1905; *Joan Haste*, 1895），女主角迦茵寫了一封無從投遞的情書給她的愛人亨利，揭露他們曾有私生子的事實；而在林譯哈葛德的另一部言情小說《紅礁畫槳錄》（1906; *Beatrice*, 1890）中，女主角毗亞德利斯在自殺之前，寄了一封情書給她的情人喬勿利，表明她犧牲自我、守護所愛的決心。許多中國讀者被這些言情小說所感動，不只是因為書中主角纏綿悱惻的情懷和曲折的故事情節，更因為主角們以誠摯而熱切的口吻在書信裡吐露真情，使人讀來心神盪漾。

從字詞使用的層面來看，晚清譯者在翻譯情書時，會採用在古典文學作品中（尤其是吳歌西曲和唐傳奇）已有的某些稱謂詞來稱呼男性情人，例如「郎」、「君」或「歡」，而一些陳腔濫調的詞彙和比喻如「海枯石爛」、「春蠶自縛」、「千金之軀」、「天涯淪落人」之類，也經常出現在譯文裡。但除此之外，譯者還是需要創造一些新的稱謂或表達方式來翻譯西方情書，以呈現其異於中國傳統的文體形式和愛情樣貌。例如在林譯《迦茵小傳》中，女主角迦茵在病榻上寫信給亨利，信中說道：

> 吾摯愛之人見之：在理不能以此二字相稱，特此書為吾私稿，留以待燬，歡固不能得，將投之烈燄，以代郵局寄我摯愛亨利吾夫讀之，此等名詞，未知歡能允吾冒用之否？[35]

這段譯文除了在文體方面選用散體文言而非駢四儷六之外，還有幾個值得討論的地方：首先是林紓把"you"（你）這個字譯為「歡」。在傳統尺牘中，女性通常稱呼丈夫或情人為「君」、「郎」、「夫」、「夫君」、「良人」，而不是「歡」。這個特別的稱謂暗示著迦茵跟亨利之間的關係缺乏合法性（他們並未結婚或訂婚），林紓使用「歡」字，等於是對他們的關係做出了道德上的評價。其次，林紓把"darling"（親愛的）譯為「摯愛之人」，

---

[35] 哈葛德著（H. Rider Haggard），林紓、魏易譯述，《迦茵小傳》卷下（上海：商務印書館，1914），頁48。原文："My Darling, —Of course I have no business to call you that, but then you see this is not a real letter, and you will never get it, for I shall post it presently in the fire: I am only playing at writing to you. Henry, my darling, my lover, my husband—you can see now that I am playing, or I shouldn't call you that, should I?" H. Rider Haggard, *Joan Haste* (Elibron Classics Replica Edition, Adamant Media Corporation, 2005), p. 277.

這很可能是他首創的譯法，而且「吾摯愛之人見之」，並不是尺牘開頭的一般用語。[36]傳統上，女性寫信給男性時會使用「斂衽」、「拜」或「百拜」等詞語來表示尊敬，時人包天笑（1876-1973）對同一部小說的譯本《迦因小傳》（1903），也使用了「致書我愛好之亨利君子足下」的客氣說法，[37]但是在林紓的譯文中，迦茵的態度較為熱情而無所保留，「見之」二字也顯出兩人地位並無尊卑之別。第三，在傳統尺牘中，女性通常會自稱為「妾」或「儂」[38]（或是偶爾如元稹筆下的崔鶯鶯自稱為「鄙」），[39]可是林譯裡的迦茵卻選用了「吾」和「我」來指稱她自己。[40]如此一來，林紓為迦茵塑造了較為鮮明的主體性，同時也開創了一種新穎而風格直率的情書寫作方式。第四，「我摯愛亨利吾夫」一句並不符合文言的行文慣例，林紓刻意將文法扭曲，以便傳達原文語句“Henry, my darling, my lover, my husband”（亨利，我親愛的，我的愛人，我的丈夫）的親密情感。此外，在這段譯文裡還混雜了幾個晚清時期新創的詞彙，例如「郵局」、「名詞」等，按照常理，這類不「雅馴」的詞彙是不該出現在文言文之中的，更不用說規矩謹嚴的傳統尺牘了。由此可見，林紓在《迦茵小傳》中的情書翻譯，並非以傳統言情尺牘為典範，而且所用的文體也不是嚴格意義上的「古文」，在短短的一封信中，他調動了包括書信體、散體文言、近代新造名詞等不同的文學資源，加上自己的別出心裁，折衷地創造了較為新鮮的情書文體。

---

[36] 在林紓的譯文用了「吾摯愛之人見之」的句型以後，鴛鴦蝴蝶派的言情尺牘紛紛仿效，例如「吾至愛之賢妻如晤」、「我摯愛之醉生夫子英盼」。花奴，〈擬覆內書〉，李定夷編，《豔情書牘》上冊（上海：國華書局，1917），頁33；寄滄，〈代謝愛蘭致沈醉生書〉，李定夷編，《豔情書牘》下冊，頁53。

[37] 對於同一段話，包天笑的翻譯是：「天涯淪落人迦因，致書我愛好之亨利君子足下：我亦無所稱於君，我此書祇欲自抒肝鬲，初不願陳書於我亨利，故亨利亦無繇得見之。」與林譯相較之下，包譯淡化了男女主角之間不合倫理的愛情關係。見哈葛德（H. Rider Haggard）著，蟠溪子譯、天笑生參校，《迦因小傳》（上海：文明書局，1903），頁43-44。

[38] 例如王實甫《西廂記》中的崔鶯鶯寫信給張君瑞，開頭便道：「薄命妾崔氏拜覆，敬奉才郎君瑞文几」，內文亦自稱為「妾」。見王實甫著，王季思校注，《西廂記》，頁174。

[39] 例見〈鶯鶯傳〉：「鄙昔中表相因，或同宴處。……君子有援琴之挑，鄙人無投梭之拒。……慎言自保，無以鄙為深念。」元稹，〈鶯鶯傳〉，汪辟疆編，《唐人傳奇小說》，頁138。

[40] 在林譯《巴黎茶花女遺事》中，女主角馬克同樣在信裡以「我」和「吾」自稱。例如「亞猛足下：得書感君念我，知蒼蒼尚有靈也。書諗吾病，吾果病，計此後當不能起。然君能憐我，我之呻楚已祛其半。吾自度與君更無握手之日，然甚愛君此手能委婉陳書與我。我百計自治，已無良劑；其尚望後此可以略蘇，其在亞猛賜我數言之力乎！」見小仲馬著，林紓、王壽昌譯，《巴黎茶花女遺事》，頁8。又，包天笑所譯《迦因小傳》，女主角也在信中自稱為「我」。見註37引文。

另外一個例子是林紓所譯哈葛德的《紅礁畫槳錄》，女主角毗亞德利斯在死前寫信給她那已是使君有婦的情人：

> 摯愛之喬勿利覩之：此等稱謂，吾嚮不著筆，以書為人得，大有礙於君之前途。至於今茲，吾萬事皆休，亦不能不作如是稱謂，若更不稱，則永無可稱之日。……吾之就死，君幸勿自咎，死本為君，須知吾二人情好，甯死我以全君，不能君我同歸於盡。歡甯不憶吾前此之怪夢耶？我夢君以指點吾心，告我以光明所在，今茲應矣。愛情者，光明也。君錫我以情，即以光明授我。……嗟夫！喬勿利，自是別矣！吾與君固無夫妻之分，而情義則逾於夫妻，來日方長，幸勿見忘。[41]

林紓直接把“My dearest Geoffrey”（我最親愛的喬勿利）譯成「摯愛之喬勿利」，他後來在翻譯《不如歸》（1908; *Nami-ko*, 1898）中的情書時，也採用了這種直譯的辦法。《不如歸》男主角武男寫給其妻浪子的信，開頭便稱呼對方是「親愛之浪子」，而浪子則回報以「親愛之武男見之」——不過這是因為林紓所採用的底本是英文譯本（文中兩人互稱“Dearest Nami”、“My Dearest Takeo”），而非德富蘆花（本名德富健次郎，1868-1927）的日文原著，所以才會出現如此親暱的稱呼方式。[42]這類的親密稱

---

41 哈葛德著，林紓、魏易譯述，《紅礁畫槳錄》下卷（臺北：魏惟儀，1990，據1916年上海商務印書館說部叢書再版影印），頁107-110。原文：「“My dearest Geoffrey,” it began, “I have never before addressed you thus on paper, nor should I do so now, knowing to what risks such written words might put you, were it not that occasions may arise (as in this case) which seem to justify the risk. For when all things are ended between a man and a woman who are to each other what we have been, then it is well that the one who goes should speak plainly before speech becomes impossible, if only that the one who is left should not misunderstand that which has been done... Do not blame yourself in this matter, for you are not to blame; of my own free will I do it, <u>because in the extremity of the circumstances</u> I think it best that one should go and the other be saved, rather than that both should be involved in a common ruin. Dear, do you remember how in that strange vision of mine, I dreamed that you came and touched me on the breast and showed me light? So it has come to pass, for you have given me love—that is light; and now in death I shall seek for wisdom... We are not married, Geoffrey, according to the customs of the world, but two short days hence I shall celebrate a service that is greater and more solemn than any of the earth... Farewell, farewell, farewell! Oh, Geoffrey, my darling, to whom I have never been a wife, to whom I am more than any wife—do not forget me in the long years which are to come.”」底線為筆者所加。Henry Rider Haggard, *Beatrice* (New York: Harper, 1890; Salt Lake City, UT.: Project Gutenberg Literary Archive Foundation, 2006 release), chapter 29.

42 對照德富健次郎著，鹽谷榮英譯，林紓、魏易重譯，《不如歸》上卷（臺北：魏惟儀，1990，

謂在傳統尺牘中前所未聞，由林譯小說首開風氣之先，而在1920年代以後的情書寫作和小說裡日益頻繁，[43]時至今日，「親愛的某某」已成為一般常見的書信用語。林紓把“because in the extremity of the circumstances”（因為情況的危急）[44]一句，改譯為「須知吾二人情好」，或許是為了強調毗亞德利斯與喬勿利之間有著深刻的情感（「情好」），雖然他們並不是夫妻。毗亞德利斯說：「吾愛斯人，彼為有婦之人，事之將大背乎倫理。究之倫理如何，而終不能移其深情之固結。」[45]對她而言，倫理和愛情孰輕孰重，判然分曉，毫無猶疑的餘地。喬勿利與毗亞德利斯的關係並非丈夫和妻妾，亦非恩客和妓女，而是一種當時的中國讀者並不熟悉的特別關係。那是在西方一夫一妻制的藩籬之下產生的越軌情感，[46]而且不符合中國禮法或慣例，無法被歸類到傳統的「青樓」、「室家」或「幽閨」等範疇之中，但它在西方十九世紀以降的言情小說「愛情至上」的意識形態裡，卻是值得讚美和羨慕的。相較於包天笑所譯《迦因小傳》對原作的大幅刪改，林紓相當忠實地將女主角未婚懷孕和私生子的情節譯出，而未

據1914年上海商務印書館說部叢書本影印），頁36-37；Kenjirō Tokutomi, *Nami-Ko: A Realistic Novel*, trans. Sakae Shioya and E. F. Edgett (Boston: Herbert B. Turner & Co., 1904), pp. 74-80；德富蘆花，《不如歸》，佐藤善也、佐藤勝注釋，《北村透谷・德富蘆花集》，日本近代文學大系第9卷（東京：角川書店，1972），頁267-271。

43 杜博妮以郁達夫、羅家倫、朱湘等人的情書稱謂詞為例，指出英文“dear”的現代標準中譯「親愛的」一詞，在1920年代的情書寫作中並不普及，可能是因為中文「親愛的」一詞感覺較英文的“dear”來得強烈。然而就筆者所見，在章衣萍的書信體小說《情書一束》中，已使用「我最親愛的人兒」、「我至愛的，永遠愛的伴侶」、「我至親愛的」等等稱呼方式。又如宋若瑜（1903-1926）在寫給蔣光慈（1901-1931）的情書中，多次稱呼他「親愛的俠生」或「親愛的俠哥」，而蔣也稱她為「親愛的若瑜」和「親愛的瑜妹」。另外如情死案件主角汪世昌寫給未婚妻馬振華的情書中，亦稱其為「親愛的振華」、「我最親愛的好姊姊振華」，可知在1920年代中期以後的情書裡已常見此種稱謂，杜博妮之說恐不確。參見Bonnie S. McDougall, *Love-Letters and Privacy in Modern China: The Intimate Lives of Lu Xun and Xu Guangping*, pp. 106-107；章衣萍，《情書一束》（北京：北新書局，1925），頁14、30、32；宋若瑜、蔣光慈，《紀念碑》（上海：亞東圖書館，1927），頁5、11、15、17、18、19、23、26、29、31、35、37、39、42、44、45、49、52、56、57、59、61、64、65、66、67、69、73、75、77、79、82、93、95、101、104、105、108、109、110、112、114、116、118、119、134、137、144、146、148、150、151、153、156、159、162、167、172、174、177、180、182、185、187、190、192、195、197、199、203、208、210、212、215、216、221、223；許心一、陳大凡，《馬振華女士自殺記》（上海：社會新聞社，1928），無頁碼。

44 見註41畫有底線的部分。

45 哈葛德（H. Rider Haggard）著，林紓、魏易譯述，《紅礁畫槳錄》下卷，頁17。

46 林紓當時已意識到此點，他在《紅礁畫槳錄》的譯序中說：（筆者按：毗亞德利斯）深於情而恪於禮，愛而弗亂，情極勢偪，至強死自明，以西律無兼娶之條，故至於此。」見哈葛德（H. Rider Haggard）著，林紓、魏易譯述，《紅礁畫槳錄》上卷，頁1。

在傳統道德的壓力下曲為之諱；而在《紅礁畫槳錄》中，又歌頌男女主角的精神戀愛（雖然他們是婚外情），而質疑缺乏愛情基礎的婚姻。在清末的社會背景中，這樣的故事顯得相當前衛大膽。林譯《迦茵小傳》與《紅礁畫槳錄》生動刻畫了女主角的無悔深情，雖然她們身陷婚外情、不倫戀之中，又沒有被收為偏房或「扶正」的可能，她們卻都願意為情人犧牲自我，表現出高尚的節操，與中國古典小說裡偷漢子的「淫婦」形象迥異，而這正是林譯言情小說挑戰甚或顛覆傳統道德禮教之處。經由這類翻譯言情小說，林紓間接引介了西方的一夫一妻制和浪漫愛觀念，也為中國讀者重新界定了愛情和婚姻的關係。[47]

除了西方言情小說中的情書之外，歐洲名人情書的翻譯，也是清末民初「情」的啟蒙的外來動力之一。古人的感情世界向來是大眾感興趣的話題，至少在晚明時期，已有《翰海》一類的選集收錄歷代名人情書，不論是真實人物如王羲之、元稹，或是小說人物如崔鶯鶯，都包括在內。到了清末民初，文化界將目光轉向歐洲，陸續翻譯出版了許多文學家、思想家、甚至政治家的情書，例如阿伯拉（Pierre Abélard, 1079-1142）與哀綠綺思（Héloïse d'Argenteuil, 1090?-1164）、拿破崙（Napoléon Bonaparte, 1769-1821）、雨果（Victor Marie Hugo, 1802-1885）、托爾斯泰（Leo Tolstoy, 1828-1910）、黑格爾（Georg Wilhelm Friedrich Hegel, 1770-1831）、蕭伯納（George Bernard Shaw, 1856-1950）等人的感情世界，都成為中國讀者窺探的對象。這些翻譯的歐西名人情書一方面遙承晚明情書輯錄的傳統，另一方面反映了近現代讀者對西方愛情文化的好奇與熱情，它們不但可以被當作歐洲名人的生平軼事材料，成為茶餘飯後的談資，呼應清末民初對於「兒女英雄」的通俗想像，[48]而其中所傳達的婚姻戀愛觀念，也對當時社會文化較為保守的中國造成了衝擊。

舉例來說，雲間樂與梁溪雪（二人之本名與生卒年均不詳，以下合稱為「雲梁」）翻譯歐洲中世紀薄命情侶阿伯拉與哀綠綺思的情書（*Love Letters of Abélard and Héloïse*），[49]題為〈古情書〉（1911）。他們以John Hughes的英譯為底本，[50]將這些原本用拉丁文寫成的書信譯為文言，與梁

---

47　參考潘少瑜，《清末民初翻譯言情小說研究——以林紓與周瘦鵑為中心》（臺北：臺灣大學中國文學研究所博士論文，2008），頁102-107、111-114。

48　潘少瑜，《清末民初翻譯言情小說研究——以林紓與周瘦鵑為中心》，頁46-47。

49　「阿伯拉與哀綠綺思的情書」是梁實秋譯本的標題，由於知名度較高，故暫且援用之。

50　「亞佩蘭與喜蘭詩往來函牘，本為臘丁文，西歷一千一百二十八年間事也。一千六百十六年刊于巴黎，一千七百二十八年見于英國，是為第一次傳世，自後譯本甚多，風行寰海。此本不載

實秋（1903-1987）的白話譯本《阿伯拉與哀綠綺思的情書》（1928）在文體上截然不同。雲梁本的翻譯策略以「歸化」（domestication）為主，他們將喜蘭詩（即哀綠綺思）和亞佩蘭（即阿伯拉）這對教會裡的修士修女變成了佛教寺院中的僧尼，[51]刪去原文引用《聖經》之語，[52]並多次使用佛教概念替換基督宗教的語言。例如喜蘭詩致亞佩蘭的信中云：

> 今我所居者為虛空之法界，而我所思者在煩惱之情根，我所見者為佛像之莊嚴，而我所言者為風流之韻事，此皆君使我然也。……余欲發菩提之心，以勝相思之苦；余欲參悟蓮花之妙諦，以破桃花薄命之因緣，然而難矣！蓋以滿月金容，不若君如花之玉照；光瑩舍利，不若君秋水之精神。回腸九曲，情牽夢縈，不能使五蘊皆空矣。余亦何嘗無愛神之心哉，無如瞻禮未終，而私情又擾。……蓋余已大發宏願，欲登西方極樂世界，屏絕人間兒女之琴心，不幸今日又生一種幽情，勝我色相皆空之念，將教宗至理障蔽無光。[53]

對照英譯本，不難發現雲梁本的中譯是相當自由的意譯，他們在譯文中極力修辭設色，並以排比句強化宗教信念與男女情感之間的衝突矛盾。[54]

---

譯者姓氏，成書於一千七百二十二年，大抵從原文意譯，不從直譯。」見雲間樂、梁溪雪譯，〈古情書〉，《小說時報》增刊第1號（1911），頁1。就此處提到的成書時間為1722年推測，此版本應為John Hughes的英譯本，而這也是梁實秋中譯本之底本。參見梁實秋譯，〈英譯本編者序〉，阿伯拉（Pierre Abélard）、哀綠綺思（Héloïse）著，梁實秋譯，《阿伯拉與哀綠綺思的情書》（臺北：九歌出版社，2013），頁27。

51 「當初余二人欲為僧尼之時，君（亞佩蘭）令我（喜蘭詩）先落髮。……欲余為何事，余必從，豈君令我為尼，而我獨不從耶？」又「余（亞佩蘭）雖為僧，而不願我柔腸冷我熱血，使我忘情人也。」雲間樂、梁溪雪譯，〈古情書〉，頁21、24。

52 雲間樂、梁溪雪譯，〈古情書〉，頁12。

53 雲間樂、梁溪雪譯，〈古情書〉，頁19-21。

54 比對Abelard and Heloise, *Letters of Abelard and Heloise*, trans. John Hughes (London: J. Watts, 1729), pp. 131-135: "I see Nothing here but Marks of the Deity, and I speak of Nothing but Man! ... How difficult is it to fight always for Duty against Inclination? I know what Obligations this Veil lays on me, but I feel more strongly what Power a long habitual Passion has over my Heart. I am conquered by my Inclination. My Love troubles my Mind, and disorders my Will. Sometimes I am swayed by the Sentiments of Piety which arise in me, and the next Moment I yield up my Imagination to all that is amorous and tender.... I considered I had made a Vow, taken the Veil, and am as it were dead and buried; yet there rises unexpectedly from the Bottom of my Heart a Passion from which triumphs over all these Notions, and darkens all my Reason and Devotion."

此外，他們也加入了各式中文成語、套語和典故，譬如「屏諸四夷，投畀有北」[55]、「一失足成千古恨，再回頭是百年身」[56]、「未知生，焉知死」[57]、「定而後能靜，靜而後能安」[58]、「順天者昌，逆天者亡」[59]、「放下屠刀，立地成佛」[60]等，皆為古典文學裡的陳腔濫調，並非原作之語。雲梁本藉由佛教意象和成語典故的鋪陳，使得喜蘭詩和亞佩蘭的愛情故事被本土化，甚至近似「思凡」[61]的故事類型。

然而，這個歐洲中世紀的愛情故事畢竟不止於描述寺院僧尼的情欲想像而已，它還有著衝撞既定的婚戀觀念與體制的一面，例如喜蘭詩對婚姻制度的鄙視和拒絕，便令人印象深刻：

> 余知女子為人婦，世俗之見以為榮，而宗教之中亦以為聖，然而余以為莫若作人未婚之婦之可以自由也。蓋人自結婚之後，即有障礙以侵我自由，恐余癡心愛人，而人忽棄捐其愛我。故余輕視妻之一字，而樂為人之情人。[62]
>
> 凡人之兩相愛慕而結婚，必非真愛情。或仰其門楣，或利甚〔其〕財產，或重其行事，結婚之後，固亦有利益光輝，如此結婚謂愛情必達於極點，吾未之信也。[63]

這樣顛覆人倫禮教的宣言，自是高濂（1573-1620）《玉簪記》裡的道姑陳妙常所未嘗夢見。喜蘭詩並非渴求婚姻而不得，而是從根本上否定婚姻可以與愛情並存，更對婚姻加諸女性的束縛相當不以為然，她對愛情和自由的要求是絕對的，甚至願意為此而反抗世俗，拋棄一切。

喜蘭詩與亞佩蘭之間熱烈的情欲，以及他們的理智、信仰和感情欲望之間的激烈衝突，經常浮現於字裡行間：

---

[55] 雲間樂、梁溪雪譯，〈古情書〉，頁25。

[56] 雲間樂、梁溪雪譯，〈古情書〉，頁25。

[57] 雲間樂、梁溪雪譯，〈古情書〉，頁35。

[58] 雲間樂、梁溪雪譯，〈古情書〉，頁23。

[59] 雲間樂、梁溪雪譯，〈古情書〉，頁27。

[60] 雲間樂、梁溪雪譯，〈古情書〉，頁32。

[61] 例如明清傳奇《玉簪記》和《孽海記》中，均有女尼動了春心，嚮往愛情的情節。

[62] 雲間樂、梁溪雪譯，〈古情書〉，頁16-17。

[63] 雲間樂、梁溪雪譯，〈古情書〉，頁17。

> 余〔亞佩蘭〕未明宗教以前，決不知愛情為酖毒、為酒麴，可以死我身而醉我心也。[64]
>
> 余〔喜蘭詩〕欲以愛神為道德，則不應有他種之罪過，然而余之愛神，卻不能勝於愛爾亞佩蘭也。君命令余為尼，余即從之，蓋欲安慰君心耳，並非欲圖一己之超度也。[65]

有意思的是，五四時期當紅的瑞典女權運動者愛倫凱（Ellen Key, 1849-1926）主張戀愛至上，婚姻必須以愛情為基礎，否則即為不道德，而在〈古情書〉中諸如此類鄙視婚姻而高舉愛情自由、將愛情視為醉人毒藥，甚至給予愛情高於宗教之地位的看法，恐怕比愛倫凱的婚戀理論更加基進[66]——儘管喜蘭詩比愛倫凱早生了八百年。由於資料缺乏，目前難以判定〈古情書〉對於清末民初讀者的影響，但是從它發表在鴛鴦蝴蝶派雲集之《小說時報》的事實來判斷，主編包天笑應是對這篇譯文抱持肯定的態度，而其他經常投稿《小說時報》的鴛蝴派作家們對它也不免有所耳聞，甚至有可能受其啟發。由此看來，鴛鴦蝴蝶派著譯小說與晚清翻譯言情小說在「情」的啟蒙話語中所佔的地位，未必如一般刻板印象中的保守反動；相反地，他們藉著傳統的詞彙意象的包裝，偷渡了許多新穎甚或基進的婚戀觀念，而這些著譯作品也為後來五四青年爭取婚姻戀愛自由的革命，做了預先的鋪墊與開路的工作。

## 四、抒情的技藝：情書寫作的轉變與大眾化實踐

清末民初文壇在情書寫作方面最明顯的現象，就是言情尺牘和新文學作家情書的大量出版。當時關注情書文類的作家群，約略可分為鴛鴦

---

64 雲間樂、梁溪雪譯，〈古情書〉，頁31。

65 雲間樂、梁溪雪譯，〈古情書〉，頁40。

66 愛倫凱的婚姻和戀愛學說的主要論點包括：一、戀愛至上，婚姻必須以愛情為基礎，否則即為不道德；二、靈肉一致的貞操觀念；三、重視母性，並為未婚生子者爭取母性的權利。沈雁冰對其理論曾大力引介，在五四時期造成一股愛倫凱風潮。參見沈雁冰，〈《愛情與結婚》譯者按〉，《婦女雜誌》第6卷第3號（1920年3月5日）；〈愛倫凱的母性論〉，《東方雜誌》第17卷第17號（1920年9月10日），以及〈所謂女性主義的兩極端派〉，《民國日報・婦女評論》（1921年10月26日），後收於茅盾全集編輯委員會編，《茅盾全集》第14卷（北京：人民文學出版社，1987），頁131-132、164-173、281-288。

蝴蝶派和五四新文學陣營二者。在鴛蝴派作家方面，尤以徐枕亞（1889-1937）、李定夷（1890-1963）、周瘦鵑（1895-1968）等人對言情尺牘和現代情書特別感興趣。徐枕亞的暢銷小說《玉梨魂》（1912）裡不乏熱情洋溢的駢儷尺牘，而他根據《玉梨魂》的故事重新編寫的日記體小說《雪鴻淚史》（1915），更在其中增加了數十封男女主角之間來往的書信，掀起了另一波閱讀熱潮。[67]《玉梨魂》深受林紓譯《巴黎茶花女遺事》影響，例如徐枕亞在書中自比為「東方仲馬」、模仿馬克日記的形式記錄筠倩死前情狀、同樣以憑弔前塵往事作為小說的結尾……等等，均已為學者詳論；[68]而徐枕亞在情節敘事中所插入的信函，則成為《玉梨魂》動人力量和真實感的主要來源，其創作靈感不僅可追溯至清末流行的《秋水軒尺牘》一類家用讀物，[69]就文學史脈絡而言，亦不應忽視林紓等譯者翻譯的西洋情書推波助瀾，引起大眾讀者對於情書文體的興趣，使得《玉梨魂》能夠趁勢而興。

在《玉梨魂》和《雪鴻淚史》等熱銷小說的光環加持之下，曾在晚明流行一時的言情尺牘重獲生命力，例如李定夷主編的《小說新報》（1915-1923）開設「豔情尺牘」欄目（後改名為「豔牘」），大力鼓吹豔牘的寫作和發表，光是第一年就刊登了五十三篇豔牘，其中多為擬代之作。[70]李定夷也編纂了《豔情書牘》（1917），[71]分為求婚、寄外、表情、述事、訣別等五類，內容豐富，部分作品頗見新意。掛名徐枕亞的《花月尺牘》（1919?，實際作者不詳），[72]則從〈初遇園中致書寄慕〉開始，到求婚、

[67] 徐枕亞著，畢寶魁校點，《雪鴻淚史》，《中國近代珍稀本小說》第13集（瀋陽：春風文藝出版社，1997）。

[68] 參考夏志清著，歐陽子譯，〈《玉梨魂》新論〉，《聯合文學》第1卷第12期（1985），頁27-29。

[69] 夏志清謂：「（筆者按：《玉梨魂》）小說裡情人互贈的詩，可證明徐枕亞深受『感傷—言情』文學傳統的薰陶，然而給予小說奇特力量及真實感的，卻不是詩，而是信函。這些信函所表達的熱情善辯，遠超過清朝末年已成標準家用讀物的《秋水軒尺牘》——說不定是此類尺牘，給了徐枕亞靈感，使他決定取用往返的信札為小說的重要部分。」見夏志清著，歐陽子譯，〈《玉梨魂》新論〉，頁22-23。

[70] 例如《小說新報》第1期（1915年3月）刊載軼池的〈代吳新寶詞史致穎川君書〉和守黎女士的〈代比鄰新嫁娘致征夫書〉，第2期（1915年4月）有佚民的〈代粵妓某致某公子書〉，第3期（1915年5月）有醒獨的〈代友人致某女士書〉、軼池的〈擬沈寶玉校書柬東海君函〉、詩隱的〈代金小寶寄致滬上舊侶〉等，均為擬代之作，而非當事人實際來往之書信。

[71] 《豔情書牘》尚有補編，同樣為李定夷總纂，參李定夷編，《豔情書牘補編》（上海：國華書局，1918）。

[72] 《花月尺牘》的作者雖標為徐枕亞，但根據鄭逸梅的說法，實際上是書商以他人所作之豔牘，

慰病、贈照、遊園、成婚等，逐步展開，使讀者得以依序想像男女主角從愛慕、交往到訂婚的過程，情節連貫，宛如一部言情小說。[73]此書之語言形式雖較為陳舊，所呈現的愛情文化卻是中西合璧的，而且每封信都附有對方的答書或覆書，形成一來一往的對話，足見作者之巧思。更值得注意的是，《花月尺牘》卷四有〈約女士至餐館書〉、〈約女士同往攝影書〉、〈約女士同往觀劇書〉[74]等書信，牽涉到兩性自由交往和都市公共空間等新興議題，凸顯了民初時期的都會文化、婚戀實踐與傳統倫理之間時而攜手並進，時而矛盾衝突的關係。

1910年代是言情尺牘大行其道之時，徐枕亞和李定夷所作均屬此類，一方面遙承晚明遺緒，另一方面則受到晚清翻譯文學的薰陶。直到1910年代末期，現代意義的情書（亦即一種在形式上接近西方"love letter"的、直抒胸臆而不假借典故或駢儷文體的白話情書）逐漸在文壇出現，而其中的關鍵人物，便是周瘦鵑。周瘦鵑在他1914年編輯的《香豔叢話》裡收錄了幾則關於情書的海外軼聞，包括蘇格蘭男女以飛鴿及瓶中信傳情、加拿大婦人藉雞卵吐露心聲、英國情侶藉著借還書籍，而以書中暗號傳遞情意等等，[75]可見周瘦鵑已經有意識地將「情書」作為一種書信的專門類別，並且此類情書與域外文化資源的關係比本國傳統更深，而與徐枕亞、李定夷等人走的言情尺牘路線大不相同。自1919年始，周瘦鵑在《申報》上開闢〈情書話〉專欄，[76]模仿古人撰寫詩話、詞話之法，泛論古今中外之情書，包括其文體特徵、寫作技巧、慣用詞彙、趣事軼聞等等，對於推廣情書閱讀與寫作不遺餘力。在〈情書話〉的首篇中，周瘦鵑對「情書」下了定義，並說明自己對於此一文類的偏愛：

> 情書者，男女間寫心抒懷，而用以通情愫者也。在道學家見之，必

---

借用徐枕亞之名而問世。參考鄭逸梅，《尺牘叢話》，頁54。

[73] 有趣的是，法國18世紀書信指南中的範文具有小說之主要特點，包括情節的開展、時間的確立、人物的刻畫等，使得閱讀此類書籍的效果亦類似於小說，正好與《花月尺牘》的情形相近。參考羅開雲（Kathryn A. Lowry），〈晚明情書：閱讀、寫作與性別〉，頁404。

[74] 見徐枕亞，《花月尺牘》卷4（臺北：廣文書局，1980），頁1-2、9-13。

[75] 周瘦鵑輯，《香豔叢話》上冊（上海：中華圖書館，1914），頁37-39。按：這些文字乃是在《申報》1911年10月26日第34版所刊〈寄情書之新法〉（署名「微」）的基礎上擴編而成。

[76] 周瘦鵑的〈情書話〉專欄出現於《申報》1919年7月1日、1919年7月16日、1919年7月23日、1919年8月12日、1919年8月26日、1919年9月15日、1919年10月16日、1919年10月31日、1919年12月5日、1920年3月3日等日期，每次均刊載在第14版。

> 斥為非禮，不衷於正，然世界中彌天際地不外一情字，非情不能成世界，非情不能造人類。人壽百年，情壽無疆，縱至世界末日，人類滅絕，而此所謂情者，尚飄蕩於六合八荒之間。……情書之作，所以表情也。其性情中人而善用其情者，每能作纏綿肫摯之情書，而出以清俊韻逸之辭，故歐美人士咸目為一種美術的文學，一編甫出，幾有家弦戶誦之概。賤子少好讀書，旁及稗官雜作，所見中外名人之情書，不止一二，披覽所及，心弦為動。龔定菴所謂「心靈之香」、「神明之媚」者，吾於情書中得之焉。[77]

周瘦鵑將情人、夫婦或未婚夫婦之間的通信都視為情書，[78]例如秦嘉夫婦之間的家書，就被他推崇為「情書中之正者」[79]，並且認為情書是表現永恆纏綿愛情的文類，能夠震動讀者的心弦，促成一種對於美和情感的深刻體驗，因而具有崇高的文學價值。相較於晚清譯者和多數的鴛鴦蝴蝶派作家，周瘦鵑對於情書內涵及意義的探討和推崇，都是獨樹一格的，而他對西方情書文類的關注與熟稔，也是無人能出其右。

在情書的譯介方面，周瘦鵑曾在報刊上譯介外國名人如嚣俄（即雨果）[80]、拿破崙[81]、約瑟芬（Joséphine de Beauharnais, 1763-1814）[82]、伏爾泰（Voltaire, 1694-1778）等人的情書，[83]以及李嘉生（Samuel Richardson, 1689-1761）的書信體小說〈焚蘭記〉（*Clarissa*, 1748，今譯為《克萊麗莎》），[84]

---

77 瘦鵑，〈情書話（一）〉，《申報》（1919年7月1日），第14版。

78 「情書云者，非專謂情人間之通函也，即夫婦或未婚夫婦間尺素往還，亦為情書。」瘦鵑，〈情書話（一）〉，《申報》（1919年7月1日），第14版。

79 瘦鵑，〈情書話（二）〉，《申報》（1919年7月16日），第14版。

80 瘦鵑，〈情書話（七）〉，《申報》（1919年10月16日），第14版。按：在此文中，周瘦鵑譯介了一封嚣俄寫給阿玳兒（Adèle Foucher）的情書，數年之後，周瘦鵑又為文介紹嚣俄與薏麗愛杜露伊（Juliette Drouet）之間的戀情，其中穿插兩人的情書文字，而文後附錄則介紹了嚣俄與阿玳兒的愛情故事，並附上他們來往的四封情書的中譯。見周瘦鵑，〈新情史〉，《紫羅蘭》第2卷第17期（1927），《紫羅蘭》微卷版（北京：中華全國圖書館文獻縮微複製中心，1991）。本文所引之《紫羅蘭》皆出自此版本。

81 周瘦鵑曾於英國滕德書肆購得「拿破崙情書一巨帙」，遂將拿破崙和約瑟芬的書信來往情形整理出來，並翻譯了部分內容。見瘦鵑，〈情書話（四）〉，《申報》（1919年8月12日），第14版。

82 瘦鵑，〈情書話（五）〉，《申報》（1919年8月26日），第14版。

83 瘦鵑，〈情書話（八）〉，《申報》（1919年10月31日），第14版。

84 見英國李嘉生（Samuel Richardson）著，周瘦鵑譯，〈焚蘭記〉，周瘦鵑編，《心弦》（上海：大東書局，1925），頁1-26。

還熱心地將林紓翻譯的言情小說中的情書彙集成為〈說部中之情書〉一文。[85]此文包括了林譯《巴黎茶花女遺事》、《迦茵小傳》、《紅礁畫槳錄》、《不如歸》等外國小說裡的情書，以及何諏（1882-1925）的小說《碎琴樓》（1911）[86]和周瘦鵑自己所作的《簫心劍氣錄》（1917）[87]中的情書，一脈相承，儼然形成一個從翻譯到創作的近現代情書發展譜系。在情書的創作方面，周瘦鵑的短篇小說和「偽翻譯」（pseudotranslation）[88]經常以情書為主要元素，例如發表於《禮拜六》的〈噫！無處投遞之書〉和〈噫！遲矣〉兩篇小說，便是藉著長篇的情書來傳達故事男主角內心的聲音。在這些創作小說裡，無處投遞的情書、錯過的愛、褪色的回憶，一再地出現，而在周瘦鵑的「偽翻譯」〈噫！最後之接吻〉中，那封早已毀於戰火的情書竟然神祕地為主角招來了他的情人（或其鬼魂），給他臨死前的一吻。[89]情書作為周瘦鵑小說中關鍵性的主題和敘事技巧，讓他能夠盡情地發揮第一人稱視角的心理描寫，並且創造出悲劇性的孤絕情境，其意義相當重大。范伯群指出，周瘦鵑「較早地吸收了西方小說的表現技巧，諸如運用了日記體、書信體、心理分析體及抒情獨白體等形式」，[90]而後面三種形式便恰好體現在情書的寫作上。若抽離周瘦鵑小說原本的情節脈絡，光就其中穿插的情書來看，它們呈現了鴛蝴派言情尺牘較少觸及的私密心理層面，其情感表達的直白激烈更偏向西方情書（其中應不乏林

---

[85] 見周瘦鵑編，〈說部中之情書〉，《紫羅蘭》第3卷第6號（1928）。

[86] 何諏著，季路校點，《碎琴樓》（長春：吉林文史社出版，1988）。

[87] 周瘦鵑，《簫心劍氣錄》（上海：墨緣編譯社，1917）。

[88] 「偽翻譯」乃是偽裝為翻譯，而其實是創作的作品，周瘦鵑早年有多篇小說均屬此種類型。

[89] 〈噫〉包含了八個短篇故事，前四篇是周瘦鵑的創作，發表於《禮拜六》第63期（1915年8月14日），而後四篇則是他的翻譯和「偽翻譯」，發表於《禮拜六》第64期（1915年8月21日）。四篇創作如下：周瘦鵑，〈噫！無處投遞之書〉，《禮拜六》第63期，頁16-20；周瘦鵑，〈噫！遲矣〉，《禮拜六》第63期，頁21-24；周瘦鵑，〈噫！最後之手筆〉，《禮拜六》第63期，頁25-29；周瘦鵑：〈噫！失望〉，《禮拜六》第63期，頁29-34。四篇翻譯如下：丹麥亨斯克立司金盎特遜Hans Christian Andersen原著，周瘦鵑譯，〈噫！祖母〉，《禮拜六》第64期，頁17-20；作者不詳，周瘦鵑譯，〈噫！最後之接吻〉，《禮拜六》第64期，頁20-24；美國弗朗昔司白來脫哈脫Francis Bret Harte原著，周瘦鵑譯，〈噫！歸矣〉，《禮拜六》第64期，頁24-30；「不著撰人」，周瘦鵑譯，〈噫！斜陽下矣〉，《禮拜六》第64期，頁30-35。參見潘少瑜，《清末民初翻譯言情小說研究——以林紓與周瘦鵑為中心》，頁181。

[90] 范伯群，〈著、譯、編皆精的「文字勞工」——周瘦鵑評傳〉，《哀情巨子—鴛蝴派開山祖—徐枕亞》（南京：南京出版社，1994），頁177。另參陳建華，〈民國初期周瘦鵑的心理小說——兼論「禮拜六派」與「鴛鴦蝴蝶派」之別〉，《現代中文學刊》2011年第2期（2011），頁45。

譯小說的影響），並與五四以後的現代情書較為接近，儘管在遣詞造句方面仍有濃厚的鴛蝴氣味。

鴛蝴派作家創作的言情尺牘大多出版於1910年代初期，主要採用模擬代言的形式，描寫悲歡離合的情境和虛構情侶之間的關係，並以華美的駢偶句型和文學典故來吸引讀者。[91]例如李定夷編《豔情書牘》的廣告便宣稱：

> 近今風氣宏開，婚姻自由彷行歐美，因時勢之需要，關於言情信札之書，坊間觸目皆是，但東抄西襲，此缺彼殘，絕少完璧，是書矯各家之失，聘專家譔成。……駢文、散文，各居其半，言情則溫柔細膩，倜儻風流，摛辭則清言霏玉，綺語串珠，引用典故多至二千餘條，凡男女交際上所需者，無不完備。豔麗之字，典雅之詞，為之搜羅盡淨。[92]

此書以蒐集眾多的「豔麗之字，典雅之詞」作為招徠，並且強調在近日追求婚姻自由的風氣下，它足以成為男女交際書信的參考典範，頗具實用價值。由上述證據看來，鴛蝴派作家在文學形式方面承繼並發揚了晚明以降的言情尺牘傳統，他們出版的情書集除了作為自娛娛人的文學遊戲之外，亦可提供亟欲參與男女社交的大眾讀者模仿學習，具有實用功能。[93]

鴛蝴派作家在言情尺牘裡盡情運用擬代手法，自由跨越性別和身分的藩籬，並且融會西方文化的影響，隨意拼貼翻譯詞彙或時新觀念，使得這些尺牘兼具典雅內斂特質與現代時髦風味，在李定夷編纂的《豔情書牘》中，便有許多有趣的例子：譬如〈寄外書〉云：「望長亭十里，黯然魂銷；聽汽笛一聲，惄焉心擣。……把情書而接吻，覺慰情猶勝於無」，[94]

---

[91] 例如掛名徐枕亞的《花月尺牘》，在每篇豔牘之後均有典故註釋。

[92] 國華書局新書廣告，見李定夷，《定夷叢刊：初集》（上海：國華書局，1919），封底。

[93] 羅開雲謂：「情書使用的『書面化』語言（“literary” language）為寫信人在遣詞造句、結構篇章方面提供了範例，使他們能藉此表達思念、感傷之情或是對不在身邊的戀人的埋怨。另一方面，明代的情書還在出版形式上突出了情書的虛構性。情書反映了晚明社會對於情所造就的虛幻世界的迷戀的另一面，更接近日常生活，又充滿情趣。」見羅開雲（Kathryn A. Lowry），〈晚明情書：閱讀、寫作與性別〉，頁395。由此看來，鴛鴦蝴蝶派的情書寫作和出版，皆可謂繼承了晚明遺緒。

[94] 靜諳，〈寄外書〉，李定夷編，《豔情書牘》上冊，頁18。

〈代顧媚娘寄外書〉云：「魚來雁往，豈不忙煞郵筒」，[95]〈代征夫覆新嫁孃書〉則曰：「蜜月光陰，斷送秋風古道」，[96]將「汽笛」、「接吻」、「郵筒」、「蜜月」一類的外來新鮮詞彙嫁接於勞人思婦的古典情境之中，別開生面。又如〈代寶瑜女士覆吳君書〉運用科學名詞來形容雙方的情意交感：「回憶當年邂逅之初，目光吸引，有若磁電，一縷情絲，貫注腦海」，[97]而〈擬寄外書〉則以照片作為女主角投注情感的替代對象：

> 欲書愁態，淚眼易寫，而愁腸難描。惟差堪自慰者，一幀郎影，笑貌依然耳。一日十二時，何時不對郎影，而日喚萬聲，終不見郎回答；日吻千回，終不見郎還吻。[98]

照片讓人能時時彷彿與情郎相對，卻無法回應聲聲呼喚和熱情親吻，反而更添離人愁緒。這種利用新科技的特色來發揮情感想像的手法，大可與清末詩人黃遵憲（1848-1905）「熔鑄新理想以入舊風格」[99]的詩歌並觀，它們都凸顯了作者的巧思與創意，也是新舊文化交會衝擊的年代特有的文學產物。另外在《豔情書牘補編》中，還有一篇〈征人寄其未婚妻書〉，也是別出心裁，擬代英國軍人口吻，情話綿綿：「行見飲馬柏林，獻俘倫敦，與吾愛共話戰情，相與浮白」，[100]又在信中納入了「私情為輕，公義為重」的時興論述，反映了近現代的文化特徵。此外如〈代牽牛致織女書〉，描寫牛郎聽說現代世界陰曆陽曆並行，算來他們夫妻一年應可相會兩次，便興沖沖地向織女提出邀約：

> 蓋仙曹雖秉夏時，塵世已行周正……，揆之人情天理，或可因時制宜。是以僕擬駕青牛，貢蒼犢，仰叩玄穹，上陳素願；率陰臣而下拜，乞取鴻慈，揭陽歷為前提，諧將鳳侶。……果其紫極誠孚，蒼冥德沛，於此三百六旬之內，許成雙星兩會之期。則是我我卿卿，雖難朝朝暮暮，在天作比翼之鳥，在地結連理之枝，亦已下情稍

[95] 寄滄，〈代顧媚娘寄外書〉，李定夷編，《豔情書牘》上冊，頁23。
[96] 軼池，〈代征夫覆新嫁孃書〉，李定夷編，《豔情書牘》上冊，頁30。
[97] 伯謙，〈代寶瑜女士覆吳君書〉，李定夷編，《豔情書牘》下冊，頁70。
[98] 花奴，〈擬寄外書〉，李定夷編，《豔情書牘》上冊，頁32-33。
[99] 梁啟超，《飲冰室詩話》（北京：人民文學出版社，1959），頁2。
[100] 定夷，〈征人寄其未婚妻書〉，李定夷編，《豔情書牘補編》，頁19-21。

> 慰，稍紓兩地之相思。[101]

〈代織女答牽牛書〉一篇，則假擬織女有如「模範勞工」之口吻，回覆牛郎來信：

> 矧今日者，安琪兒亦解裁綃，極樂國最工織錦。電機軋軋，巧奪龍梭；霧縠紛紛，豔逾鳳彩。競爭不烈，淘汰堪憂，亦何忍以兒女之私情，忽人生之要務哉！[102]

西潮來勢洶洶，在全球化的產業競爭壓力之下，連天界也不得安寧。織女即使身為天仙，每日辛勤工作，還是會擔心被西方安琪兒淘汰，於是義正辭嚴地否決了丈夫的約會提議，令人發噱。由此看來，在鴛蝴派的尺牘創作裡無人不可被擬代，他們對於抒情主體身分的想像，幾乎是沒有邊際的。

鴛蝴派作家的言情尺牘向來鮮少獲得學界關注，但實際上，鴛蝴派以傳統尺牘為形式典範，開發現代情書文類，更由擬代情書進一步走向「類書信體」小說，例如徐枕亞《雪鴻淚史》、貞卿（生卒年不詳）〈貞卿女士寄其情人書〉[103]等，在近現代文學史上功不可沒。從這些鴛蝴派的情書裡，可看出此一文類轉化的痕跡，而在擬代的過程中，他們對於情感的想像和描摹也是十分迷人的。鴛蝴派作家在尺牘中創造了獨特的美學風格和文學技巧，尤其是周瘦鵑對於情書的價值和意義更有深刻體會，在他的言情小說創作裡，情書占有關鍵性的地位，不但抒情主體的形象被極度誇大張揚，並且與西方言情文學以及愛情消費文化產生了更緊密的連結。[104]由此可見，鴛蝴派的言情尺牘反映了民初時期社會風氣的多樣變化，包括男女性別想像與身分重構、文學公私空間的改變、都市傳媒與大眾消費等等，本身即為重要的文化現象，不容小覷。

另一方面，在五四之後，出版作家的私人情書開始成為一種文學時尚。深受西方文化影響的新文學作家們，除了創作書信體小說，如廬隱

---

[101] 秋水，〈代牽牛致織女書〉，李定夷編，《豔情書牘》下冊，頁14。

[102] 秋水，〈代織女答牽牛書〉，李定夷編，《豔情書牘》下冊，頁16。

[103] 此篇包含七封情書，情節貫串，描述愛國青年之情感與遭遇，已有書信體小說雛形。見貞卿，〈貞卿女士寄其情人書〉，李定夷編，《豔情書牘補編》，頁50-66。

[104] 參考潘少琦，《清末民初翻譯言情小說研究——以林紓與周瘦鵑為中心》，頁181、200-202。

（1898-1934）的〈或人的悲哀〉（1922）、冰心（1900-1999）的《遺書》（1923）、章衣萍（1902-1947）的《情書一束》（1925）、蔣光慈的《少年飄泊者》（1926）、馮沅君（1900-1974）的《春痕》（1928）、陳伯吹（1906-1997）的《畸形的愛》（1929）、郭沫若（1892-1978）的《落葉》（1930）、王實味（1906-1947）的《休息》（1930）之外，也熱衷於出版貨真價實的書信集，尤其是情書選集。例如朱謙之（1899-1972）和楊沒累（1897-1929）的《荷心：愛情書信集》（1924）、蔣光慈和宋若瑜的《紀念碑》（1927）、廬隱（1898-1934）和李唯建（1907-1981）的《雲鷗情書集》（1931）、朱雯（1911-1994）和羅洪（1910-2017）的《戀人書簡》（1931）與《初戀情書集》（1939）、白薇（1894-1987）和楊騷（1900-1957）的《昨夜》（1933），以及備受關注的魯迅與許廣平的《兩地書》[105]等等，全部都是情人彼此之間來往的真實書信，儘管在編輯過程中可能會經過刻意挑選，迴避某些敏感話題或者尷尬狀況。

情書的出版與五四文人對於自由戀愛和個性解放的追求密切相關，作家們在情書中靈活運用白話文（其中包含大量的翻譯詞彙），以傾心吐膽的姿態表達真切（或至少看來真切）的感情與思想，因此這些情書對讀者的吸引力不只在於優美動人的文辭，更在於其真實性和親密感，它們讓讀者得以具體想像作家情侶們的戀愛情境，滿足自身的窺視欲及移情代入的幻覺，而為兩人的悲喜、誤解、猶疑、倦怠、爭吵、貧病交加，甚至是英年早逝而感嘆低迴。有些情書集對當事人具有紀念價值，例如蔣光慈和宋若瑜的《紀念碑》，是在宋氏去世一年之後出版的，蔣光慈說：「這些信札是我此生中的最貴重的紀念物，我應當將牠好好地存留起來，不但要藉之以紀念死者，並藉之以為生者的安慰。」[106]可見此書的紀念意義重於其他。此外，有些情書集則是為了賺取生活所需而出版，例如白薇和楊騷的《昨夜》。白薇在此書的〈序詩〉中承認：

> 一二八的炮聲轟炸了上海，／劇病後的我，只剩一架殘骸。／轟炸聲中被燒又挨餓，決心把情書出賣。／出賣情書，極端無聊辛酸，／和《屠場》裡的強健勇敢奮鬪的馬利亞／為著窮困極點去賣

105 然而，魯迅本人並不認為《兩地書》像是所謂的「情書」。見魯迅，〈341206致蕭軍、蕭紅〉，《魯迅全集》第12卷（北京：人民文學出版社，1991），頁584-585。

106 蔣光慈，〈序〉，宋若瑜、蔣光慈，《紀念碑》，頁2。

春一樣的無聊辛酸！[107]

白薇赤裸裸地寫出了自己出賣情書背後的利益動機，卻反能讓人同情其無奈處境，不忍苛責。

無論是為了紀念愛情或是養家糊口，新文學作家的情書集之核心價值都在於「真誠」，即使其中充斥著過於感傷或肉麻的語句（所謂「五四式的濫情」），但仍無礙於其真誠，故能深受當時讀者喜愛和仿效。例如楊沒累致朱謙之的情書：

> 啊！好個汪洋甜蜜的狂濤，儘力的推罷！儘力的滾罷！祇求你快把我這個醉透了的孤魂，推到我那愛神的所在去，回到我那天真的故里去，做那清幽的好夢去，受那溫泉的洗禮去！……我的血潮沸騰了！我的淚泉湧上了！身外的一切，身內的一切，從今後再關不住我這樣狂醉的魂靈了！[108]

又如李唯建給廬隱的情書：

> 我的心，這一顆多傷，跳得不規則的心，從前跳，跳，單獨的跳，跳出單獨的音調；自從認識你後，漸漸的跳，跳出雙音來，現在呢？這雙音又合為一音了，此後，你的呼吸裡，你的血管裡，表面看來是單的，其實是雙的；我呢，也在同樣的情形中，這些這些誰知道誰了解呵？除了我倆！啊！世界，跳舞，微笑，別再癡呆的坐在那兒板著灰的臉，我的生命，我的天使，我的我，——鷗姐！我看見你在教世界跳一種舞蹈，笑一種新微笑，我也學會了一首新生命的歌調，新生命的舞蹈，我即死，我的生命已經居在永久不朽之中，你說是不是？[109]

這類情書以狂熱的口吻描述情人的魅力、歌頌愛情的崇高偉大，作家們恣縱的個性和鮮明的自我形象，都在其中表露無遺，可說是五四精神的具體

[107] 白薇，〈序詩〉，《昨夜》（上海：南強書局，1934），序詩頁4。

[108] 朱謙之、楊沒累，《荷心：愛情書信集》（上海：新中國叢書社，1924），頁37。

[109] 廬隱、李唯建，《雲鷗情書集》（深圳：海天出版社，1992），頁11。

展現，也對讀者大眾產生了鼓舞或刺激的作用。

就時間上來看，鴛蝴派的言情尺牘創作主要在1910年代，而新文學作家的情書出版則集中在1930年代，先後有別。就內容而言，鴛蝴派的言情尺牘多為擬代之作，假想戀人之間各種悲歡離合的情境，在文體方面喜為駢儷之文，好用典故成語；而新文學作家出版的情書集，乃是情侶之間實際的往來信件，文體幾乎純屬白話，真誠表露心聲，二者的意義自然大不相同。儘管這兩類作品就廣義而言均屬情書、用意均在表述愛情，但其中對於情書之創作或出版的觀點則相差甚遠。鴛蝴派把情書寫作視為展示個人文學才華與創造力的機會，而非私人情感的暴露；而新文學作家則拒斥了模擬人物情感和個性的文學「遊戲」，也推翻了尺牘的寫作成規，在澎湃激昂的情緒之下，讓文字如鮮血般噴湧而出。他們將自己對愛人的豐沛情感與私密對話公諸於世，因而在讀者面前顯得「脆弱」而可親，這正像是歐洲浪漫主義作家的所作所為。歌德（Johann Wolfgang von Goethe, 1749-1832）的書信體小說《少年維特的煩惱》（*Die Leiden des jungen Werthers*, 1774），即是他們的文學典範之一。[110]換句話說，對鴛蝴派作家而言，他們只在讀者眼前呈現虛構的人物（persona），而盡量不讓自己的私人生活以情書形式被暴露出來。他們對女子口吻的模擬，以及對於扮裝的興趣，[111]都出於一種性別越界的想像，而在玩弄文學成規的過程當中，鴛蝴派作家（如周瘦鵑者）抒發了他們的激情，同時也保護了個人私密的空間。另一方面，五四作家藉由勇敢地挖掘內在自我來吸引讀者的注意，也透過情書文本建立跟讀者之間虛擬的情感聯繫和相互信任。這些情書以西方為圭臬，而遠離中國尺牘傳統，它們不再是為了炫耀文學才華而作，而是個人抒情主體的表徵，因此也成為更為直觀的抒情技藝。然而在此同時，「情書」的定義形同被窄化，言情尺牘的精緻用典和擬代想像的文學趣味也隨之消失，甚至遭到唾棄，正如同鴛鴦蝴蝶派在現代中國文學史上的命運一般，令人惋惜。

1910到1930年代的「情書熱」不但反映了晚清以降西洋情書的譯介和傳統言情尺牘的轉變，也對一般社會大眾的愛情觀和實踐方式產生了關鍵性的影響，情書的寫作日益普及。或許是因應先前文學消費市場的情書

---

[110] 此書在1922年由郭沫若翻譯成中文之後，迅即風靡文壇，不斷被再版重印。

[111] 例如周瘦鵑喜愛男扮女裝，且曾留下照片記錄，見〈願天速變作女兒圖〉，周瘦鵑輯，《香豔叢話》上冊，頁1。

熱，加上1928年上海各報刊對於馬振華自殺案及其遺留情書的大幅分析報導，再次證明了閱讀大眾對他人的情書具有強烈的窺探欲和評論興趣，[112]打鐵趁熱，周瘦鵑主編的《紫羅蘭》[113]便在次年推出專欄「情書公布欄」，[114]讓讀者發表他們私人的情書，藉著直白甚至俚俗的文字，開誠布公，吐露心聲，而其中的幾篇書信，就其文體之淺白、內容之大膽聳動來看，應是受到新文學風氣影響的素人作品。[115]向來偏愛美文及感傷情調的周瘦鵑，對於這些情書卻似乎未經篩選，來稿的文字品質良莠不齊，部分甚至可說是文理欠通，竟能獲刊於《紫羅蘭》這樣重要的文學時尚雜誌，乍看之下相當令人意外。然而，從周瘦鵑早年編寫〈情書話〉、收集歷史名人情書、彙集〈說部中之情書〉，並在小說敘事中大量運用情書的行為來看，他對於情書文類一向有著高度的重視，在自己的《紫羅蘭》雜誌上刊登讀者投稿的情書，也可謂合情合理。由此觀之，周瘦鵑能夠迅速地掌握市場商機和社會脈動，提供一般略通文字的大眾公開發表情書的機會，顯示他雖被文學史家歸類為鴛蝴派，卻能適時回應新文學所開啟的創作能量、容納異質性的大眾作品，而將其轉化為自身的商業利益，可見鴛蝴派是相當具有彈性，且能與時俱進的。另外如《現代家庭》雜誌，也在1938至1941年間開闢了「情書揭曉」專欄，刊登各式情書來稿，從中亦不難觀察到時人情愛關係的多種樣貌。[116]挑戰世俗的熱烈愛情在此類報刊中可謂

---

112 顧德曼謂：「報紙對馬振華事件的報導，藉由照片和逐字地複製文字材料來展示，探討和記錄這些證據，是極為不尋常的。報紙和期刊對馬的事件的討論，揭示了一群不尋常地有反應、聲音嘈雜的閱讀公眾的存在。他們熱切地閱讀放在他們面前的證據，通過肯定現代理性和現代愛情，參與新的公共群體的文字建設。」見顧德曼（Bryna Goodman），〈向公眾呼籲：1920年代中國報紙對情感的展示和評判〉，頁204。

113 必須說明的是，本文所指的《紫羅蘭》為半月刊（1925年12月到1930年6月，共4卷96期），並非在抗戰期間出版，同樣由周瘦鵑主編的《紫羅蘭》月刊（1943年4月到1945年5月，共18期）。

114 「情書公布欄」分別出現於《紫羅蘭》的第4卷第1、5、6、8、10、13、22號之中，所刊登之情書多半以白話文寫作。

115 例如拙，〈你可曉得世界上有一箇癡心的還沒有睡著啊〉，《紫羅蘭》第4卷第1號（1929）；擁城，〈我祇覺得你對我愈神祕愈玄妙纔愈有意義〉，《紫羅蘭》第4卷第5號（1929）；G. Y. Weichow Shen，〈女士呀請你拿我從庸人的地位擡至超人的地位上去罷〉，《紫羅蘭》第4卷第6號（1929）；蘋，〈恨不能插了雙翅而飛到你明哥的懷裡〉，《紫羅蘭》第4卷第8號（1929）；靜珠，〈我愛我的爹媽，我尤其愛我的要愛而不敢愛的你〉，《紫羅蘭》第4卷第10號（1929）；景燦，〈我真嘗盡單戀的痛苦〉，《紫羅蘭》第4卷第22號（1930）。

116 例如巴雷，〈又燃起了昔日的情焰〉，《現代家庭》第3卷第11期（1940），頁20；葉麗芳，〈你仍在我愛的心懷〉，《現代家庭》第4卷第3期（1940），頁14-16；陳熹，〈你不是拜金主

一種具有展示性、甚至是炫耀性的身分象徵，同時也具備了相當程度的商品價值。除此之外，也有女學生在報刊上公開男同學寫給她的情書，並加以譴責，然而究其心理，未必沒有自傲的意味。[117]

當然，情書的流行也引起了衛道人士的憂慮。從1910年代中期開始，報刊雜誌即出現〈情書歟…毒札歟〉（1915）這類的「箴俗小說」來警告大眾，一封出於佻達少年之手的情書，將會害得年輕女子名譽掃地，家破人亡；[118]又有短篇小說如包天笑的〈愛情尺牘〉（1926），諷刺那些喜歡閱讀香豔小說和言情尺牘的女性讀者，因為沉迷於想像中的愛情而葬送了自己的婚姻幸福。[119]但是這類小說作品，正好反證了情書的寫作和閱讀已在社會上形成一股勢不可擋的潮流，青年男女無不對於自由戀愛躍躍欲試，更期待自己能寫出動人的情書。為了幫助人們達成此一目的，坊間出現了許多情書寫作的「教戰手冊」，以作為「戀愛火線上戰士們最鋒利的武器」[120]，例如朱松廬《戀愛尺牘》（1929）、靜宜女士《情書描寫辭典》（1935）、莊繡珍《新體豔情尺牘》（1935）、靜宜《情書祕密百法》（1946）、沈君眉編《情書手冊》（1948）等，[121]連英文情書的寫作也有*Modern Love Letters*（1929）之類的選集可供有心人參考。[122]另外，還有許多雜誌專文教導讀者寫作情書的技巧和解讀情書的祕訣，[123]報刊也

---

義的小姐〉，《現代家庭》第4卷第6期（1940），頁18；俊，〈淚盡腸斷哭永別〉，《現代家庭》第4卷第8期（1941），頁22；葉華，〈願為檀郎失貞操〉，《現代家庭》第4卷第7期（1941），頁25。

[117] 例如荷荷，〈六個男同學給我的信〉，《婦女雜誌》第9卷第7號（1923），頁41-44。

[118] 振之，〈情書歟…毒札歟〉，《禮拜六》第53期（1915），頁18-26。

[119] 天笑，〈愛情尺牘〉，《小說世界》第13卷第17期（1926），頁1-11。

[120] 此為靜宜女士《情書描寫辭典》的廣告詞，轉引自吁嗟，〈由情書到救國〉，《出路》第3期（1933），頁11。

[121] 根據馮鐵的研究，Wu Ansun（中文名不詳）編纂的《色情尺牘》可能是最早的現代中國情書集，乃是受到歐美兩性觀念的影響而產生，但其文體仍為文言。參見Raoul D. Findeisen, “From Literature to Love: Glory and Decline of the Love-Letter Genre,” p. 84.

[122] 參見大東書局出版《情書》（*Modern Love Letters*）廣告：「本書選輯英美各國最精警最香豔的情書，內容有向愛人懇切求婚的書札、訴罵對方無情的書札、說明音問疏忽底理由的書札、慶祝朋友愛情奮鬥成功的書札，諸如此類，應有盡有。措詞的得體、用意的婉轉，真非未涉情場或祇解膚淺愛情的青年男女所能發，一經研誦，可造成情的美滿結果。……兩種（筆者按：情書、情詩）俱係英文本。」《紫羅蘭》第4卷第1號（1929）。

[123] 例如蘇林，〈怎樣創作情書〉，《現代家庭》第4卷第1期（1940），頁26-27；錫九，〈情書作法〉，連載於《書簡雜誌》第3、4、5、6、8期（1946-1947）；洛丁，〈怎樣讀男性的情書〉，《現代家庭》第4卷第9期（1941），頁13。

經常報導各類因情書而引發的糾紛案件，[124]甚至有燕京大學的女學生異想天開，發起「情書救國」的運動，投遞情書以慰勞前方的抗日將士。[125]從1910年代發端，到了1930年代，情書已儼然成為大眾讀者最關注的文體，寫作和收發情書則成了青年學生的生活重心。[126]然而諷刺的是，原本應是直抒胸臆、凸顯抒情主體的現代白話情書，在寫作時也開始需要借鑑範本了，正如過去以《秋水軒尺牘》作為模仿套用的對象一樣。[127]由此可見，抒情述懷雖然是人類自然的需求，但情書作為一種抒情的「技藝」，還是需要一番苦學和鍛鍊的功夫，並非秉筆直書，即能獲得伊人青睞。

## 五、結語

隨著晚清以降大量的西方言情小說和情書的翻譯，歐洲的愛情文化漸次輸入中國，蔚為風尚潮流。當時所翻譯的相關作品，除了各種名人情書之外，還有許多通俗言情小說，這些作品經常穿插情書作為特殊敘事手法，從第一人稱角度揭露故事人物的心理，強化小說的抒情氛圍。翻譯作品激發了中國作家的寫作靈感，加上傳統言情尺牘的影響和轉化、「類書信體」小說如《雪鴻淚史》的出現，以及將戀愛視為展現個人主體及自由表徵的時代風氣之推波助瀾，遂引發1910至1930年代的情書創作及出版風潮。情書此一特殊文類在清末民初的二三十年間實現了從傳統到現代的轉型，一方面由文學典範的因襲走向抒情自我的表彰，另一方面則由知識階層的文字遊戲走向平民大眾的日常實踐，情書寫作逐漸成為自由戀愛風氣

---

[124] 例如良，〈校長私拆教員情書〉，《中國攝影學會畫報》第7卷第310期（1931），頁5；SS，〈新華藝大之偽造情書案〉，《中國攝影學會畫報》第4卷第163期（1928），頁1；通，〈一週見聞：二、學生揭露校長先生的情書〉，《摩登週報》第1卷第3期（1932），頁45-46；〈黑板當作情書揭示處〉，《北平周報》第21期（1933），頁8；〈一封情書肇禍女工服毒自殺〉，《申報》（1947年12月22日）；〈一紙情書釀成血案〉，《申報》（1948年10月18日）。

[125] 蘋，〈情書救國〉，《救國月刊》第4期（1933），頁85-86。

[126] 值得一提的是，1930年代的臺灣通俗報刊如《三六九小報》和《風月報》，也刊載了諸多關於情書的討論和情書寫作技巧的指導文章，市面上也出現了相關書籍，與當時的上海文壇現象相映成趣，此是否受到上海文學界的影響，仍有待日後探討。參見徐孟芳，《「談」情「說」愛的現代化進程：日治時期臺灣「自由戀愛」話語形成、轉折及其文化意義——以報刊通俗小說為觀察場域》（臺北：國立臺灣大學臺灣文學研究所碩士論文，2010），頁104-109。

[127] 在清末民初時期盛行的尺牘範本，除了流傳久遠的《秋水軒尺牘》以外，還包括唐芸洲《寫信必讀》、西湖俠漢《普通尺牘全璧》、商務印書館編《通俗新尺牘》、沈瓶庵編《尺牘大全》等。參見陳平原，《中國小說敘事模式的轉變》，頁201。

中的普遍現象，具有其實用目的與功能。儘管晚清譯者如林紓、雲間樂、梁溪雪等人使用文言文進行翻譯，卻在譯文中創造了新的稱謂、句型，甚至引進了前衛的婚戀觀念，影響了新世代的情書寫作和愛情文化。鴛鴦蝴蝶派作家將傳統言情尺牘的風格和新式語彙及觀念相互結合，在繼承古典之時，亦開創中西兼容之文學趣味；而五四作家則使用激情大膽的詞語來表達他們的「真心」，使得讀者在深受震撼之餘，獲得移情想像的滿足，並且跟作者之間建立起虛擬的情感聯繫。1930年代出版個人情書的潮流，不只代表著現代抒情主體的發展與抒情技藝的革新，同時也影響了現代中國大眾對浪漫愛的想像和實踐方式。現代情書作為一種表述抒情自我與展現抒情技藝的文類，因著清末以降跨文化文學文本流動的啟發，以及鴛蝴派和新文學陣營的創作實踐，而在現代文學的視野裡凝聚成形，乃至大放異彩，不但豐富了中國抒情傳統的多重面向，融入了大眾的日常生活，也在近現代「情」的啟蒙歷程中扮演了重要角色。

## 引用書目

《小說時報》增刊第1號（1911）（北京：全國圖書館文獻縮微複製中心，1992）。

《小說新報》第1-3期（1915）（北京：全國圖書館文獻縮微複製中心，1988）。

《中國攝影學會畫報》第4-7卷（1928-1931）（上海圖書館上海科學技術情報研究所：「全國報刊索引」數據庫）。

《申報》（影印本）（上海：上海書店，2008）。

《現代家庭》第3-4卷（1940-1941）（上海圖書館上海科學技術情報研究所：「全國報刊索引」數據庫）。

《紫羅蘭》（微卷版）（北京：中華全國圖書館文獻縮微複製中心，1991）。

小仲馬（Alexandre Dumas, *fils*）著，林紓、王壽昌譯，《巴黎茶花女遺事》（北京：商務，1981）。

不著撰人，〈黑板當作情書揭示處〉，《北平周報》第21期（1933），頁8。

元稹，〈鶯鶯傳〉，汪辟疆編，《唐人傳奇小說》（臺北：文史哲出版社，1993再版），頁135-140。

天笑，〈愛情尺牘〉，《小說世界》第13卷第17期（1926），頁1-11。

王斯沅譯，〈中土人材〉（譯《華盛頓晚星報》），《實學報》第一冊（1897），頁17-20。

王實甫著，王季思校注，《西廂記》（上海：上海古籍出版社，1981）。

白薇、楊騷，《昨夜》（上海：南強書局，1934）。

朱亭曲，《情書・小說・世情—晚明情書研究》（上海：華東師範大學中國語言文學系碩士論文，2007）。

朱謙之、楊沒累，《荷心：愛情書信集》（上海：新中國叢書社，1924）。

吁嗟，〈由情書到救國〉，《出路》第3期（1933），頁11。

衣萍，《情書一束》（北京：北新書局，1925）。

何諏著，季路校點，《碎琴樓》（長春：吉林文史出版社，1988）。

宋若瑜、蔣光慈，《紀念碑》（上海：亞東圖書館，1927）。

李定夷，《定夷叢刊：初集》（上海：國華書局，1919）。

李定夷編，《豔情書牘》上下冊（上海：國華書局，1917）。

———，《豔情書牘補編》（上海：國華書局，1918）。

李嘉生（Samuel Richardson）著，周瘦鵑譯，〈焚蘭記〉，周瘦鵑編，《心弦》（上海：大東書局，1925），頁1-26。
沈雁冰，〈《愛情與結婚》譯者按〉，《茅盾全集》第14卷（北京：人民文學出版社，1987），頁131-132。
———，〈所謂女性主義的兩極端派〉，《茅盾全集》第14卷，頁281-288。
———，〈愛倫凱的母性論〉，《茅盾全集》第14卷，頁164-173。
周瘦鵑輯，《香豔叢話》上冊（上海：中華圖書館，1914）。
周瘦鵑，《簫心劍氣錄》（上海：墨緣編譯社，1917）。
阿伯拉、哀綠綺思著，梁實秋譯，《阿伯拉與哀綠綺思的情書》（臺北：九歌出版社，2013）。
枕亞，《花月尺牘》（臺北：廣文書局，1980）。
哈葛德（H. Rider Haggard），林紓、魏易譯述，《紅礁畫槳錄》（臺北：魏惟儀，據1916年上海商務印書館說部叢書再版影印，1990）。
———，林紓、魏易譯述，《迦茵小傳》（上海：商務印書館，1914）。
———，蟠溪子譯，天笑生參校，《迦因小傳》（上海：文明書局，1903）。
范伯群，〈著、譯、編皆精的「文字勞工」—周瘦鵑評傳〉，《哀情巨子—鴛蝴派開山祖—徐枕亞》（南京：南京出版社，1994），頁163-180。
香葉閣鳳仙女史譯述，〈美人手〉，《新民叢報》第51號（1904），頁91-96。
夏志清著，歐陽子譯，〈《玉梨魂》新論〉，《聯合文學》第1卷第12期（1985），頁8-35。
夏曉虹，《晚清女性與近代中國》（北京：北京大學出版社，2005）。
徐孟芳，《「談」情「說」愛的現代化進程：日治時期臺灣「自由戀愛」話語形成、轉折及其文化意義—以報刊通俗小說為觀察場域》（臺北：國立臺灣大學臺灣文學研究所碩士論文，2010）。
徐枕亞，畢寶魁校點，《雪鴻淚史》，中國近代珍稀本小說第13集（瀋陽：春風文藝出版社，1997）。
振之，〈情書歟…毒札歟〉，《禮拜六》第53期（1915），頁18-26。
袁進，〈試論近代翻譯小說對言情小說的影響〉，王宏志編，《翻譯與創作—中國近代翻譯小說論》（北京：北京大學出版社，2000），頁206-224。
梁啟超，《飲冰室詩話》（北京：人民文學出版社，1959）。
梅家玲，〈漢晉詩賦中的擬作、代言現象及其相關問題—從謝靈運《擬太子鄴中集詩八首並序》的美學特質談起〉，《漢魏六朝文學新論—擬代與贈答篇》（北京：北京大學出版社，2004），頁1-62。
———，〈漢晉詩歌中「思婦文本」的形成及其相關問題〉，《漢魏六朝文學新論—擬代與贈答篇》，頁63-100。
荷荷，〈六個男同學給我的信〉，《婦女雜誌》第9卷第7號（1923），頁41-44。
許心一、陳大凡，《馬振華女士自殺記》（上海：社會新聞社，1928）。
通，〈一週見聞：二、學生揭露校長先生的情書〉，《摩登週報》第1卷第3期（1932），頁45-46。
陳平原，《中國小說敘事模式的轉變》（北京：北京大學出版社，2003）。
陳建華，〈現代文學的主體形成—以周瘦鵑《九華帳裡》為中心〉，《從革命到共和—清末至民國時期文學、電影與文化的轉型》（桂林：廣西師範大學出版社，2009），頁317-342。
———，〈民國初期周瘦鵑的心理小說—兼論「禮拜六派」與「鴛鴦蝴蝶派」之別〉，《現代中文學刊》2011年第2期（2011），頁37-49。
雲間樂、梁溪雪譯，〈古情書〉，《小說時報》增刊第1號（1911），頁1-48。
馮夢龍，《醒世恒言》（北京：華夏，1998）。
臧懋循輯，《元曲選》，《續修四庫全書》第1761冊（上海：上海古籍出版社，2002）。
趙樹功，《中國尺牘文學史》（石家莊：河北人民出版社，1999）。
德富健次郎著，鹽谷榮英譯，林紓、魏易重譯，《不如歸》（臺北：魏惟儀，據1914年上海商務印書館說部叢書本影印，1990）。
德富蘆花，《不如歸》，佐藤善也、佐藤勝注釋，《北村透谷・德富蘆花集》（東京：角川書店，1972）。
潘少瑜，《清末民初翻譯言情小說研究—以林紓與周瘦鵑為中心》（臺北：臺灣大學中國文學研究所博士論文，2008）。
———，〈感傷的力量：林覺民〈與妻訣別書〉的正典化歷程與社會文化意義〉，《臺大中文學報》第45期（2014），頁269-322。
蔡英俊，〈「擬古」與「用事」：試論六朝文學現象中「經驗」的借代與解釋〉，李豐楙主編，《文學、文化與世變》（臺北：中央研究院中國文哲研究所，2002），頁67-96。
鄧志謨編，《丰韻情書》（明清善本小說叢刊初編第七輯，臺北：天一出版，1985）。
魯迅，〈341206致蕭軍、蕭紅〉，《魯迅全集》第12卷（北京：人民文學出版社，1991），頁584-587。

樽本照雄編，《新編增補清末民初小說目錄》（濟南：齊魯書社，2003）。

錢鍾書，《談藝錄》（臺北：書林，1988）。

錫九，〈情書作法〉，《書簡雜誌》第3-6、8期（1946-1947）。

廬隱、李唯建著，吳衍編，《雲鷗情書集》（深圳：海天，1992）。

羅開雲（Kathryn A. Lowry），〈晚明情書：閱讀、寫作與性別〉，張宏生編，《明清文學與性別研究》（南京：江蘇古籍出版社，2002），頁390-409。

蘋，〈情書救國〉，《救國月刊》第4期（1933），頁85-86。

覺我（徐念慈），〈余之小說觀〉，《小說林》第9期（1908），頁1-8。

顧德曼（Bryna Goodman），〈向公眾呼籲：1920年代中國報紙對情感的展示和評判〉，《近代中國婦女史研究》第14期（2006），頁179-204。

龔鵬程，〈假擬、代言、戲謔詩體與抒情傳統間的糾葛〉，《唐代思潮（下）》（宜蘭：佛光人文社會學院，2001），頁715-739。

Abelard and Heloise. *Letters of Abelard and Heloise*, trans. by John Hughes. London: J. Watts, 1729.

Anonymous. “A Chinese Graduate.” *The Evening Star* [Washington D.C.] (22nd June 1897), p. 11.

Findeisen, Raoul David. “From Literature to Love: Glory and Decline of the Love-Letter Genre,” in Michel Hockx ed., *The Literary Field of Twentieth-Century China*, pp. 79-112. Surrey, England: Curzon, 1999.

Haggard, H. Rider. *Joan Haste*, Elibron Classics Replica Edition, Adamant Media Corporation, 2005.

———. *Beatrice*. New York: Harper, 1890; Salt Lake City, UT.: Project Gutenberg Literary Archive Foundation, 2006 release.

Lowry, Kathryn A. “Duplicating the Strength of Feeling: The Circulation of *Qingshu* in the Late Ming” in Lydia H. Liu & Judith T. Zeitlin eds., *Writing and Materiality in China: Essays in Honor of Patrick Hanan*, pp. 239-272. Cambridge, MA.: Harvard University Press, 2003.

———. “The Space of Reading: Describing Melancholy and the Innermost Thoughts in 17-Century *Qingshu*,” 熊秉真、胡曉真等編，《欲掩彌彰：中國歷史文化中的「私」與「情」》（臺北：漢學研究中心，2003），頁33-80。

———. “Three Ways to Read a Love Letter in Late Ming.” *Ming Studies* 44 (2000), pp. 48-77.

McDougall, Bonnie S. *Love-Letters and Privacy in Modern China: The Intimate Lives of Lu Xun and Xu Guangping*. New York: Oxford University Press, 2002.

Tokutomi, Kenjiro. *Nami-Ko: A Realistic Novel*, trans. Sakae Shioya & E. F. Edgett. Boston: Herbert B. Turner & Co., 1904.

# The Craft of Lyricism: Translations and Writings of Love Letters in the Late Qing and Early Republican Periods

Pan, Shaw-Yu*

## Abstract

Comparing to the glorious tradition of lyrical poems and essays in ancient China, the quantity and quality of writings of love letters appear to be much less impressive. However, the situation changed severely since the early Republican period. Not only the genre of love letter was vitalized, the amount of writings also increased rapidly. Moreover, publishing love letters became fashionable after the May Fourth, and writing love letters was an important practice of romantic love for young intellectuals. The literary translations were arguably taken as examples in this dramatic change. In order to investigate the transformation of traditional love letters in the modern era, this paper first analyzes how the translators of European sentimental novels and famous love letters adopted Chinese literary tradition, created phrases to imply intimacy and introduced Western ideas of love and marriage to Chinese readers. It then explores the "love letter fever" from 1910s to 1930s, and discusses how the strategies and legacies of the Mandarin Ducks and Butterflies School, and the May Fourth writers, which differ drastically from the other, influenced the writing practice of love letters and enriched the craft of lyricism with complexity and diversity.

**Keywords:** love letter; impersonation; literary translation in the late Qing and early Republican periods; Mandarin Ducks and Butterflies School; May Fourth writers

* Associate Professor, Department of Chinese Literature, National Taiwan University.

# 醫學家的人文想像：台灣文學中的森鷗外、森於菟父子

張文薰*

## 摘要

本文評介二位具有醫學家背景的作家之台灣書寫——森鷗外、森於菟父子。森鷗外官拜日本帝國軍醫之首，更與夏目漱石並列奠定日本近現代文學基礎的文豪。森於菟為森鷗外長子，著名的解剖學者。森鷗外與森於菟都曾因為公務而來到台灣，但留下的台灣相關作品之藝術性卻被史料價值掩蓋，尚未獲得適當的評價。本文從「台灣」角度觀看他們的文章事業，希望能在其台灣相關書寫中，挖掘具有醫學家身份的創作者之風格特質，以及提出觀察台灣與日本文學交涉的若干取徑。

關鍵字：森鷗外、森於菟、醫師作家、在台日人、台灣書寫

* 國立臺灣大學臺灣文學研究所副教授。

## 一、前言

本文評介二位具有醫學家背景的作家之台灣書寫——森鷗外、森於菟父子。[1]森鷗外（1862-1922），與夏目漱石並列奠定日本近現代文學基礎的文豪，[2]曾在1895年以台灣總督府軍醫部長身份來到台灣。森於菟（1890-1967）為森鷗外長子，1936年來到台北帝國大學甫創設的醫學部執教，著有解剖學教科書的基礎醫學研究者。森鷗外是歷任陸軍省醫務局長、帝室博物館總長的帝國高官，其學術研究、創作、評論、翻譯等文章事業皆有極高成就，家族中作家輩出，最知名的大概是散文風格婉曲馥郁的森茉莉。森於菟也與妹妹森茉莉一樣，以回憶父親的文章作為創作起點，其作品被視為研究森鷗外小說的真實與虛構問題之必讀史料，藝術性卻被史料價值掩蓋，尚未獲得適當的評價。本文從「台灣」角度觀看他們的文章事業，希望能在其台灣相關書寫中，挖掘具有醫學家身份的創作者之風格特質，以及提出觀察台灣與日本文學交涉的若干取徑。

## 二、森鷗外

森鷗外，本名森林太郎，家族世代為漢醫，[3]身處學術傳統轉換為以西學為尚的明治維新時期，他被寄與從醫振興家門的厚望。德國留學時期與歐洲女子相戀，也在家族反對下而結束關係，而與長官介紹的貴族千金結婚。這段赴海外開拓視野，認識到文化、歷史、情感對於塑造個人心

1 台灣文化與醫學領域的密切關聯，一方面反映出當代社會崇尚科學思維與菁英學歷的傾向。西洋醫學技術普遍化、醫學家身份確立、病痛經驗與存在意識有關的思維正式進入台灣，都以日治時期為起點。醫學家無論作為歷史現象、或為價值象徵的符號，都對於台灣文學有著重要意義。本文在會議階段原來討論的是森於菟與金關丈夫，但金關丈夫部分已經改寫為其他題目發表。時移事易，今改以森鷗外、森於菟父子為主，向常提及與父親柯源卿教授相處軼事的柯慶明老師致意。柯源卿教授亦是東京帝國大學醫學部出身，柯慶明老師因此誕生於東京大學附屬醫院。

2 鄭清茂，〈譯者序〉，森鷗外著，鄭清茂譯，《魚玄機：森鷗外歷史小說選》（台北：聯經出版，2019），頁5-15。

3 日本近代文學家中，另一位世代為漢醫的作家是佐藤春夫，但佐藤春夫從小就志於文藝，對醫事不感興趣，因此只由其弟背負家族期待。佐藤春夫以耽美、憂傷的文風著稱，1920年曾來台旅行，是柯慶明老師母親最喜愛的日本作家。

性的重要，進而對自我的複雜產生覺知的旅程，森鷗外在小說〈舞姬〉（1890）中以公費留學生太田豐太郎捨棄戀人艾莉絲，返國高就的夜船中開始自我懺悔的現代小說型態來表現，並在角色塑造與空間描寫部分加入其社會觀察與文明批判。在正式開始現代文學的創作活動的同時，森鷗外在本職方面研究軍事醫學與衛生學，官階也順利晉升。

1895年清日簽訂馬關條約之後，森鷗外以台灣總督府陸軍局軍醫部長身份來到台灣，跟隨樺山資紀總督、北白川宮能久親王的近衛軍團自三貂角登陸，滯留期間自五月底到九月。在森鷗外的旅台經驗中，集結為著作的只有《能久親王事蹟》，以及如兵士死亡率、衛生調查的報告。至於行船風波、山野跋涉、瘴癘多濕的風土特性，都鮮少留下可供研究其台灣經驗的文學性創作。日治後期，正式開始日本「外地」文學研究的台北帝國大學教師島田謹二，在整理文獻當初即已指出「鷗外並沒有留下直接處理台灣的文學作品」，並分析這是由於台灣的風土環境以及當時的工作型態，「與鷗外所喜好的學問世界的氛圍太過不同」所致。[4]

雖然森鷗外自言「到台灣是因為戰爭，跟隨軍隊而去，只是為了履行職務而不得不前往」，[5]不過早在此次來台灣赴任前，森鷗外前往德國留學途中，就曾在海上遠眺台灣而留下「台灣回顧」二首。

青史千秋名姓存　鄭家功業豈須論
今朝遙指雲山影　何處當年鹿耳門
*
絕海艨艟奏凱還　果然一舉破冥頑
卻憐多少天兵骨　埋在蠻烟瘴霧間[6]

森鷗外是在一八八四年八月底從橫濱出發前往歐洲，夏秋之交經台灣沿海仍可見高山雲聚、樹影青碧，這裡的「青史」一邊暗示青史典故，同時也以視覺上的青綠印象作為「台灣回顧」的破題。「鄭家功業」、「鹿

[4] 島田謹二，〈征台陣中の森鷗外〉，《華麗島文学志—日本詩人の台湾体験》（東京：明治書院，1995），頁94。本文初出應是1935年〈台灣時代の鷗外漁史〉。

[5] 島田謹二，〈征台陣中の森鷗外〉，頁94。

[6] 轉引自島田謹二，〈征台陣中の森鷗外〉，頁68。以下森鷗外與詩友野口寧齋、横川唐陽的漢詩作品，皆轉引自同文頁87、頁88、頁93，不另作註腳。

耳門」指的自是鄭成功驅趕盤據臺灣南部的荷蘭人史事。鄭成功為明末海盜鄭芝龍與日本平戶女子所生，因為近松門左衛門的淨琉璃劇本《國性爺合戰》（1715年首演）大受歡迎，而從十八世紀起就廣為日本人所知。只是《國性爺合戰》的主角名為「和唐內」，舞台背景更不及於台灣，因此森鷗外詩中所出現的歷史發生地「鹿耳門」，其資訊來源應是明治維新前後日本戮力經營海外關係之際，所從事的調查結果。

島田謹二並且指出，此詩中所詠的鄭氏史事與明治七年台灣出兵（牡丹社事件），是同時代人對於台灣僅有的共通認識。在戰爭歷史的聯想下，眼前的青碧山色轉為驚濤駭浪的「絕海」、「冥頑」，雖然事過境遷，台灣已歸日本領有，但森鷗外正將前往茫茫未知的西洋，不知是否能平安歸來。這樣對於異地的不安，反映為對於牡丹社事件中死於台灣的兵士的憐憫同情，擔憂自己是否會埋土異域的「蠻烟瘴霧間」。不過，森鷗外的留學歷程畢竟相當順遂，不僅在醫學上有所建樹，語文能力、德國文藝、精神心理等人文教養方面的學習亦成就斐然。「台灣回顧」中對國家前途與個人生命的不安，畢竟也只停留在詠史詩的既成範式中。

當時只在船上遠眺，十年後實際到訪台灣的森鷗外，從三貂角登陸，行至基隆後，再乘船由淡水進入台北。在三貂角駐兵時先得一句「一匹の蛍嬉しき野営かな」（流螢隻影 嬉嬉野營之趣） 透露幾許新奇與安適。乘船抵達淡水之日，森鷗外又以「高砂のこてや名におふ島根なる／遠くも我はめぐりこしかな」（延延山脈 不枉高砂威名／悠悠遠路 不負再來吾心）[7]二句，詠嘆征台的高昂心情。這時台灣已從典籍中的「高砂國」成為日本帝國領土，而重來親蹈的森鷗外已是充滿自信的日本軍醫界高層。這洋溢著豁達氣象的姿態，卻因為征台事業的烽火四起，軍士的健康狀況、台灣的衛生條件、以及皇族親征的安危，後來都讓他不暇旁顧。森鷗外在來台前已駐紮過中國東北，但台灣的霍亂、瘧疾、腸炎，以及把宿舍都衝垮的連日豪雨，卻是從未經驗的異地風土。而傳染病與豪雨，都與高溫高濕的熱帶氣候有關，使日本軍隊原來就常罹患的腳氣病更形嚴重。事實上，森鷗外在台灣的活動，可以說都在軍醫森林太郎的身份下進行。記錄《能久親王事蹟》之外，他更專注於腳氣病與瘧疾等風土病的防治與

7　本節以下森鷗外之俳句，皆引自森常治，《台灣の森於菟》（東京：MPミヤオビパブリッシング出版，2013），頁29-31，不另作註腳。

研究。征台之際來台的日本兵士，包括能久親王在內，死於疾病者甚至多於戰禍。因此在領台後，對於衛生狀況與瘧疾、腳氣病這二項特定疾患的調查，立即被他列入統計項目。

在醫學衛生研究能夠大展所長的新領土，面對連日酷暑與大雨的刺激，森鷗外還能寫出「水牛の鼻ばかり出すあつさ哉」（暑熱難耐 徒仰水牛鼻息）的會心句子，已屬難得。只是這些即景俳句所造之境，並未在眼前實物中蘊藏世情之虛與常，只是仍屬清新可喜之作。

同為赴台軍醫的詩友橫川唐陽，在拜訪鷗外時寫下「台北與鷗外醫監夜話」七言一首，顯示公務之餘，森鷗外應有詩文活動，只是在這個階段，他並沒有展示橫川唐陽「萬戶砧聲明月圓，天南只仗雁書傳，可憐鐵馬金戈夢，不到香閨已一年」般的征人情思，反而是次韻另一位友人野口寧齋的作品。

| 野口寧齋 | 森鷗外 |
|---|---|
| 炎風朔雪去來閑 | 征程不礙一身閑 |
| 奏凱鳳城何日還 | 幕府名流日往還 |
| 流鬼潮通天水外 | 戰跡收來詩卷裡 |
| 大冤暑入皷茄間 | 羈愁消得酒杯間 |
| 從軍兒女文身地 | 昨聞鼉鼓鳴貂角 |
| 立馬英雄埋骨山 | 今見龍旌指鳳山 |
| 颯爽英姿酣戰後 | 好是天南涼氣到 |
| 復揮健筆記平蠻 | 桂香飄處賦平蠻 |

當代台灣歷史作品中，可見森鷗外與本地文人相會見，或對被殖民者語出同情的情節，其多為想像虛構的結果。事實上，森鷗外並未隨著軍隊南下，而多留在台北處理公務，對於發生在新竹、彰化等地的激戰並未親身參與，所接觸的盡為來台日人。從這首次韻詩中應可印證，相對於野口寧齋「流鬼潮通天水外」、「從軍兒女文身地」句中的戰爭緊張感與開拓氣概，森鷗外的「昨聞」、「今見」則多了一份距離之外的淡然，其足跡既未履前線，也對於「台灣」此地沒有太多的親身感受。「戰跡收來詩卷裡」，則透露出從歷史興衰得到戰事必然平定的判斷，以及時時以閱讀消

閑的自況，必能在秋天來時歌詠平蠻。

森鷗外離台之際，橫川唐陽為其送別寫下「台北營寓與鷗外先輩夜話賦呈」——「笑向明窗卸戰袍，江湖月旦此文豪，行看彩筆映楓錦，千朵山光秋倍高」。橫川唐陽稱森鷗外為「先輩」、「文豪」而不再是「醫監」，詩中強調的是「月旦」、「彩筆」等鷗外的文人身份。新領土台灣對於森鷗外而言，執行醫事公務的責任感大於抒情言志的文人懷抱，必須等到離開職務所在地之際，方能在友人之間展現文豪面貌。

## 二、森於菟

> 微雨。入夜後，和松風子先生一起到東門町造訪森於菟博士。為了出版森博士的父親鷗外漁史之「印譜」。謹贈上《列仙傳》、《のつて、ゔぇねちあな》、《媽祖》、《風土記》（台灣風土記）。森博士很開心的說「《列仙傳》在報上刊登時，我都剪貼下來了」。他拿出了鷗外漁史把玩過的印章、珍愛的書籍、常年使用的書等，當看到「獨逸日記」卷末的「詠柏林婦人七絕句」時，我突然湧起把這做成精美書籍的念頭。不用陳腐的鉛字、全用木板刻成、請立石君寫字體、配上美麗顏色刷出的木版畫等等，這些念頭頓時如雲般湧上；我沉醉在想像乘著碧燈車穿過柏林菩提樹下大道的德國貴婦身姿之際，松風子先生在一旁說：那書名叫什麼好呢？我一時語塞，但心裡想到的是「七碧集」這個名稱。於菟博士表示，可以把鷗外自署名「森林太郎」的畫冊、以及據說是從德國帶回來的鉛版花型文字縮寫出借給我，這都可以用在「七碧集」的裝幀上。共限定七十五部。完成之後，想在每部上都蓋一個漁史所珍藏的印章。夜深了，告辭以後，雨也停歇，月光從雲間悄悄篩落。「印譜」應該會在七、八月問世吧。[8]

這是日治後期台灣文藝界領袖之一的西川滿，在自己主編的《文藝台灣》一九四〇年五月號開始連載的〈裝本日記〉的開端。《文藝台灣》擁有大量會員讀者，「松風子」、「立石君」等暱稱都未加說明，這篇〈裝

[8] 西川滿，〈裝本日記〉，《文藝台灣》1940年5月號（1940），頁188。

本日記〉的語調吐露了西川滿對《文藝台灣》讀者群的熟悉與絕對支配權。而在同樣也沒有註明的「森博士」與「鷗外漁史」之間，更顯示對於此時的讀者而言，日本近代文學因緣、臺北帝大教授與文壇人物關係都已有一定的共同認知。「松風子」是臺北帝大講師島田謹二的筆名，「立石君」是立石鐵臣，常擔任西川滿雜誌與書籍的插畫繪製，也為臺北帝大人類學教室製圖。「鷗外漁史」是森鷗外的筆名之一，能隨手出示其使用文物的「森於菟博士」，則是台北帝大醫學部解剖學教室教授，森鷗外的長子。

森於菟（1890-1967），這無論用日文或中文發音都不太順口，意義也與祥瑞康健意象無涉的名字，其實是Otto的日文發音，加上漢籍中「虎」的典故。森鷗外將自己的子女名字都取為擬似法德文發音的漢字組合，如也是作家的茉莉（Marrie）、杏奴（Anne），早夭的不律（Fritz）與鬱鬱以終的類（Louis），以及由鷗外本人命名的孫子真章（Max）、富（Tom）。森於菟原本跟隨父親的足跡從東京帝大醫學部畢業，但後來又重新進入理學部，決定從事基礎醫學研究。一九三六年至台北帝國大學醫學部解剖教室赴任，經歷空襲、疏開避難，戰爭結束時以台北帝大醫學部部長的身份，讓來台的國府接收台大醫學院，並留用至一九四七年才回日本。自言「作為醫學者，我沒留下可以大加稱道的事蹟，也因為一些顧慮，沒能當個文學者」[9]的森於菟，那所謂的「顧慮」之一，可能是「不想讓父親之名蒙羞，自知能力有限的我，選擇了基礎醫學的研究生活」。然而即使沒有森鷗外般的小說成就，森於菟寫隨筆的能力，可在上文之後接著的「到這把年紀之前，小時候所養成對文學的憧憬還如餘燼般，不時舞動搔著我老去的胸口。有時甚至像被風煽旺的炭般就要燒起來了，莫非這就是人說的老狂嗎？」[10]片段中，窺見其自嘲的老練幽默，正是散文本色。

森鷗外來台時，森於菟年約五歲，才從養家被接回森鷗外一手設計建造的「觀潮樓」中由祖母照顧長大。森於菟出生後雙親即離婚，森鷗外迎娶第二任妻子茂子時，於菟已經十三歲，與繼母之間只有六歲之差。然而因為茂子與鷗外之母不合，事母至孝的鷗外又無法排解婆媳之間的事端，由祖母養育長大的於菟一方面承受著繼母的怨怒，另一方面也背負著從醫

[9] 森於菟，〈耄碌寸前〉，《耄碌寸前》（東京：みすず書房，2010），頁3。

[10] 森於菟，〈文學離絕〉，《耄碌寸前》，頁7。

光耀門楣的長孫宿命。這樣情感刺激強烈、知識資源豐富的成長環境，讓也從中學時代就開始翻譯與寫作的森於菟，直到來到台灣的中年時節，才從文字創作中找回自己的身影。

森於菟從來台前的一九三三年，開始發表以父親森鷗外為題材的散文〈父親鷗外的時時刻刻〉，[11]在森家族中，創作時間早於其他弟妹，只略晚於姑母小金井喜美子。其實森於菟從小就善於作文，但喜好的風格是與森鷗外文學觀有出入的日本自然主義作家。只是森鷗外仍會為其修改模仿島崎藤村而作的新體詩，並與其聯名發表格林童話的翻譯如〈幸福的漢斯〉等。翻譯格林童話原是為了教導森於菟德文：

> 在小倉出差的父親為我進行每週一次的德文通信教學，他用毛筆在空白的日本紙上寫下句子，標註假名發音與直譯出來的意思，再另外加上記號，標示意譯。這順序是父親獨創的系統，後來我在高等小學校開始學英語，父親要我寫下英語，他再譯成德文寄回來。如今我再重看，發現在紙張的空白處，寫著「這些詞我會在下一封信教你，六月二十七日，老爸給胖臉小子。」「把學到的新英語單字寫下來，加上翻譯，我就再教你同樣意思的德文。七月十五日老爸給小胖」。[12]

這篇文章從森鷗外的求學時代寫到死亡，森於菟未出生前的往事則由從祖母、長輩處聽來的軼事補足。其實森鷗外的求學歷程、文學活動、官職升遷都早有明確的紀錄，其人對於學問研究的篤實態度，事業成就的精進不歇早備受肯定。但對於文藝思潮的喜惡，以及對文藝青年不分流派的提攜，食衣住行起居細節等，森鷗外的情感與精神層面，則是從森於菟的文章中才得見於世間。而這些生活與情感的片刻光影中，都閃現著歷經人事後才回到父親身邊的森於菟的寂寞與追尋。

身為森鷗外第一位夫人所生的長子，森於菟出生後父母即離異，經歷被出養、接回由祖父母撫養，繼母的冷落欺凌，在能力與志趣間掙扎後決

---

[11] 森於菟，〈父親としての森鷗外〉，《父親としての森鷗外》（東京：筑摩書房，1993），頁262-308。本書為1969年同名著作的重新出版，另此文原題為〈時時の父鷗外〉，出自《中央公論》1933年1月、2月號（1933）。

[12] 森於菟，〈父親としての森鷗外〉，頁285-286。

定從事醫學基礎研究的道路，都與將家族期待轉化為個人價值的身份轉換不可或分。森於菟從東京帝大醫學部畢業時，並沒有繼承父親衣缽的滿足感，而是不知何去何從的茫然。因此才重新進入理學部，未如父親般從事臨床醫學的實務工作。即使如此，進入理學部動物學科，以及從事解剖學研究的決定，仍有著森鷗外的建議與引導。

森於菟至德國留學，一方面是重蹈森鷗外的經驗，一方面負有帶妹妹森茉莉前往法國與其夫婿會合的任務。然而，來送別時還打趣兒子「你都已經到有妻有子的年紀才出國，錯過很多好玩的事啊！」[13]的森鷗外卻在三個月內突然過世。再回東京時，森於菟已經成為那充滿回憶以及父親書籍原稿文物的「觀潮樓」主人。這樣急遽的身份轉換，以及必須在情緒起伏激烈的繼母身旁整理父親遺物的託付，必然充滿難以為外人道的辛酸點滴。能夠寫出記憶中「父親森鷗外」的形象，整理出觀潮樓內的往事意義，必須是森於菟遠離籠罩著父親森鷗外巨大陰影的東京，來到另一個森鷗外踏足的歷史現場——臺灣之後，才有發生的契機。

森於菟辭去留學歸國後即開始任教的東京帝國大學醫學部，更將寬廣美觀的大宮自宅售予他人而來台，其中原因如果置入「臺灣」這個森鷗外履足之地、充滿未知可能性的殖民地，或許可以得到解答。森於菟妻子曾回想離開東京之際的心境：「當時我們夫妻都想著，這下終於可以拋開這些事情了」。[14]「這些事情」可能包括了排斥森於菟夫妻的繼母、觀潮樓的日漸腐朽、租住觀潮樓的房客惹事生非、盼望回觀潮樓卻無法承擔費用與繼母情緒的悲哀……以及對於荒廢父親遺產的罪惡感。才能高邁的父親森鷗外，同時也可能是籠罩自己無法掙脫的巨大陰霾。據其妻所言，當時森於菟原有在台灣永住紮根的打算，因此在恩師與臺北帝大盛情邀請之下離開東京時，也一並將父親遺稿、手記等資料從「觀潮樓」攜至台灣。如上引文所示，當時臺灣的文藝界對於這位醫學部新任教授的認知，仍是由於「鷗外漁史」之子頭銜所象徵的文藝傳承。對於需要文豪之光來接續「外地」台灣與「內地」日本之間連繫的在台日人而言，領台之初來到的森鷗外，無疑具有開疆闢土的象徵意義。島田謹二就在戰後的回想中承認「森鷗外的渡台，自然引導我探討明治大正時期來台日本人文學的意

[13] 森於菟，〈父の映像〉，《父親としての森鷗外》，頁109。本文初出於《東京日日新聞》1936年4月。

[14] 森富貴，〈あとがき〉，森於菟，《父親としての森鷗外》，頁426。

義」。[15]如本文先前所討論的，森鷗外來台並未留下太多作品，因此這個事件的意義在於比較文學層面，而非文學史層面。相對的，森於菟的來台與父親記憶的書寫，是藉著來到「父親不在」的台灣，而直視父親的存在意義，進而掙脫盛名與親情羈絆的主體性建立旅程。

森於菟與殖民地台灣接觸的機緣其實早在一九二八年，因為兼職赴任的昭和醫學專門學校中，第一屆共一百三十名學生中高達二十五名是台灣人，而意識到這群留學生的存在。昭和醫專之創校校長岡田和一郎（東京帝大名譽教授），認為「台灣是日本南進據點，需要有受過良好教育的台灣人醫師」，因此後來每屆都保持錄取十多名台灣籍學生。森於菟很快地發現了台灣人日語發音的特殊之處——「ダ」（da）「ラ」（ra）不分，並形容「舌頭部分些微有異，音發到一半就跑掉了，整體聽下來彷彿唱針平滑地迴轉到唱盤的缺口，不時聽著拉扯停頓」。這種舌尖音的不精準，在包括尾崎秀樹等有台灣生活經驗的日本人文章中時常可見。森於菟也發現台灣學生對敬語使用的不熟練，如帶來食物欲孝敬老師的謙詞卻是：「這是我令堂賜予的，送你家小鬼吃。如果小鬼不吃，就隨便丟給狗吃」。[16]但這在許多內地教育者的文章中被視為台灣人國語能力落後的表現，森於菟卻舉出「對我們也得使用德語或其他語文的人來說，我們的表現可不知道令人汗顏多少倍。」[17]呈現必須以專業領域起源地之語文（如德文之於醫學）來思考與表現，甚至表現專業身份的雙重語文經驗者，對於必須學習「國語」，藉由「國語」獲得進入文明與文化之資格，進而獲得國籍與專業身份的被殖民者的深刻理解。

親身來到台灣後，與森於菟接觸的台灣人多為醫學生，除了肯定其求學態度認真、學業表現出色外，台灣學生對老師的尊敬與多禮，也是使其在戰前、戰後的文章中時常提及的特殊處。如台灣人無論是否在學中，只要是對師長輩送寄文書，必定在自己的名字前寫著「門弟」，這對森於菟而言是只有在演義小說、江戶文學中看過的用語。「想到這應是儒教傳統的深厚影響，讓他們如此重視師徒之禮」。[18]「儒家傳統」是許多在

---

15 島田謹二，〈『華麗島文学志』に打ち込んだ頃〉，《華麗島文学志─日本詩人の臺灣體験》，頁9。

16 森於菟，〈臺灣の門弟　中〉，《民俗臺灣》第14號（1942），頁15-17。

17 森於菟，〈臺灣の門弟　中〉，頁17。

18 森於菟，〈臺灣の門弟　中〉，頁16。

台日本人理解台灣社會傳統倫理的方式，有別於明治維新後急速西化下疏離的日本人際關係，森於菟對此並無懷古式的價值判斷，而僅是視其為「現象」而觀察紀錄。森於菟除了在台灣的文筆活動中步步建構出自己的樣貌，也開始從事與台灣有關的研究。「台灣產兩棲類的胚胎學研究」（1937）即為其獲得帝國學士院補助的計畫。

到任之初，森於菟就開始參與台灣的文藝活動，先是應臺北帝大的師生文藝刊物《台大文學》之邀，在1936年六月以「某一天的森鷗外」（〈ある日の森鷗外〉）為題在「臺灣日日新報講堂」發表演講，後來也在其中陸續刊登〈鷗外與書畫〉、〈鷗外遺文〉等篇章。這口語調的〈某一天的森鷗外〉，[19]先以「要說到日常的事物總是有些茫然，因為我們不太有談論關於每天都碰面的人的機會」開頭，提示了從日常生活、家庭瑣事中提取特定主題的困難。緊接著以「在今天這個難得的機會，我想以『某一天的森鷗外』談談父親的事，也就是我的回憶」開啟了敘述。身為剛到任的醫學部教授，卻獲得校內文學社團的邀請演講，父親森鷗外的盛名是森於菟與殖民地文化界產生關連的契機；但敘述「父親的事」同時更是在整理「我的回憶」。

只有森於菟才知道的「父親的事」，提示了文豪森鷗外的人性側面，同時在探討森鷗外文學的真實與虛構問題，為研究者思考鷗外的創作手法與經驗之際提供了重要的基礎。不僅是「父親出身於石州津和野這個小鄉鎮。明治六年來到東京，一開始在前輩西周位於神田小川町的家中寄宿。……十九歲大學畢業後成為軍醫後不久出國留學，這次留學的成果就是後來的〈舞姫〉等作品。另一方面也從事衛生醫學的研究，也就是軍隊飲食的改良、以及啤酒對於人體的影響等」。更提出森鷗外小說〈二位友人〉是以曾來觀潮樓說法的玉水法師與一高教授福間博為模型。未發表草稿〈本家分家〉是以叔父篤次郎的死亡與分家事件為基礎，卻未發表問世。[20]森於菟不僅只從「我的回憶」角度敘述父親森鷗外，而是在已定型了的醫學家、文學家鷗外的知識性敘述之中，加入「（文壇同好時時聚集在觀潮樓）早睡的我什麼都不知道，但到了深夜被喧鬧聲驚醒，看到饗庭篁村坐在一旁喃喃自語，三木竹二叔叔邊拍著他的肩安慰他。」「父親原

---

19　森於菟，〈ある日の森鷗外〉，《台大文学》1卷5號（1936），頁14-21。

20　森於菟，〈鷗外之母〉，《父親としての森鷗外》，頁166、頁177。本文初出於《台灣婦人界》（1942）。

本是從漢學出發，繼而學習外國文學，德文造詣極高。在出外散步之際，父親總會教小小的我德文」等個人回憶的敘事。[21]不僅讓「受德國軍隊影響，平常在家中也穿著軍服，外出散步就在軍服上披上和服外套」[22]的嚴謹軍醫森鷗外的形象浮現，也讓「出外野餐時總是帶著飯糰，在茶店閱讀德文小說直到傍晚」的博學專注文學家森鷗外、自得於德文世界的森鷗外形象，透過孩童眼神的觀察與理解，而從日常生活層次立體化。

除此之外，森於菟也在森鷗外作品中找到父親未曾說出口的關切，如〈性生活〉（「キタセクスアリス」）開頭提到：「這是寫給我今年從高等學校畢業的長男閱讀」。森於菟發現「回想起來，我當時開始對於性慾有所覺醒，因此父親為我指出的道路，也可能是因為我的讀書方法太差勁，父親想為我導正」。[23]

發表於《愛書》第七輯（一九三六年九月）的〈「朝寢」前後〉，提到森鷗外久別文壇後重新提筆，當時朗讀這篇小說〈朝寢〉（白日睏睡）給祖母聽的森於菟抱怨「內容實在很無聊啊」，卻不知父親已經來到自己背後的窘態。而〈朝寢〉主角原型的人物，是森鷗外的部屬，其子後來又成為森於菟的學生。從「文學是父親的靈魂棲止之處，但當時的日本文壇卻不是個讓父親滿意的地方」[24]開始的這篇文章，結束在父親、祖母、自己三人對坐用膳，父親只嚐了一口烤香魚就衝向庭院，原來是吃到混進香魚鰓裡的土蜂的往事。懷舊中帶著客觀描寫父親形象的淡然，這逐漸拉出的絕妙距離感，以及父子之間的奇妙連結，正是評論者池內紀所說的「作為家庭一份子的森鷗外，留給世間最重要的遺產」[25]——作家森於菟的獨到之處。

一九三八年九月發表於《台灣婦人界》的〈蟹〉，是一篇被評為「在其淡泊卻婉麗的筆致中，可以感覺到鄉土的暖意」[26]的隨筆。從來台灣前被告知「臺灣是個很糟糕的地方，你去了如果收集到一些寫作題材，就可以收拾行李回來了。」說起，到印證這只是莫名謠言的過程。內容提到了台灣流傳著東部有一個「癩病」（漢生病）村落，其住民會用剝落的皮膚

---

[21] 森於菟，〈ある日の森鷗外〉，頁16

[22] 森於菟，〈ある日の森鷗外〉，頁17

[23] 森於菟，〈鷗外と解剖〉，《父親としての森鷗外》，頁86。本文初出於《科学ペン》（1936）。

[24] 森於菟，〈「朝寢」前後〉，《愛書》第7輯（1936），頁14。

[25] 池內紀，〈詩と真実——森於菟のこと〉，森於菟，《耄碌寸前》，頁174。

[26] 不著撰人，〈編輯室たより〉，《台灣婦人界》1938年9月號（1938），頁128。

來釣螃蟹的傳言，憶及自己曾在皮膚科實習，診療到「癩病」患者時，身後的資深醫師馬上以外文病名提醒自己，不要讓患者立刻受到打擊的往事。其中關懷患者身心的溫厚情感，與自己來台前後的經歷交映，確實令人心暖。

森於菟的憶往散文中，最出色的當推〈觀潮樓始末記〉。[27]首刊於一九四三年《台灣時報》的這篇文章，在森於菟後來的著作中都是必收之作。以「觀潮樓是我的靈魂故鄉。最後卻是那般淒慘景象，令我心痛不已」[28]開頭的這篇文章，不只憑藉記憶與家族長輩的口述，更從森鷗外與同時代作家如永井荷風、內田魯庵、芥川龍之介的文章中，尋覓關於父親、家族、明治文學、自己的容顏，往事的意義凝結在「觀潮樓」這個特殊的空間中。原本只是為了填補記憶，卻在這些一流作品的閱讀中，那自謙無論在醫學者、文學者身份都比不上父親的森於菟，也開始寫出超越自然主義的出色散文。

「觀潮樓」是森鷗外買下位於團子坂山坡頂的土地，延請工匠與技師，為了讓分散各處的家族團聚於此而建成。也因為臨近東京帝大、上野這文教區，作家、編輯等文藝中人聚集於此，冠蓋雲集。「觀潮樓」除了是見證明治文學的場域，更是森於菟度過備受祖母與父親疼愛的童年時期，支持被繼母與祖母關係所惱的父親之青年時代的老家。「始末」為事物的開始與結束，但更強調處理、收拾殘局的意味。森於菟描寫觀潮樓中有一座連結二樓父親書房與一樓的螺旋樓梯，幼小的自己不聽高齡祖母勸阻爬上爬下，父親從樓下抱著手微笑仰視；以及與祖母同睡的自己夜半咳嗽大哭，父親將自己抱在懷中安撫，後年並在父親日記中看到當日擔心的紀錄。森鷗外再婚後，森於菟與父親的接觸必須趁繼母外出，甚至拿德文報告到辦公室讓父親閱讀。觀潮樓中的父子時光，只餘與父親一起將名家書法釘上觀潮樓樑柱的回憶。已經長大的森於菟，卻被幼妹感染了稱呼父親的方式，問森鷗外手上的書法漢字意思。「拔拔（パッパ），那個漢字怎麼讀呢？」「是賓啊，這裡的賓和閣三字，意思是客人和樂融融，反正我們家裡總是在吵架，剛好適合。」[29]這些光影片斷，都足以證明「靈魂

---

27 森於菟，〈觀潮樓始末記〉，《父親としての森鷗外》，頁26-50。

28 森於菟，〈觀潮樓始末記〉，頁27。

29 森於菟，〈觀潮樓始末記〉，頁46。

的故鄉」一詞的重量。而這塊書法匾額也被帶到了台灣住處的客廳[30]，戰後幾經波折，再回到東京。〈觀潮樓始末記〉描寫作者幼時夏天，全家在二樓遠眺兩國煙火的場景。

> 當庭院中的蟬噪漸悄，坐在大房間東南側、走廊轉角的祖母與我，還有特地過來的姑姑、表兄妹，看著街道彷彿沉至谷底的慢慢變暗，而燈火點點亮起、越來越多好像漁火一樣，我們大聲歡呼，用扇子揮散從煙灰缸冒出的除蟲菊蚊香濃煙，然後故意不開燈，在微暗中拿錫湯匙笨手笨腳地攪拌冰水，這時候突然傳來像是天崩地裂的巨大聲響，上野森林的夜空亮起五彩繽紛的水晶燈。[31]

不間斷停頓的長句，以聲音、色彩、小動作，寫出對兒時記憶的眷戀與沈醉。這二樓的大房間是森鷗外的書房，接待過永井荷風、芥川龍之介等賓客，也是全家動員手忙腳亂曬書的用地。父親因為森於菟已經可以幫忙曬書而向文藝夥伴們自誇，也會打趣追逐自然主義流行的他。父親死後，觀潮樓被父親親手種下的樹木藤蔓纏繞而日漸腐朽，為了維護房屋而劏除藤蔓的決定，也是刨去父親盤踞相連的生命的一部分。「這應該是個凶兆吧，暗示著我缺乏資格，繼承這啟人幽思的觀潮樓。」[32]森於菟的感嘆，終於使其帶著森鷗外文筆事業的象徵遺物，來到台灣。

森鷗外過世之後，其和漢古籍藏書捐給東京帝大圖書館，成為「鷗外文庫」。留在觀潮樓的主要是非學術類日用書，以及日用物品類與手稿。森於菟不放心交由情緒不穩的繼母保管，因此決定帶到台灣，這整理起來幾大箱的鷗外文物運送並不容易，抵達台灣時已經丟失了其中一箱。但這個決定後來證明是正確的，因為在森於菟來台的第二年，一九三七年八月，他就接獲電報得知觀潮樓遭遇火災全毀的噩耗。纏繞著被曾祖母、祖母寵愛、父親關懷、繼母冷落記憶的故居，現雖在自己名下但卻所託非人，只能任其荒廢風化的觀潮樓一旦燒毀，森於菟的反應先是「坦白說，確有放下心頭大石的輕鬆」，可見觀潮樓這一父親遺產的沈重。但很快的「觀潮樓的記憶卻如潮水般不斷湧至，長達四十多年的記憶盤旋湧動，豈

[30] 森於菟，〈鷗外之母〉，頁188。

[31] 森於菟，〈觀潮樓始末記〉，頁28-29。

[32] 森於菟，〈觀潮樓始末記〉，頁42。

是一朝一夕即可消逝？」[33]的悔恨，又將其重重包圍。童年經驗所生息的空間，記憶所繫之處，報紙報導此事竟只有「千駄木町火災」，連原來是森鷗外故居一事都未曾提及。滿懷斷腸之思，父親之名未顯，人在天涯。

> 心中壅塞著思緒無以訴說，漫無目的走出樺山町的宿舍，天上星月皆無，沿著黯淡的街道往台北車站方向疾走。不覺來到台北市役所的我，再也按捺不住心底的鬱悶，望著右手邊漆黑聳立的七星山，我不覺如野獸般高聲咆哮「啊～！」一邊在大馬路交叉口朝右狂奔，踏穿了深夜的御成街道。[34]

殖民都市中心寬闊筆直，越過七星山彷彿就可通往海洋、連接世界的大馬路上，困著童年經驗再也無所憑依的森於菟。如果連社會都彷彿不再記憶著父親之名，自己的過去，那麼也只有靠自己筆下「如潮水般不斷湧至的」記憶，確認和父親同在時光的確真性。台灣之行中誕生的不只是紀錄作家森鷗外生平的資料，更是從踏蹈父親足跡願望的灰燼中誕生的文學家森於菟。

[33] 森於菟，〈觀潮樓始末記〉，頁48。

[34] 森於菟，〈觀潮樓始末記〉，頁50。

## 引用書目

不著撰人，〈編輯室たより〉，《台灣婦人界》1938年9月號（1938），頁128。

森於菟，〈ある日の森鷗外〉，《台大文学》1卷5號（1936），頁14-21。

———，〈「朝寢」前後〉，《愛書》第7輯（1936），頁14-18。

———，〈臺灣の門弟　中〉，《民俗臺灣》第14號（1942），頁14-17。

———，《父親としての森鷗外》（東京：筑摩書房，1993）。

———，《耄碌寸前》（東京：みすず書房，2011）。

森常治，《台湾の森於菟》（東京：MPミヤオビパブリッシング，2013）。

島田謹二，《華麗島文学志——日本詩人の台湾体験》（東京：明治書院，1995）。

鄭清茂，〈譯者序〉，森鷗外著，鄭清茂譯，《魚玄機：森鷗外歷史小說選》（台北：聯經出版，2019），頁5-15。

# A Study about the Writings in Taiwan of Mori Ougai and Mori Otto

Chang, Wen-Hsun*

## Abstract

This paper reviews the writings in Taiwan of two writers with medical backgrounds: Mori Ogai and Mori Otto. Mori Ogai, the head of the Japanese imperial military doctor, also tied up with Natsume Soseki as an author who laid the foundation of modern Japanese literature. Mori Otto is the eldest son of Mori Ogai, a famous anatomist. Both Mori Ogai and Mori Otto came to Taiwan for official business, but the poetry of their Taiwan-related works left behind was obscured by the value of historical materials and has not yet been properly evaluated. This paper looks at their works from the perspective of "Taiwan", hoping to discover the style characteristics of creators who have the status of medical scientists in their works, and put forward some ways to observe the negotiations between Taiwan and Japanese literature.

**Keywords:** Mori Ogai; Mori Otto; Writers with medical backgrounds; Japanese in Colonial Taiwan; The writings in Taiwan

* Associate Professor, Graduate Institute of Taiwan Literature, National Taiwan University.

# 雙重所屬、或無國籍的前衛詩學？饒正太郎的現代主義軌跡*

陳允元**

## 摘要

本文透過大量的文本分析，勾勒出饒正太郎（1912-1941）的現代主義系譜及發展軌跡。臺灣出生、臺日混血的他並不曾在臺灣文壇發表過任何作品，亦未曾參與臺灣的文學組織與文壇人際網絡，卻大大地活躍於中央文壇的現代主義詩運動。在脫離《椎の木》的習作階段後，饒參與了前《詩と詩論》系統同人組成的《詩法》，並進一步糾集了1910代的年輕一輩的現代主義詩人創立《20世紀》，從前行代的現代主義者中自立，追求新世代的獨自美學。他在〈宣言〉期許《20世紀》能成為「新的詩學的實驗室」，大聲疾呼「同時代性」、「以二十世紀的腦袋審視一切」，朝著「主知」的方向篤進，徹底訣別象徵詩人以及抒情詩人。此後，他在美學及政治意識型態上始終走在中央文壇最急進的位置。進入1936年後，饒正太郎在純粹詩與社會性的辯證思考中逐步告別了純粹性。儘管仍持續寫著現代主義詩，但他嘗試重新找回詩與現實、詩人與社會的連結，並在國際法西斯主義vs共產主義的人民戰線對抗趨熾之際，大力地鼓吹反戰、反法西斯主義；同時也在轉向後的日本中央文壇朝向日本主義、國家主義之際，高舉國際主義的大旗，並在《新領土》的創刊號主張：「抱著改造環境、修正環境的誠意」。這不僅是美學上的前衛，同時也是政治意識形態

* 初稿以〈饒正太郎的軌跡——臺日混血詩人饒正太郎（1912-1941）的前衛詩學初探〉為題，宣讀於臺大臺灣文學研究所主辦之「柯慶明教授七十壽慶學術研討會」（臺北：臺灣大學，2016.03.12）。後改寫為博士論文《殖民地前衛：現代主義詩學在戰前臺灣的傳播與再生產》（臺北：國立政治大學臺灣文學研究所博士論文，2017）之第五章〈雙重所屬、或無國籍的前衛詩學？——饒正太郎的現代主義軌跡〉，並獨立轉載於此。

** 國立臺灣師範大學臺灣語文學系兼任助理教授。

上的前衛。他的臺灣出身儘管並未明顯地反映在其文學表象上，卻也迂迴地呈現於對殖民現代性的諷刺、以及戰時反法西斯反戰立場的表現。可以說，殖民地臺灣的出身，正隱微地影響著他在中央文壇的活動樣態、美學表現與政治立場。

關鍵詞：饒正太郎、現代主義詩學、《20世紀》、《新領土》

> 「混血兒擁有兩種母國語。然而他的笑聲究竟是屬於哪一個母國呢？」
>
> 春山行夫，〈ポエジイ論〉（1929）[1]

## 一、前言：誰是饒正太郎？臺灣文學史的陌生名字[2]

1939年元月，西川滿（1908-1999）在《臺灣時報》發表了〈臺灣文藝界的展望〉，在建設臺灣「地方主義文學」的前提下豪氣地指出：「開花期的臺灣文藝往後必定會成就一番獨特的發展，絕對不會成為僅是中央文壇的亞流或附屬而已」，[3]並細數活躍於臺灣的作家的文業。詩歌方面，西川提及了一組名單，其連結的美學系譜及該系譜中兩個陌生的名字，值得我們特別關注：

> 在台南勤於詩作的水蔭萍，以及現在人在東京的饒正太郎、戶田房子、橋本文男、林修二諸氏等，都在詩中表現了敏銳的新精神。[4]

西川用以統攝這組名單的關鍵概念，是「新精神」（Esprit Nouveau，エスプリ・ヌーボー）。[5]根據最初提倡此概念的超現實主義先驅者阿波里奈爾（Guillaume Apollinaire, 1880-1918）的說法，所謂「新精神」是「與所有陷入既定型態的唯美主義、所有的庸俗性為敵。然而新精神並不與流派為敵。因為其致力的目標不在於形成一個流派，而是包含了繼象徵主義與自然主義以來的所有流派的一個巨大的文學潮流。新精神是進取的脾性的再

---

1 春山行夫，〈ポエジイ論〉，《詩と詩論》第五冊（1929），頁21。

2 饒正太郎的存在，承蒙和田博文教授、以及風車詩社文學紀錄片《日曜日式散步者》導演黃亞歷先生的告知，特此感謝。2014年7月—2015年2月至早稻田大學蒐集資料進行研究時，梅森直之教授、紀旭峰研究員、吳佩珍教授曾給我相當多的照顧與支援，謹此誌謝。另，正式展開調查前，部落格「璞石閣」的〈早夭的花蓮籍文學家——饒正太郎〉一文，http://blog.yam.com/yuliman/article/51031863（現網站已不存），以及Facebook的「鳳林文史」專頁，https://www.facebook.com/iSeeFenglin/?fref=nf，給了我相當多資訊的導引，亦在此致謝。

3 西川滿，〈臺灣文藝界の展望〉，初出：《臺灣時報》（1939.1.1），此處引用中譯：西川滿著，林巾力譯，〈臺灣文藝界的展望〉，黃英哲編，《日治時期臺灣文藝評論集（雜誌篇）‧第二冊》（臺南：國家臺灣文學館籌備處，2006），頁343。

4 西川滿，〈臺灣文藝界の展望〉，頁341。

5 其在日本的表記方式，還有エスプリ・ヌーヴォ；エスプリ・ヌーヴォー；以及エスプリ・ヌウボウ等。

興，為了明確理解時代、以及為了拓展內外世界的新視野而戰鬥」。[6]1920年代以降，「新精神」的概念也迅速傳入日本，並廣泛為日本藝文界所用，[7]成為指涉大正末期至昭和前期從西洋移入而展開的諸多流派——包括未來派、立體派、構成派、達達主義、超現實主義、意象主義、形式主義、表現主義、新即物主義、シネポエム、新散文詩運動等等的總稱，與「現代主義」（モダニズム）同義。[8]因此，西川提及的這組「表現了敏銳的新精神」的名單，可提供我們追索西川同時代的殖民地臺灣相關現代主義詩歌活動的一個線索。這組名單上的幾個名字，我們已經十分熟悉，包括水蔭萍（楊熾昌，1908-1994）、戶田房子（1914-?）、以及林修二（林永修，1914-1944）。不用說，他／她們都是集結於1933年秋天、高舉超現實主義旗幟的「風車詩社」同人。然而風車同人外的其他兩位詩人——東京的饒正太郎與橋本文男，對於目前我們認知的臺灣文學史或臺灣相關的現代主義詩歌活動而言，則是幾乎全然陌生的名字。

這兩位陌生詩人呈現出的族群身分（非本島人式姓名）及文學活動場域（非臺灣文壇，而是中央文壇），完全是落在既有研究關於戰前臺灣現代主義詩歌活動的主要研究對象範疇——本島人作家中心、本島文壇中心之外的。因此，西川在現代主義詩的系譜上提及的這兩個陌生名字，可說讓我們意識既有研究框架的限制與排除性，也提供我們對於戰前的臺灣現代主義詩歌活動的新想像。關於橋本文男，除了1938年發表於西川滿主編之《臺灣日日新報》文藝欄的四首詩，[9]目前並無資料可供進一步的討論。至於饒正太郎，他可能是日本統治時期臺灣出身者在日本中央文壇最活躍的第一人。但目前臺灣學界除了吳佩珍以「臺灣詩人饒正太郎（1912-1941）與日本都市現代主義詩運動」為題進行的科技部研究案，[10]一般普

---

[6] アポリネール著，若林真譯，〈新精神（エスプリ・ヌーヴォー）と詩人たち〉（1908），《アポリネール全集》（東京：紀伊國屋書店，1980），頁788。

[7] 根據杉浦靜〈レスプリ・ヌーボーの展開〉，最先在日本言及「レスプリ・ヌーボー」的，是1921年9月小牧近江發表於《火炬》創刊號的〈アポリネールの憶ひ出（巴里詩話）〉，將第一次世界大戰前後巴黎的文學狀況以阿波里奈爾的〈立體派的文學運動〉的戰後的再興為軸進行記述，並介紹其在1918年1月聽的阿波里奈爾關於「Esprit Nouveau」的演講。關於「レスプリ・ヌーボー」在日本的引進及使用，詳見杉浦靜〈レスプリ・ヌーボーの展開〉，《コレクション・都市モダニズム詩誌第10卷レスプリ・ヌーボーの展開》（東京：ゆまに書房，2010），頁751-761。

[8] 參見原子朗編，《近代詩現代詩必携》（東京：學燈社，1989），頁144，「モダニズム」條目。

[9] 包括刊載於1938年8月8日6版的〈糸〉、〈湖〉；以及同年8月18日6版的〈祈り〉、〈出發〉。

[10] 計畫主持人：吳佩珍。計畫名稱：「臺灣詩人饒正太郎（1912-1941）與日本都市現代主義詩運

遍並未認知其存在；日本學界雖有論及饒正太郎的回憶資料、史料復刻及研究調查，如紀旭峰的〈戦前期早稲田大学の台湾人留学生〉（2013），但尚未有完全以之為中心的文學相關研究，探究其詩業。[11]1932年以降，中央文壇幾份重要的現代主義系詩誌，包括：《椎の木》、《セルパン》、《文芸汎論》、《カイエ》、《苑》、《詩法》、《青樹》、《20世紀》、《新領土》等等，都刊有他的作品、詩論。這些詩誌中，《カイエ》以及作為日本年輕一代的現代主義詩人之重要據點的詩誌《20世紀》，更由他主編發行。換言之，中央文壇的現代主義運動，臺灣出身的饒正太郎不僅是寄稿者，甚至可說是核心人物之一。這一章，即以饒正太郎為中心展開，初探其現代主義實踐的軌跡。

由於饒正太郎在臺灣學界較為陌生，在正式展開討論之前，必須耗費一些篇幅解明其生平與文學活動概況。饒正太郎生於1912年花蓮，父親為臺灣本島人，母親是日本人。他的身分，如他名字的組成所示——本島人（客家籍）的姓氏，加上日本式的名，是兼有臺灣、日本血統的臺日混血兒；花蓮出生的他，就日本人的身分角度來看應也可視為灣生。他的父親饒永昌，明治13年（1880）11月10日生於新竹州竹南郡頭份庄。1895年臺

動」。執行起迄：2016年8月1日—2017年7月31日。計畫成果見吳佩珍，〈饒正太郎——台湾詩人と日本モダンニズム詩運動〉，和田博文、徐靜波、俞在真、横路啟子編，《〈異郷〉としての日本——東アジア留学生が見た日本》（東京：勉誠出版，2017），頁434-446。

11 日本學界累積的饒正太郎相關回憶資料、史料復刻及研究調查，分述如下：回憶資料方面，1985年，戰前與饒正太郎及其妻伊東昌子過從甚密、同為《椎の木》同人的江間章子（1913-2005），曾撰寫《埋もれ詩の焔ら》（東京：講談社，1985）回憶其文學及生活。史料復刻方面，和田博文在其編輯監修的ゆまに書房版「コレクション・都市モダニズム詩誌」系列，復刻饒編輯發行的詩誌《20世紀》（第28卷・モダニズム第二世代，2014），以及饒曾參與投稿的《苑》、《詩法》、《青樹》。研究資料方面，早稻田大學紀旭峰教授在從《大正期台湾人の「日本留学」研究》（東京：龍溪書舍，2012）延伸出之〈戦前期早稲田大学の台湾人留学生〉，《早稲田大学史記要》第44號（2013），曾就畢業於早稻田大學政治經濟學部的饒正太郎的留學生活、畢業進路以及文學活動的概況進行調查。關於其現代主義詩的討論，中野嘉一的《前衛詩運動史の研究：モダニズム詩の系譜》（東京：沖積舍，2003），曾就《詩法》、《20世紀》及《新領土》時期饒正太郎的詩作與活動，有簡要的論述；藤本寿彥在〈台湾のモダニズム——西川満と水蔭萍〉，《周縁としてのモダニズム：日本現代詩の底流》（東京：双文出版社，2009）將其詩作中的「臺灣意象的脫色化、無國籍的詩的風景」，與西川滿、楊熾昌作品中的臺灣地方色彩與近代文明之間的觀看視線進行對比。中井晨的《荒野へ鮎川信夫と『新領土』（I）》（横濱：春風社，2007），在論述初期《新領土》時，對饒正太郎有較多著墨，認為其是被忽略的關鍵人物。大東和重的《台南文学——日本統治期台湾・台南の日本人作家群像》（關西：關西学院大学出版会，2015），在討論西川滿的早稻田大學留學階段及與現代主義之連繫時，曾提及饒正太郎的名字，但未進一步論述。

灣改隸後，積極學習作為「國語」的日本語；明治31年（1898）擔任新竹廳陸軍補給廠通譯，明治39年（1906）2月前往東臺灣，應花蓮港「賀田組」之聘擔任通譯。後歷任花蓮港廳的四保保正、制度改正前的鳳林區長（1916），大正9年（1920）地方官官制改正選任花蓮港廳鳳林區長。大正11年（1922）獲頒臺灣紳章、翌年獲特准於臺北御泊所拜謁時至渡台的裕仁皇太子，為東臺灣首屈一指的本島人勢力者。除了擔任公職，饒亦設立發電所，招募人工至東部經營樟腦事業，獲得鉅富。[12]此外，據說他亦擁有相當多土地。[13]

饒永昌之妻ワイ是日本人，是花蓮港廳長江口良三郎之表妹。[14]山口縣出身，明治24年（1891）山口高女畢業。[15]或許由於饒擔任官職、妻又是日本人，饒家是極日本化的家庭。根據橋本白水在《臺灣統治と其功勞者》（1930）的描述，其「徹底受到內地式的醇化、其家屋也全然是內地式的，足以為全島四百萬人中的模範」。[16]饒家的日本化，也展現在教育的層面上。饒永昌的四個子女，都送至日本接受教育。[17]當然，包括長男饒正太郎。

花蓮出生的饒正太郎何時赴日求學？根據饒的親交、同時也是《カイエ》同人川村欽吾的說法：「（饒的）母親是山口縣人，他與妹妹都在東京成長」；[18]椎の木社百田宗治編《詩抄2》（1933）附錄的小傳則記載

---

[12] 以上參見林進發，《臺灣人物評》（臺北：赤陽社，1929），頁170；大園市藏，《事業界と人物》（臺北：日本殖民地批判社，1930），頁93；橋本白水，《臺灣統治と其功勞者》（臺北：南國出版協會，1930），頁123-124；林進發，《臺灣官紳年鑑》（臺北：民眾公論社，1932），頁437；《臺灣人士鑑》（臺北：株式會社臺灣新民報社，1937），頁497-498；林炬璧著，姚誠、張政勝編，《花蓮講古》（花蓮市：花蓮師範學院鄉土文化研究所，2000），頁141。

[13] 其取得方法，根據鳳林地方耆老口述，「饒永昌到鳳林來，全部的土地都是佔來的……只要他看上的土地，他就用酒灌醉地主，趁人酒醉時，蓋上手印地就送給他了」，加上有花蓮港廳長江口良三郎撐腰，「只要他看上的土地，一定要到手」。參見林阿旺先生口述，《花蓮縣鄉土史料》（南投市：省文獻會，1999），頁159。

[14] 林阿旺先生口述，「（饒永昌的）太太ワイ是日本人，江口廳長的表妹，饒永昌是新竹的土匪頭，長得很英俊，被日本人抓去，廳長的表妹很會講客家話，看上饒永昌，就嫁過來了」。《花蓮縣鄉土史料》，頁159。

[15] 參見《臺灣人士鑑》記載，頁498。

[16] 橋本白水，《臺灣統治と其功勞者》，頁124。

[17] 長女黃子（1910年生），東洋女子齒科醫專畢業，次女秋子（1914年生）東洋女子齒科醫專在學、三女菊枝東京川村高女在學（1937年時點）。《臺灣人士鑑》，頁498。

[18] 川村欽吾，〈モダニズム詩回想〉，收錄於江間章子，《埋もれ詩の焔ら》（東京：講談社，1985），頁297。

如下：饒正太郎「十月一日生。山口縣興風中學校畢業。記得在這裡從丘上眺望大海的往事。目前早稻田大學在學中」，[19]可推知饒至晚在中學校階段便已赴日。相對於未解明處甚多的生涯前期，饒正太郎進入大學之後的活動，則相對清晰許多。根據紀旭峰的考察，饒正太郎出身早稻田大學政治經濟學部，[20]在學期間係在1932年至1936年；1936年畢業後則任職於拓殖省大臣官房祕書課。[21]任職拓務省的原因，依前述川村欽吾的回想，「因為父親的關係（饒永昌的殖民地產業經營——引用者註）他就職於拓務省，從事殖民地行政」。[22]

饒正太郎的妻子伊東昌子（生卒年不詳），與饒的母親一樣是日本人，更是一位現代主義詩人，曾在《詩法》、《20世紀》上發表不少詩作與詩論。伊東與饒育有二子，一家在東京中野的生活應相當優渥。川村回憶：「到饒家裡去，家中備有鋼琴，他也打高爾夫球」。[23]然而厄運很快便襲擊了饒家。1941年，饒正太郎因肺結核死亡，得年僅29歲。伊東昌子帶著兩個孩子遠赴臺灣投靠夫家。公公饒永昌卻將愛子之死怪罪於伊東，憤而將之殺害。[24]饒家的榮景，至此也逐漸走向衰敗。

饒正太郎的文學活動，完全都在東京中央文壇進行。1932年，饒進入早大政治經濟學部的同年4月，在《椎の木》（第三次）的第1卷第4號發表詩作〈海岸〉，並成為同人，開啟了他的文學生涯。當時《椎の木》的同人中還有另一位臺灣出身者，即同樣就讀於早稻田大學（法文科）的西川滿。當時人仍在臺灣的翁鬧（1910-1940），儘管未列名同人，但也已開始向《椎の木》寄稿。這些寄稿，甚至早於1933年7月他在《フォルモサ》（福爾摩沙）創刊號上的發表。[25]

---

19 百田宗治編，《詩抄2》（東京：椎の木社，1933），頁110。由於每位收錄作家的小傳格式略有不同，推測為作者自撰。

20 參見《臺灣人士鑑》記載，頁498。

21 紀旭峰，〈戦前期早稲田大学の台湾人留学生〉，《早稲田大学史記要》第44號（2013），頁159、165-167。

22 川村欽吾，〈モダニズム詩回想〉，頁297。

23 川村欽吾，〈モダニズム詩回想〉，頁286。

24 江間章子，〈饒正太郎・伊東昌子〉，《埋もれ詩の焔ら》，頁230。

25 1932年，翁鬧在《椎の木》發表了三首詩作：〈あこがれ〉（第1卷第3號）、〈少年〉（第1卷第5號）、〈南国風景〉（第1卷第7號）。當時翁鬧仍任教於田中公學校，1934年才懷著「前進中央文壇」之夢遠赴東京。這三首新出土的詩作，應是目前可見的翁鬧最早的作品，甚至早於杉森藍、黃毓婷認定為翁鬧之處女作、1933年7月寄稿《フォルモサ》（福爾摩沙）創刊號的詩

在《椎の木》邁開腳步的饒正太郎，接著陸續在日本中央文壇幾種重要的現代主義系雜誌／詩誌嶄露頭角，發表大量詩作。[26]他參與的同人詩誌的系譜主要有二，一是饒起步的《椎の木》（1932年1月-1936年12月）到其主編發行的《カイエ》（1933年7月-1934年11月）、再到同樣由饒正太郎主導的《20世紀》（1934年12月-1936年12月）；二則是承接《詩と詩論》。《文學》而來的《詩法》（1934年2月-1935年9月），再到《20世紀》停刊後與原《詩法》的同人匯流、在日中戰爭全面爆發前夕創刊的《新領土》（1937年5月-1941年5月）的系譜。在這兩條系譜中，饒皆甚為活躍；而在以出生於1910年前後、和田博文稱為「都市現代主義詩第二世代」[27]的年輕現代主義詩人中，饒正太郎更是扮演新世代的領頭角色。

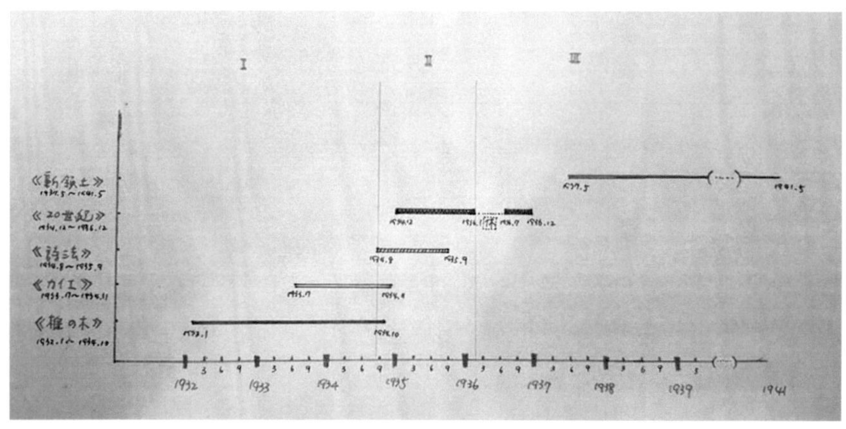


**圖表一、饒正太郎主要參與詩誌之發刊期間表**

作〈淡水の海辺に〉。此外，楊熾昌曾在〈《燃燒的臉頰》後記〉提及曾在《椎の木》發表作品。但很遺憾地，筆者調閱日本近代文學館、早稻田大學圖書館、以及國立臺灣大學總圖書館所藏之第三次《椎の木》，並沒有發現「水蔭萍」及其他已知的楊熾昌的筆名。

[26] 這些刊物包括：《セルパン》（1931年6月-1941年3月）、《文芸汎論》（1931年9月-1944年2月）、《カイエ》（1933年7月-1934年11月）、《苑》（1934年1月-1934年7月）、《詩法》（1934年2月-1935年9月）、《青樹》（第二次，1934年4月-1937年6月）、《20世紀》（1934年12月-1936年12月）、《新領土》（1937年5月-1941年5月）等等。

[27] 和田博文，〈都市モダニズム詩第二世代の実験室〉，《コレクション・都市モダニズム詩誌第28巻 モダニズム第二世代》（東京：ゆまに書房，2014），頁802。

## 二、饒正太郎的出發：「主知的抒情」的習作期作品《椎の木》到《カイエ》（1932年4月-1934年11月）

### （一）《椎の木》的登場

饒正太郎在中央文壇的登場，是百田宗治（1893-1955）主導的詩誌《椎の木》（第三次）。百田最初自浪漫主義的《明星》出發，後來成為大正期「民眾詩派」的主將，主編《日本詩人》，影響力甚大。1926年10月，在「詩話會」解散、《日本詩人》停刊後，百田創設了詩誌《椎の木》（第一次），提攜三好達治，並與現代主義系詩人的北川冬彥、春山行夫合作。原作為民眾詩派詩人的百田的詩風，亦因與現代主義系詩人的交流合作而產生質變，而其主編的《椎の木》的美學傾向亦在這樣的交流中，從初期的心境的抒情詩，逐漸向主知的純粹詩・主知的抒情詩移行。[28]百田的「椎の木社」出版了不少重要的現代主義詩集，如西脇順三郎的《AMBARVALIA》（1933）、安西冬衛的《渇ける神》（1933）等。在大正期的民眾詩過渡到昭和的現代主義的階段上，百田有著極大的功績。[29]儘管如此，較諸高舉「主知主義」旗幟、推動詩學革新的「新精神」運動的春山行夫，百田對於諸流派的態度較為包容，從而也較缺乏前衛運動的基進性。或許因為百田的編輯方針對異質性的包容、以及《椎の木》在美學系譜上屬於調和主知與抒情的昭和象徵主義詩的溫和位置，《椎の木》於是成為臺灣出身的現代主義系詩人——饒正太郎、西川滿，還有翁鬧——在東京中央文壇登場的重要起步舞台。

饒最初發表於《椎の木》第1卷第4號的組詩〈海岸〉，係應徵第三回「課題作品募集」所作。所謂「課題作品募集」，係從創刊號起（至2卷1號〔1933年1月〕止）每期分由不同的核心同人命題、徵稿、選詩的企劃。第三回「課題作品募集」之課題為「海洋」，由阪本越郎負責。饒正

---

[28] 參見長谷川泉編，《近代文学雑誌事典》（東京：至文堂，1966）「椎の木」條目，頁97。現代詩誌総覧編集委員会編，《現代詩誌総覧4——レスプリ・ヌーボーの展開》（東京：日外アソシエーツ，1996），頁430。

[29] 五本木千穂，〈百田宗治〈民主詩〉から〈卑俗主義〉へ〉，勝原晴希編，《〈共同体〉の誕生：『日本詩人』と大正詩》（東京：森話社，2006），頁262。

太郎獲選的〈海岸〉包含三首短詩——〈朝〉、〈昼〉、〈夜〉，每首都是一行的短詩，統攝在〈海岸〉名下，成為海岸一日之中歷時性的三種型態。饒初登場的組詩是這樣的：

**早晨**

溫度計在海中游著泳。

**中午**

遊艇爬到波浪的階梯上去。

**夜晚**

月亮來將我的幻想釣上這片海岸。[30]

〈早晨〉一聯，不落俗套地將魚在海中游泳反射著早晨陽光的銀光閃閃的意象，抽換為銀白狹長的溫度計，將原不相干的二者凝縮、疊合在一起，成為溫度計在海中游泳的奇妙意象。由於這組詩係透過〈早晨〉、〈正午〉、〈夜晚〉書寫海岸在一日之中的三種型態，儘管詩人未置一言，在詩的結構上也隱含著時間的推移流動。於是〈早晨〉一聯，書寫的並非凝滯的、某一時間點的早晨，而是早晨向正午推移的動態過程。因此，在海中游著泳的溫度計／魚，同時也指涉了連動於太陽的水溫／氣溫的攀升。順著這樣的勢，第二聯〈中午〉，日頭爬至天頂，海水沸騰，遊艇也昂首攀爬著一階又一階波浪的階梯，在速度之上形成一種不斷垂直起伏的律動感。在第三聯〈夜晚〉，日暮之後，月亮升起，詩的敘事者「我」也首次現身。詩中，饒正太郎不謂月色引發幻想，而是反過來，讓月亮為將「我」的幻想釣上這片海岸而來。原來與一切無涉的、無意志、亦無目的的天體運轉，竟與人間發生了牽連。「釣」並非侵略性、壓制性的捕捉，而是一種美麗的誘惑、陷阱，一種以退為進誘敵深入的策略。僅僅透過「釣」這個動詞，饒正太郎便充分表現了月色的魅惑性，也讓這組詩除了時間的推移（早晨→中午→夜晚），同時亦有著空間的移動（海面下游泳的溫度計→海面上攀爬波浪階梯的遊艇→被釣上海岸的我的幻想）。這首

30 饒正太郎，〈海岸〉，《椎の木》（第三次）第1卷第4號（1932），頁65。

由三首一行短詩所構成的組詩，在文字上力求極簡，極具視覺性，每個語彙的安排皆經過縝密思考，蘊含著巨大的、超現實的幻想空間；可以單獨成詩，作為組詩更可見其精密的結構。

這樣的美學與型制，明顯可見1924年11月於大連創刊詩誌《亞》的安西冬衛、北川冬彥等的「短詩運動」的影響。簡潔，凝鍊，充滿想像力。作為一前衛運動，《亞》同人的「短詩運動」主要的批判對象，是在大正民主的影響下使口語自由詩普及的民眾詩派。北川冬彥在〈新散文詩への道〉（1929）指出，短詩運動「係對民眾詩的冗蔓與雜蕪發動攻擊，提倡詩的純化與緊密化」。[31]然而如何透過將詩語削減到極限、到達純化與緊密化？曾寫出〈春〉（1929〔1926〕）「一隻蝴蝶渡過了韃靼海峽」（てふてふが一匹韃靼海峡を渡つて行つた）[32]的安西冬衛，在〈關於拙稚感與詩的原始復歸〉（稚拙感と詩の原始復帰に就いて，1925年1月）寫道：「拙稚感是美學意識的一種進展。不單是在造型藝術上如此。所有的藝術，都是從單純到複雜，不久，又應該恢復到原來的單純」，[33]並認為今日的繪畫的新主潮，是發源於亨利・盧梭（Henri Rousseau, 1844-1910）的原始復歸傾向。安西進一步言，所謂的「單純」並非「變得簡單的單純」（安易になる単純），藝術上的單純必須是極為複雜的單純，「拙稚」也並非拙劣。立體派畫家畢卡索（Pablo Picasso, 1881-1973）的藝術與小孩子的自由畫乍看類似，境界上卻別如雲泥。安西的結論是：「在法蘭西，已經有這樣的詩與繪畫相互接近的原始復歸的傾向。日後我們的詩也應該要在這『拙稚』之中發現美意識、朝著原始復歸發展吧」。[34]在安西的定調與詩歌實驗下，繪畫與詩的靠近，以及拙稚複雜的單純，於是成為《亞》的短詩運動的主調。

饒正太郎的處女詩作〈海岸〉，亦是上述觀念影響的體現。這種一行型制的短詩，在饒的創作生涯中嚴格來說僅有由〈海岸〉統攝的〈早

---

31 北川冬彥，〈新散文詩への道〉，《詩と詩論》（東京：厚生閣，1929），頁239。

32 初次刊載於《亞》第19號（1926）時原文為：「てふてふが一匹間宮海峡を渡つて行つた」，並有附註「軍艦北門ノ砲塔ニテ」。引文為收錄於《軍艦茉莉》（東京：厚生閣，1929）的版本，也是最廣為人知的版本。

33 安西冬衛，〈稚拙感と詩の原始復帰に就いて〉，《亞》第3號（1925），無頁碼。引用自ゆまに書房復刻版，小泉京美編、和田博文監修，《コレクション・都市モダニズム詩誌 第1卷 短詩運動》，頁50。

34 安西冬衛，〈稚拙感と詩の原始復帰に就いて〉，頁50。

晨〉〈中午〉〈夜晚〉三首；但承自《亞》之短詩運動的「透過寥寥詩語的緊密配置、以及語言的視覺性，喚起鮮明巧妙的意象」[35]的現代主義凝縮技法，為饒前期所愛用；即使在進行自我變革完全不避冗贅雜蕪的《詩法》、《20世紀》時期，亦未放棄，並常收畫龍點睛之效。

初登文壇、尚未建構自己的詩論體系的饒正太郎，大體上係延續著《亞》的安西冬衛短詩運動追求詩的純化與緊密化、以及饒所屬的椎の木社系統的調和主知與抒情的昭和象徵主義的路線行進。在處女作〈海岸〉之後，饒正太郎的詩逐漸拉長，以分行自由詩體、或散文詩的形式呈現，意象也漸趨晦澀、繁複，並在無遠近感的蒙太奇拼貼中形成一種非連續性的跳躍感與超現實性、或矛盾突兀。此階段的詩中充滿陰鬱、死亡、墜落、孤獨的意象，雖嘗試以「主知」作為方法，但並未若《詩法》、《20世紀》時期以降能徹底地摒除抒情性。這樣的傾向，在1933年7月餘《椎の木》發表的〈薔薇の喪〉到達頂端，而在其後的《カイエ》時期逐漸走向單純、明朗。

饒正太郎《椎の木》時期「主知的抒情」的美學特徵，我們先看1932年7月的〈草花〉。這首詩與〈海岸〉一樣是應徵《椎の木》「課題作品募集」（第六回）的作品。命題與選詩者，正是《詩と詩論》的靈魂人物、主張「主知主義」的春山行夫。饒正太郎詩作，刊載在入選作第一首：

> 草花持著我的回憶的聽筒。
>
> 風起的日子，草花們旋轉。
> 乘著三稜鏡。
> 那時候星座們在旋轉木馬聚集。
> 草花們吻。
> 電話的接線員們吻。
> 不久就要透過聽筒預想星座的墜落。
> （如今已過了春天的季節）

---

[35] 小泉京美，〈短詩運動〉，小泉京美編、和田博文監修，《コレクション・都市モダニズム詩誌 第1巻 短詩運動》（東京：ゆまに書房，2009），頁771。

> 草花持著我回憶的聽筒。
>
> 我發現了草花被貼在少女的記憶的相簿裡。
> 曾經看見少女將草花的色彩偷至掌中。染在手掌裡的草花的顏色，在蔚藍的天空中煩悶著。[36]

這首詩訴說著一段悲戀故事。首句「草花持著我的回憶的聽筒」，一方面是外型的聯想（草花—聽筒），同時也意指草花在「我」與「少女」的回憶曾有的特殊位置，因此成為通往兩人回憶的媒介。第二聯，風的擾動帶起一連串旋轉的意象。草花隨風旋轉，繼之而來的三稜鏡意象也在這樣的連動之中一面旋轉，一面將無色的光線分析成七彩散射。接著是星座。星座們聚集於旋轉木馬，整個宇宙也跟著音樂的旋律旋轉起來，宛若一座華麗、夢幻的樂園。然而在下一行，絢爛的畫面卻又陡然進入第一行「草花＝回憶的聽筒＝電話接線員」的連結，預知／預演了不斷被喚回的回憶中悲傷的部分。「不久就要透過聽筒預想星座的墜落。／（如今已過了春天的季節）」。有趣的是，回憶的喚回、重複演練本身，同樣是一種不斷的循環／旋轉，與視覺上的旋轉相互呼應。詩的末聯，「我」發現了草花被貼在少女的記憶的相簿裡，並曾看見少女將草花的色彩偷至手掌中。將草花貼在記憶的相簿、或將色彩偷至手掌中，意指儘管沒有好的結局，但少女其實也同樣珍視這段回憶＝作為與「我」之連結的草花——「偷」（盜む）這個字的背地裡、暗中進行之意，正暗示了某種無法與之正面為敵的現實抗力。同樣心碎的少女，「染在手掌裡的草花的顏色，在蔚藍的天空中煩悶著。」

明明應是一段悲戀的故事，饒正太郎卻不直抒胸臆，而是採取語言意象的裁斷與重組的知性的方式訴說。關於此回「課題作品募集」的表現，命題・選稿者春山行夫在〈附記〉中如此寫道：

> 今天出門到下著雨的街上作序時，買來了一束大丁草。讓我有些吃驚的是，叫做大丁草的花，僅以有著長莖的花的形態被販賣著，它的葉子呢卻宛若菜葉一般堆在別的地方。店家也附了幾片葉子給

[36] 饒正太郎，〈草花〉，《椎の木》第1卷第7號（1932），頁79。

> 我。儘管如此，把大丁草插在花瓶裡的時候，我們只能想像它的花與葉子最初是一起生長的啊。的確，比起我們的詩，這是更人工性的自然。草花的詩對我而言也是這樣人工的東西。[37]

這一段以「人工性」為關鍵字的文字，既是春山對於「課題作品募集」的命題設定與期待，也是其「主知」概念的一種展現。對春山而言，詩是一種主知的精神性活動，同時也是一個發現秩序並且透過「技術」來加以掌握的過程。[38]在這樣的解釋下，原本作為自然的大丁草的花與葉被人為地分開為二，復被重組，成為一種比起詩更「人工性的自然」。這樣將自然（＝素材）拆解、截斷、重組的過程，即為藝術本身，是必須藉由主知＝技術介入的一種再創造，而非對自然的模仿。因此，這段看似無關緊要的生活記事，實際上揭示了春山對於此次課題作品的評選標準。這樣的標準，可說為初登文壇的饒正太郎，劃出「主知」的起步方向，儘管此時饒的作品仍有濃重的抒情性。

〈草花〉之後的詩作，大抵是一再召喚此悲傷「回憶／記憶」的循環，然而更趨繁複、晦澀。作為記憶之媒介／符徵的草花，陸續在其他的詩作中以大理石石像、墓碑、日記本、青銅紀念碑等的型態顯現，被埋藏、被召喚、或被焚毀，詩中充滿墜落、孤獨、死亡、暴力性的意象。這樣的對於悲傷回憶不斷的迴圈、召喚、壓抑與否定，以1933年7月發表於《椎の木》第2卷第7號的〈薔薇の喪〉為分界，其後則產生了微妙的轉折。因此〈薔薇の喪〉，可視為這一系列詩作的總結。詩有些長，我們僅引用前半部：

> 將孤獨的夢境埋入長久之間這座森林的影子底下。我等待著你。強烈的植物香氣像徘徊在仲夏的路途上時似的使我感到痛苦。
>
> 最初在青色的樹葉中游泳，而後在薔薇色的樹葉中翻滾。在我坐著

---

37 春山行夫，〈課題作品第六回・附記〉，《椎の木》第1卷第7號（1932），頁79。

38 林巾力，〈主知、現實、超現實：超現實主義在戰前臺灣的實踐〉，頁88。關於「主知」在西歐・日本的發展脈絡及楊熾昌的受容，詳見林巾力，〈從「主知」探看楊熾昌的現代主義風貌〉，收錄於林淇瀁編，《臺灣現當代作家研究資料彙編 05 楊熾昌》（臺南：臺灣文學館，2011），頁201-233。另外詳見筆者博士論文第二章的介紹。陳允元，「殖民地台灣現代主義詩學的成立——台灣文學場域下楊熾昌、李張瑞的前衛詩運動」，〈殖民地前衛——現代主義詩學在戰前台灣的傳播與再生產〉（臺北：國立政治大學台灣文學研究所博士論文，2017），頁47-168。

> 的周圍許多陌生的臉孔正在跳舞。
>
> 我在濕濡的森林中漫步。冷冷的風屢屢沾濕我的眼瞼。我高聲呼喚著你的面容。這條綠色的小徑有神秘的陷阱。詞彙給予休息。度過長長的時間。
>
> 在風中你獨自的面容燃燒著。白色的車　赤色的車　青色的車　最後在弄亂了的筆記中你的歌聲獨自留下。[39]

一如其他類似主題詩作的延伸、重複，敘事者「我」將孤獨的夢境埋入森林古老的影子底下，進入了漫長的徘徊與等待，等待著不在場、或僅存在於記憶中的「你」。饒正太郎使用了大量的色彩、深具感官性的描寫、以及繁複扭曲而充滿流動感的超現實的意象，呈現「我」心中那個苦痛、翻騰、悲傷、孤獨、荒蕪、激越等思緒的種種面貌。隨著敘事進行，「陷入這片樹蔭靜謐的靈魂忘卻了孤獨，如石像般靜坐。……薔薇色的太陽挨近森林的邊緣。不可思議的香氣包圍著這座森林。像聽著音樂時一樣」，原本將孤獨夢境埋入森林影子底下的「我」（＝靈魂）似乎漸漸安定了下來，也陷入樹蔭的靜謐裡忘卻孤獨，美麗果實旁聳立著的午後太陽也逐漸挨近森林邊緣，成為薔薇色的太陽。這是日暮時分，日與夜的混沌交界。樹影被拓得極大，而後為降臨的夜晚吞噬。「我」於是進入了一種蒙昧未明的精神狀態，「宛若雕刻的這座森林是否已靜止不動？／我的預言或是希望，如今都已成為美麗的喪服。像氣喘吁吁喪失了語言的時候。／／靜謐如不絕的波浪如故事般蜂擁而至將我的身體沉入水中。我在樹叢中拾起唯一的貝殼。／／沼澤中有彩虹棲息。映照著微弱的氣息。映照著你白色的腳」。詩的最後，這樣混沌未明的蒙昧狀態因某些心痛回憶而強制中斷，「掌心滿是手汗。你的身影消失了」。

## （二）《カイエ》創刊後的變化：抒情性的逐步排除

以悲傷晦暗而意象繁複的〈薔薇の喪〉為界，饒此後的詩逐漸趨於簡潔、明亮。這也是第一份饒自己主編的藝文誌《カイエ》的創刊的時

[39] 饒正太郎，〈薔薇の喪〉，《椎の木》第2卷第7號（1933），頁27-28。

期。1933年7月，在文學路上日漸茁壯的饒初次創立了カイエ社，編輯發行包含了詩創作、詩論、外國文學譯介、以及各種藝術活動評介的藝文誌《カイエ》（CAHIER〔法文〕筆記簿、練習本之意），發刊期間為1933年7月—1934年11月，共計發行九號。執筆者包括饒正太郎、相田和夫（1911-?）、久米井束（1898-1989）、片岡敏（1910-?）、高荷圭雄（1913-?）、楠田一郎（1911-1938）、柏木俊三（生卒年不詳）、阿部保（1910-2007）、登倉章（生平不詳）、左川ちか（1911-1936）、江間章子（1913-2005）、SGG（生平不詳）共十二人。除了1898年出生的久米井束及生平不詳者，都是1910年後出生的年輕世代的《椎の木》同人。[40] 儘管沒有明確「宣言」，但這份藝文誌以年輕世代詩人為主體，意味著新一代詩人的首次正式集結。

〈薔薇の喪〉前的美學特色已分析如上。即透過極端扭曲、壓縮、繁複、晦澀的語言意象，書寫痛苦的記憶・回憶的主題。然而即便饒試圖以主知駕馭抒情的成分，但無法壓抑的巨大悲傷仍不時翻騰，本質上仍是抒情詩。而在〈薔薇の喪〉之後，饒的詩作逐漸回歸最初〈海岸〉、〈草花〉的簡潔、單純、純粹，且抒情的成分次第降低。原先不斷在詩中現身的敘事主體・抒情主體「我」（以及訴說的對象「你」），在〈薔薇の喪〉之後，漸漸就不太現身；而悲傷、寂寞、孤獨、思念的情感的語彙，也減少使用。

我們可以看看發表於〈薔薇の喪〉次月《椎の木》第2卷第8號的〈村と花〉。詩的前段明顯延續了〈薔薇の喪〉的主題意象，然而前期詩中不斷現身的敘述主體・抒情主體「我」已經取消。接下來的詩句是這樣的：

耽溺於空洞的空中的植物成長。
是因在空中的激烈親吻而起。
麥田正全面燃燒。

鳥群飛翔。
佝僂的畫家獨自站立著。

---

[40] 上述《カイエ》執筆者生平資料，主要參考自椎の木出版之三冊椎の木同人選集《詩抄1》、《詩抄2》（以上1933年）、《春燕集》（1934）之執筆者小傳。這也說明了他們同時是椎の木社同人。其中《詩抄2》參考自早稻田大學中央圖書館之藏本，其他二冊則參閱自資料庫「明治・大正・昭和初期詩集目錄」，http://cogito.jp.net/library/poetindex.htm（2015.12.27徵引）。

薔薇色的小徑延伸至遠方的河。
午後的雲在低沉的聲音中吞吐寂寞的氣息。

太陽在強壯的大樹中做細小的夢。
小丘上不斷吹拂的微風像花粉一樣發出香氣。

這條河裡棲息著五彩的魚族。
魚族呼吸村子的空氣。也散播花粉。

墨綠色的樹木朝向天空如火焰般升起。[41]

在明顯的敘事・抒情主體的身影「我」消失之後，連帶地，第一階段前期詩作中隱然可以讀出的故事、情節也被取消，詩的主題亦更加隱晦不明，只剩下「佝僂的畫家獨自站立著」、「午後的雲在低沉的聲音中吞吐寂寞的氣息」含蓄的線索，以及視覺性的寫景。「耽溺於空洞的空中的植物成長。／是因在空中的激烈親吻而起。／麥田正全面燃燒。」這三個句子看似難解，然而從饒賦與的因果關係中仍有思考的線索。具有性意味的「在空中的激烈親吻」即植物的「授粉」，植物因而能夠孕育、生長、繁盛，如麥田的全面燃燒。繼續往下讀，更能確立這樣的解釋。「太陽在強壯的大樹中做細小的夢。／小丘上不斷吹拂的微風像花粉一樣發出香氣。／／這條河裡棲息著五彩的魚族。／魚族呼吸村子的空氣。也散播花粉」。饒正太郎巧妙挪動了太陽與樹在光合作用上的施受關係，讓強壯的大樹成為太陽的庇護。使太陽能夠安穩地，在大樹中做著細小的夢（=每一片微小的葉子行光合作用）。此外，以風為媒介的花粉傳遞，被描述為「微風像花粉一樣發出香氣」；呼吸著村子的空氣，也散花粉的河裡的魚族，也同樣參與著這「村」與「花」共生的生態系。至於魚族如何散播花粉？這樣的書寫，就十分具有超現實主義的味道了。

值得注意的是，除了敘事・抒情主體「我」不再現身、故事・情節的取消，〈薔薇の喪〉之後的詩，也從原本充滿著墜落（星星、人、

---

41 饒正太郎，〈村と花〉，頁26。

花）、死亡（墳墓、送葬隊伍、燐火）、受傷、黑夜、陰冷、時間季節失序等等晦暗陰冷的意象，轉為溫暖、生氣盎然的、明亮的畫面。詩的長度明顯縮短，詩句的結構也變得簡單，詩行間也有更多的留白。例如〈四月〉：「從彩虹底下穿過／抵達有很多石頭的村子／／少年們爬到樹上／看海／／蘋果樹下的家屋／傳來風琴的聲音／／小丘上水果在鳴叫」；[42]〈歌〉：「打開魚的胸腔聽歌／／魚逆流而上／／少年壓著胸口奔跑／／漁夫們撿拾水果」；[43]或是〈雪と魚〉：「雪沿著魚的背脊滑落下來／／在雪中看不見鳥／在掌中蘋果燃燒／頭上鐘聲與荊棘落了下來／樹林般明亮／／胸中立起了熾熱的彩虹。」[44]等等。這些詩作中，〈室〉（1933年11月）一詩寫得極好：

太陽披戴鱗片
模特兒的細長脖子沾有向日葵的花粉

在室內擠檸檬
鋼琴發出落日的聲音

陳列的水果上風裸足奔跑
鏡中的臉發出魚的香氣

正午的水果美麗地騷動
房間如水果般正在熟成[45]

這首名為「室」（房間）的詩，從模特兒、以及陳列的水果判斷，描繪的是正午畫室裡的光線、色澤、氣味、聲音、觸感，以及溫度。透進窗裡的陽光，成為饒正太郎筆下太陽披戴的閃閃發光的鱗片、沾上模特兒細長脖子的向日葵花粉。然後成為檸檬的黃、檸檬的清爽的香氣，以及鋼琴跌宕

[42] 饒正太郎，〈四月〉，《苑》第2冊（1934），頁54。
[43] 饒正太郎，〈歌〉，《椎の木》第3卷第2號（1934），頁15。後重複刊載於《苑》第2冊（1934），頁54。
[44] 饒正太郎，〈雪と魚〉，《カイエ》第5號（1933），原文無頁碼。
[45] 饒正太郎，〈室〉，《カイエ》第4號（1933），原文無頁碼。

的落日的聲音。風吹進畫室，在作為靜物的水果上裸足奔跑，極具動感；而鏡中的臉也因映射著太陽的鱗片而發出魚的香氣。詩的最末兩句，最是畫龍點睛。作為基本畫材「靜物」的水果並非完全、絕對的靜物，而是在正午的畫室以肉眼難以察覺的速度熟成著；但饒將水果的熟成轉換為「美麗地騷動」，成為一種極微小的、由內而發的、色調由青澀轉為熟滿的微妙變化，並讓這樣的微小變化擴及整個房間／畫室，充盈著熟成的香氣。這首詩的意象極為節制、準確，在看似靜止狀態中捕捉極微小的種種騷動，是饒正太郎最上乘的珠玉之作。

但這樣精巧的詩作，並不是饒正太郎此一階段的終點。在《詩法》創刊（1934年8月）、《カイエ》即將終刊《20世紀》也即將創刊之前的1934年後半，這樣意象精準而結構嚴謹的「複雜的單純」的詩，轉變為快節奏的、跳躍的、無內容無修飾的、題名與詩體間的連結更隱微（甚至斷裂）的饒舌式速寫，或蒙太奇式的畫面構成。如〈獨白〉：「有很多仙人掌的／山脈下／有許多選手／／船的聲響啦／／動物的鳴叫啦／／赤裸的校長／／以及番茄田／／說話很快的青年／出外旅行」；[46]〈左手〉：「從船上逃走的／／水果店的／／麥稈帽與／／從對面跑來的／／青年們的／／頭混在一起／／田裡的馬／／飛了起來」，[47]以及〈青年の出発〉：「在海上傳來的／／喇叭的聲響中的／／是攝影師吧／／爬到樹上／／在炭畫用紙上／／簽名的／／馬伕的臉」。[48]與此同時，饒正太郎也開始在《カイエ》發表長組詩〈137個の彫刻〉的最初部分。這些詩作，宣告了饒正太郎的美學正式進入下一個階段。

## 三、饒正太郎的活躍：〈137個の彫刻〉連作及同時期作品《詩法》與《20世紀》並行（1934年12月-1936年1月）

### （一）《20世紀》的戰鬥位置

1934年中，饒正太郎在自己編輯的《カイエ》第7、8號發表〈137個の彫刻〉連作1—10節。在《詩法》、《20世紀》陸續創刊後，又以這兩誌為

[46] 饒正太郎，〈獨白〉，《詩法》創刊號（1934），頁28。

[47] 饒正太郎，〈左手〉，《カイエ》第9號（1934），原文無頁碼。

[48] 饒正太郎，〈青年の出発〉，《カイエ》第9號（1934），原文無頁碼。

新據點從頭刊登。至1936年1月《20世紀》第6號〈137個の彫刻〉目前所知的最後一次刊載為止，共計五十五節。[49]這首連載時間逾一年半的長篇鉅作，其最初的構想，根據江間章子的詩壇回憶《埋もれ詩の焔ら》，饒應該是計畫要完成一百三十七首詩的，然未完而終。[50]但事實上，它們並不共有同一或相關主題，彼此之間也未見明顯的連繫與結構安排，前後體裁也不一致，且部份號次是其他題名的詩的重複收錄。1936年1月，《20世紀》第6號刊載〈137個の彫刻〉第55節後，《20世紀》即因思考「在poésie的進化過程中poésie的純粹性與社會性的辨證性發展」進入半年的休刊期。7月復刊後，饒正太郎並未接續未完成的〈137個の彫刻〉，而是開啟了新的詩題連作〈青年の計畫〉，美學風格也有所轉變。由此推測對饒而言，〈137個の彫刻〉是一個創作階段・美學階段的作品的集合代稱。

〈137個の彫刻〉作為一個階段，正是饒正太郎及出生於1910年前後的第二世代真正踩穩自己世代的戰鬥位置、建立獨自美學的時期。與饒同樣起步於《椎の木》的江間章子，曾寫下這樣的回憶：「饒正太郎一面作為《椎の木》同人，又邀請年輕的同志，著手編輯、發行如素描本的大型的《20世紀》……。有次饒正太郎到百田家拜訪，《椎の木》的主導者百田宗治在身邊擺了一升瓶的冷酒、大口喝著，沒讓他把話說出口就回家了。他神情憂鬱地報告這樣的事情，大就是那個時候吧。如果是這樣的話，或許百田宗治也按捺不住見到捨棄培育之親、展翅高飛的饒正太郎時的寂寞的心境吧」。[51]1934年12月《20世紀》的創立，是饒正太郎與日本的象徵詩及抒情詩主流徹底站上對立位置的開始，也是反思自己與第一世代的現代主義前輩們的相對距離的起點。

1934年12月，一批以《椎の木》或是《カイエ》為文壇起點、出生於1910年前後的年輕世代詩人，以饒正太郎為核心，創立了一份屬於自己世代的詩誌《20世紀》。這一批和田博文稱為「都市現代主義詩第二世代」的詩人，非常清楚自己在世代及美學上的戰鬥位置。饒正太郎在創刊號的〈宣言〉中寫道：

---

[49] 45-47節目前未見。另，部份號次是其他題名的詩的重複收錄。例如第25節同〈青年の休暇〉，《20世紀》第1號（1934）；27-33節同〈新しい建築家の写真〉，《詩法》第2號（1935）；34-37節同〈オペラの部〉，《詩法》第3號（1935）；而41-43節同〈町の美術学校〉前段，《20世紀》第4號（1935）。

[50] 江間章子，《埋もれ詩の焔ら》，頁269。

[51] 江間章子，《埋もれ詩の焔ら》，頁200。

《20世紀》是嶄新的詩學（ポエジイ）的實驗室。同時代性對我們而言是必要的。是對傳統進行革命呢，或是放棄傳統呢。以像詩人般的詩人來期待我們是沒用的。我們積極地面對文學。世紀末的頹廢主義者與感傷主義詩人與修辭學的盲信者與感性過多的詩人們已經病入膏肓了。我們要訣別這些病人。毫無變化的詩人就跟毫無長進的詩人一樣，我們是不會認可的。我們希望以二十世紀腦袋審視一切。已經沒有必要將韓波當作天才了。天賦啦或是天才這樣的詞彙，只有在中學生的教科書裡被當做一回事。天才是正在睡眠的狀態。而馬拉美的詩呢，也沒有必要愁眉苦臉地閱讀。我們追求更大的自由。二十世紀的思考，就是自由。所謂自由並不是奔馬的速度。為了訂正被小說家扭曲了的詩的觀念我們要提出抗議。他們不過知道一些小曲一些音樂罷了。同樣地我們也向對於同時代的詩幾近於白癡狀態的批評家進行挑戰。批評家們有時是隨自己心情喜好的宣傳家，有時是毫無批評準則的彼得氏，有時是胡說一通的席夢思氏，滑稽得不得了。[52]

饒正太郎擬稿的〈宣言〉，再次展現出宛若1928年9月《詩と詩論》的創刊號春山行夫激烈地宣稱「日本近代象徵主義詩的終焉」、「打破舊詩壇的無詩學的獨裁」的氣魄與前衛精神。饒將《20世紀》定位為「嶄新的詩學（ポエジイ）的實驗室」，要以「二十世紀＝同時代性＝自由」的腦袋審視一切；而他們要徹底訣別的對象，是「世紀末的頹廢主義者與感傷主義詩人與修辭學的盲信者與感性過多的詩人們」亦即「象徵主義詩」以及「抒情詩派」。這一份宣言，既繼承了前行代追求「主知」的大方向，也反映了《20世紀》年輕詩人在美學運動上與世代運動上的共同意志。他們在此基礎上，清算以萩原朔太郎為代表的抒情・象徵詩傳統，批判性地測定自己與春山行夫等第一世代現代主義前輩們的相對位置，同時也對同時代具有抒情、浪漫傾向的《四季》、《日本浪曼派》等，發動猛烈的攻勢。

為了將《20世紀》打造為「嶄新的詩學的實驗室」，和田博文根據負責編務工作饒的編輯〈後記〉指出饒的兩個戰略。其一是「海外同時代

52 饒正太郎，〈宣言〉，初出：《20世紀》創刊號（1934），頁4-5；引用為復刻版，收入和田博文編，《コレクション・都市モダニズム詩誌 第28巻 モダニズム第二世代》，頁8-9。

詩・評論的翻譯，及新刊書的介紹批評」，其二則是「同時代詩人們的距離的測定」。[53]關於第一點，饒在〈後記〉寫道，「舊有詩人對於外國文學的西洋式的愛好，若僅接受其人間主義的執拗的部分，幾乎就毫無例外地將之視為文學精神。這或許可說是一種內面的幼稚病，是日本詩人最糟糕的傳統吧。這是井底之蛙的詩人，詩人不過處於沉睡的狀態。如此的詩人能夠昂首闊步，是極為滑稽的事實」。[54]因此，透過海內外同時代詩、評論、新刊書的翻譯介紹，是能夠恆常維持與「二十世紀」的「同時代性」的重要手段。關於第二點與同時代詩人們的距離的測定，饒則寫道：「第一號刊載安西冬衛論，依序對於《詩與詩論》時代的人們、及我們必須提出抗議的詩人們毫無忌憚地進行評論」。[55]和田博文進一步闡釋，所謂「我們必須提出抗議的詩人們」所指的，是曾被春山行夫貼上「無詩學」之標籤、1910年代開始嶄露頭角的萩原朔太郎世代；[56]然而也許更讓我們訝異的，曾宣稱萩原世代的終焉、開創日本現代主義詩運動的《詩と詩論》一代的前驅詩人們，也成為其毫無忌憚地進行「距離測定」的批判對象。第1號由楠田一郎所撰寫的〈安西冬衛論　關於安西冬衛的基本知識〉（安西冬衛論　安西冬衛に關するアルフアベ），即宣示了新世代的基本立場：「對於安西冬衛，若說我們抱持著一些關心，那便是在時代史的脈絡中直率地判斷其價值。現在，我們必須取得更進一步前進的位置。我深信，在這樣的時候，究明我們所直接繼受的在前行時代進行劃時代性poésie運動的詩人群做為第一步，絕對是重要的」。[57]除了安西冬衛，包括三好達治、北川冬彥、阪本越郎、丸山薫、近藤東、以及春山行夫等現代主義詩人，都在其批判、測定距離之列。

除了對萩原朔太郎的象徵詩・抒情詩世代、對《詩と詩論》世代的現代主義前驅詩人進行批判性的再評價，《20世紀》同人也將批判的視線

---

53 和田博文，〈都市モダニズム詩第二世代の実験室〉，《コレクション・都市モダニズム詩誌第28巻 モダニズム第二世代》，頁803-804。

54 饒正太郎，〈後記〉，初出：《20世紀》創刊號（1934），頁59；引用為復刻版，收錄於和田博文編，《コレクション・都市モダニズム詩誌 第28巻 モダニズム第二世代》，頁63。

55 饒正太郎，〈後記〉，頁63（初出頁碼：59）。

56 和田博文，〈都市モダニズム詩第二世代の実験室〉，頁804-805。

57 楠田一郎，〈安西冬衛論　安西冬衛に關するアルフアベ〉，初出：《20世紀》創刊號（1934），頁27；引用為復刻版，收錄於和田博文編，《コレクション・都市モダニズム詩誌第28巻 モダニズム第二世代》，頁31。

轉向同時代活動著的詩人與詩誌，包括1934年10月創刊的《四季》（第二次），以及1935年3月創刊的《日本浪曼派》。《四季》的美學偏向「主知的抒情」，係《詩と詩論》之「主知」的現代主義的修正性的存在，簡單來說，其「樹立了知性與感性之調和秩序的抒情詩風」、「在立足於對歐洲詩的正確認識的同時，也繼承日本傳統的詩精神，展示了新的抒情世界，形成昭和期抒情詩派的牙城」。[58]《日本浪曼派》則是由同人雜誌《コギト》、《青い花》（以上藝術派）、《現実》、《麺麭》（以上普羅列塔利亞文學派）之同人的集結，代表作家為保田與重郎（1910-1981），是普羅列塔利亞文學崩壞後的浪漫主義・國家主義轉向，具有回歸日本傳統、戰爭協力的傾向。和田認為，這些並行的同時代雜誌，「在（《20世紀》——引用者註）確認自身位置之際發生如鏡像般的效果」。[59]

## （二）饒的詩論建構：主知與同時代性艾略特的影響

饒正太郎繼在《20世紀》創刊號〈宣言〉提出「同時代性」、「以二十世紀的腦袋審視一切」、「二十世紀的精神就是自由」之後，在第2號發表〈発展性のない詩人〉，對象徵詩人萩原朔太郎及現代主義詩人北川冬彥提出批判，認為他們都是「沒有歷史意識的業餘詩人」、「缺乏時代性沒有生活力的過去的詩人」。[60]文中，饒引用艾略特（T. S. Eliot, 1888-1965）「詩不是情緒放縱的迴轉，而是情緒的逃避。詩不是個性的表現，而是個性的逃避」作為理論後盾，認為多愁善感的詩人們經常無法自我批判，處於一種無意識的狀態。並且提出：「我們所說的對於健康性的要求，是迴避內在性的感傷，而去豐富外在性的觀察與批評精神」[61]的論點。接著，饒正太郎在《20世紀》第4號的〈日本浪曼派の詩人たちへ〉，將患有「感性過多症，現實溺愛症」的《四季》、《コギト》與《日本浪曼派》一起打包，並將批判的矛頭對準了《日本浪曼派》的主導者保田與重郎：

---

[58] 長谷川泉編，《近代文学雜誌事典》「四季」條目，頁171-172。另可參見第叁章討論。

[59] 和田博文，〈都市モダニズム詩第二世代の実験室〉，頁807。

[60] 饒正太郎，〈発展性のない詩人〉，《20世紀》第2號（1935），頁79。強調記號為饒正太郎加。

[61] 饒正太郎，〈発展性のない詩人〉，頁79。

> 正如修辭學詩人們對語言本身沒有意識，感性過多症的詩人們對感性也沒有意識。現實溺愛症的詩人們也被現實奪去了心，對於現實無法抱著實驗性的積極精神。於是便失去了批判的精神。……二十世紀的時代已非抒情詩人或感傷詩人們的時代了。不是感性的量，感性的質才是問題所在。一切都始於意識。
>
> 所謂前衛的詩人是對文學的本質的發展進行破壞性的工作的詩人，並不是那種有時以靈魂書寫、有時歌詠寂寞，然後有時做著夢的感動型的詩人或者快樂主義的詩人或懷古的詩人。那些詩人與前衛大體上是絕緣的……沒有時代性，沒有生活力，沒有發展性的詩人們，是逆行於文學之本質的。[62]

從〈宣言〉、〈発展性のない詩人〉到〈日本浪曼派の詩人たちへ〉，我們可以看到，饒最首要的美學核心就是「知性」。所謂的知性，並不是只有摒除抒情性這麼簡單，而是對於言語修辭、感性、現實等等抱持高度的意識，亦即不耽溺於媒介（言語）、材料（感性、現實），不為之所役，才能從中產生批判精神，維持思考的自由。因此，對饒而言，「一切都始於意識」，而非官能或情緒的「刺激」（スリル）的反應：「藉由刺激而寫詩的時代，是原始人恐懼太陽的時代。刺激意味著混沌。刺激的詩人們不具有詩的歷史意識。永遠只能寫著同一種類的詩。當詩沒有變化而固定化了的時候，其詩與文學的有機關係就消失了。那樣的詩人跟公所的代書人沒什麼兩樣」。[63]畢竟文學不是刺激的無意識反應、或是公所代書一般的繕寫（模仿）。饒認為，那樣的作家不具有歷史意識，文學也永遠停滯，無法推進。

在饒的文論中，有一個詞彙與「歷史意識」幾乎等義，便是「同時代性」。在〈宣言〉，它似乎與「二十世紀」劃上等號，卻有更深層的意義。關於「同時代性」，饒在發表於《詩法》第12號的〈詩の同時代性 坂野草史氏詩集《プルシヤ頌》・吉田瑞穂氏詩集《牡蠣と岬》・花巻弌氏詩集《犬と習性》〉（1935年8月）有較為完整的闡述。饒先從詩人的

---

[62] 饒正太郎，〈日本浪曼派の詩人たちへ〉，初出：《20世紀》第4號（1935），頁13-16；引用為復刻版，收錄於和田博文編，《コレクション・都市モダニズム詩誌 第28巻 モダニズム第二世代》，頁269-272。

[63] 饒正太郎，〈日本浪曼派の詩人たちへ〉，頁13〔269〕。

「消化力」談起。他說，不能將影響與模仿混同。對有消化力的詩人而言，受到影響與發明是同等重要的。受到影響是能動性的，而模仿是受動的。他接著說：

> 這裡所謂的消化力，包含了觀察力、批評精神，乃至於詩的歷史意識。開始愛著同一種類的詩的時候，消化力次第衰退下來，這就是證據。持續書寫同一種類的詩，在文學上是零，也會變得沒有同時代性。沒有同時代性的詩人們，只能成為所謂傳統的傳統的詩人而終，是沒有發展性的追隨者。所謂沒有同時代性，也就是沒有詩的歷史意識。同時代性意味著正統（orthodox），而不是皮相的流行性。為了創造正統不能夠無視傳統。否定了傳統的正統從根本上來說不是正統，而是一種冒充（snobbism）。從而傳統是為了恆常的正統的傳統，而不是為了傳統的傳統。[64]

饒對於「同時代性」的詮釋，並非僅有〈宣言〉「以二十世紀的頭腦審視一切」所暗示的同時代的「新」這麼簡單。事實上，「同時代性」也包含著對「傳統」的意識：而饒正太郎所領導的《20世紀》的前衛性，也絕非僅是傳統的革命或棄絕。相反地，饒及其《20世紀》同人們，是在對傳統的認識、在歷史意識之中意識自己在當代的位置與前衛性。饒正太郎這篇〈詩の同時代性〉，非常明顯地援用了艾略特〈傳統與個人才具〉（“Tradition and the Individual Talent”, 1919）的觀點。

艾略特著名的〈傳統與個人才具〉提出最深刻的論點，便是理解個人在傳統之中的「歷史意識」。艾略特認為，如果傳統傳遞的唯一形式，是存在於對我們前代的步伐的追隨，那麼這樣的「傳統」便是一種阻礙。但傳統是一個擁有更寬廣意義的事物。它不能被繼承，必須透過巨大的努力才能得到。他指出：

> 傳統首先意味著歷史意識。……而歷史意識不僅要察覺過去事物的過去性，也意味著要領悟過去事物的現存性。正因為這樣的歷史意

---

[64] 饒正太郎，〈詩の同時代性　坂野草史氏詩集《プルシヤ頌》・吉田瑞穂氏詩集《牡蠣と岬》・花巻弌氏詩集《犬と習性》〉，《詩法》第12號（1935），頁59。

> 識，人們被迫使在寫作時不僅要與他的時代一起，還要意識到從荷馬以來整個歐洲文學整體、以及在那之中的整個本國文學是同在的，構成一個同在的秩序。這種歷史意識，既是一種瞬時性的意識，也是一種永恆的意識，同時也是瞬時與永恆結合的意識，這使得一位作家成為傳統。且也是這種歷史意識，使一位作家對於他在時代中的位置、以及他的現代性，有最為切實的意識。[65]

透過艾略特的〈傳統與個人才具〉，我們能夠更清楚理解饒正太郎一系列詩論及文學行動的理路。饒在〈宣言〉中宣示的「《20世紀》是嶄新的詩學的實驗室。同時代性對我們而言是必要的。是要革命傳統呢，或是要放棄傳統呢」，其實就是面對傳統的態度的歧路。然而對於傳統，饒不是革命，也不是放棄，而是對之進行徹底的審視。正如其所謂「為了創造正統不能夠無視傳統。否定了傳統的正統從根本上來說不是正統，而是一種冒充」。因此，海外同時代的文學活動、及日本同時代的文學活動，共同構成了他的歷史意識與所謂同時代性，成為一個必須被意識的「同在的秩序」。《20世紀》便是在這樣的歷史意識上出發的。因為如果缺乏歷史意識，便無法真正意識自己在時空中的位置與當代性。

不只是歷史意識，饒正太郎的「知性」觀，也能透過艾略特的〈傳統與個人才具〉得到更具體的解釋。當然，饒正太郎對於「主知」美學的接觸、受容，推測應該來自其在《椎の木》初登文壇時期，「課題作品募集」設計者與選稿人春山行夫「主知」論的引導，[66]畢竟春山行夫的影響是如此之大。但初登文壇的當時，饒正太郎的詩作仍透露著濃重的抒情性，亦沒有主知相關的詩論發表。可是到了真正開始要在文壇站穩腳步、自立發展的《詩法》、《20世紀》時期，饒正太郎開始非常明確地打出「主知」的旗幟，向象徵主義詩、抒情詩派等宣戰，認為「一切都始於意識」。有趣的是，也許因為要與日本現代主義的前輩詩人保持一定的距離，饒並未援用春山的主知論，而是取徑於西方引用了艾略特〈傳統與個人才具〉的句子：「詩不是情緒放縱的迴轉，而是情緒的逃避。詩不是個

---

[65] 引用・中譯自T・S・エリオット著，北村常夫譯，〈傳統と個人的才能〉，《詩と詩論》第8號（1930），頁80。

[66] 阪本越郎，〈夢の夢想（斷片）〉，《椎の木》第1卷第4號（1932），頁65；春山行夫，〈課題作品第六回・附記〉，《椎の木》第1卷第7號（1932），頁79。

性的表現，而是個性的逃避」，作為其美學觀的理論依據。例如在〈傳統與個人才具〉，艾略特認為：「藝術家的進步就是持續的自我犧牲，不間斷的個性的消滅。……在這種個性消滅之中，藝術可能會趨近科學的狀態」。[67]艾略特舉催化劑鉑為例：

> 這個合成反應只有在鉑存在時才會發生。然而新合成的亞硫酸卻不留下鉑的痕跡，鉑本身也完全沒有受到影響。依然不具有自動力，保持中立毫無變化地留下來。詩人的精神就是一片鉑。……藝術家愈是想要完美，就要更徹底地在他身上分離出痛苦的人類與創作的精神。只有這樣，精神才能更加徹底地消化作為素材的熱情，使之產生質變。[68]

艾略特進而說明，這種因催化劑（詩人的精神）而產生質變的兩種元素，即是情緒與感覺。回到饒正太郎身上，情緒與感覺的刺激、感性的耽溺，正是饒最為批判的。它們應該是為詩人的知性／意識／精神的催化作用而產生化學變化的素材，而非詩的本身，必須進一步被意識所作用。因此饒正太郎說：「藉由刺激寫詩的時代，是原始人恐懼太陽的時代。刺激意味著混沌」。而這樣的混沌，就是沒有做到艾略特所謂的徹底分離出痛苦的人類（刺激的受體）與創作的精神（創作的主體）。一切始於意識。只有意識，才能具有批判精神，具有歷史意識，讓文學能夠往前踏進一步。

## （三）〈137個の彫刻〉連作第一時期（1-13）：散文體的連作

接著我們將焦點回到《詩法》•《20世紀》時期的代表作〈137個の彫刻〉連作。這一系列的連作，雖主要刊登於《詩法》•《20世紀》，但早在《詩法》創刊的三個月前，即已從饒的小型同人刊物《カイエ》（1934年5月）悄悄起步，而後才在《詩法》、及同樣由饒主導的《20世紀》正式出發。

〈137個の彫刻〉連作，共計有五十五節，連載期間長達一年半。如此龐大的規模與連載時間跨度，雖歸於一期，還是可以看到以《20世紀》

[67] T•S•エリオット著，北村常夫譯，〈傳統と個人的才能〉，頁83。

[68] T•S•エリオット著，北村常夫譯，〈傳統と個人的才能〉，頁84。

的發刊為界的一些變化軌跡。我們先看〈137個の彫刻〉第1、2、4節：

1　長草的空地上有工作室。太陽總是從右邊的窗子射入。畫家總是從這裡騎腳踏車去小丘那邊畫畫。往雞行走的細細小徑的深處前進，最裡邊是一間賣有鋼琴的店。離小學校三百公尺處，菸草屋隔壁住著一位雕刻家。每天早上八點整，雕刻家會給仙人掌澆水。左轉，左轉，左轉，左轉，再左轉的小坡路邊的池子旁住有一位詩人。風起的時候燈火總會熄滅。離海七里遠的水果店的二樓住著一位鋼琴家。音樂家們到河邊去釣魚。

2　放晴的日子，街角有一間石造的喫茶店。路過時會發出佩劍的聲音。開門進去一看，頭尖尖的男人正以小提琴拉奏巴哈的無伴奏奏鳴曲。下著雨的日子，路過河邊的喫茶店，會發出音樂盒的聲音。開門進去一看，貌似三角形的男人與貌似橢圓形的男人正在笑著。

4　我和畫家和鋼琴家和雕刻家，以及在關門海峽附近出生的我的朋友共五人搭乘一九二七年型的汽車。選了畫家的園丁朋友做我們的司機。汽車在河邊奔馳。每次渡橋的時候畫家的身體都會發出檸檬的氣味。接近正午的時候我吵著說想去水果店。畫家吵著說想喝牛奶。鋼琴家吵著說想釣魚。雕刻家嚷嚷著說他忘了拿菸斗。我的朋友眼睛睜得大大的。司機從路旁摘來了一朵蒲公英的花。[69]

〈137個の彫刻〉的前十三節，都是散文體的。沒有前一階段繁雜而晦澀的長句，以及節制凝縮的短句。只有極為簡單的語言結構不斷叨絮、重複，間或使用一些經抽象化、超現實化等等藝術手法陌生化的語句。前一階段的抒情要素被更徹底地排除了，取而代之的是敘事性、報導性，從一個幾乎是全景式的視角，俯瞰詩中人物的日常生活風景，將之逾越必要程度地鉅細靡遺、饒舌地報告出來。時空背景是模糊的、具異國情調的，只有第12節較為明顯地使用具有臺灣色彩的意象。登場人物亦不固定。詩以第1節的畫家、雕刻家、詩人、鋼琴家、「我」、以及園丁展開，陸續又加入了

[69] 饒正太郎，〈137個の彫刻〉1、2、4，《詩法》第1號（1934），頁24-25。

模特兒、攝影師、小說家、鋼琴家夫人、雕刻家夫人等等。但這些人物並不會一直出現到最後，而是來來去去，沒有所謂的主角。連作宛若一齣快節奏而誇張、滑稽的荒誕喜劇，同時也頗有1930年代日本甚為流行的「エロ・グロ・ナンセンス」（erotic, grotesque and nonsense, 色情・怪誕・無意義）風潮中「ナンセンス」的意味——無內容、無意義、無厘頭、輕快、饒舌，難以捉摸等[70]——例如這一段：「接近正午的時候我吵著說想去水果店。畫家吵著說想喝牛奶。鋼琴家吵著說想釣魚。雕刻家嚷嚷著說他忘了拿菸斗。我的朋友眼睛睜得大大的。司機從路旁摘來了一朵蒲公英的花。」許多句子的構成，並沒有嚴格的邏輯關係，如「放晴＋路過喫茶店→佩劍的聲音」與「下雨＋路過喫茶店→音樂盒的聲音」的對比組合，以及「奔馳的汽車渡橋→身體發出檸檬的氣味」等超現實風的無厘頭句，即讓詩中日常風景的寫實性變得可疑，同時也變得諧謔；有時則把人物的局部特徵無限誇大，而以抽象性的幾何圖形取代其本體，如「頭尖尖的男人→貌似三角形的男人」、「貌似橢圓形的男人」；或是把日常的疲乏的語言陌生化，如第8節：「時間來到中午，雕刻家不說中午到了。而是喊著樹木的影子變得好短好短」、「雕刻家對著模特兒說請像蜜蜂停在印度膠樹的葉子上的樣子把脖子往右偏過去一點」；此外，在〈137個の彫刻〉，饒正太郎亦十分慣用對各類當代藝術的賣弄與諧擬。除了詩中大量充斥各種繪畫、音樂、映畫藝術家名字、名作，饒也利用這些藝術風格符號作為事物的借喻或修飾。例如第9節，畫家遇上突如其來的風，他停下來，閉上眼睛，「基里柯的馬、畢卡索的馬、夏卡爾的馬、多・拉・弗雷奈的馬」，然後風停了。這句介於風起至風止之間、眾多藝術家的各式風格的「馬」被借代為風，表述了這陣風帶給這位畫家的各式感受與想像。這陣突如的怪風也讓鋼琴家在竹林裡跌倒了，他的跌倒竟像「讓・琉夏爾的《風景中的裸婦》的姿勢」，彷彿鋼琴家以跌倒的姿勢諧擬了讓・琉夏爾的名畫。以名畫比喻跌倒，讓糗態的瞬間，被定格為宛若藝術史上崇高的永恆。

---

[70] 新興藝術派代表作家龍膽寺雄曾撰文〈ナンセンス文學論〉（1930）闡述其意涵：「給這個辭彙籠統的近代性的解釋是：無內容性、無內容性的無意義、無內容性的輕快、無厘頭的饒舌、或是氛圍，愚蠢的冷笑話、垃圾話、等等。無論如何，不受社會生活中嚴格的因果關係所拘束，對功利性也不關心，不是數量上的龐大與質性上的重，像吹過牆垣的風似的飄飄然在一切的社會規律間吹動，蔑視現實的黑暗與醜惡，對於黃金的光輝與榮譽也不在乎，因此沒有可以掌握之處，然而這就是nonsense的特色」。龍膽寺雄，〈ナンセンス文學論〉，《放浪時代》（東京：新潮社，1930），頁208-209。

值得注意的是，這樣的散文體連作，儘管輕快、諧謔，宛若毫無意義，但在這樣的諧謔中卻反而產生了某種諷刺性。例如第11節的運動會的場景：

> 三級跳遠選手D氏生於蜜柑花盛開的岬角。他喜愛合歡樹。跑在他後頭的A氏是四百公尺選手，正減速奔跑，但比跑在最前頭的O氏高十八釐米。他有一顆圓圓的頭，喜歡洋槐樹。鉛球選手Q氏儘管跑在第五順位，在課堂上卻因英國文學的專門研究而聲名大噪。比起瀨戶內海，他更喜歡地中海。跑在最末順位的T氏，穿黃色短褲是他的主義，非常擅長爬樹。邊跑邊微笑的，是宗教家Z氏，他是游泳選手。喜歡馬克思・恩斯特的畫作，曾經唱過義大利民謠。跑在第七順位的H氏是時鐘店的次男，很會彈鋼琴，佛瑞的奏鳴曲是他的拿手曲目，不喜歡阿波里奈爾的詩。跑在H氏後面的S氏正思考著邁克生與莫立的實驗。因此他也想著四次元空間的事。**基里柯　基里柯　基里柯　基里柯　基里柯　基里柯　基里柯**　運動場的中央M氏終於撐竿跳成功。從空中輕輕地落了下來。他是郵便局長的三男。跑道那邊T氏開始逐漸穩定下來。曾經在展覽會場看見魯歐的《紅鼻子》嚇了一跳。跑在Q氏後面的G氏是跨欄選手，在合唱團裡總是擔任男低音。落在G氏後面的E氏、落在S氏後面的C氏也奔跑著。太陽向西方繞行。N氏跑在戴著眼鏡的Q氏後面。N氏正思考著關於雙曲線的事。[71]

談到運動會，我們不能不想起受標榜冷靜的秩序與新的客觀性的德國「新即物主義」影響、[72]以「體操詩」而聞名的村野四郎。然而饒的詩與村野大大的不同。以村野最著名的〈體操〉（1932年3月）為例，杜國清指出：「作者在這首詩中，並沒有描寫運動的細節，例如哪種體操，在哪兒，什麼人，什麼時候等。這是一種『抽象體操』。本來『體操』這種

---

[71] 饒正太郎，〈137個の彫刻〉11，《詩法》第3號（1934），頁38-39。粗體為饒正太郎所加。

[72] 「新即物主義」，係第一次大戰後於德國興起的文學流派。相對於前世代的表現主義所主張的抒發激情和狂熱的主觀傾向，新即物主義標榜冷靜的秩序與新的客觀性。它以機智及反諷為主要的表現手法，作為對現實批判的手段。它亦受海德格的存在論影響，對人的存在以冷靜、非情的態度加以追求，而使抒情趨向深化。新即物主義的特質，參見杜國清，〈新即物主義與臺灣現代詩〉，《詩論・詩評・詩論詩》（臺北：臺大出版中心，2010），頁253-266。

運動就是『抽象』的行動體系。從日常生活中抽出行動，將它還原為肌肉的動作這種抽象的行為」。[73]饒正太郎的運動會，完全反村野之道而行。如果說村野是透過新即物主義對物（object）的凝視將肉體的存在理解為物、或是一種形態，[74]饒正太郎則透過全知觀點，以宛若大會播報或收音機播報的敘事口吻，除了跑者行進的相對位置，饒舌地提供大量的跑者個人資訊包括出身、身分、喜愛的樹種、身高、頭型、研究、著衣癖好、專長、佚事、腦中正在思考的事等等對於運動競技而言完全沒有意義的過剩的個人資訊，將「人」從這種物性、抽象性中還原回來。然而弔詭的是，這些一一具有身分、癖性、故事的個人，在鳥瞰的視線中又被抽象化運動場全景圖中跑道上一組組的相對位置，在軌道上繞行。且值得注意的是，這些跑者都是不同運動項目的選手：D氏是三級跳遠選手，A氏是四百公尺選手，Q氏是鉛球選手，Z氏是游泳選手當然，也有非運動選手者，如跑在第七順位的時鐘店的次男H氏。但又為什麼這些人，都在同一個巨大的軌道上繞行且以同一套規則標準競技？這個跑道，於焉成為一個巨大的漩渦、一個黑洞，將所有的人都吸納進去。這個巨大漩渦，讓人不得不聯想到戰爭無論軍人（運動選手）或平民（業餘者），無論你的身分、癖性、故事，都難以不被捲入。事實上，在這首詩發表的1934年10月的兩個月前，德國最後一任威瑪共和國總統興登堡逝世，正式成為由希特勒獨裁統治的極權國家；而日本軍部暴走的「十五年戰爭」，也早在1931年便已點燃戰火。且後設地從饒正太郎後期對於歐洲法西斯勢力的反對與反戰立場來推測，這樣的文學表象應係意有所指。

這樣具有諷刺感的散文體連作，最值得注目的，是第12節的殖民地臺灣書寫。出身花蓮、臺日混血，在椎の木社的《詩抄2》的作者小傳僅登錄「十月一日生。山口縣興風中學校畢業。記得在這裡從丘上眺望大海的往事。目前早稻田大學在學中」，[75]似乎有意抹去臺灣色彩的饒正太郎，相當罕見地在詩中使用了幾乎能明確指涉臺灣舞台的鮮明意象。這樣以臺灣為舞台的詩作，還有發表於《詩法》第5號的〈郵便局長の二階〉（1934年12月）。儘管〈郵便局長の二階〉並未收入〈137個の彫刻〉的系列連作，卻與第12節幾乎是同一時期的作品，也同屬散文體的形制，在

[73] 唐谷青（杜國清），〈日本現代詩鑑賞（四）〉，《笠》第47號（1972），頁75。

[74] 唐谷青（杜國清），〈日本現代詩鑑賞（四）〉，頁75。

[75] 百田宗治編，《詩抄》（東京：椎の木社，1933），頁110。

這裡一起討論。以下引用的，是〈137個の彫刻〉第12節：

> 黑腳的土人騎腳踏車到郵便局去。在那之後午後雷陣雨來了。魚市場裡有站長夫人、警察部長夫人、銀行所長夫人、腳踏車公司社長夫人。要不要到商船公司去呢。這座高爾夫球場裡第六號場地是難度最高的。可以遠眺太平洋。可以看見漁夫的頭。可以看到水牛的頭。可以看到鎮長胖胖的頭。戴著遮陽帽的實業家撥打電話訂購了西瓜。在小學的教室裡土人熟練地用風琴彈奏史特勞斯的圓舞曲。校長穿著白色的短褲來到網球場。站長糟糕的發球。醫學士難聽的聲音。公所書記爛透了的球拍。生蕃的語言與雞的走路方式。臉部的表情與小學生的算術教科書。在鳳梨田裡，生蕃的發音與表情像斯泰因的詩一樣有趣。不是鵜鶘的聲音。是鵝與家鴨與胡弓的聲音。這個小鎮中馬只有七匹。在河裡的不是魚而是水牛。在香蕉樹
> ㄌㄠˇ ㄕ ㄨㄛˇ ㄅㄨˋ ㄏㄨㄟˋ ㄏㄨㄚˋ
> 下說著《センセイボクハエガカケマセン》。[76]

接著，是〈郵便局長の二階〉：（『詩法』5，1934年12月）

> 這個村子的土人少年們，全都裸著身子吃完早餐。由於離海很近，臉都長得像魚。氣溫熱了起來後，便從竹林般的家屋騎乘水牛來到海邊。距離海岸五百米左右的地方，八百噸的汽船正裝載著香蕉。有時當他們在椰子樹上嘻笑著，巨大的午後雷陣雨便來臨了。那鋼琴般的聲音從遠方傳來，小學的網球場、車站的月台等等的一切都變暗了。站長的雞開始奔跑，暴雨便落了下來。宛若史特拉文斯基的鼓聲般的嘈雜。我在緣廊吃著名為芒果的水果的時候，少年的臉瞬間轉紅，竹林般的家屋明亮了起來，然後郵便局長的二樓建築也明亮了起來。海水急速逼近。這個村子裡，郵便局長的二樓建築與福特汽車，比收音機的新聞更加珍貴。郵便局長的二樓建築時有落雷。而僅只一台的福特汽車，在兩三天前土人們的賞月舞蹈之夜，從小鎮出發在椰子樹的並木道來回往返了二十八次之多。那個夜裡我爬到樹上觀看賞月舞蹈。由於裸體閃閃發光，有時感覺像魚、有

[76] 饒正太郎，〈137個の彫刻〉11，《詩法》第3號（1934），頁39。

> 時又感覺像馬。暴風雨終於止歇，小鎮放晴，腳踏車馬上又多了起來。我戴上麥桿帽到小學去。在椰子樹的並木道遇上鵝群正感到吃驚，赤裸的少年便追了過來。這位少年是兩三天前進到網球場追小豬崽的少年。小學的老師們騎騎腳踏車，吹吹口琴，拉拉小提琴、打打網球，有時吃吃西瓜、出去釣釣魚，彈彈風琴，或是做做收音機體操。其中校長的腳特別短，卻很會打網球。從廣島來的算術老師戴著賽璐珞框的圓形眼鏡，比起網球更擅長於義大利民謠。我到小學的時候，那位老師在運動場的正中央斥責四年級的學生。[77]

相較於饒正太郎詩作中總是時空地點模糊的異國情調，〈137個の彫刻〉的第12節、以及〈郵便局長の二階〉，可說相當集中且大量採用日治時期用以指涉臺灣風土色彩的刻板意象：包括黑腳的土人、午後雷陣雨、遠眺太平洋、水牛、西瓜、生蕃的語言、鳳梨田、香蕉樹、椰子樹、芒果、阿美族的賞月舞等等；且可進一步定位至饒正太郎出生的花蓮港廳的殖民地小鎮。《詩法》第2號（1934年9月）的〈夏の通信〉，刊載了兩則饒正太郎夏季歸省的隨筆記事。一則是7月25日於海上所寫，寫搭乘「朝日丸」從門司出發到基隆的航程；另一則是8月1日的歸省生活：

> 每日沐浴在近百度的太陽底下，瞇著眼睛。雖然期待著傍晚的驟雨，但最近完全沒有下。白天赤裸地做著亂七八糟的夢。到了午後到小學的操場打網球。算術老師、裁縫店的師傅、庸醫的拙劣發球、車站站長、公所的書記等等。球場像竹林一樣熱鬧。最有趣的是土人的臉與熱帶植物。（八月一日、臺灣・花蓮港）[78]

對照〈137個の彫刻〉第12節、〈郵便局長の二階〉與〈夏の通信〉饒的歸省記事，可以發現幾乎是一樣的意象群與敘事模式。我們也能以明確定位於臺灣的〈夏の通信〉的意象群與敘事模式為基準，往前或往後逆推，認為在饒的詩中僅點綴以「相思樹」、「南方」、「海」、「島嶼」、「午後雷陣雨（スコール）」等意象符號者，或也可視為以臺灣為舞台然

77 饒正太郎，〈郵便局長の二階〉，《詩法》第5號（1934），頁77-78。

78 饒正太郎，〈夏の通信〉，《詩法》第2號（1934），頁84。

而是刻意脫色化、模糊化為一「南方熱帶島嶼」的殖民地臺灣，從而也就開展出更多的解釋空間。

然而，我們必須要進一步探問的是：饒正太郎是以甚麼樣的視線觀看臺灣？書寫臺灣？為何採取將時空地點刻意模糊化的策略？為何又讓臺灣現身？這樣的策略，與他的花蓮出身、臺日混血然而活動於中央文壇的身分有甚麼樣的關聯？

臺灣出身、臺日混血的饒正太郎在中央文壇的身分策略，儘管沒有完全掩蔽此一身分事實，但也不是像三歲來臺的準灣生西川滿，時時將臺灣的身分顯露於外。如同前面所舉的椎の木社《詩抄2》，饒的作者小傳完全迴避了臺灣，西川滿卻毫不避諱他的臺灣出身：「明治四十一年二月十二日會津若松市生。在臺灣度過少年時代，臺北第一中學畢業，入早稻田大學法文科，主要研究韓波，並從同校畢業」，[79]且詩中隨處可見的臺灣民俗元素的鑲嵌，是以「刻意加註的臺灣身分」、「臺灣代言人」的身分進出中央文壇的。[80]藤本寿彥概括西川的詩歌世界，「是現實世界的臺灣與可稱為日本情調的心理世界以不可思議的方式融合而成的，具有透過這樣方式強烈喚起臺灣的外地性與存在於彼端的內地的構造」。[81]相對於西川，藤本舉饒的〈郵便局長の二階〉作為對照：

> 以臺灣為舞台的饒正太郎的散文，試著透過「史特拉汶斯基」、「福特汽車」、「收音機」等近代事物解讀臺灣的態度是顯著的。饒的詩的感性是明亮而乾燥的，幽默地捧起臺灣的地方色彩與近代文明的平衡。因此臺灣的意象變貌成為脫色化的、無國籍的詩的風景。[82]

向來饒正太郎詩中的「臺灣」意象如果它能夠被視為臺灣，大多十分節制、隱而不顯。儘管間或點綴以「相思樹」、「南方」、「海」、「島嶼」、「午後雷陣雨」等南島的意象符號，但也僅止於此。如果它

---

[79] 百田宗治編，《詩抄2》（東京：椎の木社，1933），頁112。

[80] 詳見筆者博士論文第四章關於西川滿的討論。陳允元，「南方・外地・新精神（Esprit Nouveau）——西川滿與現代主義的接點及在地轉化」，〈殖民地前衛——現代主義詩學在戰前台灣的傳播與再生產〉，頁245-340。

[81] 藤本寿彥，〈台湾のモダニズム——西川満と水蔭萍——〉，《周縁としてのモダニズム：日本現代詩の底流》（東京：双文出版社，2009），頁217。

[82] 藤本寿彥，〈台湾のモダニズム——西川満と水蔭萍——〉，頁217。

的原型是臺灣，我認為，這才是真正被刻意脫色化、模糊化、被相對化為「南方熱帶島嶼」的臺灣。它可以是任何南方島嶼，甚至也可以是南歐。這樣將與自己出身的臺灣的連結脫色化、模糊化、相對化，或是將之異國情調化地呈現，就饒正太郎的臺日混血身分而言，毋寧是一種擬態（mimicry），也將臺日混血的身分認同問題，留在不輕易表露的暗面。然而值得注意的是，饒正太郎筆下的臺灣，就〈137個の彫刻〉第12節、〈郵便局長の二階〉而言，恐怕不完全是藤本所謂的因「臺灣的地方色彩與近代文明的平衡」而成為「脫色化的、無國籍的」的風景。反而是因為在臺灣的地方色彩，加上了殖民地近代文明，讓饒正太郎筆下原來的脫色化、無國籍的南島風景，能夠清楚定位為臺灣風景，並進一步成為了「殖民地臺灣」的風景。因為，除了日本人刻板的典型臺灣意象──原住民、椰子、香蕉、鳳梨、水牛之外，饒正太郎更以登場人物的身分別，象徵各種近代基礎建設已然整備，包括：郵便局、魚市場、車站、警察局、銀行、腳踏車公司、商船公司、高爾夫球場、鎮公所、小學校、網球場、醫院、西瓜田、鳳梨加工廠、以及香蕉出口等等，收音機亦可收到訊號做收音機體操（ラジオ体操）。它們不僅是近代風景，更是熱帶的殖民地風景。

我們可以看到，饒正太郎筆下的殖民地小鎮書寫，係以郵便局及郵便局長的二樓建築為中心展開的。在跳躍不連續的〈137個の彫刻〉的五十五節連作中，郵便局長／郵便局是最頻繁出現、且直至最後都持續現身的符號。第9、11、12、14、19、25、44及48節，都有郵便局長／郵便局的出現，讓人不得不對其重要性感到好奇。在〈郵便局長の二階〉，饒正太郎寫道：「這個村子裡，郵便局長的二樓建築與福特汽車，比收音機的新聞更加珍貴」；[83]在第11節，郵便局長的三男M氏是運動場中唯一一位撐竿跳（垂直的）而非跑步（平面的）競賽者。這樣的安排應該不是巧合，而是具有殖民地社會結構性的象徵。

然而何以郵便局在殖民地特別在殖民地的地方小鎮具有這麼重要的象徵位置？其實，「郵便局」代表的並非孤立單一的機構，而象徵一整套帝國近代媒介／交通網絡的連結，也深入了殖民地地方社會的內部。關於近代媒介／交通網絡的連結與帝國共同體的形成，在日韓裔學者李孝德在《表象空間の近代　明治「日本」のメディア編制》（1996）指出，明治

[83] 饒正太郎，〈郵便局長の二階〉，頁77。

時期出現了廣義的媒體，例如語言（言文一致體＝標準語）、出版（大眾媒體）、知識（近代教育）、交通（鐵道），在個人經驗的層次上脫離傳統的社會文化的法則、獲得・共有新的社會文化法則的同時，因為其疏通性及流通性之故，也將個人經驗均質化，將傳統的「境界」無化、將社會空間均質化。這樣的新的「境界」，就是其疏通性・流通性能夠到達的領域的「緣」，或者說能夠確保該疏通性・流通性與均質性的就是作為「框架」（枠）的境界。這樣的「框架」，便是誕生於明治期的近代國家「日本」。[84]這樣的一整套網絡，也隨著帝國擴張來到殖民地。根據陳郁欣的研究，1894年甲午戰爭爆發，配合海外軍隊派遣的需求，陸軍大臣大山巖發布了建立「野戰郵便」制度的〈軍事郵便規則〉。並於1895年3月首次進入臺灣，在澎湖成立「混成第一野戰郵便局」。1896年臺灣總督施行民政後，郵政制度回歸正常化的民間通信，此為總督府在臺的通信事業展開。[85]在這樣的認識基礎上，我們回頭看〈137個の彫刻〉第12節及〈郵便局長の二階〉羅列的近代事物，不難發現它便是一整套與帝國網絡連繫的綿密的交通網作為通信交通的郵便局、火車站、商船公司，作為地方控制與行政中樞的警察局與鎮公所，作為銷往內地之殖民地經濟產業的鳳梨加工與香蕉出口，作為養成帝國共同語言「國語」（言文一致體＝標準語）及近代知識的小學校，以及具有明顯國策利用性質、[86]並在滿州事變以降逐漸「時局化」，靠近法西斯體制進一步成為進行動員大眾意識的媒體[87]的收音機，甚至在作為將身體與時間近代化的裝置、培養國民一體感的國

---

[84] 李孝德，《表象空間の近代——明治「日本」のメディア編制》（東京：新曜社，1996），頁196-197。

[85] 陳郁欣，《日治前期臺灣郵政的建立（1895-1924）——以郵務運作為中心》（臺北：國立臺灣師範大學臺灣史研究所碩士論文，2008），頁43-44。

[86] 坪井秀人在〈ラジオフォビアからラジオマニアへ〉指出，有別於放送先進國美國「誰都能夠自由放送、收訊的無限制方式」，日本的收音機／廣播有其明顯的「國策利用」性質。例如日本放送事業之始的1924年山口巖的著作《ラジオと飛行機》，其可以強烈看見著者「在關東大震災後『帝都復興』的時局下，為了防空・無線之充實的『喚起國民的自覺』而執筆的立場」，而山口將收音機・飛機並置成書的動機，正因為「兩者幾乎是在同時期被發明、讓通信・交通在空中『從平面朝向立體』擴大、高速化的二十世紀文明的『雙壁』。……如果說談論飛機之際是著眼於軍事觀點（空襲・防空・空戰等等），那麼收音機就是以國策利用作為其大前提」。《感覚の近代：声・身体・表象》（名古屋：名古屋大学出版会，2006），頁376-377。

[87] 吉見俊哉，《「声」の資本主義：電話・ラジオ・蓄音機の社会史》（東京：講談社，1995），頁215。

民化裝置、戰爭動員的裝置的「收音機體操」。[88]這些互為基礎與補充的近代媒介，一環扣著一環，牢牢支配著殖民地的政治、經濟、甚至是思想、語言、文化。因此，這些與臺灣色彩意象結合、搭配的所謂「近代文明」，並不只是藤本等價羅列的史特拉汶斯基、汽車、收音機的那樣透明無色的「近代文明」，反而是殖民現代性最具體、完整的呈現。從而，臺灣風景也並未因此成為「脫色化的、無國籍的」風景，而是從自然的或民俗符號的臺灣風景，變成「殖民地臺灣風景」。一如在第貳章曾討論過的楊熾昌筆下以片假名表述的近代殖民地都市「タイナン」。

饒詩中呈現的「小學校」，可以提供我們進一步的例證。殖民地近代教育—國語教育，當然也是殖民地統治的重要一環。在這兩首詩中，「騎腳踏車到郵便局去」的「黑腳的土人」，雖未必就能逕自認定他有通信的需要、與相應的日本語讀寫能力，但他已經進入以郵便局為中心的近代生活。而在小學校，「教室裡土人熟練地用風琴彈奏史特勞斯的圓舞曲」、「生蕃的語言與雞的走路方式。臉部的表情與小學生的算術教科書。在鳳梨田裡，生蕃的發音與表情像斯泰因的詩一樣有趣。不是鵜鶘的聲音。是鵝與家鴨與胡弓的聲音。……在香蕉樹下說著《センセイボクハエガカケマセン」」，則是原住民孩童（=異質性）接受近代音樂教育、作為帝國語言的日本語教育後，與帝國「均質化」的表徵。饒正太郎透過「帝國之眼」的視線凝視原住民、對其表情、發音、以及他們在音樂課・算術課・美術課的表現，投以深深的異國情調（exoticism）趣味，都是對於異質性的再強化。然而在詩的最後，竟冒出一句日本語：「老師我不會畫」（先生僕は絵が描けません）——與前面的異質性，無疑是一種衝突的結合。因此，這句日本語饒正太郎不以一般常用的漢字及平假名呈現，而以片假名用於表示外來語、擬聲語、擬態語——標示這句以「鵝與家鴨與胡弓的聲音」所述說的殖民地的「日本語」。

然而饒正太郎觀看臺灣原住民的視線，完全是帝國之眼觀看而覺得有趣的異國情調視線嗎？對於總督府的原住民治理政策或殖民地統治全無批判嗎？這也不盡然，且他的視線可能更複雜、曖昧。他筆下的臺灣／花蓮，是一個「臺灣色彩＋殖民現代性」的殖民地小鎮，若考慮饒詩作在中

[88] 許佩賢，《殖民地臺灣近代教育的鏡像——一九三〇年代臺灣的教育與社會》（臺北：衛城，2015），頁207-256。

後期開始發展的趨向包括所謂「諷刺精神」、思考行動主義文學與主知主義文學之間的連結、純粹性與社會性的辯證、以及戰爭時期對於法西斯主義的諷刺，很難想像臺灣出身的饒能夠完全無視殖民地脈絡，毫無批判地貼合帝國之眼的視線，將原住民、或臺灣色彩作為異國情調的對象以成就其欲望與美學。饒正太郎筆下的臺灣，雖具有異國情調，卻也正是國家機器透過近代媒體，對人民無孔不入地侵入與掌控的「殖民地臺灣」。

### （四）〈137個の彫刻〉連作第二時期（14-55）：純粹抽象性的現實與諷刺

何以饒正太郎忽然寫起明確指向殖民地臺灣之現實的詩？這可能與他對近藤東〈三文オペラ〉的連作的意識有關。

近藤東的〈三文オペラ〉，自1934年9月的《詩法》第2號開始連載，並持續至《新領土》階段。在次一號的《詩法》，饒的〈137個の彫刻〉正好連載至11-13節。同代人對近藤東〈三文オペラ〉的閱讀，主要鎖定其詩中的「諷刺」（satire）及喜劇性。楠田一郎在《20世紀》第2號的〈BLAST〉欄位曾有如下評述：「近藤東的〈三文オペラ〉——戰爭是歌劇。在詩中如果微笑是能被接受的，那麼這詩中的微笑便是如藍天一般的響徹的哄然大笑。〈三文オペラ〉中表現的喜劇性，也就是satire諷刺。儘管詩中不時露出法西斯傾向的臉來，但這也是作為喜劇的satire諷刺」。[89]

關於〈三文オペラ〉的題材與創作背景，近藤在戰後自述：「是第一次大戰結束至第二次大戰開始之間複雜微妙的國內及國際情勢的世相中產生的作品群」。[90]發表於《詩法》第2號的最初一首，[91]是這樣開頭的：「在肥皂泡泡的表面／映照著港與艦隊。／以萬國旗盛裝入江。／然而一面旗子被取消了。／據說在世界上沒有那樣的國家。／據說那面旗子，是不可能不存在的國家的顏色，／但英國人不知道。／為了他們一唱再唱的行軍歌／歷史預約了臥鋪列車，／政治綻放著向日葵的花朵。／嗯！」。[92]這首詩的第一句，便從肥皂泡多彩的薄膜上（＝虛・易破），

---

89 楠田一郎，〈BLAST〉，《20世紀》第2號（1935），頁91。

90 近藤東，〈《婦人帽子の下の水蜜桃》あとがき〉，中野嘉一・山田野理夫編，《近藤東全集》（東京：宝文館，1987），頁272。

91 〈三文オペラ〉系列，戰前未集結。然而戰後集結收入《婦人帽子の下の水蜜桃》時，順序已重新排定，與初次刊載的時間順序不同。

92 近藤東，〈三文オペラ〉，《詩法》第2號（1934），頁44。

映照出艦隊入港的景象（＝實・無堅不摧）。然而萬國旗中一面旗子被取消了。它的實體（人民）不可能憑空消失，但已經失去主權而從世界消失了。歷史預約臥鋪列車（＝夜），政治綻放向日葵的花朵（＝日），意指帝國主義的巨輪日以繼夜地輾壓著世界，而帝國主義的擴張竟只是「為了他們一唱再唱的行軍歌」，為了慾望、為了擴張而擴張。在《詩法》第6號的〈三文オペラ〉，近藤東寫道：「獨自一人的英雄／登上小山／走下小山／戰爭是一場歌劇」，[93]為戰爭下了最精準、也是最諷刺的註解。

近藤東以諷刺、諧謔的方式批判法西斯主義、呈現戰間期的世界情勢的〈三文オペラ〉，或許給饒正太郎造成一些刺激。儘管就連作而言，饒的〈137個の彫刻〉出發較早（1934年5月），然而1934年9月近藤東的〈三文オペラ〉開始連載之後，饒正太郎的詩作產生了一個極不自然巨大震盪，翌月發表的〈137個の彫刻〉的第12節（10月）及〈郵便局長の二階〉（12月），呈現出前所未有的明確的地點標示，也在詩中透過以花蓮為藍本的殖民地小鎮，完整呈現了殖民現代性對於殖民地臺灣綿密的影響與控制。儘管語調仍是輕快、諧謔的，也未有露骨的批判或是諷刺，但這樣時空明確、有高度政治指涉的呈現，從饒1935年前的文學軌跡中來看可謂極不尋常。而第11節把所有的人都吸納進去的巨大運動場、以及在第13節閃現的史特拉汶斯基的《士兵的故事》（在〈郵便局長の二階〉則以「史特拉汶斯基的鼓聲」形容熱帶地區突如其來的午後雷陣雨），都可以嗅出一些「戰爭」的不祥氣味。若把時間往後拉，饒正太郎1936年後的詩作中，則更清楚出現對於法西斯主義、戰爭（主要是西班牙內戰及納粹德國的勢力擴張）的影射諷刺。就整體的傾向發展而言，饒正太郎是由追逐詩的純粹、走向以詩改造現實的。然而奇怪的是，饒在近藤東〈三文オペラ〉開始連載後的1934年10月至12月寫了現實指涉甚為明確的詩；但在1935年之後也就是〈137個の彫刻〉的第14節之後，開始進入了極端飛躍、難解的階段。儘管最後的發展仍指向對戰爭、法西斯主義的諷刺批判，但他此階段對諷刺的想法顯然與近藤東有所差異或有意製造出差異。舉第15節為例：「從樹上下來吧／儘管駕馭馬車的人們正驅使著動物／是遮陽傘吧／是旅館吧／是網球場吧／園丁的行蹤不明／用公共電話叫男高音來吧／市長有郵便明信片風格的癖性／萵苣的生長／以及演員們的發胖

[93] 近藤東，〈三文オペラ〉，《詩法》第6號（1935），頁41。

／擺出一副在農園時候的臉／通往旅館的路是哪一條呢／穿過葡萄田時把硬殼的麥稈帽脫下來吧／黑人的司號兵／十七歲的少年們跳入海中／薔薇色的海岸發出撥弦古鋼琴的聲音／遇上鵝群的是中年的紳士／通貨膨脹時代的麥稈帽／口袋裡發出布丁的香氣／拿出手帕／蓄短髭的園丁曾經是選手」，[94]每一個句子都極為短促、結構單調，句子與句子之間幾乎沒有邏輯關聯，語氣、文脈錯亂，即興、重複，不斷換拍，宛若充滿不和諧音的無調性音樂（Atonal music），要進行有效的意義解讀幾乎不可能。

從〈137個の彫刻〉第11到13節、以及〈郵便局長の二階〉可知，饒對於殖民地現實及帝國主義的擴張侵略是懷有意識的，詩中也呈現某種程度的對現實的批判與諷刺；然而這樣強烈的現實感，在此際卻僅止於偶然的閃現。因為此時的饒正太郎，仍受制於詩的純粹性的戒律甚大。在稍前曾討論過的〈詩の同時代性〉（1935年8月），饒正太郎在批評坂野草史、吉田瑞穗、花卷弌三人缺乏同時代性的同時，也首先藉著花卷的詩談論了所謂「諷刺精神」（satireサタイアの精神）。除了延續主知主義的主張外，我們大致可以窺見饒對於「通俗的概念化的思考」、「僅止於傳統化的隱喻的諷刺」是不滿意的。[95]但饒對於諷刺的論述也僅止於此，並未針對詩與現實之關係、與社會性之關係進一步論述。

在這個時期，《20世紀》同人中將詩的「諷刺精神」理論化的，是饒的妻子、同時也是現代主義詩人的伊東昌子。1935年10月，伊東在《20世紀》第5號發表的〈詩に於ける諷刺精神〉，可用以解釋饒詩作中呈現的現實觀與飛躍難解。

在〈詩に於ける諷刺精神〉，伊東開宗明義地指出：「談論詩的諷刺精神的同時，應該連同詩的現實性一起闡明」，並針對「新的詩的現實性非常稀薄，因此難以理解」的非難，認為「離開現實的文學的存在是難以成立的，且因為文學作品的生命是以其現實性為第一義，我們的poésie今後的努力與發展，可說更應該著手於現實性（reality）的擴大」。[96]關於「現實」以及所謂的「批判精神」，伊東認為，自然主義、寫實主義對於一切外界現象包括自然、物之運動、以及日常情感等的「現實的摹寫／模

94　饒正太郎，〈137個の彫刻〉14-15，《詩法》第6號（1935），頁26-27。

95　饒正太郎，〈詩の同時代性　坂野草史氏詩集《プルシヤ頌》・吉田瑞穗氏詩集《牡蠣と岬》・花卷弌氏詩集《犬と習性》〉，《詩法》第12號（1935），頁59。

96　伊東昌子，〈詩に於ける諷刺精神〉，《20世紀》第5號（1935），頁4。

仿」，與「真的現實性」相距甚遠：「正如自然的模仿不能成為藝術，藝術雖幾近於現實的寄生物，卻不能是現實本身。在藝術上必須截斷現實、施以批判的知性的積極的批判精神。所謂真的reality，或真的現實性，可說是這樣的偉大的批判精神的發動。……此精神是作家與批評家的根本態度」。[97]伊東進一步指出，當批判精神知性的介入愈來愈強，作品的現實性乍看變得愈來愈稀薄，卻正是透過這樣的過程，反而能夠「達到藝術的真的深邃的現實性」：

> 也就是說所謂的離開感覺性的、日常性的現實，而到達思考的世界，是成為通過思考的世界的現實性而在作品中展開。因此，我所謂的詩的現實性，就是通過此思考的世界的現實性。乍看現實性稀薄、被認為晦澀難解，實際上正是這樣的緣故……。詩的諷刺精神，就是始於這個意義上的批判精神。[98]

伊東昌子對於現實性——「現實的摹寫／模仿」與「透過思考的世界／知性的批判精神的發動」而到達的「真的深邃的現實性」——的分別，是理解饒正太郎〈137個の彫刻〉第14節之後宛若無調性音樂的飛躍難解的詩的鑰匙。坪井秀人曾指出，相較於北園克衛《VOU》的抽象主義，《新領土》的近藤東（以及村野四郎）「形成相對平明中立的現代主義潮流。實際的作品中，在修辭上及意義上二者都守護著較少破綻、較少飛躍性的穩健的現代主義詩風。村野朝向實存主義主題的志向、近藤朝向諷刺與幽默傾斜等等，在現代主義詩的全體中的各自傾向，讓他們的詩從難解性中解放出來」；[99]饒正太郎的〈137個の彫刻〉，儘管與近藤東同樣有著「透過逆說與諷刺，滑稽地呈現反法西斯的要素」（中野嘉一語）[100]的傾向，但

97 伊東昌子，〈詩に於ける諷刺精神〉，頁4-5。

98 伊東昌子，〈詩に於ける諷刺精神〉，頁5。

99 坪井秀人，〈モダニストと勤労詩——戦争期の近藤東〉，《声の祝祭——日本近代詩と戦争》（名古屋：名古屋大学出版会，1997），頁270。強調標記為原文。

100 中野嘉一，〈近藤東論〉，收錄於近藤東著、中野嘉一・山田野理夫編，《近藤東全集》，頁531-532。中野進一步指出，「從〈三文オペラ〉的連作來看近藤東的思想性，與同時代的其他現代主義者們有本質上的差異。然而儘管這麼說，也並非像布萊希特這樣立足於堅定不移的馬克思主義的世界觀、以現實主義為武器的現實性的詩人。……他對社會思想的變化、社會性抱持強烈的關心，但並未投身於特定的主義或意識形態。他從否定古老的觀念論中一路前進。總是走在時代的美學意識之前，因歷史性的社會性的思考中的諷刺表現而受到注目」。參見中野

饒的詩顯然更跳躍、更從現實抽離。舉1935年9月發表於《詩法》第13號的〈137個の彫刻〉第40節的前半為例：「公園的池子裡大使館的書記正以葡萄色的方式游泳／男爵穿著俄式襯衫理解了北國的馬伕／網球場有一堆人穿著泳裝／在議會見學請使用看歌劇用的小望遠鏡」，[101]前面三行充滿錯置的荒謬感、滑稽感，第四行則脫胎自近藤東〈三文オペラ〉的名句「戰爭是歌劇」，議會所謂民主政治也成為一齣劇本早已寫好的荒謬劇，然後後半則幾乎無解；第41節：「美國人大吼大叫地登陸／綿羊群吃蒲公英／船長與農夫的長女結婚了」，[102]來自海的彼岸的美國人的登陸（＝侵略）、綿羊吃（＝取代）蒲公英、船長（海）與農夫長女（陸）的結婚（合併），都彷彿諷刺著帝國主義的侵略，卻其中的連結，卻較近藤東的〈三文オペラ〉更為跳耀、隱微、難解，用伊東昌子的話來說，更為「離開感覺性的、日常性的現實」。

然而一個值得注意的變化是，在〈137個の彫刻〉即將結束之際，饒正太郎對於戰爭、對法西斯的諷刺，逐漸明晰了起來。上述第40、41節已稍有這樣的傾向，發表於1935年10月《20世紀》第5號的〈帝国薔薇協会★ 一三七個の彫刻 ★〉，則更為強烈。這組詩仍是〈一三七個の彫刻〉的系列——標記為第48～54節——卻有著一個獨立的主標題〈帝国薔薇協会〉。其中第48、49節的結構安排上，有著極巨大的張力。第48節是一則長達兩頁、兩欄滿版，不分行也不分段的冗長的電話紀錄，但只記錄發話者單側的聲音。難以摘錄，且為求效果，請容我完整引用：

> ★料理長夫人的花腔女高音的電話
>
> 喂，嗯嗯，正在海邊做運動，嗯，車站的樣子，嗯嗯，在白色的遊艇裡與靦腆的政務次官的二公子一起，嗯，雞肉料理嗎像是每天，哦呵呵，我贊成，政治教育學校？哦呵呵呵呵呵，大家都想當強盜的呦，嗯嗯，豆沙餡麵包式的，嗯嗯，嗯嗯，嗯嗯，管風琴嗎？因為星期三是局長先生的生日啦，嗯嗯，赤煉瓦的，嗯嗯，馬一匹，嗯嗯，愛德華・巴拉的畫一張，嗯嗯，說是對三級跳很有自信的啊，嗯嗯，龍鬚菜，嗯嗯，在海邊碰面了，嗯嗯，嗯，嗯嗯，是

---

嘉一，〈近藤東論〉，頁533。

[101] 饒正太郎，〈137個の彫刻〉40，《詩法》第13號（1935），頁27。

[102] 饒正太郎，〈137個の彫刻〉41，《詩法》第13號，頁28。

惡性通貨膨脹呀，所以呢，不不，輕井澤是不好的殖民地喲，嗯，看起來像防波堤呢，嗯嗯，因為就超現實主義而言既不是感傷也不是夢喲，嗯嗯，在日本照相館很多呢，嗯嗯，然後，嗯嗯，然後，哪談得上文化，嗯嗯，以前的納吉德拉尼島也沒有文化，嗯嗯，三明治與，哦呵呵呵，巴拿馬運河？嗯嗯，腳踏車的速度吧，嗯嗯，派對？船長先生還有木匠先生還有馬伕先生還有村長先生還有鋼琴家還有站長先生還有算術老師還有郵便局長先生還有法學博士還有賽跑選手還有自由主義者還有大學教授還有，嗯嗯，嗯嗯，嗯嗯，妮儂・維倫（Ninon Vallin）的卡門很出色啊，咦？早餐吃燕麥片，隔壁的畫家是愛國者，口琴很拿手的，咦？六月二十一日，嗯嗯，國際作家會議，嗯嗯，巴黎，嗯，不不，是在星期一舉行喲，球拍有一點壞掉了，嗯嗯，用公共電話，然後啊，那位議員，嗯嗯，是三輪車嗎？哦呵呵，開始參加青年徒步旅行了嗎？嗯嗯，站長先生的夫人是女低音，臉啊，臉，臉呢，長得像康吉妲・史貝爾比婭（Conchita Supervía）呢，咦？是德・法雅（Manuel de Fallay Matheu），嗯嗯，那部電影？不是哦，音樂是喬治・奧里克（Georges Auric），嗯？西蒙娜・西蒙（Simone Simon），西蒙娜・西蒙，嗯嗯，嗯嗯，是說你的國家有國立交響樂團嗎？嗯嗯，嗯，不如說是巴爾托克・貝拉（Bartók Béla Viktor János）那種的喲，嗯嗯，不，我想是史特拉汶斯基（Igor Stravinsky）的傑作是《士兵的故事》吧，嗯嗯，吃咖哩飯的近代詩人，哦呵呵，獨裁政治之類的，呵呵，馬鈴薯與玉蜀黍的紳士諸君喲，哦呵呵呵，嗯，嗯嗯，麻糬，反法西斯主義喲，嗯嗯，馬鈴薯，嗯嗯，胃擴張，嗯，然後，嗯嗯，當然努內・克雷爾（René Clair）是第一喲，嗯嗯，日本沒有真正的喜劇呢，嗯嗯，感人的太悲傷而思考性的惹人發笑，哦呵呵呵，嗯嗯，然後，園丁的名字？是足球選手，不不，長得像讓・琉爾薩（Jean Lurçat）的「入浴的女人們」，哦呵呵，意象主義者的運動，嗯嗯，柴犬的名字叫安德烈，嗯嗯，並不是帶有老派的文人之類的氣味，嗯嗯，豈止是知識階級，哦呵呵呵，沒有思想也沒有生活力啊，嗯嗯，哦呵呵呵呵呵，遠足郊遊也可以哦，嗯嗯，自由主義的擁護，嗯嗯，嗯，嗯嗯，海岸邊的長男們很會跳高哦，嗯嗯，像向日葵那樣鎮定呢，嗯嗯，嗯嗯，請小心獨裁

> 統治，嗯嗯，傍晚了啊，嗯嗯，去拜訪了星菫派，嗯嗯，嗯嗯，三錢郵票就可以了哦，哦呵呵呵呵呵呵，嗯嗯，再見，再見，嗯，不不，是梅森・拉法葉的，嗯嗯，馬之類的非常多，嗯嗯，薩堤等等的也是，嗯嗯，鵜鶘主義之類的不可以啦，嗯嗯，嗯嗯，嗯嗯，文學的話是古典主義，政治的話是王黨，宗教的話是盎格魯天主教，哦呵呵呵，嗯嗯，巴克・穆里岡（Buck Mulligan）的診斷？呵呵，您已經見過了自由主義者法學博士與園丁先生了呀，嗯嗯發出了腳踏車與馬車的聲音呢，嗯嗯，嗯嗯，我等候著呢，嗯嗯，和平，和平，紀登斯這麼說了，哦呵呵，從BOUND的KANTO，嗯嗯，嗯嗯，再見，再見。[103]

類似於透過機械之眼進行的影像的紀錄，這一節的詩是模擬透過機械對於聲音的完整收錄。發話者為料理長夫人，同時也是花腔女高音。對話的對象則不明。由於只收錄發話側的聲音，成為一種不完整的對話。因為是日常閒聊，時常出現不完整的口語句子，話題也十分跳躍，對話中充滿大量無意義的應答嘆詞與笑聲。儘管不時閃過「政治教育學校」、「大家都想當強盜」、「惡性通貨膨脹」、「當心獨裁政治」、「反法西斯主義」、「文學的話是古典主義，政治的話是王黨，宗教的話是盎格魯天主教」、「和平、和平」等詞語片斷，但缺乏與對話端的對話文脈，僅能知道話題與全球性經濟大蕭條後法西斯主義崛起的國際情勢有關，卻無法進一步判斷發話者的政治態度。

然而，緊接在這長達兩頁一大段的電話紀錄後的第49節，卻只有簡短的一句：「那是大砲的聲音吧」，[104]二者間形成一種極端不對稱的危險平衡結構。但值得注意的是，儘管在篇幅字數上壓倒性地不對等，第49節卻只需簡短的一句「那是大砲的聲音吧」，就讓第48節的冗長的饒舌叨絮瞬間靜默、凝結，嘎然而止。日常性被破壞了，取而代之的是肅殺緊繃的警戒狀態。戰爭已在遠方展開，卻又不算遠：砲聲告訴人們其實它近在咫尺，甚至是由日本發動。我們看第53節：「麥子開花的時候／藝術家想成為官吏／抒情詩人聚集於日本／在有很多雀鳥的村莊口琴正在流行／B午

---

[103] 饒正太郎，〈帝国薔薇協会 ★ 一三七個の彫刻 ★〉48，《20世紀》第5號（1935），頁32-33。

[104] 饒正太郎，〈帝国薔薇協会 ★ 一三七個の彫刻 ★〉49，頁34。

餐中的西洋芹如小島一般翠綠」，[105]這一節的政治諷刺非常明確。麥子開花的時候，即是即將成熟、可收割的時候。藝術家放棄其象徵的獨立與自由精神，而是想成為官吏成為體制的一部份，朝向國家主義傾斜；聚集於日本的抒情詩人、以及流行的口琴（＝韻律），指涉的即是有上述國家主義傾向的日本浪曼派。以保田与重郎為首的日本浪曼派，正是饒正太郎最為批判的。最後一句「B午餐中的西洋芹如小島一般翠綠」讀來讓人怵目驚心，饒將盤中作為食物的西洋芹，直接換喻為小島的翠綠以批判帝國主義的侵略。這樣的手法及表象在安西冬衛〈向日葵はもう黒い彈藥〉的：「今晚的湯裡漂浮著的種子。1000 islands」[106]已有傳統。在〈137個の彫刻〉的最後一節第55節，饒正太郎是這樣寫的：

趕雞的時候的華麗思想呦
即使在雀鳥很多的公園裡也有很多法西斯主義者呢
左側的婦人之類的相當枯瘦
譬如像南國的午後雷陣雨一樣
把蜜蜂與豬養得很好
在落花生的田裡沒有手槍
鵜鳥拼命吵鬧並不是文化性的
您喜愛幻燈吧
那是日耳曼族的男性的英雄（短笛靜靜響起）
那是土耳其（鼓聲響起）
那是澳大利亞（鼓）
諸君那是瑞士（鼓）[107]

法西斯主義者已全面侵入生活，即使是公園裡也無所不在。而軍國主義法西斯更透過媒體宣傳，擴大其影響力。原來已逐漸為電影（映畫）取代的「幻燈」，在戰爭時期又重新被啟用，作為大眾的政治宣傳媒體。日耳曼族的男性英雄；世界諸國的位置（宛若第53節的午餐中翠綠的西洋芹的世界諸國），透過幻燈投影，搭配人聲、奏樂介紹。這樣的政治宣傳，讓法

---

105 饒正太郎，〈帝国薔薇協会 ★ 一三七個の彫刻 ★〉53，頁35。

106 安西冬衛，〈向日葵はもう黒い彈藥〉，《軍艦茉莉》（東京：厚生閣，1929），頁74。

107 饒正太郎，〈一三七個の彫刻〉55，《20世紀》第6號（1936），頁43。

西斯在一般民眾的心中內化。發表於1936年2月《文藝汎論》的〈或る晴れたる日〉即有這麼幾句：「你的長男主張言論自由吧／哦哦　把鵝卵送給我吧／因為我的國家裡住著很多的英雄哦」。[108]第一句不只是詢問，而是頗有思想檢查之威嚇意味；而請求對方將鵝卵送給他，只因「我的國家裡住著很多的英雄哦」，這無疑是法西斯國家主義的強暴的掠奪邏輯。

## 四、戰爭時期的饒正太郎：〈青年の計畫〉連作及同時期作品《20世紀》復刊到《新領土》（1936年7月-1938年1月）

1936年1月，《20世紀》在發刊第6期後，進入半年的休刊狀態。在該號的〈編輯後記〉，桑原圭介寫道：「這不是我等文學精神的敗北，而是為了成就在我等的poésie進化的過程中讓poésie的純粹性與社會性進行的辯證性發展從量朝向質的轉換的一個契機的時間性的計算」。[109]而在半年後復刊的《20世紀》第7號的〈後記〉，饒正太郎說明這段休刊期間進行的方向思考與調整：「我等雖然對行動主義文學抱持充分的興趣，但那樣的興趣是在於與主知主義文學的相互關聯性上，在讓兩者發展的意味上。從而是對現在日本談論的所謂行動主義文學的修正性立場」。[110]我們可以看到，1932年自《椎の木》出發的饒正太郎，歷經了《カイエ》、《詩法》到《20世紀》，大抵沿著追求詩的純粹性——遠離現實與日常感覺——的軌道前進；然而在1936年1月《20世紀》以第6號休刊前後，饒正太郎正面臨一個從追求詩的純粹性，到開始思考詩的社會性、行動性的轉折；也正是在這個轉折，作為一個美學階段的〈137個の彫刻〉的連載畫下句點，開啟了下一個階段。

### （一）從《20世紀》的復刊到《新領土》：對純粹性的訣別

1936年3月，饒在《日本詩壇》發表詩論〈詩の社會性〉，延續其一貫的對於現實耽溺症、情感過剩症等的批判，將矛頭分別指向了普羅列塔利亞詩人、以及作為純粹派詩人的星菫派（象徵主義）、浪漫派詩人。但批判的基準，從既有的主知的主張，朝社會性的要求更進了一步。

---

108 饒正太郎，〈或る晴れたる日〉，《文藝汎論》第6卷第2號（1936），頁44。

109 桑原圭介，〈編輯後記〉，《20世紀》第6號，原文無頁碼。

110 饒正太郎，〈後記〉，《20世紀》第7號（1936），頁61。

關於普羅列塔利亞詩的社會性，饒指出：「現今在日本所謂的詩的社會性，似乎指的是所謂感情肥大症的乃至於耽溺於偏狹的倫理道德的普羅列塔利亞詩吧。與此相反，奧登、史班達、路易斯的團體是反抗不安乃至病態，對於明日的社會抱持希望的健康的知識人。這一點不同於我國因普羅列塔利亞的偏狹性導致保守主義乃至公式主義的觀念論的宣傳」。[111]向來以抒情詩人為主要批判對象的饒，雖未就普羅列塔利亞文學有過直接的批判，然而在他的一貫主張中，現實或感性本身是無法直接成為詩的，必須經過知性意識的作用才行。因此，饒正太郎所謂的「批判精神」，即是知性，是對於現實、情感、語言的意識。與前述伊東昌子〈詩に於ける諷刺精神〉所謂「正如自然的模仿不能成為藝術，藝術雖幾近於現實的寄生物，卻不能是現實本身。在藝術上必須截斷現實、施以批判的知性的積極的批判精神」，[112]是同樣的道理。然而在1936年3月發表的〈詩の社會性〉，饒進一步批判其對於訴諸情感、對於偏狹的倫理道德的耽溺，並以奧登（W. H. Auden, 1907-1973）、史班達（Stephen Spender, 1909-1995）、路易斯（Cecil Day-Lewis, 1904-1972）的社會意識作為對照。奧登、史班達、路易斯三人在1930年代英國組成「New Country派」，這也是1937年5月匯流《詩法》、《20世紀》之同人而創刊的詩誌《新領土》的誌名由來。[113]這個集團的成立，尾上政次在《詩法》第4號發表的〈『ニュウ・コントリイ』の人々〉（1934年11月）指出：「這些人們的集團結成含有政治意圖」。[114]其政治性意圖，具有共產主義的傾向：「末期資本主義給我們帶來的是人類的單一化、機械化。在這裡，個人主義的猖獗，人性甚為狡詐。因此在社會性的自己有所覺悟的詩人被賦予的責任，是恢復被欺凌的人類的自然性，建設一個能夠完全包攝個人與社會的集團社會取代個人主義的混亂」。[115]而在這樣的思考下，「認知自己作為新的社會建設的一員的詩人們，應該更進一步試著思考自己與社會的接觸。除了對於作為藝術家的自己的特異才能產生自覺，其藝術的傳達性・大眾性是第一義的問題」。[116]

---

[111] 饒正太郎，〈詩の社會性〉，《日本詩壇》（1936），頁12。

[112] 伊東昌子，〈詩に於ける諷刺精神〉，頁4-5。

[113] 中野嘉一，《前衛詩運動史の研究：モダニズム詩の系譜》，頁262。

[114] 尾上政次，〈『ニュウ・コントリイ』の人々〉，《詩法》第4號（1934），頁42。尾上的介紹，亦有參考引用Michael Roberts所編、出版於1933年《New Country》選集序言的部分。

[115] 尾上政次，〈『ニュウ・コントリイ』の人々〉，頁44-45。

[116] 尾上政次，〈『ニュウ・コントリイ』の人々〉，頁45。

饒正太郎在《20世紀》創刊號至第4號（1934年12月-1935年7月），即與酒井正平合譯奧登的詩劇〈死之舞踏〉連載；而其詩論，又受到《New Country》同人之先驅者T.S.艾略特甚大的影響，足見饒在《20世紀》創刊之時已持續關注艾略特——《New Country》同人的系譜；然而其對詩的政治性、社會性的回應，要到〈137個の彫刻〉即將結束之際、《20世紀》暫時休刊後，才明顯浮出檯面。

儘管對於政治性、社會性抱持關心，但普羅列塔利亞詩人的現實耽溺、訴諸感性的道德倫理，是饒正太郎無法接受的。他心中的「諷刺」，「是觀察的精神，批評的精神，修正的精神，因此不是單純的毒舌攻擊。諷刺必須與毒舌區分開來。且所謂諷刺有著擴大批評精神的意義，不是漫畫性的乃至低層次的（lowbrow）的諷刺。低級的諷刺只單純證明了歇斯底里或是暴力，是庸俗之物。那不光只是放任不管的態度而已，而是把文學的本質也搞壞了。且依據水準低劣的道德倫理的獨斷，並不是批評精神，也不是諷刺精神。普羅列塔利亞詩中有很多都終於這樣的諷刺。說是社會性的諷刺，卻是耽溺於多愁善感的道德倫理，終始於單純的社會性暴露，透過這樣的方式形成的現實主義精神與思考」；[117]對饒正太郎而言，將社會意識視為素材、將諷刺精神訴諸於感性的道德倫理判斷，是一種庸俗的、惡意的毒舌，[118]是缺乏批評精神的低層次的「lowbrow」、把文學的本質搞壞了的「文學以下」（春山行夫語）的呈現。然而，關於在文學觀上對立於對立於普羅列塔利亞文學的純粹派詩人（或曰藝術派詩人）——星菫派（象徵派）及浪漫派詩人，饒正太郎則認為：「詩人總是思考著是否純粹、憧憬天才、單純地眩惑於貴族性的高邁精神，並非詩人原本的工作。裡頭沒有生活意識，沒有歷史意識，因此也沒有同時代性」。[119]

---

[117] 饒正太郎，〈詩の社會性〉，頁12-13。

[118] 曾翻譯艾略特的北村常夫，在上述尾上政次發表〈『ニュウ・コントリイ』の人々〉的《詩法》第4號發表〈現代詩人の問題——デエイ・ルイスの『詩に対する希望』〉，曾以《New Country》詩人為中心，將諷刺分為「以個人為敵」與「以社會的惡為敵」兩種類。關於後者，北村指出，「在諷刺詩中，憎惡一旦成為惡意，其樣式就成為人身攻擊，諷刺威嚴降至基準以下。而將惡轉化為憎惡的，在諷刺上是了不起的詩人。……所謂社會諷刺詩，是必須建立於既存的社會、以及一般被承認的道德戒律的確固為基礎之上的。詩人在憎惡之前必須先了解愛。所謂現代詩人的出發點是愛，必須在這個意義上成立。諷刺家以過去的愛為基礎而憎惡現在，應以對於其社會的全機構的愛為基礎，而憎惡這個世界的特種的惡」。饒正太郎對於「諷刺」與「毒舌」分別與理解，與北村文章提出的概念有相通性。北村引文，見頁35-36。

[119] 饒正太郎，〈詩の社會性〉，頁13。

饒對於象徵派即浪漫派詩人的批評，向來不遺餘力；然而值得注意的是，在這裡饒用以概括此二派的並非「抒情」（相對於主知），而是「純粹」（切斷與現實世界的連繫），儘管批判的立場一貫，但在這個點上的微調，毋寧也是饒正太郎對於向來自己的純粹詩傾向的一種自我清算。在純粹詩與社會性的辯證之中，饒試著重新界定詩與現實間的關係。饒進而寫道：

> 我們年輕的一代今日已經直接面對文化的問題。所謂詩人抱持著社會關心，是詩人無論在生活上或思想上都要盡量避免失去歷史意識而發展。
>
> Poésie將現實性擴大，詩中的諷刺效果，也在這個意義上開始產生效用。無止盡地追求無目的之美的詩人已經是享樂主義者的存在了。詩與思想或是詩與世界觀的問題，始於詩人抱持著對社會的關心，而不是詩人單純的思想或是詩人私我的世界觀或偏狹的世界觀本身。詩的效用被綜合性地擴大。因此文化問題是現在的課題。它讓詩人的生活意識、思想、文學得以發展，換言之是對於知識階級文學的積極性的態度。[120]

我們可以發現，在饒正太郎此階段的理論中，作為批判精神之基礎的思想或世界觀，始於詩人對社會的關心，那是個人與社會的連結，是一種整體的積極性的態度；也因此，詩與現實並非割裂的（純粹詩派），詩也絕非現實的反映、或是現實本身（普羅列塔利亞派）；詩有其現實性，而詩又將現實性擴大。詩的諷刺效果，便在這之中開始運作。

除了饒正太郎的〈詩の社會性〉，1936年7月復刊後的《20世紀》第7號刊載的伊東昌子的〈諷刺文學に關して〉、以及堺謙三的〈無人嶋歸還社会性に対する詩人の態度について〉，可視為復刊後的《20世紀》同人對於「社會性」問題的思考的階段性結論。

伊東昌子曾在〈詩に於ける諷刺精神〉（《20世紀》第5號，1935年10月）提過：「沒有思想的文學是無意義的。正如沒有思想的批判是不可能的，沒有諷刺與思想的諷刺就只能是單純的諷刺。因此，作為詩人之世

---

[120] 饒正太郎，〈詩の社會性〉，頁13-14。

界觀的思想，當然就必須被賦予社會性的文化性的意義」；[121]而在〈諷刺文學に關して〉，伊東除了延續其主張「諷刺與嘲諷或幽默不同的是，諷刺的根柢要求思想性」之外，也脫離了稍前的「離開感覺性的、日常性的現實，而到達思考的世界」的純粹的抽象性現實，朝向社會性與現實性更進一步：

> 所謂諷刺，作為論理儘管是批評性的，為了不止步於形而上的所謂為批判而批判，當然要抱持著生活力，且只有抱持著積極性的意圖與發展性的指導理論，才能有其存在的價值（raison d'etre）。因此如同所謂社會性與現實性，文化也不是單純的抽象性問題，除了不能脫離社會與現實來思考，當然也與之有著密切的關係，怎麼做才能擴大、怎麼做才能讓它奠定基礎的這些點，是問題的重心。[122]

除了伊東昌子，同號刊載的堺謙三的〈無人嶋歸還社会性に対する詩人の態度について〉也主張諷刺精神是「對於社會意識批評的態度」，並說明之所以提出社會性，「絕非單純的追逐流行，而是在新的立場上，在對於將藝術性與社會性結合的自信上著手進行的」[123]。復刊後的《20世紀》，便是在純粹性與社會性的辯證中，逐漸拋棄純粹性而追求詩的社會性。而迫使這批原來堅守詩的純粹性的年輕詩人意識到必須有所改變、從「新的立場」出發的，和田博文指出，是對應於第一次大戰之後作為主戰場之歐陸的不安的、1930年代的日本在「世界破局的情勢逼近」之時施行的「極端的統治與鎮壓的政治」引發的「不安」[124]國際方面，1933年1月希特勒就任德國首相、半年後納粹黨確立獨裁體制；1935年10月義大利侵略衣索比亞；1936年7月西班牙內戰爆發；日本方面，1931年9月，「滿州事變」揭開了日後被稱為「十五年戰爭」的序幕；1932年「五・一五」事件，首相犬養毅遭海軍少壯派所暗殺；1933年6月，日共領導人佐野學及鍋山貞親在獄中發表轉向聲明〈共同被告同志に告ぐる書〉，日本左翼

---

[121] 伊東昌子，〈詩に於ける諷刺精神〉，頁7。

[122] 伊東昌子，〈諷刺文學に關して〉，《20世紀》第7號（1936），頁17-18。

[123] 堺謙三，〈無人嶋歸還——社会性に対する詩人の態度について〉，《20世紀》第7號（1936），頁8-9。

[124] 和田博文，〈都市モダニズム詩第二世代の実験室〉，頁811。

運動正式潰敗；1935年2月，美濃部達吉的「天皇機關說」在貴族院受到非難，政府發出兩次「國體明徵聲明」；1936年「二・二六」事件，陸軍「皇道派」政變失敗，「統制派」更進一步掌握權力。至此，日本已完全走上法西斯主義的道路。

正式在這樣日漸激化、嚴峻的情勢中，《20世紀》同人深刻意識純粹詩分離於現實社會的侷限。1936年10月，伊東昌子在《20世紀》第8號發表〈行動主義の歷史階段〉，討論「行動主義」在法國作為克服戰後人類的「解離」狀態的積極性，指出其人道主義係「讓從現實社會分離的個人恢復社會性的人類，且致力於賦與他們的發展社會行動的位置」，並認為它「不單以文學領域內的人道主義的強調而告終，而是啟發急進的知識階級，朝向時代性的社會性的發展」。[125]而在終刊的第9號，奈切哲夫藉〈純粹への訣別〉（1936年12月）深刻地指出：「春山行夫氏與萩原朔太郎氏的論爭一直無法得到解決，有一半的原因，是因為其論爭僅限於詩的表面性的表現而造成的結果」[126]。因為，無論春山的主知、或萩原的抒情，都是將詩與現實的連繫切斷、無目的、為藝術而藝術的「純粹詩」。他進一步宣示：

> 直接面對巨大的過渡期的議論騷然的世界、生存於簡直要窒息的不安與黑暗中的我們，已經無法再貪食所謂純粹詩的象牙塔的白日夢了。純粹詩完全行不通了。所謂既成概念中的純粹詩已經行不通了。我們到達了應該要全新出發的時代。
>
> 我們必須全新出發。必須粉碎對於純粹詩的既成概念與信仰，重新回到屬於大地的人類的姿態。……我們是詩人同時也是社會人。[127]

因此，關於詩的社會性，「絕非將社會性導入詩的載具中的所謂『導入』，而必須是詩人乃至作家作為社會人而生存，從那樣的社會之中生產出來的詩」。[128]1936年12月，當日德締結「共同防共協定」正式成為法

---

[125] 伊東昌子，〈行動主義の歷史階段〉，《20世紀》第8號（1936），頁13、15。

[126] 奈切哲夫，〈純粹への訣別〉，《20世紀》第9號（1936），頁30。

[127] 奈切哲夫，〈純粹への訣別〉，頁31-32。

[128] 奈切哲夫，〈純粹への訣別〉，頁32。

西斯主義的盟友，在《20世紀》終刊後發表的奈切哲夫的〈純粋への訣別〉，無疑成為了《20世紀》的終刊宣言——也是同人的再出發宣言。在純粹性與社會性的辯證過程之中，與現實割裂的純粹性被揚棄了。詩人們走下高踏的象牙塔，回到大地，回到社會現實，成為一個完整的人、一個社會人。詩與現實的關係並非載具與內容的關係，詩即是現實。儘管1936年3月饒在《日本詩壇》發表詩論〈詩の社會性〉已曖昧地顯露了對於「純粹詩」的批判、試圖重新界定詩與現實的關係，並強調詩人的社會意識「詩與思想或是詩與世界觀的問題，始於詩人抱持著對社會的關心」；然而奈切哲夫的〈純粋への訣別〉，才是對於「純粹性」全面檢討、訣別的開端。並以這樣的訣別，開啟了接下來的《新領土》階段。

1936年12月，《20世紀》在發行第9號後停刊。1937年5月，在日中戰爭即將全面爆發的前夕，原《20世紀》同人與原《詩法》（1935年9月停刊）的同人合流，組成詩誌《新領土》。《新領土》的同人構成，與《詩法》類似，是現代主義詩之第一世代（＝出生於1900年前後）與第二世代（＝出生於1910年前後）並存的詩誌；在發刊後期，出生於1920年代前後的第三世代如後來成為《荒地》派的核心人物的鮎川信夫（1920-1986）也在此誌登場。版權頁登載的編輯者為上田保（1906-1973），然而根據村野四郎紀錄，共同編輯者還有近藤東、春山行夫、村野四郎，以及饒正太郎。[129]

「新領土」的誌名，係春山行夫根據1930年代英國詩人奧登、史班達、路易斯等的「New Country派」命名、[130]並受到「New Country派」「認知自己作為新的社會建設的一員的詩人們，應該更進一步試著思考自己與社會的接觸。除了對於作為藝術家的自己的特異才能產生自覺，其藝術的傳達性・大眾性是第一義的問題」[131]的影響，已如前述。這一份發刊於日中戰爭前夕（1937年5月）、終刊於太平洋戰爭爆發的7個月前（1941年5月）的《新領土》，後人對他的評價是：「此詩誌正好是在日本透過作為前衛藝術的現代主義詩系列、以及作為思想之前衛的普羅列塔利亞詩

[129] 村野四郎，〈平和的な印象記　昭和十二年度詩壇について〉，《文芸汎論》第7卷第12號（1937），頁21。轉引自中井晨，《荒野へ　鮎川信夫と『新領土』（I）》（橫濱：春風社，2007），頁16。

[130] 中野嘉一，《前衛詩運動史の研究：モダニズム詩の系譜》，頁262。

[131] 尾上政次，〈『ニュウ・コントリイ』の人々〉，頁45。

系列的主要雜誌的文學運動幾乎解體的狀況下出發的……一面意識著戰爭下的日本政治狀況，同時以年輕世代詩人們的抵抗感、批判意識為發條，嘗試將所謂後退期、解體期的詩的思想性、藝術性的空白期轉變為新的詩的轉換期」（澤正宏）。[132]

而在創刊之初，身為共同編輯的饒正太郎在〈後記〉，對之有如下的詮釋與期待：

> 新領土這個名稱的意義，並非奪取土地的意義，而是新領域的開拓。在這個意義上，它並非國家主義的，而毋寧是標榜極端的國際主義。了解國際性的文學、文化的基準、動向，與了解所謂的日本主義文學、文化的正體並不衝突，也與了解懷古主義或是復古主義的淺薄涉獵者的正體不衝突。我們不單只是知識的整理者。抱持改造環境、修正環境的誠意，不光是我們，對於現在所有的知識階級者也都是必要的。創刊號已為《新領土》的嶄新出發指出正確的道路。[133]

饒對於《新領土》及其誌名的詮釋與期待，在日本對中國的戰事即將全面爆發、對內的壓制亦不斷升溫、醞釀發動「總力戰」體制的1937年5月，鮮明呈現出前衛詩人同時也是作為「社會人」的知識分子——在戰爭期間反戰、反法西斯主義的傾向。在政治意識形態上，饒正太郎主張，《新領土》並不讚揚國家主義，而是標榜極端的國際主義；在美學上，並不妥協於走向日本主義、復古主義的「日本浪曼派」，持續對之進行批判，且盡可能維持詩作的社會性、思想性、諷刺性，進而對環境進行改造、修正。然而饒的主張並不能完全等同《新領土》的宣言。中井晨在《荒野へ 鮎川信夫と『新領土』（I）》敏銳地指出，主張「同時代是必要的」、「改造、修正環境」的饒正太郎，與同屬《新領土》共同編輯、主張採取「主知的規律」因應「環境」的前輩詩人春山行夫的微妙差異。中井認為，「對春山而言所謂『主知』，是否定十九世紀浪漫派的現代主義的武器，是對抗對萩原寄予共鳴的我國的日本浪漫派的武器。這是他們共有

[132] 現代詩誌総覽編集委員会編，《現代詩誌総覽 7 ——十五年戦争下の詩学》（東京：日外アソシエーツ，1998），頁143。

[133] 饒正太郎，〈後記〉，《新領土》創刊號（1937），頁77。

的。然而饒主張的主知，是作為知識人的政治立場」。[134]從這裡，我們可以看到現代主義者饒與春山——或者說，《20世紀》世代與《詩と詩論》世代——在詩觀上的差別。這是饒作為新世代的前衛性，也是饒的世代告別純粹詩——也告別前行代——的方式。

## （二）〈青年の計畫〉連作：反戰與反法西斯

如果說《詩法》、《20世紀》（至第6號）時期，饒的代表作是〈137個の彫刻〉的連作，那麼《20世紀》第7號復刊後至《新領土》時期，饒的代表作便是〈青年の計畫〉連作。這一系列的連作，始於《20世紀》復刊第7號（1936年7月），正式開啟了「青年」系列作的階段。此後的作品，除了〈青年の計畫〉的系列連作，還有〈青春記〉（《青樹》〔第二次〉第8號，1936年9月）、〈飛行日記〉（《セルパン》第71號，1937年1月）、〈若き日〉（《文芸汎論》第7卷第2號，1937年2月）、〈青年の出發〉（《セルパン》第84號，1938年1月），題名或內容都與青年／青春／年輕有關。在《20世紀》第8號刊登的「同人募集」廣告：「我們的青年團體是組織性的藝術團體。因此玩票性質的文學青年、或是在喫茶店緊緊握著十錢白銅幣的蒼白的文學青年敬謝不敏。我們不單是遊戲、而是健康的社會人，從事的運動是對於未來的嶄新生活的強韌的生活力」，[135]可看到《20世紀》同人對於「青年」的定義、以及自我的期許。

饒正太郎「青年」系列作品試圖召喚的，便是這樣具社會意識的、強韌生活力的青年。發表於《20世紀》第7號的〈青年の計畫〉（1），在正文開始前便言：「性情急躁的詩人們與贗品詩人們沒有讀長詩的必要。他們吟誦著五、六行的美麗的抒情詩一面入睡吧」；[136]而其詩中，有兩種青年。一種是擁護議會的、其所欲召喚的反法西斯主義的青年；另一種則是作為諷刺對象的、具有高度官製色彩、信奉國家主義的「法西斯青年」。這一類的青年，納粹德國的希特勒便曾組織過「希特勒青年團」、義大利

---

[134] 中井晨，《荒野へ　鮎川信夫と『新領土』（I）》，頁34。

[135] 無記名作者，〈同人募集〉，《20世紀》第8號（1936），無頁碼。除此之外，第9號終刊號亦曾策畫「青年論」專號，收錄永田助太郎〈ヤンガァジェネレイショんの文学運動に就て〉、高荷圭雄〈ヤンガー・ゼネレイションの立場から〉、今田久〈青年論〉、ロオラン・ルネヴィル〈エリュアルの公眾の薔薇〉、以及服部伸六的〈青年の生理〉五篇短文。見永田助太郎等，〈VUE〉，《20世紀》第9號（1936），頁68-72。

[136] 饒正太郎，〈青年の計畫〉（1），《20世紀》第7號（1936），頁48。

的墨索里尼也曾號召義大利青年，組織了「法西斯青年團」。

〈青年の計畫〉（1），饒諷刺地以「知識份子睡過頭了」來開題：「吹奏喇叭／知識份子睡過頭了／現在倫巴的音樂已響徹雲霄／跨上褐色的馬／追趕著蝴蝶的土人們的合唱／持續到深夜／連拿波里也聽得見／狂熱於中耳炎般的法西斯主義的鵜鶘氏的表姊　表妹　表哥　表弟／包圍地中海鮪魚的法西斯主義者們／想要變成魚類　想要變成動物」。[137]當知識份子睡過頭，其所象徵的對於體制、對於既成現實抱持的自由獨立的批判精神，也就無所發揮作用。這裡所謂的知識份子，也可以用以指涉正文開始之前那一句「吟詠著五、六行的美麗的抒情詩一面入睡」的日本浪漫派詩人們。相對於知識份子的沉睡，饒正太郎以各種音響象徵軍樂的喇叭聲、響徹雲霄的倫巴音樂、以及連拿波里也聽得見的土人們的合唱呈現世界局勢的紛亂，以及法西斯主義的猖獗。其中，「拿波里」與「土人」的符號，若放在法西斯義大利宣布併吞衣索匹亞（1936年5月）後兩個月不到的1936年7月的時點解讀，當然有其現實的指涉。而此時，整個地中海沿岸國家陸續發生戰役。饒將法西斯主義比喻為中耳炎，取其經常引起發燒之義；鵜鶘氏的表姊、表妹、表哥、表弟都狂熱於此，並貪婪地包圍了地中海的鮪魚，以小食大、以小圍大。在諷刺的背後，這首詩具有高度的現實性、即時性，甚至將納粹德國進軍萊茵非軍事區的日期「三月七日德軍進駐萊茵」、法西斯義大利在衣索匹亞的動態「同月十二日義大利北軍在塔納湖畔南軍」也清楚標示。這在饒的詩作中是首見的。且值得注意的是，饒更在〈青年の計畫〉（1）（及其後的〔2））的部分專有名詞自行加註——儘管註釋的內容並沒有呈現在紙面上：

讓費邊協會（註1）被改革吧
對我們而言英雄傳記與關於蜜蜂的迷信都是不必要的
將食用蓮子的野菜色的男爵的長男
與酩酊大醉的藝術家一起從士麥拿燈塔上扔進鯖魚居住的海裡吧
用餐時閱讀人民觀察家報（註2）會消化不良吧
與其讀朔太郎（註3）的格言，不如去看秀蘭・鄧波爾的電影吧
將天才與舍斯托夫式的青年送往玉蜀黍波浪般起伏的殖民地吧

[137] 饒正太郎，〈青年の計畫〉（1），頁48。

寶石般的太陽會審判蒼白的青年們吧[138]

這一段詩，饒加註的地方有「費邊協會」、「人民觀察家報」，以及「朔太郎」。「費邊協會」（The Fabian Society）是1884年創立於英國倫敦的社會主義團體，以古羅馬名將費邊為名，主張透過對於政府的浸透漸進式地實現社會主義改革，[139]而非透過激烈的階級革命。「人民觀察家報」創刊於1887年，1920年被希特勒收買。1933年1月希特勒政權成立後，成為一黨獨裁下的黨機關報，用以傳達納粹德國的官方意志。[140]這兩個特別被加註的名詞，透露了饒正太郎的政治光譜。費邊協會漸進式的社會主義改革過於緩不濟急，而作為納粹德國黨機關報的人民觀察家報，則讓人消化不良。至於「朔太郎」，當然就是屢屢為春山行夫、饒正太郎所攻擊的象徵主義詩人萩原朔太郎，也是這首詩正文開始之前「性情急躁的詩人們與贗品詩人們沒有讀長詩的必要。他們吟誦著五、六行的美麗的抒情詩一面入睡吧」的指涉對象。在〈青年の計畫〉（1）發表的同號〈後記〉，饒正太郎除了略述停刊期間對於行動主義文學與主知主義文學相互關聯的思考與興趣之外，他也再次批判了萩原朔太郎在此時局下的活躍：

> 最近萩原朔太郎作為詩人的代表活躍著，但這位天才詩人根本是過時的最後的浪漫主義者。
>
> 做個朔太郎的清算號之類的特輯，對我們而言或許有必要。讓詩能夠文化性地發展是當前我們的問題。不用說，那必須加入詩的歷史性發展。酩酊大醉的文學者們，片面地乃至以入門的知識非難共產主義、批評法西斯主義，實在相當可笑。橫光利一在巴黎不知所措，也同樣可笑。法國現在是「人民戰線」的時代。[141]

---

[138] 饒正太郎，〈青年の計畫〉（1），頁48。在〈青年の計畫〉（2），饒特別加註的還有1936年8月於柏林舉辦奧運的「運動場」；1936年7月發動西班牙內戰、領導法西斯主義的國民軍對抗人民戰線、並取得最終勝利的「弗朗西斯科・弗朗哥」；西班牙內戰期間國民軍的第二號領導人物「莫拉」；位於義大利西西里島北側的島嶼「利帕里島」；以及法國極右翼政黨「火十字團」。

[139] 參閱デジタル版 集英社世界文学大事典「フェビアン協会」條目，http://japanknowledge.com/lib/display/?lid=52310h0015755（2016.02.29徵引）。

[140] 參閱日本大百科全書（ニッポニカ）「フェルキッシャー・ベオバハター」條目，網址http://japanknowledge.com/lib/display/?lid=1001000200650（2016.02.29徵引）。

[141] 饒正太郎，〈後記〉，《20世紀》第7號，頁61-62。

饒正太郎基於知性、基於同時代性的要求對於萩原朔太郎之抒情性的批判，這裡不再贅述。但也因為饒認為萩原等浪漫派詩人缺乏知性的批判精神，因此他們根本不具有非難共產主義、法西斯主義的條件能力。因此，在〈青年の計畫〉（1）饒即諷刺：與其讀朔太郎的格言，不如去看美國童星秀蘭・鄧波爾（Shirley Jane Temple, 1928-2014）的電影。值得注意的是，此時萩原所代表的，不僅是詩的抒情性、純粹性，更是日本浪漫派系譜所代表的向日本主義乃至國家主義的靠近。對共產主義抱持同情、批判法西斯主義的饒，在政治意識形態上亦與萩原位處光譜的兩極。饒寫下這篇〈後記〉的1936年6月，正在巴黎的橫光利一，經歷了與國際共產主義運動方向關係密切、作為反法西斯的統一戰線運動的「人民戰線」選舉席次過半、「人民戰線」內閣的成立，以及大規模的罷工事件。饒正太郎謂「法國現在是『人民戰線』的時代」，足見其親近反法西斯主義的共產主義的政治立場。在這樣的政治立場、以及行動主義的立場上，饒認為，萩原朔太郎之流的所謂「天才」、以及有著「舍斯托夫式」的「不安」頹廢、絕望、虛無的蒼白青年們，都必須被放逐到殖民地，接受「寶石般的太陽」的審判。

與前一階段的〈137個の彫刻〉相較，〈青年の計畫〉並不那樣跳躍、抽象、難解，且經常可以在詩行中找到具體的現實指涉。特別值得注意的是，〈青年の計畫〉的現實指涉其諷刺的對象，並非過去的、既已發生的歷史，而是即刻的當下，緊貼正在進行中的世界情勢脈動，具有高度的現實性、即時性。

同年10月發表於《20世紀》第8號的〈青年の計畫〉（2）亦然。詩句從德國著名的「齊柏林飛船」（Zeppelin）、以及剛落幕不久（1936年8月1日-16日）的第11屆柏林夏季奧林匹克運動會出發：

如郵船般的雲正在移動
噢噢！　運動場（註4）
那聚集在鈷綠色之中的
數萬名的青年
為了新的生活
謳歌如大鼓般的太陽
文化的巨大雕像

沐浴在他們如森林般的合唱裡
嗅嗅　海洋的魚類喲
陸地的法西斯主義者喲
在諸君尖尖的頭上葡萄色的夕陽接近了
香檸的秋天
茶色的馬喲
趕赴「賽維爾的理髮師」的國度
諸君青年捨棄墮落的阿波羅
為了新的生活吹響口哨
為了善良的市民
諸君　吹伸縮喇叭吧
向西　向西　青年喲
庇里牛斯山脈[142]

詩的開頭，饒透過正在移動的像郵船的雲朵、以及數萬名青年聚集於運動場、謳歌大鼓般的太陽與文化的巨大雕像、大合唱的畫面，營造出一種極為崇高壯闊的氣氛。然而值得注意的是，這樣的崇高美，若置入當時的時空脈絡中閱讀，即能夠讀出饒正太郎的諷刺。像郵船的雲朵，恐怕不是雲朵，而正是作為郵船——而在一戰時期作為飛行武器之用而後為飛機取代的「齊柏林飛船」。所謂雲朵，不過是修辭上的迷彩。如此巨大的物體緩緩出現在空中，往往給人一種無可抵禦的威壓感。除了飛船，饒詩句中加上註釋的「運動場」，指涉的正是納粹德國控制下舉辦的1936年「柏林奧運」。原本希特勒認為奧運係「猶太人的祭典」而不願舉辦，後圖謀政治宣傳的而轉為全力支持。數萬名的青年「聚集在鈷綠色之中……／為了新的生活／謳歌如大鼓般的太陽／文化的巨大雕像／沐浴在他們如森林般的合唱裡」，即是開幕儀式上的精心安排的政治宣傳展演。與「像郵船的雲朵／飛船」的手法類似，象徵和平的「奧林匹克運動會」，同樣是納粹德國政治宣傳的迷彩。這一場開幕展演，隨著太陽沉沒在法西斯主義者「尖尖的頭上」而落幕。

當象徵和平的奧運落幕，隱藏在各種迷彩之後的歐陸的各種軍事侵略與政治角力，仍持續進行。在〈青年の計畫〉（1）與（2）的發表1936年

[142] 饒正太郎，〈青年の計畫〉（2），頁58-59。

7月至10月之間，歐陸發生的最受矚目的事件，便是後來被視為第二次世界大戰前哨戰的「西班牙內戰」（1936年7月17日-1939年4月1日）。交戰的兩方，係由共和政府軍與「人民戰線」聯手，對抗由佛朗哥（Francisco Franco, 1892-1975）領導的西班牙國民軍及長槍黨。它不僅是西班牙自身的內戰，而是有多國勢力介入，共和政府軍及「人民戰線」的背後，有蘇聯等共產國家支持；而佛朗哥的法西斯主義陣營，則有希特勒的納粹德國、以及墨索里尼的法西斯義大利的軍事協助。因此，它也可視為國際共產主義（人民戰線）與法西斯主義的對抗。在饒正太郎的〈青年の計畫〉（2），有著「茶色的馬呦／趕赴『賽維爾的理髮師』的國度」即西班牙這樣的句子。中井晨在前述《荒野へ　鮎川信夫と『新領土』（I）》說明1936年的國際政治情勢時，即以饒的詩句為例，說明人民戰線vs法西斯主義的政治構圖：「支持法西斯主義者的勢力舉辦奧運的國家是德國，然而另一方面，支持西班牙共和國的人民政府方的最大勢力是蘇聯」。[143]

茶色的馬趕赴的方向、及其時代脈絡，都可輕易判定。然而問題是，趕赴西班牙的是支援哪一方的勢力？就常理推斷，同一聯詩後段的「諸君青年捨棄墮落的阿波羅／為了新的生活吹響口哨／為了善良的市民……吹伸縮喇叭」的青年，應該與詩前段的「聚集在鈷綠色之中的／數萬名的青年／為了新的生活／謳歌如大鼓般的太陽」的法西斯青年相一致；然而卻有個小地方，不能不引人注意相較於前段聚集於體育場「為了新的生活／謳歌如大鼓般的太陽」的青年，後段的青年同樣為了新的生活吹響口哨，饒卻強調吹伸縮喇叭、一路往西至庇里牛斯山係「為了善良的市民」。這一句話非常值得玩味。如果是法西斯青年，為何他們是為了市民？而非法西斯主義經常作為政治口號的為了民族的光榮、或是為了國家？依這句判斷，趕赴西班牙的青年，應非支援法西斯的佛朗哥側的法西斯青年，而是如中井晨在談論饒發表於《新領土》創刊號的〈青年の計畫〉類似的書寫時所說的：「在歐洲，『新的政治家』的年輕世代的國際義勇軍，為了支

143 中井晨，《荒野へ　鮎川信夫と『新領土』（I）》，頁25。關於「人民戰線」成立的背景，柳書琴寫道：「1935年7月蘇聯鑑於德、義法西斯主義抬頭，共產主義危機日深，於共產國際第七回大會中通過『反法西斯勞動階級統一戰線』，以『擁護大眾利益」旗幟廣結共產主義與社會民主主義左右派人士，組成世界『反法西斯人民戰線』……。共產過繼提出此一新戰術後，法國、西班牙等國大選曾被人民戰線派奪下，中國共產黨提出『抗日救國統一戰線』（即著名之『八一宣言』），日本合法左翼團體也於1936年1月捨棄單打獨鬥開始串聯』。參見柳書琴，《荊棘之道：臺灣旅日青年的文學活動與文化抗爭》（臺北：聯經，2009），頁354。

援『擁護議會』的西班牙人民戰線而趕赴該地」。[144]

在〈青年の計畫〉（2）之後，我們看發表於1937年1月《セルパン》第71號的〈飛行日記〉。這首飛行日記，係脫胎自〈青年の計畫〉（2）第一聯的改作，「像郵船的雲朵正在移動／哦哦！　運動場」前增添七行，後段「香檸的秋天」後也有大幅的改寫。二作之間有著互文與對話的關係。我們先看開頭增添的部分：

故事開始
不吃奶油的戈林
哎呀！　這座村莊裡雀鳥很多呢
不！（※德文引用者註）　是紐倫堡大會呀
那是大砲的聲音吧
相互說著悄悄話的戀人們的哼唱
在淺淺的海中茶色的馬在嘶鳴[145]

詩開頭第二行的「ゲーリング＝戈林」，很清楚指的是為納粹德國建立「蓋世太保」的祕密警察系統、曾任德國航空部長，〈飛行日記〉發表之時任職德國空軍總司令與希特勒關係而權傾一時的Hermann Göring（1893-1946）。[146]由於「戈林」這個符號具有極為針對性的現實指涉，〈飛行日記〉於是成為對於納粹德國法西斯主義的明快的諷刺。第三行「哎呀！　這座村莊裡雀鳥很多呢」與第四行「不！（※德文引用者註）　是紐倫堡大會呀」，將作為納粹德國年度黨代表會、同時也作為政治宣傳的紐倫堡大會，比喻為「有很多雀鳥的村莊」。[147]接下來兩行，饒將「大砲的聲音」與「相互說著悄悄話的戀人們的哼唱」並置，極重與極輕之間，呈現出高度的不和諧感；而後句也可視為前句的補述大砲的聲音「是」相互說著悄悄話的戀人們的哼唱，若考量創作同時間點的納粹德國的軍事動向，應是諷刺1936年3月7日希特勒違反《凡爾賽條約》派兵進駐原作為德國領地

[144] 中井晨，《荒野へ　鮎川信夫と『新領土』（I）》，頁27。

[145] 饒正太郎，〈飛行日記〉，《セルパン》第61號（1937.01），頁12-13。

[146] 參閱日本大百科全書（ニッポニカ）的「ゲーリング」條目，http://japanknowledge.com/lib/display/?lid=1001000081191（2016.02.28徵引）。

[147] 在〈137個の彫刻〉第55節也有過類似的句子：「即使在雀鳥很多的公園裡也有很多法西斯主義者呢」，但沒有進一步可資判斷其現實指涉的線索。

（=內政關係）的萊茵蘭（Rheinland）非軍事區的軍事行動（〈青年の計畫〉（1）亦有呈現），或是納粹德國對於西班牙內戰佛朗哥的法西斯勢力的軍事支援。然而若考慮下一句——「在淺淺的海中茶色的馬在嘶鳴」——「茶色的馬」的符號，在〈青年の計畫〉（2）是奔赴西班牙支援的馬，這裡「大砲的聲音＝戀人們的哼唱」諷刺的，應是納粹德國對佛朗哥勢力的軍事支援。但何以趕赴西班牙的茶色的馬，會在淺淺的海（=地中海）中嘶鳴？這恐怕不是一句超現實主義的呈現可以解釋的，而是支援西班牙人民戰線的友軍，在支援行動的受阻。

既然茶色的馬在奔赴支援西班牙人民戰線的行動受阻，或許也就代表著佛朗哥勢力的友軍——納粹德國或法西斯義大利的軍事支援，取得相對的勝利。〈飛行日記〉的結尾，即與〈青年の計畫〉（2）結尾的天差地別。

> 噢噢　海洋的魚類呦
> 陸地的法西斯主義者呦
> 以及天才的法西斯主義者的海賊的合唱呦
> 諸君的尖尖的頭上葡萄色的夕陽接近了
> 香檸的秋天
> 去聽聽從議會傳來的小夜曲吧
> 和著華爾滋如小麥般的法西斯主義者們往庇里牛斯山脈的彼端消失了吧（附上烏克麗麗的伴奏）[148]

我用底線標出的，是〈飛行日記〉後段不同於〈青年の計畫〉（2）的句子。我們可以看到，在〈飛行日記〉裡，法西斯主義者不僅來自陸上，同時也來自海上。他們的合唱，代表著從海陸雙方進逼的法西斯陣營軍勢。而詩的最後一句——「和著華爾滋如小麥般的法西斯主義者們往庇里牛斯山脈的彼端消失了吧（附上烏克麗麗的伴奏）」，更是明明白白地指涉法西斯主義者對西班牙內戰佛朗哥側的支援。[149]這首詩命名為〈飛行日記〉，但除了戈林與德國空軍的關連，並沒有飛行的相關描寫；因此實際

[148] 饒正太郎，〈飛行日記〉，頁13。底線為引用者加。

[149] 西班牙內戰正式爆發前，西班牙全境已為納粹的組織網・間諜網所包圍。此外，國際法西斯也組織了武器密輸團，據說1936年春天已有三萬八千把短槍、一萬八千把手槍流入西班牙。參見斉藤孝，《スペイン戦争　ファシズムと人民戦線》，頁88。

上，它是戈林擔任納粹德國空軍總司令任內的1936年的法西斯主義侵略日記，也可理解為1936年歐洲情勢的鳥瞰圖。

1937年5月，匯流了原《詩法》同人與原《20世紀》同人的《新領土》成立。饒正太郎的〈青年の計畫〉，也繼續在《新領土》發表。[150]寫於1937年也是日中戰爭全面爆發的一年的四首詩，是饒正太郎人生的最後四首詩。前三首〈青年の計畫〉的連作，我們可以看到饒正太郎對於所謂「環境的改造」的積極昂揚。

我們先看發表於1937年5月《新領土》創刊號的〈青年の計畫〉：

看得見月亮呢
也有隱身在仙人掌裡拉奏手風琴的壯年呦
看得見島呢
也看得到在山脈下喝著維他命B的將軍
議會停止營業了吧
印度橡膠樹下的理髮店也停止營業
在這個村莊裡住著許多家鴨取代浪漫主義英雄的存在呦
法西斯主義者的直觀力墜落了呢
擁護議會的輕氣球在山脈下閃閃發光呢
小麥色的姑娘們以女高音佔領了農場
太陽在青年們的附近閃耀著呢
大陸派一個人也沒有
貝殼的光澤如香檳閃耀著
農夫們在花粉之中與蜜蜂一同歌唱
不久來自海岸彼端的新的政治家就要登陸了吧[151]

這首詩的最後一句，中井晨將之解釋為：「在歐洲，『新的政治家』的年輕世代的國際義勇軍，為了支援『擁護議會』的西班牙人民戰線而趕赴該

[150] 然而饒在《新領土》上發表的〈青年の計畫〉，並沒有接續著《20世紀》的標號。刊登於《新領土》創刊號上的〈青年の計畫〉沒有標號；《新領土》第2號的〈青年の計畫〉卻又標記（5）——若按照《20世紀》起始的順序，應是（4）。然而到了《新領土》第4號，〈青年の計畫〉又沒有標號。

[151] 饒正太郎，〈青年の計畫〉，《新領土》創刊號（1937），頁60。

地」[152]已如前所述；中野嘉一則是看到了饒正太郎透過詩作呈現出的積極昂揚精神：「饒是快活的精力充沛的男子，有著臺灣人父親，是一位極具南方性格氣質的詩人。他揶揄將軍、寫了『議會停止營業了吧』、『法西斯主義者的直觀力墮落了吧』之類的句子，讓我們看到政治性的諷刺・挖苦。他對於現代主義詩的思考方式，相對於春山的『適應環境』說，他主張的『環境的改造』說，比起春山要更讓人感覺到年輕一個世代的積極性」。[153]

正是因為這種試圖「改造環境、修正環境」的積極性，使得饒《新領土》時期的〈青年の計畫〉連作呈現出昂揚的精神。如果說〈飛行日記〉側重於對法西斯陣線的諧謔與諷刺（及其背後的法西斯主義的銳不可擋），《新領土》創刊號的〈青年の計畫〉，則以輕快昂揚的筆調，為饒支持同情的共產主義及人民戰線勢力，描繪出一個充滿活力而光明的未來。在這首詩裡我們可以看到，儘管將軍疲憊（在山脈下喝維他命B）、議會停止營業，然而法西斯主義者也元氣大傷「法西斯主義者的直觀力墜落了呢」。緊跟在這句之後，都是一片在既有的戰果上，期待人民戰線的援軍到來的光明景象：「擁護議會的輕氣球在山脈下閃閃發光呢／小麥色的姑娘們以女高音佔領了農場／太陽在青年們的附近閃耀著呢……不久來自海岸彼端的新的政治家就要登陸了吧」。而在1937年2月發表於《文藝汎論》的〈若き日〉，也有類似的句子，與〈青年の計畫〉成為互文：「騎腳踏車的青年們／為了迎接新的政治家到遙遠的海岸去／儘管愛著巴拿馬式的雲／在山脈下的／卻是如太陽般的青年們的合唱呦」。[154]

次月《新領土》第2號的〈青年の計畫〉（5），大抵也是延續這樣的調性；然而與積極昂揚光明的青年相對，饒在詩中安排了一些負面的人物，包括陳舊的政治家、低俗無教養的首相、透過褐色的豆沙餡麵包守護著天才的藝術家、心臟像麥桿製的吉他一類東西的沉睡的知識份子等。他們是必須被淘汰的。而積極昂揚的青年，在小丘上發表著各種演說、聲明關於總選舉之意義、以及關於首相的批判。而最重要的，我們可以看到，「來自工廠的合唱已響遍世界」，不僅意味著共產主義已經傳唱全世界，更暗示著國際反法西斯主義勢力的串聯；而最後幾句，「看吧／向日葵盛

---

[152] 中井晨，《荒野へ　鮎川信夫と『新領土』（I）》，頁27。

[153] 中野嘉一，《前衛詩運動史の研究》，頁264。

[154] 饒正太郎，〈若き日〉，《文藝汎論》第7卷第2號（1937），頁18。

開的小丘上／騎著腳踏車的青年們出現了／諸君的投票所在左側／在他們身後太陽吻響徹著」，[155]騎腳踏車到遙遠的海岸去迎接新的政治家的青年們，也已經完成任務回來了；而擁護議會政治的他們更重要的任務，便是捍衛這樣的民主制度，對抗獨裁的法西斯勢力。小丘上向日葵盛開，他們的背後太陽不僅閃耀，更發出聲音、響徹雲霄。

1937年8月《新領土》第4號的〈青年の計畫〉，則是一首諷刺法西斯的潰敗、同時呈現世界共產主義人民戰線串聯之榮景的中長詩。以下這段詩，可以看到雙方勢力的消長：「堇色的海／右邊看到的輕氣球似乎正廣告著莫拉將軍的死亡／南方村莊的青年們聚集／有從小麥田中站起來的姑娘們的合唱／那面黃色的旗幟底下是舉行罷工的地方／青年們的聲音／一週四十小時制／對於在陽台講話的你的自由主義宛若牛奶糖的抒情詩」。[156]莫拉（Emilio Mola Vidal, 1887-1937）將軍，是佛朗哥之外國民軍派的第二號領袖，曾於摩洛哥策劃叛亂。饒正太郎寫下這首詩（1937年7月1日）一個月前的6月3日，莫拉將軍因飛機失事死亡，他的死亡也成為這首詩的背景。集會、合唱、罷工、演說，人民戰線的活動，正如火如荼地展開。相對於自大地（＝小麥田）而起的世界人民戰線的集結串聯（＝合唱），饒正太郎藉由單數的強調，諷刺法西斯政權的獨裁與無依：「諸君請無視佛朗哥政權吧／喝一瓶汽水／一個人的指導者吻／一個理想吻／一個綱領吻／雅克・多利歐君的夢／六月的星期日食用蛙正在繁殖」。[157]雅克・多利歐（Jacques Doriot, 1898-1945）原是法國共產黨政治家，然而在奪權失敗後轉向法西斯主義。這樣的夢、綱領與實踐，正如以食用為目的的食用蛙的繁殖，最終都指向他人的犧牲。這樣的獨裁政治家，又與軍火商人形成共犯結構，為了私利不擇手段：「某種政治家如三〇年型的福特汽車流出的黃色的汽油之類的東西／讓克魯伯軍火公司的大股東／忘卻了文化」。[158]然而，在麝香豌豆花開的時候，法西斯主義的一切都將失敗，成為被嘲笑的對象：「在麝香碗豆花開的時候／以女高音的方式嘲笑真的有夠好笑／那是對於國際暴力組織乃至國際法西斯主義者的失敗的嘲笑方式」。[159]

---

[155] 饒正太郎，〈青年の計畫〉（5），《新領土》第2號（1937），頁95。

[156] 饒正太郎，〈青年の計畫〉，《新領土》第4號（1937），頁234。

[157] 饒正太郎，〈青年の計畫〉，《新領土》第4號，頁234。

[158] 饒正太郎，〈青年の計畫〉，《新領土》第4號，頁235。

[159] 饒正太郎，〈青年の計畫〉，《新領土》第4號，頁235。

詩的最後，饒正太郎以積極昂揚、然而肅穆的語調，宣揚他的願景：

日本浪漫派的風鈴般的夢呦
第二流的藝術家在晦暗的喫茶店悲傷
第一流的藝術家在太陽底下笑著
蒼白的文學青年應該如肥皂泡泡一般消失
讓農夫喘口氣吧
讓漁夫喘口氣吧
太陽呦響徹雲霄吧
青年們去等待新的聲明吧
安德烈・紀德的「蘇維埃旅行記」是散文詩
感性型的藝術家的悲傷喲！
工業俱樂部的輓歌呦
茶色的戰地裡出現的人們
是他的長男律師
是他的長男牛津大學生
是他的次男廚師
是他的三男科學家與四男科學家
是他的三男醫學博士
是他的四男藝術家
在瓜達拉馬山脈底下吹響的喇叭音已拒絕了法西斯主義
瓦倫西亞的木雕師傅是無政府主義者
而卡斯提爾的農夫是共產主義者[160]

日本浪漫派的夢如風鈴一般，只要有風（外界刺激），便會搖動並發出聲響（產出所謂的詩）。這樣未經意識、未經知性作用的情感，對饒正太郎而言是不足以成為詩的。他們都是耽溺於情感、在晦暗的喫茶店裡傷悲的第二流的藝術家。而蒼白的、缺乏生活力的文學青年，也同樣是不入流的。他們會在太陽升起時如肥皂泡泡一般消失。第一流的藝術家，是在太陽底下笑著、如饒在《新領土》創刊號〈後記〉所說的「抱持改造環境、

[160] 饒正太郎，〈青年の計畫〉，《新領土》第4號，頁235-236。

修正環境的誠意」，將主知作為知識人的政治立場的社會行動，站在反法西斯的、左翼的、人道主義的立場支援對抗壓迫的解放運動。儘管原本傾心於共產主義的紀德（André Gide, 1869-1951）在1936年6月抵達莫斯科進行參訪、並於該年11月發表的《ソヴィエト旅行記》揭露史達林體制的現實，「不僅對於支持人民戰線內閣、及法國、西班牙共和國的歐洲知識人，對我國〔日本——引用者註〕的知識人也是衝擊性的作品。此書的登場，給隱身於行動主義文學背後的對於共產主義的關心，澆了一盆冷水」（中井晨）；[161]但這並未澆熄饒正太郎對於共產主義的熱情。在詩即將結束之際，為此一解放的理想而奮戰的青年們被一個一個標示出來「茶色的戰地裡出現的人們／是他的長男律師／是他的長男牛津大學生／是他的次男廚師／是他的三男科學家與四男科學家／是他的三男醫學博士／是他的四男藝術家」。青年們的職業各自不同，卻都是某某人的誰：他的長男，他的次男，或是他的三男與四男。值得注意的是，饒正太郎以一個抽象的、普遍的、作為集合符號的「他」連結投身運動的所有人的網絡，呈現了一種打破血緣、民族等種種疆界的世界一家、戰線串聯的理想。然而當這個抽象的「他」及其各自輻射出的網絡，被還原為一個一個有血肉、有情感、有身分連結有故事的「個人」的時候，這種以生命投身戰場的莊嚴性（甚至悲劇性）也被同時突顯出來。詩的最後三行，則是西班牙人民戰線堅決反對法西斯主義的宣示：「在瓜達拉馬山脈底下吹響的喇叭音已拒絕了法西斯主義／瓦倫西亞的木雕師傅是無政府主義者／而卡斯提爾的農夫是共產主義者」。其中瓜達拉馬山脈、瓦倫西亞、卡斯提爾，都是西班牙的地名；且與前面幾行以知識青年為主體的戰線不同，最後的兩句詩，則是農、工階級的無政府主義者、共產主義者。知識青年們投身戰場，瓦倫西亞的木雕師傅、卡斯提爾的農夫也紛紛挺身表態。這首詩以對法西斯主義的諧謔的諷刺起始，時而積極昂揚，然而結束於這樣肅穆、堅定的語氣，在宣揚理想之餘，或許饒正太郎也深刻意識，所有抽象的理念與綱領，必須為「人」而存在、也必須透過「人」來實踐而實踐必然包含著犧牲。唯有「人」，才是這場行動的主體，以及行動的最終目的。

最後我們要看的，是發表於1938年1月《セルパン》第84號的〈青年の出發〉。雖名為「出發」，但這其實是饒正太郎的最後一首詩，也是他

[161] 中井晨，《荒野へ　鮎川信夫と『新領土』（I）》，頁25。

有意識的絕筆詩。1937年12月16日，饒在寫給當時人在中國戰地的摯友川村欽吾的信中寫道：

> 正月最遺憾的，是無法和你一起吃雜煮。我會寄《セルパン》的新年號給你。上面也刊載了我的詩，你就一面聽著大砲的轟炸聲一面讀吧。我在想要從1938年元月開始停筆。藝術家再怎麼樣也不能過度驅使自己的神經。想來1938年已經不是藝術家的時代了吧。[162]

饒在給川村的信中所說刊載在《セルパン》新年號的詩，便是這首〈青年の出發〉。1934年11月，饒也在自己主編的《カイエ》第9號發表過同名詩作：「在海上傳來的／／喇叭／／的聲響中的／／是攝影師吧／／爬到樹上／／在炭畫用紙上／／簽名的／／馬伕的臉」。[163]詩作發表的當時，是《カイエ》的終刊、也是《20世紀》創刊的前夕；饒正太郎剛結束他的習作期，正要在自己創立的、以年輕世代為主體的《20世紀》展翅雄飛。此後，饒經歷了極具實驗性的〈137個の彫刻〉連作時期，並於〈137個の彫刻〉後期逐漸放棄割裂詩與現實之連繫的純粹性，認為「Poésie將現實性擴大……。詩與思想或是詩與世界觀的問題，始於詩人抱持著對社會的關心」，並於《新領土》創刊號進一步主張「抱持改造環境、修正環境的誠意」，其意欲重新找回詩與現實、以及人與社會之連繫並積極改造社會的熱情，鮮明地躍於紙上。然而，隨著1937年7月日中戰爭的全面爆發，進入戰時體制的日本對於社會的控制愈加嚴密，儘管以「國家總動員法」為基礎的「總力戰」體制仍未正式成立（1938年4月），但饒正太郎也不得不意識到這個嚴峻的事實。在既有的文獻中，並沒有辦法確切得知饒正太郎在1937年8月《新領土》第4號的〈青年の計畫〉至1938年1月《セルパン》第84號的〈青年の出發〉的期間，究竟受到什麼樣的巨大刺激，讓積極昂揚的他在極短的時間興起了想要停筆、並發出「1938年已經不是藝術家的時代了吧」的感慨；但日中戰爭的全面爆發，恐怕是最大的影響源。一來，他的摯友川村欽吾也不得不被召徵出征，原來應該與親友團聚的正月新年，卻隻身在遠方的中國戰場「一面聽著大砲的轟炸聲一面

---

162 江間章子，《埋もれ詩の焔ら》，頁289。

163 饒正太郎，〈青年の出發〉，《カイエ》第9號（1934），原文無頁碼。

讀（詩引用者註）」；二來，台日混血的饒正太郎，儘管一直過著極為日本式的生活，但在不表露的暗面，他是否對於臺灣、對於中國抱持著什麼樣的特殊情感？我們就不得而知了。與饒親交的江間章子，曾就饒的身分認同問題回憶：「饒正太郎是臺灣人。或許也可以說是臺灣國籍的中國人。……在饒的內心，有著許多皺褶，亦即在超越民族、與我們親交的同時，應該也時常抱持著與此相反的自己的立場的苦惱」，[164]儘管是江間事後追加的解釋，但也不能完全排除這樣的可能性。

於是我們只能讀〈青年の出發〉。這是饒的最後一首詩，也是我們唯一的憑據。

從尼永傳來的濁音與撥音的合唱
是新康德的哀歌
聚集在海岸的黑色的山賊與黑色的海賊的會合
並不如教會般安靜
靜靜地聽吧
太陽從舊式的小丘升起
從布魯塞爾會議傳來了柏拉圖式的狂想曲呢
例如發出樟腦丸香味的獨裁政治家
傍晚靜靜地在堇花旁睡眠
在山脈下青豌豆的料理特別好吃
歐洲七葉樹開花之際小麥田的少女們尋求著食物世界性地以女高音的方式歌唱
撥弦古鋼琴的早晨
青年不要與太陽一同忘了政治
沙龍的主知主義者也和著鼓聲搬運新的穀物
古老的東西如你的硬殼平頂草帽離去
茶色的馬如橡膠樹般肥滿
宛若從勞斯萊斯流出的汽油般的天空放晴了[165]

[164] 江間章子，《埋もれ詩の焔ら》，頁220-221。
[165] 饒正太郎，〈青年の出發〉，《セルパン》第84號（1938），頁30-31。

這一首詩，有兩個符號特別值得我們注意：一個是「尼永」（Nyon），另一個則是「布魯塞爾會議」。這兩個符號，都與1920年依《凡爾賽條約》而設立的「國際連盟」有所連繫。尼永所在的瑞士，是永久中立國、也是國際連盟總部（日內瓦）的所在國；尼永與日內瓦的距離亦不遠。而所謂的「布魯塞爾會議」，係日中戰爭全面爆發後，中國向國際連盟訴請制止日本對中國的侵略，於1937年11月在布魯塞爾舉辦的「九國條約會議」。儘管會議作成日中必須停止敵對行動、維持和平的決議，然而由於各國不願對日本進行制裁，日方也拒絕出席此會議，此決議並沒有產生任何實質上的拘束力。饒正太郎的〈青年の出發〉，必須在這樣的歷史脈絡下閱讀。

在這樣的文脈中，首句「從尼永傳來的濁音與撥音的合唱」的所謂濁音與撥音的合唱，很明顯就是指多國・多語的國際連盟會議。然而極為諷刺的是，這樣以裁減軍備、調停國際糾紛為目的而成立的國際連盟的會議（＝合唱），竟是表達哀戚、向死者悼亡的哀歌。因為饒正太郎的筆下，參與國際連盟的諸國，是宛若黑色的山賊（陸權）與黑色的海賊（海權）般的存在，「聚集在海岸的黑色的山賊與黑色的海賊的會合／並不如教會般安靜」。這樣的會議，與其說調停，更不如說是山賊與海賊的分贓。而下面三句，則諷刺完全沒有發揮任何作用的布魯塞爾會議：「從布魯塞爾會議傳來了柏拉圖式的狂想曲呢／例如發出樟腦丸香味的獨裁政治家／傍晚靜靜地在堇花旁睡眠」。饒將這種同聲譴責、卻完全無用的國際決議稱為柏拉圖式的（＝純精神式的）狂想曲，正如期待一位發出樟腦丸香味的（通常做為殺蟲、殺菌或清洗劑，亦可用於製作炸藥，或許影射實行種族優生、反猶太人的納粹）獨裁政治家，日落後會溫和地在堇花旁入睡，是完全不切實際的。終於意識到這樣嚴峻的現實的饒正太郎，不得不在詩的最後——也是人生的詩的最後苦澀地寫下：「青年啊不要與太陽一同忘了政治／沙龍的主知主義者也和著鼓聲搬運新的穀物」。青年與太陽，在饒正太郎的詩中一向都象徵著積極昂揚、以及反法西斯主義。然而在戰爭時期，卻被提醒著不要忘記政治——這裡所謂的「政治」，若搭配下一句的語脈，應是指「國民在戰爭時期應盡的國民責任義務」。因為即使是沙龍的主知主義者，到了戰爭的非常時期也無法繼續堅守那高踏、純粹的象牙塔，而必須和著戰鼓的節奏，搬運穀物（＝糧草）、協力戰爭。

關於饒在戰爭時期的停筆，中井晨曾這樣解釋：「近藤東曾寫下：「在『沒有詩的時代』不作詩的是真正的詩人」，饒正太郎恐怕正是以文字實踐近藤的話語吧。沉默也是最睿智的選擇。儘管放棄了繼續高歌反戰，但至少，寫戰爭詩或愛國詩是做不到的」。[166]1936年7月，結束了〈137個の彫刻〉連作時期的饒正太郎，重新審視詩與現實、人與社會的連結，並以〈青年の計畫〉系列重新出發，將主知的純粹性，轉化為知識份子的政治立場，反戰、反法西斯，試圖進一步改造社會。然而不過一年餘的時間，他很快就發現現實比他想像得更加嚴峻。在言論空間愈來愈緊縮的情況下，像以前那樣大張旗鼓地主張反戰、反法西斯已是不可能了；然而好不容易才訣別了純粹詩的饒正太郎，在戰爭時期也不得不覺悟，就算是純粹詩的象牙塔，早已被法西斯主義攻陷了。發表於1938年1月的〈青年の出發〉，是1941年他因肺結核而離世前的最後一首詩。這一首詩，無論是以結束作為「出發」、或以「出發」作為結束，不能不說是饒正太郎對於人生最大的自嘲，也是苦笑。

## 五、結論：活躍於中央文壇的臺灣現代主義者

饒正太郎自《椎の木》起步，歷經《カイエ》、《詩法》、《20世紀》、《新領土》的文學軌跡，已如前所述。在《椎の木》、《カイエ》的習作階段，他大抵延續著短詩運動追求的詩的純化與緊密化、以及《椎の木》主知的抒情的方向前進。此階段的饒，與風車詩社的楊熾昌、林修二等的系譜是較為相近的。然而在《カイエ》後期、《詩法》、特別是《20世紀》階段，脫離習作期的饒及其出生於1910年前後的同世代詩人，逐漸從前行代中自立，戮力追求新世代的獨自美學。饒在《20世紀》宣言自我期許將該誌打造為「新的詩學的實驗室」，大聲疾呼「同時代性」、「以二十世紀的腦袋審視一切」之後，便朝著「主知」的方向篤進，徹底向象徵詩人、抒情詩人訣別。進入1936年後，饒正太郎在純粹詩與社會性的辯證思考之中，逐步告別了純粹性，而是以主知作為一個知識人的政治立場，重新找回詩與現實、詩人與社會的連結，並在國際法西斯主義VS共產主義的人民戰線的對抗趨熾之際大力地鼓吹反戰、反法西斯主義；同時也在轉向後的日本中央文壇朝向日本主義、國家主義之際，高舉國際主義的大旗，並在《新領土》的創刊號主張：「抱著改造環境、修正環境的誠

[166] 中井晨，《荒野へ　鮎川信夫と『新領土』（I）》，頁102。

意，不光是我們，對於現在所有的知識階級者也都是必要的」。這樣兼具「藝術的前衛」與「政治的前衛」的超前衛姿態，在同時期的殖民地臺灣的政治及藝文條件下是不可能實現的；即使在日本中央文壇曾經站在時代最尖端的現代主義詩人中來看，也是相當特殊的存在，他甚至是《詩と詩論》之後日本現代主義詩運動最重要的意見領袖之一。

一如台南出身的新感覺派作家劉吶鷗活躍於「魔都」上海，饒正太郎以最前衛的步伐縱橫於東京中央文壇，既未曾回到臺灣發展，與當時的臺灣文學圈也幾乎沒有聯繫。目前我唯一能找到的日治時期臺灣出身的文學者提及饒之存在的文獻，僅有前述1939年西川滿在〈臺灣文藝界の展望〉寫下的：「在台南勤於詩作的水蔭萍，以及現在人在東京的饒正太郎、戶田房子、橋本文男、林修二諸氏」；[167]至多只能再加上1992年3月6日楊熾昌接受呂興昌教授訪問時謂其曾與饒正太郎之妻伊東昌子通信，並略述了饒正太郎的事蹟，可得知他對饒有一定程度的熟悉。[168]我們大概可以推測，除了西川與楊等少數曾在東京活動或密切關注中央文壇現代主義運動的詩人，當時的臺灣文學界一般不甚知道饒正太郎的存在。其實，除了具有臺灣身分，饒正太郎的文學活動完全是在東京文壇與日本文學的發展脈絡下進行的，與臺灣並沒有明顯的接點。從這個面向來看，將饒正太郎的文學活動定位為日本文學也是可以的。只是我要強調的是，無論如何，饒畢竟來自殖民地臺灣，這一點或深或淺、或隱或顯地呈現在他的活動模式與文學表象上。舉個稍前曾討論過的例子，同樣活躍於東京的中央文壇，西川滿是以「加註的臺灣身分」進行自我標示與文學行動的，因為無論再怎麼強調臺灣身分，他仍是日本人；但臺日混血的饒正太郎某種程度上不得不壓抑了、隱藏了其臺灣身分，以一種高度日本化、或曖昧的無國籍狀態活動於此（事實上，在上海活動的劉吶鷗，也運用了其身分及文化上的曖昧性，將自身匯入被史書美稱為「曖昧性的大海」[169]的半殖民地上海）。如果饒過度表露自己的臺灣出身，從同時代同樣懷有「前進中央文壇」之志的其他臺籍作家的境遇來判斷，很難想像他能如此活躍於文壇的核心（當

[167] 西川滿，〈臺灣文藝界的展望〉，頁341。

[168] 呂興昌教授訪談楊熾昌之錄音檔，由呂教授提供給文學紀錄電影《日曜日式散步者》黃亞歷導演，並承蒙黃導演提供聆聽，特此致謝。錄音帶現典藏於臺灣文學館。

[169] 史書美著，何恬譯，《現代的誘惑：書寫半殖民地中國的現代主義（1917-1937）》（南京：江蘇人民出版社，2007），頁328。

然，饒的才華是無庸置疑的）。但儘管如此，我們仍能從其高度符號化甚至脫色化的臺灣書寫中，找到其對於臺灣的殖民現代性的諷刺——這一點是西川滿的作品中所看不到的；而其在戰時採取反法西斯反戰的立場，無疑也是被培養作為殖民地菁英、任職於拓殖省大臣官房祕書課處理殖民地事務的饒正太郎對於「帝國」之侵略本質的反思。換言之，臺灣出身的殖民地身分，仍在不可見的暗面牽引著饒正太郎在東京的文學行動。

## 引用書目

《20世紀》（第1號-第9號，1934.12-1936.12）。復刻：和田博文編，《コレクション・都市モダニズム詩誌 第28巻 モダニズム第二世代》（東京：ゆまに書房，2014）。

《カイエ》（第1、2號，第4-第9號，1933.07-1934.11）。日本近代文学館查閱・複印。

《文藝汎論》（1巻1號-14巻2號，1931.09-1944.02）。早稲田大學中央圖書館微巻查閱・複印。

《亞》（第1號-第35號，1924.11-1927.12）。小泉京美編、和田博文監修，《コレクション・都市モダニズム詩誌 第1巻 短詩運動》（東京：ゆまに書房，2009）。

《亞》（第1號-第35號，1924.11-1927.12）。復刻：小泉京美編，《短詩運動》（東京：ゆまに書房，2009）。

《椎の木》第三次（1932.01-1936.12）。日本近代文学館查閱微巻・複印。部分巻號早稲田大學教育學圖書室、臺灣大學總圖書館特藏室查閱・複印。

《新領土》（1937.05-1941.05）。復刻：新領土復刻委員会編集，《新領土》（東京：教育規劃，1990）。

《詩と詩論》（第1號-第14號，1928.09-1931.12）。復刻：春山行夫監修，《詩と詩論》（東京：教育出版センター，1979）。

《詩法》（第1號-第6號，1934.08-1935.01）。復刻：勝原晴希編，《コレクション・都市モダニズム詩誌 第11巻 都市モダニズム詩の大河 I》（東京：ゆまに書房，2010）。

《詩法》（第7號-第13號，1935.02-1935.09）。復刻：阿毛久芳編，《コレクション・都市モダニズム詩誌 第12巻 都市モダニズム詩の大河 II》（東京：ゆまに書房，2010）。

アポリネール著，若林真譯，《アポリネール全集》（東京：紀伊國屋書店，1980）。

大東和重，《台南文学——日本統治期台湾・台南の日本人作家群像》（關西：關西学院大学出版会，2015）。

大園市藏，《事業界と人物》（臺北：日本殖民地批判社，1930）。

中井晨，《荒野へ　鮎川信夫と『新領土』（I）》（橫濱：春風社，2007）。

中野嘉一，《前衛詩運動史の研究：モダニズム詩の系譜》（東京：沖積舍，2003）。

五本木千穗，〈百田宗治〈民主詩〉から〈卑俗主義〉へ〉，勝原晴希編，《〈共同体〉の誕生：『日本詩人』と大正詩》（東京：森話社，2006），頁237-266。

史書美著，何恬譯，《現代的誘惑：書寫半殖民地中國的現代主義（1917-1937）》（南京：江蘇人民出版社，2007）。

吉見俊哉，《「声」の資本主義：電話・ラジオ・蓄音機の社会史》（東京：講談社，1995）。

安西冬衛，《軍艦茉莉》（東京：厚生閣，1929）。

江間章子，《埋もれ詩の焔ら》（東京：講談社，1985）。

百田宗治編，《詩抄2》（東京：椎の木社，1933）。

吳佩珍，〈饒正太郎——台湾詩人と日本モダンニズム詩運動〉，和田博文、徐靜波、俞在真、横路啟子編，《〈異郷〉としての日本——東アジア留学生が見た日本》（東京：勉誠出版，2017），頁434-446。

李孝德，《表象空間の近代——明治「日本」のメディア編制》（東京：新曜社，1996）。

杜國清，《詩論・詩評・詩論詩》（臺北：臺大出版中心，2010）。

坪井秀人，《声の祝祭——日本近代詩と戦争》（名古屋：名古屋大学出版会，1997）。

———，《感覚の近代：声・身体・表象》（名古屋：名古屋大学出版会，2006）。

斉藤孝，《スペイン戦争　ファシズムと人民戦線》（東京：中央公論社，1978）。

林巾力，〈主知、現實、超現實：超現實主義在戰前臺灣的實踐〉，《臺灣文學學報》第15期（2009），頁79-109。

———，〈從「主知」探看楊熾昌的現代主義風貌〉，收錄於林淇瀁編，《臺灣現當代作家研究資料彙編05楊熾昌》（臺南：國立臺灣文學館，2011），頁201-233。

林炬壁著，姚誠、張政勝編，《花蓮講古》（花蓮市：花蓮師範學院鄉土文化研究所，2000）。

林進發，《臺灣人物評》（臺北：赤陽社，1929）。

———，《臺灣官紳年鑑》（臺北：民眾公論社，1932）。

近藤東著，中野嘉一、山田野理夫編，《近藤東全集》（東京：宝文館，1987）。

長谷川泉編，《近代文学雑誌事典》（東京：至文堂，1966）。

柳書琴，《荊棘之道：臺灣旅日青年的文學活動與文化抗爭》（臺北：聯經，2009）。

紀旭峰，〈戦前期早稲田大学の台湾人留学生〉，《早稲田大学史記要》44號（2013），頁147-183。

———，《大正期台湾人の「日本留学」研究》（東京：龍溪書舍，2012）。

原子朗編，《近代詩現代詩必携》（東京：學燈社，1989）。

陳允元，〈殖民地前衛——現代主義詩學在戰前台灣的傳播與再生產〉（臺北：國立政治大學台灣文學研究所博士論文，2017）。

現代詩誌総覧編集委員会編，《現代詩誌総覽7——十五年戦争下の詩学》（東京：日外アソシエーツ，1998）。

———，《現代詩誌総覽4——レスプリ・ヌーボーの展開》（東京：日外アソシエーツ，1996）。

許佩賢，《殖民地臺灣近代教育的鏡像——一九三〇年代臺灣的教育與社會》（臺北：衛城，2015）。

陳郁欣，《日治前期臺灣郵政的建立（1895-1924）——以郵務運作為中心》（臺北：國立臺灣師範大學臺灣史研究所碩士論文，2008）。

黃英哲編，《日治時期臺灣文藝評論集（雜誌篇）》（臺南：國家臺灣文學館籌備處，2006）。

臺灣省文獻委員會採集組編校，《花蓮縣鄉土史料》（南投市：省文獻會，1999）。

臺灣新民報社，《臺灣人士鑑》（臺北：株式會社臺灣新民報社，1937）。

橋本白水，《臺灣統治と其功勞者》（臺北：南國出版協會，1930）。

龍膽寺雄，《放浪時代》（東京：新潮社，1930）。

藤本寿彦，《周縁としてのモダニズム：日本現代詩の底流》（東京：双文出版社，2009）。

# A Dual-nationality or Stateless Avant-garde Poetics? The Development Track of Modernism Poet Jyō Shōtarō

Chen, Yun-yuan*

## Abstract

In this article, I tried to trace the development track of modernism poet Jyō Shōtarō (1912-1941) and his pedigree in aesthetic. Jyō, who was born in Taiwan with a hybrid identity, had never published his works or participated in the "New Literature movement" in colonial Taiwan, but was active in the modernism movement in Tokyo. After his practice period, Jyō established a poetry group with younger generation modernist and published poetry magazine "20th Century", tried to independent from the trend led by elder generation and find their new way. Jyō expected "20th Century" could be "the laboratory of new poetics". In order to achieve this goal, he advocated the concepts such as "contemporaneity", "look with the perspective of 20th Century", and "intellectualism", completely negated symbolists and lyric poets. Since then, Jyō stand on the most radical position both in aesthetic and political action. After 1936, Jyō gradually abandoned purism and tried to find back the connection between poetry and reality, poet and society. He endorsed anti-war and anti-fascism thinking when the international fascism was rising, and advocated internationalism which was opposite to Japanese nationalism. Furthermore, he declared that we (intellectuals) "should try to change and correct the environment". Jyō's Taiwanese identity was not obvious reflected in his works, but indirectly emerged by satirizing colonial modernity and advocating anti-war and anti-fascism thinking. We can say that the factor of colonial Taiwan had an effect on Jyō's aesthetic pedigree and political action in Tokyo.

**Keywords:** Jyō Shōtarō; modernism; poetics; "20th Century"; "New Country"

---

* Adjunct assistant professor, Department of Taiwan Culture, Languages and Literature, National Taiwan Normal University.

# 現代詩史中的抒情議題

劉正忠*

## 摘要

本文以漢語現代詩為對象，探討「抒情」議題在詩史中的流變，一方面嘗試延續抒情傳統與現代性的議題，一方面則拉出現代抒情詩的獨立脈絡。五四時期的白話詩人既承繼中國抒情傳統，又受到浪漫主義的激盪，筆下具有濃厚的情感成分，這種現象在當時曾被批評為「抒情主義」。事實上，面對「新的情感」並找到相應的表現形式，正是新詩發生期的重要議題。到了1930年代，漢語詩人已能純熟地使用現代主義的技術來回應現代世界，抒發現代感受。隨著現代派運動的展開，詩壇上遂有抒情與主知之爭；論爭過程雖然針鋒相對，其結果則促使抒情性與現代性更密切結合。

關鍵詞：抒情傳統、抒情主義、主知、抒情性、現代性

* 國立臺灣大學中國文學系教授。

## 一、前言

「詩緣情」的命題由來已久，中國古代詩人似乎不必在此多做爭論。及至五四時期，白話詩興起並逐漸躍為主流，多數新詩人仍然抱持著「詩以情為主」的認知。既有的現代詩史論述，比較看重浪漫主義、象徵主義、現代主義等外來潮流對漢語新詩的影響，較少關注傳統詩學的現代轉化；更傾向於掘發「主知」、「純粹性」、「戲劇化」等概念的歷史流變與理論意義，而把「抒情」視為常譚。

晚近王德威指出，在革命、啟蒙之外，應將「抒情」視為中國文學現代性——尤其是現代主體建構——的重要面向。[1]在國族危殆的現代中國，知識份子急於振衰起敝，走下高臺、走入群眾，大變動帶來的似乎是個史詩的時代。但他認為：

> 恰恰是在這樣的時代裡，仍有人召喚抒情傳統，召喚一種感覺的方法、一種不合時宜的嚮往，反主流而行，更有意義，也更耐人尋味。[2]

五四時期在感時憂國的氛圍下，抒情趨於隱伏。共產中國的成立，政治直接掛帥，抒情更加不合時宜，因而像是一種「異端」。在這種背景下，王德威乃著力探索「情」的思想脈絡，以及它在不同的歷史情境中，如何體現了知識份子對生存、知識和價值的重新編碼。

陳國球則曾以陳世驤（1912-1971）為接榫點，重探了抒情傳統論述的淵源，發現相關議題及其思路多可在1949年以前的詩學討論裡看到雛形。[3]特別是朱光潛（1897-1986）、朱自清（1898-1948）、聞一多（1899-1946）、沈從文（1902-1988）、林庚（1910-2006）等名家，對於抒情與敘事的分際，中西詩學的異同都有深刻之論。假如我們以類似的方法來看待臺灣現代史上的「主知與抒情」之爭，往前去考索早期材料，當

---

1 王德威，〈「有情」的歷史——抒情傳統與中國文學現代性〉，《現代抒情傳統四論》（臺北：臺大出版中心，2011），頁2。

2 楊佳嫻採訪，〈王德威——抒情與異端〉，《聯合文學》第326期（2011），頁26-29。

3 陳國球，《抒情中國論》（香港：三聯書店，2013），頁27-57。

有助於釐清這個議題的源流。

事實上，「抒情」究竟是主流還是反主流，也要看是在什麼論述脈絡下，就何種文類而言。張松建就曾重新展示抒情論述在詩史中位置，而做了另有偏重的描述。他指出：

> 大抵而言，從「五四」到1949，現代中國抒情詩學的整個歷史就是一部抒情主義不斷自我擴張、反抒情主義和深度抒情進行質詢和抗辯的歷史，鬥爭的結果是，抒情主義勝出，化身為新的歷史主體，參與了現代主權國家的政治實踐和文化創制。[4]

這種以抒情概念為焦點所畫出的三種潮流，可能比「浪漫－象徵－現代」的流派切分更能照見問題。張松建為三種潮流找到豐富的原始材料，做了綿密的回顧與探討；充分證明了抒情不是簡單或靜止的，它在詩學裡始終是個重要的議題。

值得注意的是，張松建的專著以「抒情主義」為主要論題，而非「抒情」。這樣做有助於凝聚焦點，建立明快的發展圖象，但也可能因為串連太廣而有所漏失。他把那些主張「詩以情為主」、「抒情為詩的本質」的詩人與詩論家統稱為抒情主義；進而指出抒情主義在歷史進程中「分化為『純詩化』的抒情主義與『大眾化』的抒情主義、『寫實的』抒情主義與『浪漫的』抒情主義等不同類型」。[5]這些類型在一般詩史敘述裡未必同區，在此卻被以「抒情主義」的名義聯合起來。也正因如此，張松建才會提出「抒情主義擊敗現代主義」的判斷。[6]不過，集體吶喊的聲音到底更接近「革命」還是「抒情」，抑制個性的抒情還算是抒情主義嗎？恐怕還是值得略做反思的。

本文將試著以張著建立的材料與脈絡為基礎，擇取現代詩史上的幾個關鍵時期，重新觀察抒情的走向。首先，聚焦於幾位五四時期的詩人，考索新詩發生期的主情論述及其對蹠。接著，以若干活躍於1930、1940年代的詩人為對象，探討抒情的新變。最後再跳到1950年代的臺灣，重新考察抒情議題在現代派運動中的意義。

---

4 張松建，《抒情主義與中國現代詩學》（北京：北京大學出版社，2012），頁114-115。

5 張松建，《抒情主義與中國現代詩學》，頁75。

6 張松建，《抒情主義與中國現代詩學》，頁75。

## 二、白話詩與「新的情感」

晚清民初的舊詩壇有如西天的雲霞，大勢將去卻多彩多姿。一方面因為居於中國詩學長河的下游，淵含古聲，展現了末代風流；一方面在西潮與報刊的刺激之下，開闢異土，試驗了許多新詞語與新方法。總體而言，當時的舊詩在感時言志、記史敘事、議論新理等方面都頗有成就，只是受限於體式與句法，終於追不上變動劇烈的世界。初期寫白話的新詩人多為三十歲以下的青年，他們更樂於書寫一種解放過的情感。如康白情（1896-1959）說：

> 以熱烈的感情浸潤宇宙間底事事物物而令其理想化，再把這些心象具體化了而譜之於只有心能領受底音樂，正是新詩底本色呵。[7]

標舉感情在詩裡的核心位置，並不等於抒情主義。這裡所謂「新詩底本色」乃是對照於「音韻鏗鏘」、「對仗工整」、「詞華穠麗」的舊詩來說的。在原文中，他還從社會、政治、學術、文體、歷史等諸方面歸結出五種「偪迫」，使新詩不得不出來推倒舊詩。因此，這篇詩論雖反覆強調「詩是主情的文學」，其底層思想實為追求個體的解放以適應現代的變局。

康白情的「主情」之說，原是兼包新詩與舊詩來說；所異者只在表情的方式與情感的內容。但在時人看來，這類「主情觀」已迥異於中國傳統詩學，構成「新趨勢」。身處歷史現場的梁實秋（1903-1987），赴美後發表了〈現代中國文學之浪漫趨勢〉，頗具總括一代特徵的企圖。他認為：「詩並無新舊之分，只有中外可辨。我們所謂新詩就是外國式的詩。」[8]細味此論，紀弦（1913-2013）所謂「橫的移植」說，在中國也算是有所淵源（雖然紀弦的概念與用語，主要來自日本）。不僅新詩如此，梁實秋認為，整個現代中國文學都深受「外國的影響」，主於「情感的推崇」（而這種「情感」即來自「外國」的啟發。）他自謂依循西洋文學批評的正統，把文學大別為「古典的」和「浪漫的」兩種，而現代中國文學

---

[7] 康白情，〈新詩底我見〉，《少年中國》第1卷第9期（1920），頁2。

[8] 梁實秋，〈現代中國文學之浪漫趨勢〉，《晨報副刊》1369號（1926年3月25日），頁58。按此文在《晨報》分四次刊完，此係第一部分。

則專取後者。

青年梁實秋發現：「現代中國文學到處瀰漫著抒情主義。」[9]言下不勝驚奇，彷彿此為一代之怪現象。難道他沒有意識到抒情為中國詩（乃至中國文學）之特色？還是說，他認為現代中國文學裡的抒情與傳統中國裡的抒情在性質上有顯著的差別？當然，文學之富含「抒情性」，未必等同於「抒情」被拉高到「主義」的位置。「抒情主義」（lyricism）做為一種外來概念，梁實秋正是重要引入者之一。事實上，此詞運用起來經常帶有貶義，因而在漢語詩論史上，直截「自稱」抒情主義者似不易見。

梁實秋進一步檢討抒情主義在現代中國的問題：

> 「抒情主義」的自身並無什麼壞處，我們要考察情感的質是否純正，及其量是否有度。從質量兩方面觀察，就覺得我們新文學運動對於情感是推崇過分。情感的質地不加理性的選擇，結果是：一、流於頹廢主義，二、假理想主義。
>
> 頹廢主義的文學即耽於聲色肉慾的文學，把文學拘鎖到色相的區域以內，以激發自己和別人的衝動為能事。他們自己也許承認是傷感的，但有時實是不道德的（我的意思是說，不倫理的）。他們自己也許承認是自然的，但有時是卑下的。凡不流於頹廢的，往往又趨於別一極端，陷於假理想主義。假理想主義者，即是在濃烈的情感緊張之下，精神錯亂，一方面顧不得現世的事實，一方面又體會不到超物質的實在界，發為文學乃如瘋人的狂語，乃如夢囈，如空中樓閣。真理想主義與假理想主義的分別，就是柏拉圖與盧梭的分別。[10]

從這段文字看來，他確實敏感地注意到新文學中的情感在質與量上都有了新變。由於這時他開始信仰「古典的」而排拒「浪漫的」，因而對於這類情感過於泛濫的傾向有所不滿。他所談的兩點病徵，一是頹廢，一是假理想主義。關於前者，有時正是「現代性的另一面」；李歐梵已經舉出若干現代中國文學作品，展示了頹廢的多重面貌及其意涵。[11]至於後者，則涉

[9] 梁實秋，〈現代中國文學之浪漫趨勢〉（續），《晨報副刊》第1370號（1926年3月27日），頁61。

[10] 梁實秋，〈現代中國文學之浪漫趨勢〉（續），《晨報副刊》第1370號（1926年3月27日），頁61。

[11] 李歐梵，〈漫談中國現代文學的「頹廢」〉，《現代性的追求》（臺北：麥田文化公司，1996），頁191-225。

及一種重視直覺、揭露與狂迷的美學，亦富於新意。無論如何，這兩者都包含著極強烈的「情之變」，表現了一代新青年的精神動向。

梁實秋顯然運用了白壁德（Irving Babbitt, 1865-1933）《盧梭與浪漫主義》（1919）一書的論點，批判了當時中國方興未艾的浪漫主義潮流。不過，他在文中並未援舉任何具體的案例，我們或可以徐志摩（1897-1931）的說法來做對照。志摩曾說：「我是一個信仰感情的人，也許我自己天生就是一個感情性的人。」「我的心靈的活動是衝動性的，簡直可以說是痙攣性的。」[12]依照他的理解，中國之所以黯淡絕望，正因為這個民族失落了表達內在熱情的能力。他對自由、民主、平等等理念的祈嚮，常與濃厚的抒情性格相結合。這裡隱含著一種理想主義，且是盧梭式的；落實為詩篇，便有〈毒藥〉、〈白旗〉、〈嬰兒〉等散文詩。[13]從中可以窺見「痙攣性」的情感，及其帶來的狂迷的非理性的力量。

另一個極度推崇情感的詩人是郭沫若（1892-1978）。他在〈論節奏〉一文的開篇處即說：「抒情詩是情緒的直寫。情緒的進行有它的一種波狀的形式，或者先抑而後揚，或者先揚而後抑，或者抑揚相間，這發現出來便成了詩的節奏。」[14]他的主要話題並非抒情，而是節奏，但屢涉及聲與情的緊密關係。從郭沫若思維的整體結構來看，此文正是「內在韻律說」最精詳的版本，其作用在為「自由詩」建立理論基礎。

在他看來，「情緒」確實為創作的根源；吾人一旦在「情緒的氛氲中」，聲音、身體、觀念都會隨之波動：

> 由聲音的戰顫，演化而為音樂。由身體的動搖，演化而為舞蹈。由觀念的推移，表現而為詩歌。所以這三者，都以節奏為其生命。舊體的詩歌，是在詩之外，更加了一層音樂的效果。詩的外形，採用韻語，便是把詩歌與音樂結合了的。我相信有裸體的詩，便是不借重於音樂的韻語，而直抒情緒中的觀念之推移，這便是所謂散文詩，所謂自由詩。這兒雖沒有一定的外形的韻律，但在自體，是有

---

12 徐志摩，〈落葉〉，《落葉》（上海：北新書店，1926），頁2-3。

13 這三章詩乃是徐志摩自己在前揭文中列舉的案例（他在文中把三章合稱為「一首詩」），用以說明。關於這三章詩的內涵，筆者已在另文中做過較詳細的分析，參見劉正忠，《現代漢詩的魔怪書寫》（臺北：臺灣學生書局，2010），頁81-132。

14 郭沫若，〈論節奏〉，《創造月刊》第1卷第1期（1926），頁8。

節奏的。[15]

在理想的狀況下，三者合一並無不好。但因演化逐漸精細，它們便分途發展，各有偏重。詩以「情緒中的觀念」為主，情思的推移與波動便是其內在節奏；假如運用了「一定的外形的韻律」（亦即格律），就像是穿上了衣服。（換言之，並非本質性的成份。）於是，郭沫若提出「裸體的詩」之說，倡導使用散文（亦即非韻文）寫自由詩；格律詩受到音韻格式的牽制，而「裸體的詩」則更容易表現出情緒的節奏。

郭沫若這篇詩論，幾乎與梁實秋前揭文發表於相同的時間點；郭文關注情緒的表現問題，而專論節奏的原理；梁文主張多多節制情緒，而以理性為貴。事實上，這時郭已出版了《女神》，被聞一多稱為「時代底一個肖子」。〈論節奏〉便是他創作實踐後的具體心得，試舉〈天狗〉為例：

我是一條天狗呀！
我把月來吞了，
我把日來吞了，
我把一切的星球來吞了，
我把全宇宙來吞了。
我便是我了！

我是月底光，
我是日底光，
我是一切星球底光，
我是X光線底光，
我是全宇宙底Energy底總量！

我飛奔，
我狂叫，
我燃燒。
我如烈火一樣地燃燒！

---

[15] 郭沫若，〈論節奏〉，頁80。

我如大海一樣地狂叫！
我如電氣一樣地飛跑！
我飛跑，
我飛跑，
我飛跑，
我剝我的皮，
我食我的肉，
我吸我的血，
我嚙我的心肝，
我在我神經上飛跑，
我在我脊髓上飛跑，
我在我腦筋上飛跑。

我便是我呀！
我的我要爆了！[16]

我們看到一個中狂疾走的「我」歇斯底里地呼叫著，就句式或形構而言，都比格律詩簡單，並且缺乏掩映或隱喻。但其中確實有一種較富於現代感的情緒（以及相應的節奏）源源拍擊而出。面對機械文明的刺激，抒情自我有一種瀕臨崩解的感受。詩人採用「內容決定形式」的自由詩，收納新名詞，更能精準再現當下的時代體驗。

五四時期的新詩人，筆下多有「破壞」的衝動，如康白情云：「暴徒是破壞底娘；進化是破壞底兒。」[17]為了達成社會進化，須先通過破壞、崩解與叫囂來鬆動舊世界。這是若干進步青年的情感特徵，而為梁實秋前揭文所反對。但在徐志摩、郭沫若那裡，都有更充分的發展。筆者曾在另文中指出：徐志摩用的是「生物學」式的隱喻，期諸腐壞後的再生；郭沫若則更傾向於「機械學」式的，藉由爆破而重組。[18]在體式方面，徐志摩大多採用音節平衡的格律詩，情思常有節制之美；郭沫若則專擅「裸體的

[16] 郭沫若，〈天狗〉，《女神》（上海：泰東圖書局，1921），頁82-83。

[17] 康白情，〈送許德珩楊樹浦〉，《草兒》（上海：亞東圖書館，1922），頁55。（底線為原文所有，其作用為私名號，因為作者將這些概念擬人化了。）

[18] 劉正忠，《現代漢詩的魔怪書寫》，頁131。

詩」，情感更為放肆。不過，一旦志摩想要描述較為狂亂的心思，他便改採較自由隨機的文體，拉破格律的衣服，高唱「野蠻的大膽的駭人的新歌」。[19]然則在新詩起步期，抒發怎樣的情感，選擇怎樣的體裁與句法，或許才是最重要的課題。

## 三、象徵，現代與抒情

時序進入1930年代，象徵派與現代派的詩學觀念在漢語詩壇逐漸蔚為主流，而浪漫主義的詩法與詩質逐漸退位。梁實秋前述觀察雖已不再適用，但他對情感質地的考察則可以被延伸。事實上，情感質地的變化常常牽動詩篇的表現模式。在這種演進過程中，上海現代派的主要詩人戴望舒（1905-1950）即扮演著重要的樞紐。他在1930年代之初，即在詩論裡提出「詩情核心論」，並指出：

> 新的詩應該有新的情緒和表現這情緒的形式。所謂形式，決非表面上的字的排列，也決非新的字眼的堆積。[20]

這也就是說，「情緒」並非古今一貫的，抒情的內涵與方法自然也有變異。但他也強調，「舊的事物中也能找到新的詩情。」[21]因此，重點不在題材，而在觀物態度的調整。當時同樣活躍於上海文壇的施蟄存（1905-2003），如此描述《現代》上的詩：

> 這種生活（按：指現代人在現代世界的現代生活）所給予我們的詩人的感情，難道會與上代詩人們從他們的生活中所得到的感情相同嗎？[22]

物質生活的變動，影響了心理模式的運作，一種新的文學表現趨向也在其中萌芽。施比戴更看萌生「現代情緒」的物質新變。不過，現代性體驗是

---

[19] 徐志摩，〈灰色的人生〉，《志摩的詩》（上海：新月書店，1928），頁123-125。

[20] 戴望舒，〈望舒詩論〉，《現代》第2卷第1期（1932），頁92-94。

[21] 戴望舒，〈望舒詩論〉，《現代》第2卷第1期（1932），頁92-94。

[22] 施蟄存，〈又關於本刊中的詩〉，《現代》第4卷第1期（1933），頁6-7。

多樣的，未必跟都市相關。當時較敏銳的年輕詩人，普遍展現出一種尋找新感性的意圖。

柯克（金克木，1912-2000）發表於《新詩》雜誌的〈論中國新詩的新途徑〉，把當時的詩作依內容（事實上也是「詩的質地」）劃分為「智的」、「情的」、「感覺的」三種。值得注意的是，他並沒有優此劣彼，而是把三者同視為「新途徑」，論述中亦強調其現代性格。其中「新的主情詩」顯然有別於浪漫派的旨趣，而更講究情感的鍛鍊。他這樣描述這種詩：

> 它是發揮舊有詩中較純粹的一部份，目的在使感情加深而內斂，表現加曲而擴張。至於現代人的感情方面有新的情況與從前不同，因此也要使這種詩有新內容，這倒是很自然的事可以姑置不論，因為一則感情的本質究竟是很少隨時變化的，二則詩既主情，若情並不新，只是證明作詩者是生錯了時代的古人，於詩無干。[23]

這裡對詩中的情感的表達方法與內涵，都有特別的偏向。看起來在論說上似有些矛盾，一則承認感情的本質趨於恆定，二則要求感情須觸及新情況、新內容。如此說來，這種足以稱為新趨勢而具有現代視域的「主情詩」，並不同於抒情主義，特別著重於古今情感的細微「差異性」。其中還隱含一個意思，寫情必須與當下情況密切對話。

金克木開頭即聲明三種主流很難有嚴格的分界，事實上他所取的都是符合現代派美學要求的詩，同一方向且互相滲透，可說是對於現代主義詩學漢語化的初步總結。主情詩固以新視角面對情感，其他兩種詩亦非將情感從中拋除，而是更多的新義，更大地偏移去「抒情」（以致於撼動其意義）。其中主智一脈，具有四個特色：一、當然「以智為主腦」，二、形成「反抒情的抒情詩」，三、不免流於「晦澀難懂」，四、要有「新的內容」。至於「以新的感覺為主」的詩，強調現代人受到都市文明、科學與新物質的衝激而生出的新感覺，常偏向於病態。至此我們看到，梁實秋引以為戒的情感內容，逐漸找到各種相應的表現方法，成為新的潮流。

五四時期的白話詩人，所採用的體式雖有格律詩與自由詩之別，但在情感的表現上都較為直截。徐志摩以穠麗勝，郭沫若以狂野勝，但隱喻含

---

23 柯可（金克木），〈論中國新詩的新途徑〉，《新詩》第1卷第4期（1937），頁465-468。

量都較為稀薄。直到李金髮（1900-1976）的出現，抒情詩的方法才有較大的變化。試過錄其名作〈棄婦〉的後半部：

靠一根草兒，與上帝之靈往返在空谷裡。
我的哀戚惟遊蜂之腦能深印著；
或與山泉長瀉在懸崖，
然後隨紅葉而俱去。
棄婦之隱憂堆積在動作上，
夕陽之火不能把時間之煩悶
化成灰燼，從煙突裡飛去，
長染在遊鴉之羽，
將同棲止於海嘯之石上，
靜聽舟子之歌。[24]

詩以「棄婦」的口氣發言，但這裡使用的文字並未與之相稱，特別是其間充斥著太多「文言」成份與「歐化」成份。「之」在此被廣泛運用，因為它可以黏合任何兩個名詞——「遊蜂＋腦」、「夕陽＋火」、「遊鴉＋羽」、「海嘯＋石」，這種構詞操作手法其實有些單調、突兀，但也因為脫離常軌而顯得新奇。再就「棄婦之隱憂堆積在動作上」這一句而言，幾乎不顧漢語構句的法則，自憑己意去組織物象。情緒觀念的「物質化」也是此詩的一大特色：「哀戚」可以印在蜂腦，「隱憂」可以堆在動作，「煩悶」可以染在鴉羽。這也顯示詩人對於漢語語言運作成規的陌生或刻意疏離。

棄婦形象原本常見於舊詩，古代文人常藉以抒發自身不得志的處境。因此，李金髮的這首詩用中國詩的標準來看，確實為抒情之作。不僅在內容上描寫了被遺棄的人物，連其語言也有顯示出一種離家出走的狀態。在現代情境裡，有一種西化較深的詩人並不十分熟習母國的文學傳統，而直接吸收西方文學藝術養分，再用頗為貧瘠只好獨創的句法去表述新穎的感覺，居然也取得相當成就。李金髮的問題其實不在語言或技巧，關鍵還在於他對象徵主義詩學內蘊的悲感尚乏深入的體會。惟僅就這首詩而言，他確實賦予舊題材諸多新意，開啟了抒情傳統與現代抒情相互聯通的契機。

---

[24] 李金髮，〈棄婦〉，《微雨》（上海：北新書局，1925），頁3-4。

1930年代的中國詩壇在語言與技巧上都有長足的進展，熟習西方詩學的卞之琳（1910-2000）便很能展現深度抒情的新趨向。例如〈奈何——黃昏與一個人的對話〉：

「我看見你亂轉過幾十圈的空磨，
看見你塵封座上的菩薩也做過，
你叫床鋪把你底半段身體托住
也好久了，現在你要幹什麼呢？」
　　　「真的，我要幹什麼呢？」
「你該知道的吧，我先是在街路邊，
不知怎的，回到了更清冷的庭院，
又到了屋子裡，又挨近了牆跟前，
你替我想想看：我哪兒去好呢？」
　　「真的，哪兒去好呢？」[25]

副題所謂「與一個人對話」，似乎可以解讀為與自己的對話。因此，這首詩讀來充滿了類似精神錯亂的「方向迷失感」，特別是前三行各描寫一個極為怪異而近乎不可理解的「行動」，有如狂想。後面一段則又寫了夢遊般的胡亂行走，很接近杜詩〈哀江頭〉所謂：「黃昏胡騎塵滿城，欲往城南忘南北。」[26]而筆觸更加繁複。這種精神分裂式的情態，或許反映出一種找不到救贖的時代感受。

綜觀整個詩史，詩的抒情功能始終沒有衰歇過；無論是標榜現代或關注現實的詩人，大多以抒情寫作為主力。例如艾青（1910-1996）在1930年代就曾運用疾病隱喻來抒發深刻而繁複的情感，試節錄〈病監〉中間數段：

人將說：『我們都是擁抱著。
我們的痛苦的基督。』

---

[25] 卞之琳，〈奈何——黃昏與一個人的對話〉，《魚目集》（上海：文化生活出版社，1935），頁25-26。

[26] 宋・胡仔曾說：「余聞洪慶善云：『老杜「欲往城北忘城南」之句，楚詞云：「中心瞀亂兮迷惑」，王逸注云：「思念煩惑忘南北也。」子美蓋用此語也。』」見胡仔，《苕溪漁隱叢話》前集（臺北：長安出版社，1978），卷35。

我們伸著兩片紅唇
吮吻我們心中流出的膿血。

臉上浮起Pompei的雲采了；
於是牧姆把寒熱表。
插進了我的火山口。

黑貓無聲的溜過時，
人們忙於收斂死者的臥榻了。

我肺結核的暖花房呀；
那裡，在105°C的溫度上，
從紫丁香般的肺葉，
我吐出了豔凄的紅花。[27]

這首詩寫於獄中，充滿受迫害的體驗，但也運用了諸多象徵技巧。基督的意象代表以肉身扛負苦難，而這苦難來自心中的重病，以唇吮血的描寫，充滿自憐與無告之情。這裡使用「我們」二字，彷彿在集體創傷之下，滿街都是病人。中間兩段的意象表演（龐貝城的雲彩，黑貓無聲溜過），製造了詭異而耐人尋味的氛圍，暗示著病痛與死亡的陰影。但詩人彷佛也從這種病痛之中，體驗到一種美感：後面幾行的主要操作是「病」與「花」的聯結，設色用字，居然有著一種溫暖明亮的感覺。病，使身體存在感尖銳化、具體化、騷動化，因此反而是對抗麻木冷酷的世界的一種方法。當然這種自我耽溺的風格，在後期艾青的詩裡是絕跡了。

號稱「象徵派」代表的李金髮，也曾在所謂「現代派」的機關刊物《現代》裡，發表過許多精采的詩篇。其中〈剩餘的人類〉一首深刻寫出社會「殘渣」的悲哀，而「病」的隱喻同樣居於詩的核心。全詩長達五十行，僅過錄其片斷：

大概無情的迷路之微生物，

[27] 莪伽，〈病監〉，《現代》第4卷第5期（1934），頁817-818。按，「莪伽」為艾青的另一個筆名。

在吮取他清淡無味
尚不足循環全身的血液。
……
他想改過，但痫疾即刻來威嚇他，
他想振作，但心靈似在說：
這個宇宙你是沒關係了。[28]

這首詩有較強的敘述性，背景設定在一個墮落的都市——上海。在聲色繁華的市街之前，殘破而重病的流浪人像是多餘一般。其間可能還有一個潛在的隱喻：微生物（病菌）之於零餘者，正如零餘者之於都市。換言之，都市在繁華的表象之下，其實也是重病者。

詩人的抒情能力向外擴展，便能將自我與他人連貫起來，同情共感。在戴望舒早期眾多膾炙人口的抒情詩篇中，〈斷指〉的題材頗為特殊。此詩說到自己「保存一個浸在酒精瓶中的斷指」，它來自一位「已犧牲了的朋友的手上」，「他在一個工人家裡被捕去」。很顯然地，這應當是在描寫一個左傾青年的死難，但依詩裡引述朋友的話：「替我保存這可笑可憐的紀念吧」，則這指乃是因情傷而自斷，與革命犧牲並無直接的關聯。[29]但也正因為介於「革命－愛情」之間若斷若續的微妙關係，使這斷指成了一具厚重的「符徵」。詩人這樣描述它：

這斷指上還染著油墨底痕跡，
是赤色的，是可愛的光輝的赤色的，
它很燦爛地在這截斷的手指上，
正如他責備別人怯懦的目光在我的心頭一樣。[30]

這一截被防腐處理的斷指，就像被琥珀封存的蟲屍，被無限延展的「替罪

[28] 李金髮，〈餘剩的人類〉，《現代》第2卷第3期（1933），頁399-402。

[29] 戴望舒，〈斷指〉，《無軌列車》第7期（1928），頁407-408。根據孔海珠的說法：此指之身主，係中共杭縣縣委書記池菊章，他因「戀愛遭到挫折，悲痛的心情壓抑了他的革命意志，為了掙脫這世俗事的羈絆，全身心獻身革命，於是忍痛斷指以明志」，後來池在祕密集會中被捕，其友人孔另境（即孔海珠之父）攜此指至載望舒家避難，後即由戴保管。見孔海珠，〈《斷指》的本事〉，《香港文學》第67期（1990），頁21-22。

[30] 戴望舒，〈斷指〉，《無軌列車》第7期（1928），頁408。

羊」的獻祭身體。傷殘肉體一小部份的不腐，強烈提醒觀者：此人肉體的其他大部份已腐。它上頭的油墨，是生前與世界互動的痕跡，詩人所看到的光輝，實際上是他自行賦予的符旨能量。正如獻祭者對於犧牲者懷抱著愧疚與恐懼，倖存者面對這具「殘體」，不得不生起一種敬畏之情。通過詩篇，斷指與詩人有了巧妙的互涉，它不僅是一個青年被損害的身體的紀念，也是國族傷殘的象徵。

隨著中日戰爭的爆發，現代詩的發展趨向有了明顯的轉變，依照既有詩史的描述，大致上是由追求現代性轉而注重現實感，由個體性轉向公眾性。但優秀的抒情詩人卻能在種種潮流變動之間，保持良好的平衡。1941年，戴望舒因在香港從事抗日活動，被日本憲兵逮捕，隔年他在獄中寫下了〈獄中題壁〉，操演一種死傷的觀想：

> 當你們回來，從泥土
> 掘起他傷損的肢體，
> 用你們勝利的歡呼
> 把他的靈魂高高揚起，[31]

這裡把自身比作肢體破損的死屍，埋在深土裡，等待被挖掘出來。這雖是愛國詩篇，卻保有真摯而深刻的個體感受。

詩人雖幸而未死，但此後這種身體殘損的想像，卻一直跟隨著他。這首〈我用殘損的手掌〉可以說是最代表性的例子：

> 我用殘損的手掌
> 摸索這廣大的土地：
> 這一角已變成灰燼，
> 那一角祇是血和泥；
> 這一片湖該是我的家鄉，
> （春天，堤上繁花如錦障，
> 嫩柳枝折斷有奇異的芬芳）[32]

---

[31] 戴望舒，〈獄中題壁〉，《災難的歲月》（香港：文史出版社，1975），頁47。

[32] 戴望舒，〈我用殘損的指掌〉，《災難的歲月》，頁49-50。

手掌在此即是身體的提喻（synecdoche），實際上，殘損的也保括身體以及寓含其內的主體意識。這種殘損乃是對於國土的「模仿」，古代的杜甫面對山河破碎的景觀，所動用的意象是濺淚、驚心、脫髮，而在現代詩人這裡，則是整個身體與國土疊合在一起，仔細演示肌肉與神經的痛感。整首詩讀來，彷彿人子趴在母親傷殘的屍體之上，懷想其子宮的美好（春天，繁花，嫩柳）。這裡所達至的抒情力度，跟身體的全幅介入有很大的關係。

綜觀1930年代前後的漢語詩壇，原則上並無絕對反抒情的論說。抒情的議題通常不是獨立的區塊，而每與其他詩學課題相牽連，比方說：更靠近純粹性還是現實性，理智成分的介入多少，個體優先還是群體優先等。詩的抒情須能表達個體的時代感受，這在當時詩人應有高度的共識。在現實性的一端，詩人導入敘述的成分，努力將自我與他人或群體貫通起來；在現代性的一端，則導入象徵與隱喻的技巧，藉以豐富情感的內蘊及其解讀空間。無論何者，只要保持詩的質地與情感的真摯性，都可以視為抒情的成長，而非限縮。

## 四、知性與抒情之爭

漢語現代主義詩學在戰前已略具規模，但隨著戰爭的爆發而有所變化。在1940年代大致分裂為大後方與淪陷區兩個場域，並展現為不同的關懷向度。抗戰初期，現代派後起之秀徐遲（1914-1996），在香港提出「放逐抒情」之說。[33]他的提法，主要是把當時西方盛行的主知詩潮加以簡化，添加以更為迫切的現實關懷。[34]就實質意義而言，應是對於個人激情加以抑斂或轉化。正如穆旦（1918-1977）說的：

> 假如「抒情」就等於「牧歌情緒」加「自然風景」，那麼詩人卞之琳是早在徐遲先生提出口號以前就把抒情放逐了。[35]

---

[33] 徐遲，〈抒情的放逐〉，《星島日報・星座》（1939年5月13日）。

[34] 有關這場論爭的歷史脈絡與美學意義，較新而深入的探討，可參見陳國球，〈「放逐抒情」？——從發生在香港的一場文學論爭說起〉，《清華中文學報》第8期（2012），頁229-261。

[35] 穆旦，〈《慰勞信集》——從《魚目集》說起〉，原載於《大公報・文藝綜合》（1940年4月28日）。這篇文獻被重新發現後，刊載於《中國現代文學研究叢刊》1999年第3期（1999），頁163。

也就是說，深入的探討「抒情」的內涵，比輕言「放逐」，更能把握問題的核心。於是穆旦提出了「新的抒情」之說，把抒情當成一種開放的，能夠容納多種因素，甚至具有某種實驗色彩的可能性。[36]

徐遲、穆旦等「大後方」詩人對抒情的反省，受限於抗戰的現實性需求，未能更深地與現代性結合。倒是處於「淪陷區」上海的紀弦（當時筆名叫「路易士」），悠哉地在上海組成「詩領土社」，倡導一種「提煉自現代生活之體驗」的「詩素」，[37]以及擁抱新事物的「都會詩」，聲言詩人要「放棄了過去的抒情的田園，來把握住現代文明之特點，科學上的結論和數字，從而表現之以全新的手法」。[38]

到了臺灣之後，紀弦彷彿繼續老友徐遲的論點，鼓吹「放逐情緒」之說，但在實質上所進行的，應當稱為「抒情的變革」。他要求現代詩人「徹底工業化你的意識型態」，告別田園情緒，體驗不悅耳、不悅目的美感。[39]並且提倡以詩想取代詩情之說，事實上並沒有（也不可能）禁絕抒情，而只是延續了現代派把抒情問題化的詩學潮流。

紀弦於1956年正式提出所謂現代派信條，構成一種強勢的詩學話語——「橫的移植」、「波特萊爾以降」、「發現新大陸」、「知性之強調」、「追求純粹性」這些概念，被視為「新詩再革命」歷程中形塑「現代性」的重要動力（至於「反共」信條，則為裝飾）。細究起來，前面三條只是揭示大方向，後面兩條（知性與純粹性）更具有詩學意義。因此，當時無論跟隨者與反對者大多在此做文章，形成現代詩論戰的焦點。此後的詩史發展，亦或多或少受到這些命題的牽引。

如前所述，紀弦的主知觀，來自青年時期對中國新詩主潮的體會，具有延續性，並非來臺以後的發明。本來漢語新詩的現代化，在1949年以前已取得相當成果。但在1950年代前葉，浪漫派的抒情觀居然重新瀰漫於臺灣詩壇，因此紀弦便有計畫地引進他的現代方案。戰後初期，紀弦因蒙受文化漢奸之名，頗沉潛一陣，有志撰寫一部《詩的法蘭西》，並已實際在雜誌上發表了數章，後因戰亂而止。來臺初期的詩學活動及主張，即可視

---

[36] 關於穆旦之說，較深刻的闡釋，見姜濤，〈一篇箚記：從「抒情的放逐」談起〉，蕭開愚、臧棣、孫文波編，《中國詩歌評論：從最小的可能性開始》（北京：人民文學出版社，2000），頁321。

[37] 路易士（紀弦），〈什麼是全新的立場〉，《詩領土》第5號（1944），原刊無頁碼。

[38] 路易士，〈詩與科學〉，《上海藝術月刊》第2卷第1期（1943），頁17-18。

[39] 紀弦，〈工業社會的詩〉（1962），《紀弦論現代詩》（臺中：藍燈出版社，1970），頁191。

為「詩的法蘭西」計畫的延續。

早在正式組織「現代派」以前，他便以筆名「青空律」發表〈沉默之聲：保爾・梵樂希〉，[40]介紹象徵派大師崇尚知性的觀點（此文即來自前述《詩的法蘭西》書稿）。並發表〈把熱情放到冰箱吧〉的社論，強調新詩之所以為新，必須是：

> 理性與知性的產品。所謂「情緒的逃避」，殆即由此。同樣是抒情詩，但是，憑感情衝動的是「舊」詩，由理知駕馭的是「新」詩。作為理性與知性的產品的「新」詩，決非情緒之全盤的抹殺，而係情緒之微妙的象徵，它是間接的暗示，而非直接的說明；它是立體化的，形態化的，客觀的描繪與塑造，而非平面化的，抽象化的，主觀的歎息與叫囂。它是冷靜的，凝固的，而非熱狂的，焚燒的。因此，所謂「熱情」，乃是最最靠不住的東西。[41]

在這段言論裡，我們看到紀弦極力嘲弄熱情，轉而提倡的由理智駕馭的抒情詩，但具體上應如何操做，則尚未及詳述。雖然引到「情緒的逃避」這類概念，但他對梵樂希、里爾克、艾略特等大師的詩學要義，並未能有效的轉介。因而看起來，只是一種牽制情緒泛濫的姿態，尚未進入深度抒情的層次。

一般認為，覃子豪（1912-1963）乃是使抒情風潮在臺灣詩壇持續成長的重要關鍵。檢視相關史料，可以發現覃子豪的抒情觀同樣建立得很早，算是以不同於紀弦的方式，繼承了大陸詩學的另一股潮流。隨著現代派在1956年1月的成立，紀弦儼然成為詩壇盟主，持論不同的覃子豪乃就六大信條與他展開爭論，而其話題焦點之一，即是主知與抒情在詩中應如何配置的問題。

我們應當注意到，論戰之前，覃子豪就是一個顯著的抒情主義者。他在擔任中華文藝函授學校詩歌班主任時，曾親自編寫了許多講義。其中的《抒情詩及其創作方法》開宗明義之處，即指出：

---

[40] 紀弦，〈沉默之聲：保爾・梵樂希〉，《現代詩》第5期（1954），頁31。

[41] 紀弦，〈把熱情放到冰箱吧〉，《現代詩》第6期（1954），頁43。

> 抒情詩的本質是什麼？是詩人一種情意的內在的語言；這種語言，是情緒的昇華狀態，是許多從剎那間而來的形象底凝塑，是具有一種渾然美的意境底完成。……詩的特徵，就是在於抒情，詩如果沒有抒情的成份，就也沒有了詩的本質。沒有詩的本質的詩，無論形式怎樣完美，字面如何美麗，音調如何鏗鏘，仍然不是詩。[42]

這段話不僅強調了抒情的重要性，更將它視為詩的本質，不可或缺的存在。此後在《論現代詩》這本專著裡，覃子豪再次確認：「詩的本質，是詩人從主觀所認識世界的一種意念。」[43]此外在論〈形態〉的一節，他提到現代的抒情詩「內容不完全只是一片感情，而有知性和理性存在其中。」[44]他認為這種成分使詩的情感更加精純。但他也指出：「抒情詩和敘事詩和詩劇之不同，是敘事詩和詩劇有敘述的成份；而抒情詩絕對要根除的，就是直接的敘述。」[45]綜合看來，覃子豪絕對標榜抒情，在這個前提之下，「反敘述性」但不反知性。

在紀弦發表六大信條以後，覃子豪寫出了一篇針鋒相對的〈新詩向何處去〉。其中在總綱性的論述部分，所談的主要即是抒情問題：

> 尤為愚妄的，竟有人以極放肆的語調，圖驅抒情於詩的領域之外。現代詩有強調古典主義的理性傾向。因為，理性和知性可以提高詩質，使詩質趨醇化，達於爐火純青的清明之境。表現出詩中的含意。但這表現非藉抒情來烘托不可。浪漫派那種膚淺的純主觀的情感發洩，固不足成為藝術。高蹈派理性的純客觀的描繪缺少情緻。最理想的詩，是知性和抒情的混合產物。[46]

乍看之下，這裡提出的是一種折衷派的觀點，但在根本上，還是有一種「抒情為詩的本質」之堅持。因此紀弦在駁論裡即直接稱他為「抒情主義」，在他看來，抒情與現代是不相容的。試觀他的說法：

---

42　覃子豪，《覃子豪全集II》（臺北：覃子豪全集出版委員會，1965），頁3。

43　覃子豪，《論現代詩》（臺中：普天書局，1968），頁9。

44　覃子豪，《論現代詩》，頁12。

45　覃子豪，《論現代詩》，頁12。

46　覃子豪，〈新詩向何處去〉，《論現代詩》，頁128-129。

因為要是對抒情主義讓步的話，那就很難做到徹底的現代化了。況且我們的本質論根本就跟他們不同。我們是現代主義者，不是折衷派。作為一個現代主義者而不排斥情緒那才是怪事！[47]

紀弦的話還是說得太過簡單，以致不無漏洞。他不多談控制與轉化的各種細部技術，而僅以「排斥情緒」概括，實難扣緊現代主義詩學的要義。無論是他自己或現代派其他主將的創作，實際上都有許多抒情成分。但後來被對手揭露這種矛盾時，他也只能說自己：「常寫抒情詩以練習我的文字、我的筆力。」[48]而對現代與抒情的融合問題，無所發揮。

現代派看似聲勢浩大，能做觀念論辯的，除了紀弦本人以外，只有方思（1925-）和林亨泰（1924-）。其中林亨泰的〈談主知與抒情〉一文，觀點最為明快：

最近有些人以為我們所主張的「打倒抒情主義」就是「打倒抒情」，這是一種誤會。一般的說來，所謂「打倒抒情主義」，只是不承認「抒情」在詩中「優位性」而已，這並不是說我們要拋去一切「抒情」。比如：在社會學上的所謂「社會主義」也並不是說就能拋去一切「個人」，因為我們很難想像出一種所謂「沒有個人的社會」，那只是說：要在「社會」與「個人」的二概念中承認了其「社會」的「優位性」而已。但是竟有些人藉著許多詩例來證明其「無法拋掉抒情」這件事是極為可笑的。

不用說，任何一首詩都有或多或少的「抒情」，不過在百分比上有不同而已。而如果有首詩竟有了百分之六十以上的「抒情」，這就是所謂「抒情主義的詩」而我們加以反對之；換句話說，我們所真正歡迎的詩就是其「抒情」的份量要在百分之四十以下，而這就是所謂「主知主義的詩」。

一首「絕不抒情的詩」是無法找到的，但是「抒情主義的詩」卻是充滿著這個詩壇。（在這裡請容許編者插一句：所以我們現代派要實行新詩的再革命。）不過，最近也起了變化——這，我認

[47] 紀弦，《紀弦論現代詩》，頁67。

[48] 紀弦，〈多餘的困惑與其他〉，《現代詩》第21期，頁9。

> 為是你詩的影響所致。在口頭上，他們儘管都不贊同你，但在詩作上，他們卻逐漸地接近你，逐漸地像你起來了，如×××，××等。而「主知主義的詩」逐漸多了起來，並且好的詩都是一些「主知主義的詩」，它雖然也帶了一些「抒情」。[49]

林亨泰把反抒情和反抒情主義區別開來，並提出優位性的概念，理路更加深刻而精準（這也就反襯出紀弦論說的不足）。然而或許為使讀者更易理解，此文僅以「量」的比重作為區分「抒情主義」、「主知主義」的標準，而不能在「質」的面向上多做討論，不免尚有些許不足。

然而隨後他又提出「不慰藉讀者而只給予不快的」鹹味的詩，它是「批判的」，而紀弦的「一些詩」正具有這樣的特徵。[50]這裡一則導入艾略特「非個性化」的理念，一則強調提博多（Albert Thibaudet）所謂「批判的感覺」，實質上已對「知性」作了更深刻的界定。比起紀弦提倡「理智」以對治「情緒」的理念，是要顯得更加積極了。

紀弦的主知說雖具啟發性，卻不可能主導所有的創作者。葉維廉（1937-）早在1950年代末就指出：「現代主義以『情意我』世界為中心」，[51]當時的詩人面對時代劇變，主要仍藉由抒發個體情感來尋索精神的出口。他們一方面受到現代派運動的刺激，一方面也承繼了不同時期的抒情血脈。不論《現代詩》、《藍星》或《創世紀》，所刊登的現代詩仍以抒情為大宗；只是其中若干新銳詩人，在抒情時更注重現代感覺與現代技術，這也正是他們逐漸脫穎而出的關鍵。

## 五、結語

奚密曾經從紀弦、林亨泰的論述中，歸納出來的這樣的公式：

> 現代主義＝反抒情主義
> 現代主義≠反抒情[52]

---

49　林亨泰，〈談主知與抒情〉（代社論一），《現代詩》第21期（1958），頁1。

50　林亨泰，〈鹹味的詩〉，《現代詩》第22期（1958），頁4-5。

51　葉維廉，〈論現階段的中國詩〉，《秩序的生長》（臺北：志文出版社，1971），頁13-16。

52　奚密，〈反思現代主義：抒情性與現代性的相互表述〉，《渤海大學學報》2009年第4期就此而言，那些看似武斷的信條，其實都無法「壓制」甚或「取消」抒情。而是尋找新的方法與態度，來處理「情」的問題。奚密進一步指出：「鑒於這方面原始論述的缺乏，我們僅能從個別作品裡去闡釋現代主義如何抒情，亦即抒情性和現代性兩者之間的相互表述（inter-articulation）。」[53]於是她藉由對兩首詩（鄭愁予（1933-）〈錯誤〉、葉珊（1940-2020）〈屏風〉）的細讀，論證了新詩可以既是「抒情而古典」，卻又如楊牧（葉珊）所說的「絕對地現代」。

如何在現代詩的領域探討抒情性與現代性的關係？確實是充滿吸引力的課題。隨著文學史料的日漸完備，可以發現這方面的「原始論述」其實並不「缺乏」。張松建的專著已經做了有系統的梳理，建立了良好的闡釋框架。除了在材料上略加補充之外，應可在歷史闡釋與美學考察等兩個層次上重新著手，這也正是本文所從事的。臺灣文學史的經驗，誠如奚密的解釋，追求現代性而不反抒情性。各時期的現代詩論戰，展示了「抒情」與「知性」乃至「非理性」美學的辯證過程。鄭愁予、林泠（1938-）、楊牧所實踐的抒情的現代詩，更是取得燦爛的成果，有助於我們以更通達的眼光檢視詩史。

在漢語的特殊語境下，「抒情性」的重要性還要再拉高，它不僅可以與「現代性」相互表述，也是生出現代性的重要動力。這種現象在現代中國時期便完成了，因此不能只從現代派運動談起，而可往前推到1930年代與五四時期。經過融鑄與演變，抒情已難絕對純粹，其樣貌與特徵都越來越多樣。我們一方面須關注各種現代詩學概念與抒情的辯證關係，一方面也應當回到中西抒情詩的傳統來理解其源流。僅以臺灣的現代抒情詩而言，既承接了漢語文學傳統，亦收納了多源的外來思潮，更在不同時期反覆在地化。由此看來，情之變（與不變）正是詩之所以生生不息的重要動能。

---

（2009），頁6。

53 奚密，〈反思現代主義：抒情性與現代性的相互表述〉，頁6。

## 引用書目

卞之琳，《魚目集》（上海：文化生活出版社，1935）。

孔海珠，〈《斷指》的本事〉，《香港文學》第67期（1990），頁21-22。

王德威，《現代抒情傳統四論》（臺北：臺大出版中心，2011）。

李金髮，〈餘剩的人類〉，《現代》第2卷第3期（1933），頁399-402。

———，《微雨》（上海：北新書局，1925）。

李歐梵，《現代性的追求》（臺北：麥田文化公司，1996）。

林亨泰，〈談主知與抒情〉（代社論一），《現代詩》第21期（1958），頁1。

———，〈鹹味的詩〉，《現代詩》第22期（1958），頁4-5。

姜濤，〈一篇劄記：從「抒情的放逐」談起〉，蕭開愚、臧棣、孫文波編，《中國詩歌評論：從最小的可能性開始》（北京：人民文學出版社，2000），頁321-328。

施蟄存，〈又關於本刊中的詩〉，《現代》第4卷第1期（1933），頁6-7。

柯可（金克木），〈論中國新詩的新途徑〉，《新詩》第1卷第4期（1937），頁465-479。

紀弦，〈多餘的困惑與其他〉，《現代詩》第21期（1958），頁9。

———，〈把熱情放到冰箱吧〉，《現代詩》第6期（1954），頁43。

———，〈沉默之聲：保爾・梵樂希〉，《現代詩》第5期（1954），頁31。

———，《紀弦論現代詩》（臺中：藍燈出版社，1970）。

胡仔，《苕溪漁隱叢話》（臺北：長安出版社，1978）。

奚密，〈反思現代主義：抒情性與現代性的相互表述〉，《渤海大學學報》2009年第4期（2009），頁4-12。

徐志摩，《志摩的詩》（上海：新月書店，1926）。

徐遲，〈抒情的放逐〉，《星島日報・星座》（香港）（1939年5月13日）。

康白情，〈新詩底我見〉，《少年中國》第1卷第9期（1920），頁1-14。

———，《草兒》（上海：亞東圖書館，1922）。

張松建，《抒情主義與中國現代詩學》（北京：北京大學出版社，2012）。

梁實秋，〈現代中國文學之浪漫趨勢〉，《晨報副刊》1369-1972號（1926年3月25-31日）。

莪伽（艾青），〈病監〉，《現代》第4卷第5期（1934），頁817-818。

郭沫若，〈論節奏〉，《創造月刊》第1卷第1期（1926），頁8-14。

———，《女神》（上海：泰東圖書局，1921）。

陳國球，〈「放逐抒情」？——從發生在香港的一場文學論爭說起〉，《清華中文學報》第8期（2012），頁229-261。

陳國球，《抒情中國論》（香港：三聯書店，2013）。

覃子豪，《覃子豪全集II》（臺北：覃子豪全集出版委員會，1965）。

———，《論現代詩》（臺中：普天書局，1968）。

楊佳嫻採訪，〈王德威——抒情與異端〉，《聯合文學》第326期（2011），頁26-29。

葉維廉，《秩序的生長》（臺北：志文出版社，1971）。

路易士（紀弦），〈什麼是全新的立場〉，《詩領土》第5號（1944），無頁碼。

———，〈詩與科學〉，《上海藝術月刊》第2卷第1期（1943），頁17-18。

劉正忠，《現代漢詩的魔怪書寫》（臺北：臺灣學生書局，2010）。

穆旦，〈《慰勞信集》——從《魚目集》說起〉，《大公報・文藝綜合》（香港），（1940年4月28日）。轉載於《中國現代文學研究叢刊》1999年第3期（1999），頁163。

戴望舒，〈望舒詩論〉，《現代》第2卷第1期（1932），頁92-94。

———，〈斷指〉，《無軌列車》第7期（1928），頁407-408。

———，《災難的歲月》（香港：文史出版社，1975）。

# The Lyrical issue in the history of modern poetry

Liu, Cheng-chung*

## Abstract

This article takes Chinese modern poetry as the object to explore the evolution of the topic of "lyrics" in the history of poetry. On the one hand, it tries to continue the topic of lyric tradition and modernity, on the other hand, it pulls out the independent context of modern lyric poetry. The vernacular poets of the May Fourth period not only inherited the Chinese lyric tradition, but also were stimulated by romanticism. Their writing had a strong emotional component. This phenomenon was criticized as "lyricism" at that time. Actually, facing "new emotions" and finding corresponding expressions for new poetry is an important issue in the Period of occurrence. By the 1930s, Chinese poets had been able to use modernist techniques to respond to the modern world and to express modern feelings. With the development of the modernist movement, there is a dispute between the lyrics and intellectualism in the poetic circles. Although the process of debate is tit-for-tat, the result promotes a closer integration of lyricality and modernity.

**Keywords:** lyric tradition; lyricism; intellectualism; lyricality; modernity

---

* Professor, Department of Chinese Literature, National Taiwan University.

# 天啟之壯美
# ——馬麗華西藏系列散文之審美演化

張瀛太[*]

## 摘要

馬麗華「走進西藏」系列的成功，在於標舉苦難為西藏的鮮明標幟，並以苦難為中心，向四面八方開展出更深的對比式課題。

其審美演化歷程，有四個層次：一是對西藏原始風景的苦難審美，一是對西藏現實風景的苦難現形，一是對西藏理想風景的苦難改造，一是對西藏天啟風景的圓滿回歸。

馬麗華以生命的漂泊，創作了中國文壇奇缺之物，她的西藏書寫，擺盪於宗教傳統與文明理性的兩難中，並於兩難中萌生拯救苦難的使命。從立場的奔放、覺醒，到反思、超越，到清醒觀照，馬麗華在苦難中探討如何更美好地面對人生，她筆下的苦難，不但是優化的精神世界、厚實的生命質量，亦是人類未來終極思考的觀照；最終意義，已不是在苦難本身，而是化解苦難、凌越苦難。

關鍵詞：馬麗華、西藏、苦難、美學、宗教

[*] 國立臺灣科技大學人文社會學科特聘教授。

## 一、前言

20世紀90年代，馬麗華（1953-）的「走過西藏」系列散文，得到極大的肯定和迴響，並掀起中國的西藏熱。在馬麗華之前，西藏的現代文學創作時間並不長，最早可追溯到20世紀50年代，從社會主義的進入、神王統治及世襲貴族的瓦解開始；幾十年來，不論是漢人或藏人作家，在這些書寫西藏的作家當中，影響力和代表性，都不如馬麗華的「走過西藏」系列，她是當代第一位被譽為「西藏的馬麗華」的作家。

馬麗華從1976年到2003年，在西藏生活了27年，趁工作之便和工作之餘，考察了西藏大部分地區，共寫了散文、詩歌、論著等16部著作，內容涉及西藏的宗教、民俗、文化、歷史、自然科學等，其中幾部長篇紀實散文：《藏北遊歷》、《西行阿里》、《靈魂像風》（以上3書在1994年合併為《走過西藏》，獲暢銷書大獎）、《藏東紅山脈》可獨成體系，它們各描述了西藏的北、西、南、東的自然與文化風光。《藏北遊歷》（1990）發掘了藏北高寒地區的游牧文化以及自然人文生命情態、還有藏北無人區的風光。《西行阿里》（1992）記錄西藏西部阿里地區古往今來的眾多文化樣貌。《靈魂像風》（1994）採訪西藏中南部拉薩、山南地區的傳統農業和民間宗教。《藏東紅山脈》（2002）為其西藏系列散文的封筆之作，考察了藏東、橫斷山脈主體、金沙江、怒江、瀾滄江三江流域的昌都地區。此外《苦難旅程》、《十年藏北》、《西藏文化旅人》，可視為對上述4書的呼應或補充。上述7書，後來由中國社會科學出版社於2001年1月至2002年6月陸續出版為《馬麗華走過西藏作品系列》（本文簡稱為「走過西藏」系列），本文討論範圍大致以中國社會科學出版社這七書為主，以馬麗華其他著作及訪談為輔。

在這些主要作品中，馬麗華自創一己的文風，在全世界興起的「藏學熱」裡，她是少見的「用文學形式深入到藏學裡去」的人；[1]在近代文學史上，也難得見到像馬麗華這樣有系統的書寫西藏、並帶動起文化及文學熱潮的代表性作家。在20世紀90年代，大陸掀起的「馬麗華現象」也延燒

---

[1] 李炳銀評語。見徐懷中、瑪拉沁夫、顧驤、雷達、李炳銀等，〈高聳於地球之巔的藏北高原——長篇散文《藏北遊歷》作品討論會紀要〉，《西北軍事文學》1990年第2期（1990），頁12。

到國外，1990年，瑞士蘇黎士舉辦的「西藏——喜馬拉雅人類學國際學術研討會」裡，國外學者對外文版《藏北遊歷》非常讚賞，[2]不過關注點是在人類學立場，其次才是文學。至於中國評論界，因文化上的隔膜，對西藏的現代文學仍缺乏較全面深刻的評論，從1990年至21世紀，陸續零星地見到討論馬麗華的篇什，而這些研究，大多不出《藏北遊歷》、《西行阿里》、《靈魂像風》3書，尤其集中在首部成名作《藏北遊歷》。較後出版的《十年藏北》、《藏東紅山脈》僅少數學者略有提及。似乎先前的評論已可概括新作，或者只有前作最被人賞識？然而，在2003年臺灣版西藏系列的序言裡，馬麗華卻自揭「昨日之非」，亦即，對之前評論界所肯定及讚美的特色有了拋棄，甚至在接受中央人民廣播電台採訪時，也有「今日亦非」的感慨。這是她文學上也是觀察上和良知上的自我突破。

就文學立場來談，馬麗華的西藏系列散文，創造出的獨特審美價值，正是她賦予她書寫的對象更令人嚮往或深思的關鍵。表層上，馬麗華是把西藏的地域色彩做了百科全書式的掃描，深層上，是她把西藏的特色及寓意價值發揮盡致。所謂特色和寓意，是她獨特且多次演化的視角或觀察成果，從昨日之非到今日亦非，則是其審美演化的進展狀況。以下，本文將梳理其創作及審美演化之歷程，並觀察她對書寫西藏帶來的意義及深度思考。

## 二、大且壯的苦難美：審美暈眩期

### （一）以大散文包容西藏之大

如何藉文字囊括西藏？馬麗華選擇的文學載體，即所謂的「大散文」；[3]而她這種長篇幅的紀實「大散文」也是「唯此地（西藏）獨有的自

---

[2] 參見格勒，〈序〉，《西行阿里》（北京：中國社會科學出版社，2002），頁2。格勒曾與馬麗華出席此會議並見證了會場的討論情況。

[3] 所謂「大散文」這名詞，是在20世紀90年代初，鑑於散文的商品化、休閒化、小格局化之傾向，由賈平凹首先呼籲的文體振興運動：「鼓呼大散文的概念，鼓呼掃除浮豔之風，鼓呼棄除陳言舊套，鼓呼散文的現實感、史詩感、真情感……」見賈平凹，〈發刊詞〉，《美文》創刊號（1992）。

「大散文」的寫作理想有3點：「一、張揚散文的清正之氣，寫大的境界，追求雄沉，追求博大感情。二、拓寬寫作範圍，讓社會生活進來，讓歷史進來。繼承古典散文大而化之的傳統，吸

然地理和人文地理所造就」（考慮到對大量素材的包容需求）。[4]馬麗華是唯一一個以書寫西藏篇幅之大與西藏特色之大，獨擅於散文界的。例如「走過西藏」系列首部曲《藏北遊歷》，長達15萬字，這種宏大篇幅，是馬麗華的創舉；而「大散文」只是對這種大型式散文的權宜之稱，「大」是指格局大、視野大、氣魄大、歷史文化意義等包含量大，馬麗華對她選擇的文類，運用頗具心得：「大散文開拓了散文思維的藝術空間、加強了散文宏觀的藝術價值，具有了較之傳統更為顯著的力度、厚度、強度，充滿了彈性、張力和鮮活流動的生命力……還有一種結構的美感，節奏的美感，對於謀篇布局駕馭能力充滿自信的權威感……傳統散文猶如獨唱……而大散文，是千軍萬馬的交響樂。」[5]她採取這種交響樂般的長篇，以多卷、蜿蜒追蹤的寫法，使描述成為一有機體，一種對謀篇布局的權威式駕馭。

「這是一種用遊歷方式把全部知識熔於一爐的東西，在擴大作品的彈性、張力和生命力方面，對我們是有啟示的。」[6]彈性、張力，指的就是題材的多樣性和兼容度，除了自然風光的遊歷，還包納了百科全書式的內容，文、史、哲、地理、民俗、宗教、文化學、人類學、地質學等等學科知識，包羅萬象，既是文學，也是知識，大大提升了馬麗華散文的吸引力，也被視為文壇奇缺之物；而其中的考察和研究，亦成為珍貴的文獻，創造「大而厚」的豐富價值。而所謂「啟示」，不只在於那種五花八門的無所不包，更重要的是「它對一個民族，藏民族進行更深的宇宙意識、歷史意識、文化意識的整體思考。」[7]特別是作者細膩的文化觀察，深情的介入，不斷的思索和洞察，與西藏文化進行了融合參照，達到「大而深」的寓意強度。欲談到馬麗華散文的厚與深，先從她揭舉何種西藏特色進入西藏開始。

---

收域外散文的哲理和思辯。三、發動和擴大寫作隊伍，以不包括專寫散文的人和不從事寫作的人來寫，以野莽生動力，來衝擊散文的籬笆，影響其日漸靡弱之風。」見賈平凹，〈走向大散文〉，《賈平凹文集》14卷（西安：陝西人民出版社，1998），頁290。

4 馬麗華，《雪域文化與西藏文學》（長沙：湖南教育出版社，1998），頁260。

5 馬麗華，《雪域文化與西藏文學》，頁261。

6 評論家雷達的評語。見：徐懷中、瑪拉沁夫、顧驤、雷達、李炳銀等，〈高聳於地球之巔的藏北高原——長篇散文《藏北遊歷》作品討論會紀要〉，頁9。

7 徐懷中、瑪拉沁夫、顧驤、雷達、李炳銀等，〈高聳於地球之巔的藏北高原——長篇散文《藏北遊歷》作品討論會紀要〉，頁11。

## （二）以書寫苦難進入西藏

大凡一個人……去往異族異邦之地，想要獲得的一定是差異、未知，是前所未有的全新的經驗……我之所以熱衷於牧區、藏北，正是基於對那種遊牧生活，以往全然無知。[8]

所謂全新的經驗，即差異性，是馬麗華在相異文化的碰撞中產生的新體驗和新感受。而全然無知，即距離感，是不同於西藏土生土長作家的審美眼光。一般漢族外來者寫西藏，除了因差異性和距離感，形成一種與當地土著作家不同的寫作特色，但可能產生的局限是，表層獵奇或不夠深厚，不過這未必只是外來文化者的局限，因為土著作家跟外來作家都會面臨的是「『進入』西藏的問題。怎樣才能真正『進入』？」[9]。這最關鍵的「進入」，就在於：

獲取一種獨特體驗，一種與人、與人生、與人類息息相通的獨特感受。

把最重要的、能起到支撐作用與影響全局的特徵勾勒出來。[10]

造就作品風貌的關鍵，不在於作家寫什麼題材，而在於作家表現的心態、情感、手法和美感傾向。馬麗華對西藏的詮釋，是以「一種生活方式」概括之，[11]她筆下的西藏意味著一種特色生活風景、特色生活方式，可概稱為大且壯的苦難。

### 1. 渴望苦難

藏北高原之美是大美，是壯美；藏北高原的苦難也是大且壯的苦難。[12]

---

[8] 馬麗華，《走過西藏・原版自序》（北京：作家出版社，1997），頁4。

[9] 周政保，〈答馬麗華——關於《雪域文化與西藏文學》的探討〉，《雪域文化與西藏文學・附錄》，頁287。

[10] 周政保，〈答馬麗華——關於《雪域文化與西藏文學》的探討〉，頁273。

[11] 馬麗華，〈情繫青藏，靈魂如風——近訪馬麗華〉（中央人民廣播電台節目錄音，馬麗華個人提供，2002）。

[12] 馬麗華，《終極風景》（長春：時代文藝出版社，1997），頁240。

在這一九八六年四月末的一天，在唐古拉山的千里風雪中，我感悟了藏北草原之於我的意義，理解了長久以來使我魂牽夢繞的、使我靈魂不得安寧的那種極端的心境和情緒的主旋律就是——渴望苦難。

渴望苦難，就是渴望暴風雪來得更猛一些，渴望風雪之路上的九死一生，渴望不幸聯袂而至，病痛蜂擁而來，渴望歷盡磨難的天涯孤旅，渴望艱苦卓絕的愛情經歷，飢寒交迫，生離死別……渴望在貧寒的荒野揮汗如雨，以期收穫五彩斑斕的精神之果，不然就一敗塗地，一落千丈……最後，是渴望轟轟烈烈或是默默無聞的獻身。[13]

馬麗華慣以藏北高原為例，獨標其撼人的力度和壯美。因為西藏生活艱難困苦，自然環境惡劣，尤其是藏北「早就被人宣布為人類生存的禁區，而他們就這樣世世代代地生存下來，還創造了自己的文化，還生存得相對快樂，使你不由不感慨生命力的頑強與堅韌。」[14]這感慨，讓馬麗華散文首先揭示的西藏特徵，就是「苦難」。她把苦難發揮成西藏最崇高的審美澤質，她曾有如下的自剖和詮釋：

那打動我、誘惑我、感召我的魅力是苦難。[15]

西藏之旅即是對於這種感動的尋求。[16]

我對幸福未曾心醉神迷過，苦難卻常使我警醒。我始終認為，缺乏苦難，人生將剝落全部光彩，幸福更無從談起。[17]

我在這冰天雪地裡的感悟，卻使靈魂逾越了更為高峻的峰嶺，去俯瞰更為廣闊的非環境世界。心靈在渴望和呼喚苦難，我將有迎

---

[13] 馬麗華，《終極風景》，頁241。

[14] 馬麗華受訪，吳健玲訪談，〈走過西藏 走進北京——人類學學者訪談錄之三十三〉，《廣西民族學院學報（哲學社會科學版）》第27卷第2期（2005），頁73。

[15] 馬麗華，《終極風景》，頁239。

[16] 馬麗華，〈足跡與心跡——修訂版代後記〉，《藏北遊歷》（北京：中國社會科學出版社，2001），頁268。

[17] 引自吳健玲，〈從原型批評看馬麗華的創作〉，《廣西民族學院學報（哲學社會科學版）》第26卷第3期（2004），頁152-153。

> 接和承受一切的思想準備。[18]

苦難所具的魅力在於「可以盡興體驗強烈的力度沉雄」。[19]馬麗華引用伯特蘭・羅素的話，把這種沉雄「力度」詮解為「生活於世的動力」，[20]這就是她挖掘及成就的「西藏美」。

馬麗華就這樣以感動的審美眼光看待西藏；在她描繪的許多畫面裡，即使表面上不帶一字情感，僅僅客觀呈現，畫面上卻已飽含情感。例如：「風沙又大又猛，天地混沌一片，牛羊吃水靠啃冰塊，人們將冰塊捆在背上背回家化水⋯⋯」。[21]簡單幾句，已是一種「魅力」呈現，它沒有哭天搶地的悲劇性敘述，而是能從事實的沉重中生出自在輕快之感，「無論在怎樣超常的生存環境中，生活畢竟是可愛的」，[22]這是她標榜的「苦難美至上」的表現法，也是因應西藏特殊環境所揭示的「精神美」。

> 這是環境世界的超人力量和神祕的原始宗教遺風的結合，可以理解為高寒地帶人們頑強生存的命運之群舞，實與日月星光同存於世的一種生命意興，具有相當的美學魅力。[23]

這是馬麗華眼中的「西藏」，簡言之，其美學力度在於苦難帶來的「生命意興」。因為要以這種生命意興「至上」，所以她對自己的西藏書寫有了清楚的定位，「終生面向優良境界，並為世界這方面的代言人。做西藏的歌者。」[24]「歌者」所歌的內容是苦難精神，這是她成名的特色。但即使在最初的歌詠過程，她審美西藏的眼光裡也略含著無力和矛盾。「我們都想深入進去進入生活，進入其他人的生命。當然，我們也明明知道，這種進入的有限性。」[25]在《藏北遊歷》開章，她就有這種體悟：

---

[18] 馬麗華，《終極風景》，頁243。

[19] 馬麗華，《終極風景》，頁238。

[20] 馬麗華，《終極風景》，頁241。

[21] 馬麗華，《藏北遊歷》，頁52。

[22] 馬麗華，《藏北遊歷》，頁160。

[23] 馬麗華，《終極風景》，頁243。

[24] 馬麗華，〈詩化西藏——《走過西藏》1997年第4版再版後記〉，《走過西藏》（北京：作家出版社，1997），頁666。

[25] 馬麗華，《雪域文化與西藏文學》，頁266。

稍稍深入一下藏北，便會強烈地感受到這裡並存著的兩個世界：現實的物質世界和非現實、超現實的精神世界。在後一世界裡，至今仍活躍著豐富的不亞於人間的種群、神鬼、半神半人、半魔半人、水底生物……也鬥爭也殺戮，也愛情也生育……總之凡人間所可能有的全部情緒。

這類傳說的存在……是一種充實，一種美化，一種寄託，一種設想……沒有了神話之光的照耀，遊牧生活將黯淡許多。至少，人們會備感孤獨。[26]

千年來的政教合一與封閉艱困的環境，使得宗教不但是藏民的信仰，亦是生活，是今生，是來世，更是永恆。西藏是神人共存的世界，1976年馬麗華初到西藏時，正值文革結束，滿目瘡痍，一進入1980年代，卻見宗教復甦力驚人，雪域大地處處是使她驚奇的神佛崇拜熱浪，「幾乎所有的百姓都被一種巨大的慣性旋進那個恆轉不息的轉經筒裡了。」[27]，馬麗華對這種生活方式固有疑惑，感覺到「一種以情感也無法突破的隔膜與疏離」，但也體悟到西藏文化的特殊性就在於這些「人文精神」所外現的「生存風格」，[28]是這種宗教精神，使得藏民族擁有「忍耐、堅強、達觀的認同與守護」。[29]那時馬麗華自知無力解開這個隔膜，遂有此體認：

我們看到過的那個老牧人，看著他端坐在羊皮風箱跟前，一聲不吭，只有手摁的磨損嚴重的皮筒子呼哧呼哧在響——我們的描寫到此為止，記述的筆觸抵達不到他的內心世界。……假如我們能夠，我們就進入；假如不能，就描寫這種距離的特質。[30]

這段話是她定位自己的「歌者」身份的結語，也是初步階段的心得。此後，隨著她在西藏生活的體會與觀感演變，逐漸構成她以個人生命緊貼西藏生命的「遞變暨成長」的精神之旅。

---

[26] 馬麗華，《藏北遊歷》，頁19。

[27] 馬麗華，《藏北遊歷》，頁46。

[28] 馬麗華，《雪域文化與西藏文學》，頁23。

[29] 周政保，〈答馬麗華——關於《雪域文化與西藏文學》的探討〉，頁279。

[30] 馬麗華，《雪域文化與西藏文學》，頁266。

## 2. 超越苦難

「當求到了苦難的真實內涵，尋求到了非我莫屬的精神美學，將會怎樣呢？也許終於能夠高踞於人類的全部苦難之上，去真正領受高原的慷慨饋贈。」[31]，所謂「高踞於人類的全部苦難之上」，在馬麗華《藏北遊歷》尾聲，有這樣的定義：「藏北給予我前半生的啟示：超越苦難」。[32]「苦難」之所以成為馬麗華審美的高度焦點，就源於以苦難之姿延展出的超越和靈光。馬麗華筆下的西藏，在文學上最大的意義，既不是來自自然地理、也不是它現實存在的層面，而在於它被視為一種「意識和境界」。[33]「人生如此有限，又為種種窘迫所困苦，短暫的超越成為必須；否則，便被平凡庸常的日子消耗殆盡，心智失去靈光，精神暗無天日，短暫的超越即心靈的亮點，它的不斷閃現便形成光束光團，燭照人生。有時就覺得，走遍天涯，彷彿就為一點一滴地尋找這瞬間化境。」[34]

而最為瞬間的化境，最為「超越」的表現，便是體現在「死亡」的感受上。以下一段，是馬麗華寫自己在唐古拉山口翻車受傷的瀕死經歷，寥寥幾筆竟達淨化寧靜的境界：

> 在翻車的剎那，本能地閉上眼睛，準備聽天由命。突然間，好奇心又戰勝了一切，忙瞪起眼睛目睹翻車景象。伴隨著稀里嘩啦的聲響，車內碎玻璃和撲進的雪粉布滿空間，未及落下復又顛起，飄飄蕩蕩，電影裡的慢鏡頭一樣……它一點也不沈重，不灰暗，記憶中只留下破窗而入的迷濛雪粉，以及滴落於雪地上的好看的血……還有巨大的喜悅和滿足。[35]

好看的血滴在白雪上，馬麗華沉浸在這不沈重、不灰暗，迷濛卻鮮明的審美意識中，聽到同伴一聲驚呼，才讓她驚覺身上浸滿了血，頭上鮮血直流，傷口幾近要害，但只一句「萬幸！」，她便結束了這血腥畫面。是

---

[31] 馬麗華，《終極風景》，頁243。

[32] 馬麗華，《藏北遊歷》，頁223。

[33] 馬麗華，《藏北遊歷‧後記》，頁248。

[34] 馬麗華，《西行阿里》，頁2-3。

[35] 馬麗華，《藏北遊歷》，頁220、222。

什麼原因讓她忘情於瀕死的驚險？為什麼這場震撼的翻車經歷，帶給她的不是哀痛，為什麼反而是一種強烈的「由衷之讚美」——因為這讓她突然發現到「人生所能達到的最高峰」，[36]整個過程，沒有呼天搶地、鮮血淋漓，倒像是從「發現」、「靜觀」到「怡然自得」的體驗，那雪地上的滴滴鮮紅，開出一朵一朵心靈的亮點，馬麗華得證之道就是，一切都天經地義，回歸自然：

> 在藏北高原的冰峰雪嶺間，死亡不再嚴峻。它只是回歸自然的一個形式。大自然隨你去任你來，一切都天經地義。[37]
>
> 大自然如此無一遺漏地包容了一切，當然包括微不足道的人類，當然也包括了更加微不足道的個人命運，以及通常我們所稱之為欣悅或苦惱的幸與不幸。[38]

馬麗華以七次去藏北的經歷詮釋「超越苦難」，最深刻的感受，都與在大自然中的生死領悟有關，命運安排她在中年之齡親自領受了這場「精神與肉體的模擬涅槃」，[39]在險境中引領她窺見「端莊安詳的另一世界」——當下的她，[40]看見的死亡不再嚴峻，因為它「古往今來地與永恆不滅的大自然和諧共存」，[41]死亡，僅是大自然無一遺漏的包容之一，在大自然中，她不再固執於對死的否定，唯將之習以為常，才能以回歸「靈魂故鄉」[42]的心領會到它的「壯美輝煌」，[43]而領會到這不滅之輝煌的時候，也就是她超越命運或苦難的巨大喜悅和滿足了。自此，她頌揚的苦難亦連結死亡，攀上峰頂，成為「短暫生命交響詩中的華彩樂章」[44]。

「即使個體生命蒙受著誠如百年雪災的慘痛，在我一向所狀寫的大風景面前也微不足道。」從對死的由衷領會轉而對死與生的一視同仁，[45]從

---

[36] 馬麗華，《藏北遊歷》，頁222。

[37] 馬麗華，《藏北遊歷》，頁222。

[38] 馬麗華，《藏北遊歷》，頁223。

[39] 馬麗華，《藏北遊歷》，頁223。

[40] 馬麗華，《藏北遊歷》，頁222。

[41] 馬麗華，《藏北遊歷・後記》，頁250。

[42] 馬麗華，《藏北遊歷・後記》，頁250。

[43] 馬麗華，《藏北遊歷・後記》頁250。

[44] 馬麗華，《藏北遊歷》，頁222。

[45] 馬麗華，〈詩化西藏——《走過西藏》1997年第4版再版後記〉，頁666。

肯定「死」又回頭肯定「生」，並從肯定「生」到珍惜「生」且以平常心視之，一切天經地義，這就是馬麗華繼渴望苦難後，進一步爬升的「超越苦難」，算是她的第一重「深度進入」。

### 3. 審美暈眩

西藏經歷可被稱之為終極體驗。差不多走遍了它每一種風格的腹地邊地，詞窮處只好用極端之語表現它。」[46]雪域高原處處展現奪人心魄的極致之美，美，不只在其表象，還在它「大包容」的情境，馬麗華無以名狀，就稱這種感受為「審美暈眩」。

> 登臨晚照中的一座小山，穿越眼下層疊土林南望。極目處是喜馬拉雅岩石與積雪的峰巒，風起雲湧，蒼茫如海。在這種時刻，在我舉目眺望，直到目光不及的處所，感到世界的大包容和目光的大包容的同時，正感受著只有在西藏高原才能體會到的我只能稱之為的——「審美暈眩」。這是一種化境，是超越，雖然短暫。是我所神往的這一方獨具的情境與情懷。[47]

「暈眩」，是把西藏之美推到極致，不論地理、風物、生活、文化、精神……，一切形而下、形而上的，全部提昇到形而上層次視之，以暈眩統稱之。暈眩，是一種飽和昂揚的「激情」，感動和震撼，更重要的是，那種達到極致的化境、超越。馬麗華把「暈眩」引申為卓然的人生態度與博大的情感形式，最終提昇為對生命源頭的剎那啟示，即「頓悟」：

> 黄昏時分我們沿噶爾藏布行駛，河岸右側是棕褐色山脈，並不高峻，但看來堅硬如鐵。岩石碩大，無土壤，無草木……我久久望著它，直到它隱入暮色，久久體會著靈魂深處的翻江倒海。我酷愛這種寸草不生的棕色山梁，它使我想起諸如本色、本質、本性、本體、本原、本源、本義、本來面目等等帶根本性質的詞匯，感到悠遠蒼茫、博大精深。有過那樣的剎那，我感到自己似乎在某一源

[46] 馬麗華著，韓書力繪，《西藏文化旅人》（北京：中國社會科學出版社，2002），頁225。

[47] 馬麗華，《西行阿里》，頁2。

頭徘徊，將要觸及需要我以畢生來尋找捕捉的東西，雖然我尚不知那東西的形狀色彩，甚至有形無形；那東西若即若離。在那樣的剎那，我感覺自己離頓悟似乎已經不遠。

就為了半生所見所聞、所感想、所經歷的，就為了這一次次的感動和震撼，就為了這突發的剎那感覺，一切都很值得。[48]

馬麗華藉噶爾藏布江行車一路所見所感，為她的走進西藏標舉出一個里程碑，「暈眩」是審美的極致，而突發的剎那「頓悟」更是她在文學上、情志上、生命意興上的里程標誌，跨過了這個里程標誌，內容已有所更換，看待世界的視角也有所調整。茲以馬麗華更早之前訪問文部老人的心得呼應這個頓悟：

「你們生活在神山聖湖之間是否有幸福感？」

老人們欣然微笑，紛紛搶答：當然，當然，非常幸福！你看：前有達爾果神山，當惹雍錯聖湖，湖畔有使靈魂升天的十三種聖物；既長樹，又長莊稼，又能放牧；氣候溫和，也不必防霜，而且不生炭疽病……我們很滿足。

那麼來世是不是還願再托生於此呢？

在這片充滿生死輪迴因果律說教的大地上，老人們卻悠然答道：身後之事很玄妙，看不見摸不著，其實可信可不信，那只是——靈魂的幻想。[49]

最後一句「靈魂的幻想」，使馬麗華豁然開朗，她忍不住讚嘆此地的山水和人「耦合得多麼和諧！這是一種大美境界，無與倫比。」日後她另以一段朋友贈送的英文版（描寫岡底斯山）畫冊內文延展這種頓悟：

凱拉斯在寒冷的月光下閃爍，永恆而難以理喻。香客們誤以為它僅為朝聖所設，而作為信仰的凱拉斯是一面鏡子；雄偉壯麗並反映著

48 馬麗華，《西行阿里》，頁180-181。

49 馬麗華，《藏北遊歷》，頁46。

投射其上的神性靈光。它本身不具備更多，除了石頭和冰雪。但通過對它的凝視，它給予的一瞥成為無限。[50]

「一瞥成為無限」確實是「審美暈眩」的最佳展示，而伴隨「暈眩」之後的是更加樂觀向前的信心，「這個世界不喜歡愁眉苦臉、不耐煩弱者，那麼我從此不再去展示創傷，侈言苦難。這個世界有多種境界，且讓我一如既往地遠物質、重精神，避喧囂、多沉思，終生面向優良境界。」[51]不再去展示創傷、侈言苦難，即是新的頓悟及超越，也是馬麗華在西藏書寫的體驗上，再一次「深度進入」。

## 三、從形而上的頌歌到形而下的逼視：審美疲倦期

### （一）從詩化的遠觀轉為現實的質疑

曾自許要在西藏寫作上採取「遠物質、重精神、避喧囂、優良樂觀」的馬麗華，在幾番掙扎後，逐漸將成名的審美苦難、詩化西藏擱下，她的其中一個理由是，失去對於一應美景的觀賞興趣。

最初是明顯的生存外貌之差異吸引了我……眾所周知的「神祕」。是「神祕」誘惑了多少個世紀以來西方探險家的腳步紛至沓來，但對生活其間的我來說，最經不起推敲的是神祕感，它最先消失；沒有了神祕，至少還有神奇感吧，神奇感的安慰有效也有限，當它也成為視野中司空見慣的常態，連帶對世界一應美景都失去了觀賞的興致。[52]

在尚未找到合適語言表達之前，審美已感疲倦……當大美景象變得觸目可及，成為生活常態……子久了，便覺尋常——你已司空見慣。把對自然美景的感覺移贈人事……[53]

---

[50] 馬麗華：《西行阿里》，頁150。

[51] 馬麗華，《西行阿里》，頁149。

[52] 馬麗華，《藏東紅山脈》（北京：中國社會科學出版社，2002），頁419。

[53] 馬麗華，《西藏文化旅人》，頁225。

但馬麗華決定把筆鋒轉為較具體的人事書寫，未必只是對大美景象的司空見慣，而是「在某些情感興趣上，已知在多大程度上背離了先前的自己」，[54]她起先寫《藏北遊歷》時已透露她對西藏人民生活的質疑和矛盾，到了寫《西行阿里》、《靈魂像風》時更明顯的對昔日的讚美感到不安，茲舉其最晚期的《藏東紅山脈》，裡面馬麗華有對自身西藏歲月的追述和吐實，例如「詩情畫意中卻包藏著令人不安的當下現實」，[55]「很難做一個純粹的旅遊者，我總是不相宜地看到美麗風景背後的東西，從而煞了風景。」[56]而這種類似的反應，重覆在之前作品裡，並不少見。

馬麗華首先質疑的是，構成西藏最重要生活特色的宗教。

她批評西藏宗教的「重死不重生、走上極端」，[57]例如，巴青地區的喪葬儀式太勞民傷財，甚至弄得人傾家蕩產。還有，對藏民的迷信深感無奈，藏民事事問鬼神，像馬被狼吃掉這種事，也要去問巫師，「巫師說，是南面的石頭鬼山把馬魂勾走了，要祭山。牧人們倒是依囑而行，可是馬匹照樣失蹤於狼腹。」[58]所謂的神祕、神奇，落到現實面看則是不以為然。甚至，她對這個宗教所造成的全民命運，也有較負面的看法，她認為是因為佛教的消極、向善，弱化了此地人民原有的鬥志和尚武精神，才會無力抵禦外侮，走進被統治的命運。「這個民族曾經所向無敵地強盛過，曾經推崇過尚武精神，他們鐵馬金戈也曾威震長安，但他們後來便口誦六字真言，將自己鎖閉進寒冷的雪域之中。」[59]

即便在以苦難審美博得盛名的成名作《藏北遊歷》裡，馬麗華的「煞風景」之見，所在多有，在馬麗華的處處欣賞、處處審美之際，亦夾雜著憤慨或看不慣。而這些煞風景之見，在日後更牽動了她反思苦難的相反面、苦難的負面，即苦難的為何造成？及苦難能一直被樂觀的審美下去嗎？馬麗華曾在走過一整遍西藏之後，忍不住質疑那些終身只為朝聖而活的人：

> 我們再不會拍攝你們磕頭朝聖的事了。你今生磕一次足夠了，我們拍一次也足夠。我很欽佩這種精神，但我對這種方式有所保留……你真

[54] 馬麗華，〈詩化西藏——《走過西藏》1997年第4版再版後記〉，頁664-665。
[55] 馬麗華，《藏東紅山脈》，頁298。
[56] 馬麗華，《藏東紅山脈》，頁299。
[57] 馬麗華，《藏北遊歷》，頁199。
[58] 馬麗華，《藏北遊歷》，頁69。
[59] 馬麗華，《藏北遊歷》，頁205。

的打算以朝聖作為終生職業嗎？人生中的其他事情你考慮過沒有？[60]

對這個質疑，僧人眼睛裡露出慣常的迷惘，困難的說：「那我還能做些什麼？」[61]令馬麗華挫折的是，她無法再對這些西藏特色樂觀審美，而是憂心和關注，她不贊同「為了一個無人擔保的來世做畢生等待……終生無所事事的人，無所作為的人，無論他怎樣善良苦修，他終不能成佛；最後我幾近無情地斷言了那顯而易見的風險：那根繩子的終端空無一物。」[62]她甚至呼籲藏民，該是結束這種流浪的時候了。

回顧到最起初，馬麗華書寫西藏時，優先關注的就是宗教生活的探源，她適度借助[63]了「文化相對主義」（culture relativism）來看待西藏，[64]所謂「文化相對主義」，就是用這個特定地域、特定歷史範圍本身的價值體系，來評價當地的文化，如美國人類學家法蘭茲・博厄斯（Franz Boas）主張的：「每一個民族都有其世代相傳的價值觀，每一種文化都是一個獨立的體系，不同文化的傳統和價值體系是無法比較的，只能按其自身的標準和價值觀念來進行判斷。一切文化都有它存在的理由而無從分別孰優孰劣，對異文化要充分尊重，不能以自己文化標準來判斷和評價。」[65]基於對「異文化」或「他者」保持平等寬容的態度，馬麗華起初看待西藏，是極力尊重其文化自主及獨立價值，[66]也因此她肯定神話、宗

---

[60] 馬麗華，《藏北遊歷》，頁10。

[61] 馬麗華，《藏北遊歷》，頁10。

[62] 馬麗華，〈詩化西藏——《走過西藏》1997年第4版再版後記〉，頁665。

[63] 馬麗華說：「雖然對文化人類學有所借助，但我走的還是文學之路」，她並沒有打算以人類學學者之姿書寫西藏，她的重點，還是文學。
見吳健玲／問、馬麗華／答，〈走過西藏 走進北京——人類學學者訪談錄之三十三〉，頁73。

[64] 文化相對主義的思想濫觴，可推溯自18世紀德國哲學家赫德（Herder, J.G.V.）的主張，他認為須尊重所有文化共同體之價值及獨特性。參見浜本満，〈差異のとらえかた：相対主義と普遍主義〉，青木保等編，《思想化される周辺世界》（東京：岩波書店，1996），頁75。
到了20世紀20年代，從美國人類學家博厄斯（Franz Boas, 1858-1942）開始，到他的學生赫斯科維茨（Melville J. Herskovits, 1895-1963）總其大成，終於發展出的一套「文化相對論」思想。

[65] 轉引自莊孔韶主編，《人類學通論》（太原：山西教育出版社，2002），頁27。

[66] 日本人類學家青木保將文化相對主義歸納出七項特徵：（一）是對西歐文化中心論的反駁，主張各文化間的多元性。（二）即使是範圍再小的文化單位，也有其自主權及獨立價值。（三）人們的行為或事物的價值，應該放在它自身的文化脈絡裡被評價。（四）對人和社會採平等立場。（五）不同的文化之間沒有良莠之分，不同的人種間也沒有能力之別。（六）文化和人的價值，並沒有絕對的判斷標準。（七）對「異文化」或「他者」保持平等寬容對待。參見青木保，《文化の否定性》（東京：中央公論社，1988），頁21。

教帶給藏民的重大意義，例如：

> 西藏人臆想並架構了一個龐大繁複的神靈系統，他們需要它的存在並相信了它的存在，世世代代的人就生在魔幻世界與現實世界之間。對於一個地道的西藏人來說，如果沒有這樣一個神靈系統來參與生活，該會感到不自由，不安全，不寧靜。[67]
>
> 假如沒有宗教精神的支撐，假如沒有更好一些的來世的誘惑，生活也許更其艱難。對於這些地區來說，精神的皈依首先是對於安全感的尋求；在高層意義上，則是出於將個體卑微有限的生命融入崇高和無限之中的渴望。對於終極真理的尋求，其實等同於對於終極未知的尋求。[68]

但文化相對主義並不完美，就算人類學家執行起來也難，日後馬麗華理解到，它只是「讓你盡量屏蔽一些偏見或成見，比較和平地去看待和紀錄人家的文化和生活方式。」[69]不過，這「是一種方法，不是一種標準」。[70]在西藏觀察的時間越久，馬麗華越無法堅持以往那種以尊重為名的迴避或勉強的客觀超然。[71]

她沉痛的說：「若有人從社會學角度觀察，得出的結論只能是令人心事重重。」[72]令馬麗華困惑的是，宗教的原意既然是解脫苦難，為何又製造了辛苦的等待和辛苦朝聖的苦難？她看到宗教以「這個苦難」掩蓋「那個苦難」，但「這個苦難」真的取代了人們想拋開的「那個苦難」嗎？

> 人不能終生艱難困苦，那會被生存問題淹沒而難再舉步前行。[73]

---

[67] 馬麗華，《雪域文化與西藏文學》，頁15。

[68] 馬麗華，《苦難旅程》（北京：中國社會科學出版社，2002），頁12。

[69] 吳健玲／問、馬麗華／答，〈走過西藏 走進北京——人類學學者訪談錄之三十三〉，頁73。

[70] 吳健玲／問、馬麗華／答，〈走過西藏 走進北京——人類學學者訪談錄之三十三〉，頁71。

[71] 「我陷入似是而非的相對主義泥淖已久……我所力求的客觀、公允、理解等等往往不能持續到底，認同則更談不上。以往的讚美過多，這使我於心不安。如今遺憾多於讚美，心裡難過默默無言的時候多。」

見馬麗華，《靈魂像風》，頁189。

[72] 馬麗華，《藏北遊歷》，頁46。

[73] 馬麗華，《西行阿里》，頁156。

而羅布桑布是否就意志堅定，心安理得了呢？他面對著兩個世界，一個是長輩們香煙繚繞的傳統世界，那裡夕陽古道一直通向被稱作來世的地平線之外；另一個通向新世紀的車水馬龍的現代世界……我只在桑秋多吉和仁增曲珍這對老夫婦那裡看到了那種超然穩定心態。那是把自身完全融入至高、無限和永恆之中的人才擁有的寧靜與喜悅……我甚至相信，矛盾在他們那裡消失了，世界經過他們觀念的重組，和諧單純了。今生單純了。一切為一。

我看到的是一個結局嗎？[74]

馬麗華很為難的戳破：「所有宗教所承諾的全都是人生百年後的美好」。[75]她勇敢提出西藏之所以落後、停滯不前的原因，同時，她認為從前的尊重和規避，是過分善意的愛與善、[76]是誤導，於是，她結束之前的視角和思想，也結束了之前的浪漫審美誤讀，並拾起她之前忽略及省棄的，「認為黯淡無光瑣屑不堪的形而下部分」。[77]

「歌者」之後，馬麗華轉向了西藏的當代生活，而之前的文化相對主義也轉向「應用人類學」（applied anthropology）立場，[78]認為不同文化間不管有多大的差異性，人畢竟有一致的追求和價值，比方生活的溫飽和舒適，這是她由「形而上」轉往「形而下」的理念根據，像《靈魂像風》，就少了《藏北遊歷》和《西行阿里》的浪漫或雄奇，而多了對西藏宗教導致的生存狀況的審視和質疑，馬麗華的觀察軌跡從此發生重大轉折，她的作品也一步步往現實裡鑽。

## （二）從人間聚焦到民間，從審美轉到考察、從考察轉到參與

「走過西藏」如果還有續篇，還能否重寫？

這裡涉及到一個重要的問題，即，如何復活一個民間的西藏，

---

[74] 馬麗華，《靈魂像風》，頁189。

[75] 馬麗華，《苦難旅程》，頁11。

[76] 馬麗華曾引張承志的話，說明外來文化者對地域書寫不得不然的規避原則：「過分的寫真會侵犯人心，過分的善意會導致失真。」見〈詩化西藏——《走過西藏》1997年第4版再版後記〉，頁665。

[77] 馬麗華，〈詩化西藏——《走過西藏》1997年第4版再版後記〉，頁665。

[78] 應用人類學，是1896年由美國學者丹尼爾・布林頓（Daniel G. Brinton）提出。意指人類學家運用其社會、文化、社群等知識來幫助處理各種人類社會問題。

一個形而上又形而下的民間的西藏？

沒有深厚的形而下，托不起浩瀚的形而上。

怎麼樣獲得一個完整真切的再現？[79]

在尼瑪扎西（2000）如此批評馬麗華之前，馬麗華已陸續對「民間西藏」、「深厚的形而下」這方面做了工夫，之後，她幾乎完全聚焦耕耘西藏的民間及形而下。從起初的天上美景下降到人間生態、馬麗華對昔時視角的不再肯定，未必是把之前的體認全部否定，她只是拋去浪漫詩情，進入另一個核心——民間，書寫的方向有二：一是鄉村中的文化和民間信仰，一是鄉村的現代化。前者重在保存傳統，後者重在突破和改變傳統。兩者看似矛盾，但不衝突。

導致馬麗華轉投「形而下」大營，積極保存傳統文化和民間信仰，是在於其迫切性：「因老舊之物在逝去，而新的價值觀和新的思想感情正悄悄地輸入新一代人的生命之中」，[80]「沒有了這些，地方文化史彷彿就真消失了。」[81]

而馬麗華的「形而下」創作，較諸保留傳統，[82]她更關注的是西藏生活傳統之不變與改變，雖然介入的過程挫折不斷，苦心孤詣卻力不能及，她仍試圖呼籲西藏將傳統與現代化並存，因西藏生活太過艱苦了。當她讚美藏女刻苦耐勞的同時，不免有相對的感觸：「也許她們對於苦難的感覺早已麻木。她們認為生活原本如此」，「連女神也充滿了苦難，成為藏北女性的象徵。」[83]在這個「形而下」階段，馬麗華收起詩化之眼，「注目於鄉土文化之上的社會——包括文化、經濟、政治以及國計民生的那許多領域」，[84]字裡行間彷彿要努力喚醒西藏「走出自己」。

欲喚醒西藏，首先，是對遊牧生活的檢討。馬麗華引用湯因比的話將之視為「停滯的文明」，[85]「牧人……悲壯地占領著這片高地。生活就

---

[79] 引自尼瑪扎西，〈顛簸的生存之流與激變的時代之潮——評馬麗華的散文創作〉，《西藏文學》第6期（2000），頁118-119。

[80] 馬麗華，《走過西藏‧原版自序》，頁7-8。

[81] 馬麗華，《走過西藏‧原版自序》，頁6。

[82] 在寫完《靈魂像風》時，馬麗華自我評估，這只是「尚未定位的演變——它沒有找到一落腳點」。見馬麗華，《靈魂像風》，頁220。

[83] 馬麗華，《藏北遊歷》，頁167。

[84] 馬麗華，《走過西藏‧原版自序》，頁7。

[85] 馬麗華，《藏北遊歷》，頁106。

這樣被固定下來：以牛羊為生命，以日月風雪為伴侶，與自然萬物毗鄰而居，成為大自然一個元素……當代牧民仍生存於自己自足封閉狀態的自然經濟中。」[86]游牧生活極為封閉，自成體系，那是一般遊客賞玩的焦點之一，卻也是生存狀態的不利形式之一。

> 一頂帳篷，一群牛羊，便是牧人賴以生存的全部家當。如果能年復一年地重複這種雖不安定倒也寧靜的生活的話，也不算奢求了。遺憾的是寧靜也只是相對而言，只是在大自然無心捉弄草原的時候……大自然通常降臨於世間的災難，除了水災和火山爆發，藏北幾乎樣樣俱全：旱、蟲、風、雹、雪、地震與雷殛等等。[87]

馬麗華藉著描繪1985年那場雪災，逼真地呈現一切生靈在大自然災難中的無助和恐怖感。

> 驚心動魄的1985年秋季的大雪災……這場雪災危及藏北15萬平方公里，受災牧民近8萬、牲畜近300萬。其狀慘不忍睹：牛馬大畜四散奔逃，懦弱又戀人的羊群圍著帳篷等死。飢餓使牠們一反天性，啃吃牛羊的內臟和屍體。鳥兒找不到可以落腳的黑點。急於逃出雪海的野生動物羚羊、黃牛奔向青藏公路的黑色路面，渴望人類或許能救救牠們……[88]

詩意的遊牧畫面如此不堪一擊，牧民與蒼生只能任憑大自然肆虐？馬麗華以久居西藏的實地觀察，為西藏生活長期「原封不動」嘆息，另一方面，也批評外來者膚淺的賞遊眼光是不食人間煙火，譴責那些主張西藏一切要維持原樣的人，她舉阿里為例：

> 某些來藏旅遊的西方人曾以愛惜西藏文化為由，主張現存的生活模式不要改變。我們有理由認為這是不人道的主張。貧窮、閉塞不應是歷盡艱難竭蹶的西藏人所應繼續承擔的重負。理想的阿里風景應

[86] 馬麗華，《藏北遊歷》，頁94。
[87] 馬麗華，《藏北遊歷》，頁96。
[88] 馬麗華，《藏北遊歷》，頁97。

> 當是：傳統加現代化使這裡更具誘惑力。到那時，阿里就不僅僅作為遺跡與活化石供人觀賞和緬懷，一切重道義、有良知的世界各地的人們都將滿足而欣慰地讚歎：阿里真不錯！[89]

觀光客只把西藏和西藏人當做「風景畫」，而馬麗華是站在「活著的西藏人」這邊看，她曾質問那些遊客，能不能與藏民過一樣水準的日子，若不能，為什麼要求西藏牧民永遠這樣過？

馬麗華另舉一群華裔美國人為例，她接待他們到藏北，他們一路驚呼風景多美，藏民的牛毛帳篷、打酥油茶，一切一切的生活景觀多美……他們認為牧民就該這樣過著原始生活，不要改變。

> 然而，我要說，你看著這種生活方式很美好，讓你住上兩天怎麼樣？晚上沒有電燈你就會覺得很不習慣，在黑色的帳篷裡，你得不到任何外面的消息，那是一種與世隔絕的狀態，連廁所都沒有，你去體驗兩天試試？……其實牧民羨慕你的生活羨慕得不得了。還是現代文明好，這是一個基調。至於在發展中要保護什麼，那是另一個話題。[90]

在她的觀察裡，牧民非常羨慕文明生活，即使是世代生活一成不變的牧民，也未必能接受「自給自足」式的封閉生活，只要有外部文化來接觸，原先的藏文化未必會是藏民的首選。

對於西藏傳統生活的今與昔、去與留，馬麗華的看法是，「首先需要把世界擺放在他們面前」[91]適度的文明開發是必要的，「我們西藏高原的同類們應該享有參與世界的權利，享受人類文明發展至今的一切成果。」[92]為求在不同文化主體間仍有有效的理性規範可運行，她偏向普遍主義（universalism）立場，[93]以「本地社會生活的參與者」自居，以「處

---

[89] 馬麗華，《西行阿里》，頁213。

[90] 馬麗華，〈情繫青藏，靈魂如風——近訪馬麗華〉。

[91] 馬麗華，《西行阿里》，頁212。

[92] 馬麗華，《靈魂像風》，頁25。

[93] 美國社會學家塔爾科特・帕森斯（Talcott Parsons 1902-1979）在研究社會行動理論時，為強調社會整合功能，提出了普遍主義與特殊主義這一組相對性概念。按照塔爾科特・帕森斯和愛德華・希爾斯（Talcott Parsons & Edward A. Shils）在《關於行動的一般理論》（Toward a General Theory

理現實世界的問題」為職志，[94]運用她對西藏的研究和理解，對這片土地的生活繼續參與和深入。

此後，她推出了對《走過西藏》的反省及補充之作：例如《青藏蒼茫：青藏高原科學考察五十年》（1999）為中國青藏科學考察隊之工作紀錄，全書著重在科學教育方面。《十年藏北》（2002）是以編年文體紀錄了《藏北遊歷》出版後10年西藏社會的變革，書裡充斥著大量數據，文學成分低，馬麗華在這本書裡立場鮮明的希望西藏進入經濟發展，提昇生活品質。《西藏文化旅人》（2002）採訪了20年內入藏的藏學家、考古學家、民俗學家、音樂家、畫家、攝影師的經歷和創作成果。以上，書寫體例與《藏北遊歷》、《西行阿里》、《靈魂像風》、《藏東紅山脈》等代表作之大散文形式不同，可視為其大散文外的科普或人文考察之「現實面」補充作品。《苦難旅程》（2002）是對西藏宗教歷史的反省思考，此書的宗教觀點與前後期「大散文」裡的宗教反省近似，可視為其「理念面」的補充作品。至於大散文封筆作《藏東紅山脈》（2002）是對藏東昌都從1978年後長達23年的紀錄匯整。這些著作的共同點是，以理性沉穩客觀的態度取代早年的浪漫激情和謳歌。至於文字，也為了配合現實或批判的內容，轉為「質」而少「文」。

馬麗華最貼近西藏生態和生活的觀察焦點是「高寒地帶的高原生態系統正面臨自然與人為因素的考驗。」[95]她不斷紀錄生態危機，用數據告訴我們，藏北的人口比以前多3.6倍，牲畜也增加了，致使環境超載過量，牲畜體型衰弱瘦小。而藏東的昌都人民基於食物種類太少，導致某些特殊地方病症世代不絕，還有，昌都森林因不當濫伐，坡地被整片剃光……還

of Action）一書的定義，所謂普遍主義是指，對於對象及其行為的價值認定，是獨立於行為者與物件在他們環境身份上的特殊關係。（相較而言，特殊主義是指：可根據行為者與物件在環境中的特殊關係，認定此行為和物件的價值高低。）見T. Parsons & E.A. Shils, Toward a General Theory of Action (Cambridge: Harvard University Press, 1951), p. 82. 彼德・布勞（Peter M. Blau）另解釋道，區別普遍主義與特殊主義的標準是：「支配人們彼此取向的標準，依賴還是不依賴存在於他們之間的特殊關係……是獨立於還是不獨立於他們的地位屬性之間的關係。」見彼德・布勞著，孫非、張黎勤譯，《社會生活中的交換與權力》（北京：華夏出版社，1988），頁305-306。

之前，馬麗華的「文化相對」觀念，其實可視為某種「特殊主義」，特殊主義看重人與事和環境的特定關係；而普遍主義則認為對「何者為優、何者為劣」可有一普遍標準來界定。

[94] 基辛（Roger M. Keesing）著，張恭啟、于嘉云合譯，《人類學與當代世界》（臺北：巨流圖書公司，1991），頁155。

[95] 梅冰，〈陽光盛開的院落——馬麗華談生態〉，《科技潮》第12期（2001），頁48。

有，「青藏高原目前仍在繼續強烈上升……高原內部將繼續向乾冷方向發展，植被向高寒荒漠草原和荒漠過渡，湖泊進一步退縮，一些外流湖泊變為內流湖泊，並向鹽湖發展。其中，一些湖泊漸趨乾涸，沼澤退化；藏南河谷中則有繼續向沙漠化發展的可能。」[96]

而自然與人為因素的相對「考驗」，就是現實生存與自然生態的關係和演進是否平衡。離開10年後重遊藏北，馬麗華發現商業觀念進駐之後的短短時間，就對藏人產生劇烈影響。最明顯的是「利益驅動」，以往因為宗教觀念堅持不殺生，現在的牧民卻開始經商、挖蟲草、捕魚了。還有更多的「利益驅動」，促使現代文明被藏人接受，他們願意改變原始生活型態：例如，在藏北，牧場開始圍網欄，進行人工植草；[97]在藏南，人們修渠引水、植樹造林，在一江兩河流域進行治理沙化；[98]在藏東，人們蓋起溫室種菜了，新的菜園風光被引進高原野地，「茄子開紫花，盧瓜開白花，西葫蘆開黃花；青筍地裡套種油菜、盧瓜，西紅柿地裡套種苦瓜、小油菜」，[99]前述世代患病的昌都人民終於有多樣的食物補充營養；在古史之地阿里，人們「營造了大片的太陽房，在荒僻的高原縣城建起了超現實的光電站。」[100]在尼果，人們設了自然保護區，飛禽走獸甚至把人類的居住地當作家園。

上述的紀實和觀察，印證了、也揭示了另一種西藏正在進入的現代風景，那也是馬麗華不斷呼籲的「傳統加現代化」——她心目中的西藏「理想風景」——「幫助必是他們所尋求的、希望的」。[101]審美，不再旁觀，不再強調原始自然和永久不變，必要的文明加工，更能活化和延續自然美。「人為」與「自然」關係的平衡，是馬麗華在現實面重新提出的視角，以呵護西藏且進化西藏為前提的審美態度。

回顧馬麗華這漫長思考西藏的路程，從《藏北遊歷》的文化相對主義；

---

[96] 原見楊逸疇，〈青藏高原地貌的形成及其效應〉，《西藏科技》1989年1期（1989）。轉引自馬麗華，《藏北遊歷》，頁107。

[97] 馬麗華，〈詩化西藏——《走過西藏》1997年第4版再版後記〉，頁667。

[98] 馬麗華，《西行阿里》，頁156。

[99] 馬麗華，《藏東紅山脈》，頁65。

[100] 馬麗華，《西行阿里》，頁156。

[101] 馬麗華實際協助西藏走向現代文明的過程，難免遇到挫折，最終她的體悟是：「如果他們沒有接受能力，你所有的良好動機，都會浪費在敵意的環境中。」所以，任何外來者的幫助，都必須建立在對方所尋求、希望的基礎上。

見馬麗華，《靈魂像風》，頁212。

到《西行阿里》的背離文化相對主義，意識到「人不能終生艱難困苦」；到《靈魂像風》的逐漸走入民間，以應用人類學「尋求干預和幫助」；到《十年藏北》、《藏東紅山脈》在應用人類學立場上兼取「普遍主義」立場，馬麗華幾乎是大動作轉用「現代化、市場化」全面書寫西藏的現實經濟問題，最後，在大散文封筆之作《藏東紅山脈》，馬麗華更斷言：「凡是宗教盛行處必是貧窮地無疑；寺院越大，所在地村莊越窮。信徒們總是以今生的利益經由寺院換取有關來世的許諾。這是四分之一個世紀以來我對西藏民間社會傳統生活的觀察總結。」[102]在此，馬麗華用現代維度檢視古老文化的存在和演變，其理性參照，也成就了她西藏書寫的再一層縱深。

馬麗華前、後的西藏散文，多半因觀念、現實層面影響到文學層面，差異性明顯。「後來認識到，完全融入不可能也沒必要。首先我不是一個空白人，自有堅實的漢文化背景，而我從藏文化中能夠汲取的，正好可作補充。」[103]在經歷了認知這些「形而下」的過程，她產生新的矛盾也得到新的體悟，從原先的否決自己又回到並肯定了自身的文化立場，不再困惑。而每一種視角調整，都形成不同的審美態度和不同的文學意義。當她召喚著西藏「走出自己」，同時也為自己的「走進西藏」埋下更踏實的腳印。

## 四、超絕人寰的天啟：審美永續期

馬麗華在走過西藏系列封筆之作《藏東紅山脈》曾提出她27年西藏歲月所面臨的最大問題是「思想方面空前的困境和危機」，[104]恐怕，這也是每個作家要在書寫中進入西藏、把握西藏，會面臨的挑戰和難題。起初，馬麗華是因為「美好的誤讀」，在過度的善意和尊重中，挖掘出西藏的大美；之後，則是在掙扎中蛻變，一再跨越先前的自己，她筆下的西藏，是不斷經過「篩選、剝離、取捨、強調」的，[105]每次的拾起與捨棄都有某種程度的成長，一再在反覆中調整自己的觀點，每次的取捨裡，也大致顯現出視角轉移所重構的精神價值。最後，馬麗華宣布封筆之際，正是她在思想危機方面有了豁然圓滿之時，她居然發現，以前的階段性困境，只是

[102] 馬麗華，《藏東紅山脈》，頁242。

[103] 馬麗華受訪，吳健玲訪談，〈走過西藏 走進北京——人類學學者訪談錄之三十三〉，頁72。

[104] 馬麗華，《藏東紅山脈》，頁418。

[105] 馬麗華，〈詩化西藏——《走過西藏》1997年第4版再版後記〉，頁665。

「使這一輩子享用性質不同的幾回人生。」[106]而她的苦惱和轉移正是「使每一階段的人生都不同於前」。[107]

> 在我走出紅山脈的最後一段路程中，上天注定要給我永存記憶的一個時刻，一個以激越方式表現的一刻，那叫天啟。[108]

天啟，是回歸苦難的一個最完美理解。其實馬麗華筆下的苦難有一體兩面，是西藏的「美好」也是西藏的「黯淡」。苦難的黯淡，源自於自然環境的艱困，而苦難的美好，來自於蒼生生存的崇高毅力。

在西藏，「美好」與「黯淡」是形影不離的。起先，因為生活條件黯淡，藏人創造的宗教文化給了他們美好的來世承諾，使藏民能超脫於塵世的苦難，但藏民一味嚮往來世和天堂，甚至忽視了今生和塵世，這也造成生命的停滯和消磨。馬麗華對西藏的頌歌或挑戰，都是在苦難的正反面來回追尋，其一貫的深情只在於對生命價值之信心和奮鬥意志的堅持。這種越是奮鬥卻「越往深處走越嘆息」的經歷，[109]促使其生命體驗擴大、情感投入擴大、內涵詮釋也擴大，更造就了與眾不同的大格局，如尼瑪札西所言，那是「在苦難美中升騰和凝縮的精神氣質和人格形象。」[110]馬麗華最動人的西藏書寫，確乎就表現在西藏的精神氣質和人格形象上，茲以一段馱鹽羊隊的描寫為例：

> 我曾路遇一群八百多隻馱鹽的羊子。每隻羊脊背兩邊各搭一個袖珍家織牛毛花條紋口袋，負重在10至15公斤之間。看見汽車飛馳而來，馱羊們小跑起來，一時間群羊滾滾，頭角攢動，八百隻馱羊的隊列很壯觀，又不能不叫人愛憐。讓孱弱的羊子作馱畜，本來就有些殘忍，由於牠們為數眾多，馱鹽人無法像對待馱牛那樣每天卸下鹽袋，長達數十天的行旅，馱羊必須晝夜負重。背上的毛已經磨禿，皮肉早已潰爛，就是當時宰殺了，背部的肉也又酸又臭，根本

[106] 馬麗華，《走過西藏・原版自序》，頁2。

[107] 馬麗華，《走過西藏・原版自序》，頁2。

[108] 馬麗華，《藏東紅山脈》，頁416。

[109] 馬麗華，〈情繫青藏，靈魂如風——近訪馬麗華〉。

[110] 尼瑪扎西對馬麗華的評價，見〈顛簸的生存之流與激變的時代之潮——評馬麗華的散文創作〉，頁118。

不能吃。[111]

此後當我回首藏北歲月時，眼前必定會晃動起八百隻馱羊灰黃蒼茫的身影，上百頭馱牛舉步維艱的陣容。很是悲壯。同時我已領悟出那一種默契：當投身於馱鹽苦役，踏上漫漫馱運路，馱畜們便也同時被賦予了神祕的使命，在大自然與人類之間達成了默契，溝通了靈魂——牠們已成為永永遠遠的天國之畜。[112]

「馱鹽是一種很艱苦的原始性勞動，但他們自己並不知道自己的苦，因為這是他們的原始思維決定的，他們不知道這個苦。」[113]類似情況也出現在一般百姓的生活圖景，例如牧民漢子在閃電暴雨中騎馬往返草原，既不避雨也不停歇，例如茶馬古道人畜差役的艱辛營生，馬麗華對那種原始思維及勞動所含攝的意識或意境極為讚嘆，她詮釋那是「由大自然體現的超絕人寰的意境」、「它包容若明若暗的思想內涵與表達方式」、「它所指向的時空寬闊無比和長流不息」，[114]其實進一步看，這也是表達西藏民族的宇宙意識、文化意識的小小縮影。馬麗華把這些理解為極限生存中的精神之光，看似卑微的苦難卻造就了偉大的民族涵養：

環境和生存需要迫使每一代人中的許多成員選擇這種非常的生存方式，令我們今天可以懷著複雜的心情遙想遙望並唏噓不已；也可以詩意地進行審美沉思並提升到精神層面，超越一切不美好而去歌頌極限生存中的堅忍頑強，那種涵養和支撐著人類基本生存的某種精神之光。[115]

評論家周政保也認為，這種西藏風景即是西藏精神生活的象徵，

甚至是一種不僅與自然環境相關，而且也微妙地牽連著人的價值觀

---

[111] 馬麗華，《藏北遊歷》，頁21。

[112] 馬麗華，《藏北遊歷》，頁26。

[113] 徐懷中、瑪拉沁夫、顧驤、雷達、李炳銀等，〈高聳於地球之巔的藏北高原——長篇散文《藏北遊歷》作品討論會紀要〉，頁8。

[114] 馬麗華，《藏北遊歷・後記》，頁224。

[115] 馬麗華，《藏東紅山脈》，頁17。

> 念的生存態度。從中，我們可以體察到兩種相輔相成的文化精神，一是雪山精神，即對威嚴、安詳、神祕的崇尚，一是朝聖精神，即對忍耐、堅強、達觀的認同與守護。這裡不僅有著強大的宗教信仰的滲透與影響，而且也有著相應的、與世俗相關的生存姿態……它與宗教相關，但又超越了宗教……它只是人或群體或整體的一種文化精神，而正是這種精神，至今仍支撐著今天的西藏區域文化的深層結構和價值觀念。[116]

誠然，馬麗華筆下的「苦役」既是一種生存狀態，也是結合群體原始思維的生存姿態，它透過馬麗華眼中的「苦」，成為一種啟示，更長遠的意義在於成就「一個參悟的過程」，[117]令人參悟生命的努力生存在宇宙中的神聖意義，此即其神祕使命。

在另一段描述白馬之死的文字裡，馬麗華對於自然精神、生命運作的本質有更進一步的啟示。那是發生在1980年代夏天，與馬麗華同行的攝影家車剛所目睹的一場生離死別，地點在神山聖湖邊：

> 一陣小小的騷動喧鬧聲蕩漾開來……
>
> 放眼處一派蒼茫，漸漸地，白亮蒼茫中顯現出一渾圓的白色之物。是一頂白帳篷嗎？
>
> 不是白帳篷，是一具白馬的遺體。
>
> 白馬新死不過幾天，屍身完好，因氣體充盈，馬肚最大限度地鼓脹。在辨清馬屍的同時，車剛就望見了白馬側旁蹲坐著的一隻黑色大狗，是那種西藏特有的名為「藏獒」的優良牧犬。這種狗體格碩大，性格凶猛，一向令狼聞聲喪膽；守護羊群，是牧人的好幫手。但此刻車剛所見的黑色大犬，卻盡失英武威嚴的神采風度，枯瘦骯髒，毛髮蓬亂，形容萎頓，憔悴已極。那雙眼睛居然富有人類的表情，黯然閃動著悲愴、絕望的光。狗也會流淚嗎？牠的眼角順著鼻兩側，兩條明顯的乾涸淚槽上覆著新鮮的淚。牠就這樣神思恍惚地苦守在白馬身旁……直到——

---

[116] 周政保，〈答馬麗華——關於《雪域文化與西藏文學》的探討〉，頁279。

[117] 馬麗華，《藏東紅山脈》，頁418。

一群數百隻烏鴉嘈雜著鋪天蓋地俯衝而來。黑色牧羊犬像聽到了戰鬥號令，陡然亢奮起來，騰躍撲咬，狂哮疾呼。烏鴉們難以落地，忽喇喇倉皇撤離，牧羊犬餘怒未息，追蹤仰吠許久，直到烏雲般的鴉群蹤影全無，狂吠也變成嗚咽，方才蹣跚著踱回原處，愴然不動。

少頃，驚異未止的車剛又看到烏鴉們改變了戰術，在地面散成大圈跳躍著包抄過來。牧羊犬見狀，立即抖擻精神，環繞著白馬，向四面出擊。那情形如離弦之箭，向著每一個敢於接近白馬的強盜疾射。可不時聽見烏鴉的慘叫聲。這場戰役持續了很久，鴉群丟下滿地羽毛幾具鳥屍再次潰退，牧羊犬重新歸位頹然而坐。

……

隨著一聲淒厲的長嘯，一匹小小的灰色馬駒疾奔而來，徑直撲向那匹再也不會回應牠的白馬，拿腦袋、拿嘴巴急切地撞著、拱著馬腹下乾癟的乳頭……終於，小馬抬起頭，令人揪心地嗚咽著，在媽媽的頭上身上無望地蹭來蹭去……[118]

這隻小馬和牧羊犬一起廝守母馬，片刻不離，不吃不睡，抵擋任何外敵攻擊屍體。苦撐了六天，獒犬和小馬雙雙累死，倒在白馬身邊。這景象震撼了馬麗華，問了牧人，牧人卻無奈的說，「沒辦法，由牠們去吧」，[119]獒犬和小馬怎麼喚也喚不回，也不肯進食。確實，只能「由牠們去吧」，但僅僅這一幕，已讓馬麗華沉重到把之前縱橫萬里的體會重新過濾一遍：

無論誰面對這一情景，思維的運行都變得艱難……例如，究竟何為生命運動的本質？何為自然界法則？在大自然弱肉強食的食物鏈之外是否還有一些相互依存、共生共榮的……友愛溫馨？

……它是否隱約顯示著大自然千古不易之規，天理人道，一種名叫『永恆』的東西？[120]

當馬麗華把思維拉回永恆自然的天理人道時，進一步的體會，則是由大自然族類的生存形式「上升至人類生命本體的存在狀態，指向永恆的生

[118] 馬麗華，《西行阿里》，頁215-6。

[119] 馬麗華，《西行阿里》，頁217。

[120] 馬麗華，《西行阿里》，頁217-8。

命意識」，[121]從白馬之死這個困惑的課題裡，馬麗華不得不承認，「不能想像有比這雖感傷但完美的小結了」。[122]而且，馬麗華由此召喚來的是一種更博大的氣象，恢宏的胸襟視野，由「天啟」展開的新里程誌：「愛的超越僅是一種標志。與此相應的，是對於差不多一應身外之物的超越……一種新的眼光：當我洞悉了自然的變遷和社會的變遷，就有了一種博大之愛；當我把目光由一己轉而投向人類整體……從此擁有了廣闊世界。」[123]正是這種一應身外之物的超越、博大之愛，使馬麗華的西藏風景抵達了一種跨越終極的永續境界。誠如馬麗華自述，「人生閱歷為了終極的風景」，[124]這種不斷的「在路上」卻又永無止盡的迷惘和醒悟，造就了馬麗華「內在體驗的深化和生命質量的提高」，[125]也紀錄了她對精神家園的探索過程，它們原來就「不是靜止的……而是呈現一種不斷前進卻永遠無法到達的生命體驗和過程。」[126]

馬麗華說：「我總是在經歷著西藏的同時也經歷著自己」，[127]她的「走過西藏」系列一再遭遇的寫作困惑裡，揭示的不是矛盾，而是更接近真實。這些真實，就如周政保與她對談時所言：「如此反覆往返，也就逐漸靠近了你所要抵達的彼岸：即『西藏文學』的過去、現在與可能的將來。」[128]

## 五、結論

馬麗華，在西藏被喻為「活成了一種象徵」的人。藏族人類學家格勒指出馬麗華的貢獻是：「借助於對地域特色、風土人情、歷史典故、神話傳說、自然風光等的精心描寫，執拗地追求一種特定文化價值的參照，從中探索藏民族文化的內涵、價值及對於當代人類的意義。」[129]，她的西藏

---

[121] 賈豔豔，〈「在路上」：流動的詩性——二十世紀八九十年代西部散文研究〉，《唐都學刊》第20卷第6期（2004），頁45。

[122] 馬麗華，《西行阿里》，頁218。

[123] 馬麗華，《西行阿里》，頁130。

[124] 馬麗華，《西藏文化旅人》，頁225。

[125] 馬麗華，《走過西藏・原版自序》，頁3。

[126] 賈豔豔，〈「在路上」：流動的詩性——二十世紀八九十年代西部散文研究〉，頁44。

[127] 馬麗華，〈詩化西藏——《走過西藏》1997年第4版再版後記〉，頁666。

[128] 周政保，〈答馬麗華——關於《雪域文化與西藏文學》的探討〉，頁272。

[129] 格勒，〈序〉，《西行阿里》，頁2。

書寫和體驗過程，為西藏文學界留下了寶貴的啟示和命題。我們隨著馬麗華在西藏生活的體會和視角演變，看到她的西藏之行恰與現代西藏變化構成一緊密的「遞變形」精神之旅。

「走進西藏」系列的成功，在於標舉苦難為西藏的鮮明標幟，並以苦難為中心，向四面八方延展出更深的對比式課題。馬麗華作品對「苦難」的視角與處理，恰好形成層次各異的審美演化歷程。

### 1. 苦難審美／原始風景：

這是以浪漫精神欣賞藏族生活裡的「苦難」，並突顯為西藏最重要的審美象徵。這是一種源於奮發基調的美學立場，著眼在從苦難中超拔出鼓舞人的力量，是結合生命意興和神祕的原始意識，發揮為大且壯的生命動力。審美對象是西藏生活及文化的「精神美」，是它的原始生存風景。

在這個層次裡，馬麗華是旁觀者，把苦難提昇至境界和意識層面的美感發現，追求大情大景、大境界，以大場面、大氣度融歷史、個人、自然、世事滄桑於一體。她一方面把現實苦難內化為「人文精神」風華而讚賞之，一方面也外化為民族「生存風格」而理解，最終揭示的是一種崇高、鮮明有力的生存意境。

### 2. 苦難真象／現實風景：

這是以寫實精神挑戰藏族生活裡的「苦難」，並使筆下的苦難顯現原形。這是一種源於社會功利基調的判斷立場，著眼在反應現實困境，寫出苦難現實的不健康面，藉以喚醒淹沒於苦難而渾不知苦難的眾生。審視對象，是西藏生活及文化的「現實醜」，注視的是人間生態。

在這個層次裡，馬麗華是在場者，之前筆下的昂揚苦難，被剝掉宗教神話美感，她不再欣賞那些風俗的表象美，宣稱神祕浪漫是最禁不起現實考驗的。從詩意中覺醒的作者，雖擺盪在傳統與現代的兩難困境，但不避尖銳的指出，西藏的苦難生存風格，在於「重死不重生」，使生活的艱苦走上極端。她顛覆藏民千百年深信不疑的傳統，她睇看苦難的態度，是藉不健康的生活現實，揭穿宗教心靈麻醉情況下的虛無健康假象。最終是在今昔互參中，保存美好傳統，並呼籲修正導致苦難的不合時宜之傳統。

### 3. 改造苦難、治療苦難／理想風景：

這是以文明使者的改革精神打破藏族生活裡停滯狀態的「苦難」，並突顯其落後與危機。這是一種源於應用基調的修正立場，著眼在摘除或修補傳統形式生活下造成苦難生活的障礙。審美對象是西藏生活及文化的混型「現代美」，是它的理想生存風景。

在這個層次裡，馬麗華是參與者，將苦難的凝視及批判外化為改革行動，追求的是「以今正昔」，以處理「重大而迫切的現實人生問題」為職志。她認為在現實有可為的情況下，不應使現實繼續沈淪，從而，將筆觸轉到西藏現代生活的鼓吹、有效的生存勞動等等，企圖建造發展中的西藏現代景觀，改善落後生活、維護生態環境。最終是發揮對苦難的治療功能，目的在脫離實際苦難。

### 4. 苦難之外、非關苦難／天啟風景：

這是以豁然態度解脫西藏那些似苦非苦的「苦難」，它們無從探究是非好壞，任何個人小我的困惑只是自尋糾纏。這是以跨越死生的立場，流向永續的美學境界，著眼在身外物的超越。審美對象是西藏生活及文化的「象外美」，是它的自然生存尊崇。

在這個層次裡，馬麗華是得道者，把苦難回歸到一個最完美理解，對於大自然體現的生存姿態，不再強求解答，而是放下，她意識到一切苦厄只是個人心中所示現，那不是狹義或世俗可定義的苦難，可視之為苦亦不必視之為苦，它們只是威嚴、安詳的存在於彼岸，超絕人寰的意境，自然而俱足；馬麗華將視野上升到宇宙永恆的高度，看到的是博大、愛。它們指向長流不息的時空，最終呈現一種圓滿的精神之光，馬麗華稱之為天啟。

馬麗華作品有強烈的「文明醒覺」意識，她對苦難的態度，是從審美者、紀錄者，到在場者、參與者；她對苦難的觀察歷程，是從「相對尊重」到「逼視反省」到「愛的超越」等自我突破的變化性視角。不論正面、反面書寫苦難，馬麗華都擅長把握西藏文化心態，尤其能突出其民族精神、原始思維，以及人和自然的關係等等；其用心，是基於對苦難處境的關切和同情，在權衡和諒解中，斟酌出最適合苦難現狀的幾種看待法，並基於對苦難眾生的情感而萌生治療、拯救的使命。

權衡和諒解，是馬麗華面臨書寫西藏時的雙重壓迫，兩難困境，如尼瑪札西所言：在生存之流中，要抗拒那源自終極的宗教魅惑；在時代之潮中，要面對發展時態中的工具理性誘迫。[130]馬麗華於兩難中持續思索苦難的本質，在苦難中講究如何更美好的面對人生、活出優良的生命境界。

從立場的奔放、覺醒，到反思、超越，到清醒觀照，並從反覆尋思的過程中豁然大悟，馬麗華筆下的苦難，已獲得提煉和昇華，是優化的精神世界、厚實的生命質量，亦是人類未來終極思考的觀照；最終意義，已不是在苦難本身，而是化解苦難、淩越苦難。

> 回望西藏，以往的那些歲月時日，流年似水，滲入凍土層了；如風如息，蕩漾在曠野的氣流裡了；化成足跡，散步在荒山谷地上了。
>
> 再一回望，流水不見，風息不見，羚羊不見狼也不見，只見風乾了的思想和青春委棄的褪了色的舊衣裳。
>
> 只見一個心臟不適，步履艱難的心力交瘁的下山者，她的行囊中只有一本書——《走過西藏》。[131]

馬麗華以生命的漂泊，創作了中國文壇奇缺之物。[132]雖然步履維艱心力交瘁，但正如她所言，她的生命「永遠地融入了那片凍土地。」[133]她和她的西藏，形成了一種堅強、壯麗、激情、浪漫又理智的大人格、大人生。[134]

---

[130] 參見尼瑪扎西，〈顛簸的生存之流與激變的時代之潮——評馬麗華的散文創作〉，頁118。

[131] 馬麗華，《走過西藏・自序》，頁11。

[132] 徐懷中、瑪拉沁夫、顧驤、雷達、李炳銀等，〈高聳於地球之巔的藏北高原——長篇散文《藏北遊歷》作品討論會紀要〉，頁9。

[133] 馬麗華，〈詩化西藏——《走過西藏》1997年第4版再版後記〉，頁668。

[134] 馬麗華，〈詩化西藏——《走過西藏》1997年第4版再版後記〉，頁664。

## 引用書目

尼瑪扎西，〈顛簸的生存之流與激變的時代之潮——評馬麗華的散文創作〉，《西藏文學》第6期（2000），頁117-119。

吳健玲，〈從原型批評看馬麗華的創作〉，《廣西民族學院學報(哲學社會科學版)》第26卷3期（2004），頁152-157。

周政保，〈答馬麗華——關於《雪域文化與西藏文學》的探討〉，《西藏文學》第4期（1997），頁108-119。（此文另收於《雪域文化與西藏文學》，但詳略不同，本文引用周政保文本採用《雪域文化與西藏文學》）。

彼德・布勞（Peter M. Blau）著，孫非、張黎勤譯，《社會生活中的交換與權力》（北京：華夏出版社，1988）。

青木保，《文化の否定性》（東京：中央公論社，1988）。

徐懷中、瑪拉沁夫等，〈高聳於地球之巔的藏北高原——長篇散文《藏北遊歷》作品討論會紀要〉，《西北軍事文學》第2期（1990），頁4-16。

浜本満，〈差異のとらえかた：相対主義と普遍主義〉，青木保等編，《思想化される周辺世界》（東京：岩波書店，1996），頁69-96。

馬麗華受訪，吳健玲訪談，〈走過西藏 走進北京——人類學學者訪談錄之三十三〉，《廣西民族學院學報（哲學社會科學版）》第27卷第2期（2005），頁70-74。

馬麗華，〈情繫青藏，靈魂如風——近訪馬麗華〉（中央人民廣播電台節目錄音，2002）。

———，《十年藏北》（北京：中國社會科學出版社，2002）。

———，《西行阿里》（北京：中國社會科學出版社，2002）。

———，《走過西藏》（北京：作家出版社，1997）。

———，《苦難旅程》（北京：中國社會科學出版社，2002）。

———，《終極風景》（長春：時代文藝出版社，1997）。

———，《雪域文化與西藏文學》（長沙：湖南教育出版社，1998）。

———，《藏北遊歷》（北京：中國社會科學出版社，2001）。

———，《藏東紅山脈》（北京：中國社會科學出版社，2002）。

———，《靈魂像風》（北京：中國社會科學出版社，2002）。

馬麗華著，韓書力繪，《西藏文化旅人》（北京：中國社會科學出版社，2002）。

基辛（Roger M. Keesing）著，張恭啟、于嘉云合譯，《人類學與當代世界》（臺北：巨流圖書公司，1991）。

梅冰，陽光〈盛開的院落——馬麗華談生態〉，《科技潮》第12期（2001），頁47-48。

莊孔韶主編，《人類學通論》（太原：山西教育出版社，2002）。

賈平凹，〈走向大散文〉，《賈平凹文集》14卷（西安：陝西人民出版社，1998）。

———，〈發刊詞〉，《美文》創刊號（1992）。

賈豔豔，〈「在路上」：流動的詩性——二十世紀八九十年代西部散文研究〉，《唐都學刊》第20卷第6期（2004），頁44-48。

Parsons, T.& Shils, E.A. *Toward a General Theory of Action*. Cambridge, MA: Harvard University Press, 1951.

# The Magnificence of Apocalypse ——The Aesthetic Evolution of Ma Lihua's Tibetan Prose Series

Chang Ying-tai*

## Abstract

The success of Ma Lihua's "Walk Into Tibet" prose series is to mark suffering as a distinctive feature of Tibet, and to center on suffering in order to develop deeper contrasting topics in all directions.

The aesthetic evolution process has four levels: (1) the suffering aesthetics of Tibet's original landscape; (2) the suffering manifestation of Tibet's actual landscape; (3) the suffering reconstruction of Tibet's ideal landscape; and (4) the successful return to the Tibetan apocalyptical landscape.

With her life drifting, Ma Lihua set about considering the rare aspects of the Chinese literary world. Her Tibetan writing oscillates between the dilemma of religious traditions, civilization and rationality, and initiates the mission of saving suffering in the dilemma. From the unrestrained stance of awakening, to reflection, transcendence, and sober observation, Ma Lihua explores how to better face life's suffering. Her writing on the topic of suffering strives not only to achieve an optimized spirituality and heightened quality of life but also to contemplate the future of mankind and to recognize that the meaning of life is not about focusing on suffering in itself, but in resolving and surpassing suffering.

**Keywords:** Ma Lihua; Tibet; suffering; aesthetics; religion

* Distinguished Professor, National Taiwan University of Science and Technology.

# 愛・理解・莊嚴
# ——論黑野散文的哲思與美學風格

楊雅儒*

## 摘要

相對於「柯慶明」古典／現代文學理論研究之顯目，其化名「黑野」之散文書寫相形較趨隱性，當前相關研究甚少，然就其黑野時期的三本散文集：《出發》、《靜思手札》、《省思札記》而論，仍有可觀處。職是，本文以「愛」、「理解」與「莊嚴」統攝其散文書寫內涵之哲理與宗教意蘊與美學風格，架構上分涉三大主題探論：首先，借鏡馬丁・布伯（Martin Buber，1878~1965）《我與你》闡釋的「關係」論述與C.S.路易斯（C.S. Lewis，1898~1963）《四種愛》，分析黑野之書寫囊括了情愛的色受想行識與親友之愛，知性思考小愛／大愛之真諦，綜觀其思索愛的向度與層次之軌跡；其次，通過三本散文，闡述其以溫厚視角，闡揚他所關懷的人性、歷史文化、自由等；其三，闡述其散文以莊嚴態度諦視自然萬物與生命存在，展現其對世界的感知與價值觀，並呼應他對散文創作的觀點。綜上論述，本文意圖證成身在古典文學薰陶與《現代文學》編輯團隊中的黑野，廣納多元理論，其散文手記儘管未必處處著墨宗教內容，卻傾向崇高、美善的宗教精神與美學，宣揚人應珍惜自身創造幸福之本能。

關鍵詞：現代散文、柯慶明、《出發》、《靜思手札》、《省思札記》

* 國立臺灣大學臺灣文學研究所助理教授。

## 一、「古典文學」與「現代文學」場域中的柯慶明／黑野

> 倘若既沒有對悲劇的理解，也沒有基督教信仰，與超越的絕對之物的一切聯繫完全斷絕，粗俗的自然主義和唯物主義取代了宗教和形上學，那麼，孕育偉大藝術的崇高激情、深刻情感，以及靈魂的神祕渴望，也會喪失殆盡。
>
> ——埃米爾・布魯納（Emil Brunner），
>
> 〈藝術所必須的宗教土壤〉

神學家埃米爾・布魯納（Emil Brunner, 1889-1966）立足於信仰本位，認為「在一些最偉大的藝術家那兒，藝術是神的感召。」[1]即超越於世俗文化的真理與信仰裨益於人對美、對感情、對世界的深刻感知，當然，也助於人創造高尚的藝術。本文研討的黑野以文學為載體，他不隸屬任何宗教法門，然其散文書寫卻明顯蘊含宗教氣息、哲理內涵與美感體悟，並指向多層次的愛。

黑野，本名柯慶明（1946-2019，南投），學術專業以古典與現代文學史及理論見長，兼治中西文學美學理論，他曾聲稱走向中文系之路，乃受三本書影響：「一是初二讀了林語堂的《生活的藝術》，一是高一讀了梁啟超的《飲冰室文集》；還有就是高二時讀了夏濟安主編林文月等著的《詩與詩人》。」[2]在大學就讀期間嘗任《新潮》主編，並參與《現代文學》編務，1969年於臺大中文系擔任助教，1973年升為講師，長期於臺大中文系任教。1975年與姚一葦、侯健、楊牧、葉維廉、葉慶炳等先生共同創辦《文學評論》，另曾任美國哈佛大學燕京社研究員、日本京都大學文學部招聘教授，2004年臺大臺文所成立後，於2005年至2008年擔任所長。

作者的文學評論與知性散文《昔往的輝光》及耳順之後譜寫的日記《2009／柯慶明——生活與書寫》，咸以本名發表。《昔往的輝光》旨在著錄學界師友專業與人格特色；日記書寫相對著重細節，無論涉及人事物時地，均直接點明，雖然這似乎是私密屬性的「日記」應有之特點，但由

---

1　埃米爾・布魯納（Emil Brunner），〈藝術所必須的宗教土壤〉，愛德華・塞爾（Edward Cell）著，衣俊卿譯，《宗教與當代西方文化》（苗栗：桂冠，1995），頁244。

2　柯慶明，《臺灣現代文學的視野》（臺北：麥田，2006），頁326。

於受隱地邀稿而「出版」日記是公開性的，職是，其撰寫動機最初即有致公眾讀者之意。該日記體裁的內容，多描述公務、闡明教育理念、記錄生活點滴、師生親友人際，主要圍繞於學術教育圈，力求詳盡，童心不滅。

而以黑野為筆名所發表者，包含詩歌《清唱》（1976），多抒發個人心情體悟、臺北與金門生活，散文《出發》（1970）、《靜思手札》（1992）、《省思札記》（1996）等，關於其黑野時期發表之散文，鮮受關注，唯王基倫〈《省思札記》的生活美學〉曾撰短篇書評，職是，本文擬針對三本以黑野為筆名的散文作為研討範疇，剖析其創作主題包含哪些？如何經營？

《出發》發表較早，彰顯青春活潑詩意，多象徵性的意象。該書題獻給「同行者」，特別展現作者年輕時期的熱情洋溢，內容囊括臺大求學經驗、成功嶺受訓與畢業後金門兵役經驗，以及戀愛的複雜心情，其中「蛇形草」輯中的若干篇章曾發表於《現代文學》第34期，當時命為〈新兵手記〉；而《靜思手札》之〈靜思筆記〉部分早發表於《出發》，但《靜思手札》整體在作者不惑之年以降問世，作者自稱該書「保留了近四分之一個世紀斷續零星的心路歷程。」[3]故而可見其青春吶喊與呢喃，亦可觀其成熟沉穩與幽默，此書乃題獻給鼓舞其創作的齊邦媛先生；《省思札記》則題獻予「香君」，應為黑野之妻張淑香教授，倘究出版淵源，作者夫子自道梅新與瘂弦、應平書乃鼓舞之推手。[4]斯於其知天命之年出版，整體文思更加凝鍊。

散文書寫對象觸及深廣，鄭明娳表示：「所謂宇宙之大、蒼蠅之微，都是散文家所該關心的事。」[5]而散文分類方式亦多元，若從形式結構區別，可劃分為：小品、寓言、雜文、日記、書信；倘就功能性區別，又包含：敘事、抒情、言志、論理等。楊牧〈中國近代散文〉歸納七類：「一曰小品，周作人奠定其基礎；二曰記述，以夏丏尊為前驅；三曰寓言，許地山最稱淋漓盡致；四曰抒情，徐志摩為之宣洩無遺；五曰議論，趣味多得之於林語堂；六曰說理，胡適文體影響至深；七曰雜文，魯迅總其體例語氣及神情。」[6]本文研討之《出發》、《靜思手札》、《省思札記》較傾

---

3 黑野，《靜思手札・序》（臺北：東大，1992），頁2。

4 此說見於二書：柯慶明，《昔往的輝光》（臺北：爾雅，1999），頁235；黑野，《省思札記》（臺北：爾雅，1996），頁194。

5 鄭明娳，《現代散文類型論》（臺北：大安，1988增訂三版），頁301。

6 楊牧，《文學的源流》（臺北：洪範，1984），頁55。

向於「小品」。鄭明娳認為小品文具備若干特質，如：格局精緻、以寫實為主、意境獨到、無論造境或寫境，其境必含情、趣、韻。[7]而黑野《出發》四輯當中的：「蛇形草」、「鵑城春遲」、「金門鴻爪」多刻畫人情人際，並從文化習俗傳達哲思，兼具情趣與哲理；而《靜思手札》[8]與《省思札記》雖屬哲理式小品，不過其命名手札、札記之體裁，尚可從楊昌年的界定加以觀察。

楊氏界定手記：

> 表現的是人類生活中因閱讀或經歷偶然獲致的認知心得；不同的是，刪除了日記中記事、備忘等瑣碎成分，也不似札記那樣，以層次條理表現其學術性。較之日記與札記，手記式散文更要求有藝術的精美。[9]

而王文興作品《星雨樓隨想》也包含手記、筆記，他雖未曾直接定義手記體，卻曾在該書序言表達散文與書法類似，他認為書法之美在於少即是多、少便是深。[10]可見其對散文，或者他所寫的手記類散文，乃要求通過凝鍊字句，素樸地傳達深刻的觀察與哲思。

回顧黑野書名，一稱手札、一曰札記。《靜思手札》包含：手記、散文、札記三類。手記部分採以數字標號分段，各段文句既可獨立品味亦能串連，開展欲言之旨；札記方面多半較短，不以數字分段標號，結構上較手記稍顯嚴謹。《省思札記》未分輯，僅列各篇篇名，僅有若干篇章以數字標號分段，雖有楊昌年所揭櫫的條理性，卻未必特別彰顯其學術性。

那麼，對黑野而言，兩者如何區分呢？作者曾於《靜思手札・序》自白：「手記或者札記，可能亦是散文中，更少注意藝術形式之需求，而較為直接呈現靜思情狀的一種文體——一種不成『文體』的文體，甚至是『文體』形成前的文體。」[11]如此看來，作者似將二者視為相近的文體，

---

7　鄭明娳，《現代散文類型論》，頁43-46。

8　其中〈靜思筆記〉部分收於《出發》，完整版見於《靜思手札》。

9　楊昌年，《現代散文新風貌》（臺北：東大，1998），頁137。

10　王文興，《星雨樓隨想》（臺北：洪範，2003）。

11　黑野，《靜思手札》，頁1。

相對於楊昌年認知手記式散文要求藝術的精美，黑野則持相反看法。不過，觀其手記，多半較具隨筆之感，開展的段落為多；札記則相對精簡凝鍊，體製小而前後較為完整。職是，作者或未明確劃分，卻仍可從作品本身窺見些微差異。

至於散文與新詩的分野，黑野於〈詩・散文〉曾論及：「散文是裸露的藝術。詩是穿著的藝術。」[12]另於《爾雅散文選》，作者揭櫫其心目中理想的散文典範，如：〈蘭亭集序〉、〈桃花源記〉、〈岳陽樓記〉、〈赤壁賦〉，又指出一篇好散文，需要：文字要好，「沒有廢詞廢句而靈動自然，綽約有致。」其次要求「或敘事、或寫物寫景；以至說理，抒情，必須至少有一端可取，一項可觀。」再者，則能展現作者真性情。[13]關於作者的個性，林語堂即曾對為文應有之「文德」提出看法：「『文德』乃指文人必有的個性，故其第一義是『誠』，必不愧有我、不愧人之見我真面目；此種文章始有性靈、有骨氣。」[14]又稱「性靈是整個的，其發為文章，名為筆調。」[15]從上述諸觀點對照黑野散文，無論自剖生活經驗所思所得、或《出發》中熱情高喊「嘉佳！」，抑或《省思札記》開章「獻給香君」，均可見其為文之「真性情」。

本文擬就黑野散文取材的童年往事、校園青春、兵役經驗、生活意趣、文化藝術思考、人際互動，闡述如下論題：

（一）黑野受中國古典文學啟蒙，大學期間發表於《現代文學》的作品以古典文學評論為多，然《現代文學》團隊白先勇、余光中、王文興、陳若曦、歐陽子等皆現代主義創作發展之推手，那麼，在古典與現代文學，包含《現代文學》所譯介的西方文學論述與作品陶冶下，黑野所寫的散文是否具有現代主義文學的普遍風格呢？有沒有如張誦聖所述：

> 臺灣現代派作家大多展現出對「深度」的強烈執著：他們喜歡挖掘人性心理的隱祕，為詭異難解（uncanny）的事物所吸引，並且偏好透過象徵手法來表達奧祕的「真相」。這些作家因此經常

---

12 黑野，《省思札記》，頁103。

13 柯慶明編，《爾雅散文選：爾雅創社二十五年散文菁華・前言》（臺北：爾雅，2000），頁3。

14 林語堂，《讀書的藝術》（臺北：新潮社，2010），頁73。

15 林語堂，《讀書的藝術》，頁74。

> 觸碰到性慾、亂倫、罪孽等的社會禁忌。而他們對一些艱深的道德議題——像個人的倫理責任、命運、人類受苦的終極意義等——所從事的探索，往往將作品提升到一個更高的境界。[16]

或受存在主義影響充滿虛無、苦悶、死亡，且運用心理分析手法表現瘋狂的心靈，乃至在語言文字句法上進行實驗。抑或如作者所論：六〇年代文學作品的多意複旨主要來自作者有意構設的匠心，同時經營象徵與寫實層面呢？[17]茲可透過其創作手法與第四節對生命價值的思考予以分析。

（二）黑野散文核心立論涉及愛的描繪與關係之思索，筆者擬透過馬丁・布伯（Martin Buber, 1878-1965）《我與你》與C.S.路易斯（Clive Staples Lewis, 1898-1963）《四種愛》等觀點參照。

（三）高友工曾闡明：「一個『美感經驗』的『感性表層』往往有一個深潛的裡層。而這即是『感性過程』的『知性解釋』。」[18]作者無論審視自然萬物、歷史人文、生命存在與人性，通常傾向表述自由而崇高、莊嚴而神聖的風格。筆者擬借佛家觀點的莊嚴意境予以對照，證成黑野散文的感覺經驗與知性解釋，隱含宗教底蘊，並以莊嚴為美。

## 二、「真誠的愛，往往通向宗教。」[19]

黑野散文著墨各種人際之間的愛，本文認為可借鏡馬丁・布伯所述的「我與你」（I-Thou; Ich-Du）、「我與它」關係切入。作者經常透過「我與你」關係世界的態度描繪所見所聞所感知的經驗世界，「我與你」的關係書寫展現了作者熱切的精神，而C.S.路易斯討論的四種愛則是其散文涉及的範疇。

馬丁・布伯《我與你》透過「我—它」／「我—你」兩組關係對照，

---

[16] 張誦聖，《現代主義・當代臺灣：文學典範的軌跡》（臺北：聯經，2015），頁27。

[17] 柯慶明，〈六〇年代現代主義文學？（節錄）〉，黃恕寧、康來新主編，《無休止的戰爭：王文興作品綜論》上（臺北：臺大出版中心，2013），頁57-58。

[18] 高友工，《中國美學與文學研究論集》（臺北：臺大出版中心，2004），頁33。

[19] 「真誠的愛，往往通向宗教。」一語引自黑野，《省思札記》，頁35。

論述經驗世界與關係世界，進而透過「我—它」轉向「我—你」導引出對於永恆之稱，以表現人與上帝的關係。他闡釋：「我—它」意味著經驗世界，「我—你」則創造出關係世界。[20]一旦講出了「你」，「我—你」中之「我」也就隨之溢出。一旦講出了「它」，「我—它」中之「我」也就隨之溢出。[21]因此，「我」並不會獨立自存。

而「我—你」的關係是由愛促成，因為「我—你」的關係源於自然的融合，「我—它」則源於自然的分離。[22]因此，當人在稱述「我—它」時，他知覺到周圍之存在與發生；人在稱述「我—你」時，他才進入純粹現時世界。[23]意味著「我—你」的對應關係，令人可感於「此在」，此在的重要乃由精神的融入帶來永恆之感。隨之而來的，人與神的關係即寓於其中。而作者闡述的愛除了包含布伯指涉的：與自然相關的人生、與人相關的人生、與精神實體相關的人生，同時，其散文譜寫的人際之愛，也可藉C.S.路易斯《四種愛》的落實面向加以參照。

《四種愛》分別闡述希臘文中四種不同類型的愛（love），包括：storge親愛（affection），philia友愛（friendship），eros情愛（sexual or romantic love），以及agape無私的大愛（selfless love），本節主要涉及黑野書寫的前三者以及相關的知性思考。

黑野散文中的愛，同時囊括男女世俗小我之愛，譜寫愛情的色受想行識與愛的神聖性如何實踐。下文先論透過哪些手法描繪情愛即離過程的樣貌、滋味，次論其書寫親愛與友愛的特色，再歸納其省思愛的真理與落實方法，後論作者對伊甸園典故的不同衍譯如何間接闡釋愛。

## （一）I and Thou：告白體「蛇形草」系列

在1968年大學畢業並前往金門服兵役前，作者於大學期間暑假先行至成功嶺受訓。受訓的點滴主要留存在《出發》第一輯「蛇形草」，該輯並行記述成功嶺生活與思念戀人的心路，自成一組架構，以類似信函內容卻不囿限於書信格式的書寫，於每一節幾乎以「嘉佳」為隱含讀者。選擇以嘉佳為傾訴對象，無論實指何人，就文學藝術手法而論，均與「蛇形草」

[20] 馬丁・布伯（Martin Buber）著，陳維剛譯，《我與你》（臺北：桂冠，1991），頁5。

[21] 馬丁・布伯（Martin Buber）著，陳維剛譯，《我與你》，頁3。

[22] 孫亦平主編，《西方宗教學名著提要》（南昌：江西人民出版社，2002），頁277。

[23] 孫亦平主編，《西方宗教學名著提要》，頁278。

同樣象徵作者熱情吐訴的出口與展現方式。而其「告白式」寫法，於楊富閔專訪中曾提及：「大三在中文系修習王文興先生全是外文材料的『現代小說』，讀到西班牙諾貝爾文學得獎主Juan Jimenez（1881~1958）的"*Platero and I*"深受其傾訴告白的特質吸引，間接影響《出發》第一輯『蛇形草』的表述方式。」[24]筆者認為，告白的書寫方式能夠吸引人，或如馬丁・布伯所說的，當人從自身與外在的經驗世界，轉入「我—你」所營造的關係世界時，得以較為深刻感知「此時」的世界，也能盡情傳達內心思緒。因為，關係世界中與人相關聯的人生是公開敞亮，具語言之形的關係，在此間我們奉獻並領承「你」。[25]

該輯以〈告別〉、〈出發〉為首兩節，意指其暫別校園，出發成功嶺的心情。以蛇形草為名，乃因「這株仙人掌呈蛇形」[26]，而蛇形草不斷在該輯出現，鄭明娳曾道：「心象是本質，意象是表現。」[27]蛇形草作為重要意象，旨在彰顯作者內心思念。當作者投入軍中勞動之初，即以蛇形草自我譬喻：「我承認心園也必須整理，甚至必須割刈，但我捨不得，也不願把那株盛開著血紅花，長得太高、太高的蛇形草割去。因為那就是我，真正使我是我的我。嘉佳！」[28]草，具有「綿綿思遠道」的傳統寓意，而蛇狀的仙人掌乃「視覺意象」，用以暗示內心蔓延的思念與諸種想法，而蛇形的靜態無疑加上蛇行的動態，由此轉化為「心理式意象」。

展現寓言性質的〈三個公主〉，先是長篇敘寫三位公主各自對愛情的想望，末尾藉以讚美心儀對象「嘉佳」同時是黃金、鮮花、鹽，兼及朋友、情人、妻子等多重角色，另於〈惡夢〉一篇則以諧音方式形容「嘉佳」乃家中之家，此亦彰顯對方給予自身歸屬感之意。

而敘寫戀情發展過程，除了歌詠對方，也透過若干事件，傳達自身性情與抒發個人理念，誠如〈風沙〉，藉由日常操兵演練，省思戰爭背後非人性的層面：

鐵是祭器，血是祭品。鐵對準犧牲品，血灑在塵土上，風來掩埋、

---

[24] 楊富閔，〈兩腳踏東西文化，一心評宇宙文章——專訪柯慶明教授〉，《文訊》第362期（2015），頁41。

[25] 馬丁・布伯（Martin Buber）著，陳維剛譯，《我與你》，頁5。

[26] 黑野，《出發》（臺北：晨鐘，1970），頁5。

[27] 鄭明娳，《現代散文構成論》（臺北：大安，2007三版四刷），頁73。

[28] 黑野，《出發》，頁4。

> 存藏，於是歷史的卷帙，又翻過一頁，加厚一層。就是這樣的，汗被忽視，那些滴在黃金稻穗上的。而淚，被鄙視，把權力留給婦孺，女人家！孩子！撇起嘴唇，男人參加祭典去了。那永遠不停止，獻祭不饜的盛典！[29]

雖含諷刺，亦暗示自身嚮往和平；而目睹一般男子對槍枝的偏好，並視之為「情人」，黑野則反思：「槍只是槍！有人以為槍能使一個男人像男人，能如一個摯愛的女子所做的那樣！這是人類的愚蠢，也是人類的悲哀，難道力能與愛相比？尊嚴可以建立在血腥上？」[30]這就如同C.S.路易斯《四種愛》闡述的：「愛情可以聖化一切行為，讓身在其中的人敢於去做他們原不敢做的事情。不只是性方面的事情，也包括各種不仁不義的行為。」[31]相近的批評中足見作者對愛的衡量並非立基於力的征服之上。

而敘寫思念，或以雙關方式表達，如：〈鳳凰木〉以幽默想像化禽鳥之音為雙關之意：「樹上老有黃鶯兒（？）囀著：唧哥，哥兒唧哥，唧哥，哥兒唧哥，饑渴，哥兒饑渴，饑渴，哥兒饑渴」[32]充分彰顯純粹、直白而熱切的思念。

或抒發心有靈犀的夢兆。因為愛情的甜蜜往往夾雜不安感，尤其身在成功嶺，因而文句中感情之調並非一味升高或甘美，不可避免的疑慮隱隱冒出：

> 嘉佳！你沒有遭遇什麼吧？是什麼使你難過，傳染了我！是離別的渴念，乾涸了你？是相思的情熱，焚燒了你？「願為西南風，長逝入君懷」，嘉佳！請把門窗打開。嘉佳！[33]

當兵的男子，最恐懼的多半是兵變，〈惡夢〉述及：

> 夢見你死去，我變成野獸，無辜的人們麥桿一樣地在槍口前倒下、

[29] 黑野，《出發》，頁50。

[30] 黑野，《出發》，頁12。

[31] C.S.路易斯（Clive Staples Lewis）著，梁永安譯，《四種愛：親愛・友愛・情愛・大愛》（臺北：立緒，2012），頁135。

[32] 黑野，《出發》，頁23。

[33] 黑野，《出發》，頁20。

倒下、倒下、倒下、倒下、倒下、倒下、倒下、……血泊漲滿，沾滿我的膝蓋；但浸不到、澆不熄，心頭的憤懣之火，燃燒、燃燒，我咒詛！……[34]

結合日常的戰鬥操演、心理壓力，潛意識釋放的夢境便將情感慾望與無奈，經由血腥、燃燒的纏鬥進行轉換，以野獸象徵慾望本能，傳達失去愛的焦慮感。這種幽暗心理與夢境轉換的呈現方式，似乎是「現代主義」作家喜愛的手法，不過，作者並未將此夢魘擴大開展，並未更細膩地挖掘其中扭曲甚而瘋狂的面向，很快地，從夢中的獸性本能調節為清醒後的理性妥協。文中宣稱「嘉佳」乃家中之家，如若必得失去，那就只能自己流浪，並表示：「我會堅強的，不論使用匕首時，是否割了我自己！」[35]且善用意象比喻以自我勸慰：

嘉佳！假如星座的轉移，月的盈虛，葉的萌發，花的笑開，果實的因熟透墜落：這些不是Change，一切的生長，發展不是Change，不是你所追求的Change，而只有Change吸引你生活下去，那麼我已是化石，蛇形草就是玻璃窗的標本了。[36]

以變／不變思索二人的問題癥結，傳達所謂情感的新鮮／僵化乃在彼此認知與共識的默契中，並採讓步之風度面對。末尾聲稱：「假如你發現過去的長夜依然未嘗完全過去，那麼請靜心等待，讓蛇形草作你的啟明星座，信任它一如信任大熊星座恒指北，嘉佳！」[37]一方面似乎意圖扭轉「有所求的愛」為崇高之「無所求的愛」，願為對方指引未來，一方面仍在無所求之愛的包裹下露出有所求之愛的期待。而在〈惡夢〉後，續以〈孤獨〉、〈男人〉，交錯著正向的自我喊話與落寞哀傷的情調，暗示所謂「轉大人」、轉為「男人」乃源自內心失落之痛楚，其後小節，雖亦呼喊「嘉佳！」卻明顯減少頻率。直到〈來痕〉則忽生「死灰復燃」之跡，原來趁放假返歸母親家鄉之際，恰巧嘉佳來訪，雖然錯過，卻留下橄欖與信件傳情。透過

34 黑野，《出發》，頁27。

35 黑野，《出發》，頁28。

36 黑野，《出發》，頁28。

37 黑野，《出發》，頁29。

接二連三同袍的笑語也好、通知也好，不斷烘托作者的激動達至最高點。另外，作者也在〈守夜〉憶及往昔女生宿舍外的默默守候，而今在成功嶺上站哨，同樣駐守，兩種情懷：「成功嶺的月朦朧，蟋蟀聲中，我看不見北斗指北，指你，嘉佳！嘉佳！但蛇形草早已習慣了那方向。」[38]

始以〈告別〉，末以〈日暮〉靜默欣賞黃昏做為該輯尾聲，可暗示成功嶺階段結束，而通過中間轉折段落，致使「蛇形草」框架形成甜美、失落，再現生機的曲線，亦可發掘作者敘寫的愛情篇章，並非一味描繪傳奇式的集體冒險訓練抑或田園牧歌式的穩定情感。

## （二）回聲與陪伴

本節以作者所敘寫的親情之愛與友情之愛為主，探索其強調的主軸。

親情方面，《出發・王國》敘寫童年時光手足間嬉戲之樂，他和表弟模仿媽祖廟前搭起的戲架，將榻榻米、棉被當作舞臺道具，自己扮戲嬉鬧……既寫出他與外祖父外祖母、表弟表妹同樂的記憶，也召喚出臺灣庶民在五、六〇年代的普遍記憶。從中，尚可發現作者童年即富有表演慾。

成人作者的《靜思手札・人際》則有一篇充滿溫柔情調的小品。五個段落中，分述作者所見的人倫情感：第一則描述前往研究室途中，目睹校園學生情侶自在一路輪流喝一罐飲料，心裡不自覺被幸福填滿而感動；第二則書寫溫州街午後，陰雨天，一對中年男女，女子想為男子撐傘，男子逞強的不情願接受，「於是，一個遮，一個讓，他們就如此僵持著的一路走來，似乎還微微為這個爭執著。哎！女性的母愛，男性的自尊！」[39]無法確定第二則的中年男女是否已由愛情轉化為夫妻的倫理之情，然或是世代之別、或是觀念差異，作者生動刻劃出與第一則迥異的情調。

第三則開始則為「親情」觀察，作者提及帶孩子買餛飩回程，兩個上年紀的老婦人似是對話、似是無言站著的平和輕鬆，見作者帶著小孩經過的剎那，不自覺笑了起來，作者形容：「那一剎那好像整個世界都被這笑充滿；整個活動的宇宙就只是這麼一笑的淪漣。」[40]因為老婦人平凡的一笑，作者感覺到宇宙的動靜之間產生了不平凡，這份平凡／不平凡，正來自人們對小生命的喜悅與期待。第四則敘寫路上見到小學生出門前和父親

---

[38] 黑野，《出發》，頁51。

[39] 黑野，《靜思手札》，頁188-189。

[40] 黑野，《靜思手札》，頁189。

道聲再見時，給予作者親切的喜悅，這種喜悅或許誠如C.S.路易斯《四種愛》提及的：「親愛之情是一種很謙卑的愛，從來不會裝腔作勢。」[41]故而，一句簡單的招呼，卻能引發普遍共鳴，因為它低調而自然；最末段則觀察一對騎車迎面而來的父子：

> 父子有些相像的地方。但是最相像是他們的表情，這給人一種喜劇感！不知誰是誰的縮小或放大？讓人想到回聲！但，我們不正是彼此的回聲嗎？[42]

從親子的基因傳承，感受生命如同變形的延展或彼此的回聲，深具韻味，也彰顯作者對人情倫理的關注。

至於友情，在《出發》曾以不同筆調痛惜兩名年輕即逝的同儕生命。一是〈黑暗〉，開門見山記下：「啟香死了。躺在一口小小的棺材裡。」[43]續以雙眼為鏡頭，一一轉向其母親、父親、妹妹們、女友、親朋鄰居，眾皆懊悔心痛。作者清楚友人內心因無法解決情感問題，心懷遺憾，他一方面心存憾恨：「我太相信『海內存知己，天涯若比鄰』『身無彩鳳雙飛翼；心有靈犀一點通。』這些美麗的廢話了。」[44]自責沒有多花時間陪伴；一方面吶喊：「但你何在呢？你何在！你何在！」[45]作者於此再度強化「我與你」的關係，且其吶喊的背後懷有無限傷感；〈自殺的那個男孩〉則敘述一名斯文的同學，擅寫駢文喜讀老子，時而主動接觸聊天，某次向他借了兩塊錢買煙，翌日便還，但不知為何，男孩留下一堆書，忽然就自殺了。對照於前者，這篇文字筆調相形冷靜，或與交情深淺攸關，不過，面對其死亡，作者仍然惜才地嘆惋，誠如末句如此結語：「許多光就是這樣熄了的，不明不白地。」[46]

C.S.路易斯認為四種愛當中，就屬友愛最不自然，因為它不具生存上的必需性。[47]不過，也因此，他認為「在所有的愛中，似乎只有朋友之

---

[41] C.S.路易斯（C. S. Lewis）著，梁永安譯，《四種愛》，頁44。
[42] 黑野，《靜思手札》，頁190-191。
[43] 黑野，《出發》，頁113。
[44] 黑野，《出發》，頁115。
[45] 黑野，《出發》，頁116。
[46] 黑野，《出發》，頁121。
[47] C.S.路易斯（C. S. Lewis）著，梁永安譯，《四種愛》，頁73。

愛，足以把人提升到神祇或天使的高度。」[48]雖然從短文中較難發掘黑野與這位同學的深厚情誼，卻得以探見作者除了惜其才華，也懊悔陪伴不足，並試圖以文字為消逝的生命做一見證。

## （三）愛的真諦：信、望、愛

接續前節作者表述戀愛過程高潮起伏的變化與親友之愛，本節整理作者在《靜思手札》與《省思札記》二書對愛的「知性」思考。

首先，關於愛的「界定」與「認識」，作者表示：「對於愛，你還能怎麼解釋？除了是一種彼此融為一體的渴望。」[49]顯然，這樣的愛雜揉了情感與慾望，是純粹的、本能的、熱切的。然而，以愛為名，人們往往誤解或濫用了愛的力量，因此，作者提出釐清：

> 「愛」有兩種相似，卻是截然不同的詮釋：一種以「關切」詮釋「愛」，一種以「支配」詮釋它。許多人口裡說的「關切」，其實就是「支配」。因此當他們說愛是互相關切它們的意思是你該受到他們的支配，假如他們聲言愛你的話。許多的聖徒、烈士就是這樣成為暴君與惡魔的。[50]

意指不應濫用愛的名義進行支配之實，而這種支配與順服姿態，倒是較類近於齊美爾（Georg Simmel，1858-1918）所說的人際間亦有「宗教性」表現：「一切宗教性（Religiositat）都包含著某種無私的奉獻與執著的追求、屈從與反抗、感官的直接性與精神的抽象性等等的獨特混合；這樣便形成了一定的情感張力，一種特別真誠和穩固的內在關係，一種面向更高秩序的主體立場——主體同時也把秩序當作是自身內的東西。」[51]不過，黑野在《省思札記》精簡點出：「只有使人成長的愛，才是真愛。或者說：才是正常，健康的愛。」[52]這份成長應為雙向的，是自己與對方的成長。因此，作者認為「人在真愛中的感覺是：無限的和平。因為你已經找

---

48 C.S.路易斯（C. S. Lewis）著，梁永安譯，《四種愛》，頁74。

49 黑野，《靜思手札》，頁16。

50 黑野，《靜思手札》，頁51。

51 齊美爾（Georg Simmel）著，曹衛東、王志敏、刁承俊譯，《現代性、現代人與宗教》（臺北：商周，2005），頁68。

52 黑野，《省思札記》，頁1。

到了你的生存歸屬之所了」[53]，因為愛的和諧，令人獲得歸屬感，而非支配的征服感和一味奉獻或屈從。而愛他人以外，作者亦提及「自愛」的重要：「自愛就是對於一己生命價值與自我成長、開展的肯定，而努力去實現它！」[54]唯有如此，自我肯定，方能具足愛人的勇氣，因為「愛是能力的充裕，是勇於以本來面目尋求真實的溝通。」[55]在愛的詮釋上，二書觀點基本上相近，可察見作者看法的延展、增補。

而愛當如何「實踐」呢？其態度與表現方法有哪些指引？作者認為人往往在愛的過程，會因各種附加條件而分心，因此，如斯提醒：

> 愛情的理想主義是：一心一意去愛。在愛的歷程中，不為「愛」以外的東西分心。理想主義的稀少是，我們更關心種種的條件，基於關心愛，以及在愛中結合的意義。於是，不知不覺中我們都已是現實主義者了。[56]

然而，人要如何能不關注於外在條件呢？或許可反省是否起因於如下情形：

> 因為信心不足，心懷戒懼，所以不能順其自然。所以「信」在「望」之前；然後才有在它們之後的「愛」。[57]

對於人與人之間愛的課題，尋求〈哥林多前書〉聲稱的三種神學美德（theological virtues）為解答，無疑轉化、提升「我─你」的人際關係，並強調愛需要切身經歷，從愛的行動中磨合與學習：「兩個成長或成熟的人才能完全相愛。但我們不是在相愛中才開始成長與成熟的嗎？」[58]

同時，作者強調「未加表達，人們並不知道我們的情意。」[59]意指心裡的愛意，應當傳達，否則會造成遺憾。因為表達本身，是鼓勵與滋養。在《省思札記‧愛的迴響》中，作者引用喬治‧艾略特、史但頓‧皮爾、

[53] 黑野，《靜思手札》，頁91。

[54] 黑野，《省思札記》，頁2。

[55] 黑野，《靜思手札》，頁97。

[56] 黑野，《靜思手札》，頁77。

[57] 黑野，《靜思手札》，頁121。

[58] 黑野，《靜思手札》，頁120。

[59] 黑野，《省思札記》，頁161。

偉恩・戴爾、卡倫・凱西等名言穿插段落之間，運用三個小節，依序闡發傳情達意的重要，並藉由「隊伍」（team）的概念，說明關係中共同承擔的重要，最後叮嚀愛的本質是喜悅的力量，如果過度，容易淪為壓迫。

此外，付出的過程「能夠接受彼此的贈予與協助，願意相互的施行贈予與協助，正是相愛的真諦。」[60]直接闡明愛並非一味給予或妄求，而是二者的平衡。於《出發》中的〈牧羊女與王子——給C〉，亦藉由寓言體裁，描繪牧羊女因為王子一時的到來，而將生活中的一切捨棄奉獻，當王子取得滿足要離開，牧羊女卻已一無所有，透過該故事，提示愛並非毫無保留地無限給予；而愛情關係中，「接納」的層面，亦不僅是接受禮物，更要包容對方的缺點與創傷：「假如你愛一顆心，你就必須同時愛它的創傷，雖然你希望且要幫助它早日痊癒。」[61]循此可見，愛也展現寬大的「承擔力」與「領導力」，需得接納對方的過去和破碎。而從慾望之愛轉化為承擔、包容之愛，亦從小愛逐步往大愛層次邁進。

從《靜思手札》抒情的文句到《省思札記》精簡有力的論述性文字，作者認為愛的真諦旨在強調愛的自然，彼此相互接納、給予，是和平而非征服的意味。承上所述，不難理解王基倫對《省思札記》有感：「在後現代去中心、解構的社會中，作者為我們辯證了『愛』的哲學，但也帶領我們堅守這千古以來不毀的堡壘。」[62]確實可從中發掘作者對愛的深刻重視，且即使其並未特意摹寫宗教內容，卻也能透過「愛」的實踐、意義，呈現宗教底蘊。

## （四）愛的發想：伊甸園與創生咒語

本節擬探討黑野遍及三書多處援用的伊甸園典故，雖非基督徒但曾於中年後自稱徘徊於大馬士革路上的作者，在大學時期因大量接觸西方文學理論與創作，對《聖經》內容並不陌生，他如何以個人視角省思上帝創造以及亞當、夏娃與祂同在伊甸之初，值得探論。

《出發》的「蛇形草」系列中，當作者前往東海大學時，特別有感於上帝的創造力，〈東海大學〉如斯自剖：

---

[60] 黑野，《省思札記》，頁4-5。

[61] 黑野，《靜思手札》，頁321。

[62] 王基倫，〈《省思札記》的生活美學〉，《文訊》第130期（1996），頁17。

> 那時，我會每個禮拜上教堂，上那蹲在草地上像兩片竹帆的教堂，那該是航向天國的小船。我會信仰上帝的！既然人的創造都能莊嚴得令人仰望崇高，為什麼我不會順理成章的匍匐向創造能如此創造的人的上帝？我會像所有的虔誠者一樣純淨，一樣生活得沒有一絲陰影，在每個禮拜沐浴於管風琴間的陽光之後；就是陰影，當也是聖潔的陰影，像青天的偶而一朵白雲。或者，我會發現你，站在隔座的前方，站成一種完美，當我捧起聖經的時候，聖經紙的聖經，嘉佳！我會更虔誠，默默地凝望，默默地讓信仰成形。為什麼不？我能愛人的創造，為什麼不能愛人？我能愛神的創造，為什麼不能愛神，信仰，嘉佳！[63]

熱愛「人類的創造」與愛「人」之間、愛神的「創造」與愛「神」之間，顯然作者投射了神聖大愛與世俗情感有待平衡的拉扯，之於神的「信」與「疑」尚未完全能夠廓清，然而，理清無法虔誠信仰上帝也未必是作者當下核心的困惑，並行於此困惑的顯然更有青春愛戀有待駕馭的七情六欲。

而《出發‧揮別》則懷抱歡欣轉化上帝創造伊甸園時間，表示：「然後，我們還有一週，一起創造，嘉佳！上帝在第六天造好了世界，第七天就休息。我們還有一星期，相思林！」以上帝創造人類類比於彼此創造愛情世界；以伊甸園類比相思林，除了表露期待，亦暗示創造幸福的神聖性。

另於《靜思手札》即有三處涉及：一、〈靜思筆記21〉闡述：「許多人追求逸樂，軀體之舒適，以為那就是幸福。或者並沒有意識到，但在困頓之中卻自然而然的渴求，好像那是希望唯一的食糧。」[64]該文敘寫亞當與夏娃在伊甸園生活，他們的喜悅來自初次見面，來自亞當遞無花果給夏娃，夏娃採芙蓉予亞當，兩人在分享和贈與中，初次微笑。呼應開頭所述，精神上的喜悅更是幸福泉源，然當兩人交換過一切，度過重複的日子後，生活變得沉滯。而蛇所扮演的角色，則是告知他們尚未分享過的智慧之果。透過蛇之誘引，表示上帝因為創造人類，祂才開始存在，職是，人也應當完成自己，創造幸福。然而，夏娃又是如何說服亞當的呢？《創世記》迴避了該段落，黑野便發揮其「創造力」：

---

[63] 黑野，《出發》，頁70。

[64] 黑野，《靜思手札》，頁17。

> 於是狂奔，緣著蛇敘述的小徑找到了智慧之樹。採下了那顆僅有的果實，因了對亞當的摯愛，就留給了他較大的一半。並且答應為了補償亞當所失去的永恆，她願意擔負生產的痛苦延續她的生命。為了補償亞當所失去的舒適，她將永遠成為她的安慰。於是他們離開了伊甸園，一直在艱苦與災難中辛勤創造，延續至今。[65]

都說夏娃受了蛇之誘惑，也成為她和亞當離開伊甸的推手，然而，作者轉化此原罪論述，描摹夏娃的自主意願，她不願留在園中成為幸福的雕像，不僅溫柔可愛地將較大半的智慧之果讓給亞當，更主動性地選擇充滿變化與辛苦擔當的未來，如此結合上帝的創造與小我情愛的倫理，強調的是承擔肉體之苦創造精神之甘美的層次。

二、〈愛〉則從另一角度批判了蛇。闡述伊甸園純粹美好，上帝是守護家園不受外界痛苦入侵者，但知識之果是漏洞，於是伊甸園彷彿海市蜃樓消失，隨之而來有許多生命中的考驗，不過筆鋒一轉，作者表示世界仍有太陽星星，有萬物，因此，「每次我握住你的小手時，我握住了伊甸園；但我將擡起頭來和你遠遠瞭望，瞭望那遠遠的巴顏喀喇山，那遠遠的崑崙，世界的屋脊，高聳的喜馬拉雅山，那眾峰的頂上，星空無限。」[66]因為「我—你」的關係世界穩固，伊甸園不再是遙遠的神話，乃在彼此相惜的生活當下，而神聖性也由此介入，無論仙話中常見的山抑或真實地理的聖峰，皆具莊嚴感。作者進而直指宇宙創生的核心價值：「千古以來都迴蕩著一個創生的神祕咒語：愛！」[67]因而，儘管有所謂最高位格的存在者，作者最重視的仍是其背後「愛」的精神。

三、〈伊甸園〉則對伊甸園有迴異的詮釋，該文談論「伊甸園」與「失樂園」之別，乃因上帝死亡，遂有蛇取代統治。作者詮釋上帝之死，肇因於亞當和夏娃吞食「自以為是果實」，成為蛇的奴僕，逃離伊甸園，後因不敢再想伊甸園，遂在心中埋下死去的神。

循此可見，作者對伊甸園典故的省思，並非單一立場，而是多面向的，或闡釋亞當與夏娃感情之美好，或著墨人失去神的過程。

至《省思札記・愛情》則不從原罪而論，而是歌詠愛情，認為亞當與

---

65 黑野，《靜思手札》，頁18。

66 黑野，《靜思手札》，頁198。

67 黑野，《靜思手札》，頁198。

夏娃若不相愛，將是荒涼的，同時認為愛情即神話。同在該書的〈扮裝〉則從服飾藝術加以談論，揭櫫夏娃的一小步，乃人類文明的一大步，對照紡織的命運女神、織女、嫘祖養蠶取絲等，指稱女性帶來服飾文明之美。

透過作者於三本散文中皆曾不只一處援用伊甸園之典，可見其對《創世記》之偏好，多處細想人與神的關係、亞當夏娃之間的互動，或藉以表露感情，或讚嘆上帝的創造力，或表示愛情即神話，或認為當吃下禁忌的果實時，神話已結束——儘管其詮釋結果並不一致，卻可從其多元解讀路徑，窺探作者在「重讀」過程如何回應自身生命經驗。

## 三、溫厚悲憫的理解與再認識

### （一）人文認識與地方認同

以「黑野」為筆名創作的年代，作者在校園深受東西方文學啟蒙；在時代環境下則因金門兵役經驗，產生許多對人性、人情的思悟或同理。在《出發》「金門鴻爪」一輯，作者敘寫1968年至金門服役的見聞。1968年之於世界是社運蓬勃開展的年度；之於國內恰逢「八二三砲戰」十週年，8月22日，當時身為國防部長的蔣經國發表「告毛共官兵公開信」，印成傳單透過空飄海漂，由金門送入中國，足見雙方仍處在不可懈怠之期。金門更舉行「四書講座」於朱子祠堂，由政戰部主任兼政委會祕書長蕭政之主持，可見中華文化復興運動方針下的氣氛。

《出發》中〈黃昏小簡〉提及初至金門的印象，在一片大自然與古廟古厝石室中，作者感受到嚴謹肅穆的氛圍：「在金門的這一僻靜的小角，有一樣是特別不令人忘記你是生活在現代的。那就是對岸的砲聲與砲彈，還有那令人作嘔的傳單，那是裝在砲彈裡拋過來的。清晨起來撒了一地。比一樹的落葉還惱人。」[68]也因此，作者省思無辜民眾往往在戰爭下受到波及。〈風聲與燭焰〉則描摹身處於碉堡的孤獨：

> 此刻，無垠的黑暗正壓覆在我小小的碉堡上，洞窟一樣的碉堡，我們就在裡面防守著，像一隻窺伺著的猛獸。我不曉得誰是獵者，誰

---

[68] 黑野，《出發》，頁134。

是被獵者？狩獵的時代真的已經過去了嗎？雖然，樹林是顯然地在減少中，但洋灰的叢林就不是林嗎？獵神並沒有死去，狄安娜仍然在阿波羅歸牧的時候，帶了她的獵犬出來。但，今夜籠罩的是無涯的黑漆。[69]

狄安娜（黛安娜），羅馬神話的月亮女神，喜愛狩獵。她的故事相當於希臘神話中的阿爾特彌斯（Artemis），她與阿波羅同為光明之神，也同時能帶給人類死亡與災難。[70]探討戰爭課題，作者並未落入存在主義、生命虛無的省思中，而是藉由神話人物，作者強調獵神、獵犬，汲取獵殺之意，思索和平來臨前，人類的文明是否真正落實？諷刺人類破壞自然的進程中，自以為進入文明。而對文明進步實相之批評，尚可從作者〈六〇年代現代主義文學？〉一文延伸觀察其受殷海光思想之影響。

在金門逢七月十五之際，作者見當地中元慶典，相當有感，從古詩「迢迢牽牛星」聊起自己為中元慟哭，而非為了七夕身在金門不能與心上人相聚而泣涕，話鋒一轉，自兒女私情轉入悲天憫人胸襟，深思：「科學的求真精神教我們放棄了宗教裡的種種神話。但我們又將如何處置這些神話當中所涵孕著的深情呢？」[71]且連結南投老家庶民素樸虔敬之心的普遍：「祖母一樣的執著我們的小手，在擺滿了碗、碗、筷子、筷子，各色各樣的食品後，虔敬的邀請：願他們含冤帶屈的心曲舒解，獲得安息而不致來騷擾這好客的一家。」[72]充分彰顯「安魂」的心意。而〈風雨荒村〉則從金門村莊與祠堂的建築引發聯想，發掘：

大帝國的皇帝，（「遊龍戲鳳」的黃梅調說他該有長長的鬍子，像戲臺上的那個唐明皇一樣），並沒有忽略了這彈丸一小島，聖旨高地寫在牌坊上，欽旌節孝。一個可憐的妻子，失去了丈夫二十八年之後，她的孩子考上了進士，換來一座石牌坊紀念她的寂寞，那該是她漫長的一生的幾分之幾？總是堯天舜日，總是子孝妻節，

---

[69] 黑野，《出發》，頁135。

[70] 澤曼（Otto Seemann）著，周惠譯，《希臘羅馬神話》（上海：上海人民出版社，2005），頁46-51。

[71] 黑野，《出發》，頁139。

[72] 黑野，《出發》，頁139。

它們寫在門楣上，掛在匾額上，這樣子進進出出，抬頭仰望所尋求的又是多麼的不同！遠遠，新建的洋灰房裡傳來冰果店的電晶體電唱機：Say yes！my boy！be my love！be my l-o-v-e…Say yes,my boy！……大家來跳阿哥哥……[73]

師承於臺靜農先生的黑野，其散文雖不盡似早期臺先生諸文（如：〈鐵柵之外〉、〈「士大夫好為人奴」〉、〈老人的胡鬧〉等）充盈蒼勁豪氣、具明顯批判性的諷刺力道，卻也承襲臺先生悲憫、憂患世事胸襟，假今／昔思維價值之異，犀利洞見禮教制度下未必能夠同理人性之處。

而之於校園的深厚情感，作者也抒發內心認同。如《出發‧春盡》因暫別校園，提及：

我不願老做一個井底蛙，就是杜鵑花城那麼美麗的樊籠也是令人受不了的。現在城裡有那麼一群彼此情深的弟妹，「桃花潭水深千尺，不及汪倫送我情。」三年過了再回來就完全是陌生的面孔了。雖然或許純真如一，開心如一，但是紅莓果，那已經不是你的季節了。不變的恐怕還是那幾位師長了。他們是植根城裡的椰子樹，只在風來的時候搖落他的葉片。他們是走不了的，除了凋落。有什麼生命不是在凋落中？[74]

在迎向前方與留守熟悉人事物記憶的同時，作者內心出現矛盾。不過，終究還是回到這片熟悉的地方，誠如：文學院，乃其重要的出發地，他形容：

文學院寂靜無人，走進它的深邃，清冷地響著沙沙的跫音。曾經四個春天在此走去。將有多少日子，多少雙薄薄的鞋底伴它消磨？每一朵好花都只開那麼一季；因此每個抉擇都像投石水中那麼真實。[75]

[73] 黑野，《出發》，頁143。
[74] 黑野，《出發》，頁125。
[75] 黑野，《出發》，頁159。

作者對臺大的抉擇與認同正如後文所言：「走進去，或許再也不想出來。」[76]而從作者累積至今的教研經歷，也確實可見證他早期的認知和情感。

### （二）與經典對話

受古典文學啟蒙，又對西方文學理論廣泛認識的黑野曾對古今中外經典／人物，藝術表現／生命課題提出詮釋。舉例而言，《靜思手札・靜室手記9》寫道：

> 從《老殘遊記》中黃人瑞所說的：「比我強的他瞧不起我，所以不能同他說話；那不如我的又要妒忌我，又不能同他說話。」可知：只有能自覺與任何人平等的人才有心靈的自由。只有經由這種心靈的自由，人才能真的同情、溝通，與相愛。[77]

從小說中某一人物的心理，作者體認到人經常在與他人或與自我的「比較」中喪失了心靈彈性，而能夠拋卻世俗地位與利益的價值，方能真正同理他人，也令自己獲致理解。

同為古典小說的《西遊記》，作者〈取經〉一文揭櫫所謂「經文」並非著錄的既成文字，應是個人生命的實踐，他認為：

> 唐僧、悟空一行在西天初次取得「經書」之際，實在未曾真正「悟」「空」，不瞭解所有的「經書」皆是「空白」，都得透過每個生命的『動心忍性』的奮鬥去寫下「經文」。「經」，是生命之常道：「經文」，是生命的奮鬥歷程與體驗的覺知。「人恆過，然後能改。」沒有經文，那來經？「徵於色，發於聲，而後喻。」沒有生命的奮鬥歷程，那來生命之常道？[78]

《西遊記》蘊含儒釋道精神，囊括了神佛妖魔精怪，論者可循不同宗教類型考察人物修行歷程，余國藩即曾以《西遊記》的佛教溯源；以儒家養心、修心、清心、正心論孫悟空的「心猿」；以煉丹概念論其中的道教

---

[76] 黑野，《出發》，頁160。

[77] 黑野，《靜思手札》，頁57。

[78] 黑野，《靜思手札》，頁303。

觀滲透。[79]而此處，黑野著重以孟子思想，解讀孫悟空的「悟」「空」乃以其身體力行寫下經文，而非僅去取佛典而已。作者更於文末特別加註表示孫悟空取經成功後，被封為「戰鬥勝佛」[80]，應是強調其戰勝自我心魔或無明，呼應「悟」「空」之意，可見其論斷之理據。

而至聖先師孔子在黑野心目中呈現何種樣貌呢？《靜思手札‧規矩》形容孔子是安守規矩者，對他而言，「人生就是『實踐』的問題，而不是『思慮』的問題，是以心中『坦蕩蕩』，既不需要宗教，也不需要哲學，因為規矩就是他的宗教，他的哲學。所以，孔子既不是宗教家，也不是哲學家，他只是清醒的按規矩生活的人。」[81]的確，孔子是積極入世的力行者，然而，作者並未貶抑其守規矩的層面，除了該篇文字論及儒家乃在規矩中尋找自由，於後來的《省思札記‧衣服》也進而探討民主、自由精神的重要，末尾他以經典人物為例，反問：

> 而人類精神的導師們：孔子、老子、釋迦牟尼、蘇格拉底、耶穌都是穿著寬緩的長袍的。我們能想像他們穿著緊身褲的樣子嗎？[82]

一方面意味著服飾反映了人的性格樣貌；一方面指出作為具引導指標的精神導師定然需要比一般人更能包容多元的看法或具有寬大為懷的態度，至其崇尚自由精神亦可從作者筆名稱之「黑野」[83]並行參照。

而談及學習態度，作者以素心的空白之美一論：一切美好的事物，能夠歷久彌新，正因為出之以「素心」，受之以「素心」。因為心靈留有「空白」，所以才能欣賞，才能愛。[84]學習需要讓心靈保留彈性，以體驗其美好，然對於王陽明的格物求知精神，作者就不認為美了，他品評：

---

[79] 余國藩著，李奭學譯，〈宗教與中國文學——論《西遊記》的玄道〉，輔仁大學外語學院編，《文學與宗教——第一屆國際文學與宗教會議論文集》（臺北：時報文化，1987），頁279-314。

[80] 或稱「鬪戰勝佛」。

[81] 黑野，《靜思手札》，頁260。

[82] 黑野，《省思札記》，頁58。

[83] 關於筆名淵源，「柯老師靦腆地說：黑暗與光明、荒野與文明，黑色的曠野存在野性的呼喚，也潛伏著各種生命狀態，於是不否定原始的本性，也不願意被馴化吧！」見楊富閔，〈兩腳踏東西文化，一心評宇宙文章——專訪柯慶明教授〉，頁40。

[84] 黑野，《靜思手札》，頁263。

王陽明格竹子，格出病來，而一無所獲：實在是很不會「格物」！因為：他即使無法觀察出「竹子」的生態習性，發展出植物學的認知；但是中國歷來亦未嘗不曾有關於植物之培育栽種的知識？他格竹子亦未嘗不可格出竹子栽培方面的知識來？[85]

接續，作者按畫家畫竹之藝術、亭園布置、東坡肉的竹筍烹調、乃至竹器、建築、君子道德，闡明格物路徑之多元，且有前人成果可供參照，並闡發王氏的「病因」在於：

他的「病倒」，正在不參考傳統，一切要孤明自發，就難免不苦心焦慮而茫無所得的「可憐補費精神」了！[86]

作者旨在說明人的心靈應當保持彈性空間，但是創造力不全然屬於無中生有，應當先因襲某種專業或知識，從中發展新經驗。同時，作者所提供的「建議」，其實神似於馬丁・布伯凝視一株樹的方式，既看成一幅圖像、又視之為枝葉的呼吸運動、抑或研究其構造、甚或分解為數量關係，以此，他闡明他關心的對象不在樹，而是在我觀察「它」的過程，感受到所知悉的一切已融為一個整體。[87]儘管作者在此並未將此課題提升為存在與關係的討論，卻似可窺其與西方神學家相近的「格物」之法。

根據上述黑野之觀點，足能發掘作者「接觸」的義理思想、哲學美學不限於一家，亦不限於某個時代某個國族，其吸納廣博，然不全盤「接收」，而是經過判析，經由這些論評，可發現：作者崇尚自由精神，但這份自由是帶有自律性的；也嚮往心靈境界之提升，不過，並非僅借重特定宗教或純粹精神的冥想，而是身體力行地修行琢磨；他著重創造性的發揮，同時強調汲取任何他／我的經驗與開展。

## 四、讚嘆自然之美，感恩生命的莊嚴

不必存在主義者來告訴我，我早知道人是終要死的。沒什麼好大驚

---

85 黑野，《省思札記》，頁114。

86 黑野，《省思札記》，頁115。

87 馬丁・布伯（Martin Buber）著，陳維剛譯，《我與你》，頁6-7。

小怪的。唉！你們這些虛無緊張者！

——黑野〈新春散記〉[88]

活著！還有什麼比活著更值得歡喜的。活在這世界上！

——黑野〈新春散記〉[89]

本節旨在闡述黑野散文對「自然」、「存在」、「生命」乃至「信仰」提出之看法，他不僅歌詠讚嘆大自然的美好，也在昂揚的情感、欣賞的姿態中展現對生命存在的感恩，並上推至莊嚴的美學。

「莊嚴」一語常為佛家所用，富含端莊、肅穆、崇高之感，一般稱寶相莊嚴，意指佛菩薩的法相尊貴優雅。丁福保闡釋「莊嚴」為：以善美飾國土或以功德飾依身云莊嚴。又以惡事積身亦云莊嚴。《阿彌陀經》曰：「功德莊嚴。」《探玄記》三曰：「莊嚴有二義：一是具德義。二交飾義。」[90]可知佛典強調美善與功德之積累、裝飾，能夠持善不失，持惡不生。《佛學大辭典》結集多種莊嚴說法，如：二種莊嚴、四種莊嚴，二十九種莊嚴……綜觀其義，發現「二十九種莊嚴」釋義的第二種，提及：「二、量莊嚴，究竟如虛空無邊際也。」[91]其稱佛國之無量無垠，如斯引發的莊嚴氣象，或許和作者瞻仰自然之景時所興發的感受相近。

「莊嚴」一詞，經常出現於黑野的文句，尤其面對大自然，舉凡《出發・高樹》：「嘉佳！在鳳山，樹不只是可愛，簡直是莊嚴，它們那麼高大！你必須仰起頭來。」[92]確實，人在仰望時，特別能感受到自身渺小，高大無限與渺小相對，肅穆莊嚴的心油然而生。這種情懷下，他進而感受：「是它們把無數寧靜、肅穆、上昇、希望、忍耐與祈禱的綠色寵句種在我心裡。」[93]作者亦視大自然為寶藏庫，並從自然界體悟自身豐盛富裕，是以，在〈山上的那些日子〉，他特別想念盈滿一花一世界的生活：

一花一葉，一聲蟬鳴，一囀鳥啼，因為要與你共享，於是都像真珠

---

[88] 黑野，《靜思手札》，頁31。

[89] 黑野，《靜思手札》，頁25。

[90] 丁福保編著，《丁福保佛學大辭典》（臺北：天華，1986），頁1890。

[91] 丁福保編著，《丁福保佛學大辭典》，頁1890。

[92] 黑野，《出發》，頁79。

[93] 黑野，《出發》，頁80。

一樣的不放過，我一定要把它們取出來，整個森林像蚌殼，我把自己探進去挖取，眼睛閃亮了，耳朵張大了，看到什麼都想摘採，那怕是一瓣落紅，一枚心葉，一粒堅果；有些果實是堅硬如鐵而多刺如針的：我寫著，然後包裹起來，放進信封裡就寄了回去，寄回去。[94]

該段彰顯其以赤子之心融入自然，珍愛萬物的浪漫情懷。又如〈日暮〉提及：「在南國的異鄉彳亍，無言而太熾烈的日落，嘉佳！總令我默然，像看一齣莊嚴的悲劇。嘉佳！嘉佳！」[95]不難想像，大自然形相之美、雄偉，帶給作者豐厚能量與向上提昇的知性／感性體悟。

即便不稱之莊嚴，仍可從豔麗明亮的視覺摹寫，體會其內心震撼，如：臺大校園隨處可見的杜鵑，作者形容：

豔紅的杜鵑熊熊燒著，是叢叢沉靜的春之火，焰著生的永恆。綠萼上潑壓著飛雪，白杜鵑花，縱情地向你顯喻：純潔有多神聖，令人戰慄！[96]

圖書館外高聳的檳榔樹，給予作者如下體會：「是的，使你的心思，先是如絲集中、上昇、然後四下怒放！檳榔應該是比竹子更近西方精神，更近基督教的樹！」[97]從其視覺上高大而盛放如煙火爆張的生命呈現，又從它令人屏氣凝神，隨之舉目、仰望，自視覺而精神的牽引，作者知性地詮釋檳榔樹與基督教精神的相近，雖無更多說明，卻似乎暗示如此瞻仰崇敬，彷彿人類敬重上帝之姿。循此，無論其文句對自然的形容近於佛國無垠的莊嚴氣象抑或基督宗教之神聖美感，皆無形投射了作者對自然界的臣服。

而《靜思手札・海濱形象》繪寫登山與下山過程：「一步步自陡峭的高坡上爬下，每一腳踩都感覺到自己的重量，每一抓握都體驗著山石的堅定、樹莖的柔韌。艱難險仄的徑路，令人不得不全神貫注，也讓人充分的知覺自身與所在。或許這就是登山者和一切冒險犯難者的喜悅吧！」[98]

[94] 黑野，《出發》，頁117。

[95] 黑野，《出發》，頁89。

[96] 黑野，《靜思手札》，頁159。

[97] 黑野，《靜思手札》，頁166。

[98] 黑野，《靜思手札》，頁225-226。

由於山林間的每一步均需謹慎踩踏，在專注行動中，更能清晰體會到自我存在感，如同C.S.路易斯所言：「大自然能說出來的唯一無上令式就是：『觀察。聆聽。專注。』」[99]此即大自然帶給人的禮物。

而篇幅多半較短小的《省思札記》，末篇〈看瀑布，走！〉乃屬最長篇者。該文亦著力於布局，包含時空之推移。文章首先描繪夜裡一群人發起看瀑布之想，便起身行動。接續述寫暗夜山路中，隨著腳步邁開彷彿進入放空的精神狀態，作者內心細細感受禪僧的修行之路，於此觀想後，敘寫天空逐漸發白，時間的遞接亦顯自然，作者細膩描摹山巒造形、起伏、連綿、似盡未盡……最後，瀑布終於現於眼前，黑野形容：「一泓清泉像安格爾（J.D. Ingres）浴女圖中甕口流出的柔波迤邐而下。那遠看似細細的一縷瓶中的甘露，悠悠然傾注向乾渴口中的瀑布，到了近觀也自有其幾十丈奔墜澎湃的弘壯聲勢。」[100]安格爾畫作中順著少女手握傾倒向下的瓶口而瀉下水流，與遠觀如細瓶甘露的意象，不免令人自浴女聯想到觀音手中的甘露瓶，咸有洗滌淨化之美感；然而，瀑布之景多變，近距離觀賞下，作者進而聚焦瀑布激流不絕的氣勢。瀑布之下，他認為自己彷彿一具小容器，「而大化流行無盡，宇宙的奧義原在其生滅不息中，沒有疆界，沒有定止，無常勢，無成形，無可得，無可失……」[101]充分顯現作者對自然力量的融合，並轉化美感經驗為生命體悟。而身在自然之景，信手拈來盡是人文藝術養成之聯想，無論修行僧的步履抑或繪畫名作，可見，作者擅長之理論知識與內蘊的宗教情懷之於其散文乃豐沃土壤。倘若對照1977年6月作者以「柯慶明」之名刊登於《現代文學》的〈試論王維詩中的世界〉，他仔細分析王維寫自然之景、寫香積寺，善用光度、顏色、聲音、景物對照，並從危石、青松等意象，觀察它們如何彰顯有時間／無時間、喧囂／沉默、有生世界／無生世界之對比。而這些評論背後所著重的美學觀點深具自然的神聖莊嚴與活潑可愛，相當程度也可以在黑野散文發掘相似的美學風格。

關於生命存在及其價值，作者也不斷強調「莊嚴」態度。《靜思手札》闡明活著，應活得莊嚴：

---

[99] C.S.路易斯（C. S. Lewis）著，梁永安譯，《四種愛》，頁25。

[100] 黑野，《省思札記》，頁187。

[101] 黑野，《省思札記》，頁188。

我們在生命與人類的潮流中，孤獨地滑過。第一件事就是要活著，然後要莊嚴。沒有甚麼不是從活著開始，也沒有什麼不在莊嚴完成，一切的美善與智慧、愛皆是如此。

生涯有千般，但活著只有一樣。活著所能顯現的價值亦只有一樣，就是——莊嚴。早晨起來，你走進森林，走向山坡，不，甚至只要你走向一株草，你就可以發現活著是多麼地莊嚴：在晴陽下，每一個生命都顯得很神聖，具有一種凜然不可侵犯的崇高性。

這種崇高性來自一股要堅強活著的意志，不是任何摧殘所能抹殺的。[102]

對於生命，秉懷莊嚴姿態認真生活，但對於人生歸向何方的眾說紛紜，黑野曾以幽默口吻回應存在主義者：「我早知道人是終要死的。沒什麼好大驚小怪的。」[103]存在主義之盛行自有其歷史脈絡與成因，尤其二戰氛圍，不僅西方哲學家受影響，戰後臺灣現代主義的文學作品也在特殊時空背景下開展存在主義精神。雖然，上列引述黑野的這段話，似是簡單化約了存在主義表達人類無所適從的狀態，卻可窺見其對話之意乃試圖沖淡存在主義既消極又沉重的精神，若參照黑野《靜思手札》整體思想，即知這種另類幽默並非尖酸諷刺，而是對人類最大的生死課題了然胸臆的表達，隱含溫厚的幽默，呼應作者在散文中宣稱要莊嚴活著，承此精神，當其面對生死與存在的終極課題時，便非以虛無、焦慮心情待之。而這點，便與當時瀰漫濃厚存在主義苦悶、虛無、死亡的現代主義文學作品有明顯之別；不過，手法上，作者雖然捨棄夢魘、瘋狂、禁忌式的心靈剖寫，然其本質上仍呼應現代主義、存在主義氛圍下對生命價值之探索、關切。

就如適應沉悶的軍旅生涯，《靜思手札・還鄉》一文倒敘金門記憶，從稱之「鬼地方」到倒數日子的操練時光，轉而欣賞海灣日落，逐漸喜歡上這座小島的心情轉折，作者舉例回想遇見的人事，無形中道出每個人都有其自身故事的寓意。特別的是，其以樂曲作為修辭形容軍中生活：

生活慢慢被安排成一種奇異的混合——紀律揉雜著狂思。早晨放貝

102 黑野，《靜思手札》，頁5。

103 黑野，《靜思手札》，頁31-32。

> 多芬第五號交響曲——「命運」——催碉堡裡貪睡的士兵起來，在吹哨之後；晚上放沙拉沙蒂的「流浪者之歌」督促愛嚼舌的士兵們就寢，入夢。晚點之前踏步唱軍歌：「消滅了死角！」；晚點卻結束在比手劃腳唱民謠的哄笑聲中，一起跳起來喊殺……[104]

從貝多芬命運交響曲的激昂振奮，到兼具懶散、急速而以民謠為主的「流浪者之歌」，轉為嚴肅的軍歌，深具巧思亦生動融合作者對音樂的熱愛與生活作息表現。

而除了認定生命均具神聖性，且其堅強活著的意志顯得莊嚴外，作者也認為死亡的存在提醒人每日擁有新的挑戰：「鳳凰就是在火葬裡再生的。還有什麼比再生莊嚴？」[105]意味每天都是新的開始，應合於〈靜思筆記〉之首：「也許就是這麼一種分裂的需要。生命渴望著超越，又不能否定過去，於是就分裂。有那幹樹枝，那枚樹葉不是分裂的結果？」[106]相當詩意的一段文字，藉由細胞分裂乃為延續生命，從生物學概念延展，暗示世代傳承過程乃至自我的成長，時時刻刻在重生，任何生命帶著過去的基因或積累，迎向新的樣貌與價值。

且作者熱愛生命並非限於人類，某次成功嶺上同袍抓住一隻鳥，不僅占為己有，更不採納眾人建議妥善照顧鳥兒，甚至假期回來後，當眾誇耀如何烤鳥及品嚐滋味，作者以此傳達了悲憫物類的心情：「嘉佳！我欲無言！顯然它高估了人的仁慈，雖然他們有的時候披著樹葉一般的綠衣，人本來就是肉食動物嘛！」[107]尸毗王捨己肉身代鴿餵鷹，畢竟是佛典的故事；而在眾人面前炫耀烤鳥肉的現實事件，則令作者傷感。

至於黑野如何觀想宗教信仰呢？《靜思手札・朝聖》開章首先呼喚，行腳去朝聖。然而，去那兒朝聖呢？作者並未實寫一特定族類、地方、教派之聖地、廟宇，因為其心目中的神：

> 你有無數的面貌，每一面貌都是你的一種表情，一種心境，但不變的是你的神聖，你的光輝，你的偉大的涵容，讓我跣足成一行腳的

---

104 黑野，《靜思手札》，頁156-157。

105 黑野，《靜思手札》，頁9。

106 黑野，《靜思手札》，頁1。

107 黑野，《靜思手札》，頁68。

頭陀吧！頂禮膜拜，瓣香心儀，在千萬條小徑，唯一的路。[108]

作者朝聖目的不在於特殊願望的祈求或特殊對象的敬仰，他表示：「我不祈求你接納，因為我知道，我並不在你之外。我早已無時無刻沐浴在你的榮耀之中，自從我開始發生的那一剎那。」[109]故而，其宗教性的體會乃自身與宇宙之合一；且作者運用「你」字而非「祢」，以「我—你」開展對話，更彰顯作者強調神親近的陪伴感。而該文首尾皆提及「讓我成為一個行腳者吧！」[110]更指涉作者尚在追尋其宗教信仰。

那麼，到了1996年出版的《省思札記》，作者特別撰寫一篇〈宗教〉，是否對於某宗教擁有獨家體悟呢？作者十八個簡潔段落中，主要譜寫他對宗教的認知，雖無嚴謹定義，卻大致揭櫫核心要義，他認為體認宗教的前提須得體認永恆與無限，畢竟宗教是屬靈的，是超越世俗的，進而指出愛能夠通往宗教。

班雅明〈歷史哲學論綱〉闡述當人類離開伊甸園，當歷史不斷前進，其實正背離了彌賽亞王國，因為世俗的歷史越是前進，就越遠離原初那完整與和諧的狀態。[111]而黑野在〈宗教〉中則表示歷史也可以是宗教的，只要具有命運的神祕感，其以司馬遷「欲以究天人之際」一語印證其撰史的動機背後，不僅在於世俗現實的人事論斷而已，更期望將歷史視野放入寬廣的天人關係、古今脈絡之下。

作者進而認為人生可以是個人歷史亦可以是宗教的，非關信疑、非關哪一種宗教，可見，作者關切的並非某類型宗教，而是強調「宗教性」，強調人在有限時光探索永恆與無限的真理。而從事創作與文學研究的黑野，認為：「釋迦拈花、耶穌上十字架，皆是極好的文學、藝術的表現，也是最真實的宗教啟示。」[112]佛典浩瀚、《聖經》詮釋者無窮，然而，黑野卻特別留心釋迦拈花、耶穌上十字架正即宗教文學的極佳表現，何以如此？釋迦拈花意在以心印心，有傳承有悟道；耶穌上十字架，源自他深諳個人使命，乃為世人犧牲奉獻的代罪者，二者各有深遠的宗教底蘊與價

[108] 黑野，《靜思手札》，頁192。

[109] 黑野，《靜思手札》，頁193。

[110] 黑野，《靜思手札》，頁194。

[111] 趙一凡等主編，《西方文論關鍵詞》（北京：外語教學與研究出版社，2007），頁701。

[112] 黑野，《省思札記》，頁38。

值，釋迦與耶穌之「舉」，乃一實踐性的行動，亦為貫串黑野散文軸心所強調的「實踐」修行，呼應其《靜思手札．取經》所述，經文乃透過身體力行去著錄。此外，當這些舉止成為口耳相傳的故事，化為文字篇章，那麼，正是寓意豐富的宗教修辭，既有情節結構的人物劇情變化，更有底層結構的宗教命題，且可區識佛家與基督宗教之思想特色。

而從作者嚮往自然萬物且熱愛生命，以感恩姿態認識世界，面對「活著」、「存在」，乃至其未確切皈依於某一宗教法門，卻能以實踐愛、以虔敬心態面對諸神，如斯信仰「生命」，或可視為作者的莊嚴美學風格，亦可窺其終極關懷之一二。

## 五、知性而感性，創造宗教性氣息

> 我只要堅穩地站在大地之上。我為什麼要關心跺一跺腳，世界會有幾級地震？樹們就沒有這種狂妄：它們只一心一意地長大自己；然後不吝惜於蔭蔽、攀緣，與任憑棲息。它們要更知道掌握生命，因為它們有根深伸到泥土裡。
>
> ——黑野，〈靜思筆記29〉[113]

《省思札記》之〈開．關〉曾描述：「孔子的歸歟之歎，耶穌在克西馬尼園的祈禱，釋迦牟尼在菩提樹下的靜觀，都是偉大的『閉關』，因此，也是偉大的『開啟』。」[114]作者青春歌詠的《出發》恰巧正是其從校園邁向軍旅經驗進展的「開啟」，而經過結婚育兒、教研累積而作的《靜思手札》、《省思札記》則反映作者自生活獲得啟發，返歸自我，進行內在觀照的心得。

《出發》試將胸中話語熱烈傾吐，情溢乎辭，辭亦真誠赤裸；《靜思手札》多以手記、散記為名，如楊昌年對手記式散文的分析：「理念如點，在各段中表現，各段連結形成一線相關的系列。即使各段表現重點為有明晰的相關，但在貫連成篇之後，仍可有主題的指向。」[115]散文方面，運用豐富修辭描摹自然之景，亦繪寫人文場景，段落間時常湧現作者心靈

---

[113] 黑野，《靜思手札》，頁21。

[114] 黑野，《省思札記》，頁140。

[115] 楊昌年，《現代散文新風貌》，頁138。

感受，抒情意味濃厚；《省思札記》各篇均有明確標題以聚焦討論對象，內容多為沉澱後的精簡短句，文字內斂，較顯知性。若干篇幅較長者，如：〈籤語餅〉、〈看瀑布，走！〉，則具布局轉折。

綜觀柯慶明以「黑野」筆名發表之散文，其空間所涉多為鵑城臺大、成功嶺和金門，偶爾提及南投老家，這些空間構成作者生活記憶的重要板塊，在這些板塊上，貫串其散文內涵與美學思想者即具有崇高風格之宗教底蘊，並未篤信任一宗教的作者，強調愛的真諦，舉凡愛的表達，接納禮物與創傷，雖不致標榜「凡事」包容相信，卻蘊含《哥林多前書》所述愛的精神；面對天地自然與存在，縱然未必非要尋一明確造物之主，卻以莊嚴態度待之，具有虔敬、臣服、謙卑之宗教性普遍寓意；而面對生活點滴時以喜悅心態，轉化為智慧，則類近佛家所稱領受「法喜」之境界，亦間接展現作品之宗教氣息；對於人間世事，作者時感於人倫之親，省思禮教制度之下的通變、自由，具悲憫情懷；另著重力行實踐，亦合於宗教修行履踐之必須，職是，作者雖無明確宗教信仰，卻早已將宗教情懷注入散文土壤，成為其美學思想重心。

此外，據前文分析，在古典文學薰陶與現代文學思潮中，顯然作者並未擇一作為文學創作之典範，而是各有汲取，嘗試與之對話，職是，寫在《靜思手札・靜室手記》最末一句：「歡天喜地，繼往開來」[116]，筆者認為恰可呼應作者貫串三書所強調的「創造性」乃承襲與再開發，文學創作如此，愛是如此，生活的莊嚴態度亦然。

---

[116] 黑野，《靜思手札》，頁112。

## 引用書目

王文興，《星雨樓隨想》（臺北：洪範，2003）。

王基倫，〈「省思札記」的生活美學〉，《文訊》第130期（1996），頁16-17。

王汎森等著，《中華民國發展史・學術發展　上》（臺北：國立政治大學、聯經，2012）。

林果顯，《「中華文化復興運動推行委員會」之研究（1966-1975）——統治正當性的建立與轉變》（臺北：稻香，2005）。

林語堂，《讀書的藝術》（臺北：新潮社，2010）。

柯慶明，《昔往的輝光》（臺北：爾雅，1999）。

———，《文學美綜論》（臺北：大安，2000）。

———，《2009／柯慶明——生活與書寫》（臺北：爾雅，2010）。

高友工，《中國美學與文學研究論集》（臺北：臺大出版中心，2004）。

孫亦平主編，《西方宗教學名著提要》（南昌：江西人民出版社，2002）。

黃恕寧、康來新主編，《無休止的戰爭：王文興作品綜論》上（臺北：臺大出版中心，2013）。

黑野，《出發》（臺北：晨鐘，1970）。

———，《靜思手札》（臺北：東大，1992）。

———，《省思札記》（臺北：爾雅，1996）。

楊牧，《文學的源流》（臺北：洪範，1984）。

楊昌年，《現代散文新風貌》（臺北：東大，1998）。

楊富閔，〈兩腳踏東西文化，一心評宇宙文章——專訪柯慶明教授〉，《文訊》第362期（2015），頁35-43。

輔仁大學外語學院編，《文學與宗教——第一屆國際文學與宗教會議論文集》（臺北：時報文化，1987）。

趙一凡等主編，《西方文論 關鍵詞》（北京：外語教學與研究出版社，2007）。

鄭明娳，《現代散文類型論》（臺北：大安，1988增訂三版）。

———，《現代散文構成論》（臺北：大安，2007三版四刷）。

C.S.路易斯（C. S. Lewis）著，梁永安譯，《四種愛》（新北市：立緒，2012）。

勒熱訥（Philippe, Lejeune）著，楊國政譯，《自傳契約》（北京：生活・讀書・新知三聯書店，2001）。

愛德華・塞爾（Edward Cell）著，衣俊卿譯，《宗教與當代西方文化》（苗栗：桂冠，1995）。

齊美爾（Georg Simmel）著，曹衛東、王志敏、刁承俊譯《現代性、現代人與宗教》（臺北：商周，2005）。

澤曼（Otto Seemann）著，周惠譯，《希臘羅馬神話》（上海：上海人民出版社，2005）。

# "Love" "Rethink" "Solemnity": On the Philosophical Content and Aesthetic Style in Hei Yeh's Prose

Yang, Ya-ru*

## Abstract

Compared with Ke, Qing-Ming's prominent studies on classical/modern literary theory, his prose writing with his pseudonym "Hei Yeh" is more unnoticed and the related research is little. However, in terms of the three prose collections in the Hei Yeh period, *Departure*, *Meditation Letters*, and *Reflection Notes*, there is still space for further discussion. Therefore, this paper adopts "love", "rethink" and "solemnity" as the major topic in dealing with the philosophical and religious content and aesthetic thinking in his prose writing. The overall structure is divided into three major topics for discussion: First, *I and Thou* by Martin Buber (1878-1965) is applied to interpret the discourse on "relationship" and *The Four Loves* by C. S. Lewis (1898-1963) is applied to analyze Hei Yeh's writing, which includes the form, feelings, perception, volitional action, and consciousness of romantic love and the love between family and relatives, to think about the true meaning of individual love/great love intellectually, and to have a comprehensive understanding about the dimension of love and the trace of layers. Second, his angle of good nature is narrated through the three prose collections to expound the human nature, history, culture, and freedom he cares about. Third, his prose scrutinizes the existence of nature and life in a solemn attitude to display his perception and value judgment toward the world, and respond to his viewpoint about prose. In sum, this paper attempts to prove Hei Yeh, who is under the influence of classical literature and in the editing team of *Modern Literature*, has integrated the diverse theories. Even though not all of his prose and notes

* Assistant Professor, Graduate Institute of Taiwan Literature, National Taiwan University.

deal with the religious contents, they tend to deal with the sublime and beautiful religious spirit and aesthetics to express the joy of life and advocate that people should cherish their instincts of creating happiness on their own.

**Keywords:** modern prose; Ke, Qing-Ming; *Departure*; *Meditation Letters*; *Reflection Notes*

# 中國述學體書寫之創襲爭議探析*

江寶釵**

## 摘要

本文討論當代抄襲（plagiarism）的定義與疑義，抄襲是什麼？簡單的說，大致牽涉兩個層面，一則是觀念、創意（ideas），另一則是語言層面（expressions），它違反了作者權（authorship），竊佔他人的作品以為己有，取用於中文書寫，發現相關創襲案例糾纏不清，其所以然，實在是因為這不只是文學知識的問題，更是一個文化環境的問題。我們所接受的文化養成，遮蔽了我們去理解創襲的進路。

春秋時，孔子「述而不作」，這句話確立了兩個系統，一個是「整述」的系統，另一個是「創作」的系統。或分別稱之為述學體、作學體，發展出自具文化特色的書寫系統。當代學術書寫要求個人的、差異的、創新的觀點，述學旨在整述前人或前代的文學成果，以沿襲、傳承為尚，甚至影響了作學系統，以致使得創作裡往往也寓有無數的述學意圖與實際應用，導致創襲問題更為盤根錯節。

本文處理述學體，從述學的領域沿襲，即依照舊例，或書寫，或做事。「檃栝」，即檃括，意指對前人之文，或剪裁體式，或增損文字，或改寫內容，而不改其意。其具體的類型則有注解、翻譯、賞析與作者生平

* 本文撰作之初，得柯慶明老師的啟發，對柯老師提攜後進、追求知識真義的精神應係當代人文學者少有，在此深致敬意。論文由四部份構成，第三節曾獨立發表於「漢語人文學術的現狀與前瞻國際學術研討會」（澳門：澳門大學社會科學及人文學院南國人文研究中心，2012.11.25-27）；第二節部份發表於「柯慶明教授七十壽慶學術研討會」（臺北：臺灣大學臺灣文學研究所，2016.3.12）。感謝澳大研討會講評人、兩次研討會發表後的讀者，以及匿名審查人的意見，使得本文得以在長期的思考與論述的演化中，形成今日的面貌。

** 國立中正大學中文系暨台灣文學與創意應用研究所教授。

傳記為主，梳理中文書寫傳統中因這些頗困於認證的部分而引發的創襲爭議，以及隱藏其背後的文化意識。

關鍵詞：書寫倫理、抄襲、述學、作學、檃栝

## 一、前言

當代的抄襲定義與疑義，在於抄襲（plagiarism）是什麼？簡單的說，大致牽涉兩個層面，一則是觀念、創意（ideas），另一則是語言層面（expressions）[1]，例如：

> 狄謹遜最強而有力的詩表達了她堅定抱持的信念：無法了解死亡，就不能充分理解生命。

如果有人把上引這段話改成：

> 狄謹遜堅信除非我們了解死亡，否則無法充分了解生命。

以上，論述的對象是詩人對於死亡的感受可能對於接受者發生什麼樣的影響，兩者所使用語言不同，觀念則一致，屬第一類，係觀念上的抄襲。不妨再舉一個論述對象為事物、而又不同來源的例子，如下面這個：

> 人人都使用語言以及文化。「語言—文化」這個詞提醒了人們兩者之間必然的關聯。

如果這句話被論者陳述為：

> 在語言與文化的接榫點上存在著一個我們呼之為「語言—文化」的概念。[2]

---

1 *Oxford Advanced Learner's Dictionary* (Oxford: Oxford University Press, 1995 fifth edition), p. 880. 這兩個句子的原文分別是："Some of Dickinson's most powerful poems express her firmly held conviction that life cannot be fully comprehended without an understanding of death."、"Emily Dickinson strongly believed that we cannot understand life fully unless we also comprehend death." .

2 Modern Language Association著，書林編輯部編譯，《MLA論文寫作手冊》（*MLA Handbook for Writers of Research Papers.*）（台北：書林，2010），頁58-59。這兩個句子的原文分別是："Everyone uses the word language and everybody these days talks about culture 'Languaculture' is a reminder, I hope, of the necessary connection between its two parts."、"At the intersection of language and

這個例子除了「語言—文化」一詞的使用，屬語言形式被視為抄襲的例子，這句話也涉及語言、文化兩者之關係的觀念。這意謂著所謂語言、觀念形式的抄襲必須被賦予具創新的內容，才能產生特殊的意義。而「創襲」二字則為本文首用，旨在避免用語過於累贅，其意乃是創新與抄襲。

當語言修辭、創新觀念的類似被定義為抄襲，是因為它竊佔他人的作品以為己有，取用於中文書寫，即違反作者權（authorship／著作權），有時候還牽涉出版商的版權（copyright）利益，任何一種成立都必須付出慘重的賠償代價。惟，這是關於智財權的法律問題並不在討論範疇。在筆者多年來對相關案例的調查，發現抄襲或有關是否抄襲的爭議一而再、再而三地出現，究竟是什麼樣的原因導致？過去並非沒有論及中文書寫之創襲議題的論文，如西北侯撰寫的〈創作・臨摹・抄襲〉[3]大致提及三者之間存在的問題，卻並未做深入討論；又如方岩編，《中國文壇紛爭公案——在創造、模仿與剽之間》[4]僅將發生的事例輳合臚列；以及臺灣曾大篇幅作抄襲討論的報刊《自由時報》。以上，幾乎都以隨興的方式雜談，未能真正針對創襲問題進行反省與思考。至於行政院國家科學委員會發表的「學術倫理處置要點」，僅作防禦性的規範，並不具備學術探討之嚴謹性。這也就難怪有論者感歎抄襲之所以發生，乃是：「我們對文學研究、詮釋、分析上的知識太不當一回事有以致之。」[5]儘管這個說法一針見血，仍然忽略了一個重要的議題，這不只是文學知識的問題，更是一個文化環境的問題。創襲案例之所以糾纏不清，實在是因為我們所接受的文化養成，遮蔽了我們去理解創襲的進路。

春秋時禮崩樂壞，孔子好古，意圖恢復前周秩序，明白說「述而不作」，[6]這句話確立了兩個系統，一個是「整述」的系統，另一個則是「創作」的系統，各自建立了平分秋色的重要性。前者的再現，當代學者將之

---

culture lies a concept that we might call 'Languaculture'.".

3 西北侯，〈創作・臨摹・抄襲〉，《海洋》第14期（1968），頁190。

4 方岩編，《中國文壇紛爭公案——在創造、模仿與剽之間》（廈門：鷺江出版社，1999）。

5 朱宥勳，〈文學抄襲的三種類型〉，https://www.facebook.com/notes/%E6%9C%B1%E5%AE%A5%E5%8B%B3/%E6%96%87%E5%AD%B8%E6%8A%84%E8%A5%B2%E7%9A%84%E4%B8%89%E7%A8%AE%E9%A1%9E%E5%9E%8B/629787297062130/（2019.02.01徵引）。

6 朱熹，〈述而第七〉，文淵閣四庫全書電子版《四書章句集注・論語集注》卷四（臺北：迪志文化，2007），頁1。有關述學的討論，另見拙文，〈中西書寫倫理的差異與衝突——以宋代為中心的考察〉，《南國學術》第10卷第2期（2020），頁216-230。

稱為述學體；相對於述學體，創作或稱之為作學體，發展出自具文化特色的書寫系統。

述學與作學，看起來義同於當代將書寫區別為學術、創作兩方面，實則不然。述學旨在整述前人或前代的文學成果，並不要求個人的、差異的、創新的觀點，而這三者，卻是當代學術書寫的必要條件。述學依違於學術與創作之間，頗有兩難，甚至述學的觀念，有時候也深刻進入作學的系統，嚴重影響了創作的再現形式，使得創作裡往往也寓有無數的述學意圖與實際應用，導致創襲問題更為盤根錯節，說不清楚，聽不明白，述作者迄今未能達成共識。

筆者在針對累積近十餘年來斷斷續續的調查案例進行整理後，發現一般在學術研究上，較易牽涉到創襲爭議的部分，通常不出前引語言修辭與創新觀念這兩個層面；而其發生的原因，實與中文書寫中的述學的觀念或心態有關。當然，也有論者提及敘事框架的雷同，惟這一類的案例較少，而被判抄襲成立者，更為少見，此地暫不作討論。

就中文書寫而言，述學是一個源遠流長的傳統。其中有三個重要的思維策略：類應、沿襲與檃括。類應，為援事以譬，抄撮所知以對應新知；沿襲，即依照舊例，或書寫，或做事；「檃栝」，即檃括，[7]意指對前人之文，或剪裁體式，或增損文字，或改寫內容，而不改其意。歸納其做法，大抵有三種方式：1.增加新的內容。2.刪減原文字句。3.點綴文字，微作變化。[8]然而，不管用的是哪一種方式，使用既有題材而加工製作成一己的作品，都不可避免地在修辭或概念上與既有作品雷同，沿襲離抄襲僅一步之遙，是否抄襲，端視所沿襲的內容是否能另成新境，再造新義。簡言之，以當代的標準，幾無例外，都要被判為抄襲的，何以當代書寫者並無自覺？而述學的活動，則大致包括了注解、翻譯、賞析與作者生平傳記、歷史實錄、民間文學。以上，都是站在既有作品的基礎上從事採錄、修纂、詁訓、譯解、賞析等活動，不為當代學術之創新觀念所接受，而被視為抄襲。類似者，也見諸作學體，如仿擬、集句、奪脫換骨、點鐵成金等，另詳他文[9]。

---

[7] 檃栝一詞，感謝審查意見。「檃括」又作「隱括」，本文使用前者，以其較為通行。感謝柯慶明、顏崑陽兩位先生在不同時間對筆者的提點。

[8] 王偉勇，〈兩宋檃括詞探析〉，《宋元文學學術研討會論文集》（台北：東吳大學中文系，2002），頁221-288。

[9] 關於宋代的詩詞創作中作學體的創襲問題，筆者於另一篇文章中對此有深入的討論。拙作，〈中西書寫倫理的差異與衝突——以宋代為中心的考察〉，頁216-230。

本文此地僅及述學體的討論。

由於篇幅有限，本文關心的是中文書寫中的述學體如何處理創襲問題。作學體的櫽括沿襲，以當代創襲的標準，較易於成說；述學體則不然，它牽涉到人類敘事與思考某些機制的局限性，因而創襲更不易於辨識。本文的著眼點，即以述學體中的注解、翻譯、賞析與作者生平傳記為主，略涉歷史實錄、民間文學，以茲梳理中文書寫傳統中因著這些頗困於認證的部分而引發的創襲爭議，以及隱藏它們背後的文化意識。

## 二、言說、描述與生平傳記

「語言」，是人類大腦控制與環境相互作用下的產物，以呼吸器官發聲為基礎，卻與思維密不可分。它的發生，為傳遞已知或未知事物的含義，因此而建構理解出已知或未知世界的基礎體系。作為訊息的載體，語言通常會以視覺、聲音或者觸覺的符號系統，用於溝通，傳遞個人事物、動作、思想、狀態等訊息的表達，交流人我之間的觀念、意見、思想。它是一套共持的意義體系，是個人認識、理解事物的憑藉，是人與人表達相互反應的中介，與文化傳承的載體。綜上，語言是人類特有的文化產物，在人與人之間傳承與創造意義。

有些族群純粹以口語之口耳與其他符號，如：比手劃腳、音樂、舞蹈等身體、姿勢、動靜的符號，互為轉注，作為其意義體系的再現方式，形成「口述傳統」（oral tradition）。[10]有些族群則發展出與語言對應的符號，通常被稱之為「文字」，發展出處理這些語言文字之規則的文法，並形成描述世界的知識體系。對於語言概念的探討是語言學的中心課題。語言學家指出，語言符號和事物之間的關係是任意的，是由使用這種語言的人們彼此之間達成的社會協定。因而，任何一個社會中的成員都必須通過學習才能獲得語言能力。語言是一個非常複雜的系統，其使用的疆界是難以分劃的。譬如說，有些德國方言結構近荷蘭語，[11]臺灣閩南語的系統接近中國中古音。

---

[10] 口述傳統部分與創襲的關係，另有文化脈絡，當別文討論。

[11] 語言學家對於語言體系的形成或使用，一直都保持在既有成說與不斷探索的階段。以語言的實際觀之，荷蘭語、低地德語和高地德語都是「西日耳曼語族」的一支，部份低地德語接近英語，部份接近荷蘭語。參見麻瓜先生〈「同化」故事：語言汪洋中的「語言孤島」〉，《The News Lens關鍵評論網》，https://www.thenewslens.com/article/64330（2019.02.04徵引）。而史金納（Burrhus Frederic Skinner, 1904-1990）的「行為語言學」飽受以「自然為本」研究語言的喬

基於語言是一套「共持的意義體系」，語言與事物的意義連結又是任意的，這就是所謂的約定俗成，它必須具備一套常用的語言／修辭、文法／構句的相同系統，運用於日常生活。譬如「你吃過飯沒？」這類說講的語言；另，有一種是描述性的語言，譬如我們說：「教室裡有黑板、課桌椅、電風扇。」又譬如我們問人家總統府怎麼走，答問者說你要經過凱達格蘭大道，左轉、右轉等這類描述性的言說，就很難主張它具有作者權（authorship）。這些屬於生活應用的語言基本上人說與我說並無任何不同。同樣的情形，也發生於文學批評活動。胡塞爾（Edmund Gustav Albrecht Husserl, 1859-1938）曾經針對文學批評活動有過深入的分析，他指出所謂的「作品」有其本質結構，即「經驗樣態總體」，由此構成作品表層語言之統一性。吾人在描述此一語言所呈現的經驗世界時，尚未進入此一經驗世界是否被獨到地呈現時，自將因停留在作品表層語言的統一性而產生雷同，此係無可避免。[12]不只語言在生活日用的描述同一，作品在「經驗樣態總體」的結構雷同，思維也會使用相似的運作模式，稱之為「類應」。鄭毓瑜在抒情論述的反省上就指出，「類應」是文學書寫技藝裡的引喻譬類，含括一個固有的世界觀、宇宙觀，並拓及時物人情；以類應說為基礎，她將世界觀、宇宙觀視為一種傳抄沿襲的知識。「『引譬援類』像是四通八達的導引線，迅速地串連起透過經驗、文獻所累積的各種時物事件：前代的傳抄被視為知識性的前提，理所當然地接受並作為據點，繼續進行各種或顯或隱的關係延伸。」[13]人類理解、認識世界的方式從文化傳統中而來，透過語言建構起一種認識模式——世界觀。這種傳抄沿襲，事實上內化為一種族群的思維模式。因此在面對一個新情境時，「類應」說明了一個民族在思維與表達上所具有的相似性。而這個相似性內在於語言中，在我們閱讀前人的作品，接收傳統文化時就已經慢慢累積成一種模式。

以上，我們遂可以理解，描述或類應所造成的修辭或概念上的雷同性，實屬學術應用的層次，在創襲的判斷中如何定位，學界迄今並未有深

---

姆斯基（Avram Noam Chomsky, 1928- ）之「生成語法」的批評，亦為人所周知的常識。本文無意在這裡大張旗鼓提出個人語言的主張，僅就一些基礎的語言現象提出若干觀察。

12 請見Robert R. Magliola，鄭樹森譯，《現象學與文學批評》（臺北：結構群，1989），頁72-88。

13 鄭毓瑜於抒情傳統提出的「類應」觀點，詳參氏撰〈詮釋的界域——從〈詩大序〉再探「抒情傳統」的建構〉，《中國文哲研究集刊》第23期（2003），頁25。

入的討論，以致產生見仁見智的現象，這是吾人必須透過研究並思考將之如何付諸公共討論以達成共識，並具體規範化者。

就筆者粗淺的看法，中文學術傳統中的目錄、年表，都可以繫屬於學術應用的層次，這些作品的原始作者應就每一個源頭詳加引注，而其後續作者應說明原始作者的貢獻，以及增刪、修訂的比例與狀況。比起目錄、年表，傳記資料這部分最容易發生創襲的爭議。由於知識來自於累積，而屬傳記資料的作者生平行誼既有客觀不可變的事實，也有描述其活動的部份，其中，可能混雜個人見解，存有若干背誦、抄撮的內容，幾乎無可難免，以下舉學者對沈光文生平事蹟的描述作為討論，以示其困難所在：

> 沈光文（1612-1688），字文開，號斯庵，浙江鄞縣（今寧波）人。明故相文恭公世孫，少以明經貢太學。明朝覆亡後，不久福王被執，史可法身殉，他隨魯王退守浙江，晉為工部郎中。後兵敗隱居普陀山。當時，鄭成功己据守廣東潮州和福建金門、廈門等地，他於1651年（順治八年）又從廣東潮州渡海到福建金門。……（沈光文）是中華民族文化在臺灣這塊土地上的一位重要播種者。全祖望在《沈太僕傳》中說：「……海東文献，推為初祖。」季麒光也說：「……臺灣無人也，斯庵來而有文矣。」[14]

這段文字為劉登翰所作，其中並未見任何標注，根據筆者的查檢，應係整述自以下的文獻資料：

> 1. 沈文光（鄞縣志作光文）字文開，號斯庵，鄞縣人，以明經貢太學。豫於畫江之役，授太常博士。浮海至長垣，再豫琅江諸軍事，擢工部郎中。[15]
> 2. 季麒光：〈題沈斯庵雜記詩〉：「從來臺灣無人也，斯庵來而始有人矣；臺灣無文也，斯庵來而始有文矣！」[16]
> 3. 楊雲萍則進一步以沈光文為臺灣文化最初的傳播者。[17]

---

[14] 劉登翰，《臺灣文學史》（福州：海峽文藝，1991），頁101-104。

[15] （清）翁洲老民手稿，《海東逸史》卷十八（南投：臺灣省文獻委員會，1995）。

[16] 楊雲萍，《臺灣史上的人物》（臺北：成文，1981），頁8。

[17] 楊雲萍，〈臺灣文化的傳統與沈斯庵〉，《南明研究與臺灣文化》（臺北：臺灣風物雜誌社，

對作者生平資料進行不同來源的文獻整述，並不標注，這樣的做法，也見諸陳昭瑛著《臺灣詩選注》。陳作在介紹沈光文的生平描述裡沿襲劉登翰的相關資料：

> 沈光文（一六一二～一六八八），字文開，號斯庵，浙江鄞縣（今寧波）人。不久福王被執，史可法身殉，他隨魯王退守浙江，晉為工部郎中。後兵敗隱居普陀山。此時，鄭成功已據有福建、廣東沿海一帶。光文於一六五一年從廣東渡海到金門。……（沈光文）可說是中國文化在臺灣的第一個播種者。所以全祖望稱他「海東文獻，推為初祖。」諸羅令季麟光在《題沈斯庵雜記詩》中亦言：「臺灣無文也，斯庵來而始有文矣。」[18]

又如底下這個例子，是陳昭瑛對陳夢林所做的生平陳述：

> 陳夢林，字少林，福建漳浦人，生卒年不詳。三度來臺灣。第一次是在康熙五十五年（一七一六）應諸羅知縣周鍾瑄之聘，來台纂修《諸羅縣志》。第二次是在康熙六十年（一七二一），和藍鼎元一起參與藍廷珍對朱一貴的鎮壓，充當幕僚。第三次是在雍正元年（一七二三）游台灣數月，著有《台灣後游草》，藍鼎元為之作序。[19]

上引所根據資料係來自以下的文獻資料：

1. 陳少林先生夢林，亦漳浦諸生；朱一貴之役，與鹿洲同參戎幕。前後游臺三次，著游臺詩，鹿洲序之。（連橫，《臺灣詩乘》，頁45）
2. 陳夢林，字少林……雍正元年，復游臺灣，數月乃去。著《臺灣後游草》，鼎元敘之。（連橫，《臺灣通史》，頁1060）
3. 夢林字少林，福建漳浦監生；嘗預修漳州、漳浦兩縣兩志。清康熙五十五年（一七一六），諸羅知縣周鍾瑄聘修縣志。後浙閩總

---

1993），頁480。

[18] 陳昭瑛，《臺灣詩選注》（臺北：正中，1996），頁10-11。

[19] 陳昭瑛，《臺灣詩選注》，頁65。

督覺羅滿保延入幕府，六十一年（一七二二）朱一貴事變，與藍鼎元同隨軍參畫戎務。（《重修臺灣省通志》，頁165）

4. 陳夢林，字少林，福建漳浦諸生。應諸羅知縣周鍾瑄之聘來臺修縣志。參藍廷珍幕平朱一貴事。曾三次巡臺。[20]

與劉登翰做法一致，陳昭瑛整述先賢的述作而成，筆者則沿襲陳昭瑛的資料：

> 陳夢林，字少林，福建漳浦人，生卒年不詳。他曾三次來台灣。第一次是在一七一六年（康熙五十五）應諸羅知縣周鍾瑄之聘，來台纂修《諸羅縣志》。第二次是在一七二一（康熙六十年），和藍鼎元一起參與藍廷珍對朱一貴的鎮壓，充當幕僚。第三次是在一七二三（雍正元年）游台灣數月，著有《台灣後游草》，藍鼎元為之作序。[21]

劉、陳、施與江等學者代表海峽兩岸在中文述學方面的言說、描述的形式大抵類似。由於傳記資料係屬客觀性事實之描述，且皆為常識性的說明，沿襲古籍，並無創見，也未引起考證之討論，其白話描述，所使用者為常見之詞語、句法。喬姆斯基的《句法結構》甚至主張說話的方式（詞序）遵循一定的句法，這種句法跳脫經驗主義，是以形式的語法為特徵，把句法關係作為語言結構的中心，確定語法的生成能力，並以此說明語句的生成。[22]因而，日常生活應用的語句或屬描述性的語句，其雷同性是必然的結果。至於源於古今語不同而產生必須以今語對應古語作解釋，則任何一位具中文知識的具有資格的讀者（qualified reader）處理相同的資料，都可以獲得相同的譯解。江作基於此一共同之譯解，加以隳括，本係常情。

---

[20] 施懿琳，《清代臺灣詩所反映的漢人社會》（臺北：臺灣師範大學國文學系博士論文，1991），頁77、148。

[21] 拙著，《臺灣古典詩面面觀》（臺北：巨流，1999），頁294。

[22] Noam Chomsky, *Syntactic Structures* (London: Mouton, 1957). 這是一種不受語境影響並帶有轉換生成規則的語法。喬姆斯基提出三套規則構成了轉換語法模式：短語結構規則、轉換規則、語素音位規則，認為它才能生成所有合乎語法的句子而不會生成不合乎語法的句子。就這個看法，更極端的，他聲稱「只要掌握一種語言的語法，便已經俱備該語言的語言學競爭力」（P.48），這句話除了暗示學習語言並不需要學習該語言的背景文化，更可以進一步說，沒有語言的背景文化，仍可以創造出一樣的語言結構。

此與吾人敘述：羅林，嘉義人，任職中正大學，後籍嘉義，曾經三次遊大陸，第一次在……；第二次在……；第三次在……。著「大陸吟草」，某某為之序云云。這種基本資料之描述，較難視為引述；而陳作、施作皆未引注資料來源，則若是傳記資料而加以櫽括者，在當代中文書寫中實是通例，而非特例。西方這樣的類例較少，在中文書寫裡，卻是重要的傳統。傳記資料因其牽涉到歷史客觀事實層面，臺灣所存文獻不多，故有所沿襲以保留故實是必要的。何況在編寫小傳作為文學作品之提要時，傳記內容本不屬於學術創見或成果，而僅作為一背景之描述。在保留文獻與客觀事實陳述這兩個層面上而言，儘管傳記資料的櫽括難以視為不符學術規範，也幾乎形成了中文書寫慣例，若以此為定規則不符學術規範之述作者，實已太多，惟有鑒於學術生產的專業化日甚一日，仍宜適當引注，方始可以規避相關疑義。

然而，筆者以為，沿襲不只是語言形式的自然生成問題，更是另一個層面的文化價值問題。《魏書・禮志四》：「去聖久遠，典儀殊缺，時移俗易，物隨事變，雖經賢哲，祖襲無改。」[23]這是從典章制度說明沿襲的可貴。在「述學」的體系中，沿襲前賢之作是為了傳承、保留文化。而南朝梁鍾嶸《詩品》卷三：「檀謝七君，并祖襲顏延，欣欣不倦，得士大夫之雅致乎？」[24]則是從創作風格肯定沿襲的效果，這與後世源遠流長的創作上的「類應」與櫽括。

《漢書》沿襲《史記》，已係一般常識，〈司馬相如傳〉[25]全部轉抄。而後世方志，相沿成習。民間文學的調查，為「觀各地風俗」，清初來台的黃叔璥，在《臺海使槎錄》的〈番俗六考〉[26]中，以音、義對照方式記錄了當時南北平埔各族的歌謠，謂之「番曲」。內容包括祭祖、祈年、打獵、耕田、遊樂、思春、情歌、新婚、飲酒等等。乾隆年間的《續修臺灣府志》[27]轉錄全文，同期的《重修鳳山縣志》、同治年間的《淡水廳志》、光緒年間的《苗栗縣志》等，[28]都在〈番俗〉項下，轉錄了地屬

23 （北齊）魏收，〈志第十三 禮四之四〉，文淵閣四庫全書電子版《魏書》卷一百八之四，頁30。

24 （梁）鍾嶸，文淵閣四庫全書電子版《詩品》卷三，頁5。

25 （東漢）班固，〈司馬相如傳第二十七〉，文淵閣四庫全書電子版《漢書》卷五十七。

26 （清）黃叔璥，〈番俗六考〉，《臺海使槎錄》卷五、六、七（南投：臺灣省文獻委員會，1996）。

27 （清）余文儀撰，《續修臺灣府志》（南投：臺灣省文獻委員會，1993）。

28 （清）王瑛曾撰，《重修鳳山縣志》（南投：臺灣省文獻委員會，1993）；（清）陳培桂撰，

各該廳縣的部分「番曲」。僅抄錄黃氏舊文，未作重新采錄。

方志中的描述文字以「援引」、「沿襲」為方法，這是中國人的思維傳統，「以今人而述古史，貴在考據援引。方志，史裁也，關於現實，當資調查，若徵往事，有賴書檔。班固漢書，孝武以前，多原遷史。雖曰陳陳相因，識者不譏剽竊。然徵引前書，必標所出。」[29]違反沿襲者，必須有所說明，如受周鍾瑄延聘來臺纂修《諸羅縣志》的陳夢林，就曾提出這樣的說法：「經國大猷，竟委尋源，非會【今作薈】萃群書，莫得其概。邑治鮮藏書之家，故於此數者各討故實，撮其要於篇首，……」[30]這是說，惟蒐羅群書，整述舊說，方得以較全面了解地方規制的種種。因此，諸羅縣藏書之家不多，他仍然盡一己之力，就找到的文獻資料做一番整理說明，放置於篇始，一方面保存過去，一方面可以作為參照，指出現時的變遷。

為了實踐「援引」這個概念，陳夢林對於無舊說可資沿襲的田野調查所得，或他個人體察獲致的觀點，標誌為「首見」，同時，他還特地做了一番詳細的解釋，說明他的書寫形態與前人不同，實非得已，只因為臺灣對清國而言，是一片「新地」，有許多人文風貌、地理現象，並無前例可援。[31]這就是中國的述學傳統，將沿襲視為思維、描述之書寫的當然甚至是必要策略，如此養成之下的書寫者實無法辨別其為抄襲。

## 三、注解、闡述與鑒賞評析

述學除了言說、描述、生平傳記之外，更有注解、闡述與鑒賞評析。注解，意謂著使用文字以解釋字句；泛指解釋的活動或那些用來解釋字句的文字。古籍文獻的閱讀，由於語言於今昔意義的變遷、古今文化如典章制度、歷史事實、人文地理等的差異，都無法不求助於注解，這些注解即具專門知識的學者所作的說明。中國歷史上的學者對前代文獻典籍撰作了大量的注解，這些被注解的典籍很大一部份集中在唐代以前，本身就成為

---

《淡水廳志》（南投：臺灣省文獻委員會，1993）；（清）沈茂蔭撰，《苗栗縣志》（南投：臺灣省文獻委員會，1993）。

29 李泰棻，《方志學》（上海：上海印書館，1935），頁99。

30 周鍾瑄，《諸羅縣志・凡例》（南投：臺灣省文獻委員會，1993），頁7。

31 以上有關陳夢林的論述，詳見拙著，〈生活在「他齋」——論陳夢林纂修《諸羅縣志》之特色暨其內蘊與價值〉，《東吳中文學報》第29期（2015），頁147-168。

中國古籍的一部份，這是中文古籍的特色之一。

注解古籍的體式，又稱訓詁體式，[32]指中文古代典籍隨文釋義的體式。古人作注釋時，於字的形音義，於構詞章句等側重角度不同，因時而變，產生了不同的體式、類型，名稱種雜，訓詁體式常見的有詁、訓、傳、注、箋、義疏、章句等。

詁訓，原為分別的兩個單語，「詁」（通作「故」）重在以今語釋古語，「訓」以形象化的描繪來說明，後世連用後，不再區分，統稱為字詞、名物解釋。[33]傳注二者都是沿襲之學，張華《博物志》說：「上代去先師近，解釋經文皆曰傳，傳師說也。後代去師遠，或失其傳，故謂之注。注，下己意也。」[34]孔穎達《春秋左傳注疏》說：「毛君、孔安國、馬融、王肅之徒，其所注書皆謂之傳，鄭玄則謂之注。」[35]《禮記注疏》又說：「注者，即解書之名。但釋義之人多稱為傳，傳謂傳述為義。或親承聖旨，或師儒相傳，故云傳。今謂之注者，謙也，不敢傳授，直注已意而已。」[36]「注」和「傳」一脈相承，直接襲用前人，幾為中文學術傳統。箋是表示的意思，對原注隱而不顯、略而不詳之處加以發明或引伸，如鄭玄《毛詩箋》。補注，則是選擇某一家「注」得較好的版本予以補充修訂。章句，是「離章辨句」的省稱，以句子為基本訓釋單位，將字詞訓釋嵌入句子的直譯之中，進而分析句讀大意、逐句逐章串講、探討章旨，將字詞的解釋隱含於章句的串講之中。集解，匯集各家對同一部經典的注釋，有時也補充匯集者自己的闡釋。音義，以辨音釋義為本，兼及比勘文字形體。徵引，以勾稽故實、徵引出處的方法來探討文獻中的詞語源流、說解語義和闡明文意。[37]訓詁體式，其隱括或沿襲是必然的。

《楚辭》是中國最早有作者的文學總集，但著作權有部分難以確認，如〈招魂〉，王逸主張宋玉作，《藝文類聚》卷七十九載梁朝沈炯〈歸魂賦〉[38]認為是「屈原著」，朱熹《楚辭集註》[39]卻同意王逸說。自《楚辭》成書以

32 語言學名詞審定委員會，《語言學名詞》（北京：商務印書館，2011）。

33 王寧，《古代漢語》（北京：北京出版社，2002）。

34 物集高見，《廣文庫》第13冊（東京：廣文庫刊行會，1917），頁43。

35 （唐）孔穎達，〈原目〉，文淵閣四庫全書電子版《春秋左傳注疏》，頁2。

36 （唐）孔穎達，〈原目〉，文淵閣四庫全書電子版《禮記注疏》，頁6。

37 語言學名詞審定委員會，《語言學名詞》，頁160。

38 （唐）歐陽詢編，〈靈異部下・魂魄〉，文淵閣四庫全書電子版《藝文類聚》卷七十九。

39 （南宋）朱熹，〈招魂第九〉，文淵閣四庫全書電子版《楚辭集註》卷七。

來，校注者不知凡幾，自東漢王逸《楚辭章句》[40]後，晉郭璞有注十卷，[41]宋有洪興祖為王逸補注，朱熹亦有《楚辭集注》，明代則有林兆珂《楚辭述註》、[42]黃文煥《楚辭聽直》、[43]陸時雍《楚辭疏》，[44]清代各式注述繁多，劉夢鵬《屈子章句》、[45]陳本禮《屈辭精義》、[46]胡文英《屈騷指掌》、[47]胡濬源《楚辭新注求確》、[48]王闓運《楚辭釋》、[49]馬其昶《屈賦微》、[50]陳直之《楚辭拾遺》，[51]今人游國恩《楚辭集釋》[52]概攬諸家，集前人之大成，成績斐然。然於注譯沿襲，皆未註出處。

梁蕭統《昭明文選》最著名注本有二，一在唐顯慶年間，有「李善注」，注文資料詳富；然而，於阮籍〈詠懷詩〉之訓解，他便直接襲用顏延之、沈約的注釋，幾乎一字不動。《文選》經過諸名家注解後，建構了它的經典性，於唐代玄宗開元年間，又有呂延濟、劉良、張銑、呂向、李周翰五人合注，著重於字句解釋，稱為「五臣注」。南宋以後，取李善注與五臣注合刻，稱「六臣注」。後世對《文選》之詮釋，多半不出這幾部注解的牢籠，其使用時，幾乎都未註明出處。[53]

大凡注解[54]或注解之書為工具書，相似無法避免的原因，在於注解闡述對象為詞或作品之「原義所指」，此一原義所指（meaning）係敘述中

---

40 （東漢）王逸，〈招魂章句第九〉，文淵閣四庫全書電子版《楚辭章句》卷九。

41 「隋唐書《志》有皇甫遵訓《參解楚辭》七卷、郭璞注十卷、宋處士諸葛《楚辭音》一卷、劉杳《草木蟲魚疏》二卷、孟奧音一卷、徐邈音一卷。始漢武帝命淮南王安為《離騷傳》，其書今亡。」（南宋）洪興祖，《楚辭補註‧楚辭卷第一》，宋《摛藻堂四庫全書薈要》本。

42 （明）林兆珂，《楚辭述註》據明萬曆三十九年刻本影印（揚州：廣陵書社，2008）。

43 （明）黃文煥，《楚辭聽直》據明末緝柳齋刊本影印（揚州：廣陵書社，2008）。

44 （明）陸時雍，《楚辭疏》（臺北：新文豐，1986）。

45 （清）劉夢鵬，《屈子章句》（臺北：新文豐，1986）。

46 （清）陳本禮，《屈辭精義》據清嘉慶十七年裛露軒刊本影印（揚州：廣陵書社，2008）。

47 （清）胡文英，《屈騷指掌》據清嘉慶十七年裛露軒刊本影印（揚州：廣陵書社，2008）。

48 （清）胡濬源，《楚辭新注求確》（臺北：新文豐，1986）。

49 （清）王闓運，《楚辭釋》（臺北：新文豐，1986）。

50 （清）馬其昶，《屈賦微》（臺北：廣文，1990）。

51 （戰國）屈原等，《楚辭四種》（楚辭、楚辭拾遺、屈原賦注、離騷圖經）（臺北：華正，1989）。

52 游國恩，《楚辭集釋》（臺北：新文豐，1979）。

53 按：這是古人知識傳承模式的常規，臚列其名使後人有所徵信即可，至於該文句出自何書，則是後學理所當然的學養，不須詳述。

54 本文原作「註」，審查意見指出宜作「注」，從改。二者略別。註乃註記之義，注才是注疏之義。這二者，明朝人才開始混用。

之不可變項（invariable），或稱為基本字（或詞／句）義，[55]而創發性之論見則必須來自創意所指（significance），[56]即研究者的特殊詮釋。職是之故，只要所根據為同一篇文本，如果僅就其文本表層意義進行翻譯式的描述，或形式結構的分析，則其意不免近似，因為其所詮釋者，皆屬於原義所指之層面，必然有所雷同。原作之meaning屬原作者，其著作人格權皆屬原作者；其他研究者皆基於此一恆常不變的meaning而各自發展成不同的significance，而只有與meaning有別的significance，亦即其中有對言外的深層涵意有所創解，其貢獻才屬研究，其著作人格權才屬於研究者，其後才能構成參考或抄襲的問題，否則要說引述只能說引述原作者。

從注解者的立場看，使用同一詞典，或同一注本，文字表層義難免近似。從接受學的角度而言，就實際的語言修辭說，每一個文本皆有其一看就知道的固定意義（proper meaning），此一意義，任何具資格的讀者（qualified reader）都可以從事同質性的繹解，其性質幾近於翻譯。

翻譯指將承載著訊息的某一語言系統轉換為另一種截然不同語言系統，完成訊息傳達的工作，如將中文譯為英文的活動；翻譯也用來指涉任何將訊息簡易化為接受者可讀的行為，如語言與時俱變，古今發展為不同系統，詁訓有所不足，這時候也需要翻譯的介入，於中文的語言系統即有文言文、詩、詞譯入白話文。對古典文學作品的接受活動裡，注解提供了基礎而一般的認識，進一步通過賞析的鑒賞與分析，先就文本內容與修辭得出客觀的認識之後，賞析活動的撰述人根據自己的思想情感、生活經驗、藝術觀點和興趣予以補充。分析原作的再現、原作者的表現什麼樣思想感情修辭。由於賞析是就原作品鑒賞的一個過程，檃括或沿襲該作品是一不可或缺的策略。因繹解與翻譯而延引出的相似性，應如何面對？

以下，我們要談的是譯述賞析。陳昭瑛《臺灣詩選注》與筆者《臺灣古典詩面面觀》都曾經就章甫〈望玉山歌〉進行賞析。章甫的原作如下：

---

[55] 參注22喬姆斯基的相關說法。

[56] 本段資料感謝柯慶明老師的提點。significance與meaning的區別，見於E.D. Hirsch, Jr., *Validity in Interpretation* (New Haven and London: Yale University Press, 1967). 其最簡明之解釋見p.8此段："Meaning is that which is represented by a text : it is what the author Meant by his use of a particular sign sequence; it is what the signs represent. Significance, on the other hand, names a relationship between that meaning and a person, or a conception, or a situation, or indeed anything imaginable ... Clearly what changes for them is not the meaning of the work, but rather their relationship to that meaning. Significance always implies a relationship, and one constant, unchanging pole of that relationship is what the text means."

> 天蒼蒼，海茫茫；武巒後，沙連旁；半空浮白，萬島開張；非冰非水，非雪非霜。老翁認得真面目，云是玉山發異光。山上寶光山下照，萬丈清高萬丈長；晴雲展拓三峰立，一峰獨聳鎮中央。須臾變幻千萬狀，晶瑩摩盪異尋常。四時多隱三冬見，如練如瀑如截肪；駭目驚人不一足，莫辨璧圓與圭方。我聞輝山知韞玉，又聞採玉出崑岡；可求猶是人間寶，爭似此山空瞻望。當時有客癡山鑿，自恃雄心豪力強；豈知愈入愈深處，歸於無何有之鄉。嗟乎玉山願望幾曾見，我今何幸願為償！償來願望亦造化，多謝山靈不可忘。山靈歸去將誰說，依舊囊紗而篆香；大璞自然天地祕，未知韞匱何處藏！且將一片餘光好，袖來寶貴入詩囊。[57]

就這首詩，陳昭瑛的分析如下：

> 開頭四句為三言，寫玉山的大環境，緊接四句為四言，寫雲海間的玉山諸峰；此後則為七言，給人層層推近、直逼山頂玉光的感覺。用電影的術語來說，作者在特寫了山頂的玉光之後，突然又將鏡頭拉到萬丈之遙的山下，再從遠處瞭望三峰並列、一峰獨聳、雲譎波詭、虛無縹緲的景象。如此由遠而近，再由近而遠的空間轉換，使玉山生出了動態之美。
>
> 在比較了產玉的崑岡和玉山之後，作者興出「爭似此山空瞻望」的歎息。由此亦見出玉山之美還在於它的神祕不可即，一年中只有冬天晴朗可以望見，想要親炙，則會遭遇「豈知愈入愈深處，歸於無何有之鄉」的困難。崑岡之為玉山是因可以採玉供人賞玩，但玉山之為玉山在於它本身即是玉，且是不可親狎之玉。難怪陳夢林〈望玉山記〉將玉山比為冰清玉潔的女子：「江上之青，無能方其色相；西山之白，莫得比其堅貞。」並在〈玉山歌〉中唱歎道：「自古未有登其峰，於戲！無欲從之將焉從。」
>
> 結尾「韞匱」之典雖出自《論語》，但〈望玉山記〉就曾把玉山比喻為「士」：「是寰海內外，獨茲山之玉立乎天表，類有道知

---

[57] 章甫，〈望玉山歌〉，「智慧型全臺詩知識庫」，http://xdcm.nmtl.gov.tw/twp/b/b02.htm（2018.10.07 徵引）。

> 幾之士超異乎等倫……」不過章甫以天地比喻收藏玉山這塊美玉的大匱則是很有創意的隱喻。末二句更表現了詩的昇華，詩人因為只能空瞻望，而不能登臨，不免喟歎，於是用兩袖收拾起玉的餘光，並收藏於詩中，以詩的歌詠彌補了烟雲鎖玉山的惆悵。全詩格局開濶，描摩盡致，用詞奔放，隱喻生動，寫景與寄情並重，是極動人的作品。[58]

筆者的賞析如下：

> 四句三言造端，先自營造迫人不得呼息的氣勢，緊跟上來四句四言，漸推為七言，文字層層撤遠，眼光咄咄逼近，由老翁道玉山真相，直逼山頂玉光，忽又將鏡頭拉下的山麓，從遠處瞭望三峰並列、一峰獨聳、雲譎波詭、虛無縹渺的景象，終於「空瞻望」不可即的歎息。玉山之美在於它的神祕，天地為藏玉山此美玉之大櫝，登臨無門，如陳夢林的〈玉山歌〉「於戲！雖欲從之將焉從？」而作為賞景人，便將就著以兩袖收拾起玉的餘光，寫入永恆的詩篇之中。造語寫境，句句奇崛，因而詩篇本身也儼然矗起是一座「永遠的山」。[59]

就整體脈絡而言，陳作為選注台灣詩，從章甫作品中選這首〈望玉山歌〉詳加註解與賞析；筆者則是在「自然與社會」的脈絡下，從《諸羅縣志》到郁永河《番境補遺》中對玉山的記載，擴及到〈望玉山歌〉，試圖勾勒出台灣古典詩歌中對於自然山水的描寫。兩本著作的旨意有別，故賞析與註解處陳作較豐。而從賞析的層面言，陳作的解析以四言至七言為層層推近，直逼玉山，拙作的解析以此為一種放開，從四言到七言，在書寫為開釋，而作者之眼則是咄咄逼近，拙作所強調者為視點與文字因形成罅隙而產生的張力。陳作以電影鏡頭為喻，而江作雖用「鏡頭」一語，但並未特定為「電影鏡頭」，可以作為「視點」的代稱，因而前後文皆未以電影鏡頭展開鋪述。引述此詩的論旨則在說明玉山在台灣古典自然詩中書寫的重

[58] 陳昭瑛，《臺灣詩選注》，頁75-76。

[59] 拙著，《臺灣古典詩面面觀》，頁105。

要性，此亦陳作所無。

玉山之美在於它的神祕，本諸文本的描述。而天地為藏玉山此美玉之大櫝，係「大璞自然天地祕，未知韞匵何處藏！」而以兩袖收拾起玉的餘光，「且將一片餘光好，袖來寶貴入詩囊。」陳作認為「詩的歌詠彌補了烟雲鎖玉山的惆悵。」但拙作則以為章甫除了在說將玉山寫入永恆的詩篇之中，也有藉此將「書寫」此一動作永恆化，與玉山開天闢地即在那裡，未來還會繼續在那裡，同時也隱含著偉大的作品也需附名山之驥尾永存，因而解析之末括用詩篇似乎也矗起如「永遠的山」，此語係嘉義籍散文名家陳列書寫玉山的名作，筆者用以為互文，將之串聯成玉山古今書寫的歷史。從立意、詮釋角度、宗旨、關注重點等面向來看，兩人的賞析不盡然相同，但兩段的賞析在這一句話裡有若干字頗為相似，應如何以觀？

陳作：「從遠處瞭望三峰並列、一峰獨聳、雲譎波詭、虛無縹緲的景象。」拙作為：「從遠處瞭望三峰並列、一峰獨聳、雲譎波詭、虛無縹渺的景象，終於『空瞻望』不可即的歎息。」這兩段文字的比較，我們可以發現，這句話係由文本「晴雲展拓三峰立，一峰獨聳鎮中央」、「須臾變幻千萬狀……」、「豈知愈入愈深處，歸於無何有之鄉」、「爭似此山空瞻望」、「嗟乎玉山願望幾曾見，我今何幸願為償！」由於近似者係得自文本之訓解，而此一訓解屬描述語言，該描述語言，屬一般性之成語，如「雲譎波詭」、「虛無縹渺」，若此者，皆係既有成語，非別鑄新詞，其間並無原創性，也沒有特殊論見，這個次序來自原詩，殊難指認為陳作之著作權。

而詩歌詮釋如非有個人特殊創見，任何人不得以之為個人研究成果。因而，論述原義時在詞義解釋上採用《辭海》的理解，解析《昭明文選》在原義的理解上採用五臣注的解釋，若未全引其文則亦無需標明出處，實不得視為違反學術規範。再者，檢視一般譯注的書籍——即便是國語文教科書，其所有訓解與作者小傳皆未繫出處；這段未超過三十字的敘述，既寓含若干審美的見解，並非對陳作的全文抄引，而兩者的相同，多來自對原作的櫽括，如此可知。

以上，櫽括原作部分，出自對原文之理解，「原義所指」（meaning）而非申論之所得。使用共同文獻或傳記資料、歷史之客觀事實，又，實屬細節，非重要論見，更無涉個人創見，並不具「創義所指」（significance）。

原義所指與創義所指之分辨，其所以重要，主要在人文學往往涉及卷帙浩繁之資料處理，以及個人之博雅養成，當資料處理的筆記有所疏失，記憶有所不及，方始能有此不得不爾的救濟。孤立的相似性於創襲的判斷確實有其困難與盲點，引證前文幾位學者對沈光文生平的敘事，可資鑑戒。然而，在現下學術倫理要求日趨嚴密之際，如何在這些述學範疇的創襲形式達到共識，實為當務之急；在共識仍未達成，一切關於述學之著作，若能夠確知來源，仍以直接引注為當，並列入正式參考書目為宜。

## 四、小結

本文論述中文書寫中的述學體所牽涉的撰述類型、所發生的創襲問題，先就定義確認於語言與概念兩者，並以述學體為範疇對象，說明大凡檃括、類應、沿襲係中文書寫知識體系中使用的思維模式，其導致雷同的層面，有人類生活日常語用、「經驗樣態總體」，以及複製思維模式等等，屬記憶材料的底層，不易自覺。如果就以上的幾個層面思考，再加上傳統中國文化述作的思維模式，對於學術倫理有具體的自覺意識，就變得更為困難。

學術論文或專著，牽涉到研究成果與貢獻。對於創見或觀念的抄襲，當然需要嚴格之規範。然而生活日用，目錄、年表必然同一，作者生平傳記的陳述，就學者撰述的實際案例進行分析後，可以看到頗為近似之由，這部份牽涉的，實是客觀性內容與記憶資料的問題。接著，以詩歌注解與賞析為例，對象是同一件作品，檃括其內容，就會呈現部分相同。使用的是同一本字典，則詮釋將完全相同。這類檃括、注解，處理的都是文獻，屬表層義或原義所指，與深層義、創義所指無涉，然而，這也是最危險的地帶，就傳記、注解、或賞析資料言，本就是既可以檢尋原文，如果內容未有所申論，不具論見的來源自不易記憶，若干字句的相似，實是訓解活動，特別是描寫性的敘述所難避免。

簡言之，詩歌詮釋與傳記陳述，係在一個語言書寫、詮釋系統之中，又局限於同樣的語言，近似、雷同，恐難避免。一旦使用者在引注上有所遺漏時，確有察覺的困難。

我們也要指出，時移世改，創襲分判的重要性已不可同日而語。中文學術書寫日趨變異，實有更趨嚴謹要求的必要，現代的著述必須分外小心，即使屬述學體的書寫，都宜避免與前人著作的任何語句於用詞或語序方面相似之外，假如能夠引注，更應該適當引注。其合理的引注方式宜參考相關規範。如在每一段引文未作修改者，使用獨立引文；於引用語言有所修改者，或僅於敘述概念上相同者，亦皆能標出原作者，則自可以免於創襲之爭議。

又及，本文在選擇討論的內容時，使用包括筆者在內的當代臺灣文學者的述論，一則因為此係筆者最熟悉的領域；二則恰能在不同的整述、譯注、賞析等尋獲適合的舉證；三則因被舉證者皆已在領域中卓有成就，不致因此而受到任何聲譽或地位的影響，又可以反過來說明中文述學體創／襲區界之模糊難辨，甚至連領域專家都難以避免其困惑，願後來者深所警惕。

## 引用書目

下村作次郎、中島利郎、藤井省三、黃英哲編，《よおがえる台湾文学——日本統治期の作家と作品》（東京：東方書店，1995）。

文淵閣四庫全書電子版，（臺北：迪志文化，2007）。

方岩編，《中國文壇紛爭公案——在創造、模仿與剽之間》（廈門：鷺江出版社，1999）。

吳雪美編，《宋元文學學術研討會論文集》（臺北：東吳大學中文系，2002）。

王瑛曾撰，《重修鳳山縣志》（南投：臺灣省文獻委員會，1993）。

王寧，《古代漢語》（北京：北京出版社，2002）。

王闓運，《楚辭釋》（臺北：新文豐，1986）。

甘文芳等著，黃英哲主編，《日治時期臺灣文藝評論集‧雜誌篇》（臺南：國家臺灣文學館籌備處，2006）。

朱宥勳，〈文學抄襲的三種類型〉，https://www.facebook.com/notes/%E6%9C%B1%E5%AE%A5%E5%8B%B3/%E6%96%87%E5%AD%B8%E6%8A%84%E8%A5%B2%E7%9A%84%E4%B8%89%E7%A8%AE%E9%A1%9E%E5%9E%8B/629787297062130/（2019.02.01徵引）。

江寶釵，《臺灣古典詩面面觀》（臺北：巨流，1999）。

———，〈生活在「他齋」——論陳夢林纂修《諸羅縣志》之特色暨其內蘊與價值〉，《東吳中文學報》第29期（2015），頁147-168。

西北侯撰，〈創作‧臨摹‧抄襲〉，《海洋》第14期（1968），頁190。

李泰棻，《方志學》（上海：上海印書館，1935）。

李魁賢，《李魁賢詩集》（二）（臺北縣：文化局，2001）。

余文儀撰，《續修臺灣府志》（南投：臺灣省文獻委員會，1993）。

沈茂蔭撰，《苗栗縣志》（南投：臺灣省文獻委員會，1993）。

（清）周鍾瑄主修，《諸羅縣志》（南投：臺灣省文獻委員會，1984）。

周璽，《彰化縣志》（南投：臺灣省文獻委員會，1993）。

屈原等著，《楚辭四種》（臺北：華正，1989）。

林兆珂，《楚辭述註》（揚州：廣陵書社，2008）。

物集高見，《廣文庫》第13冊（東京：廣文庫刊行會，1917）。

施懿琳，《清代臺灣詩所反映的漢人社會》（臺北：臺灣師範大學國文學系博士論文，1991）。
痲瓜先生，〈「同化」故事：語言汪洋中的「語言孤島」〉，The News Lens，https://www.thenewslens.com/article/64330（2019.02.04徵引）。
洪興祖，《楚辭補註・楚辭卷第一》。宋《摛藻堂四庫全書薈要》本。
胡文英，《屈騷指掌》（揚州：廣陵書社，2008）。
胡濬源，《楚辭新注求確》（臺北：新文豐，1986）。
泰戈爾（Rabindranath Tagore）著，周仲鍇譯，〈漂鳥集〉，https://market.cloud.edu.tw/content/junior/chinese/ks_wg/chinese/content/poem/01.htm（2016.01.11徵引）。
翁洲老民手稿，《海東逸史》（南投：臺灣省文獻委員會，1995）。
馬其昶，《屈賦微》（臺北：廣文，1990）。
章甫，《半崧集簡編》（南投：臺灣省文獻委員會，1994）。
連橫，《臺灣通史》（南投：臺灣省文獻委員會，1992）。
———，《臺灣詩乘》（南投：臺灣省文獻委員會，1992）。
陳本禮，《屈辭精義》（揚州：廣陵書社，2008）。
陳昭瑛，《臺灣詩選注》（臺北：正中書局，1996）。
陳培桂撰，《淡水廳志》（南投：臺灣省文獻委員會，1993）。
陳夢林，《諸羅縣志》（南投：臺灣省文獻委員會，1984）。
陸時雍，《楚辭疏》（臺北：新文豐，1986）。
智慧型全臺詩知識庫，http://xdcm.nmtl.gov.tw/twp/b/b02.htm（2018.10.07徵引）。
游國恩，《楚辭集釋》（臺北：新文豐，1979）。
黃文煥，《楚辭聽直》（揚州：廣陵書社，2008）。
黃叔璥，《臺海使槎錄》（南投：臺灣省文獻委員會，1996）。
楊雲萍，《南明研究與臺灣文化》（臺北：台灣風物雜誌社，1993）。
———，《臺灣史上的人物》（臺北：成文，1981）。
語言學名詞審定委員會，《語言學名詞》（北京：商務印書館，2011）
劉夢鵬，《屈子章句》（臺北：新文豐，1986）。
劉登翰，《臺灣文學史》（福州：海峽文藝，1991）。
蔣鈴鈴，〈李榮浩新歌抄襲陳奕迅？低等動物變野生動物〉，《中時電子報》，http://www.chinatimes.com/realtimenews/20160106002677-260404（2016.01.11徵引）。
鄭毓瑜，〈詮釋的界域——從〈詩大序〉再探「抒情傳統」的建構〉，《中國文哲研究集刊》第23期（2003），頁1-32。

Hirsch, E. D. Jr. *Validity in Interpretation*. New Haven and London: Yale University Press, 1967.

現代語言學會（Modern Language Association）著，王建文校譯，《MLA論文寫作手冊》（臺北：書林，2010）。

*Oxford Advanced Learner's Dictionary*. Oxford: Oxford University Press, 1995.

Robert R., Magliola著，周正泰審譯，《現象學與文學批評》（臺北：結構群，1989）。

# An Analysis of the Plagiarism Controversy Surrounding Chinese Transmitter Writing

Jiang, Bao-Chai*

## Abstract

This article discusses the definition and interpretation of modern plagiarism—what is plagiarism? Put simply, plagiarism has two aspects: ideas and expressions. It refers to the violation of authorship when someone usurps other's work for his or her own. When applied to Chinese writing it can be found that, according to this definition, cases of ideological plagiarism abound. Such abundance of plagiarism case not only highlights problems of literary knowledge but also the larger cultural environment. The Eastern cultural upbringing we are accustomed to hinders our understanding of literary inheritance and the ideas about what is innovation or plagiarism.

In the Spring and Autumn period, Confucius's remark describing himself as "a transmitter and not a maker" established two systems in the Chinese literary tradition: one focusing on "transmission," the other on "creation." Respectively speaking, both the transmitter and creator traditions have developed their own characteristic writing systems. Modern academic writing values idiosyncratic, distinguishing, and creative perspectives, whereas the transmitter tradition is concerned with transmitting the literary legacy of past writers and generations and passing on the inheritance to future generations and writers. This focus on inheritance has even affected the creator system so that many literary creations often contain countless transmission intentions as well as practices, complicating the issue of ideological plagiarism even further.

* Professor, Graduate Institute of Taiwanese Literature and Creative Innovation, National Chung Cheng University.

This article tackles the transmitter tradition by examining past practices and writings from the perspective of transmitter tradition. "Chinese rectification" is a traditional literary practice of rewriting past works by adopting past writings into different literary genres, abridging or expanding the paragraphs, or rewriting the content without altering the author's intention. Its specific practice includes annotation, translation, analysis and author biography. This article tries to comb out controversial issues of plagiarism rising out of this Chinese literary tradition involving practices that are difficult to be reckoned with by modern standards, in order to reveal the cultural significance behind.

**Keywords:** writing ethics; plagiarism; 〔創襲/innovation or plagiarism〕; transmitter tradition; creator tradition; rectification

# 附錄一：柯慶明寫作年表初編*

凡例：

（1）以筆名「黑野」發表者，在「備註」欄標註以「★」。

（2）本寫作年表的編列以第一次發表時間為準，第二次以後的刊載狀況在「備註」欄中說明。

（3）本寫作年表僅列以「文章」形式刊行者，演講談話不列入。

（4）本寫作年表僅列個人作品集，主編的作品不列入。

| 篇名／書名 | 發表刊物 | 發表日期 | 收錄 | 備註 |
|---|---|---|---|---|
| 〈K的迷惘〉 | 《建中青年》27 | 1963.6 | | |
| 〈讀〈淮陰侯列傳〉有感〉 | 《新潮》10 | 1965.6 | 《萌芽的觸鬚》 | |
| 〈論藝術創作與鑑賞〉 | 《新潮》11 | 原雜誌未列 | 《一些文學觀點及其考察》 | 第11期任總編輯。 |
| 〈讀李白〈將進酒〉〉 | 《新潮》11 | 原雜誌未列 | | |
| 〈大學二年有感外五章〉 | 《新潮》11 | 原雜誌未列 | | ★ |
| 〈有感〉 | 《新潮》12 | 原雜誌未列 | | ★第12期任總編輯。 |
| 〈哭〉 | 《新潮》12 | 原雜誌未列 | | |
| 〈志摩走的時候悄悄的，一如悄悄的他來〉 | 《新潮》12 | 原雜誌未列 | | |
| 〈讀李白月下獨酌〉 | 《台大僑生》4 | 1966.2 | 《萌芽的觸鬚》 | |

* 本寫作年表的初稿由台灣大學台灣文學研究所楊富閔、鍾秩維、陳涵書、林祈佑、梁恩寧、李秉樞編，發表於「柯慶明教授七十壽慶研討會」（台北：台大台文所，2016.3.12）；收錄在此的版本經過楊富閔、鍾秩維、林祈佑、李秉樞增補、修訂。

| 篇名／書名 | 發表刊物 | 發表日期 | 收錄 | 備註 |
|---|---|---|---|---|
| 〈讀李賀感諷五首〉 | 《大學論壇》17 | 1966.12 | 《萌芽的觸鬚》 | |
| 〈試論寫作〉 | 《新潮》12 | 1967.2 | 《一些文學觀點及其考察》 | |
| 〈白話文學運動與文白問題的解析〉 | 《大學論壇》18 | 1967.2 | 《一些文學觀點及其考察》 | |
| 〈〈委員室裡的長青節〉試剖〉 | 《現代文學》31 | 1967.4 | 《萌芽的觸鬚》 | |
| 〈馮正中論〉 | 《大學論壇》19 | 1967.4 | 《萌芽的觸鬚》 | |
| 〈論王國維人間詞話中的境界：有我之境、無我之境及其他〉 | 《新潮》14-15 | 1967.5.4 | 《一些文學觀點及其考察》 | |
| 〈觸鬚〉三首 | 《新潮》14-15 | 1967.5.4 | | |
| 〈朋友死去的感覺〉 | 《現代文學》32 | 1967.9 | | ★ |
| 〈〈後赤壁賦〉析評〉 | 《現代文學》33 | 1967.12 | 《萌芽的觸鬚》；《境界的再生》。 | |
| 〈〈吞噬〉的解析〉 | 《新潮》16 | 1967.12 | 《萌芽的觸鬚》 | 評論萱草的作品。 |
| 〈靜思筆記選〉 | 《新潮》16 | 1967.12 | | |
| 〈想起〉 | 《新潮》16 | 1967.12 | 《清唱》 | ★ |
| 〈靜思筆記選〉 | 《大學論壇》22 | 1968.2 | | |
| 〈王維古詩四首析評〉 | 《中國人事行政月刊》1:4 | 1968.4 | 《萌芽的觸鬚》 | |
| 〈新兵手記〉 | 《現代文學》34 | 1968.5 | 《出發》 | ★即《出發》中的〈蛇形草〉，由於敘述軍旅生活，當時《現代文學》的主編王文興編選為〈新兵日記〉刊出。 |
| 〈論劉勰的原道說〉 | 《大學論壇》23 | 1968.5 | 《一些文學觀點及其考察》 | |

| 篇名／書名 | 發表刊物 | 發表日期 | 收錄 | 備註 |
|---|---|---|---|---|
| 〈那淡淡的哀愁〉 | 《幼獅文藝》28: 6 | 1968.6 | 《出發》 | ★ |
| 〈論朱西甯的一本短篇小說集：《鐵漿》〉 | 《新潮》17 | 1968.6 | 陳建忠編，《台灣現當代作家研究資料彙編（24）：朱西甯》（台南：國家台灣文學館，2012）；《萌芽的觸鬚》；《境界的再生》；《柯慶明論文學》。 | 收錄於《柯慶明論文學》的版本改篇名為〈《鐵漿》論：朱西甯的小說藝術〉。 |
| 〈李義山〈錦瑟〉試剖〉 | 《現代文學》35 | 1968.11 | 《萌芽的觸鬚》；《境界的再生》。 | |
| 〈晨簡〉 | 《幼獅文藝》29: 6 | 1968.12 | 《出發》 | ★ |
| 〈讀「想把消息傳遞」〉 | 《新潮》18 | 原雜誌未列 | 《萌芽的觸鬚》 | 評論李濤的作品。 |
| 〈早晨，兒童樂園的鞦韆〉 | 《幼獅文藝》30: 3 | 1969.3 | 《出發》 | ★ |
| 〈〈結髮為夫妻〉淺析〉 | 《現代文學》37 | 1969.3 | 《萌芽的觸鬚》；《境界的再生》。 | |
| 〈風聲與燭宴〉 | 《現代文學》37 | 1969.3 | 《出發》 | ★ |
| 〈雷〉 | 《幼獅文藝》31: 1 | 1969.7 | 《出發》 | ★ |
| 〈黃昏小簡〉 | 《作品》2:4 | 1969.7 | | ★ |
| 〈噢，暮春！〉 | 《現代文學》39 | 1969.12 | 《出發》 | ★ |
| 〈金門詩抄〉 | 《新潮》19 | 原雜誌未列 | | ★ |
| 〈說〈宋金郎團圓破氈笠〉〉 | 《現代文學》40 | 1970.3 | 《萌芽的觸鬚》；《境界的再生》 | |
| 論著：《一些文學觀點及其考察》 | 台北：雲天 | 1970.5 | | |

| 篇名／書名 | 發表刊物 | 發表日期 | 收錄 | 備註 |
|---|---|---|---|---|
| 〈於無字句處讀書：論文學作品的精讀〉 | 《新潮》20 | 1970.6 | 《一些文學觀點及其考察》；《分析與同情》；《柯慶明論文學》。 | 收錄於《柯慶明論文學》的版本改篇名為〈談文學作品的精讀〉。 |
| 散文集：《出發》 | 台北：晨鐘 | 1970.9 | | ★ |
| 論著：《萌芽的觸鬚》 | 台北：雲天 | 1970.12 | | |
| 〈夏懷四章〉 | 《新潮》21 | 1970.12 | | ★ |
| 〈幾首舊詩〉 | 《現代文學》42 | 1970.12 | 《分析與同情》；《境界的再生》。 | |
| 〈還鄉〉 | 《現代文學》42 | 1970.12 | | ★ |
| 〈兩首序詩〉 | 《現代文學》43 | 1971.5 | 《分析與同情》；《境界的再生》。 | |
| 〈詩三章〉 | 《新潮》22 | 1971.6.10 | | ★ |
| 〈中國古典小說研究專號前言〉 | 《現代文學》44 | 1971.9 | | |
| 〈試論兩篇儒家小說：〈鄭伯克段于鄢〉、〈漁父〉〉 | 《現代文學》44 | 1971.9 | 《分析與同情》；《境界的再生》。 | |
| 〈中國古典小說研究專號編後〉 | 《現代文學》45 | 1971.12 | | |
| 〈論紅樓夢的喜劇意識〉 | 《現代文學》45 | 1971.12 | 《分析與同情》；《境界的再生》；「幼獅月刊編輯委員會」編，《紅樓夢研究》（台北：幼獅，1972）。 | 亦刊於《中國文選》77（1973）。 |
| 〈平交道・灰〉 | 《新潮》23 | 原雜誌未列 | | ★ |

| 篇名／書名 | 發表刊物 | 發表日期 | 收錄 | 備註 |
| --- | --- | --- | --- | --- |
| 論著：《分析與同情：中國古典文學的批評與其理論》 | 台北：蘭臺 | 1971 | | |
| 〈試論幾首唐人絕句裏的時空意識與表現〉 | 《中外文學》1: 11；2: 1-2、4-5 | 1972.4-10 | 《分析與同情》；《境界的再生》。 | 分五期刊載 |
| 〈「秋決」的主題與表現〉 | 《現代文學》47 | 1972.6 | 《分析與同情》；《境界的再生》。 | 另以〈境界的再生：論「秋決」的主題〉刊載於《電影欣賞》（1983.5）「張永祥電影作品回顧展」專題。 |
| 〈詩與其批評的一種觀點〉 | 《新潮》24 | 1972.6 | 《分析與同情》；《柯慶明論文學》。 | 收錄於《柯慶明論文學》的版本改篇名為〈論詩與詩評〉。 |
| 〈無題〉 | 《現代文學》48 | 1972.11 | | |
| 論著：《分析與同情：中國古典文學的批評與其理論》 | 台北：蘭台 | 1973.6 | | 參《省思札記》自訂年表。 |
| 〈詩人與葵花〉 | 《現代文學》51 | 1973.9 | 《靜思手札》 | |
| 〈略論唐人絕句裏的異域情調：山林詩與邊塞詩〉 | 《古今文選附刊》76 | 1974.3 | 《境界的探求》 | |
| 〈朝聖〉 | 《幼獅文藝》40: 5 | 1974.11 | 《靜思手札》 | ★ |
| 〈略論余光中的兩首記遊詩：「鵝鑾鼻」與「西螺大橋」〉 | 《古今文選（新）》334 | 1974.11 | 《境界的探求》 | |
| 〈中文系的學生學些什麼？一種個人的觀點〉 | 《新潮》29 | 1975.1.5 | | |

| 篇名／書名 | 發表刊物 | 發表日期 | 收錄 | 備註 |
|---|---|---|---|---|
| 〈由幾首早期歌謠：試論中國古詩的基本構成〉 | 《幼獅文藝》41: 2 | 1975.2 | 《境界的探求》 | |
| 〈由兩首現代詩略論兩種「詠物」詩的幾個類型〉 | 《古今文選附刊》96 | 1975.2 | 《境界的探求》 | |
| 〈十四家散文特展：夏日校園及其他〉 | 《幼獅文藝》41: 4 | 1975.4 | 《靜思手札》 | ★改為「夏日黃昏校園及其他」 |
| 〈藝術生命是生命的醒覺〉 | 《幼獅文藝》42: 5 | 1975.11 | | |
| 〈黑野詩抄〉 | 《幼獅文藝》42: 6 | 1975.11 | | ★ |
| 〈微笑〉 | 《幼獅文藝》43: 1 | 1976.1 | 《靜思手札》 | ★ |
| 〈兩個僕人的故事〉 | 《幼獅文藝》43: 2 | 1976.2 | 《靜思手札》 | ★ |
| 〈略論文學批評的本質：序高全之的「當代中國小書論評」〉 | 《中外文學》4: 11 | 1976.4 | 《境界的探求》；《柯慶明論文學》 | 收錄於《柯慶明論文學》的版本改篇名為〈略論文學批評的本質〉。 |
| 詩集：《清唱》 | 台北：牧童 | 1976.6 | | |
| 〈悲劇情感與命運：陳世驤先生「中國詩之分析與鑑賞示例」一文中若干論點之再思〉 | 《中外文學》5: 2 | 1976.7 | | 本文後來成為〈論悲劇英雄：一個比較文學的觀念之思索〉一文之「餘論」。 |
| 〈序說〉 | | 1976.8 | 柯慶明編，《中國文學批評年選》（臺北：巨人，1976）。 | |

| 篇名／書名 | 發表刊物 | 發表日期 | 收錄 | 備註 |
|---|---|---|---|---|
| 〈繫〉 | 《聯合報・副刊》 | 1976.8.9 | | ★ |
| 〈現代中國文學批評的意義〉 | 《中國時報・人間》 | 1976.8.21 | 《境界的探求》 | |
| 〈慈・悲〉 | 《幼獅文藝》44: 3 | 1976.9 | 《靜思手札》 | ★ |
| 〈自然生命的歌詠：六朝民歌絕句中所反映人文精神的一種風貌試探〉 | 《詩學》2 | 1976.10 | 《境界的探求》 | |
| 〈人際〉 | 《中外文學》5: 9 | 1977.2 | | |
| 論著：《境界的再生》 | 台北：幼獅 | 1977.5 | | |
| 〈論「悲劇英雄」：一個比較文學的觀念之思索〉 | 《文學評論》4 | 1977.5 | 《柯慶明論文學》 | 收錄於《柯慶明論文學》的版本改篇名為〈論悲劇英雄：比較文學〉。 |
| 〈試論王維詩中的世界〉 | 《中外文學》6: 1-3 | 1977.6-8 | 《文學美綜論》 | 分三期刊載。 |
| 論著：《境界的探求》 | 台北：聯經 | 1977.6 | | |
| 〈城居札記〉 | 《幼獅文藝》46: 1 | 1977.7 | 《靜思手札》 | ★ |
| 〈偏枯〉 | 《幼獅文藝》46: 3 | 1977.9 | 《靜思手札》 | ★ |
| 〈雨的片斷〉 | 《幼獅文藝》46: 3 | 1977.9 | 《靜思手札》 | ★ |
| 〈校園零拾〉 | 《幼獅文藝》46: 3 | 1977.9 | 《靜思手札》 | ★ |
| 〈中國古典文學研究叢刊弁言〉 | | 1977.10 | 《中國古典文學研究叢刊》（台北：巨流，1977-1978）；《柯慶明論文學》。 | |

| 篇名／書名 | 發表刊物 | 發表日期 | 收錄 | 備註 |
|---|---|---|---|---|
| 〈窗外是極好的陽光・等候〉 | 《中外文學》6:8 | 1978.1 | | 「窗外是極好的陽光」另發表於《中央日報・副刊》（1991.7.3）。 |
| 〈文學美綜論〉 | 《中外文學》6-12; 7:1-2 | 1978.5-7 | 《文學美綜論》 | 分三期刊載。 |
| 〈現代中國文學批評述論〉 | 《近代中國》15-17 | 1980.2-6 | 《現代中國文學批評述論》 | 分三期刊載。 |
| 〈隨想〉 | 《聯合報・副刊》 | 1981.8.14 | 《靜思手札》 | ★ |
| 〈隨想2：星球夜雨〉 | 《聯合報・副刊》 | 1981.8.19 | 《靜思手札》 | ★ |
| 〈隨想3：井底的牢獄〉 | 《聯合報・副刊》 | 1981.8.20 | 《靜思手札》 | ★ |
| 〈隨想4：幻影〉 | 《聯合報・副刊》 | 1981.8.21 | 《靜思手札》 | ★ |
| 〈苦難與敘事詩的兩型：論蔡琰「悲憤詩」與「古詩為焦仲卿妻作」〉 | 《中外文學》10: 4-6 | 1981.9-11 | 《文學美綜論》 | |
| 〈愛〉 | 《聯合報・副刊》 | 1981.9.25 | 《靜思手札》 | |
| 〈試論王維詩中常見的一些技巧和象徵〉 | | 1981.11 | 《臺靜農先生八十壽慶論文集》，（台北：聯經，1981）；《境界的探求》。 | |
| 〈海濱的形象〉 | 《聯合報・副刊》 | 1982.6.17 | 《靜思手札》 | ★ |
| 論著：《文學美綜論》 | 台北：長安 | 1983.5；大安重版，2000 | | |
| 〈天高地迴月照星臨：略論唐詩的開闊興象〉 | 《中原文獻》16: 9-10 | 1984.9-10 | 《中國文學的美感》 | |

| 篇名／書名 | 發表刊物 | 發表日期 | 收錄 | 備註 |
|---|---|---|---|---|
| 〈梁啓超、王國維與中國文學批評的兩種趨向〉 | 《中外文學》15: 1 | 1986.6 | 《現代中國文學批評述論》 | 「文學批評研討會」專號。 |
| 〈中國文學之美的價值性〉 | | | 毛子水先生九五壽慶論文集編輯委員會主編，《毛子水先生九五壽慶論文集》（台北：幼獅，1987）；《中國文學的美感》。 | |
| 〈期待偉大的文學創作及文學批評〉 | 《中央日報・副刊》 | 1987.6.20 | | |
| 〈文學反映現實嗎〉 | 《中央日報・副刊》 | 1987.9.10 | 《現代中國文學批評述論》 | |
| 〈體現儒者情懷的雛型〉 | 《中央日報・副刊》 | 1987.9.23 | | |
| 〈靜室手記〉 | 《聯合報・副刊》 | 1987.9.24 | 《靜思手札》 | ★「手記文學展」。 |
| 《現代中國文學批評述論》 | 台北：大安 | 1987.10；2005二版 | | |
| 〈中國古典詩的美學性格：一些類型的探討〉 | | 1987.11 | 《中國美學論集》，（台北：南天）；《中國文學的美感》。 | |
| 〈是「對話」，不是「歸化」！中文系害怕西洋理論？〉 | 《中央日報・副刊》 | 1987.12.10 | | |
| 〈「關雎」的內容表現〉 | 《中央日報・長河》 | 1988.1.6 | | |

| 篇名／書名 | 發表刊物 | 發表日期 | 收錄 | 備註 |
|---|---|---|---|---|
| 〈《詩經》國殤中的勇武觀念〉 | 《中央日報．長河》 | 1988.1.26 | | |
| 〈靜室手記之二〉 | 《聯合報．副刊》 | 1988.9.24 | 《靜思手札》 | ★ |
| 〈靜室手記10〉 | 《中央日報．副刊》 | 1988.12.9 | 《靜思手札》 | ★ |
| 〈靜室手記13〉 | 《中央日報．副刊》 | 1989.1.24 | 《靜思手札》 | ★ |
| 〈靜室手記14〉 | 《中央日報．副刊》 | 1989.2.20 | 《靜思手札》 | ★ |
| 〈千篇一律的家庭傳奇〉 | 《中央日報．副刊》 | 1990.1.10 | | |
| 〈握青手記〉 | 《聯合報．副刊》 | 1990.3.20 | 《靜思手札》 | ★ |
| 〈凝聚〉 | 《中央日報．副刊》 | 1990.4.12 | 《靜思手札》 | ★「省思札記」 |
| 〈家〉 | 《中央日報．副刊》 | 1990.4.18 | 《靜思手札》 | ★「省思札記」 |
| 〈擁有〉 | 《中央日報．副刊》 | 1990.4.30 | 《靜思手札》 | ★「省思札記」 |
| 〈細品〉 | 《中央日報．副刊》 | 1990.5.2 | | ★ |
| 〈規矩〉 | 《中央日報．副刊》 | 1990.5.9 | 《靜思手札》 | ★「省思札記」 |
| 〈美？／美！／美學與藝術〉 | 《中央日報．副刊》 | 1990.6.4 | 《靜思手札》 | ★「省思札記」 |
| 〈「生命的意義」刊行前言〉 | 《中央日報．副刊》 | 1990.6.7 | | 鮑家怨等，《生命的意義》（台北：中央日報出版部，1991）。 |
| 〈一種幸福〉 | 《聯合報．副刊》 | 1990.6.14 | | ★ |
| 〈空白〉 | 《中央日報．副刊》 | 1990.6.20 | | ★「省思札記」。 |
| 〈思索〉 | 《中央日報．副刊》 | 1990.7.3 | 《靜思手札》 | ★「省思札記」。 |
| 〈房子〉 | 《中央日報．副刊》 | 1990.7.18 | 《靜思手札》 | ★「省思札記」。 |
| 〈豐富〉 | 《中央日報．副刊》 | 1990.8.7 | 《靜思手札》 | ★「省思札記」。 |

| 篇名／書名 | 發表刊物 | 發表日期 | 收錄 | 備註 |
|---|---|---|---|---|
| 〈古樸・雄渾〉 | 《中央日報・副刊》 | 1990.8.17 | 《靜思手札》 | ★「省思札記」。 |
| 〈空靈〉 | 《中央日報・副刊》 | 1990.8.30 | 《靜思手札》 | ★「省思札記」。 |
| 〈房子〉 | 《中央日報・副刊》 | 1990.9.22 | 《靜思手札》 | ★「省思札記」。 |
| 〈伊甸園〉 | 《聯合報・副刊》 | 1990.9.24 | 《靜思手札》 | ★「省思札記」。 |
| 〈幸福〉 | 《中央日報・副刊》 | 1990.10.6 | 《靜思手札》 | ★「省思札記」。 |
| 〈喜世〉 | 《中央日報・副刊》 | 1990.10.14 | 《靜思手札》 | ★「省思札記」。 |
| 〈我正在讀的書：吾日之衡量〉 | 《聯合報・副刊》 | 1990.10.31 | | ★推薦書：思高特・麥斯威爾《吾日之衡量》（Florida Scott-Maxwell, The Measure of My Day）。 |
| 〈風雅〉 | 《中央日報・副刊》 | 1990.11.6 | 《靜思手札》 | ★「省思札記」。 |
| 〈寫作〉 | 《中央日報・副刊》 | 1990.11.19 | 《靜思手札》 | ★「省思札記」。 |
| 〈那古典的輝光：思念臺靜農老師〉 | 《中央日報・副刊》 | 1990.11.25-26 | 《昔往的輝光》 | 分兩天刊載。 |
| 〈悲慧〉 | 《中央日報・副刊》 | 1990.11.29 | 《靜思手札》 | ★「省思札記」。 |
| 〈神聖〉 | 《中央日報・副刊》 | 1990.12.13 | 《靜思手札》 | ★「省思札記」。 |
| 〈取經〉 | 《中央日報・副刊》 | 1991.1.31 | 《靜思手札》 | ★「省思札記」。 |
| 〈創造〉 | 《中央日報・副刊》 | 1991.3.1 | 《靜思手札》 | ★「省思札記」。 |
| 〈思想〉 | 《中央日報・副刊》 | 1991.3.16 | 《靜思手札》 | ★「省思札記」。 |
| 〈品味・痛苦〉 | 《中央日報・副刊》 | 1991.3.21 | 《靜思手札》 | ★「省思札記」。 |
| 〈理性〉 | 《中央日報・副刊》 | 1991.3.30 | 《靜思手札》 | ★「省思札記」。 |
| 〈時間〉 | 《中央日報・副刊》 | 1991.4.10 | 《靜思手札》 | ★「省思札記」。 |
| 〈刺〉 | 《中央日報・副刊》 | 1991.5.14 | 《靜思手札》 | ★「省思札記」。 |

| 篇名／書名 | 發表刊物 | 發表日期 | 收錄 | 備註 |
|---|---|---|---|---|
| 〈青春〉 | 《中央日報・副刊》 | 1991.5.21 | 《靜思手札》 | ★「省思札記」。 |
| 〈愛〉 | 《中央日報・副刊》 | 1991.6.7 | | ★「省思札記」。 |
| 〈短暫的青春！永遠的文學？關於「現代文學」的起落〉 | 《中央日報・副刊》 | 1991.6.25-26 | 《昔往的輝光》；白先勇編著，《第六隻手指》（台北：爾雅，1995）；白先勇編著，《現文因緣》（台北：聯經，2016）。 | ★分兩天刊載。 |
| 〈窗外是極好的陽光〉 | 《中央日報・副刊》 | 1991.7.3 | 《靜思手札》 | |
| 〈等待〉 | 《中央日報・副刊》 | 1991.7.20 | 《靜思手札》 | 收錄於《靜思手札》的版本改篇名為「等候」。 |
| 〈筆名可名〉 | 《聯合報・副刊》 | 1991.8.4 | 《省思札記》 | ★「聯副消夏專題設計4：筆名的秘密」 |
| 〈詩人的寂寞、多情與自得：懷念鄭因百教授〉（上）、（下） | 《中央日報・副刊》 | 1991.8.10-11 | 《昔往的輝光》 | 分兩天刊載。 |
| 〈懊悔〉 | 《中央日報・副刊》 | 1991.8.29 | 《靜思手札》 | |
| 〈專號弁言〉 | 《中外文學》23:4 | 1991.9 | | 「葉慶炳先生紀念專輯」。 |
| 〈詩人〉 | 《中央日報・副刊》 | 1991.9.6 | 《省思札記》 | ★ |
| 〈藝術〉 | 《中央日報・副刊》 | 1991.9.23 | 《省思札記》 | ★ |
| 〈閱讀〉 | 《中央日報・副刊》 | 1991.10.21 | 《省思札記》 | ★ |
| 〈森林浴〉 | 《中央日報・副刊》 | 1991.11.13 | 《省思札記》 | ★ |
| 〈每天〉 | 《中央日報・副刊》 | 1991.12.6 | 《省思札記》 | ★ |
| 〈現代美感〉 | 《中央日報・副刊》 | 1991.12.18 | 《省思札記》 | ★ |

| 篇名／書名 | 發表刊物 | 發表日期 | 收錄 | 備註 |
|---|---|---|---|---|
| 〈衣服〉 | 《中央日報・副刊》 | 1992.1.3 | 《省思札記》 | ★ |
| 〈教育・關心〉 | 《中央日報・副刊》 | 1992.2.7 | 《省思札記》 | ★ |
| 〈瞭解〉 | 《中央日報・副刊》 | 1992.2.15 | 《省思札記》 | ★ |
| 〈經驗〉 | 《中央日報・副刊》 | 1992.3.27 | 《省思札記》 | ★ |
| 〈裝扮〉 | 《中央日報・副刊》 | 1992.4.22 | 《省思札記》 | ★ |
| 〈宗教〉 | 《中央日報・副刊》 | 1992.6.13 | 《省思札記》 | ★ |
| 〈中文系格局下的文學教育〉 | | 1992.6 | 台灣大學文學院編，《大學人文教育研討會論文集》（台北：國立台灣大學，1992）。 | |
| 散文集：《靜思手札》 | 台北：東大 | 1992.7 | | ★ |
| 〈教育〉 | 《中央日報・副刊》 | 1992.7.6 | 《省思札記》 | ★ |
| 〈尋找被遺忘的另一個我〉 | 《聯合報・副刊》 | 1992.7.18 | 《省思札記》 | ★「散文的創造・名家聯展（58）」。 |
| 〈智慧〉 | 《中央日報・副刊》 | 1992.7.22 | 《省思札記》 | ★ |
| 〈我與老舍與酒〉 | 《中國時報・開卷周報：評論空間》 | 1992.8.7 | | 「國際瞭望」專欄。 |
| 〈花・藝術〉 | 《中央日報・副刊》 | 1992.8.19 | 《省思札記》 | ★ |
| 〈開・關〉 | 《中央日報・副刊》 | 1992.9.22 | 《省思札記》 | ★亦刊於《人間福報・書香味》(2001.3.24)。 |
| 〈試論漢詩、唐詩、宋詩的美感特質〉 | 《文學與美學》第3集 | 1992.10。 | 《中國文學的美感》 | |
| 〈從韓柳文論唐代古文運動的美學意義〉 | 《唐代研究論集》第3輯 | 1992.11 | 《中國文學的美感》 | |

| 篇名／書名 | 發表刊物 | 發表日期 | 收錄 | 備註 |
|---|---|---|---|---|
| 〈愛〉 | 《中央日報・副刊》 | 1992.11.13 | 《省思札記》 | ★ |
| 〈看瀑布，走！〉 | 《聯合報・副刊》 | 1992.12.1 | 《省思札記》 | ★亦刊於《人間福報・書香味》（2004.4.11）。 |
| 〈才・德〉之一 | 《中央日報・副刊》 | 1992.12.11 | 《省思札記》 | ★ |
| 〈愛〉 | 《空大學訊》 | 1993.1 | | ★ |
| 〈才・德〉之二 | 《中央日報・副刊》 | 1993.1.1 | 《省思札記》 | ★ |
| 〈詩・散文〉 | 《中央日報・副刊》 | 1993.2.8 | 《省思札記》 | ★ |
| 〈烏托邦〉 | 《中央日報・副刊》 | 1993.2.17 | | ★ |
| 〈累積〉 | 《中央日報・副刊》 | 1993.2.24 | 《省思札記》 | ★ |
| 〈饗宴〉 | 《中央日報・副刊》 | 1993.3.5 | | ★ |
| 〈靜默〉 | 《中央日報・副刊》 | 1993.3.29 | 《省思札記》 | ★ |
| 〈創造・詮釋〉之一 | 《中央日報・副刊》 | 1993.4.6 | 《省思札記》 | ★ |
| 〈創造・詮釋〉之二 | 《中央日報・副刊》 | 1993.4.9 | 《省思札記》 | ★ |
| 〈創造・詮釋〉之三 | 《中央日報・副刊》 | 1993.4.18 | 《省思札記》 | ★ |
| 〈機緣〉 | 《中央日報・副刊》 | 1993.4.30 | | ★ |
| 〈想像・同情〉 | 《中央日報・副刊》 | 1993.5.20 | 《省思札記》 | ★ |
| 〈對話・辯論〉 | 《中央日報・副刊》 | 1993.5.29 | 《省思札記》 | ★ |
| 〈謝赫「六法」的美學理論系統初論〉 | | 1993.6 | 王叔岷先生八十壽慶論文集編輯委員會編，《王叔岷先生八十壽慶論文集》（台北：大安，1993）；《柯慶明論文學》。 | 收錄於《柯慶明論文學》的版本改篇名為〈論謝赫「六法」：文藝美學初論〉。 |
| 〈愛是〉 | 《中央日報・副刊》 | 1993.6.5 | 《省思札記》 | ★ |

| 篇名／書名 | 發表刊物 | 發表日期 | 收錄 | 備註 |
|---|---|---|---|---|
| 〈形神〉 | 《中央日報・副刊》 | 1993.6.25 | 《省思札記》 | ★ |
| 〈表現〉 | 《中央日報・副刊》 | 1993.7.3 | 《省思札記》 | ★ |
| 〈感激〉 | 《中央日報・副刊》 | 1993.7.16 | | ★ |
| 〈晨起〉 | 《中央日報・副刊》 | 1993.7.28 | 《省思札記》 | ★ |
| 〈付出・領受〉 | 《中央日報・副刊》 | 1993.8.6 | 《省思札記》 | ★ |
| 〈小說「小說中國」〉 | 《光華》18: 9 | 1993.9 | 《中國文學的美感》 | |
| 〈語言〉 | 《中央日報・副刊》 | 1993.9.14 | | ★ |
| 〈台大中文系第一人：懷念葉慶炳老師〉 | 《中央日報・副刊》 | 1993.9.20-22 | 《昔往的輝光》 | |
| 〈喜悅〉 | 《中央日報・副刊》 | 1994.2.26 | 《省思札記》 | ★ |
| 〈創造・因襲〉 | 《中央日報・副刊》 | 1994.3.28 | 《省思札記》 | ★ |
| 〈愛情〉 | 《中央日報・副刊》 | 1994.4.26 | 《省思札記》 | ★ |
| 〈六十年代現代主義文學？〉 | 《聯合文學》10:7 | 1994.5 | 《中國文學的美感》；節錄版收錄於陳義芝編，《台灣現當代作家研究資料彙編（08）：覃子豪》（台南：國家台灣文學館，2011）。 | 「絕望・希望・渴望：走過五〇、六〇年代」專輯。 |
| 〈「通識教育」的理論與實際〉 | | 1994.6 | 台灣大學文學院編，《大學通識教育的理論與實際研討會論文集》（台北：國立台灣大學，1994）。 | |
| 〈當代文學與台大〉 | 《中央日報・副刊》 | 1994.7.4 | | ★ |

| 篇名／書名 | 發表刊物 | 發表日期 | 收錄 | 備註 |
|---|---|---|---|---|
| 〈深夜煮酒接席論藝：以文學心透視蘇國慶的繪畫世界〉 | 《中央日報・副刊》 | 1994.7.29-31 | 《昔往的輝光》 | 分三天刊載。 |
| 〈籤語餅〉 | 《中央日報・副刊》 | 1994.12.5 | 《省思札記》 | ★ |
| 〈從容遊走於都市叢林中：關於張瀛太〉 | 《文訊》111 | 1995.1 | | |
| 〈愛的迴響：讀書札記三則〉 | 《中央日報・副刊》 | 1995.1.17 | | |
| 〈觀畫寫情讀高德華畫札記三則〉 | 《中央日報・副刊》 | 1995.5.30 | | |
| 〈我參加了台大哲學系事件調查〉 | 《中央日報・副刊》 | 1995.5.31 | 《昔往的輝光》 | |
| 〈從那一夜的相聲說起：李立群和「表演工作坊」〉 | 《中央日報・副刊》 | 1995.8.13 | 《昔往的輝光》 | |
| 〈文化體認與中國文學史〉 | | 1995.10 | | 發表於「中國文學史再思國際學術研討會」，香港：香港科技大學）。 |
| 〈簡評〈荒狗〉：野性與自由的生命讚頌〉 | 《聯合報・副刊》 | 1995.10.8 | | 評劉克襄〈荒狗：棕小黃母子的故事〉，第十七屆聯合報文學獎報導文學第三名。 |
| 〈台灣文學的未來發展〉 | 《文訊》122 | 1995.12 | 《台灣現代文學的視野》 | |
| 〈一篇序文，廿年歲月：齊邦媛老師在編譯館的日子〉 | 《中央日報・副刊》 | 1996.1.1 | 《昔往的輝光》 | |

| 篇名／書名 | 發表刊物 | 發表日期 | 收錄 | 備註 |
|---|---|---|---|---|
| 〈「漸漸死去的房間」的修辭策略〉 | 《中央日報・副刊》 | 1996.2.10 | | 「評審的話」<br>評鍾怡雯〈漸漸死去的房間〉，第八屆中央日報文學獎 散文二獎。 |
| 〈「髮」上見真「情」：一篇生動感人的家譜〉 | 《中央日報・副刊》 | 1996.3.22 | | 「評審的話」<br>評陳維賢的散文〈髮情〉，第八屆中央日報文學獎散文佳作。 |
| 散文集：《省思手札》 | 台北：爾雅 | 1996.4 | | ★ |
| 〈台灣文學的未來發展〉 | | 1996.6 | 封德屏編，《五十年來台灣文學研討會論文集(I)：台灣文學中的社會》（台北：行政院文建會，1996）。 | |
| 〈百年悲壯細參詳：「百年來中國文學學術研討會」之後〉 | 《中央日報・副刊》 | 1996.6.4 | 《中國文學的美感》 | |
| 〈三十年間，幾度驚鴻掠影：對朱立民先生的一些記憶與印象〉 | 《中外文學》25：3 | 1996.08 | 《昔往的輝光》 | 「朱立民先生紀念專號」。 |
| 〈「蔬果芬芳錄」推荐之序〉 | 《鄉間小路》23：6 | 1997.6 | 蔡平里《蔬果芬芳錄：12種有香味的台灣果菜》（台北：豐年社，1997）。 | |
| 〈斯約竟未踐：懷念梅新先生〉 | 《中央日報・副刊》 | 1997.11.12-14 | 《昔往的輝光》 | 分三天刊載。 |

| 篇名／書名 | 發表刊物 | 發表日期 | 收錄 | 備註 |
|---|---|---|---|---|
| 〈省思札記：民主・文化〉 | 《中央日報・副刊》 | 1998.7.16 | | ★ |
| 〈談笑有鴻儒：懷念屈翼鵬老師與第三研究室的日子〉 | 《中央日報・副刊》 | 1998.9.21-10.4 | 《昔往的輝光》 | 分14天刊載。 |
| 〈當代日本學者對唐詩之見解的研究〉 | | 1998.10 | | 「台灣大學中國文學系學術研討會」報告。 |
| 散文集：《昔往的輝光》 | 台北：爾雅 | 1999.2 | | |
| 〈二十世紀的文學回顧：由新文學到現代文學〉 | 《聯合文學》175 | 1999.5 | 《台灣現代文學的視野》 | 柯慶明主講，鍾正道整理。 |
| 〈從「亭」、「台」、「樓」、「閣」說起：論一種另類的遊觀美學與生命省察〉 | 《台大中文學報》11 | 1999.5 | 《中國文學的美感》 | |

| 篇名／書名 | 發表刊物 | 發表日期 | 收錄 | 備註 |
| --- | --- | --- | --- | --- |
| 〈從「現實反映」到「抒情表現」──略論「古詩十九首」與中國詩歌的發展〉 | | 1999.6 | 黃錦鋐編，《紀念許世瑛先生九十冥誕學術研討會論文集》（台北：文史哲，1999）；蕭馳、柯慶明主編《中國抒情傳統的再發現（上）（下）》（台北：台大出版中心，2009）；陳國球、王德威編，《抒情之現代性：「抒情傳統」論述與中國文學研究》（北京：三聯書店，2014）；《中國文學的美感》。 | |
| 論著：《中國文學的美感》 | 台北：麥田 | 2000.1；2006二版 | | |
| 〈防風林與絲杉：論林亨泰與白萩詩中的台灣意象〉 | | 2000.3 | 《台灣現代文學的視野》 | 發表於「第二屆台灣文學學術研討會」（台南：成大中文系，2000）。 |
| 〈傳統、現代與本土：論當代劇作的文化認同〉 | | 2000.6 | 何寄澎編，《文化、認同、社會變遷：戰後五十年台灣文學國際學術研討會論文集》（台北：文建會，2000）；《台灣現代文學的視野》 | |

| 篇名／書名 | 發表刊物 | 發表日期 | 收錄 | 備註 |
|---|---|---|---|---|
| 〈根之茂者其實遂：《陳義芝．世紀詩選》序〉 | | 2000.6 | 《陳義芝．世紀詩選》（台北：爾雅，2000）；《台灣現代文學的視野》。 | 亦發表於《台灣詩學季刊》第35期（2001）。 |
| 〈前言：《爾雅散文選》編選報告〉 | | 2000.7 | 柯慶明編，《爾雅散文選：1975-2000》（臺北：爾雅，2000）。 | |
| 〈永遠的拔營：別了，漢茂吾友〉 | 《中央日報．副刊》 | 2000.10.10-12; 14 | | 分四天刊載。 |
| "Modernism and Its Discontents: Taiwan Literature in the 1960s" | | 2000.11 | David Der-wei Wang and Pang-yuan Chi, eds., Chinese Literature in the Second Half of a Modern Century (Bloomington: Indiana University Press, 2000). | 原文為〈六〇年代現代主義文學？〉，由奚密節譯成英文。 |
| 〈談台灣文學系、所的設立〉 | 《文訊》183 | 2001.1 | | |
| 〈語文資優教育〉 | 《文訊》187 | 2001.5 | | |
| 〈情慾與流離：論白先勇小說的戲劇張力〉 | 《中外文學》30: 2 | 2001.7 | 柯慶明編，《台灣現當代作家研究資料彙編（43）白先勇》（台南：國家台灣文學館，2013）；《台灣現代文學的視野》。 | |
| 〈經歷浩劫之後：談高行健的小說作品〉 | 《中國時報．人間副刊》 | 2001.09.26 | 《台灣現代文學的視野》 | |
| 〈烏托邦．民主〉 | 《文訊》192 | 2001.10 | | |

| 篇名／書名 | 發表刊物 | 發表日期 | 收錄 | 備註 |
|---|---|---|---|---|
| 〈《不隨時光消逝的美：漢魏古詩選》推薦序〉 | | 2001.10 | 方瑜，《不隨時光消逝的美：漢魏古詩選》（台北：洪建全基金會，2001）；《柯慶明論文學》。 | |
| 〈對國科會廢除研究成果獎勵的諫言〉 | 《中國時報‧時論廣場》 | 2001.10.13 | | 與陳鴻森、葉國良合著 |
| 〈在網路的時代保存手稿：為王文興先生《家變》《背海的》人手稿的收藏展而寫》〉 | 《中外文學》30:6 | 2001.11 | | |
| 〈關於文學史的一些理論思維〉 | | 2001.12 | 國立台灣大學中文系編，《臺靜農先生百歲冥誕學術研討會論文集》（台北：台大中文系，2001。）；《柯慶明論文學》。 | 收錄於《柯慶明論文學》的版本改篇名為〈談文學史的理論思維〉。 |
| 〈百年光華：為台大紀念臺靜農先生百歲冥誕系列活動而作〉 | 《聯合報‧副刊》 | 2001.11.22 | 《台灣現代文學的視野》 | |
| 〈二〇〇一年夏秋之交〉 | 《文訊》195 | 2002.1 | | |
| 〈「恭喜發財」與「正德利用厚生」〉 | 《文訊》198 | 2002.4 | | |

| 篇名／書名 | 發表刊物 | 發表日期 | 收錄 | 備註 |
|---|---|---|---|---|
| 〈文學研究的當代處境與從中國文學創生的一些理論思維〉 | | 2002.5 | 《兩岸中國語文學五十年研究之成就：韓國中語中文學第1回國際學術發表會發表論文集》（漢城：韓國中語中文學會，2002。）；《現代中國文學批評述論》（二版） | |
| 〈水的聯想〉 | 《文訊》203 | 2002.9 | | |
| 〈「高中」之外的高中生活〉 | 《文訊》207 | 2003.1 | | |
| 〈「論」、「說」作為文學類型之美感特質的探究：中古文學部分的考察〉 | | 2003.2 | 廖蔚卿教授八十壽慶論文集編輯委員會編，《廖蔚卿教授八十壽慶論文集》（台北：里仁，2003）；《古典中國實用文類美學》。 | |
| 〈《孽子》的「台北人」傳奇〉 | 《聯合報・副刊》 | 2003.2.28 | 《台灣現代文學的視野》 | 「白先勇文學周」。 |
| 〈國文教學的目的與方法〉 | 《文訊》210 | 2003.4 | | |
| 〈葉維廉詩掠影〉 | 《詩探索》（天津）第49-50輯 | 2003.6 | 《台灣現代文學的視野》 | |
| 〈給即將離家的「孩子」們〉 | 《文訊》214 | 2003.8 | | |

| 篇名／書名 | 發表刊物 | 發表日期 | 收錄 | 備註 |
|---|---|---|---|---|
| 〈啼笑皆是：為王禎和先生手稿資料展而作〉 | 《聯合報・副刊》 | 2003.9.30-10.1 | 許俊雅編，《台灣現當代作家研究資料彙編（49）：王禎和》（台南：國家台灣文學館，2019）；《台灣現代文學的視野》。 | 分兩天刊載。 |
| 〈作家間的風雲際會〉 | 《文訊》217 | 2003.11 | | |
| 〈文學傳播與接受的一些理論思考〉 | | 2003.11 | 東華大學中文系編，《文學研究的新進路：傳播與接受》（台北：洪葉，2004）；《柯慶明論文學》。 | 發表於「第一屆文學傳播與接受國際學術研討會」，東華中文系舉辦。收錄於《柯慶明論文學》的版本改篇名為〈談文學傳播與接受〉。 |
| 〈學院的堅持與局限：試論與台大文學院相關的三個文學雜誌（1）〉 | | 2003.11 | 《台灣現代文學的視野》 | 「文學傳媒與文化視界國際學術研討會」，嘉義：國科會人文學研究中心、中正大學人文研究中心暨中文系主辦；另亦發表於「夏氏昆仲與中國文學國際學術研討會」，紐約：哥倫比亞大學主辦（2005.10）。 |
| 〈從中國「文學」創造的一些「理論」思維〉 | 《聯合報・副刊》 | 2003.12.17 | | 「人文新境界講座精華聚焦」；亦刊於《明道文藝》第336期（2004）。 |
| 〈大學！大學！〉 | 《文訊》220 | 2004.2 | | |
| 〈高友工《中國美典與文學研究論集》導言〉 | | 2004.3 | 高友工，《中國美典與文學研究論集》（台北：台大出版中心，2004）；《柯慶明論文學》。 | |

| 篇名／書名 | 發表刊物 | 發表日期 | 收錄 | 備註 |
|---|---|---|---|---|
| 〈愛情與時代的辯證：《牡丹亭》中的憂患意識〉 | | 2004.4 | 華瑋編，《湯顯祖與牡丹亭》（台北：中研院文哲所，2005）。 | 「湯顯祖與牡丹亭國際學術研討會」，台北：中研院文哲所、台大文學院、美國加州大學聖塔芭芭拉分校東亞系主辦。 |
| 〈民主、法治、禮儀〉 | 《文訊》223 | 2004.5 | | |
| 〈現代詩是一支重要的文化力量〉 | 《中國時報．台灣視野》 | 2004.6.27 | | |
| 〈台灣「現代主義」小說序論〉 | | 2004.9 | 《二十世紀台灣文化綜合研究學術研討會論文集》（東京：東京大學文學部中國文學研究室，2004）；《台灣現代文學的視野》。 | 發表於《台灣文學研究集刊》創刊號（2006.2）。 |
| 〈「高中國文課程綱要」之擬訂〉 | 《文訊》228 | 2004.10 | | |
| 〈追憶殷海光先生〉 | 《文訊》231 | 2005.1 | | |
| 〈語文教育，不能與生活脫節〉 | 《人本教育札記》118 | 2005.2 | | 與古淑薰合著。 |
| 〈《中古詩人研究》導讀〉 | | 2005.3 | 廖蔚卿《中古詩人研究》（台北：里仁，2005）；《柯慶明論文學》。 | |
| 〈21世紀的國文教育〉 | 《文訊》234 | 2005.3 | | |
| 〈高中國文也應該是人文教育〉 | 《聯合報．副刊》 | 2005.6.29 | | |

| 篇名／書名 | 發表刊物 | 發表日期 | 收錄 | 備註 |
|---|---|---|---|---|
| 〈「序」「跋」作為文學類型之美感特質研究〉 | | 2005.7 | 台大中文系編，《鄭因百先生百歲冥誕國際學術研討會論文集》，（台北：國立台大學中文系，2005）；《古典中國實用文類美學》。 | |
| 〈臺靜農《中國文學史》出版前言〉 | | 2005.9 | 臺靜農，《中國文學史》（台北：台大出版中心，2005。）；《柯慶明論文學》。 | |
| 〈從「反髮禁」談我們如何教育下一代〉 | 《文訊》240 | 2005.10 | | |
| 〈朱西甯《狼》印刻版序〉 | | 2006.4 | 朱西甯，《狼》（台北：印刻，2006）。 | |
| 〈夏志清印象〉 | 《文訊》250 | 2006.8 | | |
| 〈「書」「箋」作為文學類型之美感特質的研究〉 | | 2006.12 | 《屈萬里先生百歲誕辰國際學術研討會論文集》，（台北：台灣大學中文系，2006）；《古典中國實用文類美學》。 | |
| 論著：《台灣現代文學的視野》 | 台北：麥田 | 2006.12 | | |
| 〈台大精神與其經歷〉 | | 2007.4 | 廖炳惠、孫康宜、王德威主編，《台灣及其脈絡》（台北，台大出版中心，2012）。 | “Taiwan and Its Context: an International Conference,” New Haven: Yale University (2007.4.26-28). |

| 篇名／書名 | 發表刊物 | 發表日期 | 收錄 | 備註 |
|---|---|---|---|---|
| 〈周志文《時光倒影》序〉 | | 2007.6 | 周志文，《時光倒影》（台北：印刻，2007）。 | |
| 〈「表」「奏」作為文學類型之美感特質的研究〉 | | 2007.6 | 《台灣學術新視野：中國文學之部（二）》（台北：五南，2007）；《古典中國實用文類美學》。 | 曾發表於「國科會文學一學門90-94研究成果發表會」，彰化：彰化師範大學國文系主辦。 |
| 〈語文教育與文學研究〉 | | 2007.7 | | 「近現代文學國際學術研討會」專題演講，東京：東京大學主辦。 |
| 〈微言成趣，高談轉清：葉慶炳《我是一枝粉筆》導讀〉 | | 2007.7 | 葉慶炳，《我是一枝粉筆》（台北：九歌，2007）；《柯慶明論文學》。 | 收錄《柯慶明論文學》者改篇名為〈《我是一枝粉筆》：葉慶炳先生散文小識〉 |
| 〈台大台灣文學研究所及台灣研究學程的設立理念與執行狀況〉 | | 2007.10 | | 2007 UCSB International Conference on "Taiwan Studies in Global Perspectives," Santa Barbara: University of California, Santa Barbara, 2007.10-26-27. |
| 〈站在台灣土地，望向世界的高峰：台灣大學台灣文學研究所〉 | 《文訊》265 | 2007.11 | | |
| 〈98高中國文課綱修訂要點及其理念（精簡版）〉 | 《文訊》266 | 2007.12 | | |

| 篇名／書名 | 發表刊物 | 發表日期 | 收錄 | 備註 |
|---|---|---|---|---|
| 〈人文關懷與文化建設〉 | 《花大中文學報》1 | 2007.12 | | |
| 〈《戲曲新視野》序〉 | | 2008.1 | 李惠綿，《戲曲新視野》（台北：國家，2008）。 | |
| 〈台灣現代小說中的男性意識〉 | | 2008.5 | | "Modernism Revisited: Pai Hsien-yung and Chinese Literary Modernism in Taiwan and Beyond," Santa Barbara: University of California, Santa Barbara (2008.5.1-3)；另發表於《台灣文學研究集刊》12（2012.8）。 |
| 〈我所認識的白先勇5：他真的是個興高采烈的人〉 | 《聯合報・副刊》 | 2008.9.11 | | 「我所認識的白先勇5」。 |
| 〈台灣現代主義文學概說〉 | | 2008.10 | 《台灣大百科專業版・文學卷》（台北：遠流，2008）。 | |
| 〈國語日報！國語日報！〉 | | 2008.10 | 《見證：國語日報六十年》（臺北：國語日報，2008）。 | |
| 〈驀然回首，現代文學〉 | 《印刻文學生活誌》62 | 2008.10 | 《2009／柯慶明：生活與書寫》 | |
| 〈看家孩子的青春〉 | | 2008.11 | 柯慶明主編，《台大八十：我的青春夢》（台北：台大出版中心，2008）。 | |
| 〈姚一葦先生雜憶（1）〉 | 《印刻文學生活誌》65 | 2009.1 | 《2009／柯慶明：生活與書寫》 | |

| 篇名／書名 | 發表刊物 | 發表日期 | 收錄 | 備註 |
|---|---|---|---|---|
| 〈姚一葦先生雜憶（2）〉 | 《印刻文學生活誌》66 | 2009.2 | 《2009／柯慶明：生活與書寫》 | |
| 〈在中文系，遇見王文興老師（1）〉 | 《印刻文學生活誌》67 | 2009.3 | 《2009／柯慶明：生活與書寫》 | |
| 〈在中文系，遇見王文興老師（2）〉 | 《印刻文學生活誌》68 | 2009.4 | 《2009／柯慶明：生活與書寫》。 | |
| 〈在中文系，遇見王文興老師（3）〉 | 《印刻文學生活誌》69 | 2009.5 | 《2009／柯慶明：生活與書寫》 | |
| 〈五四：印象與體驗〉 | 《文訊》283 | 2009.5 | | |
| 〈在中文系，遇見王文興老師(4)〉 | 《印刻文學生活誌》70 | 2009.6 | 《2009／柯慶明：生活與書寫》 | |
| 〈馳感入幻的世紀末書寫：唐捐《大規模的沉默》序〉 | | 2009.6 | 唐捐，《大規模的沉默》（台北：聯合文學，2009）；《台灣現代文學的視野》。 | |
| 〈「瘦馬」傳奇（1）〉 | 《印刻文學生活誌》71 | 2009.7 | 《2009／柯慶明：生活與書寫》 | |
| 〈「瘦馬」傳奇（2）〉 | 《印刻文學生活誌》72 | 2009.8 | 《2009／柯慶明：生活與書寫》 | |
| 〈「瘦馬」傳奇（3）〉 | 《印刻文學生活誌》74 | 2009.10 | 《2009／柯慶明：生活與書寫》 | |
| 〈「瘦馬」傳奇（4）〉 | 《印刻文學生活誌》75 | 2009.11 | 《2009／柯慶明：生活與書寫》 | |
| 〈「瘦馬」傳奇（5）〉 | 《印刻文學生活誌》76 | 2009.12 | 《2009／柯慶明：生活與書寫》 | |

| 篇名／書名 | 發表刊物 | 發表日期 | 收錄 | 備註 |
|---|---|---|---|---|
| 〈抒情美典的起源與質疑〉 | 《清華中文學報》3 | 2009.12 | | 柯慶明主講，謝易澄記錄整理。 |
| 〈「哀」「弔」作為文學類型之美感特質〉 | 《清華中文學報》3 | 2009.12 | 《古典中國實用文類美學》 | |
| 〈《中國抒情傳統的再發現（上）、（下）．序》〉 | | 2009.12 | 蕭馳、柯慶明主編，《中國抒情傳統的再發現》（台北：台大出版中心。）；《柯慶明論文學》。 | |
| 〈葉嘉瑩老師．印象〉 | 《印刻文學生活誌》78 | 2010.2 | | |
| 〈《中國現代小說的風貌》導讀〉 | | 2010.3 | 葉維廉，《中國現代小說的風貌》（台北：台大出版中心。）；《柯慶明論文學》。 | |
| 日記：《2009／柯慶明：生活與書寫》 | 台北：爾雅 | 2010.7 | | |
| 〈現代「山水詩」二題：葉維廉〈天興〉與〈留不住的航渡〉試論〉 | | 2010.10 | 《柯慶明論文學》 | 發表於澳門大學主辦之「葉維廉作品研討會」；收錄於《柯慶明論文學》的版本改篇名為〈現代「山水詩」二題：再論葉維廉詩〉。 |
| 〈《愛如一炬之火》推薦序：火傳也，不知其盡〉 | | 2010.12 | 李惠綿《愛如一炬之火》（台北：九歌，2010）。 | |

| 篇名／書名 | 發表刊物 | 發表日期 | 收錄 | 備註 |
| --- | --- | --- | --- | --- |
| 〈《眾樹歌唱：歐洲與拉丁美洲現代詩選譯》導讀〉 | | 2011.5 | 葉維廉編譯，《眾樹歌唱：歐洲與拉丁美洲現代詩選譯》（台北：台大出版中心，2011）；《柯慶明論文學》。 | |
| 〈臺靜農先生詩作中的兩岸經驗〉 | 《台灣文學研究集刊》9 | 2011.6 | 《柯慶明論文學》 | 收錄於《柯慶明論文學》的版本改篇名為〈「寶刀」與「浮雲」：臺靜農先生詩作的兩岸經驗〉。 |
| 〈《孔雀獸：陳允元詩集》序〉 | | 2011.8 | 陳允元，《孔雀獸：陳允元詩集》（台北：行人，2011）；《柯慶明論文學》 | 收錄於《柯慶明論文學》的版本改篇名為〈孔雀獸：陳允元的詩〉。 |
| 〈《中國文學史選例》導讀〉 | | 2011.11 | 胡適《中國文學史選例》（台北：商務）；《柯慶明論文學》。 | |
| 〈《台灣文學在台大》弁言〉 | | 2012.5 | 柯慶明主編，《台灣文學在台大》（台北：台大出版中心，2012）。 | 「新百家學堂系列」。 |
| 〈《現代文學》精選集序〉 | | 2012.5 | 白先勇、柯慶明編，《現代文學精選集》（台北：台大出版中心，2012）。 | |
| 〈對國文教育的另類思維〉 | 《國文天地》328 | 2012.9 | | |
| 〈「人與經典」主編序〉 | | 2012.11 | 《人與經典》書系（台北：麥田，2012-）；《柯慶明論文學》。 | 「人與經典」為王德威總召集、柯慶明總策劃的麥田書系，自2012年11月起陸續出版。 |

| 篇名／書名 | 發表刊物 | 發表日期 | 收錄 | 備註 |
|---|---|---|---|---|
| 〈《葉維廉五十年詩選》導讀〉 |  | 2012.12 | 葉維廉，《葉維廉五十年詩選》，（台北：台大出版中心，2012）；《柯慶明論文學》。 | 收錄於《柯慶明論文學》的版本改篇名為〈「電光一擊」五十年：葉維廉詩〉。 |
| 〈《崑曲新美學》序〉 |  | 2013.5 | 《崑曲新美學》（台北：台大出版中心，2013）。 | 「新百家學堂系列」。 |
| 〈觀易．觀意〉 | 《聯合報．副刊》 | 2013.8.30-31 |  | 分兩天刊出。 |
| 〈《世界經濟走向何方？點亮儒學的明燈！》導讀〉 |  | 2013.9 | 孫震，《世界經濟走向何方？點亮儒學的明燈！》（台北：台大出版中心，2013）。 | 「新百家學堂系列」。 |
| 〈《慢讀王文興》叢書序〉 |  | 2013.12 | 黃恕寧、康來新、洪珊慧編，《慢讀王文興》（台北：台大出版中心，2013）；《柯慶明論文學》 | 亦發表於《文訊》339；而後收錄於《柯慶明論文學》的版本改篇名為〈「慢讀」之必要：王文興的小說倫理〉。 |
| 〈《殷海光與自由主義》弁言〉 |  | 2013.12 | 苑舉正主持，《殷海光與自由主義》（台北：台大出版中心，2013） | 「新百家學堂系列」。 |
| 〈《台灣現當代作家研究資料彙編（43）白先勇》．導論〉 |  | 2013.12 | 柯慶明編，《台灣現當代作家研究資料彙編（43）白先勇》（台南：國家台灣文學館，2013）；《柯慶明論文學》。 | 收錄於《柯慶明論文學》的版本改篇名為〈從離散到情欲：白先勇小說綜論〉。 |

| 篇名／書名 | 發表刊物 | 發表日期 | 收錄 | 備註 |
|---|---|---|---|---|
| 編著：《台灣現當代作家研究資料彙編（43）白先勇》 | 台南：國家台灣文學館 | 2013.12 | | |
| 〈睡美人的城堡？對語文教育的一種看法〉 | 《國語日報》 | 2014.3.17 | | |
| 〈「老莊說」的回響〉 | 《聯合報・副刊》 | 2014.9.3 | | |
| 〈葉嘉瑩教授「唐宋詞賞析」簡介〉 | | 2015.1.1 | 《柯慶明論文學》 | 國家圖書館出版「數位影音服務系統」 |
| 〈白先勇《紅樓夢導讀》出版弁言〉 | | 2015.5 | 白先勇，《紅樓夢導讀》（台北：台大出版中心，2015） | 白先勇，《紅樓夢導讀》分成三冊，第二冊於2015.12出版，第三於2016.5出版。 |
| 〈向瘂弦致敬：集瘂弦詩句〉 | | 2015.6.27 | | 發表於「向瘂弦致敬：鼎談會」（趨勢教育基金會主辦）。 |
| 〈「爾雅」就是爾雅！〉 | 《文訊》357 | 2015.7 | | |
| 〈「摛風裁興」的考察與闡解：序秋宏《六朝詩歌中知覺觀感之轉移》〉 | | 2015.9 | 陳秋宏，《六朝詩歌中知覺觀感之轉移研究》（台北：新文豐，2015）；《柯慶明論文學》。 | |
| 論著：《古典中國實用文類美學》 | 台北：台大出版中心 | 2016.3 | | |

| 篇名／書名 | 發表刊物 | 發表日期 | 收錄 | 備註 |
|---|---|---|---|---|
| 〈《晶石般的火焰：兩岸三地現代詩論》導讀〉 | | 2016.4 | 葉維廉，《晶石般的火焰：兩岸三地現代詩論》（台北：台大出版中心，2016）。 | |
| 〈《科學的疆界》出版前言〉 | | 2016.6 | 李嗣涔主講，《科學的疆界》（台北：台大出版中心，2016）。 | |
| 〈文化價值的體會：談董陽孜「子曰」對《論語》的揀擇〉 | | 2016.6 | | 董陽孜「子曰」書法展（台北，2016.6.17-7.3）。 |
| 〈《永續發展的智慧》導讀〉 | | 2016.6 | 孫震，《儒家思想的現代使命：永續發展的智慧》（台北：台大出版中心，2016）。 | |
| 論著：《柯慶明論文學》 | 台北：麥田 | 2016.7 | | |
| 〈觀劇有門道〉 | | 2016.9 | 汪其楣，《賞心樂事：汪其楣觀劇閒散筆記》（台北：台大出版中心，2016）。 | |
| 〈《崑曲之美：音樂與表演藝術》序〉 | | 2016.11 | 白先勇主持，《崑曲之美：音樂與表演藝術》（台北，台大出版中心，2016）。 | |

| 篇名／書名 | 發表刊物 | 發表日期 | 收錄 | 備註 |
|---|---|---|---|---|
| 〈李渝小說簡論〉 | 《文訊》373 | 2016.11 | 梅家玲、楊富閔、鍾秩維編，《台灣現當代作家研究資料彙編（118）：李渝》（台南：國家台灣文學館，2019）。 | |
| 〈《閩南語教學》出版前言〉 | | 2017.2 | 楊秀芳主講，《閩南語教學》（台北：台大出版中心，2017）。 | |
| 〈歌哭於斯，省思台灣〉 | | 2017.5 | 汪其楣，《汪其楣劇作集I：人間孤兒／大地之子》（台北：台大出版中心，2017）。 | |
| 〈「史詩」劇場：神聖喜劇與氣質喜劇〉 | | 2017.5 | 汪其楣，《汪其楣劇作集II：天堂旅館／月半女子月半／人間孤兒枝葉版》（台北：台大出版中心，2017）。 | |
| 〈霧社，霧社，霧社！《賽德克悲歌1930》聆聽感〉 | 《文訊》379 | 2017.5 | | |
| 〈創造性的繼承〉 | | 2017.12 | 汪其楣，《汪其楣劇作集III：浪漫傳奇拜月亭／招君內傳／芙蓉女兒》（台北：台大出版中心，2017）。 | |
| 〈人生定位與生活智慧：董陽孜所選的「金玉良言」〉 | 《聯合報・副刊》 | 2018.6.14 | 董陽孜，《董陽孜作品集：金玉良言》（台北：誠品，2018）。 | |

| 篇名／書名 | 發表刊物 | 發表日期 | 收錄 | 備註 |
| --- | --- | --- | --- | --- |
| 〈神佛妖魔治亂人間世〉 | | 2018.11 | 高全之，《重探《西遊記》：神佛妖魔人間事，三藏師徒取經歷險的重新發現》（台北：聯經，2018）。 | |
| 〈導讀〉 | | 2018.12 | 黃啓方，《兩宋詩詞文綜論稿》（台北：台大出版中心，2018）。 | |
| 〈昔往的輝光〉 | | | 洪淑苓主編，《台大文學椰林》（台北：台大出版中心，2018）。 | 本文為舊作重刊。 |
| 〈推薦序〉 | | 2019.3 | 謝世宗，《階級攸關：國族論述、性別政治與資本主義的文學再現》（台北：群學，2019）。 | |

# 附錄二：<br>百年樹人<br>——側記「柯慶明教授<br>七十壽慶學術研討會」

李秉樞、梁恩寧

2016年3月12日，由臺灣大學臺灣文學研究所主辦、臺灣大學中文系協辦的「柯慶明教授七十壽慶學術研討會」，於臺大總圖書館地下一樓國際會議廳展開。臺大校長、文學院院長、藝文界嘉賓，以及文學院各系所師生齊聚一堂，向柯教授送上最深的祝福。研討會共有三場論文發表與兩場座談會，前者由柯教授的學者弟子發表研究成果，後者則由柯教授同窗及臺大中文、臺文學生分享平日嚴肅授業、和藹解惑的「柯先生」、「柯老師」為人所不知的軼事。

## 希望就是想像與嚮往

活動開場由陳弱水院長、中文系李隆獻主任致詞，兩人皆推崇柯教授是臺大文學院重量級的學者，幾十年來筆耕不輟，著作質量俱豐，對學術界有長足貢獻。其後，主角柯教授的演講，分享了他七十歲的心境。他指出《滄浪詩話》曾寫道「見過於師，僅堪傳授；見與師齊，減師半德」，此次找弟子們來發表，便是證明他們如何「見過於師」。他認為自己本屬於布置舞台之人，如今有幸置身於鎂光燈中，對此十分感激。他表示自己在為新書《柯慶明論文學》寫序時，想及李白〈下終南山過斛斯山人宿置酒〉的詩句，於是「暮從碧山下，山月隨人歸」便成為此次演講題目。文學即使不是桃花源，也如李白〈山中問答〉中「別有天地非人間」一句，是世界外的世界，可將他人理念帶入自己生活，增益、修補及提升，轉化我們的世界。進入中文系已過半個世紀，聆聽師長教導，與友朋討論，並帶領學生體會文學的感性與智慧，也逐漸累積成自己的心得。閱讀與寫作的過程，使人進入更豐富、更靈明的境界，自己又幸運地有許多書可讀，長年以來，滿懷喜悅與感激。最後柯教授勉勵與會者：「缺乏自覺與分享的生命是貧乏的，沒有想像與嚮往的生活也是沉悶的，因為希望就是想像與嚮往，願希望長存，分享不盡。」

第一場論文發表為中國古典文學領域，由李隆獻主持，發表人為陳秋宏、黃莘瑜、廖肇亨及李貞慧。第二場論文主題橫跨清末到日治，由梅家玲主持，潘少瑜、張文薰及陳允元等人發表。第三場發表則著重現代詩及現代散文，主持人為洪淑苓，發表人為劉正忠、張瀛太、楊雅儒和江寶釵。從各個場次論文所涉及的問題意識和時間區塊的多元，正可以看出柯教授學文的淵博精深。第一場論文發表結束後，校長楊泮池主持慶生活動，並由全場歡唱生日快樂歌。柯教授許下願望，期望臺大學運、文運昌隆，並不忘提醒眾人積極樂觀，生命才能美好。

## 永遠的老K

第一場座談會，與會者皆是柯教授的同儕與學弟妹，因此既是「老K」的生日盛宴，也是同學會。他們分別就自身與柯教授的來往互動，娓娓訴說這位在文學與學術道路中，「上上下下跑來跑去」的拓荒者「黑野」，如何「歡天喜地，繼往開來」，揭示一條進路。座談會由汪其楣開場，她表示自己連日以來，閱讀柯教授的舊作與新書《古典中國實用文類美學》，以及楊富閔專訪柯教授的文章〈兩腳踏東西文化，一心評宇宙文章〉之後，才驚覺「原來你這麼偉大！」、「你就是中文系和臺文所的課表！」她回憶起，某個學期初曾旁聽柯教授在博雅大教室的課程，發現加簽人數多達七百人，因而暗暗慶幸自己「五十年前就預選了」。有件鮮為人知的趣事，是這位熱愛讀書的柯教授，不僅逢人推薦書單，還曾經在自己舉辦的舞會上，拿著「舞蹈大全」一書，跟隨音樂節奏朗讀出來。而騎著腳踏車的柯教授，被攔下來請教問題，認真地為人解答四十分鐘，是當年臺大常見的風景。他的文學和學術成就，實與其豐富的生活有關。汪其楣說：「辛苦操勞，大器包容，感恩、照顧生命中相遇的所有人，這就是柯慶明。」

呂興昌表示：「和老K相處的記憶，有理性也有感性。想到老K時，總有眼淚想要流下。」當年王文興老師在中文系開授現代文學的課程，柯學長常發表意見，與王老師往返對話。這種上課方式，不但有助於吸收知識，更使大家相互激勵，培養了很深的情感。學生時代的他，與柯教授談論學問時，經常被問起：「這本書看了沒有？」他於是心想：「老K讀的書，到底是我的多少倍呢？」呂興昌回想起，他曾將一篇書寫自身苦楚與缺點的文章給柯教授閱讀，原以為會得到文情並茂的評價，沒有料到，柯教授以「老大哥飄ㄉ的形象」對他說：「做人不要自哀自憐，要走出去。」給予了他當頭棒喝。呂興昌說：「走路走偏時，老K會來扶正，讓這條路走得更有意思。」而在開始教書之後，兩人則是開始「搏感情」。他認為：「理性的學問，感性的相敬，一輩子受益匪淺，總是要感謝這位五十年的老朋友，老K這個少年學長。」

吳達芸憶起就讀中文系之初，便接受柯學長的帶領。多年後成為老師的她在課堂講授時，經常提起柯教授，許多學生也因而開始閱讀他的論文：「認識老K，影響我的一生，而老K不只影響了我，還影響了下一輩的學生。」她認為是柯教授開拓自己的視野，讓她學會欣賞整個世界：「希望柯老師的精神，可以傳承下去」。而楊秀芳表示，感謝柯教授在學術上給予提攜與指導，並牽成許多緣會：「但願柯老師的美好，永永遠遠。」康來新則說，曾經讀過柯教授〈論紅樓夢的喜劇意識〉的她，深感刻骨銘心：「學長就是不一樣，要研究《紅樓夢》，一定要看這篇文章！」她提及自己當年擔任《新潮》主編，曾向柯教授邀稿，但其〈於無字句處讀書〉一文的稿子卻被她弄丟了，於是著急地向柯教授道歉，然而柯教授沒有責備她，而是又再寫了一次，因此她說：「我特別記得他的寬容大量、熱情慷慨。」她將這次的研討會稱為「生日趴」，並指出「植樹節就是學長的生日」，「柯」字正如同植樹的意象，隱喻著欣欣向榮，百年樹人。她回憶起，柯教授與淑香老師結婚時，是在舟山路上的一座小平房，柯教授誦讀《聖經》的句子，作忠貞的許諾。康來新於是化用《舊約聖經》中大衛的「詩篇二十三篇」，以表達對柯教授的讚美：「柯慶明是我們的朋友，我們必不致缺乏。」

作為外文系代表，胡曉真認為自己在許多方面皆得益於柯教授。當年修習柯教授開授的中國文學史時，他滔滔不絕的講課，將自己對文學最深刻的感受與認識，以最有趣的方式傳達，給予學生極大的享受。而她在留學哈佛期間，修習宇文所安教授的課程，內容甚是艱深複雜。所幸後來柯教授來到課堂參與討論，便如天降甘霖。她一方面感到熟悉，一方面十分得意，正因為柯教授是來自臺灣的老師，更是自己的老師。其後她前往京都大學訪問時，柯教授也正在那裡，不僅為她規劃了京都之旅，也在一路上講述許多關於日本古典文學的種種。胡曉真更指出中研院文哲所的成長茁壯，亦拜賜於柯老師的指導。她說：「臺大文學院對於文學的熱愛，對美感的接受，跨越時代、語言、國家的疆界，柯老師正代表了這樣的傳統，盼望此一傳統，繼續在臺大發揚光大。也願柯老師，年年有此日。」

日文系的代表朱秋而，表示自己當年在臺大中文系就讀時，許多文學上的啟發，都得自於柯教授。他不但指引後輩探索學問，也在研究上給出許多建議。教學內容多元豐富的柯教授，常引領學生透過電影理解人生。當時大家跟隨柯教授的腳步，有金馬影展時立即去買票。雖然大家看的是不同場次，但交換心得時，每個人都會說：「看到柯老師了！」無形之間，柯教授在藝術方面，為學生樹立了典範。日後有些同學轉往外國文學或電影等不同領域鑽研，都是因為受到柯教授的影響。朱秋而後來前往京都大學研究日本文學，與柯教授在日本重逢。他們經常騎著腳踏車，在京都悠遊。周末時分，柯教授會與知交川合康三教授一同談論學問，朱秋而說：「在大師的對談之間，我像是個聽課的學生。」當這些回憶盤旋時，她的內心便響起一首名為「青色山脈」的日本歌曲：「柯老師包容、大愛，提攜後進，就像一座高大的山脈，讓每個學生走出自己的路。非常有幸成為老師的學生。」

主持人陳萬益認為，柯教授是個熱情充實的人，他喜愛閱讀、賞析、研究，都是對於文學的自覺。憶及學生時代，「老字輩的手，摸著阿字輩的頭」，老K對阿益的照顧與指點，讓他充滿無限感激。後來的他們共同建立了臺灣文學系所，甚至從九五到九八高中國文課綱的研擬，更是並肩作戰。九五課綱在當時引起非常大的爭議，報紙以「去中國化」的名目給予猛烈攻擊。擔任召集人的陳萬益詢問柯教授，是否應當回應這些批判時，柯教授只說：「你不要出面。」其後，在臺大中文系任教的柯教授，挺身而出，直接面對媒體。陳萬益表示，柔情的柯教授，那時像個「無敵鐵金剛」，為他擋下子彈。他認為：「能跟柯老師為臺灣的文學教育共同努力，為理想而奮鬥，三生有幸。」

## 無與倫比的柯教授

第二場座談會由臺大臺文所所長黃美娥主持，與會者為臺文所蘇碩斌教授、中文系歐麗娟教授，以及中文所張斯翔、謝雪浩，臺文所朱天、曾馨霈。黃美娥回想自己就讀碩士班時，閱讀柯教授論韓愈「以醜為美」的見解，便有深刻體會。日後在課綱修訂時認識柯教授，從他身上看見捍衛課綱的理念與勇氣，並深深理解他希望給學生一本純淨、富想像空間的國文課本，由此得到很大的啟發。黃美娥進而表示，自己擔任臺文所所長後，一路上時常受到柯教授的鼓勵和指引，讓她十分感佩。蘇碩斌指出，柯教授的散文集《靜思手札》與《省思札記》中，出現「民主」與「自由」等字詞，並涉及臺灣政局的轉變，可見在學術研究之外，柯教授也對社會實踐有所投入。無論參與臺大哲學系事件的重新調查，或是對投身學運的學生給予支持，皆是由文學精神開拓的人文關懷，讓人尊敬。歐麗娟則憶起，自己處於低潮時曾求助於柯教授，他在忙碌之中仍撥空傾聽，並且表示研究室大門永遠為學生而開。她因柯教授的鼓勵而走出低谷，十多年來都非常感激。張斯翔、謝雪浩、朱天、曾馨霈各自分享和柯教授相處的時光，也感謝他一路以來的照顧，以及學術上的啟發。座談會最後，播放由臺文所學生製作的影片，獻給無與倫比的柯教授。影片中，學生們騎著柯教授的腳踏車，停靠他過往常到之處，藉以串聯柯教授的生命故事。晚宴席間，眾人再度恭賀柯教授，活動在歡愉的氣氛中，圓滿結束。柯教授亦再次叮嚀：人生便是實踐自由、發揮能力、分享喜樂。

※本文原載於《文訊》367期，2016年5月。

# 柯慶明教授七十壽慶學術研討會 會議議程

會議時間：3 月 12 日(六) 會議地點：圖書館 B1 國際會議廳

主辦單位：臺灣大學臺灣文學研究所 協辦單位：臺灣大學中國文學系

| 時間 | 議程 | | |
|---|---|---|---|
| 08:30 - 09:00 | 報到 | | |
| 09:00 - 09:10 | 貴賓致詞 | | |
| 09:10 - 09:30 | 柯慶明教授主題演講——<br>「暮從碧山下，山月隨人歸」 | | |
| 第一場 | | | |
| 時間 | 主持人 | 發表人 | 論文題目 |
| 09:30 - 10:50 | 李隆獻 | 陳秋宏 | 〈樂記〉之「聽覺身體」論析 |
| | | 黃莘瑜 | 綺語、夢戲•君子、家國——以〈玉茗堂評《花間集》序〉為起點的討論 |
| | | 廖肇亨 | 泠然萬籟作，中有太古音：<br>從《古今禪藻集》看明代僧詩的自然話語與感官論述 |
| | | 李貞慧 | 史家意識與遺民心緒——試論張岱作品中「瑯嬛福地」的象徵意義 |
| 10:50 - 11:20 | 慶生活動及與會學者合影留念 | | |
| 第二場 | | | |
| 時間 | 主持人 | 發表人 | 論文題目 |
| 11:20 - 12:20 | 梅家玲 | 潘少瑜 | 抒情的技藝：清末民初的情書翻譯與寫作 |
| | | 張文薰 | 醫學家的人文想像：台灣文學中的金關丈夫與森於菟 |
| | | 陳允元 | 雙重所屬、或無國籍的前衛詩學？<br>----台日混血詩人饒正太郎（1912-1941）初探 |
| 12:20 - 13:30 | 午餐 | | |
| 第三場 | | | |
| 時間 | 主持人 | 發表人 | 論文題目 |
| 13:30 - 15:00 | 洪淑苓 | 劉正忠 | 臺灣現代詩史中的抒情議題 |
| | | 張瀛太 | 天啟之壯美──馬麗華西藏系列散文之審美演化 |
| | | 楊雅儒 | 「愛」與「莊嚴」——論黑野散文的宗教底蘊與美學思想 |
| | | 江寶釵 | 邁向學術倫理的建構之路：中文書寫之創襲爭議暨其成因探論 |
| 15:00 - 15:10 | 茶敘 | | |
| 座談會 | | | |
| 時間 | 主持人 | 與談人 | |
| 15:10 - 16:30 | 陳萬益 | 汪其楣、呂興昌、吳達芸、楊秀芳、康來新、胡曉真、朱秋而 | |
| 16:30 - 16:40 | 休息 | | |
| 16:40 - 18:00 | 黃美娥 | 蘇碩斌、歐麗娟、中文系與臺文所學生 | |

※會議發表人每人宣讀 15 分鐘。

語言文學類　PG2423　文學視界108

# 滋蘭九畹，樹蕙百畝：
## 二〇一六年柯慶明教授壽慶學術研討會論文集

主　　編 / 國立臺灣大學臺灣文學研究所
論文作者 / 江寶釵、李貞慧、陳允元、陳秋宏、張文薰、張瀛太、楊雅儒、廖肇亨、潘少瑜、劉正忠（依姓氏筆劃排序）
責任編輯 / 林昕平、許乃文
校　　對 / 鍾秩維、林祈佑、葉秋蘭
圖文排版 / 楊家齊
封面設計 / 陳思辰
封面完稿 / 王嵩賀

發 行 人 / 宋政坤
法律顧問 / 毛國樑　律師
出版發行 / 秀威資訊科技股份有限公司
114台北市內湖區瑞光路76巷65號1樓
電話：+886-2-2796-3638　傳真：+886-2-2796-1377
http://www.showwe.com.tw
劃撥帳號 / 19563868　戶名：秀威資訊科技股份有限公司
讀者服務信箱：service@showwe.com.tw
展售門市 / 國家書店（松江門市）
104台北市中山區松江路209號1樓
電話：+886-2-2518-0207　傳真：+886-2-2518-0778
網路訂購 / 秀威網路書店：https://store.showwe.tw
國家網路書店：https://www.govbooks.com.tw

2020年7月　BOD一版
定價：700元

國家圖書館出版品預行編目

滋蘭九畹, 樹蕙百畝 : 二〇一六年柯慶明教授壽慶學術研討會論文集 / 江寶釵等撰; 國立臺灣大學臺灣文學研究所主編. -- 一版. -- 臺北市 : 秀威資訊科技, 2020.07
面； 公分
BOD版
ISBN 978-986-326-787-4(平裝)

1. 中國文學 2. 文集

820.7 109002880

# 讀者回函卡

感謝您購買本書，為提升服務品質，請填妥以下資料，將讀者回函卡直接寄回或傳真本公司，收到您的寶貴意見後，我們會收藏記錄及檢討，謝謝！
如您需要了解本公司最新出版書目、購書優惠或企劃活動，歡迎您上網查詢或下載相關資料：http:// www.showwe.com.tw

您購買的書名：________________________________

出生日期：________年________月________日

學歷：□高中（含）以下　□大專　□研究所（含）以上

職業：□製造業　□金融業　□資訊業　□軍警　□傳播業　□自由業
　　　□服務業　□公務員　□教職　□學生　□家管　□其它____

購書地點：□網路書店　□實體書店　□書展　□郵購　□贈閱　□其他

您從何得知本書的消息？

□網路書店　□實體書店　□網路搜尋　□電子報　□書訊　□雜誌
□傳播媒體　□親友推薦　□網站推薦　□部落格　□其他__________

您對本書的評價：（請填代號　1.非常滿意　2.滿意　3.尚可　4.再改進）

封面設計____　版面編排____　內容____　文／譯筆____　價格____

讀完書後您覺得：

□很有收穫　□有收穫　□收穫不多　□沒收穫

對我們的建議：________________________________

________________________________________

________________________________________

________________________________________

請貼
郵票

11466
台北市内湖區瑞光路 76 巷 65 號 1 樓
**秀威資訊科技股份有限公司** 收
BOD 數位出版事業部

.................................................................................................

（請沿線對折寄回，謝謝！）

姓　名：________________　年齡：________　性別：□女　□男

郵遞區號：□□□□□

地　址：________________________________________

聯絡電話：(日) ____________________ (夜) ____________________

E-mail：________________________________________